PATRICIA
SHAW

Der Ruf des Regenvogels

ROMAN

Aus dem Englischen
von Karl-Heinz Ebnet

WELTBILD

Die englische Originalausgabe erschien unter dem Titel
Cry of the Rainbird
bei Headline Book Publishing, London

Besuchen Sie uns im Internet:
www.weltbild.de

Genehmigte Lizenzausgabe für
Verlagsgruppe Weltbild GmbH,
Steinerne Furt, 86167 Augsburg

Übersetzung: Karl-Heinz Ebnet
Umschlaggestaltung: Studio Höpfner-Thoma, München
Umschlagmotiv: Premium, Hamburg
Gesamtherstellung: GGP Media GmbH,
Karl-Marx-Straße 24, 07381 Pößneck
Printed in Germany
ISBN 3-8289-7128-8

2006 2005 2004 2003
Die letzte Jahreszahl gibt
die aktuelle Lizenzausgabe an.

So viele Götter, so viele Glauben,
So viele Pfade, die verschlungen.
Nur die Kunst der Freundlichkeit sei ausbedungen,
zur Rettung dieser traur'gen Welt.

»The World's Need«
E. W. Wilcox (1850–1919)

ERSTES KAPITEL

Über den grauen Straßen hing ein dunkler, finsterer Himmel, rußiger Schneeregen fegte über die eilende Menschenmenge hinweg und ließ die Londoner, die ihre Ohren gegen die beißende Kälte verpackt hatten, eiligst schützende Unterstände aufsuchen.

Corby Morgan schlitterte über das schmierige Pflaster und kämpfte mit seinem Regenschirm. Er war verärgert, dass er keine Pferdedroschke gefunden hatte, fürchtete zu spät zu kommen und wusste, dass sein Vater die Tür öffnen und sagen würde: »Wie immer zu spät, Corby!«

Als er um eine Ecke bog, hinein in eine heftige Windböe, blähte sich sein Schirm nach außen, zersprungene Stangen und schwarzes Tuch flatterten und schlugen wie eine übel zugerichtete Krähe. Während er versuchte, den Schirm wieder zusammenzulegen, grinsten abgehärmte Gesichter und freuten sich an seiner misslichen Lage, als sei er ein zu ihrem Vergnügen bestellter Spaßmacher. Corby errötete vor Verlegenheit. Er warf das nutzlose Gerät weg, mit grimmiger Befriedigung nahm er wahr, dass es zur Strafe unter den Rädern einer Kutsche zermalmt wurde. Ihm war kalt, er fühlte sich schlecht und durchnässt überquerte er die Straße zur Luton Street, auf dem Weg zum wichtigsten Treffen seines Lebens.

Corby Morgan, so sagte man, war nichts weiter als ein Träumer, einer jener desillusionierten jungen Engländer, die sich nach der sonnenüberfluteten, romantischen Lieblichkeit der Südsee sehnten, nach Utopia – ein Wahn, der offenbar viele von diesen verdorbenen Cambridge-Absolventen ergriff, für die das Gras immer irgendwo anders grüner war, sei es nun in Italien, Spanien oder, wie in seinem Fall, im Südpazifik. Genauer: in einer tropischen Idylle namens Trinity Bay.

Aber das stimmte nicht. Er biss die Zähne zusammen und bahnte sich seinen Weg. Er und Roger McLiver hatten diesen Schritt mit größter Sorgfalt vorbereitet und geplant. Sie hatten

nicht die Absicht, ihr Leben und ihre Investitionen an einem öden Strand zu vergeuden. Sie hatten einen Ort gesucht, wo sie Geld verdienen und das gefällige Leben eines Gentlemans genießen konnten. Und, bei Gott, sie hatten ihn gefunden! Corby erinnerte sich noch gut an ihren Jubel, als Roger mit dem Zeitungsausschnitt der Times zu ihm kam. Genau das war es, wonach sie gesucht hatten! Sie waren so aufgeregt, dass sie zwei Flaschen Champagner tranken, bevor sie eine Antwort verfassten. Und selbst dann waren sie vorsichtig, vernichteten den ersten Brief und bekundeten in einem zweiten lediglich ihr Interesse, statt sich von ihrem Enthusiasmus mitreißen zu lassen, was den Besitzer nur zu einem höheren Preis und Betrügereien veranlassen konnte.
Mit derselben Vorsicht hatten sie dann die angebotene Zuckerplantage in der Trinity Bay im Norden von Queensland, im fernen Australien, gekauft. Obwohl keiner von ihnen die Antipoden jemals gesehen hatte, konnten sie durch informierte Bankleute telegrafisch Näheres in Erfahrung bringen. Man antwortete ihnen, dass Providence in der Tat eine etablierte Plantage unter renommierter Leitung und mit stabilen Exportzahlen war, nicht eine dieser Gelegenheiten, die von allen möglichen Gaunern angeboten wurden und schnelles Geld versprachen.
Bis gestern war alles unter Kontrolle gewesen. Allmächtiger Gott, er und Jessie hatten bereits gepackt, waren reisefertig, und dann das! Roger, sein Freund, sein Partner, hatte sein Wort gebrochen! Hatte ihn fallen gelassen.
»Zum Teufel mit seinen Gründen!« murmelte Corby, während er seine behandschuhten Hände zusammenschlug. »Seine Frau und ihre Familie! Zur Hölle mit ihnen allen! Es wird ihm noch Leid tun. Zuckerplantagen in dieser Gegend werfen eine Menge Geld ab. Ich werde ein reicher Mann sein, während er noch immer in London am Rockzipfel seiner Frau hängen wird.
Wenigstens unterstützt mich Jessie«, seufzte er. »Meine Frau hat genügend Verstand, um sich diese goldene Gelegenheit nicht entgehen zu lassen. Ich werde nicht aufgeben.«
Das war ein beunruhigender Gedanke. Er hatte keine andere

Möglichkeit. Er hatte Abschied genommen, die Wohnung gekündigt, den Agenten bezahlt und den Vertrag unterzeichnet. Rogers Anteil am Unternehmen hatte genau die Hälfte betragen. Da Corbys Mittel für den Kauf aufgewendet worden waren, wurde die andere Hälfte nun dringend für die Überfahrt, den Transport der Güter und für erste geschäftliche Ausgaben benötigt. Man hörte oft genug, dass Gentlemen Unternehmen erwarben und innerhalb weniger Monate scheiterten, weil ihnen Kapital für unvorhergesehene Aufwendungen fehlte. Corby hatte sichergestellt, dass ihm das nicht passierte. Sie besaßen nun die Plantage und er hatte sich auf Rogers Investition verlassen, um finanziell bis zur nächsten Ernte über die Runden zu kommen. Aber nun war der Eigentümer von Providence völlig blank! Welch ein Abgang für Mr. und Mrs. Corby Morgan, Besitzer eines riesigen Anwesens, wenn sie die drei Monate nach Trinity Bay auf dem Zwischendeck verbringen sollten.

»Das Fell zieh ich ihm über die Ohren!« stieß Corby hervor. Sein Gesicht war nass vom Regen. »Sir!« rief eine Dame, die ihm entgegenkam, schockiert und stieß ihn zur Seite.

»Und Ihnen auch!« gab er zurück. Verdammt! Er hatte über Wichtigeres nachzudenken als diese hochnäsigen Damen. Wochenlang hatte er sich Sorgen gemacht, weil Roger seinen Anteil nicht aufbrachte, und den Freund bei seinem Vater dafür entschuldigt. »Er wird es aufbringen. Man kann sich auf ihn verlassen, es gibt nur einige Verzögerung bei der Überweisung der Mittel.«

»Scheint mir eher eine Verzögerung seitens der Gattin zu sein, die nicht recht mitzieht«, hatte Colonel Chester Morgan gegrummelt.

»Sie hat nichts damit zu tun.«

»Oho, mein Junge! Unterschätze die kleine Frau nicht. Du hättest sein Geld auf der Bank haben sollen, bevor du deines über Bord geworfen hast.«

»Ich habe es nicht über Bord geworfen. Mir gehört das Anwesen, und Eure Moralpredigten brauche ich nicht. Ich weiß, was ich tue.«

»Wenn du so genau weißt, was du tust, und scharf auf einen Bauernhof bist, dann hättest du diese Schaffarm in Surrey kaufen sollen.«
»Eine Plantage ist kein Bauernhof, Sir.«
»Es ist das Gleiche. Man bestellt die Erde, ist auf das Wetter angewiesen und von Bediensteten abhängig, die heutzutage nicht mehr wissen, wo ihr Platz ist.«
Verzweifelt hatte es Corby seinem Vater zu erklären versucht: »Das ist das Schöne an meiner Plantage. Sie liegt in den Tropen, es gibt also keine Probleme mit dem Wetter, mit Frost und Schnee – in den Tropen ist das Wetter immer gleich. Und auf den Feldern arbeiten Eingeborene zu ihrem eigenen Unterhalt. Weiße können in dem Klima nicht arbeiten. Australien besitzt eine große Eingeborenenpopulation, die zur Arbeit wie geschaffen ist.«
»Wenn sie dir nicht einen Speer in den Leib jagen.«
»Sir, ich möchte mit Euch nicht streiten«, hatte Corby schließlich gesagt, »aber ich will noch einmal darauf hinweisen, dass Providence nur eine von vielen Zuckerplantagen in Queensland ist, die alle mit hervorragenden Ergebnissen Eingeborene beschäftigen.«
Und nun ... stand Corby im Begriff, seinen Vater um Hilfe zu bitten. An wen sonst konnte er sich wenden? Er hoffte, dass Jessie rechtzeitig gekommen war. Der Colonel mochte sie, sie kamen gut miteinander aus. Corby hatte ihr die Aufgabe übertragen, ihm von Rogers Rückzug zu berichten.
Corby litt bereits jetzt unter der anstehenden Demütigung. Es war leichter, wenn ihm Jessie das Terrain bereitete. In der Zwischenzeit hatte er versucht, Freunde zur Teilnahme an dem Unternehmen zu überreden. Er blieb nicht ohne enthusiastische Reaktionen, aber keiner von ihnen besaß das notwendige Geld. Niemals würde er Roger seinen Verrat verzeihen. Niemals!
Als er den Salon betrat, stand sein Vater am prasselnden Kamin, in der Hand ein Glas Brandy, und grinste wie eine Cheshire-Katze. »Wie immer zu spät, Corby.«
Jessie kam besorgt auf ihn zu und nahm ihm den Mantel ab.

»Liebling, du frierst ja. Komm ans Feuer, sonst holst du dir noch den Tod.«
»Unannehmlichkeiten«, intonierte eine Stimme aus dem tiefen Lehnstuhl. »Immer Unannehmlichkeiten.«
Jessies Vater! Lucas Langley! »Was macht er hier?« flüsterte er seiner Frau zu. Ihr bärtiger, exzentrischer alter Vater war der letzte, den er jetzt brauchen konnte. Chester Morgan konnte ihn nicht ausstehen. Er, der zackige pensionierte Offizier mit seinem Schatz an ehernen Überzeugungen, hatte nicht viel übrig für Professor Langley, der, wenn er etwas zu sagen hatte, immer anderer Meinung war. Corby hegte keine Abneigung gegen den alten Mann; er war ihm schlicht gleichgültig. Nur jetzt nicht, da er als störendes Element Corbys Chancen, dem Colonel die so dringend benötigten Gelder zu entlocken, nur schmälerte. Widerwillig warf er seinem Schwiegervater einen Gruß hin und wandte sich dann an Chester und die zu erwartende Bußpredigt.
Sein Vater enttäuschte ihn nicht. »Schwierigkeiten mit euch jungen Kerlen, die ihr glaubt alles zu wissen.«
Corby ignorierte die Eröffnung und schenkte sich einen Brandy ein, um die notwendige Demütigung besser ertragen zu können. Er würde betteln, wenn es denn sein musste, aber bis er dieses Stadium erreichte, bedurfte es noch einiger vernichtender Kommentare. Im Augenblick hasste er seinen Vater. Er hasste ihn und sein dank des Familienvermögens und einer unbedeutenden Karriere in der Armee verhätscheltes und selbstzufriedenes Leben.
Der Colonel hatte sich niemals um Geld kümmern müssen. Er ließ es sich gut gehen, besaß diese Wohnung in der Stadt, einen angenehmen Landsitz und seinen gottverdammten Club. Sein Sohn hatte eine kleine Erbschaft von einem Onkel erhalten, deren Reste für Providence aufgebraucht worden waren. Corby hatte Chester immer bitten müssen, wenn er Geld brauchte; niemals hatte er freiwillig einen Penny herausgerückt – schließlich würde sein Sohn sowieso alles erben, wie er behauptete. Oder das, was davon noch übrig war, wie er gerne hinzufügte.

Corby fürchtete, sein Vater könnte hundert Jahre alt werden und ihm nur Rechnungen und Schulden hinterlassen.
»Es war ein schwerer Schlag für mich«, sagte er traurig. »Kaum zu glauben, dass ein Gentleman wie er mich so hängen lässt. Roger hat meine Pläne zunichte gemacht.«
»Ach ja.« Chester lächelte affektiert. »Du hast immer die Schuld anderen zugeschoben. Immer der andere. Niemals du selbst. Hab ich dir nicht gesagt, du sollst ihn festnageln? Hab ich dich nicht schon vor einem Monat gewarnt, dass du dich nicht auf ihn verlassen kannst, dass er schon beim ersten Kanonendonner in Deckung gehen wird? Aber hast du auf mich gehört? O nein! Und nun hat dich dein Kumpel verlassen, und du stehst mit einer Plantage da, die wahrscheinlich keinen Fingerhut wert ist und hast kein Geld, um sie zu betreiben. Hast du überhaupt noch etwas, oder hast du alles den Antipoden in den Rachen geschmissen?«
»Ich habe etwas Geld, Sir.«
»Heraus mit der Sprache. Wieviel? Auf den Penny.«
»Wir haben etwas Geld«, sagte Jessie ruhig. »Ich besitze zweihundert Pfund als Notgroschen.«
Chesters Monokel strahlte. Er genoss seine Position. »Ah, schön. Das bringt euch wahrscheinlich um das Kap nach Tasmanien und vielleicht nach Sydney. Und was dann? Habt ihr vor den Rest des Weges zu Fuß zu gehen?«
Der Professor fuhr mit seinem Pfeifenkopf durch die Luft und verkündete: »Vom Kap über den Indischen Ozean zur Torresstraße und dann nach Süden zur Trinity Bay.«
»Was ist das?« fragte Chester herausfordernd.
»Ihre Route«, murmelte Lucas. »Die Zuckerroute.«
»Nun, wie auch immer«, tat ihn Chester ab. »Es ändert nichts an der Tatsache, dass du dich hast übers Ohr hauen lassen, Corby. Du kannst dir das Unternehmen nicht leisten, sag also dem Agenten, er soll die Plantage schleunigst verkaufen und dann rechne deine Verluste ab.«
»Nein«, sagte Corby und versuchte ruhig zu bleiben. »Ich kann es mir nicht leisten, mir diese Gelegenheit entgehen zu lassen.

Ihr könnt es Euch leisten, Vater. Warum wollt Ihr nicht als mein Partner einsteigen? Ihr werdet es nicht bereuen, das verspreche ich.« Das war der Satz, auf den sich sein Vater stürzen würde, aber er hatte keine andere Wahl.

»So. Jetzt brauchst du also für dein verrücktes Projekt mein Geld. Warum sollte ich meinen Sohn darin unterstützen, sich in der Südsee auf die faule Haut zu legen? Denn so enden sie doch alle.«

»Ihr bringt da einiges durcheinander«, rief Corby. »Das ist nicht die Südsee. Es ist eine zivilisierte britische Gemeinschaft.«

»Zivilisiert? Ich nenne sie dekadent. Ich weiß, worauf du aus bist. Du wolltest noch nie arbeiten.«

»Aber Ihr?«

»Ich habe mich immer der Disziplin untergeordnet. Ich kann dich förmlich vor mir sehen, wie du mit einem weißen Hut auf dem Kopf in einer Hängematte liegst und deine Aborigines anbrüllst.«

Der Professor schaute auf und blinzelte. »Auf den Plantagen in Queensland gibt es keine Aborigines die arbeiten. Überhaupt nicht.«

Corby und sein Vater blickten sich an. Hier zumindest stimmten sie überein. Der alte Gentleman war senil, er wusste nicht, wovon er redete. Jeder wusste doch, dass auf den Plantagen die Eingeborenen arbeiteten.

Jessie kam Lucas zu Hilfe. »Es ist spät, Vater. Wir bringen dich bald nach Hause.«

Corby holte tief Luft. »Ich bitte Euch, Colonel, lehnt nicht ab. Ich bin so nahe dran. Ich brauche mindestens zweitausend Pfund. Roger wollte dreitausend aufbringen, aber zweitausend reichen. Ich weiß es. Ich biete Euch eine fünfzigprozentige Beteiligung für ein Drittel weniger, als Roger zahlen wollte.«

»Billiges Geld gibt es nicht«, erwiderte Chester. »Nur verzweifeltes. Und verzweifelte Investitionen sind gefährlich. Nein, deine Mutter und ich müssen leben, wir können es uns nicht leisten, unser gutes Geld zum Fenster hinauszuwerfen.«

»Wie könnt Ihr mich ablehnen?« schrie Corby. »Ihr bringt mich um! Ich verliere alles!«
»Dann hättest du besser auf mich hören sollen. Beende dieses Schlamassel und dann helfe ich dir vielleicht mit der Schaffarm.«
»Ich will diese verdammte Schaffarm nicht!«
Der Professor zog an Jessies Ärmel. »Sag deinem Ehemann, dass wir investieren.«
»Wir?« fragte sie verwirrt.
»Ja.« Er lächelte und befeuchtete seine rosafarbenen Lippen. »Wir übernehmen zu dem von ihm genannten Preis die halbe Beteiligung.«
»Aber Vater, das kannst du dir nicht leisten.«
»Ich kann die Summe aufbringen«, flüsterte er.
Jessie war entsetzt; ihr Vater machte sich zum Narren und, schlimmer noch, mischte sich in die Probleme des armen Corby ein. Ein weiteres Beispiel der spontanen Herzlichkeit ihres Vaters, die mehr für sein Gefühl als für seinen Verstand sprach. Es war bekannt, dass er einem Bedürftigen seine Stiefel überließ und dann, ohne sich darüber Gedanken zu machen, in seinen Socken nach Hause kam. Eine Zeit lang hatte er Wilderer zum Sonntagsessen eingeladen. Es stand nicht zu erwarten, dass er als Botaniker Corbys finanzielle Transaktionen begriff, aber es war nett von ihm das Angebot zu machen. »Keine Sorge, Vater, Corby wird es schon hinkriegen.«
Seine Augen waren traurig. »Ich bin noch nicht tot, Jessie. Aber seit dem Tod deiner Mutter scheint mich jeder abgeschrieben zu haben. Sie setzen mich in Stühle, die nach Westen zeigen, und alle warten auf meinen Sonnenuntergang. Sieh, das ist auch meine Chance.«
Jessie empfand Schuldgefühle. Sie wusste, dass ihre achtzehnjährige Schwester Sylvia sich nur ungern um ihren Vater kümmerte, seitdem Jessie das Zuhause verlassen hatte. Sylvia konnte kalt und hart mit ihm sein, aber als verheiratete Frau konnte Jessie wenig dagegen tun – hin und wieder konnte sie Sylvia vorsichtig zu verstehen geben, ein wenig mehr Geduld mit ihm

aufzubringen; Kommentare, die allerdings wenig geschätzt wurden und die Situation wahrscheinlich nur verschlimmerten. Er wurde lebhafter. »Sag es ihnen!« insistierte er. »Das ist meine Chance, Australien zu sehen. Ein neues Leben zu beginnen.«
»Du willst mitkommen?« Jessie war erstaunt.
»Ich hatte gehofft, dass du mich fragst, aber jetzt kann ich mich einkaufen. Ich werde gebraucht. Es gehört kein mathematisches Genie dazu sich auf diesen Handel einzulassen. Sag ihm, dass wir das Angebot annehmen.«
Jessie zögerte noch immer. Aus ihm sprach der Brandy. Aber als der Konflikt zwischen Corby und dem Colonel in eine drückende Stille mündete, griff er ein. »Mr. Jess«, sagte er – eine Bezeichnung, die ihren Ehemann aufbrachte –, »kann ich mit Ihnen einige Worte wechseln?«
Bestürzt war Corby gezwungen seinen Schwiegervater als Partner zu akzeptieren. Und dies im Angesicht des Colonels und seines amüsierten Spottes: für Chester Beweis genug, dass sein Sohn den letzten Strohhalm ergriff um sich nur tiefer in den Bankrott zu stürzen. Auch Corby war verärgert, dass Lucas, der alte Schurke, die Situation ausgenutzt hatte. Es zeugte von verdammt schlechten Manieren sich in eine private Unterhaltung einzumischen und dann die gleichen Bedingungen und mehr zu fordern. Wäre es Corby gelungen seinen Vater zu überreden, dann wäre er als stiller Teilhaber in England geblieben. Nun überließ er dem alten Trottel halb Providence zu einem niedrigen Preis, und er hatte auch noch vor mitzukommen. Wenn, dann war er nur ein weiteres Maul, das durchgefüttert werden musste; Corby hatte bereits beschlossen, sich jede Einmischung seitens des Professors zu verbitten.
Sobald es ihm möglich war, setzte er Jessie und ihren Vater in eine Droschke und schickte sie fort um sich und seine Gedanken zu sammeln.
Eine warme, laute Taverne bot ihm Zuflucht. Er fand eine schummrige Ecke, nach einigen Gläsern milderte sich seine Mutlosigkeit. Vielleicht war es möglich, dass Jessie den alten

Jungen dazu überreden konnte das Richtige zu tun. Wenn er zweitausend auftreiben konnte, dann konnte er auch dreitausend aufbringen und den vollen Preis zahlen – wie es sich für einen Gentleman gehörte. Ja, das musste möglich sein. Aber da war noch diese andere Sorge. Corby war verärgert über Rogers Rückzug, aber es machte ihn auch sehr nervös alleine zu reisen. Er hatte sich auf die Erfahrung seines Freundes verlassen, der zuletzt das große Anwesen seines Onkels im Norden verwaltet hatte. Corby hatte in dieser Hinsicht mit nichts anderem zu tun gehabt als einem Ententeich. Schon gut, dass ihm Roger seine Notizen und Bücher über Zuckeranbau gegeben hatte – gute Lektüre für die Reise, hatte er gesagt. Aber das war nicht der Punkt. Tief im Inneren hatte Corby gehofft das Leben eines Gentlemans und Plantagenbesitzers zu genießen und Roger alle Entscheidungen zu überlassen. Nun aber lastete alle Verantwortung auf ihm; er spürte, wie sich leise Panik in ihm breit machte.

Als er aus dem King's Arms herausschwankte, hatte er sich an den Gedanken gewöhnt, dass statt zweier begeisterter Ehepaare sich ein Trio nach Trinity Bay aufmachen würde – er, Jessie und der alte Schmarotzer Lucas Langley. Fast wünschte er sich, die beiden zurücklassen zu können. Es gefiel ihm ganz und gar nicht, dass ihm wieder ein Elternteil über die Schultern blickte, nun, da er endlich dem abschätzigen Blick des Colonels entkommen war.

Aber das war nicht alles. Er hatte auch Sylvia vergessen. Nicht, dass sie sich bereitwillig auf die Reise begeben hätte.

»Ich kann nicht glauben, dass du mir das erzählst«, schrie sie Jessie an. »Du hast Vater dazu gebracht euch sein Geld zu geben, um deinem Mann aus der Klemme zu helfen!«

»So war es nicht«, sagte Jessie. »Er will mitkommen. Es ist wichtig für ihn.«

»Ach ja? Und was soll mit mir geschehen? Jeden Penny, den er hat, steckt er in diesen Wahnsinn. Wo soll ich wohnen, wenn er das Haus verkauft?«

Jessie versuchte sie zu beruhigen. »Nimm es dir nicht so zu

Herzen, Sylvia. Du glaubst doch nicht, dass wir ohne dich fahren? Stell dir nur vor, was alles vor uns liegt ... eine wundervolle Seereise und dann unser eigenes Anwesen in einem schönen Klima. Du wirst es wunderbar finden.«

Dieser Gedanke war Sylvia noch nicht gekommen. »Du willst, dass ich mitkomme? Dass ich London verlasse und in der Wildnis lebe?« Sie brach in Tränen aus. »Ich habe immer gesagt, dass du der egoistischste Mensch auf der Welt bist, und nun weiß ich, dass ich Recht hatte. Du würdest alles tun, wenn es nur in deinen Kram passt. Ich werde nicht mitkommen! Nein!«

»Ich fürchte, du hast keine andere Wahl«, sagte Jessie ruhig. »Es tut mir wirklich Leid, dass dich das alles so trifft. Aber versuch doch, die positive Seite zu sehen. Es wird dir gut gehen, und Corby sagt, dass wir viel Geld verdienen werden. Du kannst immer wieder auf Besuch hierher zurückkommen, und außerdem weißt du noch gar nicht, wen wir auf unserer Reise alles kennen lernen werden.«

»Ich weiß, was ich kennen lernen werde. Schwarze und Schlangen.« Sylvia weinte heftig. »Ich werde nicht zulassen, dass du mein Leben ruinierst. Vater muss wieder zur Besinnung kommen. Er ist zu alt für so was!«

Sylvias Flehen und Betteln war umsonst. Der Professor nahm kaum Notiz von ihr, außer dass er ihr auftrug, Moskitonetze mit in die Seekisten zu packen. Er war viel zu sehr damit beschäftigt seine Bücher zu sortieren und Listen anzulegen; für ihn war das alles eine faszinierende botanische Exkursion.

Enttäuscht machte sich Sylvia ans Packen, widersetzte sich Jessies Angebot, ihr zu helfen, und am Tag der Abreise ging sie mit ihnen an Bord der Brigg Caroline und begab sich unverzüglich in ihre Kabine um zu schmollen. Der Professor, der seinen Kopf kurz hineinsteckte, missdeutete ihre Stimmung völlig. »Ah, mein Mädchen. Ich sehe, du bist gut untergebracht.« Und fort war er um das Schiff zu erkunden.

Für Jessie allerdings war es das aufregendste Ereignis ihres Lebens, ein Tag, den sie niemals vergessen wollte.

Unter ihnen hob und senkte sich die dunkelgrüne See, über ih-

nen wölbten sich die Segel wie wilde Schwingen, die sie zu einem neuen und wundervollen Leben trugen. Sie klammerte sich an Corbys Arm und betrachtete sein gut geschnittenes Gesicht. Noch immer befand sie sich im Zustand der Euphorie, dass sie dieser Mann, den sie so sehr liebte, geheiratet hatte. Im ersten Jahr ihrer Ehe hatten sie sich Sorgen gemacht, da Corbys Kapital mit alarmierender Geschwindigkeit zusammenschmolz und sie nicht wussten, wie sie überleben sollten. Aber sie hatte Vertrauen in ihn. Jessie konnte seinen Widerwillen verstehen, sich an Handelsgeschäften zu beteiligen und sie verstand seine Weigerung, sich wie ein gewöhnlicher Arbeiter nach Beschäftigung umzusehen. Ewig dankbar war sie, dass er es abgelehnt hatte, in die Armee einzutreten. Sie hatte gewusst, dass er es irgendwie schaffen würde. Und als er und Roger mit dieser wunderbaren Idee der Zuckerplantage nach Hause kamen, hatte Jessie mit ihnen gefeiert. Später in jener Nacht konnte sie dann auch, da ihre Probleme ja nun gelöst waren, Corby ihre Neuigkeiten mitteilen; dass sie ein Kind in sich trug.
Er freute sich. »Schau! Alles fügt sich zusammen. Wir werden unsere Plantage haben, ein großes Anwesen, und einen Sohn, der den Familiennamen weiterträgt.«
»Und wenn es ein Mädchen ist?«
»Nein, du musst einen Sohn haben. Ich habe gehört, wenn du dich nur darauf konzentrierst, dann kannst du das entsprechende Geschlecht hervorbringen.«
Jessie hatte gelacht, obwohl sie wusste, dass er es ernst meinte. Nun, als Wind aufkam und die Segel sich blähten, wickelte sie sich fester in ihren dicken Umhang.
»Wie fühlst du dich?« fragte er sie.
»Wunderbar.« Sie lächelte. »Einfach wunderbar.«
»Das ist ein guter Anfang. Einige unserer Mitpassagiere sehen bereits ziemlich grün aus. Übrigens habe ich über den Namen unseres Sohnes nachgedacht. Wir werden ihn Bronte nennen. Bronte Wilcox Morgan, nach meinem verstorbenen Onkel.«
»Wie du wünschst, mein Lieber.« Sie küsste ihn. Sie war viel zu glücklich um ihn nun belästigen zu wollen. So waren die Män-

ner, nahm sie an. Immerhin konnte sie nun, nur für den Fall, einen Mädchennamen aussuchen.

ZWEITES KAPITEL

Das aquamarinblaue Wasser der weiten Lagune schwappte träge über das hervorstehende Riff, trieb in die kristallklaren Tiefen zurück, verharrte dort und wartete auf die Flut. Der große Ozean draußen hatte bereits angefangen zu singen, bald würde er heranbranden und hoch über dem Riff donnernd in Wellenkämmen zusammenschlagen. Unter dem schwerelosen blauen Himmel summte die Lagune in der stechenden Sonne, diamantene Spitzen glitzerten auf dem Wasser vor dem langgezogenen Strand der Bucht. Der Sand blendete, ein Schauspiel, das so alt war wie das rosacremefarbene Innere der großen Seeschneckenschale, die am Rande des Dschungels lag.

Über den zerzausten grünen Palmen, die hoch über den Strand ragten, schwebten Seevögel. Auch sie warteten, ließen sich mühelos ins Blau hinauftragen und trieben in den heißen Aufwinden ihre gleitenden Spiele. Bald würde der Ozean die stille Lagune aufwühlen, fette silbrige Fische über das Riff werfen und sie waren bereit für die Beute.

Aus dem Schatten tauchte ein Mann auf und schlenderte über den Strand, unter seinen Füßen knirschte der Sand. Es war Ratasali, der »große Mann« der Küstenbewohner dieser Gegend. Er war in der Tat ein großer Mann, auch der Statur nach, ein riesiger bronzefarbener Melanesier, dessen Körper vor Muskeln strotzte. Zu seiner Zeit war Ratasali ein ausgezeichneter Krieger gewesen. Sein Scharfsinn und seine Voraussicht hatten ihm seit langen Jahren schon die Macht über andere Sterbliche gegeben. Das und seine berühmte Freundschaft mit den Göttern, die seine Führung guthießen.

Ratasali achtete darauf, dass alle aus seinem Volk die Götter mit Respekt behandelten und nur die besten Opfergaben darreichten. So hatten sie zerstörerische Winde abgewehrt, große Haie waren in ihrer Lagune unbekannt, genügend Regen füllte ihre Wasserfälle und -becken, und, am wichtigsten vielleicht, seine Krieger waren mit Mut und Stärke gesegnet um die ständigen Angriffe der Buschmänner, der Leute aus den Bergen und anderer Inselbewohner zurückzuschlagen. Die Männer von Malaita waren daher auf den Salomoninseln, ja im ganzen Pazifik als Krieger gefürchtet, und ihr »großer Mann« war berüchtigt für seine harten Vergeltungsschläge.

Ratasali stand vor der Seeschneckenschale, die zu einem ganz bestimmten Zweck hier lag. Er stampfte auf und die Palmblätter an den Handgelenken und Fußknöcheln raschelten. Er trug ein Stirnband aus Muscheln, das sein wolliges Haar zurückhielt, Nase und Ohren waren durchstochen um Schmuckstücke aus menschlichen Knochen aufzunehmen. An diesem Tag trug er seine liebste Halskette aus Menschenzähnen. Selbst in seinem alltäglichen Aufzug – der zeremonielle Kopfputz und die Schmuckstücke waren dann sorgfältig im Langhaus verstaut – war Ratasali mit seiner breiten Nase, dem eisernen Kinn, den weißen Zähnen und den täuschend sanften braunen Augen ein Mann mit dem zu rechnen war.

Der richtige Zeitpunkt schien ihm gekommen, er nahm die Schneckenschale auf und blies hinein; ein Trompetensignal erscholl. Einige Minuten später schoss der hochgezogene, mit Schnitzwerk versehene Bug eines Kriegskanus in die Lagune hinaus und durchschnitt das stille Gewässer wie ein Wurfholz die Luft.

Vor Vergnügen tanzte Ratasali beim Anblick seines neuen tomaka, seines neuen Kriegsschiffes, das sich auf seiner ersten Fahrt zum Riff hinaus befand, und klatschte in die Hände. Mit geschwinder Präzision tauchten die vierzig Krieger die Paddel ein. Es war vollkommen! Wunderbar! Er rief ihnen zu und war von der Geschwindigkeit des Bootes begeistert. Als es zu ihm beidrehte reckte ihm die geschnitzte Haimaske über der Was-

serlinie die Zähne entgegen; sie trug Furcht in die Herzen der Feinde.
Er hob einen Arm und als das Kanu über die Lagune zurückglitt, strahlte er vor Zufriedenheit. Das war das beste Boot, das sie jemals hatten; es war von den Handwerkern wunderbar geschnitzt und gebaut. Bevor er es der See anvertraute, hatte er es unter der Opfergabe zweier Frauen und eines fetten Kindes den Göttern geweiht. Zweifellos hatten die Götter es angenommen. Es musste das schnellste Boot auf den Inseln sein.
Er strich sich über seinen Bauch. Nach peinlich genauer Durchführung der Zeremonien hatten die Opfer ein hervorragendes Mahl für sein Volk abgegeben.
Er signalisierte den Männern mit der Übung fortzufahren, legte die Schneckenschale zurück und verließ den Strand. Er ging durch das Dorf zum Langhaus um den Göttern zu danken.
Das strohgedeckte, mit Totenschädeln verzierte Gebäude war zu dieser nachmittäglichen Schlafenszeit leer. Ratasali kauerte sich mit gekreuzten Beinen auf seine Matte und dachte nach. Nun, da das neue tomaka in See gestochen war, gab es einige wichtige Dinge, mit denen er sich beschäftigen musste.
Jeden Tag konnten die Schiffe der Weißen kommen, die die Männer zur Arbeit auf den Zuckerplantagen auf den Fidschis oder in Queensland, im Norden des großen Landes Australien, rekrutierten. Ratasali wusste alles über die Zuckerrohrfelder. Als junger Mann war er von einer nahen Bucht entführt worden um auf den Fidschis zu arbeiten. Drei aus seiner Sippe starben im Bauch des Schiffes an der Ruhr, noch bevor sie Land erreichten, und von den vierundvierzig Männern, die an diesem Tag von Malaita mitgenommen wurden um drei Jahre lang für die weißen Plantagenbesitzer zu arbeiten, waren nur siebzehn nach Hause zurückgekehrt. Die anderen waren gestorben. Sie waren die schlechte Verpflegung und harte Arbeit nicht gewohnt, sie starben vor Erschöpfung in den Feldern oder wurden in ihren Hütten von Krankheiten dahingerafft.
Ratasali hatte nicht nur überlebt, er hatte seine Augen offen gehalten und gelernt. Er hatte die Sprache der Weißen gelernt und

entdeckt, dass die Briten Gesetze hatten, die die Rekrutierung und Beschäftigung der *kanaka*, das Wort der Insulaner für »Mensch«, regelten. Zuerst dachte er, es handelte sich dabei um ein Märchen. Er hatte darüber gelacht. »Stellt euch vor«, sagte er zu seinen Freunden, »wir hätten in unserem Land Gesetze um Männer zu stehlen! Oder Frauen! Sollten wir unsere Feinde um Erlaubnis fragen, wenn wir sie für unsere Opfer brauchen? Oder zum Essen, wenn es nicht genügend Schweine gibt? Diese Leute sind verrückt!«

Er war überrascht und erleichtert, als er herausfand, dass die Schiffe der Menschenhändler nur Männer zur Arbeit auf den Zuckerrohrfeldern suchten. Und es stimmte tatsächlich, dass diejenigen, die die drei Jahre überlebten, nach Hause zurückkehren durften. Die Pflanzer waren durch das Gesetz daran gebunden.

Dann erfuhr er von den »Mittelsmännern«: Insulaner, die für jeden, den sie auf den Schiffen ablieferten, zwei oder mehr Pfund erhielten. Geld, mit dem sie auf denselben Schiffen Vorräte oder Tand kaufen konnten. Einige Männer meldeten sich aus Abenteuerlust freiwillig, die meisten jedoch wurden wie er selbst an Bord gelockt und entführt.

Der Menschenhandel entwickelte sich auf beiden Seiten zu einem blutrünstigen Geschäft. Die Weißen erschossen Konkurrenten auf den Stränden und ermordeten widerspenstige Eingeborene an Bord der Schiffe, die Insulaner schlugen zurück und griffen jeden Weißen an, der ihnen in die Hände fiel ... sogar die Missionare, die die Insulaner vor marodierenden Weißen zu schützen versuchten.

Am Ende seiner Fronzeit wurde Ratasali mit Tabak und Tee ausbezahlt. Der Kapitän des Schiffes jedoch, das ihn nach Malaita zurückbrachte, weigerte sich auf die Kanus zu warten, die ihn aufnehmen sollten. Nachdem einige Schiffe von den Eingeborenen abgefackelt worden waren, fürchtete er einen Vergeltungsschlag. Er ließ Ratasali noch vor dem Riff über Bord werfen und er musste den Rest des Weges schwimmen.

Beschämt war er zu Hause angekommen. Während andere mit

Geschenken für ihre Familien ankamen, hatte er nichts außer seiner Wut im Herzen.
Das erste, was er tat, war, sich ein Messer zu nehmen und den »Mittelsmann«, der ihn verkauft hatte und aus seiner Sippe stammte, zu töten. Er tat es nicht für sich, sondern für die drei, die gleich nach der Entführung gestorben waren. So sagte er es den Dorfbewohnern, die dieses Sühneopfer für die Götter akzeptierten. Dann ging er in die Berge, nahm zwei feindliche Krieger gefangen und überreichte sie den Familien der Toten. Es waren dankbare Verwandte, die noch immer um ihre Männer trauerten, die nicht mehr zurückkommen sollten. Sie konnten die Leute aus den Bergen als Opfer den Göttern darbieten, um den Verlust ihrer Söhne wieder gutzumachen.
Von diesem Tag an wurde Ratasali ein »Mittelsmann« für die Plantagen, der gerissenste auf den Salomonen, der für seine Freiwilligen bezahlt wurde und den Weißen, die ihre Abkommen nicht erfüllten, schnelle Strafe zukommen ließ. Keinem aus seinem Volk – denn schnell stieg Ratasali zum Häuptling auf – erlaubte er jedoch, auf den Fidschis zu arbeiten. Er wusste, dass in Queensland die Verhältnisse besser waren, denn Arbeiter, die nach Hause kamen, meldeten sich oft ein zweites Mal und halfen so Ratasalis Reichtum zu mehren. Noch immer gab es Tote, viele überlebten nicht, aber wie jeder General sah sie Ratasali als vertretbare Verluste im Handelsgeschäft an.
Nun wartete er auf den Schoner Medusa aus der Trinity Bay in Queensland, der jeden Tag eintreffen musste. Es gab jedoch Probleme. Er hatte Captain King zum vereinbarten Preis von zwei Pfund pro Person fünfzig Männer und sechs Frauen versprochen. Allerdings hatte er die erforderliche Anzahl noch nicht zusammen und das würde den Kapitän sehr verärgern. Der Schiffsführer musste die Quote für die begierigen Pflanzer erfüllen, ansonsten würde er die Kosten der Reise nicht decken können. Ratasali verstand dies und tat sein Bestes. Zu der Gruppe, die er zusammenhatte, gehörten neun erfahrene Arbeiter, die nach Queensland zurückkehren wollten. Nach ihrem

dreijährigen Aufenthalt in der Welt der Weißen erschien ihnen das Leben auf den Inseln zu langweilig.
Ratasali verachtete sie. Er konnte nicht verstehen, dass sie gewillt waren ihre Rücken zu beugen und für schlechten Lohn sechs Tage in der Woche in den dreckigen Zuckerrohrfeldern zu schuften. Auch nicht für die japanischen Frauen in den chinesischen Bordellen, die in Cairns aus dem Boden schossen. Während sie hier saubere Insulanerinnen umsonst haben konnten, mussten sie dort für diese kleinen braunen Frauen auch noch bezahlen. Es war ihm ein Rätsel. Er hatte jeden einzelnen Tag gehasst, an dem er für magere drei Pfund im Jahr für die Weißen arbeiten musste. Aber er war ja auch, überlegte er, von höherer Geburt als sie, denn es lag nicht in seiner Natur sich vor irgendjemandem zu beugen. Niemals würde sich Ratasali in die Nähe dieser Schiffe begeben, nicht einmal in einem Kanu, um mit ihnen Gaben auszutauschen. Es war bekannt, dass die Menschenhändler die Kanus manchmal versenkten um sich der neugierigen Insassen zu bemächtigen.
Er war vorsichtig geworden. Einige Male hatten Weiße versucht, Ratasali mit vorgehaltener Waffe zu ergreifen. Aber immer war er von Kriegern, die sich im Busch versteckt hielten, beschützt worden. Viele hatten dabei ihr Leben verloren, aber – er lächelte – die Entführer hatten es kein einziges Mal zurück zu ihren Schiffen geschafft.
Captain King war, soweit davon überhaupt die Rede sein konnte, ein legitimierter Anwerber, da er an Bord der Medusa einen Agenten der Regierung, Jock Bell, mit sich führte. Aber alle auf den Salomonen wussten, dass King mit Hilfe des großen rothaarigen Agenten überall, wo er nur konnte, Insulaner aufgriff, wenn er seine Quote plus einiger überzähliger Männer, die die Verluste während der Reise ausglichen, nicht erfüllen konnte. Um zu seinem Geld zu kommen und um Schwierigkeiten zu vermeiden, musste Ratasali die vorgegebene Anzahl liefern.
Sein Freund Higimani kam zu ihm. »Das große Schiff Medusa wird erwartet«, sagte er, als er sich niederließ.

Ratasali nickte mürrisch.
»Lass mich gehen«, sagte Higimani. »Ich will zurück.«
Sein Häuptling war erstaunt. »Warum? Du bist seit zwei Jahren wieder hier. Warum willst du zurück?«
»Ah – wenn ich dort draußen vor dem Riff diese großen Schiffe mit ihren wunderlichen Segeln sehe, singt mein Herz vor Erregung. Ich sehne mich danach auf ihnen wieder zu fahren.«
»Eingesperrt in den Dreck der Laderäume«, grummelte Ratasali.
»Nein, nein. Gute Jungen wie mich lassen sie auf das Deck.«
»Du bist kein Junge mehr und du wirst arbeiten müssen.«
»Sie nennen uns alle Jungen. Die Arbeit macht mir nichts aus. Ich langweile mich hier.«
»Du bist verrückt. Du hast zwei Frauen. Was soll aus ihnen werden?«
»Ich nehme sie mit.«
Das interessierte Ratasali. Familien konnten nur schwer dazu überredet werden ihre Frauen herzugeben. Er saß lange da und ließ sich seine Bitte durch den Kopf gehen. »Gut«, sagte er schließlich. »Neben den bereits einmal dagewesenen Arbeitern haben sich nur siebzehn unserer jungen Männer gemeldet. Ich brauche aber mehr.«
»Was ist mit den sechs Leuten aus den Bergen, die wir gefangen haben?«
»Ja, sie gehen mit oder sie werden sterben«, erwiderte Ratasali beiläufig. »Aber es reicht trotzdem nicht. Bringe mir fünfzig Männer und sechs Frauen und ich lasse dich gehen.«
Higimani war erfreut. »Ich werde sie finden«, versprach er. »Lass mich nur machen.«
Das gefiel dem Häuptling. Eine Aufgabe weniger für ihn. Das Fest der großen weißen Haie stand nächste Woche bevor und er hatte viel zu tun. Es war das größte Fest überhaupt. Holzschnitzer arbeiteten an seinem neuen mit Perlmuschelintarsien verzierten Thron, der auf der Klippe hoch über der See aufgestellt werden sollte, Frauen sammelten Nahrungsmittel. Neben dem eigenen Feuerwasser besaß Ratasali ein Fass mit Rum der

weißen Menschen, den er an sein Volk verteilen wollte. Und wenn auf dem Höhepunkt der Zeremonie der volle Mond aufging, würden die Opferreichungen vom Steinaltar die aufregendsten sein, die sie seit Jahren erlebt hatten.
Seit Wochen hatten ausgewählte Männer jede Nacht unterhalb der Klippe die Haie gefüttert. Mehr und mehr dieser klugen Tiere waren während dieser Zeit gekommen und hatten sich um das Futter gestritten. In der besagten Nacht würden sie in solch großer Anzahl erscheinen, dass seine vom Grog und der Rede des Häuptlings berauschten Stammesgenossen in einen dem Blutrausch der Haie vergleichbaren Zustand der Raserei verfallen mussten, wenn die Opfer über die Klippe stürzten. Denn in dieser Nacht sollte Ratasali zu den Göttern erhoben werden. Fürsprachen, Bitten und Segnungen würden in Zukunft nicht mehr durch ihn, sondern an ihn gerichtet. Er würde der reichste Häuptling auf den Inseln sein. Sein Sohn Talua, der nun achtzehn war, sollte ebenfalls neben ihm am Altar stehen und mit Blut zum Gott gesalbt werden; seine Nachfolge war dadurch gesichert.
Ratasali grinste. Hier lag die Wahrheit, der wirkliche Grund für sein beinahe fanatisches Interesse an den diesjährigen Zeremonien, für seine Befehle, riesige Feuer aufzurichten und mehr Sänger und Tänzer zu bestellen, als jemals gesehen worden waren. Wenn Häuptlinge älter wurden, wurden sie von ehrgeizigen jungen Männern gestürzt. Ratasali hatte nicht die Absicht als Haifutter zu enden. Er hatte viele Söhne, Talua aber war der beste – er war schön, mit starken Gliedern, besaß die Statur des Vaters und unverdorbene, gottähnliche Züge. Und einen schönen Charakter, er war dem Vater treu ergeben. Wenn es an der Zeit war, würde Ratasali zurücktreten und, gestützt durch eine Reihe hervorragender Krieger im Hintergrund, die Führung seinem Sohn übergeben. Dann und nur dann, unter dem Schutz Taluas, konnte er seinen Reichtum genießen und darauf hoffen seine Enkelkinder noch zu sehen.
Es war ein herrlicher Plan, den er mit den Göttern durchgesprochen hatte. Sie waren erfreut ihn aufzunehmen, denn auch

sie waren Geister der Erde und des Meeres, die Unsterblichkeit erlangt hatten. Würde er erst einmal Gott sein, so plante Ratasali viele Schreine für sich zu errichten, um überall als der größte Gott von allen verehrt zu werden.
An Bord der Medusa gab Captain King den Befehl, vor der Manu Bay an der Ostküste Malaitas den Anker zu werfen. Sein Schoner legte sich sanft in die Brise. Die Abenddämmerung setzte ein und sie sahen, wie auf einer Klippe ein großes Feuer entzündet wurde, ein flammendes Zeichen vor dem dunkler werdenden Himmel.
Er lachte und rief Jock Bell: »Schauen Sie! Das muss das Licht sein, das wir letzte Nacht in der Ferne sahen. Der alte Ratasali will unter keinen Umständen, dass wir ihn verpassen. Er entzündet Feuer um uns willkommen zu heißen.«
»Ich trau' ihm nicht«, sagte Bell. »Er ist zu schmierig, zu sehr darauf bedacht zu gefallen. Das passt nicht zu seinem Ruf als hingebungsvoller Kopfjäger.«
»Das ist ihr Geschäft«, sagte King. »Diese Inselbewohner sind doch alle gleich, sie bekämpfen sich, essen sich gegenseitig auf und behalten die Köpfe als Trophäen. Wir sind keine Missionare, wir sind hier, um Ladung aufzunehmen.«
»Kanibalenladung«, gab Bell zurück.
»Und? Wir liefern. Häuptling Ratasali will aus gutem Grund gefallen. Wir lassen ihn in Ruhe. Wir kommen, holen unsere Kanaken, zahlen und verschwinden wieder. Und er hat immer gute Arbeiter für uns, also machen Sie sich keine Sorgen. Der hier ist unser kleinstes Problem.«
Dennoch hielt sich King am nächsten Morgen an die üblichen Vorsichtsmaßnahmen. Mit seinem Fernrohr betrachtete er sorgfältig die Küste. Er grinste, als er sah, dass sich Ratasali für das Treffen mit Federn und Farbe wie ein Weihnachtsbaum ausstaffiert hatte. Und erleichtert war er, dass Ratasali noch immer der Boss war; ein Häuptlingswechsel bedeutete manchmal Gefahr. Dann befahl er nicht ein, sondern zwei große Beiboote ins Wasser zu lassen. Das erste brachte ihn und den Agenten an die Küste, das zweite hatte eine andere Aufgabe. Vier Seeleute folg-

ten in ihm, blieben aber, die Waffen auf den Strand gerichtet, vor der Küste; es bestand immer die Gefahr, dass ein feindlicher Stamm plötzlich angriff. Das, erinnerte sich der Kapitän, war das unvorhersehbare Moment dieser Operationen. Es zahlte sich aus, wachsam zu sein.

Als die Ruderer das Boot anlandeten, sprang King in das seichte Wasser und watete der weitarmigen Begrüßung des Häuptlings entgegen, die ihm fast die Luft nahm.

»Willkommen, mein guter Freund«, schrie Ratasali. »Du kommen nach langer gute Zeit. Alle Arbeiter viele hier.«

»Toller Bursche, Häuptling«, erwiderte King und ließ als Zeichen guten Willens einen Beutel mit Sovereigns klirren. Er trat zurück und betrachtete Ratasali. Sie waren beide von gleicher Größe, über einsachtzig, der Insulaner aber war stärker gebaut.

»Bei Gott, Ratasali«, lachte der Captain, »du bist nun ein großer Mann. Die Leute sagen, dass du jetzt der höchste aller Häuptlinge bist, viel Essen, viele Frauen, eh?«

Ratasali strahlte vor Vergnügen und rief den respektvoll entlang des Strandes stehenden Eingeborenen die Übersetzung zu. Sie brüllten vor Freude und sprangen und stampften vor Begeisterung. Dann schoben sie einen schüchternen jungen Mann nach vorne, den der Häuptling als seinen Sohn Talua vorstellte.

»Dieser Mann nächster großer Häuptling, wenn ich niedersetze«, informierte Ratasali King, der dem jungen Mann sofort die nötige Ehrerbietung zukommen ließ. »Er spricht auch gut Englis«, fügte Ratasali an. Talua bohrte einen Zeh in den Sand und schien nicht gewillt zu sein, seine Sprachkenntnisse zu beweisen. King kümmerte es nicht; er wollte die Ladung aufnehmen und wieder verschwinden.

Sie setzten sich, wie es das Ritual erforderte, in den Sand und begannen die Unterhaltung, an der auch Jock Bell teilnehmen durfte. Bell hatte hier Gelegenheit, Ratasali über Inselprobleme zu befragen: welchen Häuptlingen konnte man sich nicht gefahrlos nähern, wo waren vermisste Seeleute oder Schiffe abgeblieben und dergleichen. Den Informationen Ratasalis konnte man gewöhnlich trauen.

Während die beiden redeten, blickte King zum Strand hinunter, wo eine große Gruppe von Insulanern ungeduldig wartete. Dies waren seine Kanaken; nach ihrem Aussehen zu schließen hatte er diesmal eine starke Truppe. Die Pflanzer würden gut zahlen.

Nun kam die übliche Einladung der Insulaner, zu einem Fest an Land zu bleiben – wenn Fleisch aufgetragen wurde, konnte es sich leicht um Menschenfleisch handeln, und es gehörte sich nicht, danach zu fragen –, ein Vergnügen, das King mit einer akzeptablen Entschuldigung abzulehnen wusste. Weitschweifig erklärte er Ratasali, dass er die Ebbe noch ausnützen musste, wies seine Seeleute jedoch an, eine kleine Kiste mit Tabak, Tee und Perlen zu bringen um die Unhöflichkeit ein wenig abzumildern.

Also zum Geschäft. Nachdem ihm Ratasali versicherte, dass die Zahl der Eingeborenen stimmte, zählte er die exakte Summe ab, steckte das Geld wieder in den Leinwandbeutel und überreichte ihn Ratasali, der daraufhin seinen Freund Higimani anwies, mit dem Verladen der Kanaka in das Großboot des Captains zu beginnen.

»Dieser Mann kommen zurück!« rief Higimani King zu.

»Schön für dich!« Der Captain wandte sich wieder an Ratasali. »Du hast viele alte Arbeiter, die wieder mit mir kommen? Das sind gute Nachrichten. Erfahrene Männer, das macht es für alle leichter.«

»Ich schicke sie«, verkündete Ratasali. »Mehr bessere andere folgen, machen gute Arbeit. Nächste Mal du zahlen drei Pfund für alte Arbeiter, eh?«

»Das ist nur fair«, sagte King.

Ratasali grinste vor Vergnügen und schlug seinem Gast auf die Schulter. »Du verdammt guter Mann, Cap'n. Und nächste Mal, du bringen diese Mann ein gut lebend Schaf, eh?«

»Ein Schaf?« fragte King erstaunt.

»Schaf«, insistierte Ratasali. »Diese Mann nicht mehr Häuptling, sondern Gott. Mehr Ehre, verstehen? Mein Sohn auch Gott.«

»Oh, ich verstehe. Ein Gott! Das sind große Neuigkeiten. Du zeigst mir besser, wie man mit einem Gott umgeht.«
Das Großboot war in See gestochen und fuhr mit den zusammengepferchten Eingeborenen zur Medusa zurück. Zwischen dem Agenten und Higimani schien es jedoch Schwierigkeiten zu geben, also sprach King weiter. »Ich habe noch niemals einen Gott kennen gelernt. Zum Teufel, das sind wichtige Neuigkeiten für unsere Königin.«
Ratasali nickte abwesend. Auch er hatte bemerkt, dass etwas nicht stimmte. Er erhob sich vom Strand, lehnte sich auf seinen Speer und sah zu Kings zweitem Großboot, auf dem die ebenfalls aufgeschreckten Seeleute ihre Gewehre ausrichteten. Er nahm die Schale einer Meeresschnecke und schlenderte, von King gefolgt, fort.
»Das ist eine Schweinerei!« schrie Bell. King hätte ihn erwürgen können. Der rothaarige Bastard mag in Cairns ein großes Tier sein, hier aber unter den Niggern war er ein wandelndes Desaster; total hilflos im Umgang mit ihnen.
»Beruhigen Sie sich«, sagte King. »Was ist los?«
»Die erste Ladung ist fort«, erzählte ihm Bell, »dann besah ich mir die restlichen. Die wollen hier Unbrauchbare einschmuggeln. Schauen Sie sich das an!« Er zog einen Jungen hervor. »Keine Schamhaare. Wir können ihn nicht nehmen, der ist zu jung.«
»Gut, lassen wir ihn hier«, lachte King und sah hilfesuchend zu Ratasali. »Kinder schleichen sich ein, nicht wahr, Häuptling?«
Aber aus Ratasalis Gesicht war das Lächeln gewichen. Verdrossen starrte er auf die Gruppe der Reisewilligen.
»Und was ist mit denen?« schrie Bell und zog andere heraus, die sich in der Menge versteckt gehalten hatten. »Sie sind wertlos. Keiner wird sie kaufen. Schauen Sie sich die beiden Frauen an, sie sind mit Geschwüren bedeckt.« Er stieß sie nach vorne. »Und hier hinten klapprige alte Knochen, die keinen Penny wert sind. Haben Sie dafür bezahlt?«
Nacheinander zog er zwischen den gesunden Männern Eingeborene hervor, die sich unter seinem Griff krümmten.

Überrascht wandte sich King an Ratasali. »Du hast gute Arbeiter versprochen.«
Voller Wut sprang Ratasali mit dem Speer nach vorne. Sein Angriff aber galt nicht dem Schiffsführer. Ihm war klar geworden, was geschehen war. Higimani hatte ihn in seinem Eifer, auf dem großen Schiff zu fahren, übers Ohr gehauen und zwischen den gesunden Männern Alte und Kranke versteckt um die geforderte Anzahl zusammenzubringen. Ratasali stürzte sich auf den Mann, der einst sein Freund gewesen war und nun alles verdarb.
Sein Speer durchbohrte Higimanis Hals. Gleichzeitig gerieten die Seeleute in Panik und feuerten Schüsse ab. Das reichte um Chaos ausbrechen zu lassen. Die leicht erregbaren Eingeborenen, die nicht getroffen wurden, stürzten sich in den Kampf. Der kleine, ruhige Strand war plötzlich in Aufruhr. In dem Glauben, die Ordnung wieder herstellen zu können, setzten die Seeleute auf dem Boot das Feuer fort.
Bell rannte zum Meer. Über die Schreie hinweg brüllte Captain King seinen Männern zu, das Feuer einzustellen. Ratasali, der fürchtete, dass ihm der erste Tag seiner Göttlichkeit niemals verziehen würde, wenn er nicht zurückschlug, rannte weg und blies lange und hart auf seiner Meeresmuschel. Augenblicklich schoss das herrliche Kriegskanu in die Bucht und nahm direkten Kurs auf die feuernden Seeleute.
King, der in die Kämpfe am Strand verwickelt wurde, die sich durch das Eingreifen der Sippe Higimanis noch verschlimmerten, ging mit einem Speer in der Schulter zu Boden. Vor Schmerz schrie er auf, als jemand den Speer herausriss und ihn zum Wasser zog. Während aller Augen auf das große Kriegskanu gerichtet waren, zerrte der weinende Talua den Kapitän, den Freund seines Vaters, in die Lagune und hinaus in die tieferen Gewässer des Riffs. Blut umströmte sie als King zu schwimmen versuchte, Talua aber hielt ihn fest, zog ihn durch das warme Wasser und kämpfte sich durch die Wellenkämme der offenen See, bis sie von starken Händen ergriffen und an Bord der Medusa gezogen wurden.

In der Manu Bay sahen die Seeleute mit ihren Gewehren das große, furchterregende Kanu auf sich zukommen. Alle vier waren gute Schützen, aber um die vierzig Krieger zu stoppen hätte es einer Kanone bedurft. Verzweifelt richtete einer von ihnen seinen letzten Schuss auf den Strand. Er suchte sich den Häuptling der Eingeborenen der, wie er glaubte, seinen Kapitän getötet und auch den Tod über ihn gebracht hatte; die große braunglänzende Gestalt konnte er kaum verfehlen, sorgfältig zielte er im schwankenden Boot und erschoss Ratasali, den Gott.

Das große Kriegskanu mit seinen wilden Zähnen kam über sie wie eine schreckliche Sturzsee.

Auch einige der eingeborenen Freiwilligen, entschlossen, nicht zurückgelassen zu werden, schwammen zur Medusa und kletterten an Bord, noch bevor die Mannschaft in Aktion trat. Der Erste Maat hatte den Gewaltausbruch durch sein Fernrohr beobachtet und sobald King und der Agent sicher an Bord waren, ließ er Segel setzen. Fasziniert hatte er auf das Kriegskanu gestarrt, hilflos musste er nun mit ansehen, wie seine vier bewaffneten Besatzungsmitglieder niedergemäht wurden. Nun kam es darauf an, die Medusa außer Reichweite zu bringen, bevor es der eingeborenen Kriegspartei einfiel am Strand Feuerpfeile aufzunehmen und sie damit zu verfolgen.

Inmitten der Verwirrung, die auf dem Deck zwischen den hysterischen Eingeborenen und der beschäftigten Mannschaft herrschte, brachte Bell den Kapitän in seine Kabine. Um das Blut zu stillen betupfte er die tiefe Wunde. »Wir müssen sie nähen«, sagte er.

King schüttelte den Kopf. Er wollte keine Zeit verlieren. »Nein, verbinden Sie sie nur fest. Ich muss sehen, was dort draußen los ist.«

»Nein, das müssen Sie nicht. Sie können nichts tun. Wir sind unter Segel.«

Neugierige Eingeborene, die längst unter Deck sein sollten, schauten durch die offene Luke zu ihnen hinein.

»Holt Talua«, schrie King. Nach wenigen Minuten wurde der

junge Mann die Holztreppe hinabgestoßen. Vor Schmerz stöhnend hielt ihm der Captain die Hand hin. »Danke, Junge, du hast mir das Leben gerettet. Das werde ich dir nicht vergessen. In der nächsten Bucht werden wir dich absetzen, damit du zu deinem Vater zurückkehren kannst.«
»Das kann nicht Ihr Ernst sein«, mischte sich Jock Bell ein. »Sie haben für fünfzig Männer bezahlt und wir können von Glück sagen, wenn wir lausige dreißig hier haben. Wir haben das Recht, ihn zu behalten.«
Taluas große braune Augen blickten den Captain schmerzlich an. »Mein Vater tot. Männer sagen, Gewehre ihn getötet.«
»O Gott!« sagte King. »Was für ein blutiges Debakel! Das tut mir Leid, Junge.«
»Er war selbst daran schuld«, warf Bell wütend ein. »Er wollte uns hereinlegen.«
»Nein, das wollte er nicht. Higimani versuchte uns zu betrügen. Ratasali war darüber genauso überrascht wie ich. Das Mindeste, was wir tun können, ist, seinen Sohn freizulassen.«
Aber Talua schüttelte den Kopf. »Nicht zurückgehen. Götter wütend. Viel Kampf nun, um neuen Häuptling zu finden.«
»Ist es gefährlich, wenn du nun zurückgehst?« fragte King.
Talua nickte. »Gut, er bleibt«, sagte Bell. Er schaffte den Jungen an Deck und begann, während der Schoner sich langsam von der Insel entfernte, die Eingeborenen zur Ordnung zu rufen, nahm ihre Namen auf und schickte sie unter Deck. Als er zu Talua kam, starrte er ihn wütend an. »Wir haben hier vier weiße Männer verloren, vier gute Besatzungsmitglieder. Wir wollen nicht mehr an Ratasali und seine Familie erinnert werden. Dein Name ist nun Joseph. Verstanden?«
»Joseph.« Talua zuckte mit den Schultern. Der Verlust seines Vaters und die Ereignisse des Tages hatten ihn so sehr mitgenommen, dass ihm kaum bewusst war, was hier geschah. Demütig trottete er davon, hinab in den Laderaum, legte sich in eine feuchte Ecke und überließ sich seinem Schmerz. Unter sich spürte er das unruhige Stampfen des Schiffes.

DRITTES KAPITEL

Der schäbige Hafen von Cairns in der Trinity Bay kam niemals zur Ruhe. Das Äußerste, was er erlaubte, war ein gelegentlicher Schlummer. Und das um drei Uhr nachmittags, wenn sich die Europäer der drückenden Hitze hingaben und die Chinesen, nun vor Anfeindungen geschützt, leise und eilig ihre Besorgungen machten. Aber die Morgendämmerung war wie ein Tollhaus. Beim ersten Anzeichen von Licht begannen die bis dahin in den hohen, weitausladenden Palmkronen verborgenen Vögel zu singen, dann pfiffen die Honigfresser, es erwachte unaufhörliches Gezwitschere, Singvögel fielen mit ihren flötenden Tönen ein, bis, wie ein verrückter Bläserchor, die Papageien einstimmten – alle Arten von Papageien, von den Buntsittichen und Kakadus bis zu den Tausenden bunter Loris – und der Lärmpegel sich zu einem ohrenbetäubenden Kreischen steigerte.

Und das waren nur die Hintergrundgeräusche. Mike Devlin wälzte sich unruhig in seinem Bett in dem völlig zu Unrecht so genannten Palace Hotel. Die Vögel gehörten zum Leben im Norden, er hörte sie kaum noch, aber was er hörte, waren die Schreie und Flüche der nächtlichen Krakeeler, die aus den Bars und Bordellen wankten.

»O Gott«, murmelte er, drehte sich auf die andere Seite, um noch etwas Schlaf zu erhaschen, als Schlägereien ausbrachen, Frauen aufschrien und fluchten und eine zornige Gattin ihren Mann beschimpfte. Pferde schnaubten und wieherten und wirbelten Staub auf, während sie sich in den Straßen aufbäumten, Staub, der die heiße Luft noch mehr verdickte und der sich dem Gestank frischen Pferdedungs und den allgegenwärtigen Ausdünstungen der weitläufigen Mangrovensümpfe von Trinity Bay hinzufügte.

»Ebbe«, kommentierte er grimmig. Der Gestank war noch schlimmer, wenn die schlammigen Abfälle zum Vorschein kamen.

Er hörte einige Schüsse, aber nicht einmal das brachte ihn in Bewegung. Betrunkene, denen der Zeigefinger locker saß, waren nichts Ungewöhnliches in dieser Ecke – Goldschürfer, Seeleute, Viehtreiber und Pflanzer waren rauhe Menschen. Er fragte sich, ob diese Stadt im Grenzland wohl jemals zur Ruhe kommen würde. Früher oder später musste sie es, ging es ihm durch den Kopf. Providence, die Plantage, die er verwaltete, war von diesem Hafen abhängig.

Der Lärm draußen nahm zu; verschlafen beugte er sich über die Veranda um auf die Straße hinabzublicken. Er war noch immer nicht sonderlich interessiert – es war noch nicht Sonntag. Da Sonntag ihr einziger freier Tag war, kamen Samstagnacht wagenweise Kanaka in die Stadt. Betrunken stellten sie ein wirkliches Problem dar. Meistens gelang es Mike, seine Arbeiter zu überreden zu Hause zu bleiben, aber wenn sie darauf bestanden, die »hellen Lichter« zu besuchen, dann hatte er keine rechtliche Möglichkeit, sie davon abzuhalten. Alles, was er tun konnte, war, Sonntagnacht einen Wagen zu schicken, der die »Leichen« wieder aufsammelte; die meisten der armen Dummköpfe tranken sich bewusstlos.

»Was ist los?« schrie er den Männern unter ihm zu.

»Ein Aufruhr!« brüllte einer. »Ein Aufruhr im alten Lagerhaus.«

»Großer Gott!« Er zog hastig seine Kleider an und rannte die wackelige Nebentreppe hinab und zum Kai. Der Schuppen war die erste Station für die neu eingetroffenen Kanaka, hier wurden sie von den Einwanderungsoffizieren registriert und ihre Namen aufgezeichnet. Immer eine verwirrende, manchmal auch lustige Prozedur, denn die wilden Kerle kamen hier zum ersten Mal mit europäischer Kleidung in Berührung: mit Hosen, Hemden, Stiefeln und Hüten. Die meisten von ihnen hatten vorher lediglich einen Lendenschurz getragen, ihr Kampf mit den Kleidern war daher für die Zuschauer und selbst für die fröhlichen Insulaner ein großes Vergnügen. Sogar die Unglücklichen, die entführt worden waren, fanden bei den scheinbar chaotischen Vorgängen einigen Spaß.

Und verwundert starrten sie um sich, wenn sie zum ersten Mal ein Dorf der Weißen erblickten. Alles setzte sie in Erstaunen, besonders die Pferde. Mit einem Dolmetscher an ihrer Seite standen sie aufgereiht und warteten, bis die Beamten sorgfältig Datum und ihren Bestimmungsort notierten. Nach dem Gesetz waren die Pflanzer verpflichtet sie nach genau drei Jahren wieder auf ihre Heimatinseln zurückzuschicken. Die Zeitspanne sorgte oft für Probleme, denn viele der Freiwilligen waren nicht in der Lage zwischen Monden und Jahren zu unterscheiden. Drei Monde fort zu sein war für viele ein Abenteuer, wenn sie aber herausfanden, dass sie sich für drei Jahre verkauft hatten, regten sie sich verständlicherweise auf. Furcht und Verzweiflung waren die gewöhnlichen Reaktionen – niemals aber Aufruhr.

Als Mike sich dem Schuppen, einem ehemaligen Lagerhaus, näherte, schien der plötzliche Aufstand mehr oder weniger niedergeschlagen zu sein. Übel zugerichtete Männer, Seeleute und Beamte wanderten verwirrt am Kai herum, ihre Köpfe und Hemden waren mit Blut bedeckt. Einige Insulaner krümmten sich unter den Schlagstöcken der Polizisten, Blut floss aus Kopfwunden und drei Soldaten bewachten mit Gewehren die Tür des Schuppens. Drinnen hämmerten die Eingeborenen noch immer gegen die Wellblechwände.

»Was zum Teufel ist passiert?« fragte Mike den Agenten Jock Bell.

»Woher soll ich das wissen«, gab Bell verärgert zurück. Sein vom Whisky gerötetes Gesicht war noch fleckig von der Anstrengung. »Wir haben sie gerade aussortiert, als sie Amok liefen.«

»Haben die Alkohol da drin?«

»Soweit ich weiß, nicht.«

»Es ist Ihre Aufgabe, das zu wissen«, sagte Mike wütend. »Ich habe gestern dreißig von den Jungs angeheuert und erwarte, sie in einem Stück zu bekommen, nicht zerschlagen und durchgeprügelt. Wo ist Captain King?«

»Noch immer an Bord. Hat sich ein Fieber eingefangen.«

Mike stürmte zu einem der Einwanderungsbeamten hinüber. »Was ist los, Charlie?« rief er ihm durch das Getöse hindurch zu.

Charlie saß schwer auf einer Kiste und rieb sich seinen Nacken. »Einer der verdammten Hunde hat mir einen Schlag verpasst, hätte mir fast das Genick gebrochen.«

»Warum?«

»Keine Ahnung! Sie stellten sich der Reihe nach auf und plötzlich fielen sie über uns her.«

»Wer hat sie Aufstellung nehmen lassen? Bell?«

»Ja, er und einige seiner Kumpel.«

»Seine Jungs mit den Stöcken?«

»Nun ja, du weißt, wie die Nigger sich anstellen. Jock hat ihnen nur ein wenig Zunder gemacht, nicht mehr als sonst auch.«

»Außer, dass es einem nicht gefiel«, sagte Mike. Er sah sich um. »Wo ist Solly Sam?«

Solly Sam war der Dolmetscher, ein Mischling von den Salomonen, der Sohn eines Missionars, wie es hieß, aber das war wahrscheinlich ein Witz. Mike brauchte ihn, um herauszufinden, ob sich unter seinen neu erworbenen Arbeitern ein Hitzkopf befand. Obwohl die Kanaka in ihrer Heimat als Wilde galten, passten sie sich erstaunlich gut der Disziplin in den Zuckerrohrfeldern an; einer der Gründe, warum Pflanzer auf den Fidschis oder in Queensland sich um sie als Arbeitskräfte rissen. Weder die Bewohner der Fidschis noch australische Aborigines wollten auf den Feldern arbeiten, die letzteren verachteten die Kanaka und nannten sie die »Hunde der weißen Männer«. Um auf Providence den Frieden zu erhalten, wählte Mike seine neuen Arbeiter sorgfältig aus. Unruhestifter konnte er nicht gebrauchen.

Solly Sam hockte auf dem Boden, neben ihm ein halbes Dutzend Eingeborener, die aus dem Gemenge gezogen worden waren. »Verdammt guter Kampf«, grinste er. Er blinzelte Mike zu.

»Verdammt dummer Kampf«, gab Mike zurück. »Wer hat angefangen?«

»Weiß nich', Boss. Ging zu schnell. Bin ziemlich schnell durch dieses Fenster.«
»Was ist mit denen hier?« Mike zeigte auf die unter Arrest stehenden Insulaner.
»Ah, die wissen nichts.«
Solly Sam sah zu, wie Mr. Devlin zu den Soldaten hinüberging und nach einem lauten Wortwechsel die Erlaubnis erhielt, den Schuppen zu betreten.
»Geben Sie uns aber nicht die Schuld, wenn sie Ihnen den Kopf abreißen«, schrie ihm ein Soldat hinterher, nachdem Mike darauf bestanden hatte ihnen unbewaffnet gegenüberzutreten.
Solly klopfte zwei Eingeborenen auf die Schulter und redete mit ihnen in ihrer Sprache. »Dieser Mann ist Mr. Devlin. Ein starker Mann, guter Boss. Ihr Jungs seid glücklich, ihr geht mit ihm.«
Sie blickten auf; sie sahen erbärmlich aus. Niemand hatte sich um sie gekümmert und ihre Wunden versorgt; in ihrem jetzigen Zustand waren sie alles andere als glücklich. Aber Solly lachte. »Keine Knochen gebrochen. Die Weißen können euch hier nichts tun, ihr seid für sie Geld wert. Aber wenn ihr auf die Plantagen kommt, dann müsst ihr aufpassen. Einige Bosse schlechte Männer. Nicht gut. Verhaltet euch also ruhig, arbeitet hart oder sie erschießen euch und sagen den Häuptlingen, dass ihr an einer Krankheit gestorben seid.«
Der Krach im Schuppen verstummte, bald danach erschien Devlin mit einigen seiner Arbeiter. Solly erkannte manche Freunde, darunter Kwaika und Manasali, der auf den Feldern als Sal bekannt war.
Mike gab Kwaika zu verstehen, Männer von ihrer Insel Malaita aufzurufen. Als die Kanaka aus der fahlen Dunkelheit hervortraten, ging Jock Bell dazwischen. »Was tun Sie hier, Devlin? Nehmen sich wie immer die besten.«
»Nein, ich trenne sie nur. Der Aufruhr kann von Fehden zwischen den Inseln herrühren. Sagen Sie King, dass ich sie zum Glockenturm bringen werde.«
Solly Sam hörte aufmerksam zu, als die Namen aufgerufen

wurden und die Männer von Malaita vortraten. Natürlich wusste er, worum der Streit gegangen war. Die verletzten Insulaner hatten es ihm mit furchtsamen Stimmen erzählt, allerdings hütete er sich, die Informationen weiterzugeben, nicht einmal an Mike Devlin. Solly wusste, warum er sich aus Stammesangelegenheiten heraushielt. Dennoch trieb ihn die Neugierde nach vorne. Er bemerkte, wie Kwaika kurz innehielt, bevor er den Namen »Joseph« rief.

Es gab eine Verzögerung. Keinem der Weißen fiel etwas auf, aber finstere Blicke gingen von einem Insulaner zum anderen, als Joseph vortrat. Dann senkten sich ihre Augen, als wäre nichts Außergewöhnliches geschehen. Solly hielt vor Aufregung den Atem an. Niemals zuvor hatte er einen Gott gesehen. Das war nicht Joseph; das war, so hatte man ihm erzählt, Talua, der Sohn des großen Häuptlings und kürzlich ernannten Gottes Ratasali, der in den Himmel gegangen war, nachdem er seinen Sohn zu seinem Nachfolger gesalbt hatte.

Die Insulaner glaubten inzwischen, dass der Kampf am Strand von Manu Bay vorherbestimmt war, dass Ratasali von den anderen Göttern von seinem bevorstehenden Tod unterrichtet worden war und er dann, nach spektakulären Zeremonien, dahinging, um sich mit ihnen zu vereinigen. Es passte alles zusammen, musste Solly sich eingestehen: der Zeitpunkt der Zeremonien, das letzte Opfer, das Ratasali durch seinen besten Freund Higimani darbrachte, und seine Flucht in den Tod. Der Sohn Ratasalis, den Solly gut gekannt hatte, stand nun vor ihm. Er war ein prachtvoller junger Mann, prachtvoll selbst noch in dem zu engen Hemd und den zu kurzen Hosen.

Unterwürfig ging Talua mit den anderen – ganz anders als sein stolzer, kriegerischer Vater. Solly wusste nicht, ob Talua nur Possen spielte oder wirklich von sanftmütigerer Natur war. »Aber der Vater wird erscheinen«, sagte er sich. »Ratasali wird einen klugen Gott abgeben. Er wird aufpassen. Und dieser Jock Bell ist ein gezeichneter Mann.«

Weise nickte er und genoss sein Geheimnis. Bell hatte Joseph beim Aufstellen geschlagen! Die Männer von Malaita waren außer sich, dass dieser Weiße es wagte einen Gott zu schlagen. Gewalttätig und spontan brach es aus ihnen heraus. Um Talua zu schützen, griffen sie alle Weißen in ihrer Nähe an. Niemand Bestimmtes konnte für den Angriff verantwortlich gemacht werden, und keiner würde den Grund verraten. Es erfüllte sie mit großem Stolz, dass Talua unter ihnen war, Talua, den sie bereits als ihren Führer anerkannten, als ihren eigenen Gott, der über sie wachte und ihnen in diesem fremden Land Glück brachte.

Und welch ein fremdartiges Land es war! Als man sie vom Kai wegtrieb, versuchten die Jungs, wie man sie nun rief, ihre neue Umgebung zu begreifen, wurden aber von ihrer Kleidung daran gehindert. Sie schwitzten in den rauhen Hemden, zupften am Hintern um die Einschnürung dieser Dinger, die man Hosen nannte, zu mildern, und zogen trotz der Warnungen der alten Arbeiter die Stiefel aus, weil sie Blasen hervorriefen.

»Stiefel schützen euch in den Zuckerrohrfeldern«, erzählte man ihnen. »Sie schützen vor den Schlangen.« Aber das alles ergab für sie keinen Sinn. Auch verwirrte sie, dass sie von diesen weißen Männern, dem Boss und den beiden anderen, plötzlich anders behandelt wurden; sie trugen keine Gewehre oder Stöcke, schlenderten neben ihnen her und reichten runde Wasserbeutel aus Leinwand herum.

Während sie im Schatten eines hohen Baumes ruhten, begann das Aufrufen der Namen erneut, diesmal ohne jeglichen Streit. Nahrungsbeutel wurden ausgegeben. Das Essen – Brot mit Fleischstreifen und viele Bananen – war besser als der verschimmelte Reis, den sie auf dem Schiff erhalten hatten.

Als sie in die Wagen kletterten, die sie in ihre neue Heimat, die Plantage Providence, bringen sollten, hatten die Insulaner einiges von ihrer Skepsis verloren, sie waren zufriedener, manche lachten sogar und drängelten sich ausgelassen auf die Wagen.

Die Kutscher der Rollwagen waren Weiße, Plantagenarbeiter, die für diese Aufgabe abgestellt wurden und keineswegs unglücklich waren eine Nacht in der Stadt verbringen zu müssen.

»Ich muss in der Stadt bleiben, um die neuen Besitzer zu empfangen«, sagte ihnen Mike. »Die Caroline muss jeden Tag einlaufen. Behaltet die alten Arbeiter, Kwaika und Sal, vorne bei euch, das verleiht ihnen Autorität. Ihr solltet keine Probleme bekommen, aber sorgt dafür, dass ihr den Pferden beim Halfway Creek einige Stunden Ruhe gönnt.«

Erleichtert, dass die Kanaka sich beruhigt hatten, winkte er ihnen nach. Er hatte diesmal dreißig Männer angeheuert, keine Frauen. Einzelne Frauen verursachten zu viele Probleme. Er und Jake hatten darin von Anfang an übereingestimmt. Für das halbe Dutzend Kanaka, das ihre Frauen mitgebracht hatte, hatten sie kleine Ehequartiere errichtet; seither waren sechs Paare die übliche Zahl. Die übrigen Männer wohnten, eine halbe Meile vom Haupthaus entfernt, in langen Baracken, sorgsam getrennt von den Frauen. Die Ehefrauen kochten für alle Männer.

Auf dem Weg zur Bank, um das Geld für Captain King zu besorgen, dachte Mike an seinen Freund Jake Wallace. Er vermisste ihn und war alles andere als froh darüber, dass er nun neue Besitzer mit dem Land vertraut machen sollte. Wenn sie denn beschließen sollten ihn weiterhin zu beschäftigen. Nach allem, was er wusste, brauchte ihn dieser Engländer, Corby Morgan, nicht unbedingt. Mike war mit seinen Vierzig kerngesund, er liebte die Arbeit auf Providence, ja, liebte die Plantage, auf der er die letzten sechs Jahre gearbeitet hatte.

Im Laufe der Zeit hatte er sich in Dutzenden von Jobs versucht. Einige Jahre lang war er von Hobart aus auf Walfängern ausgelaufen, was ihm eine wahre Abscheu vor faulen Gerüchen eingetragen hatte. Reine Luft war für ihn fast zur Obsession geworden. Die Plantage war, außer während des Abbrennens, wunderbar frisch und grün und der Fluss, der an den Feldern vorbeifloss, führte kristallklares Wasser.

Dass er Jake Wallace kennen lernte, war reiner Zufall gewesen. Nach den Walfängern hatte Mike als Schafscherer gearbeitet, dann – er war in den Norden gezogen – als Arbeiter auf einer Rinderfarm, später als Treiber. Rastlos trieb er durch die Städte von Queensland und endete schließlich als Barmann in Bris-

bane. Und dort war es, wo er Jake und seinen Kumpel Tom Swallow kennen gelernt hatte.
»Mr. Swallow stellt im Süden Kekse her«, hatte ihm Jake erzählt. Nach Art der Barmänner hatte er die Information höflich, doch ohne wirkliches Interesse aufgenommen.
Später, während Jake wie üblich seine Pints trank, führte er das Thema Tom Swallow weiter aus. »Ein raffinierter Kerl, dieser Tom. Hat im Norden, in der Nähe der Trinity Bay, einen Streifen Land gekauft um Zucker anzubauen. Wie findest du das?«
»Sehr schön«, erwiderte er abwesend.
»Aber kapierst du nicht, Mike? Zucker. Kekse. Er hat nun alles unter einem Dach. Er besitzt eine Keksfabrik.«
»O ja, ich verstehe.« Mike dachte nicht mehr daran, bis Monate später Jake wieder in die Bar kam und erzählte, dass er, nachdem Tom Swallow so gute Geschäfte machte, nun ebenfalls ins Zuckergeschäft eingestiegen war. Auf den Rat Swallows hin hatte Jake ein großes Anwesen in der gleichen Gegend erworben. »Eine unberührte Landschaft, herrlich, tropisch, ideal für Zucker. Natürlich muss ich es nach und nach roden, aber dieser verdammte Zucker wächst so schnell, es wird nicht lange dauern und ich habe die erste Ernte.«
»Und dann?«
»Dann verkaufe ich soviel wie möglich hier und exportiere den Rest.«
»Klingt kompliziert.«
»Ist es aber nicht. Tom wird mir zeigen, wie es zu machen ist. Warte nur ab, bald habe ich eine der besten Plantagen im Norden. Und werde Millionär.«
»Wieviel Land hast du gekauft?«
»Zweihundertfünfzig Hektar.«
»Allmächtiger Gott! Ich hoffe, du weißt, was du tust.«
»Klar. Wegen der Goldvorkommen dort oben wächst die Stadt Cairns in der Trinity Bay. Und wenn das Gold einmal erschöpft ist, wird sie durch den Zucker am Leben gehalten.«
»Ich war noch nie so weit im Norden. Ich dachte, das sei Weideland für Rinder.«

»Nein, das liegt hinter den Bergen. An der Küste ist es zu feucht. Warum kommst du nicht einfach mit?«
»Was?«
»Du hast doch gehört. Schmeiß diesen Job hin und komm mit.«
»Was kostet mich das?«
»Es kostet dich nichts. Ich setz dich auf meine Lohnliste.«
»Wie weit ist Trinity Bay von Brisbane entfernt?« fragte Mike, der nun aufmerksam geworden war.
»O Gott, weiß ich nicht. Einige tausend Meilen, nehme ich an, Luftlinie. Das Schiff läuft morgen aus. Ich muss meine Pferde früh an Bord bringen. Du kannst mir dabei helfen.«
Mike zog seine Schürze aus, gab dem Kneipenbesitzer die Hand und ging mit Jake mit.
Während sie auf ein Kontingent Kanaka warteten, das in Cairns eintreffen sollte, ritten die beiden Männer die Grenzen von Jakes Land ab, das er Providence getauft hatte, untersuchten sorgfältig das Terrain, zeichneten Karten und entschieden, welche Teile sie als erste roden wollten. Dann machten sie sich mit dem Fluss vertraut, der das Anwesen durchzog.
Sie erkundeten den Oberlauf des Barron River und waren von der wilden Schönheit des Regenwaldes überwältigt. Sie durchquerten alte, mit Farnen und Orchideen überwachsene Felsschluchten und schlugen sich durch den Dschungel, der vor bunten Vögeln und Schmetterlingen wimmelte und in dem in der Nacht Kaskaden von phosphoreszierenden Pflanzen schimmerten. Als sie die mächtigen Wasserfälle, die Barron Falls, erreichten, war Jake außer sich vor Begeisterung. »Einfach schön, nicht? Verdammt schön.«
Mike musste ihm zustimmen. Auch wenn er sich vom Aufstieg müde und zerschlagen fühlte. Er hatte erwartet, dass die Gegend um die Trinity Bay der in Brisbane glich. Nichts hatte ihn auf dieses atemberaubende Naturereignis vorbereitet.
Wenn er nun von der Bucht in diese dampfenden grünen Berge hinaufblickte, stand ihm dieses Erlebnis wieder vor Augen. Es war, als wollte die Natur damit protzen, als wollte sie ihre überquellende Schönheit in fast dekadenter Fülle zur Schau stellen.

Eine Dekadenz, die er noch unten in Providence spürte, die sich dort auf die fruchtbaren Niederungen legte und im Säuseln der Zuckerrohrfelder zu hören war, das so verführerisch klang wie die Flöte Pans.

Er lachte leise auf, als er sich an diese halsbrecherische Expedition erinnerte. Zwei Grünschnäbel, die völlig ahnungslos in das Land der Irukandji eingedrungen waren, in die Heimat einer der wildesten Aborigine-Stämme im Norden. Allerdings hatten sie Glück gehabt und nicht die Aufmerksamkeit der Schwarzen erregt. Trotz der andauernden Kriege zwischen den Aborigines, den Goldschürfern und den in das Landesinnere vordringenden Rinderzüchtern war Providence von ihren Streitigkeiten verschont geblieben. Einige Aborigine-Clans kampierten zwar noch immer auf der Seite des Flusses, die zur Plantage gehörte, aber meistens blieben sie für sich. Ihre kriegerischen Brüder blieben auf der westlichen Seite.

Jake ließ sie gewähren und gab ihrer Bitte nach, die Plantage durchqueren zu dürfen. Die Aborigines hielten an ihren alten Sitten fest; sie folgten den alten Pfaden, und wenn diese Pfade durch die Plantage führten, dann war es der Weg, den sie nehmen mussten. Auch wenn, nachdem die Gebäude errichtet waren, ein Pfad plötzlich einen Umweg machte und direkt an der Küche vorbeiführte, wo ihnen Essen gereicht wurde. Nein, die Schwarzen waren kein Problem in Providence. Aber auf die Kanaka musste man aufpassen. Es kam öfter vor, dass sie Amok liefen und Kämpfe zwischen ihnen ausbrachen. Jake und Mike mussten ein straffes Regiment führen.

Schließlich waren die Kanaka angekommen und sie hatten mit der Arbeit in Providence begonnen. Und wie sie schufteten, er und Jake, Seite an Seite mit fünfzig Kanaka. Sie rodeten das Land und pflanzten ein Zuckerrohrfeld nach dem anderen. Niemals zuvor hatte Mike so hart gearbeitet, und niemals zuvor hatte er es mehr genossen. Es war aufregend, die Schösslinge zu hohen Pflanzen emporwachsen zu sehen, wogende Felder mit Zuckerrohr. Und dann die Ernte einzubringen und die Arbeit des Jahres zu feiern.

Er ging an den vergitterten Fenstern der Bank von New South Wales vorbei und öffnete die schwere Tür. Der Eigentümerwechsel gefiel ihm nicht.
Er und Jake hatten Providence der Wildnis abgerungen, sie hatten die Baracken, die Ställe und das Herrenhaus gebaut. Und nach nur drei Jahren hatte Jakes Investition Profit abgeworfen. Und nun, da der Zucker boomte, übernahmen Fremde die Plantage.
»Ja, Mr. Devlin?« sprach ihn der Bankangestellte an. Mike überschlug schnell die Kosten. Zweihundertundzehn Pfund für Captain King.
Ein Pfund pro Kopf an die Einwanderungsbehörde für die dreißig Kanaka, dazu zehn Pfund pro Kopf für die Rückfahrt, die treuhänderisch verwaltet wurden um sicherzustellen, dass die Männer nach drei Jahren wieder zurückkehrten. Fünfhundertundvierzig Pfund.
»Geben Sie mir sechshundert«, sagte er zu dem Angestellten und unterschrieb das Abbuchungsformular. Er hatte noch dreihundert Pfund ausstehen, doch das ProvidenceKonto war ziemlich leer. Erst nach der Ernte konnten sie wieder mit Einnahmen rechnen. Der neue Besitzer, der reiche Engländer, musste das Konto sehr bald auffüllen.
Er steckte das Geld ein, trat hinaus in das gleißende Sonnenlicht und begab sich in die Saloonbar des Victoria Hotels, wo solche Transaktionen durchgeführt zu werden pflegten.
Noch immer fiel es ihm schwer zu glauben, dass Jake nicht mehr lebte. Der große, vor Leben strotzende Jake, der immer im Mittelpunkt gestanden hatte. Was hatten sie für Feste gefeiert! Nach einer dieser Partys – die Fiedler spielten, Freunde wandelten im Mondschein auf der Frontveranda – stürzte Jake die Verandatreppe hinab. Ein Schrei von Jake. Gelächter der Gäste. Dann Schweigen.
Er fiel nicht aus Betrunkenheit. Ein Herzinfarkt. Die erschütterten Männer und weinenden Frauen trugen ihn in das Haus, einige Minuten später verkündete Dr. Leary seinen Tod.
Es war typisch für Jake, dass er, der sich immer für unverwüst-

lich gehalten hatte, kein Testament hinterlassen hatte. Providence fiel daher an seinen Sohn Tom, einen Pferdezüchter aus Brisbane. Nur wenige Tage nach der Beerdigung bot Tom die Plantage zum Kauf an.
Mike, der nicht abwarten wollte, dass er vor vollendete Tatsachen gestellt wurde, handelte mit Tom aus, dass er bis zum Verkauf als Übergangsverwalter bleiben konnte. Unter der Bedingung, dass er sich auf dem Anwesen ein Gebäude für sich errichten durfte. Er konnte, wie er sagte, doch wohl kaum mit den neuen Eigentümern im Herrenhaus wohnen. Ein neues Quartier war daher unumgänglich.
»Sie werden es nicht besser wissen«, erklärte er Tom. »Ich will, dass sie die Unterkunft des Verwalters als etwas Selbstverständliches betrachten.«
»Und wenn sie Sie nicht übernehmen?«
»Dann habe ich Pech gehabt. Aber wenn, habe ich ein Haus für mich allein. Und glauben Sie mir, Tom! Wenn ich hier abhaue, dann wird das alles hier vor die Hunde gehen. Ich werde dafür sorgen, dass Sie keinen anderen Verwalter finden, und schließlich wird nichts mehr da sein, was Sie verkaufen könnten.«
»Das ist nicht fair.«
»Das ist verdammt fair. Gehen Sie drauf ein, oder lassen Sie's bleiben.«
Während Tom nach einem Käufer suchte – ohne Erfolg zunächst, da es weiter im Süden bessere Anlagemöglichkeiten gab und der Norden als zu heiß und zu gefährlich für Weiße galt –, baute sich Mike auf dem Hügel über dem Hauptgebäude ein kleines, niedriges Haus, von dem er das Tal überblicken konnte, und führte die Verwaltung der Plantage weiter. In seiner Verzweiflung inserierte Tom die Plantage schließlich in London, und Providence wurde verkauft. Zu einem lächerlichen Preis, wie Mike ihm erzählte, was Tom allerdings nicht kümmerte. Er wollte das Geld haben und nicht mehr länger auf ein besseres Angebot warten.
Nun wartete Mike. Die Caroline, die die neuen Eigentümer Mr. und Mrs. Corby Morgan brachte, musste jeden Tag kommen.

Er ging ins Hotel und bestellte sich ein Pint. Und hoffte, dass das verdammte Schiff wie so viele andere auch auf seinem Weg von der Torresstraße auf ein Riff laufen möge.

VIERTES KAPITEL

McTavish, Kapitän der Caroline, ging kein Risiko ein. Dank seiner Gewissenhaftigkeit war die Reise ab London von Beginn an ein Bilderbuchunternehmen. Das Schiff befand sich in gutem Zustand, war gut ausgerüstet, die Mannschaft hatte er eigenhändig ausgesucht. Sie überquerten den Indischen Ozean und die nördlichen Tropen noch vor der Monsunzeit und ihren schrecklichen Wirbelstürmen und erreichten Batavia ohne Schaden. Nur einige Passagiere waren bis dahin, vor allem wegen der Langeweile an Bord, etwas reizbar geworden.

In Batavia gab er zum Schutz gegen die asiatischen Piraten, die in der Arafurasee und der Torresstraße den Schiffen auflauerten, an die Besatzung Waffen aus und verdoppelte die Wache. Nur einmal kam es zu einem Zusammentreffen mit diesen Herren, als ein großer Schoner unter holländischer Flagge das Seenotsignal setzte. Der Kapitän, der sie durch sein Fernrohr beobachtete, bemerkte, dass sie ebensowenig Holländer waren wie er ein Eskimo. Er setzte seinen großen Klipper unter Einsatz von Hilfsdampf auf Konfrontationskurs und hätte den Schoner beinahe gerammt. Nicht, dass er sich sonderlich Sorgen gemacht hätte wenn er ihn versenkte – an Bug und Heck hatte er die kurzen Kanonen entdeckt, die unter dem Segeltuch hervorstanden.

Wohlmeinende Passagiere schrien etwas von »Skandal!« und drohten, ihn den maritimen Behörden zu melden. Er ignorierte sie und wandte seine Aufmerksamkeit dem Lotsen zu, den er in Batavia angeheuert hatte. Er war sein bester Coup. Der Lotse, ein Deutscher, führte das Schiff auf dem Weg nach Süden durch die Straßen, um die Spitze Australiens und durch die trügerische Sicherheit der Passage zwischen dem Kontinent und dem Great-Barrier-Riff. Das Riff war bereits vielen Schiffen zum Verhängnis geworden; McTavish war entschlossen, dass seine Caroline nicht dazugehören sollte.

Obwohl sie in einige gefährliche Situationen gerieten, machte der Lotse seine Sache gut. An einem sonnigblauen Tag warf die Caroline am Eingang zum Trinity Inlet Anker, und die Mannschaft brachte auf den Kapitän ein dreifaches Hurra aus.

Bald danach kam der Prahm Bee hinaus um zuerst einmal Passagiere und Fracht an Land zu bringen. McTavish stand an Deck und verabschiedete seine Gäste.

Corby Morgan, ein widerspenstiger Genosse, gab ihm die Hand. »Gut gemacht, Captain.«

McTavish lächelte. Morgan und seine Frau hatten auf dem Achterdeck eine Einzelkabine, aber selbst diese Position, vier Klassen über dem Zwischendeck, hatte ihn nicht davon abgehalten, herumzukritteln und sich zu beschweren. Als sie auf das Piratenschiff stießen, war Morgan jedoch auf der Seite des Kapitäns. McTavish verabschiedete sich von Mrs. Morgan, einer angenehmen Frau, und dem alten Professor. Aus vollem Herzen lächelte er jedoch, als er Miss Sylvia Langley zum letzten Mal sah. Sie hatte erst einem seiner Offiziere schöne Augen gemacht und dann ihre Aufmerksamkeit plötzlich auf seinen Ersten Offizier, Lieutenant John Mansfield, gerichtet, was nicht nur zu Zwistigkeiten zwischen den beiden Männern führte, sondern auch unter den Passagieren für einen Skandal sorgte – Mansfield war ein verheirateter Mann. Mit ihren dunklen Locken, den fast kobaltblauen Augen und den langen Wimpern war sie eine sehr attraktive junge Frau, aber sonst von konfuser, ungestümer Natur. Unglücklicherweise hatte sie ihre Kabine mit Mrs. Lita de Flores geteilt, einer erfahrenen, weltklugen jungen Witwe, die zur Plantage ihrer Familie in der Trinity Bay zurückkehrte. Nicht gerade die ideale Gesellschaft für eine leicht empfängliche Miss wie Sylvia.

Aber nun war er sie los. Lita, in Australien geboren, kehrte in ihre Heimat zurück. Aber die Morgans begannen hier in den Tropen ein neues Leben. Gott mag ihnen beistehen, ging es ihm durch den Kopf. Hier waren sie den Gewalten ausgeliefert, den Menschen und der Natur, die sich von ihrer besten und schlimmsten Seite zeigen konnten.

Mike erblickte sie am Ende des Kais, und ihn durchfuhr – als wirkten zwischen ihnen magnetische Kräfte – ein spürbarer Ruck. Sie bemerkte ihn nicht. Über ihrem weiten Kleid trug sie einen Staubmantel, auf dem üppigen Haarknoten einen imposanten Hut; sie starrte hinaus auf das Meer, als wollte sie es nur ungern verlassen. Aber es war die Stille, die sie umgab, welche seine Aufmerksamkeit erregte. Sie strahlte eine Klarheit und Ruhe aus, die in dieser turbulenten Stadt kaum anzutreffen waren.

Nicht ohne Überwindung riss er sich vom Anblick des ruhigen, attraktiven Gesichts los und begab sich zur Menge weiter unten am Kai. Die Passagiere der Caroline wurden angelandet, und inmitten der Neuankömmlinge und den auf sie Wartenden, den Hafenarbeitern, Schaulustigen und chinesischen Trägern, musste er Mr. Morgan finden.

Lita de Flores hängte sich an seinen Arm, als er sich in das Gemenge schob. »Mike, Darling! Wie schön, dich zu sehen! O Gott, was bin ich froh, wieder zu Hause zu sein! Europa ist tödlich. Verdammt kalt. Du hast gehört, dass mein Mann gestorben ist?«

»Ja, tut mir Leid, Lita. Mein Beileid.«

»Nun ja, es war seine Schuld. Er bestand darauf, nach Paris zu fahren um seine Familie zu sehen. Er war schwach auf der Brust. Daddy hatte ihn gewarnt, aber du kennst ja de Flores. Verdammt dickschädelig, er musste seinen Kopf durchsetzen.«

Er grinste. Lita, von sich überzeugt, glatt und gewandt, war das damenhafteste Schlitzohr, das ihm jemals begegnet war. »Na, das sagst gerade du«, kommentierte er.

»Ach, hör auf! Ich bin nicht dickköpfig! Darling, ich war vier Monate mit ihm in diesem trübseligen Schweizer Sanatorium, bis zum Ende. Mehr kann niemand verlangen! Und die ganze Zeit hatte ich Angst, dass ich mir die Krankheit ebenfalls einfange. Aber nun muss ich gehen, Daddy wartet schon. Du musst mir versprechen, dass du und Jake sobald wie möglich zu uns nach Helenslea kommt.«

»Jake ist tot.«

Lita trat einen Schritt zurück und starrte ihn an. »Jake? Das kann nicht sein! Oh, wie schrecklich! Auf dem Schiff sagten mir Leute, dass sie von ihm Providence gekauft haben ...«

»Von seinem Sohn.«

»Großer Gott! Und was machst du nun?«

»Ich hoffe, dass ich bleiben kann.«

»Sie müssten verrückt sein, wenn sie dich gehen ließen. Das dort drüben, der Mann in der grauen Jacke und dem Zylinder, ist Corby Morgan. Ein pedantischfader Mensch. Ich werde ein Wort für dich bei Daddy einlegen, Mike.«

Sie küsste ihn auf die Wange und eilte davon. Ihr weißer Rock bauschte sich im Wind, in dem eleganten Kleid und dem dazu passenden Schirm sah sie kühl und unnahbar aus. Mike lächelte. Für gewöhnlich trug sie Reithosen und Seidenhemden und ritt wie der Teufel über die Plantage; trotz der teuren Internate und ihres zweijährigen Europaaufenthalts war sie immer noch ein wildes Mädchen aus dem Busch.

Nun aber war es an der Zeit den neuen Boss kennen zu lernen. Ruhig ging er zu dem Gentleman hinüber, der besorgt zusah, wie sein Gepäck an Land geworfen wurde. »Mr. Morgan?«

»Ja?«

»Willkommen in Cairns, Sir. Ich bin Mike Devlin, der Verwalter von Providence.«

»Oh, Sie sind das? Schön. Ausgezeichnet. Ich habe darauf gehofft, dass wir uns begegnen. Ich muss sagen, Sie haben sich einen schönen Tag für uns ausgesucht. Ein wenig warm, aber ich denke, das war zu erwarten.«

»Ja, unsere Winter sind mild«, erwiderte Mike.

Überrascht zwinkerte Morgan, dann lachte er. »Winter. Natürlich. Hier ist ja alles auf den Kopf gestellt, nicht wahr?«

»Auf den Kopf gestellt, ja«, sagte Mike, erleichtert, in Morgan einen anscheinend angenehmen Zeitgenossen gefunden zu haben, der erst in seinen Dreißigern war. Er hatte einen sehr viel älteren, ernsteren Gentleman erwartet. »Und Sie sind Mrs. Morgan?« fragte er lächelnd die junge Lady, die neben Morgan stand.
»Nein. Das ist Miss Langley, meine Schwägerin. Meine Frau scheint irgendwie verschwunden zu sein. Geh und suche sie, Sylvia. Und wo ist dein Vater?«
Das Mädchen ignorierte ihn und streckte Mike ihre gepflegte Hand entgegen. »Mr. Devlin, es freut mich, Sie kennenzulernen. Ich habe meinen kleinen Hund in einen Käfig gesteckt, damit er nicht ins Wasser fällt. Aber ich fürchte, es ist zu heiß für ihn. Meinen Sie, Sie könnten ihn nicht solange in den Schatten stellen, bis wir abfahrbereit sind?«
Ein Hund? Bestürzt starrte Mike auf den traurig blickenden Spaniel. Hatte ihnen denn niemand gesagt, was mit Hunden hier passierte? Bis auf einige buscherfahrene Dingos, die nur die Aborigines zähmen konnten, gab es in der Stadt keinen einzigen Hund mehr. Aber jetzt war nicht die Zeit für Erklärungen dieser Art. Er musste die Leute bei Laune halten. Er nahm den Käfig und blickte sich hilflos um. In welchen Schatten? Auf einem Kai?
Glücklicherweise widerrief Morgan ihre Anweisung. »Wir sehnen uns alle nach Schatten, Sylvia. Wenn Sie einen Träger für uns finden, Mr. Devlin, dann können wir gehen.«
Mike war ihm gern zu Diensten, holte eine lange Schubkarre und schichtete darauf das von Morgan bezeichnete Kabinengepäck. Als er das letzte Stück auflegte, erschien auch der vermisste Vater, der ihm als Professor Langley vorgestellt wurde. Ein kleiner Mann mit flauschigem Backenbart und aufgeweckt blinzelnden Augen.
»Sie sind also der Verwalter unserer Plantage«, sagte er begeistert. Mike spürte, wie Morgan zusammenzuckte. Unsere Plantage? ging es ihm durch den Kopf. Ich dachte, Mr. Morgan sei der alleinige Besitzer. Ich nehme an, das wird sich mit der Zeit klären.

»Ja«, sagte er. »Und ich freue mich darauf, Sie herumführen zu dürfen.«
»Ich kann es kaum erwarten«, erwiderte der Alte. »Das ist alles sehr aufregend.«
»Können wir dann bitte gehen?« sagte Morgan. »Ich sehe, dass meine Frau uns schon vorausgegangen ist.«
Während er die Schubkarre über die unebenen Planken des Kais schob, sah Mike, dass die sanfte Frau mit dem liebenswerten Gesicht auf sie zukam. Er verspürte einen Anflug von Enttäuschung, als sie ihm als Morgans Frau vorgestellt wurde.
»Hast du vom Meer noch immer nicht genug?« fragte Corby. »Du starrst hinaus, als würdest du es vermissen.«
»O nein«, sagte sie. »Ich habe nur diese Bucht bewundert. Sie ist wirklich schön, die Farben sind so kräftig, mit diesen Bergen im Hintergrund.« Sie wandte sich an Mike. »Das Licht ist hier anders«, bemerkte sie, als sie nun neben ihm ging. »Es ist so klar, Mr. Devlin.«
Es schien sie nicht zu kümmern, dass ihr Ehemann, gefolgt von ihrer Schwester und ihrem Vater, vorausschritt. »Wie lange sind Sie schon in Providence, Mr. Devlin?«
»Vom ersten Tag an, Ma'am. Seit sechs Jahren.«
»Gott sei Dank. Mr. Morgan hat sich während der Reise mit dem Zuckeranbau beschäftigt, und ich bin mir sicher, dass seinem Unternehmen Erfolg beschieden ist. Aber er wird Ihnen und Ihrer Führung dankbar sein. Ich hoffe also, dass Sie bei uns bleiben, vorerst zumindest.«
Seine ersten Gefühle der Zuneigung für die Lady schwanden. Was meinte sie damit? Vorerst? Was hatten sie vor? Wollten sie sich seine Erfahrung zu eigen machen und ihn dann hinauswerfen? Den Teufel werden sie! Dennoch ... langsam, langsam fängt man den Affen, dachte er. Ein Verwalter konnte jederzeit entlassen werden. Das beste würde es also sein, erst einmal stillzuhalten und diesem Ausbund an Schriftgelehrtheit Stück für Stück seines Wissens mitzuteilen. Sich unersetzlich machen.
»Wohin gehen wir nun?« fragte Morgan.
»Ich habe dafür gesorgt, dass Sie die nächsten Tage hier in der

Stadt, im Victoria Hotel, verbringen«, erzählte ihnen Mike. »Dadurch haben Sie Gelegenheit, sich hier erst einmal zurechtzufinden. Es ist ein neues Hotel, erst vor sechs Monaten gebaut, mit einer ausgezeichneten Küche. Es sollte Ihnen also gefallen.«

»Warum müssen wir diese Ausgaben auf uns nehmen? Die Plantage ist unser Zuhause. Wir sollten sofort nach Hause gehen.«

»Ich kann Sie verstehen«, sagte Mike zuvorkommend. »Aber es gibt einige Leute in der Stadt, die Ihre Bekanntschaft zu machen wünschen. Sie kennen das ... der Bankdirektor, Stadträte, andere Pflanzer. Ich dachte, ein Abendessen unter Gentlemen sei in Ordnung.«

»Und wer zahlt dieses Abendessen, Mr. Devlin?«

»Es geht auf Rechnung der Plantage. Jake gab viermal im Jahr ein Essen für die ersten Bürger der Stadt. Die sich natürlich dafür revanchierten.«

»Mit Jake, nehme ich an, meinen Sie den ehemaligen Besitzer, Mr. Devlin. Aber ich bin nicht Jake. Wir haben eine lange Reise um die halbe Welt hinter uns. Ich bin nicht in Stimmung und nicht darauf vorbereitet. Verzeihen Sie mir, ich will nicht undankbar erscheinen. Glauben Sie mir, ich schätze Ihre Gewissenhaftigkeit, und unter anderen Umständen wäre es eine großartige Idee, aber nicht jetzt.« Er nahm Mike beiseite. »Verstehen Sie mich nicht falsch. Ich bin durchaus in der Lage, einen HerrenAbend zu genießen. Aber ich muss erst die Familie unterbringen. Wir brechen sofort auf.«

»Kein Problem, das Dinner abzusagen«, ließ Mike verlauten, obwohl er wusste, dass er sich damit den Zorn von Clancy Ahearne zuzog, des Besitzers des Victoria Hotels. »Dennoch denke ich, dass Sie die Nacht hier verbringen sollten.«

»Warum?«

»Es ist keine besonders gute Idee sich auf den Weg zu machen, wenn die Sonne hoch steht. Es ist jetzt fast elf Uhr. Es ist besser, frühmorgens aufzubrechen.«

Corby klopfte ihm auf die Schulter. »Kommen Sie, Mr. Devlin.

Sehe ich aus wie ein Muttersöhnchen? Es ist ein herrlicher Tag. Was können Sie also für unseren Transport zur Verfügung stellen?«

Sein Verwalter zuckte mit den Schultern. »Ein Ochsengespann kann die schweren Kisten transportieren, die Sie sicherlich haben werden.«

»Die haben wir in der Tat.«

»Wenn es Ihnen nichts ausmacht, dann habe ich ein Pferd für Sie. Die Damen und Professor Langley können mit dem Kabinengepäck in einem Wagen fahren. Außerdem habe ich auch einige Packpferde besorgt.«

»Nun ... das ist es doch. Überhaupt kein Problem. Und in Null Komma nichts sind wir zu Hause.«

»In sechs Stunden«, korrigierte ihn Mike. »Wenn alles gut läuft.«

Die Bestürzung in Morgans Gesicht entschädigte Mike für die ihm allmählich dämmernde Einsicht, dass es diesem Mann nicht gegeben war, einen Rat anzunehmen.

»Sechs Stunden, sagen Sie? Ich dachte, Providence läge viel näher.«

»Der Wagen hält uns auf. Zu Pferd geht es sehr viel schneller.« Und um seine Position zu stärken und ihn zu verunsichern, fügte er an: »Das heißt, jetzt, in der Trockenzeit. In der Regenzeit kann es viel länger dauern – wenn wir dann nicht völlig abgeschnitten sind.«

»Dann bleibt uns eben nichts anderes übrig, nicht wahr?« erwiderte Corby fest.

»In der Tat«, sagte Mike mit einem Grinsen. Trotz der eleganten Kleidung und seinem uneinsichtigen Gebaren fehlte es dem Engländer offenbar nicht an Mut. Statt nachzugeben, focht er seine Entscheidung aus, wenn er sie erst einmal getroffen hatte. Mike schrieb ihm dies gut. Natürlich hatten sie einen langen Weg vor sich – die Reise nach Providence, obwohl nicht ungefährlich, war nur der Anfang. Providence selbst konnte sich als launisch erweisen, als fröhlich und grausig, vollkommen unberechenbar. Immer, wenn Mike einen Tag ohne Probleme oder dramatische Ereignisse überstand, hatte er das Gefühl, es gut gemacht zu haben. Es dürfte interessant werden zu beobachten, wie Morgan mit der physischen Anstrengung und dem Druck zurechtkam, den eine Arbeiterschaft von neunzig Kanaka ausübte.

Obwohl er nicht mehr der Jüngste war – mindestens vierzig –, erschien Sylvia der Plantagenverwalter mit seinem schwarzen, hinten zusammengehaltenen Haar, den dunklen Augen, der gebräunten Haut und dem warmen Lächeln, das unter dem dicken Bart hervortrat, als gutaussehender Mann. Er trug, obwohl es sich für Gentlemen eigentlich gehörte, keine Jacke; unter dem altmodischen langärmeligen Hemd, das am Hals aufreizend offen war, blieben sein breiter Brustkorb und die muskulösen Arme nicht verborgen.

»Olala!« sagte sie sich – das Wort hatte sie von Lita –, als sie ihn beim Abladen der Karre beobachtete. »Er sieht aus wie ein Pirat!« Fasziniert hatte sie mit angesehen, wie Lita ihn vor aller Augen auf die Wange geküsst hatte, und sein Lächeln, seine Reaktion darauf, als wäre er ihr Bruder, der er sicherlich nicht war. In den nächsten Tagen musste sie von Lita alles über ihn herausfinden.

Es war grausam von Corby, dass er darauf bestand auf der Stelle abzureisen. Mr. Devlin hatte versucht, ihr Leben ein wenig angenehmer zu gestalten, als er vorschlug, noch einige Tage im Hotel zu bleiben. Corby jedoch wollte es anders – natürlich war er zu geizig. Zumindest war ihr und Jessie erlaubt worden, im Foyer des Hotels den Morgentee einzunehmen, während die Männer bereits Reisevorbereitungen trafen.

»Das scheint ein ganz passables Hotel zu sein«, sagte sie zu Jessie. »Du solltest darauf bestehen, dass wir ein wenig länger bleiben, vor allem in deinem Zustand.«

»Was würde es denn ändern«, erwiderte Jessie. »Ob in meinem Zustand oder nicht, früher oder später müsste ich die Reise doch antreten. Außerdem fühle ich mich ganz wohl.«

Sylvia schwieg. Jessie war ein solcher Dummkopf. Was immer Corby auch sagen mochte, sie tat immer das, was man von ihr verlangte. Dennoch, dachte sie und machte sich an ihrem Haar zu schaffen, während sie zu den drei jungen Männern hinüberblickte, die sich an der Tür in ernsthafter Unterhaltung befanden, konnte Jessie von Glück sagen, dass sie Corby hatte gewinnen können – mit ihrem mausfarbenen Haar und ihren blassen Farben. Trotz seines herrischen Wesens sah er ganz gut aus und war immer elegant gekleidet – was man von seiner Frau nicht behaupten konnte. Für Mode interessierte sich Jessie nicht; sic trug, im Gegensatz zu ihrer Schwester, die attraktive Stoffe bevorzugte, langweilig-korrekte Kleidung, die vor allem dazu gemacht schien, lange zu halten.

Corby schien nicht zu bemerken, wie langweilig seine Frau neben ihm wirkte. Sylvia war dies ein Rätsel, bis ihr Lita, ihre neue Freundin und Kabinengenossin, zuflüsterte: »Das ist ganz normal, Liebes. Viele Männer schätzen kleine, langweilige Frauen, die sich nicht trauen, den Mund aufzumachen. So erregen sie nicht die Aufmerksamkeit anderer Männer. Sie sind keine Konkurrenz. Wäre Ihre Schwester eine vor Geist sprühende Frau, hätte sie Mr. Morgan, der es vorzieht, selbst im Mittelpunkt der Aufmerksamkeit zu stehen, niemals geheiratet.«

Von dem Zeitpunkt an, wo sie Lita begegnet war, hatte sich Sylvias Leben verändert. Hier war jemand, der ihr zuhörte, der verstand, dass es ungehörig war, eine junge Lady aus ihrer angestammten sozialen Umgebung zu reißen, und die vor allem so fröhlich war. Niemals schien sie etwas ernst zu nehmen, schon gar nicht ihre Rolle als Sylvias Anstandsdame, wenn sich die Familie zurückgezogen hatte. Sie, die selbst ausgiebig flirtete, hatte gegen Sylvias Schiffsromanzen nicht das Geringste einzuwenden. Im Gegenteil, sie genoss es, alles darüber zu erfahren.

Natürlich hatte Corby gegen Mrs. de Flores Vorbehalte, aber das kümmerte Sylvia nicht. Sie vergötterte Lita fast, und sie war ihre Freundin. Als sie so am Fenster saß und diese fremdartigen und rauhen Leute durch den Ort gehen sah, hoffte Sylvia, dass Lita sie nun, da die Reise vorüber war, nicht vergessen würde. Sie hatte behauptet, dass es in der Gegend viele freundliche Leute gäbe, die erfreut wären, die Neuankömmlinge willkommen zu heißen, und hatte versprochen in Verbindung zu bleiben.

»Wir sollten einen Spaziergang machen«, sagte sie zu Jessie, nachdem sie die Verzögerung zu langweilen begann.

»Nein. Corby hat uns gebeten hier zu warten. Er will bestimmt nicht, dass er uns dann suchen muss. Möchtest du noch etwas Tee?«

»Danke, nein. Ich werde kurz vor die Tür gehen. Das wird deinen Ehemann doch sicherlich nicht stören!«

»Sei nicht so, Sylvia. Corby hat mit dir viel Geduld gezeigt ...«

»Weswegen?«

»Das weißt du sehr gut. Dein Verhalten auf dem Schiff hat einiges zu wünschen übrig gelassen. Ich rate dir, bring ihn nicht noch mehr gegen dich auf.«

»Er ist nicht mein Aufpasser«, blaffte sie zurück.

An der Tür begegnete ihr ihr Vater, der seinen Hut abnahm und sich den Schweiß vom Gesicht wischte. »O mein Gott, ist die Sonne heiß. Ich habe mich hier umgesehen. Hier entsteht ja eine richtige Stadt ... ein neues Gerichtsgebäude, eine Post und eine Polizeistation ...«

»Hoffentlich«, gab Sylvia zurück.

»Ja.« Er blinzelte. »Komm und trink mit mir eine Tasse Tee.«

Mit einem Seufzer der Enttäuschung kehrte Sylvia mit ihm wieder um.

Devlins Vorschlag, die Reise nicht in der prallen Sonne zu beginnen, fiel Corby ein, als er fassungslos feststellen musste, dass die Frauen in einem schwerfälligen offenen Wagen reisen sollten. Er sorgte sich dabei wenig um Sylvia, doch Jessie war im siebten Monat schwanger und konnte unter der Hitze leiden.

»Es gibt sicherlich etwas Besseres als das«, sagte er. »Ich dachte an einen Landauer mit Dach, der mir für die Ladys angemessener erscheint.«

»Ich fürchte nicht. Wenn wir erst aus der Stadt sind, verschlechtert sich die Straße. In der Trockenzeit fühlt es sich an, als ob man über ein gepflügtes Feld fährt. Bei einem leichteren Wagen würden sie sich die Zähne ausschlagen. Der hier ist viel sicherer.«

Er stellte den Kutscher vor, einen grauhaarigen Eingeborenen. »Er hat Hände aus Eisen, er wird vorsichtig fahren, nicht wahr, Toby?«

»Ganz sicher, Boss.« Toby grinste. »Beide Gäule brave Kerle.«

Corby beaufsichtigte die Beladung des Wagens, Taschen mit Proviant wurden auf die Packpferde geschnallt. Zwei Chinesen kamen mit einem Essenskorb und drei Schirmen angerannt.

»Unsere Passagiere brauchen Schatten«, erklärte Devlin. »Und im Korb sind Lebensmittel für eine Mahlzeit unterwegs.«

»Sehr aufmerksam von Ihnen«, erwiderte Corby. Er fühlte sich sehr abenteuerlustig. Zwei Pferde waren für sie bereits gesattelt, und unter dem Kutschbock des Wagens befand sich, wie er bemerkte, ein Gewehr. Als sich auch Devlin mit einer Pistole bewaffnete und ein Gewehr in die Ledertasche an seinem Sattel steckte, wich seine Aufgeregtheit allerdings einem Gefühl der Unruhe. »Sind diese Gewehre wirklich nötig?«

»Man kann nie wissen«, sagte Devlin.

»Was kann man nicht wissen?«

»Schlangen«, erwiderte der Verwalter. Aber Corby ließ sich damit nicht abspeisen.

»Sie brauchen dieses Waffenarsenal um sich gegen Schlangen zu verteidigen?«

Der Verwalter zögerte. »Ich will Sie nicht beunruhigen. Aber die Aborigines-Stämme draußen im Busch können manchmal ein wenig Probleme bereiten. Es gibt jedoch Aufseher, die aufpassen. Außerdem stellen wir nicht unbedingt ein Ziel für sie dar; gewöhnlich haben sie es auf Gold abgesehen.«

»Und Vorräte?« Corby zeigte auf die Packpferde.

»Möglich.«

»Dann würde ich es vorziehen, ebenfalls bewaffnet zu sein.« Corby wollte dem Kerl zu verstehen geben, dass er nicht nur einen Passagier abgeben wollte, sondern sich verantwortlich für die Expedition fühlte.

»Natürlich. Was wollen Sie? Ein Gewehr oder einen Revolver?«
Corby fragte sich, ob der Wortschatz des Kerls das Wort »Sir« beinhaltete. »Das letztere, bitte, und einen anständigen.« Er holte seine Geldbörse hervor. »Wieviel brauchen Sie?«
»Wir ziehen es von unserem Konto ab«, sagte Devlin. »Warten Sie hier, ich springe schnell rüber und besorge einen.«
Die Antwort erfreute und verärgerte Corby zugleich. Dass sie ein Konto besaßen, bedeutete, dass Geld vorhanden war und er seine mageren Finanzen nicht angreifen musste. Andererseits beunruhigte ihn »unser« Konto. Er würde auf Devlin ein Auge werfen und darauf achten müssen, dass Devlin in der Stadt nicht Dinge kaufte, ohne vom wirklichen Boss, Corby Morgan, dazu ermächtigt worden zu sein. Gott weiß, was ihn diese lockere Handhabung kosten mochte. Während Devlins Abwesenheit wandte er sich dem jungen Stallburschen zu, der an einem Zaun lehnte und sich um die Pferde kümmerte. »Gehören alle diese Pferde zu Providence?«
»Ja. Mike hat immer einige Pferde in der Stadt, meistens ein halbes Dutzend oder so.«
»Es sind schöne Pferde.«
»O ja. Jake verstand was von Pferden. Das eine dort drüben ...« Er zeigte auf eines der Packpferde, ein hohes, kastanienbraunes Tier mit weißer Mähne. »Das ist Prissy, die Schwester Ihres Hengstes Prince.« Er lachte. »Und sehen Sie nur, wie beleidigt sie ist mit ihrem Gepäck, auch wenn wir ihr nur wenig aufgeladen haben! Die Biester riechen das. Mike hat sie mitgebracht weil er dachte, Ihre Missus würde gerne reiten. Und am nächsten Tag hörte er, sie is' in anderen Umständen, da musste er sich was anderes einfallen lassen, nich'?«
Angewidert von der beiläufigen Anspielung dieses Flegels auf den Zustand seiner Frau drehte sich Corby weg. Wie sehr wünschte er sich, dass Roger und seine Frau hier wären, um ihm die Unterstützung zu geben, die er bräuchte, um mit diesen schrecklichen Leuten hier fertig zu werden.
Trotzdem konnte er einem Anflug von großtuerischem Stolz nicht widerstehen, als er die Hauptstraße hinaufmarschierte,

um die Frauen und den Alten abzuholen – nun, da an seiner Hüfte ein Revolver hing und seine maßgeschneiderte Jacke offenstand. Keiner auf der Straße, einige der Männer trugen selbst Waffen, schien das allerdings zu bemerken; als ihn jedoch Sylvia erblickte, brach sie in schallendes Gelächter aus. »Mein Gott, Corby! Du siehst aus wie ein Revolverheld! Zieh oder stirb!«

Er ignorierte sie und nahm Jessie am Arm. »Sei nicht beunruhigt. Mir wurde mitgeteilt, dass man auf dem Land auf Schlangen stoßen könnte. Nun kommt, es ist an der Zeit.«

»Hättest du nicht deine Reitgarderobe anlegen sollen, Liebling?« fragte sie. Er schüttelte den Kopf.

»Wir gehen nicht auf die Jagd, Jessie. Ich besitze nicht diese rauhe Kluft, die sie hier tragen. Das hier muss genügen.«

Die Reise war entsetzlich. Die Männer trotteten in Sichtweite des Wagens einher, an dem hinten die Packpferde angebunden waren. Corby glaubte, sie würden es niemals vor Einbruch der Dunkelheit bis nach Providence schaffen; er sehnte sich nach einem schnelleren Fortkommen. Sie folgten einem schmalen Weg, der durch eine verdorrte, trockene Landschaft führte, die mit ihren Büschen und verkrüppelten Bäumen immer gleich aussah; Gehöfte waren nicht zu sehen. Wären nicht die Fliegenschwaden gewesen, die mit ihnen reisten, hätte Corby fürchten müssen, vor Langeweile von seinem Pferd zu fallen.

Es gab einige harsche Wortwechsel mit dem Professor, der vorne bei Toby saß und ihn jedesmal anhalten ließ, wenn er wieder eine außergewöhnliche Pflanze entdeckt hatte, die er seiner Sammlung hinzufügen wollte. Corby befahl Toby, auf die Launen des Alten nicht mehr weiter einzugehen, was den Aborigine jedoch nur verwirrte; er hielt weiterhin an, bis Mike mit ihm sprach und einige entschuldigende Worte an Corbys Schwiegervater richtete.

Sylvia, die die gesamte Seereise ohne die geringsten Anzeichen von Seekrankheit überstanden hatte, verlangte mehrmals anzuhalten, weil ihr vom Schaukeln und Rattern des Wagens übel wurde. Bei ihrem dritten Halt packte Devlin die Sandwiches aus und kochte in einem blechernen Henkelgefäß, das er Billy nannte, über offenem Feuer Tee, während Corby rauchte. Daneben hatte er Obstkuchen und zwei Flaschen Weißwein, die sie im Schatten genießen konnten. Es war heiß, verdammt heiß! Corby war sich sicher, dass sein Schweiß die Kleidung ruinierte, an seiner Hüfte scheuerte der Revolver, als wäre er ein Brandeisen. Und dann wurde Sylvia, die zuviel Wein getrunken hatte, schlecht, und sie übergab sich aus dem offenen Wagen heraus.

Ein Alptraum, ein schrecklicher Alptraum! Corby kochte. Obwohl sich seine Frau nicht beschwerte – auch wenn ihr Gesicht in der Sonne brannte, weil sie den Schirm nicht mehr halten konnte – , schwor er sich, die beiden Frauen nicht mehr in die Stadt mitzunehmen, solange sie nicht reiten konnten. Auf gar keinen Fall! Sie machten ihn vor Devlin zum Narren. Devlin hingegen schien dies alles für völlig normal zu halten. Und um alles noch zu verschlimmern, führte Langley mit dem grinsenden schwarzen Kutscher eine angeregte Unterhaltung, gerade so, als hätten sich hier zwei alte Schulfreunde wieder gefunden.

Von der Straße aus hatten sie nur einige Häuser in der Ferne gesehen, schäbig aussehende, niedrige Hütten, die wahrscheinlich Pächtern gehörten. Und das erinnerte ihn an etwas. »Wie viele Pächter haben wir auf dem Anwesen?« fragte er Devlin, während sie nebeneinander herritten.

»Keine«, erwiderte Devlin. »Es ist praktischer, alles unter eigener Regie zu betreiben.«

»Aber sicherlich ist doch nicht der gesamte Grund kultiviert?«

»Nein, vieles muss noch gerodet werden, Teile des Landes sind zu feucht oder zu bergig, aber wir erweitern die Zuckerrohrfelder jedes Jahr.«

»Pachtgrundstücke wären dabei doch sehr nützlich. Und wenn die Pächter ihre eigenen Felder bearbeiteten, könnten wir uns einige Ausgaben sparen.«

»Betrachten Sie es als Fabrik«, erklärte ihm Mike. »Es ist besser, eine eigene Fabrik zu besitzen, die Waren herstellt, als auf die zweifelhafte Qualität von Stückwerk angewiesen zu sein. Es ist wichtig, dass wir hochwertiges Zuckerrohr produzieren. Die Zuckerraffinerie in Brisbane prüft ständig neue Sorten, um das Zuckerrohr widerstandsfähiger und die Ernten ertragreicher zu machen. Oft schicken sie Zuckerrohrinspektoren, die uns beraten.«

»Wie lange dauert es, bis das Zuckerrohr heranreift?«

»Etwa zwölf Monate, dank des Klimas und der Regenfälle. Nach der ersten Ernte lassen wir sie sprossen, das Rohr wächst dann weitere drei Jahre, bis der Zuckergehalt zu niedrig wird. Aus jeder gepflanzten Zuckerrohrstaude erhalten wir also vier Ernten.«

Als sie den Kamm eines Hügels erreichten, staunte Corby nur. »Großer Gott! Das sind Zuckerrohrfelder?«

»Klar sind sie das.«

Vor ihnen, von den fernen Bergen überragt, erstreckten sich kilometerweit wie eine wogende See Zuckerrohrfelder. Corby war erstaunt und beeindruckt, und voller Stolz spürte er, dass er die richtige Entscheidung getroffen hatte. Im Galopp schickte er sein Pferd den Hügel hinab zu den Zuckerrohren. Er war von ihrer Höhe überrascht, selbst auf dem Pferd überragten ihn die blättrigen Stauden. »Gehört das zu Providence?« rief er Devlin zu.

»Nein, unserer Nachbarplantage, Helenslea. Sie gehört Edgar Betts. Ein harter alter Bursche. Sie haben, denke ich, auf dem Schiff seine Tochter getroffen, Mrs. de Flores.«

»Ja«, sagte Corby schroff. »Ist Helenslea genauso groß wie Providence?«

»Nein, größer. Sie hat über achthundert Hektar, was zu unserem Vorteil ist, denn sie liefert so viel Zuckerrohr, dass es sich lohnt eine gemeinsame Mühle zu betreiben.«

Die stechende Sonne, der stickige, staubige Beigeschmack der Zuckerrohre, selbst die Wolken an Insekten, die ihn umschwirrten, machten Corby nun nichts mehr aus. Er jagte die Straße entlang, um sein eigenes fabelhaftes Anwesen zu erblicken, zu berühren und sich daran zu erfreuen.

Devlin holte ihn ein, als sie eine seichte Furt durchquerten,

dann einen kleinen Abhang hinauf. »Das ist Providence«, sagte er. »Dieser Weg führt direkt zum Haus.«
Auf der einen Seite lag der von hohen, lianenbewachsenen Eukalyptusbäumen und dichtem Buschwerk gesäumte Bach, auf der anderen die unzähligen Reihen der Zuckerrohrstauden, die Corby wie eine aufmarschierte Ehrenwache erschienen. Er war froh, den Wagen weit hinter sich gelassen zu haben; er wollte dieses Ereignis ganz für sich genießen, ohne von den anderen abgelenkt zu werden.
Als die Zuckerrohrfelder endlich aufhörten, sahen sie sich einer großen, ungepflegten Lichtung gegenüber, in deren Zentrum wieder eines dieser niedrigen Gebäude stand, ein geräumiges Holzhaus auf Stelzen mit einer breiten Frontveranda.
»Home sweet home«, bemerkte Devlin, als sie abstiegen. Corbys Enttäuschung beachtete er nicht. Das war kein Herrenhaus, das feste Haus aus Stein, das er erwartet hatte. Eine einfache Arbeiterunterkunft, die in die Lichtung gestellt worden war. Und niemand hatte versucht, seinen Anblick durch Gärten und Rasenflächen zu verschönern, auch wenn unter der Eingangstreppe einige kärgliche Sträucher hervorschauten.
Corby schob seine Enttäuschung beiseite und stellte sich vor das Haus. »Nun lassen Sie mich die Orientierung finden. Wir sind nach Süden geritten und dann in das Landesinnere abgebogen. Das heißt, dass das Meer dort rechts von mir liegt.«
»Nein«, sagte Devlin. »Der Weg zwischen den Zuckerrohrfeldern und dem Bach, der von der Straße abzweigt und nach Providence führt, geht nach Westen zum Fluss; er biegt rechts ab und führt direkt zum Haus. Obwohl er eine halbe Meile hinter diesem Buschwerk verborgen ist, blicken wir hier zum Fluss.«
»Wir blicken nicht zur Straße? Das ist seltsam.«
»Wir sind ein gutes Stück von der Straße entfernt«, erklärte der Verwalter. »Jake hatte vor, dieses Gebüsch vor uns bis zum Fluss hin abzuholzen und in Pferdekoppeln umzuwandeln.«
»Das klingt zivilisierter als das hier«, erwiderte Corby. »Wir scheinen völlig von Wildnis umgeben zu sein.«
»Und Zuckerrohr«, fügte Devlin hinzu. »Aber es wäre wirklich

schöner, einen freien Blick auf den Fluss und die Chance auf eine kühlende Brise zu haben.«

»Ist es ein großer Fluss?«

»O ja. Er entspringt weit im Nordwesten, wie ich erfahren habe, und zieht sich durch mehrere Plantagen. Wir haben so eine natürliche Grenze. Etwa vierzig Meilen weiter südlich mündet er ins Meer. Mehrere Bäche durchqueren das Anwesen, an Wasser mangelt es uns daher nicht, aber hinter dem Haus befindet sich trotzdem eine Regentonne für das Trinkwasser.«

»Verstehe«, sagte Corby. »Es sieht also so aus: Ich blicke hier zum Fluss, demnach befindet sich die Küste in meinem Rücken.«

»Ja. Es sind ungefähr zwanzig Meilen zur Elbow Bay. Eine sehr schöne kleine Bucht.«

»Gibt es Straßen dorthin?«

»Nein, noch nicht.«

»Dann müssen wir uns eines Tages darum kümmern. Und lassen Sie auch diesen Urwald vor dem Haus fällen. Großer Gott, was ist das?« Eine buntscheckige, in alle möglichen Lumpen gekleidete Gruppe Schwarzer erschien schüchtern an der Ecke des Hauses.

»Das sind hiesige Eingeborene. Sie kampieren am Bach.« Mike führte Corby zu ihnen hinüber. »Das ist der neue Boss, Mr. Morgan.«

Begeistert grinsten sie ihn an. Corby zwang sich zu einem höflichen Gruß, obwohl sie bei näherer Betrachtung einen ziemlich wilden Haufen darstellten.

Devlin stellte ihm ein langes, schlankes Mädchen mit wirrem schwarzem Haar und großen, unruhigen Augen vor. »Das ist Elly, Ihr Hausmädchen.«

Dann drängten sich ein Chinese und eine winzige chinesische Frau durch die Menge; also musste er auch sie kennen lernen. »Und das ist Tommy Ling, Ihr Koch, und Mae, seine Frau. Sie ist für den Gemüsegarten und die Wäsche zuständig.«

»Sehr erfreut«, sagte Corby und wich einen Schritt zurück, als sie sich, die Hände in weiten Ärmeln verborgen, vor ihm verbeugten.

Unheimlich, dachte er, ziemlich unheimlich, alle zusammen. Als er sich umdrehte, um sein neues Zuhause zu inspizieren, erschienen schwarze Stallburschen und übernahmen die Pferde.
Das Haus selbst war äußerst einfach, es fehlte ihm jeglicher Charme, und dennoch schien Devlin mit Stolz erfüllt zu sein, als er ihn durchführte. In der Mitte gab es einen Gang, auf der einen Seite davon befanden sich ein Gesellschafts- und ein Speisezimmer, auf der anderen drei Schlafzimmer. Das war es! An die hintere Veranda waren eine große Küche und eine Toilette angebaut.
Der Verwalter zeigte auf die anderen Gebäude. »Hier sind die Gästezimmer, daneben die Waschstube.« Gegenüber dem harten, trockenen Hof befanden sich eine Käserei, ein Kühlraum und verschiedene Schuppen, während der Weg weiter zu Ställen führte, die hinter einer Ansammlung von Bäumen kaum zu sehen waren.
Corby überblickte alles ohne Kommentar. »Wo wohnen die Arbeiter?«
»Die Baracken der Kanaka liegen eine halbe Meile von hier entfernt.«
»Kanaka, nehme ich an, heißt Arbeiter?«
»Nein, so nennt man auf den Inseln die Menschen. Es ist hawaiianisch, sagte man mir.«
»Warum Inseln?«
Überrascht blickte ihn Devlin an. »Wir importieren unsere Arbeiter von den Salomoninseln.«
»Warum das, zum Teufel?« Corby war verblüfft. »Es gibt hier doch genügend australische Eingeborene?«
Der Verwalter lachte. »Soviel Sie wollen. Aber sie arbeiten nicht auf den Feldern. Für sie ist es ein Hundeleben, und sie haben natürlich Recht damit. Es ist eine verdammt harte Arbeit. Die Aborigines suchen sich ihr Essen selbst, sie sehen daher nicht ein, warum sie welches anbauen sollen. Die Stallburschen draußen, das sind Aborigines. Sie lieben die Arbeit mit Pferden, aber mit dem Zuckerrohr wollen sie nichts zu tun haben.«
Trotz seiner Studien zur Zuckerherstellung war dies ein Aspekt,

der Corby oder, was das anbelangte, auch Roger nicht untergekommen war. Allein die Idee beunruhigte ihn. Was musste das alles kosten, Arbeiter zu importieren? Um seine Irritation zu verbergen, schlenderte er zur vorderen Veranda; in diesem Moment kam der Wagen in Sicht. »Das erste, was hier gemacht werden muss«, sagte er dem Verwalter, »sind Zäune. Ich verlange, dass das gesamte Gelände um das Haus eingezäunt wird und diese Leute ferngehalten werden. Alles hier ist so öde, deswegen muss ohne Verzögerung ein Garten angelegt werden.«

»Auf alle Fälle«, sagte Mike höflich. Morgan hatte Recht, ein Garten wäre sehr schön. Er und Jake hatten daran kaum einen Gedanken verschwendet. Die Männer wurden immer für andere Arbeiten gebraucht.

Mike war auf die verschiedenen Reaktionen gespannt, jetzt, da die anderen Familienmitglieder angekommen waren. Mrs. Morgan war sehr müde und wünschte sich nur, auszuruhen, meinte allerdings, dass das Haus »schön und sauber« sei.

»Das ist Ellys Verdienst«, erzählte er ihr. »Sie ist zwar jung, aber ein gutes Hausmädchen.«

Ihre Schwester, Miss Langley, rümpfte die Nase. Sie schien Gefallen daran zu haben ihren Schwager zu reizen. »Das ist also die Familienresidenz, Corby? Doch kaum ein angemessener Ort für einen Gutsherrn. Was dachtest du dir nur dabei, meine Schwester an solch einen Ort zu bringen?«

»Du nimmst das Zimmer am Ende«, sagte er verärgert. »Und dein Vater kann das mittlere haben.«

»O nein«, meldete sich Langley zu Wort. »Ich habe mich umgesehen. Ich ziehe das Gästezimmer draußen vor, wenn es erlaubt ist, Mr. Devlin.«

Mike zuckte mit den Schultern und sah zu Morgan. »Schlafen Sie, wo Sie wollen«, erwiderte dieser. »Mir kann es egal sein. Mr. Devlin, sagen Sie dem Koch, dass wir sofort den Tee wünschen.«

Miss Langley kicherte. »Ein Chinese als Koch! Unglaublich! Versteht er denn überhaupt, Tee zu bereiten?«

»Das kann er.« Mike lächelte. Er fügte lieber nicht an, dass Tommy Ling, der nun schon seit einigen Jahren bei ihnen war, ein sehr launischer Koch war. Wenn es ihm beliebte, dann konnte er ausgezeichnete Dinner oder wunderbare chinesische Gerichte servieren; an anderen Tagen aber, meist wenn er einen neuen Opiumvorrat erhalten hatte, verzeichnete er spektakuläre Misserfolge.

»Und wo wohnen Sie, Mr. Devlin?« fragte das Mädchen und blickte ihn mit ihren blauen Augen an.

»Oben auf dem Hügel«, erwiderte er, sorgfältig darauf bedacht, auf ihren Flirt nicht einzugehen.

»Das müssen Sie mir morgen in der Früh zeigen«, sagte sie.

»Er wird morgen mit anderen Dingen beschäftigt sein«, sagte Corby zu ihr. »Geh nun und kümmere dich um deine Schwester.«

FÜNFTES KAPITEL

Mike hatte die ihm Anvertrauten ohne größere Probleme nach Providence gebracht, nun wollte er sie, um zu sehen, wie sich die neue Gruppe Kanaka eingelebt hatte, so schnell wie möglich loswerden. Normalerweise sammelte er die Kanaka am Hafen ein, brachte sie selbst nach Providence und gab ihnen einen Tag Zeit, um sich an die neue Umgebung zu gewöhnen, bevor sie zu Arbeitstrupps zusammengestellt wurden und mit der Arbeit beginnen konnten. Diesmal aber hatte er sie Ted Perry überlassen müssen, und das beunruhigte ihn. Ted war ein erfahrener, aber harter Aufseher. Es war wichtig, einen Aufseher zu haben, der alle Trupps unter Kontrolle hatte und sie zur Arbeit antrieb. Aber Ted war zu schnell mit der Peitsche zur Hand. Seit dem Tod von Jake hatte es viel zu viele Beschwerden über Teds Grausamkeiten gegeben. Einige der Kanaka waren so schwer verprügelt worden, dass sie nicht mehr arbeiten konnten. Ihr Sprecher hatte es Mike berichtet.

Jake hätte Perry auf der Stelle gefeuert, wahrscheinlich nachdem er ihm vorher selbst noch die Peitsche hätte spüren lassen. Alles was Mike tun konnte, war, auf den Aufseher beschwichtigend einzuwirken. Da Perry jede Kritik zurückwies, wäre es fast zum Kampf zwischen den beiden Männern gekommen; ihn zu entlassen war ihm jedoch nicht möglich, da Perry einen Vertrag hatte, den nur der neue Besitzer kündigen konnte. Tatsächlich, ging es Mike während der Fragen Morgans durch den Kopf, war Perry in einer besseren Position als er – er, der keinen Vertrag besaß. Um Perry loszuwerden, würde Corby Morgan ihn auszahlen müssen.

Nach dem mit Gebäck und Kuchen servierten Tee, einem von Tommys besseren Versuchen, entdeckte Corby erfreut, dass Mike den Schnapsschrank gut ausgestattet hatte. Er öffnete eine Flasche Brandy und lehnte sich in Jakes großen Lederstuhl zurück, um sich mit seinem Verwalter weiter zu besprechen. Mike, dem daran lag den Eindruck zu erwecken, unter seiner Leitung sei auf der Plantage alles bestens bestellt, konnte nicht weg.

»Ich gehe nun lieber«, sagte er schließlich. »Gewöhnlich drehe ich um diese Stunde meine Runde und sehe nach, dass alles in Ordnung ist.«

»Für diese Aufgabe haben Sie doch einen Aufseher, oder? Nehmen Sie noch einen Drink.«

»Ja, aber ich habe auch darauf zu achten, dass er seine Arbeit verrichtet.« Er würde Morgan von den üblen Aktivitäten ihres Aufsehers ein anderes Mal berichten müssen.

»Ich kann nicht verstehen, warum ich einen Verwalter und einen Aufseher brauche«, sagte Corby gereizt.

»Die meisten Plantagen besitzen mehrere Aufseher«, erklärte Mike. »Wir können mit einem auskommen, aber es ist ein hartes Stück Arbeit. Das hier ist ein großes Unternehmen.«

»Dennoch scheinen Sie in den letzten Monaten das alles auch wunderbar ohne die Unterstützung des ehemaligen Besitzers geschafft zu haben. Warum also brauchen wir nun drei Männer? Ich bin nicht unbedingt nutzlos.«

O Gott, dachte Mike. Jake arbeitete wie ein Henker, und ich halte den Laden gerade mal so am Laufen. Wenn, dann bräuchten wir mehr Kanaka. »Davon bin ich überzeugt«, erwiderte er. »Aber es ist viel zu tun. Ich werde Ihnen morgen die Plantage zeigen.«

»Das ändert jedoch nichts an der Tatsache, dass ich als Eigentümer auch die Aufgabe des Verwalters übernehmen kann, mit einem Aufseher, der unter mir arbeitet. Das scheint mir am sinnvollsten.«

Wenn du Augen im Hinterkopf hast und bereit bist, den ganzen Tag auf dem Pferd zu sitzen, oder, wenn nötig, mitanzupacken und den Schlaf vergisst und deinen wunderbaren Garten, dann sicherlich, dachte Mike. Und wenn dann die Regenzeit kommt, wirst du so verdammt durchnässt sein, dass du dir wünschst, du seist tot. Aber er sagte nur: »Das liegt ganz bei Ihnen, Mr. Morgan. Ich bin hier, um für Sie alles am Laufen zu halten und das Zuckerrohr zur Mühle zu bringen. Ich fange immer morgens um vier Uhr dreißig an. Wann darf ich mit Ihnen rechnen?«

»Seien Sie mit einem Pferd pünktlich um neun Uhr zur Stelle, Devlin. Ich werde meine Inspektion frisch und früh beginnen.«

»Frisch und früh«, murmelte Mike, als er sich auf den Weg zu den Ställen machte. »Junge, mach dich auf was gefasst, wenn du Verwalter sein willst.«

Er folgte dem Saumpfad durch offenes Buschwerk zu dem Lager, wie sie es nannten. Obwohl das Gebiet nicht eingezäunt war, standen hier einige barackenähnliche Gebäude und ein offenes, strohgedecktes Langhaus, das sich die Insulaner gebaut hatten und das ihnen als Versammlungs- und Speiseraum diente. Zu dieser Stunde war es normalerweise mit lebhaften Gesprächen und Gelächter erfüllt, nun aber begrüßte ihn unheilvolle Stille. Arbeitertrupps zogen zum Schuppen, um ihre Harken, Spaten und Pickel loszuwerden und sich dann zu den anderen im Langhaus zu gesellen.

Sogar die Frauen, die über offenem Feuer das Abendessen bereiteten, hatten statt ihrer sonstigen scherzhaften Fröhlichkeit

leere, ausdruckslose Mienen. Es waren die Ehefrauen der Kanaka, plumpe, nussbraune Frauen, die selbstbewusst ihre bunten Sarongs trugen und niemals davor zurückschreckten, mit ihren langen Holzlöffeln männliche Übergriffe zu ahnden.
Mike konnte ihnen sonst immer ein Lachen entlocken. Er band also sein Pferd an einen Baum und näherte sich ihnen. »Was habt ihr angestellt, Mädels? Den Kerlen Bauchweh gemacht?«
Sie schüttelten den Kopf und rührten weiter in den Töpfen mit Reis, Eintopf, gehacktem Fisch und Früchten – mit Mienen, die zum Fürchten waren. Keine von ihnen blickte ihn an.
»Hat die Katze eure Zunge gefressen?« witzelte er.
Pompeys Frau Tamba rollte mit den Augen. »Nein, Massa.«
»Wo ist Pompey?«
Er folgte ihrem Blick zu dem stämmigen Mann, der nicht aufzufallen versuchte. »Raus hier, auf der Stelle«, rief er. Zögernd, aller Augen waren nun auf ihn gerichtet, erhob sich Pompey und schlurfte ihm entgegen.
»Du bist Vorarbeiter, Pompey. Sag mir, was los ist.«
Pompey seufzte. »Nix los. Alles Ende. Alles fertig.«
Das beunruhigte Mike noch mehr. »Fertig« konnte alles bedeuten. »Fertig Ende« hieß oft tot. »Nichts ist zu Ende«, sagte er. Und dann spürte er die Furcht, die sie umgab. »Warum haben diese Leute Angst?«
Pompey zuckte mit den Schultern. Er wollte nicht reden oder hatte Angst davor. Mike ging hinüber und stieß gegen einen der großen Reistöpfe. Der Inhalt ergoss sich ins Feuer. »Kein Essen«, schrie er Pompey an, damit es die anderen ebenfalls hören konnten, »bis du mir sagst, was los ist.«
Pompey blickte, als wollte er jeden Moment auf ihn losgehen. Mike packte ihn am Arm und trat gegen einen weiteren Topf. Lautes Seufzen ging durch die Menge; die Insulaner liebten ihr Essen, und diese Verschwendung war für sie eine schreckliche Bestrafung.
»Hat es mit den Neuen zu tun?« fragte er. Er musste an den Aufruhr im Hafen denken.
»Nein!« rief Pompey versteinert aus. »Alle gute Kerle sie.«

»Wo haben sie gearbeitet?«
»Alle Busch roden in neu Abschnitt, weiter unten. Alle gut Arbeit, bis einer ...« Pompey zögerte. »Er weh.«
»Wer?«
Doch Tamba wurde ungeduldig. »Sein Name Joseph. Er in Hospital.«
»Gut«, sagte Mike zu Pompey. »Gehen wir zu ihm.«
»Essen nun ausgeben?« fragte ihn Tamba. Mike nickte, und bevor er seine Meinung ändern konnte, stürzten sich alle auf die Blechteller.
Das Hospital war ein langes Gebäude mit Wänden aus Juteleinen, die bei Nässe nach unten gerollt werden konnten. Zwei der Frauen betätigten sich als Krankenschwestern und kümmerten sich um die Kranken. Im Notfall wurde der Arzt gerufen, falls er sich im Distrikt aufhielt. Die Patienten, die die harte Arbeit, das fremde Essen und Klima nicht gewohnt waren, litten an Erschöpfungszuständen, Durchfall oder Lungenentzündung, wenn sie nicht durch Unfälle oder Schlangenbisse verletzt wurden. Sie konnten jedoch nur hier behandelt werden. Kein weißes Krankenhaus hätte Farbige, ob von schwarzer, brauner oder gelber Hautfarbe, aufgenommen. Ein kleiner Friedhof auf dem Hügel zeugte von dem Mangel an medizinischen Einrichtungen. Jake hatte dem Stadtrat von Cairns vorgeschlagen, ein Krankenhaus nur für Farbige zu bauen; die Anfrage wurde so schnell abgelehnt, wie er sie vorgetragen hatte. Und selbst wenn der Stadtrat für diesen unpopulären Plan Mittel aufgebracht hätte, wäre kein Arzt bereit gewesen in einer solchen Einrichtung zu arbeiten.
Wenigstens, sagte sich Mike, während sie den Hügel hinaufstiegen, waren alle Kanaka in Providence Freiwillige. Bevor er sie auswählte, fragte er sie, wenn nötig durch einen Dolmetscher, ob sie von Menschenhändlern entführt worden waren. Aber all das war ihm nur geringer Trost, wenn er mit ansehen musste, wie die armen Kerle hoffnungslos dahingerafft wurden.
Er duckte sich, als er die Hütte betrat, und blieb bei jedem Lager stehen, um mit den Patienten und den Schwestern ein Wort

zu wechseln. Es freute ihn, dass die Frauen ihr provisorisches Hospital so sauber hielten. Hinten am Ende sah er den neuen Mann, Joseph. Es war der große, stolze Junge, der ruhig bei den anderen gestanden und glücklich gelächelt hatte, als er ausgewählt wurde. Mike war sich sicher, dass er kein Unruhestifter war, und dennoch ... sieh ihn dir nun an! Er lag flach auf seinem Gesicht, sein Rücken war von der Auspeitschung eine einzige blutige Masse.

»O Gott!« sagte er, als er vorsichtig das Gazetuch wegnahm, das die Fliegen abhalten sollte. »Hat Perry das getan?«

Pompey nickte.

»Dieser Bastard! Warum?«

»Perry neuen Kerl auspeitschen. Dieser Mann sagen: Lass ihn. Er tut sein Bestes.«

»Er spricht Englisch?«

»Ja«, fuhr Pompey fort. »Dann Perry wütend auf ihn. Dann bindet ihn an Baum für Gürtelpeitschen. Perry sagen, zeigen euch Exempel.«

»Ich werde ihm was zeigen«, grummelte Mike. Er ließ sich auf den Boden nieder und berührte Joseph an der Schulter. »Tut mir Leid. Wir kümmern uns um dich. Ich sorge dafür, dass das nicht wieder vorkommt.«

Der Junge starrte ihn an, die ruhige Ergebenheit in seinen Augen erstaunte Mike. »Macht nichts«, sagte Joseph. Und dann richtete er an Mike eine Bitte. »Du großer Boss, mich nicht zurückschicken.«

»Natürlich nicht. Wenn es dir besser geht, werden wir für dich eine andere Arbeit finden. Wenn du Englisch sprichst, bekommst du mehr Lohn.«

Joseph lächelte und schloss die Augen.

Perry war nicht in seiner Hütte. Mike suchte ihn überall, bis ihm einer der Kanaka sagte, dass der Aufseher zum neuen Boss gegangen war.

»Verdammt!« Er ritt an den Rand der Lichtung und sah Perry im Gespräch mit Mr. Morgan an der vorderen Veranda stehen. Zweifellos war er als erster die Geschichte losgeworden, wie es dazu kommen konnte, dass ein Kanaka derart ausgepeitscht wurde. Er war ein gewandter Redner und umgänglicher Mensch, wenn er sich nicht auf dem Zuckerrohrfeld befand. Nachdem er sich von Morgan für diesen Abend verabschiedet hatte, konnte Mike nun schlecht über ihn herfallen. Er lenkte seine Schritte daher zur Rückseite des Hauses, wo er Perrys Pferd entdeckte, das am Pferdetrog angebunden war.

Als der Aufseher schließlich über den Hof kam, fand er Mike vor, der sich gesetzt hatte und auf ihn wartete. »Ah, Devlin«, sagte er. »Ich habe dich schon gesucht. Wie wär's mit einem Drink?«

»Nicht jetzt. Du hast mit Mr. Morgan gesprochen?«

Ted lachte. »Wenn man das so sagen kann. Er ist etwas durch den Wind, schätze ich.«

»Kein Wunder. Er hat eine lange Reise hinter sich. Ich nehme an, du hast ihm erzählt, dass du einen der neuen Kanaka krankenhausreif geprügelt hast?«

»Ach Gott, sie sind ein Haufen Faulpelze. Der Kerl hat nur bekommen, was er verdient hat. Außerdem hat das nichts mit dir zu tun. Ich beaufsichtige die Trupps und du bist der erste, der schreit, wenn die Arbeit nicht getan ist.«

»Ich hab dir gesagt, mit dem Prügeln aufzuhören. Der Junge sieht fürchterlich aus ...«

»Na und?« brauste Perry auf. »Ein verdammter Nigger bekommt Schläge, die anderen sehen es und machen sich wieder an die Arbeit. Schließlich sind sie hier nicht bei einem verdammten Picknick.«

»Der, den du ausgepeitscht hast, wird eine Woche lang nicht arbeiten können!«

»Oho! Das ist was anderes!« feixte Perry. »Du machst dir bloß Sorgen, dass die Butter nicht aufs Brot kommt. Ich werd ihm morgen ein Salzbad verpassen, das wird ihn kurieren.«

»Du bist ein verdammter Bastard«, sagte Mike. Doch Perry ließ sich nicht aus der Ruhe bringen.

»Komm runter, Devlin. Beruhige dich. Wenn einer dieser Kanaka hier nicht arbeiten will, dann lass ihn doch mit den Trupps von Helenslea tauschen. Der alte Edgar Betts zeigt ihnen schon, was es heißt, auf einer Plantage zu sein.«

Bevor Mike antworten konnte, kam Corby Morgan zu ihnen herüber. »Gentlemen. Meine Damen wollen sich gerade zum Abendessen begeben. Sie müssen dabei nicht Ihren lautstarken Wettbewerb vor ihrem Fenster hören. Seien Sie so freundlich und tragen Sie Ihren Streit woanders aus.«

Als sie fortritten, fühlte sich Mike wie ein zurechtgewiesener Schuljunge, Perry hingegen amüsierte sich köstlich. »Hast du das gehört? Seien Sie so freundlich und tragen Sie Ihren Streit woanders aus. « Er lachte. »Was für ein warmes Bürschchen. Der wird nicht lange bleiben.«

»Noch ist er der Boss«, warnte ihn Mike. »Ich würde ihn nicht unterschätzen. In seiner knochigen Gestalt verbirgt sich einiger Mumm.«

»Wie sind denn die Frauen? Ich habe sie überhaupt nicht zu Gesicht bekommen.«

»Sehr anständig. Du hältst dich besser von ihnen fern.«

»Wollen wir jetzt einen trinken?«

»Nein. Ich bin müde, ich will nach Hause.« Überrascht hatte er festgestellt, dass ihm das Leben allein in seinem Haus gefiel. Anfangs hatte er sich einsam gefühlt, war umhergewandert und hatte mit sich und dem Abend nichts anzufangen gewusst.

Jahre hatte er in der Gesellschaft des unermüdlichen Jake verbracht, dem immer etwas einfiel, ob Kartenspiele, nächtliche Jagdzüge oder ein Spaziergang zu den Kanaka, wo sie mit ihnen herumhockten und mit ihnen ihr selbstgemachtes Gebräu schlürften. Oder sie saßen einfach über einigen Flaschen Rum auf der Veranda des Haupthauses und besprachen die Ereignisse des Tages. In den ruhigen Zeiten. Denn Jake liebte die Frauen. Einige Zeit lang war Lita Betts seine Geliebte, sie blieb manchmal tagelang auf Providence und fühlte sich hier ganz zu Hause. Edgar, ihren Vater, kümmerte es nicht; seine Tochter tat, was sie wollte, und er hätte es gerne gesehen, wenn sie den Witwer und Besitzer von Providence geheiratet und so die beiden Anwesen zu einem verschmolzen hätte. Als sie einmal mit

Mike ins Bett stieg – sie glaubte, Jake wäre zu betrunken um es zu bemerken –, sorgte sie für den einzigen handfesten Krach zwischen ihm und Jake.
Denn Jake hatte es bemerkt! Wutschnaubend kam er mit der Pferdepeitsche hinterher, und während Mike Lita noch dazu überreden wollte, zu verschwinden, bekam er den ersten Schlag ab – er hatte die Narbe noch immer auf seinem Rücken.
»Aber Liebling«, sagte sie zu ihm, während sie auf der Bettkante saß und Jakes Wutgebrüll überhörte – es waren wirklich verrückte Tage gewesen –, »du bist doch viel interessanter als er. Jake braucht doch nur bei Vollmond eine Frau. Ist dir das noch nicht aufgefallen?«
Es endete damit, dass Lita und Jake darüber lachen konnten, während Mike nach Elly rief, um sich den Schnitt mit der uralten Methode der Salzkur behandeln zu lassen. Jake hatte sich dann bei seinem Freund entschuldigt.
Aber Lita hatte Recht. An Vollmonden, wenn Lita auf einem ihrer Besuche in Brisbane war, lud Jake die anderen Pflanzer – ohne ihre Frauen – zu seinen »Wochenendkonferenzen«, bei denen dann die Creme der Huren aus Cairns anwesend war. Bei Gott, sie waren ein wilder Haufen, standen Jake an Ausgelassenheit in nichts nach und kosteten eine Unmenge. Die Gäste tranken alles und jedes, sie speisten das Beste, was Jake ihnen vorsetzen konnte, und rauchten kubanische Zigarren, falls sie nicht Opium vorzogen.
Mike verliebte sich dabei in eine hübsche kleine Chinesin, die auf Drängen Jakes Mike auf den Kopf zusagte, dass er sie sich nicht leisten konnte. Das hatte gesessen. Kurz darauf ließ Lita Jake die gleiche Nachricht zukommen. Sie hatte in Brisbane einen jungen, reichen Portugiesen kennen gelernt und geheiratet. Der Vater, auf dessen Klipper er um die Welt segelte, besaß Goldminen in Südafrika und erkundete nun mögliche Goldvorkommen auf Java; im Sommer hielt er auf den Bermudas Hof, im Winter in Lausanne, eine Tatsache, die Lita faszinierte. Die Weltumsegelung allerdings diente zur Besserung der angeschlagenen Gesundheit des Sohnes.

Als Abschiedsgeschenk schickte Lita Jake ein vergoldetes Hufeisen, das er voller Abscheu sofort Mike überreichte. Es hing nun als Glücksbringer und Erinnerung an diese wilden Zeiten über der Eingangstür zu Mikes Haus.

Er berührte das Hufeisen, als er das Haus betrat, verstaute seine Sachen und die Waffen und ließ sich auf einem Stuhl nieder, um die Stiefel auszuziehen. Das hochgelegene Haus war kühl und ruhig – so ruhig, wie es hier angesichts des sanften Rauschens vom nahe gelegenen Felsbach und der unentwegt aus dem umliegenden Dschungel dringenden schrillen Schreie, des Kreischens und Wisperns nur werden konnte. In der ihm nun so angenehmen Ruhe zündete er eine Lampe an und blickte sich im geräumigen, komfortablen Raum um, der sein Wohn- und Esszimmer und Büro in einem war. Mike hatte sich, im Gegensatz zu den schweren Möbeln aus Zedernholz, die im Haupthaus standen, mit Bambusmöbeln eingerichtet – besser gesagt, ein chinesischer Freund hatte ihn mit dem Argument, sie seien für das Klima geeigneter, dazu überredet. Mike musste zugeben, dass die leichteren Möbel nicht schlecht aussahen und gut zu den Bambusrouleaus passten.

Er war hungrig geworden. Da er es vorzog seine Mahlzeiten selbst zuzubereiten, gehörte es zu Tambas Aufgaben, sich um seine Lebensmittelvorräte zu kümmern. Er entschied sich für Pökelfleisch und Tambas Imbiss aus Reis, Tomaten, Zwiebeln und grünem Pfeffer, dazu Scheiben des ungesäuerten, in glühender Asche gebackenen Brotes. Während er sich aus einem Krug ein großes Glas Regenwasser eingoss, blinzelte er zur Schlange, die ihn vom Boden unter dem Bett beobachtete. »Du passt für mich auf, Schlange?« fragte er. »Wenn ich hier Mäuse oder Kakerlaken finden sollte, bist du gefeuert. Vergiss das nicht.«

Die Schlange verlor das Interesse und legte zufrieden den Kopf auf den Boden, während ihr Herr die Lampe auf den Tisch stellte, um mit einigen Zeitungen den Abend zu beschließen.

Da keine der Frauen wusste, wie sie den Asiaten, der in ihrer Küche herumlungerte, ansprechen sollte, und Corby bereits vorher darauf hingewiesen hatte, dass er sich jetzt und in Zukunft auf keinen Fall für häusliche Angelegenheiten zuständig hielt, fiel es dem Professor zu, Tommy Ling darauf hinzuweisen, dass die Familie ein einfaches Abendessen mit Rühreiern, Toast und Tee zu sich zu nehmen wünschte.

Tommy war außer sich. »Nein, nein, nein«, kreischte er und flog hinüber zum Ofen, um eine saftige Lammkeule abzudecken, die in einem Gebirge von Kartoffeln und Kürbis schmorte. »Boss sagen, englisch Dinner für bedeutende Herrschaft aus England. Sehen Sie, sehen Sie!« Er riss die Deckel von den Pfannen. »Erbsen! Bohnen! Gut Gemüse aus chinesischem Garten! Und Plumpudding!«

»Oh, das tut mir Leid«, erwiderte Lucas Langley. »Wie freundlich von Ihnen, sich solche Mühe zu geben. Wir werden sicherlich essen, was Sie vorbereitet haben. Es sieht köstlich aus.«

Der Koch verbeugte sich erleichtert. »Sie neuer Boss hier?«

»Nein, Mr. Ling, ich wünsche kein Boss zu sein. Ich bin Mr. Langley.« Er zählte die verschiedenen Familienmitglieder auf, Tommy hörte aufmerksam zu und wiederholte die Namen. »Und brauchen Sie irgendeine Hilfe hier?«

Das junge Aborigines-Mädchen erschien. »Tommy niemanden mögen in seiner Küche«, grinste sie. »Die Missus ihm sagen, was er zu kochen hat, ansonsten sie fernhalten. Sie gehen jetzt. Ich läute diese Klingel hier, wenn Abendessen fertig.«

Enttäuscht zog sich der Professor zurück. Er war hier an allem und jedem interessiert und hätte mit dem Chinesen gerne ein wenig geschwatzt, um herauszufinden, wer er war und warum er in das Land gekommen war. Dafür würde, nahm er an, allerdings noch genügend Zeit sein. Mit seiner kleinen, einfachen Unterkunft draußen war er äußerst zufrieden; sie ersparte ihm die übermächtige Präsenz seines Schwiegersohns und verschaffte ihm die Freiheit, die er hier zu finden gehofft hatte. Für Lucas besaß Providence alles, was er sich erhofft hatte und mehr ... ein Wunderland seltsamer Flora und Fauna, dazu diese geheimnisvollen exotischen Bewohner. Er konnte es kaum erwarten, mit seinen Untersuchungen zu beginnen.

Seine Töchter waren weniger enthusiastisch.
Jessie hatte einige Stunden in dem fremden Bett geschlafen und war nach verwirrenden, fast alptraumhaften Bildern nervös und mitgenommen aufgewacht. Der Raum war kühl, von der offenen Verandatür kam eine leichte Brise. Es gab keine Vorhänge, nicht einmal Vorrichtungen zu ihrer Befestigung. Sie zitterte angesichts dieser mangelnden Privatsphäre, aber das war nur ein Teil ihrer Bestürzung. Jessie hatte Angst. Sie wollte so gerne Corby zufriedenstellen, aber langsam dämmerte es ihr, dass sie nicht die leiseste Vorstellung davon hatte, wie sie hier, so weit von jeglicher Zivilisation entfernt, einen Haushalt führen sollte. Und wer würde ihr bei der Geburt ihres ersten Kindes helfen, bei diesem schrecklich einsamen Ereignis, das noch auf sie zukam? Nicht Sylvia; sie hatte darin ebenfalls keine Erfahrung und würde außerdem lieber davonlaufen. Würde sie in diese widerliche Stadt müssen und ihr Kind von einem Fremden zur Welt bringen lassen? Ein Berg von Sorgen lag auf ihr. Schließlich stand sie auf, goss Wasser aus dem großen Krug in die Porzellanschale, befeuchtete damit ihr Gesicht, den Nacken und die Achseln und wusch mit der lauwarmen Flüssigkeit ihre Sorgen fort.
Sylvia war keine Hilfe. Sie hatte sich umgezogen und trug nun ein hübsches, tiefausgeschnittenes Baumwollkleid, das sie sich auf dem Schiff gemacht hatte – eines der vielen Kleider, die Mrs. de Flores entworfen hatte. »Ist es nicht göttlich? Ich konnte mich nicht entscheiden, ob ich das oder das weiße Organzakleid anziehen sollte. Aber das hebe ich mir lieber für eine bessere Gelegenheit auf. Das Blumenmuster ist doch wirklich schön, nicht wahr? Blau steht mir.«
Sie drehte sich vor dem in den großen Schrank eingelassenen Spiegel. »O Gott, die Möbel hier sind doch einfach abscheulich.«
»Vater sagte, sie sind aus hervorragendem roten Zedernholz und ziemlich teuer«, versetzte Jessie, während sie in einen langen Rock schlüpfte und ihre zunehmende Taille mit einer cremefarbenen Bluse bedeckte.
»Schön, dann solltest du sie sofort verkaufen. Man sieht sofort,

dass sie von Männern ausgewählt wurden. Der arme Mr. Devlin war so stolz auf sie. Ich brachte es nicht übers Herz ihm zu sagen, dass sie in ein Herrenhaus gehören und nicht in eine armselige Hütte wie diese. Du siehst schlecht aus. Fühlst du dich wohl?«

»Ja, danke. Mir ist nur ein wenig heiß.«

»Meine Liebe, wir haben Winter! Lita sagte, dass es im Sommer zehnmal heißer wird. Was hält eigentlich Corby von diesem Haus?«

»Das sagte er nicht. Ich nehme an, wir müssen uns damit abfinden.«

»Ein Skandal, du weißt das. Wenn Corby uns kein angemessenes Haus baut, werde ich mit Vater sprechen. Vergiss nicht, ihm gehört die Hälfte des Anwesens.«

»Du verschwendest deine Zeit. Vater hat daran nichts auszusetzen.« Sie zwang sich nicht zu den Dachsparren aufzublicken, die über ihnen hingen. »Und vielleicht erinnerst du dich daran, dass für Neuanschaffungen kein Geld vorhanden ist, ganz zu schweigen von einem neuen Haus. Sylvia, bitte, versuch das Beste daraus zu machen.«

»Aber wie können wir an einem Ort wie diesem Gesellschaften geben?«

»Ich habe keine Ahnung«, sagte Jessie, als sie ihre Schuhe anzog und aufstand, um dieses neue Leben zu beginnen. »Noch, wen wir einladen sollten.«

Das Abendessen allerdings war ein fröhliches Ereignis; Corby war bester Laune. Das schwarze Mädchen hatte nur mit dem Notwendigsten den Tisch gedeckt, dazu, wie Jessie bemerkte, eine schneeweiße Tischdecke. Ihre erste Frage ging daher an Elly: »Wäschst und bügelst du auch?«

»Nein, Missus. Das tut Tommys Missus. Chinesische Lady unsere Waschfrau.«

»Und kümmerst du dich um das Besteck?« kicherte Sylvia. »Ich schwöre darauf, dass es aus Blech ist.«

»Bis unseres ankommt, wird es genügen«, wies sie Corby zurecht. »Jessie, sag dem Mädchen, dass sie auftragen kann.«

Der Tisch war für fünf gedeckt. Sylvia nahm Platz. »Sollten wir nicht auf Mr. Devlin warten?«
»Ich habe ihn nicht eingeladen«, erwiderte Corby. »Ich nehme an, dass er mit dem früheren Besitzer hier gewohnt hat. Er tut gut daran, sich an seine neue Stellung zu gewöhnen.«
»Das ist schade«, bemerkte Lucas. »Die Konversation mit ihm wäre sehr erhellend.«
»Sie können sich mit ihm zu jeder Zeit unterhalten.«
Als Elly den Lammbraten auftrug, glaubte sich Jessie entschuldigen zu müssen. »Oh, das tut mir Leid, Corby. Du hast doch Rühreier gefordert.« Sie blickte zu ihrem Vater. »Das wollten wir doch haben.«
»Macht nichts«, sagte Corby und nahm Messer und Gabel zur Hand. »Ich denke, das passt besser. Und es riecht so gut, dass ich plötzlich sehr hungrig bin. Jessie«, fügte er noch an, »sage dem Mädchen, sie soll uns Rotwein bringen.«
Elly starrte sie verständnislos an, bis Lucas aufsprang. »Was, wenn ich mich zum Weinschenk ernenne? Es gibt zwar keinen Weinkeller für den Wein, den wir mitgebracht haben, aber ich werde mich darum kümmern.«
»Gute Idee.« Corby lächelte, dann ließ er sich für einige Minuten entschuldigen, um sich um den draußen lauthals ausgetragenen Streit zu kümmern. Als er zurückkam, verlor er darüber kein Wort, berührte Jessie jedoch an der Schulter und flüsterte ihr zu: »Könntest du darauf achten, dass unser Mädchen Schuhe trägt?«
Nach dem faden, salzigen Essen an Bord des Schiffes genossen sie den Braten und das frische Gemüse. Alle, sogar Jessie, langten tüchtig zu. »Wir müssen Corby danken«, sagte sie, »dass er uns gleich nach Hause gebracht hat. Ich muss zugeben, die Reise war anstrengend, aber schließlich sind wir hier zu Hause.«
Sie aßen bei Kerzenlicht. Daher fiel niemandem auf, dass Sylvias kleiner Hund sich ein Vergnügen daraus machte, drei Zentimeter lange Kakerlaken zu jagen, während über ihnen kleine Geckos hingen, die sie aus ihren unschuldigen runden Augen

beobachteten. Erst viel später, Jessie und Corby schliefen bereits, schallten Sylvias Schreie durch die Nacht.
»In meinem Zimmer sind Viecher«, kreischte sie. »Wilde Viecher, Schlangen, überall ...«
Als Corby mit hell aufgedrehtem Licht herbeigeeilt kam, waren die nächtlichen Besucher bereits verschwunden. Sogar die große Fledermaus oder Flughund, wie er hier genannt wurde, hatte sich durch das offene Dachgesims verzogen.
»Das ist der Wein«, gab er schroff zurück. »Du siehst Gespenster. Hier ist nichts. Nicht einmal unter dem Bett.« Aber sein Blick lag mehr auf dem Mädchen; in ihrem Schreck hatte sie vergessen sich zu bedecken, stocksteif stand sie in ihrem batistenen Nachtgewand, durch dessen dünnen Stoff sich ihr nackter Körper abzeichnete. Mit nach unten gerichteten Augen, die vorgaben den Boden abzusuchen, näherte er sich ihr, verzweifelt angezogen von den hohen festen Brüsten, der schmalen Taille und dem schwarzen Fleck über ihren langen schlanken Beinen.
»Muss ich hierbleiben?« fragte sie bittend.
Freundlicher nun nahm er sie am Arm und führte sie zum Bett.
»Ja«, sagte er und spürte dabei ihre Wärme. »Es war wahrscheinlich nur eine Maus. Ich werde morgen gründlicher nachsehen.«
Er eilte aus dem Zimmer. Ihre weiche, sinnliche Wärme trug er mit sich fort und wollte sie nicht verlieren.
Als die Männer aus Malaita in dieser Nacht zusammenkamen, schienen sie fast mit der tropischen Dunkelheit des Dschungels zu verschmelzen, der bis auf die schwüle Hitze mit der weichen Flora ihrer Insel nichts gemein hatte. Das Strauchgewirr der Eukalyptusbäume, das weiß im Mondlicht leuchtete und umhüllt war von kniehohen, scharfkantigen Gräsern und Farnen, lichtete sich hier nicht zu hohen Wäldern aus Palmen und Kletterpflanzen. Urzeitliche Baumfarne standen hier, dunkle Überlebende der Zeiten, ebenso zäh und wachsam wie ihre Zeitgenossen, die schwarzen Eingeborenen.
Kanaka waren Menschen des Dschungels, zierlicher und

schlanker als die Aborigines, denen sie mit Argwohn begegneten. Die Eingeborenen behandelten sie mit Verachtung und einem gewissen Maß an Furcht. Denn die Fremden hatten einen fürchterlichen, sich an Blutopfern berauschenden Gott mitgebracht, was die Einheimischen, die die Erde und ihre Wunder verehrten, mit Schrecken erfüllte.

Allmählich jedoch rodeten die Weißen die Wälder, zwangen die ansässigen Stämme sich zurückzuziehen, und verwandelten die Insulaner durch ihre Arbeit zu mageren und hungrigen Versionen ihrer eigenen Bauernschicht.

Als sich die Kanaka schweigend im Dschungel versammelten, zogen sich die einheimischen Eingeborenen zurück. Sie kümmerten sich nicht um die Angelegenheiten der Kanaka, solange sie keine Bedrohung darstellten. Sie schienen mittlerweile ihre Lektion gelernt zu haben. Früher noch hatten Kanaka fette Aborigines-Kinder als Opfer für ihre Kannibalenfeste gestohlen, was erst mit wilden Angriffen der Irukandji-Leute und später der Weißen, die schnell von diesen importierten Grausamkeiten erfahren hatten, geahndet wurde.

Flüsternd, mit vor Wut erstickten Stimmen diskutierten sie in Gruppen den schockierenden Angriff auf Talua. Sie erinnerten sich, dass der Weiße Jock Bell ebenfalls ihren jungen Gott geschlagen hatte; bereits damals hatten manche Stimmen Vergeltung gefordert, doch Talua hatte sich ihnen widersetzt. Sie erinnerten sich an seine Worte: »Wir sind in einer neuen Welt. Wir müssen ihre Sitten kennen lernen und ihren Gesetzen folgen, damit wir, wenn die Zeit reif ist, frei sind und wie Kwaika und Manasali zu unserem Volk zurückkehren und ihm die Segnungen und unser Wissen bringen können.«

Also war Jock Bell verschont worden.

Aber nun hatte dieser weiße Boss, Perry, Talua nicht nur skrupellos ausgepeitscht, er hatte auch gegen seine eigenen Gesetze verstoßen. Hatte nicht Manasali, der als Sal bekannt war, gehört, wie Mr. Devlin mit ihm darüber gestritten hat? Mr. Devlin hatte Recht. Die alten Arbeiter kannten das Gesetz so gut wie er. Den Bossen war es nicht erlaubt, Kanaka auszupeitschen, auch wenn auf anderen Plantagen noch immer viel geschlagen wurde. Dies hörte man in den Bordellen der Stadt. Die Brutalität der Weißen führte oft zu Aufruhr, den Männer mit Gewehren schnell unterdrückten; den Unglücklichen blieb daher kaum etwas anderes übrig, als sich in ihr Leid zu fügen. Das Auspeitschen von Talua aber war ein besonderer Fall. Niemand sprach von Aufruhr. Nur ein Mann war für diese Blasphemie verantwortlich, und er sollte bestraft werden. Talua war nicht in der Lage, eine Entscheidung zu treffen, sagten mehrere Stimmen, außerdem sollte er zu seiner eigenen Sicherheit aus allem herausgehalten werden. Jetzt war die Zeit zur Tat zu schreiten, da Talua noch im Hospital lag und nicht beschuldigt werden konnte.

Sie saßen mit gekreuzten Beinen im fahlen Licht, einige rauchten Tonpfeifen, die meisten kauten Betelnüsse, und ihr Entschluss breitete sich über sie aus wie Nebel über dem Meer, leise drang er in die Seelen der Männer aus Malaita. Kein Name wurde genannt, denn das Geheimnis ruhte sicher in den über vierzig dunklen Gestalten in ihren geisterhaften weißen Hemden. Leise gingen sie in ihre Quartiere zurück und saßen am Lagerfeuer und sangen mit den anderen Arbeitern die Lieder ihrer Insel.

Durch das Glas strömte Sonnenlicht und ließ wie ein goldenes Gazetuch feine Staubpartikel in der Luft tanzen. Corby warf die Decke zurück und freute sich an der Wärme.

Was für eine zivilisierte Art aufzuwachen, ging es ihm durch den Kopf. Er räkelte sich in dem großen Bett, das selbst seinen langen Gliedern genügend Platz bot. Auch die Matratze war fest, von guter Qualität. Er beschloss, dass das Bett, wenn er das Haus neu einrichtete, bleiben sollte. Er hatte gut geschlafen und, zur Abwechslung, wohl auch Jessie. Sie atmete ruhig und war noch nicht wach.

Er griff zu seiner Uhr und stellte fest, dass es erst sechs Uhr war – und er war hellwach und bereit, aufzustehen. Auch das hatte sich verändert. In England war es immer ein Kampf gewesen, um neun Uhr wach zu sein. Noch im Nachtgewand, verließ er

das Bett, öffnete die Verandatür und trat hinaus. Bis auf die gelegentlichen Schreie fremdartiger Vögel in der Dschungelwand hinter der Lichtung war nichts zu hören. Die Stille seiner Umgebung begann ihn bereits zu beunruhigen, bis er sich erinnerte, dass das Haus von den Zuckerrohrfeldern und dem Lärm, den eine große Arbeiterschaft machte, ein gutes Stück entfernt lag. Was hatte Devlin gesagt? Mehr als hundert Leute! Erstaunlich! Alle arbeiteten für ihn, Corby Morgan, und er war Herr über alles, was er von diesem Platz aus sehen konnte. Was für ein Tag!
Er zog sich leise an und machte einen kleinen Spaziergang durch seine Anlagen. »Wenn man das so nennen kann«, murmelte er, während er über den staubigen Boden zwischen den schindelbedeckten Hütten hinter dem Haus schritt.
Hinter den Ställen fand er eine große Koppel, wo mindestens dreißig Pferde weideten. »Großer Gott!« sagte er. »Sie müssen alle mir gehören. Beeindruckend, sehr beeindruckend!« Er folgte dem einfachen Zaun mit seinen drei Sparren und kam zu einem Gemüsegarten mit sauber angelegten langen Beeten. Endlich entdeckte er ein Anzeichen von Leben. Weit hinten sah er eine Chinesin mit weitem Kulihut und einer Gießkanne. »Lieber du als ich«, sagte er sich. »Das muss Stunden dauern.« Amüsiert betrachtete er die sechs Milchkühe, mächtige, wildaussehende Biester, deren Euter prall hin- und herschwankten, die auf dem Weg auf ihn zukamen.
Er schlüpfte unter dem Zaun durch, sah zu, wie die Kühe vorüberzogen, und nickte den beiden schwarzen, mit grauen Kutten bekleideten Mädchen zu, die, mit langen Stecken bewaffnet, ihrer Herde folgten. Sie bedachten ihn mit schnellen, scheuen Blicken und kicherten laut, während sie den Rindern hinterhereilten.
Er kehrte um, starrte in den weiten blauen Himmel, auf das dichte Grün, das die Lichtung umgab, und dieselben Berge, die sich bereits über der Trinity Bay wie dicke Festungsmauern aufgetürmt hatten. Aber die Berge interessierten ihn nicht, sie schienen nichts weiter als der surreale Hintergrund für seine überlebensgroße Zuckerfarm.

Von der Frontveranda rief ihn der chinesische Koch. »Sie wollen Frühstück, Boss?«
Erschreckt blickte Corby auf. »Sprichst du mit mir?«
Tommy nickte lebhaft. »Wollen Frühstück?«
Corby zögerte. Von den Frauen war noch nichts zu sehen. Er war es gewohnt, mit seiner Frau, der Post und den Zeitungen zu frühstücken. Hier gab es natürlich keine Post und keine Zeitungen, die Gesprächsthemen liefern konnten, also warum nicht? Vor Ausgelassenheit brach er in Lachen aus, als er die Stufen hochstieg. Er konnte sich nicht erinnern, wann er zuletzt so gelacht hatte. Aber es tat ihm gut. Es war großartig! Und, bei Gott, trotz der Mahlzeit gestern Abend war er hungrig. »Ja«, sagte er dem Chinesen. Frühstück? Hatte jemand dem Koch Instruktionen erteilt? »Nun ja«, sagte er sich. »Ich nehme, was es gerade gibt.«
Das Essen wurde ihm auf dem blanken Speisezimmertisch, nun ohne Tischtuch und Servietten, aufgetragen. Einem Gentleman, der seine gekochten Eier oder Räucherhering gewohnt war, schien es, als müsste er gleich loslachen, aber Corby fand plötzlich wieder zu seinem Appetit, den er seit den Internatstagen verloren hatte. Er betrachtete das Steak, das Kotelett, den Schinken, die Lammstreifen und die beiden Spiegeleier, die auf dem Fleisch saßen, warf einen Blick auf den Krug dampfender Soße, den heißen Buttertoast und die große Porzellanschale mit Tee. Dann ging er alles mit Verve an und war froh alleine zu sein und nicht mehr Würde an den Tag legen zu müssen.
Tommy kam wieder herein. »Alles in Ordnung?«
»Das ist das verdammt beste Frühstück, das ich jemals hatte«, verkündete Corby.
Das dunkle Gesicht des Chinesen zeigte ein breites Grinsen. »Sie gut, Boss. Wir gut auskomm'.«
»Danke«, versetzte Corby in einem Anflug von Herzlichkeit, während er das delikat gegrillte Kotelett verschlang.
»Was wollen zum Mittagessen?«
»Großer Gott. So weit kann ich nicht vorausdenken. Fragen Sie meine Frau.«

»Nein, nein. Sie sagen! Ladys sehr wählerisch! Nicht gut.«
Corby nahm einen Schluck Tee und wandte sich zum Koch. »Verstehen Sie doch. Mrs. Morgan kümmert sich um den Speisezettel. Sie wird Sie im Laufe des Tages unterrichten.«
Das Lächeln des Kochs verschwand. Er runzelte die Stirn, spitzte die Lippen und schien seine Sandalen in den Holzboden zu graben. Mit seltenem Taktgefühl löste Corby das Problem: »Ich bin jetzt beschäftigt, ich werde es also Mrs. Morgan sagen, und sie wird es Ihnen erzählen. Verstanden?«
»Ha, ja!« Das Grinsen kam zurück. »Wollen mehr Kotelett? Noch Tee?«
»Nein, danke, es war sehr gut.« Corby lehnte sich in den Stuhl zurück. Es war wirklich sehr gut gewesen, und er war zufrieden. Mit den Angestellten richtig umzugehen hatte hier oberste Priorität, sein erster Versuch war ein voller Erfolg. Er würde es schaffen.
Mike fand ihn in den Ställen. Corby war sorgfältig gekleidet, in einer hervorragend geschnittenen Reitmontur mit langen polierten Stiefeln. Mike war angetan. Jetzt, da der harte alte Jake nicht mehr war, musste der neue Eigentümer Autorität zeigen. Heute zumindest gab sich Morgan diesen Anschein.
»Ich habe Ihnen ein Geschenk mitgebracht«, sagte Mike und überreichte Corby einen Strohhut mit breiter, nach oben geschlagener Krempe. »Beste Qualität.«
Behutsam nahm ihn Corby in Empfang. »Danke.« Mit einer Hand strich er durch sein blondes Haar, als wollte er entscheiden, ob er ihn aufsetzen oder als Andenken behalten sollte.
»An Ihrer Stelle würde ich ihn tragen«, sagte ihm Mike. »Schützt Sie vor Sonnenbrand. Alle Pflanzer tragen sie, eine Art Abzeichen.« Er klopfte gegen seinen verbeulten alten Filzhut. »Ich strapaziere die Dinger ziemlich, so, wie ich mich herumtreibe, also bleibe ich bei diesem alten hier.«
»Ich denke, ich sollte Sie beim Wort nehmen.« Corby setzte den Strohhut auf. »Sie sind sich sicher, dass es nicht komisch wirkt?«
»Nein. Solange er passt.«

»Wie angegossen«, musste Corby zugeben. Er bestieg sein Pferd. »Und wohin gehen wir nun zuerst?«

Als sie vom Haus fortritten, bemerkte Mike, dass Sonntag ein guter Tag war, um die Inspektion zu beginnen; die Plantage lag ruhig vor ihnen, und jeder konnte ausspannen.

»Sonntag?« sagte Corby. »Bei Gott! Ich fürchte, ich habe alle Zeit vergessen. Gibt es hier einen Gottesdienst?«

»Nein, aber Sie können sich einen Prediger kommen lassen. Sie kommen auf ihren Runden vorbei.«

Der breite Pfad führte sie bald durch weite Zuckerrohrfelder, die von schmalen Fußwegen durchzogen waren. »Das sind die Südfelder«, erzählte ihm Mike. »Das Zuckerrohr sieht gut aus, nicht wahr.«

Corby konnte nur nicken. Er nahm es an, weit mehr interessierte ihn aber, als er erfuhr, dass das nur ein Teil seines Besitzes war.

Einige Schwarze in billigen Hemden, die Hosen mit Stricken hochgebunden, kamen auf sie zumarschiert. Mike zügelte sein Pferd. »Wohin wollt ihr?« fragte er nicht unhöflich.

»Nur ein Spaziergang, Boss«, erwiderte einer der Männer. Alle aber starrten neugierig auf Corby.

»Das ist euer neuer Master, Mr. Morgan«, erzählte ihnen Mike. Sie nahmen die Hüte ab und senkten grüßend ihre wolligen Köpfe.

»Es sind Kanaka«, erklärte Mike, während sie weiterritten.

Sie kamen ins Lager, stiegen ab und wurden nun von einer Menge Kanaka umringt, freundlichen Menschen, wie Corby erleichtert feststellte. Es freute ihn, dass einige von ihnen grüßten: »Gu' Tag, Master.« Großbrüstige Frauen hockten im Sand und grinsten zu ihnen herüber, während Devlin die verschiedenen Teile dieser Gemeinschaft erklärte, die für sich ein ziemlich großes Dorf war.

»Zur Unterscheidung«, erklärte Mike, »nennen die Kanaka mich Boss und Sie Master. Das Gleiche gilt für Perry. Auch er ist nur als Boss bekannt. Seine Hütte liegt dort auf diesem Weg weiter oben. Die Frauen bereiten seine Mahlzeiten. Ich lebe hier auf dem Hügel, Sie können von hier aus meine Veranda sehen. Wenn ich nicht zu beschäftigt bin, mache ich mir mein Essen selbst. Übrigens, wenn Sie mich brauchen, dann schicken Sie einfach jemanden von den Schwarzen im Haus. Es ist immer jemand da.«

»Heute Morgen habe ich kaum jemanden gesehen«, sagte Corby. »Nur einige Eingeborenenmädchen und eine Chinesin.«

»Sie sind immer in der Nähe. Ihr Lager ist an der Grenze des Anwesens, auf der anderen Seite des Hauses. Sie kommen nicht zur Plantage. Wir achten darauf, dass sich Abos und Kanaka nicht in die Quere kommen, es gibt zuviel Streit. Und bevor ich es vergesse, die Abos nennen alle Weißen Boss. Fühlen Sie sich also nicht beleidigt.«

Weiter ging es, über mehr und mehr Felder mit Zuckerrohr, dessen besondere Vorzüge Devlin erklärte: Es war von Neuguinea importiertes Rohr, das die kubanischen Sorten verdrängt hatte und robuster und widerstandsfähiger gegen Nässe und die früheinsetzende Regenzeit war. Corby versuchte aufmerksam zuzuhören, nun aber war er von einem Gefühl der Macht erfüllt; aufrecht saß er auf dem Pferd und sonnte sich still in der Herrlichkeit seines Besitzes und seiner Rolle als Master. Was war doch Roger für ein Dummkopf! Er konnte es kaum erwarten seinem Vater zu schreiben und von der grünen Opulenz seines Landes zu berichten.

Sie überquerten einen kleinen Bach und Devlin führte sie einige Meilen durch rauhes Buschland. »Die nördlichen Felder sind weiter entfernt«, sagte er, »und einige Männer roden Land im Westen, aber dahin führe ich Sie später.«

Schließlich erreichten sie ein hohes Ufer, von dem sie auf einen breiten, schnell fließenden Fluss niederblickten. »Das ist die Grenze von Providence. Früher schickten wir das Rohr rüber nach Helenslea. Edgar Betts und Jake haben die Mühle als Kooperative gebaut, wir teilen sie uns. Es lohnt sich für alle. Je schneller das Rohr zur Mühle kommt, umso besser ist es. Hier ist keine Minute zu verlieren.«

»Und wie bringen Sie es rüber?«
»Die Kanaka schälen und schneiden es, laden es auf Rollwagen und los geht's. Es kommen auf alle geschäftige Zeiten zu, das kann ich Ihnen sagen.«
Plötzlich ertönte aus dem klaren blauen Himmel ein Donner. Corby fuhr zusammen. Es hatte keinen Blitz gegeben. Der Donner war ein einziges langes, ohrenbetäubendes Rollen, das sich an den Bergen entlangzog und in der Ferne verschwand.
»Halt ein, Herr«, rief Mike, »und gib uns Zeit.«
»Wofür?« fragte Corby.
»Um das Rohr einzubringen, bevor es nass wird.«
»Wenn ein Sturm aufzieht, warum fangen Sie nicht jetzt sofort damit an?«
»Ich habe es mir angeschaut. Es ist noch nicht ganz reif. Wir brauchen noch einige Tage und viel Sonne.«
Das machte Corby nervös. Er glaubte, dieser Kerl spielte mit seiner Ernte. Und seinem Geld. »Sie werden nicht viel Sonne bekommen, wenn ein Unwetter aufzieht.«
»Es hält noch eine Weile. Es wird keinen Sturm geben. Er lässt es uns nur wissen. Er läutet einen Wetterumschwung ein.«
»Oh«, erwiderte Corby, alles andere als überzeugt. Er richtete seine Aufmerksamkeit auf den Fluss und seine üppige, dschungelartige Umgebung, die Palmen, die über die breiten Sandbänke hingen. »Es ist sehr malerisch hier. Sollen wir runterreiten?«
»Ja, das können wir tun«, sagte Devlin und ritt voraus. »Die Pferde können eine Tränke vertragen. Und ich auch, was das anbelangt. Es ist Mittag. Ich sollte Sie zum Essen zurückbringen.«
Corby war überrascht, dass die Zeit so schnell vergangen war. Soweit er es beurteilen konnte, hatten sie nur einen kleinen Teil des Anwesens gesehen. Er konnte auf das Essen verzichten, aber er merkte, wie er müde wurde. Devlin hatte nun das Gewehr quer über den Sattel gelegt. »Wozu das?«
»Krokodile«, erwiderte er. »Der verdammte Fluss ist voll davon.«

»Jesus!« rief Corby aus und zügelte das Pferd. »Ich bin nicht so scharf darauf, den Fluss zu sehen.«
»Keine Sorge. Ich passe auf. Wir haben hier einige geschossen, sie merken sich das, aber man muss immer vorsichtig sein. Sie kommen wie der Blitz aus dem Wasser und das Ufer hoch. Die Kanaka fischen hier, wenn ihnen Dynamitstangen in die Hände fallen. Sie töten die Fische und jagen gleichzeitig den Krokos einen höllischen Schrecken ein.«
Mit aschfahlem Gesicht ließ Corby sein Pferd einige Minuten trinken, aber offensichtlich war sich auch das Tier der Gefahr bewusst; nach einigen durstigen Zügen drehte es um und sprang die Uferböschung hoch.
»Offiziell wissen wir vom Dynamitfischen natürlich nichts. Diese Fangmethode haben die Kanaka von den Weißen gelernt, aber manche beherrschen sie nicht. Entweder klauen sie das Dynamit oder lassen es aus der Stadt mitgehen. Wir hören dann erst davon, wenn sich einer die Hand wegsprengt.«
»O mein Gott!«
Devlin zuckte mit den Schultern. »Ich habe es ihnen schon so oft gesagt, aber es gibt immer wieder irgendeinen Scheißkerl, der es macht. Wir können sie nur verbinden und in Schande nach Hause schicken.«
Corby schwitzte. Die Mittagssonne brannte herab, und obwohl er es nicht zugeben wollte, war er froh über den Schatten des leichten Strohhuts.
Sie hatten den Nachhauseweg eingeschlagen, es dauerte jedoch nicht lang, da hielt Devlin an. »Was war das?«
»Was war was?«
»Ich dachte, ich hätte etwas im Busch gesehen.« Er drehte das Pferd um und ritt in das Gestrüpp zwischen den Bäumen.
»O Gott!« hörte ihn Corby sagen. »O Gott.«
»Was ist?«
»Bleiben Sie, wo Sie sind«, warnte ihn Devlin, der nun abstieg. Aber Corby musste es wissen. Er folgte Devlin und erblickte dann einen Mann, der halb verborgen im Gebüsch lag.
»Was ist los mit ihm? Ist er betrunken?«

»Nein, er ist nicht betrunken. Er ist tot. Es ist Perry.«
»O nein, großer Himmel, nein!« Corby wollte ihn nicht sehen. Er wandte sich ab. »Was ist mit ihm passiert?«
Als Devlin nicht antwortete, wiederholte er die Frage. »Mann, was ist mit ihm passiert? Ein Schlangenbiss? Und was hatte er hier ohne sein Pferd zu suchen?« Ein anderer Gedanke kam ihm, und er flüsterte: »Könnte er Selbstmord begangen haben?«
»Nicht, solange er nicht herausgefunden hat, wie er seinen eigenen Kopf abschneidet.«
»O mein Gott!« Ungläubig, ohne nachzudenken, sprang Corby vom Pferd, um selbst den blutigen Torso ohne Kopf in Augenschein zu nehmen. Sofort stürzte er wieder weg, klammerte sich an einen Baum und übergab sich unter heftigen Kopfschmerzen; sein Körper zitterte vor Angst. Als sein Magen erneut rebellierte und salzige Tränen über sein Gesicht liefen, zog er ein Taschentuch hervor und versuchte sich zusammenzunehmen. Dann wandte er sich an Devlin: »Wie konnte so etwas passieren? Sie sind der Verwalter, was...«
Aber Devlin durchstreifte mit dem Gewehr in der Hand den umliegenden Busch. Als Corby erkannte, warum er das tat, klammerte er sich an den Sattel seines Pferdes und legte das Gesicht an das weiche Leder, weg vom schrecklichen Geruch. Devlin suchte nach dem Kopf.

Die Frauen waren mit Hausarbeit beschäftigt; alle anderen Probleme wurden vorerst zurückgestellt.
Als Jessie aufwachte, stand Elly, das Hausmädchen, mit einem Frühstückstablett und Anweisungen des Kochs neben ihr: »Tommy sagen, Sie trinken viel Milch.«
»O ja, danke. Stell das Tablett auf den kleinen Tisch dort drüben.« Jessie, von der direkt durch ihr Fenster scheinenden Sonne geblendet, erhob sich aus dem Bett, warf einen Morgenmantel über ihr Flanell-Nachtzeug und konnte Elly gerade noch davon abhalten, das Zimmer zu verlassen. »Geh nicht. Setz dich, meine Liebe, wir wollen uns unterhalten.«

Verschämt nahm Elly auf der Kante eines Stuhles Platz und klammerte sich an ihren formlosen grauen Überwurf.
»Wie schön! Genau das, was ich wollte«, begann Jessie, auf das Frühstück weisend, um die Atmosphäre etwas aufzulockern. Da dies jedoch keinerlei Reaktion hervorrief, schlug sie ein Ei auf und war nun richtiggehend vergnügt. »Himmlisch! Frische Eier! Und frische Milch! Ich hatte bereits vergessen, dass es so etwas gibt.«
Das Mädchen, das Jessie auf etwa siebzehn schätzte, nickte verständnislos. Jessie lächelte. »Es tut mir Leid. Wie dumm von mir. Natürlich weißt du nicht, wie das Essen an Bord eines Schiffes ist.«
Sie wollte alles über das Mädchen wissen, also begann sie von Anfang an. »Ich habe bislang noch niemanden von deinem Volk kennengelernt. Du bist eine Aborigine, Elly?«
Das Mädchen schien nun noch verwirrter. »Nein, Missus, Yindini.«
Da Jessie nicht wusste, was sie mit dem Wort anfangen sollte, setzte sie ihr Frühstück fort. Gehorsam wartete Elly. Sie war ein großes Mädchen mit anthrazitfarbener Haut und sah sehr gesund aus. Die dunklen Augen waren klar, leuchtend hoben sich die großen weißen Zähne von der Haut ab, ihr strammer Hals und die nackten Arme waren wohlgeformt. Kräftig, dachte Jessie, aber, du liebe Güte! Der Baumwollumhang spannte sich viel zu eng um ihren Busen ... Was Jessie auf eine Idee brachte. Sie wollte Ellys Vertrauen gewinnen und berief sich dabei auf das, was allen Frauen gemein war.
»Wer macht dir die Kleider?« fragte sie.
Elly zuckte mit den Schultern. Offensichtlich wusste sie es nicht. Dennoch gab sie einige Informationen preis. »Hab zwei Kleider. Eines an, anderes in Wäsche.« Die Worte kamen, als seien sie ihr vorgegeben worden.
»Schön«, sagte Jessie. »Willst du, dass ich dir noch mehr Kleider mache? Schöne Kleider?«
Die Augen erstrahlten. »Für mich?«
»Ja, wenn du willst. Und auch für die anderen Hausmädchen.«

Elly spitzte den Mund. »Andere Mädchen Buschmädchen. Ich das Hausmädchen.«
»Oh.« Schnell korrigierte Jessie ihren Fehler. »Dann nur für dich.« Die Hausangestellten bestanden also nur aus dem Koch und dem Mädchen. Irgend jemand hatte ihr erzählt, dass diese Häuser vor eingeborenem Personal nur so wimmelten. Offensichtlich war das nicht der Fall.
In diesem Moment trat Sylvia, bereits bekleidet, ein. »Oh, das Mädchen. Ich habe sie gerade gesucht.«
»Hattest du bereits dein Frühstück?« fragte Jessie.
»Ja, sie brachte es mir. Ziemlich ungewöhnlich, gekochte Eier und Schinken, aber es hat geschmeckt. Nach der schrecklichen Nacht brauchte ich etwas Anständiges zu essen. Aber nun weiß ich nicht weiter.«
»Warum? Was ist los?«
»Unsere Kleidung. Auf dem Schiff ist es nicht aufgefallen, es musste bei jedem gleich gewesen sein. Aber sie haben einen fürchterlichen Geruch.« Sie riss den Schrank auf, in den Jessie einige von Corbys Jacken gehängt hatte. »Und nicht nur in unserer Wäsche, riech einmal an diesem Rock!«
Jessie gehorchte. »Oje, sie riechen wirklich feucht.«
»Nicht feucht, verschimmelt!« Sylvia öffnete den Deckel einer Truhe. »Überall ist es! Sogar im Leinenzeug.«
»Ja, stinkt!« warf Elly ein und verzog die Nase.
»Deine Meinung interessiert uns nicht«, entgegnete Sylvia. »Jedes einzelne Kleidungsstück muss gewaschen und irgendwie ausgelüftet werden. Wir können uns damit nicht in Gesellschaft zeigen. Was sollen wir nur tun?«
»Uns an die Arbeit machen«, sagte Jessie. »Elly wird uns helfen.«
»Keine Sorge«, sagte Elly. »Chinesische Lady Waschfrau.«
»Dann hol sie«, kommandierte Sylvia. Und Elly, froh, endlich gehen zu dürfen, schoss wie ein Blitz nach draußen.
Unter Verbeugungen und Kopfnicken untersuchte Mae die Kleidung und hielt, als sie sich dem Boden der Seekisten näherte, die Stücke auf Armeslänge vor sich. »Puh«, sagte sie und

kauerte sich in ihrem schwarzen Baumwollanzug auf den Boden. »Alle schönen Dinge verdorben.« Aber sie behandelte die auserlesenen Dinge, die sie hier sah, mit fast andächtiger Bewunderung. Jessie betrachtete ihr schwarzes, hinten zusammengebundenes Haar und das dünne, von Falten durchzogene Gesicht; die Frau, ging es ihr durch den Kopf, hatte schon bessere Tage gesehen.

»Können sie gereinigt werden?« fragte sie und starrte voller Schrecken auf die grüne Schimmelschicht, die sich während der langen Reise in der schwülen Hitze der Kabine gebildet hatte.

»Nummer eins, aussortieren«, verkündete Mae. Unter ihrer Anleitung machten sich die Frauen an die Arbeit.

Schließlich stürzte der aufgebrachte Koch in das Zimmer. »Sie mitkomm'!« sagte er zu Jessie und Sylvia. Die im ganzen Raum verteilten Kleiderhaufen schien er nicht zu beachten. »Sonne hoch stehen.«

»Zeit für kleines Dinner«, erklärte Elly, die mit einem großen Packen Kleider für das Waschhaus beladen war. »In der Nacht Zeit für großes Dinner.«

»Ich denke, das Mittagessen ist bereitet«, lachte Sylvia, die nun, ermutigt durch Maes offensichtliche Kenntnisse, besserer Laune war. »Wir sollten lieber mitkommen, bevor er uns den Kopf abreißt.«

Mae schien die Bemerkung über ihren Ehemann ungeheuerlich zu finden, sie kicherte und tätschelte freudestrahlend Sylvias Hand.

»Sollten wir nicht auf die Männer warten?« fragte Jessie. Aber Elly schüttelte den Kopf.

»Boss mit Mike fort. Ihr Daddy mit Toby Spaziergang machen.«

Während sich die Schwestern zum Essen niederließen, das aus kaltem Braten, Brot, Mixed Pickles und Bananencreme bestand, flüsterte Sylvia Jessie zu: »Hast du gehört, sie nannte Mr. Devlin Mike ! Glaubst du, sie ist seine Geliebte? Lita sagte, viele weiße Männer haben hier draußen schwarze Frauen.«

Jessie war schockiert. »Wie kannst du so reden? Solche Dinge glaube ich nicht. Und ich will kein Wort mehr über Mrs. de Flores hören.«

»Das würde ich mir noch gut überlegen«, sagte Sylvia. »Hier gibt es nichts als Dschungel. Mrs. de Flores ist unsere nächste Nachbarin. Ich zumindest bin froh über ihre Gesellschaft.«

Jessie nahm eine weitere Scheibe Schinken. »Ja, ich denke, du hast Recht. Ich sollte mit meinem Urteil nicht so vorschnell sein. Es ist nur, sie ist so ... so anders.«

Währenddessen war ihr Vater ganz in seinem Element. Er schlenderte mit Toby umher und wollte alles über seine neue Umgebung erfahren. Früh am Morgen hatten sie bereits Mr. Devlin getroffen.

»Guten Morgen, Professor«, sagte der Verwalter. »Sie sind früh auf.«

»Es gibt soviel zu sehen«, versetzte Lucas. »Toby hat sich bereit erklärt, mich zum Aborigines-Lager zu bringen. Sie haben doch nichts einzuwenden?«

»Auf keinen Fall«, erwiderte Devlin. »Unsere Schwarzen hier sind Yindini-Leute. Sie werden sich freuen.«

Mit einem kräftigen Stecken in der Hand setzte der Professor seine Erkundung fort. Sie kamen nur langsam voran. Er untersuchte die verschiedenen Pflanzen, machte sich Notizen und freute sich besonders über die Buschorchideen. Es überraschte ihn nicht, ihnen hier zu begegnen, ihre Vielzahl allerdings beeindruckte ihn. »Ich werde eine Studie über Orchideen abfassen«, sagte er zu Toby. »Ich kann mir eine große Sammlung zulegen und brauche dazu nicht einmal ein Treibhaus.«

Keinen der beiden kümmerte es, dass Toby die Hälfte der Zeit nicht die geringste Ahnung hatte, wovon er sprach; beide teilten die Liebe zur Natur. Und Toby war froh, dem interessanten Professor sein Wissen über den Busch mitteilen zu können.

»Sie nennen sie Orchidee ?« fragte er.

»Ja. Sie sind sehr selten in meinem Land.«

»Viele mehr oben an lange Fluss«, sagte Toby und zeigte auf die hohen Berge.

»Dann müssen wir dorthin und sie finden.«

Toby schüttelte den Kopf. »Dort oben Irukandji. Werfen Speer auf dich, viel schnell Blut.«
»Wie interessant«, lächelte der Professor und beobachtete einen bunten Papagei, der einen Zweig entlangmarschierte. Toby hoffte, er meinte den Papagei.
Corby fühlte sich ein wenig besser. Er saß am Pfad, rauchte eine Zigarette, die ihm Devlin gedreht hatte, und spürte, wie etwas Farbe in sein Gesicht zurückkehrte.
Devlin hatte den Leichnam mit Zweigen bedeckt. »Mr. Morgan, würde es Ihnen etwas ausmachen, hier zu bleiben, während ich Hilfe hole? Ich habe soweit möglich das Gebiet abgesucht, und es ist niemand hier, aber ich lasse Ihnen das Gewehr da.«
»Nein, warten Sie«, sagte Corby. »Was passiert nun?«
»Ich hole einige Kanaka, um den Leichnam zurückzubringen. Alles, was wir tun können, ist, ihn in Leinwand zu packen und zu warten, bis die Polizei kommt.«
»Wie erfährt es die Polizei?«
»Ich schicke einen Reiter in die Stadt.«
Corby rauchte die Zigarette zu Ende und starrte auf den Boden. »Warum brauchen wir die Polizei?«
»Sie muss informiert werden.«
»Warum? Ich kann einen Skandal wie diesen nicht gebrauchen. Großer Gott, ich habe die Plantage erst übernommen. Ich will nicht die Polizei auf meiner Türschwelle. Das bedeutet Untersuchungen. Ich müsste vielleicht vor Gericht. Ich war noch niemals in meinem Leben vor Gericht! Können wir die ganze Sache nicht hier regeln?«
Mike glaubte langsam, der Schock habe Corby um das letzte bisschen Verstand gebracht. »Aber auf keinen Fall!«
»Mr. Devlin«, sagte Corby und stand auf. »Warum wurde dieser Mann ermordet? Sie müssen doch etwas wissen. Die Polizei wird Ihnen ebenfalls diese Frage stellen.«
»Ich weiß es nicht«, sagte Mike vorsichtig. »Zumindest noch nicht. Aber ich nehme an, dass es einer von den Kanaka getan hat.«

»Aber warum sollten sie einen Aufseher ermorden?«
»Wenn sie schlecht behandelt werden oder ihnen eine Laus über die Leber läuft, dann können sie schon etwas ungemütlich werden. Aber sie haben noch niemals einen Boss ermordet. Jedenfalls nicht hier.«
Corby stöhnte. »Und ausgerechnet auf meiner Plantage.« Er spürte, wie Wut und Ärger in ihm hochstiegen. »Sie hatten sich mit ihm letzte Nacht gestritten. Worum ging es?«
»Perry peitschte einen der Kanaka aus. Manchmal konnte er ziemlich gewalttätig werden.«
»Nun, da haben wir es doch. Das ist Ihr Mann. Begraben Sie den Leichnam, nehmen Sie den Kerl mit in die Stadt und übergeben ihn den Behörden. Und das war es dann.«
»Es war nicht Joseph. Er liegt noch im Hospital. Aber es war nicht nur ein Mord, es war eine Exekution. Kanaka verhalten sich sonst nicht so. Gott, wenn sie für jede Auspeitschung einen Weißen töteten, würde keiner von uns mehr am Leben sein.«
»Du lieber Himmel! Bedeutet das, dass wir in Gefahr sind?«
»Ich weiß es nicht. Deswegen müssen wir die Polizei einschalten.« Er führte die beiden Pferde aus dem Schatten. »Vielleicht sollten Sie lieber mit mir mitkommen.«
Aber noch immer zögerte Corby. »Sind Sie nicht beunruhigt, wenn die Polizei Sie befragt? Immerhin hatten Sie sich mit ihm gestritten. Und ich habe erwähnt, dass ich nur einen Aufseher brauche.«
Mike rührte sich nicht. »Mr. Morgan, ziehen Sie mir das nicht an, oder Sie haben überhaupt keinen Aufseher mehr. Dann reite ich nämlich auf der Stelle hier fort, und Sie können sehen, wo Sie bleiben.«
»Es gibt keinen Grund, so aggressiv zu reagieren. Ich wollte nur herausstellen, dass die Polizei auch Sie belästigen kann.«
»Damit werde ich schon fertig.«
»Das glaube ich. Aber was ist mit meiner Frau und ihrer Schwester? Wenn ihnen das zu Ohren kommt, werden sie völlig verängstigt sein. Sie sind solche Schrecken nicht gewohnt.«
»Ich weiß. Es tut mir Leid, aber es ist nicht zu ändern. Wir

können einen Mord nicht decken. Es ist für Sie ein verdammt schlechter Anfang, aber auf lange Sicht ist es besser, wenn Sie die Polizei einschalten.«

Corby erinnerte sich, dass sie bald viel zu tun haben würden. Es beunruhigte ihn, dass das Eingreifen der Polizei ihre Arbeit aufhalten könnte. »Nach allem, was Sie wissen, waren es keine Schwarzen?«

»Nein, sie benützen Speere. Es ist ganz bestimmt die Tat eines oder mehrerer Kanaka.«

»Woher wissen Sie das so genau?«

»Weil sie auf ihren Heimatinseln Kopfjäger sind. Wer immer das getan hat, er hat irgendwo die Trophäe versteckt. Und ich werde sie verdammt noch mal finden.«

Corby fürchtete, sich erneut übergeben zu müssen. Ganz bestimmt wollte er an diesem schrecklichen Ort nicht alleine zurückbleiben. Er bestieg sein Pferd und folgte Devlin, der bereits vorausgeritten war.

Den Frauen wurde nichts gesagt. Corby wollte die Nachricht so lange wie möglich von ihnen fernhalten. Bei dem Zustand seiner Frau und des Kindes, das sie in sich trug, hätte das alles negative Auswirkungen haben können.

Devlin versprach, mit den Hausangestellten zu reden und ihnen einzuschärfen, von den schlimmen Ereignissen, die ihnen sicherlich zu Ohren kamen, nichts zu erwähnen. Dann machte er sich daran die Arbeiter zu befragen.

Corby blieb im Haus, saß in seinem Büro und versuchte, sich auf die Bücher zu konzentrieren, die Devlin ihm gegeben hatte. Neben sich hatte er ein geladenes Gewehr liegen. Was, wenn Perry nur der erste war? Wenn dort draußen ein blutrünstiger Mörder umherlief, der es auf alle Weißen abgesehen hatte? Er verbrachte schlaflose Nächte und verschwendete Tage damit, sich im Haus aufzuhalten. Schließlich war er sehr erleichtert, als ein Polizist mit zwei Begleitern erschien, zu einem Routinebesuch, wie er den Frauen erklärte.

SECHSTES KAPITEL

»Das ist das erste Mal, dass ich nicht im Haus untergebracht bin«, grummelte Sergeant Dennis McBride, als er die Stufen zu Mikes Hütte hochstieg.

»Was passt Ihnen an meiner Unterkunft nicht?« lachte sein Gastgeber.

»Nichts, Sie haben hier einen wunderbaren Fleck. Einen richtigen Adlerhorst. Trotzdem gehört es sich nicht.«

»Nehmen Sie es sich nicht so zu Herzen. Es war meine Idee. Da er nicht will, dass die Frauen davon erfahren, wäre es für Sie sehr schwierig geworden mit ihnen den ganzen Abend lang Konversation zu treiben. Hier können wir besser reden.«

»Der Mann ist verrückt. Die Frauen werden es früher oder später sowieso herausfinden. Außerdem scheinen sie mir einiges aushalten zu können. Wie sage ich immer: Frauen, die den Mumm haben an Orte wie die Trinity Bay zu kommen, noch dazu nach einer so verdammt langen Seereise, sind keine weinerlichen Zicken.«

»Morgan tut sein Bestes. Es war für ihn ein ziemlicher Schock.« Mike brachte eine Whiskyflasche und einen Krug mit Wasser, und die beiden Männer setzten sich an den Tisch. »Also noch einmal ganz von vorne.« Er erzählte von der Entdeckung des Leichnams, der Auspeitschung Josephs und seiner Überzeugung, dass einer der Kanaka den Mord begangen hatte. »Ich habe einige schwarze Spurenleser darauf angesetzt. Sie meinen, dass Perry in Begleitung eines anderen, der Stiefel getragen hatte, dort hinuntergegangen ist. Damit scheiden die Abos schon mal aus. Und er wurde mit einer Machete getötet.«

»Gut. Aber Perrys Bett war benützt, er hatte bereits geschlafen. Warum sollte er mitten in der Nacht aufstehen und mit einem Kanaka durch den Busch schlendern? Er ist ein starker Bursche, da braucht es einige Kerle, um ihn zum Mitkommen zu überreden. Es gab aber keine Anzeichen für einen Kampf.«

»Wenn er nicht mit einem Gewehr bedroht wurde«, sagte Mike.

McBride seufzte. Beide Männer wussten, dass trotz des Verbotes die Kanaka – ähnlich wie beim Dynamit – über Möglichkeiten verfügten, an Waffen zu kommen und sie zu verstecken. Da man mit einer Pistole auf die Jagd gehen konnte, waren sie mehr ein Statussymbol als ein Angriffsmittel. Der Besitz von Feuerwaffen wurde durch hohe Gefängnisstrafen geahndet, was sowohl Kanaka als auch Aborigines abschreckte. Es gab daher nur wenige Eingeborene, die das Risiko auf sich nahmen.

»Die Spurenleser glauben, dass die Machete bereits bereitlag«, sagte Mike. »Und nach dem Mord ging der Täter zum Fluss, um die Waffe verschwinden zu lassen und sich selbst zu waschen. Sie glauben, er ging ins Wasser, begab sich dann wieder auf den Pfad und kehrte zurück. Auf dem harten, flachen Pfad konnten sie seine Spuren nicht mehr verfolgen.«

McBride nahm einen Schluck Whisky. Der Ritt nach Providence war lang und hart gewesen. Mit seinen fünfzig Jahren spürte er nun das Alter und die überzähligen Pfunde, die er im letzten Jahrzehnt angesammelt hatte. »Warum hat er den Leichnam nicht auch gleich mit ins Wasser geworfen? Es war gefährlich genug, nachts dort runterzusteigen, aber die Krokos hätten für ihn die Leiche verschwinden lassen.«

»Und ihn mit dazu. Ich glaube jedoch, dass der Leichnam gefunden werden sollte. Wie bei einer Exekution.«

»Vielleicht. Sie sind sich sicher, dass es dieser Kerl, Joseph, nicht gewesen ist?«

»Ja.«

»Aber einer der Neuen?«

»Das glaubte ich zunächst auch. Aber keiner von ihnen besaß eine Waffe, sie kennen das Gebiet nicht. Sie arbeiteten auf einem anderen Teil der Plantage. Sie haben auch keine Macheten. Sie ziehen morgens mit allen Gerätschaften los und verschließen Abends alles im Schuppen. Perry achtete sorgfältig darauf. Er hätte sie die halbe Nacht dort draußen gelassen, wenn auch nur ein Spaten gefehlt hätte.«

»Jemand könnte einem der Neuen die Waffe gegeben haben.«

»Ja? Dann haben wir jetzt zwei Täterkreise.«

»Oder noch mehr. Vielleicht hatte es einer der alten Arbeiter auf Perry abgesehen, und das Auspeitschen von diesem Joseph war nur der Auslöser. Was ihm die Möglichkeit gab, den Verdacht auf jemand anderen abzuwälzen. Ich habe gehört, Perry war nicht sonderlich beliebt. Er galt als Tyrann, als er noch auf der Mackay-Plantage gearbeitet hatte. Ich dachte, er wäre hier ruhiger geworden.«

»Ja, bis Jake starb. Seit kurzem hatte er sich wieder wie früher aufgeführt. Was ihm schließlich zum Verhängnis wurde. O Gott, das fällt mir jetzt erst ein! Wir haben einige Kanaka von Mackay! Wie sollen wir Perrys Mörder finden? Ich habe jeden von ihnen immer und immer wieder befragt. Gestern und heute. Sie sagen, sie wüssten nichts ...«

»Und Sie meinen, der Mörder warf Perrys Kopf in den Fluss?«

Mike war überrascht. »Nein! Nein, ganz und gar nicht. Ich nehme an, dass der Kopf eine Trophäe darstellt, was uns in eine verdammt beschissene Situation bringt. Wir können es uns nicht leisten, dass hier wieder Kulte aus dem Boden schießen. Denn dann sind wir wirklich in Schwierigkeiten.«

»O Gott, ja.«

»Ich setzte die schwarzen Spurenleser und zwei alte Kerle vom Abo-Camp darauf an. Sie haben jeden Quadratzentimeter im Lager der Kanaka durchsucht und bislang nichts gefunden. Dieser Scheißkerl, wir müssen ihn und seine Trophäe einfach finden.«

»Nun, ich werde sie morgen noch einmal alle befragen. Versuchen Sie, ihnen einen gehörigen Schrecken einzujagen, sagen Sie ihnen, sie kämen ins Gefängnis, wenn sie nicht mit uns zusammenarbeiteten. Übrigens, weiß der Alte, Morgans Schwiegervater, von Perrys Abgang?«

»Ja. Er ist ein komischer Vogel. Was für eine Tragödie, Mr. Devlin, sagte er. Aber ich bin mir sicher, dass Sie sich darum kümmern. Und dann ging er wieder seines Weges.«

»Nahm es jedenfalls besser auf als Morgan.«

»Ach, seien Sie nicht ungerecht. Morgan ist erschüttert, und er hat auch allen Grund dazu. Ich glaube nicht, dass er auch nur

die leiseste Vorstellung hat, was er sich hier aufgehalst hat. Für ihn ist das alles ein freundliches englisches Anwesen mit herangezogenen Arbeitern. Er weiß nicht, dass die Kanaka alles ruinieren können, wenn man nicht auf sie aufpasst.«
»Oder die Natur«, fügte McBride an.
Joseph hatte Angst. Erst hatte ihn der Boss, dann hatten ihn die drei Polizisten tagelang mit Fragen und noch mehr Fragen gequält und ihm gedroht, dass er in ein Gefängnis in der Stadt gesperrt würde, wenn er nicht den Mörder preisgab. Aber er konnte ihnen nichts sagen. Er wagte es nicht, ihnen etwas zu sagen. Er wollte kein Gott sein. Sein Vater hatte ihm das alles aufgeladen, obwohl er gewusst hatte, dass sich ihm bei Menschenopfern der Magen umdrehte, dass die Todesschreie der Opfer bei ihm fürchterliche Alpträume hervorriefen und ein Gefühl der Schuld zurückließen. Als Kind hatte er geweint und darum gebettelt, von den Zeremonien befreit zu werden, aber sein Vater blieb hart. Selbst seine Mutter zeigte kein Mitgefühl mit ihm. »Nun geh schon«, hatte sie ungeduldig gesagt. »Ratasali hat Recht. Sie machen aus dir einen Mann.«
Als Gegenleistung, um den Stolz seines Vaters zu gewinnen, hatte sich Talua in den männlichen Fertigkeiten der Jagd und des Krieges geübt. So lange, bis er schneller lief als jeder andere Junge, tiefer tauchte und länger unter Wasser bleiben konnte als sie und seine Geschicklichkeit mit dem Speer Legende wurde. Aus dem eher plumpen Jungen entwickelte sich ein hochgewachsener, starker junger Mann, der der Stolz und die Freude seines Vaters war. Talua stöhnte. Alles, was er damit erreicht hatte, war, dass der Vater weiterhin darauf bestand, dass er als sein Lieblingssohn an seiner Seite zu bleiben hatte, vor allem bei den schrecklichen Zeremonien. Er wusste, dass auch nach Ratasalis Tod die Riten beibehalten werden sollten; dass er zum Schiff schwamm und den weißen Mann mit sich zog, war für ihn ein Schritt in die Freiheit gewesen.
Viele der alten Männer hatten ihm erzählt, dass der Schritt in die Welt der Weißen ein wunderbares Abenteuer war. Sie hatten die Wahrheit gesagt. Das große Schiff selbst war, ungeachtet des

stinkenden dunklen Laderaums, ein Wunder. Und die völlig neue Welt, die er erblickte, als er an der Trinity Bay an Land ging, war aufregend. Wieder stieg in ihm Trauer über seinen Vater auf, vermischt mit Dankbarkeit, dass sich Ratasali die Zeit genommen hatte, ihm, seinem Nachfolger, Englisch beizubringen. Und dann betrat er neugierig ein weiteres Wunder an Konstruktionsarbeit, das Kai genannt wurde. Und er freute sich auf ein Land wo er entschlossen war, sein Leben zu leben, wie er es wünschte.

Die Probleme begannen fast augenblicklich in der ersten großen Hütte. Der Mann mit der Peitsche hatte ihn nicht gekümmert. Er musterte die Insulaner in der gleichen Art und Weise, wie sie ihre eigenen Gefangenen zusammentrieben. Als ihn aber die Peitsche traf, kamen die Männer von Malaita zu seiner Verteidigung, um ihren Gott zu schützen.

Talua war vom Kampf entsetzt, er schrie seinen Leuten in ihrer Sprache zu, davon abzulassen, wurde jedoch in eine ferne Ecke und außer Gefahr gebracht. Von dort bat er, ihn loszulassen; er bestand darauf, dass er, nachdem sie die Küsten ihrer Inseln hinter sich gelassen hatten, kein Gott mehr war – in der Tat wünschte er sich, Joseph genannt zu werden, ein Arbeiter der Kanaka, einer von ihnen.

Und nun hatte alles von neuem begonnen. Mr. Perry war zur Strafe für das Auspeitschen geopfert worden, und zur Vergeltung hatte man ihm seinen Kopf genommen. Niemand musste das Joseph erklären. Er wusste es, wie alle aus Malaita, und verzweifelte darüber. Er war voller Wut gewesen, als ihn Perry auspeitschte, doch trotz des Schmerzes hatte er sich ruhig verhalten. Während die Striemen seinen Rücken aufrissen, hatte er seine Rache geplant, eines Tages, wie ein Mann, von Angesicht zu Angesicht. Nicht so. Er verabscheute den Eingriff der Malaita-Leute in sein neues Leben und wünschte sich, ihnen entkommen zu können. Es gab andere Plantagen, vielleicht konnte er dort arbeiten.

In der Zwischenzeit jedoch beargwöhnten ihn die Weißen, die den Tod mit seiner Auspeitschung in Zusammenhang brachten.

Es war ihm ein kleiner Trost, von Perry so schwer geschlagen worden zu sein, dass er sich nicht bewegen konnte; zumindest konnte er nicht verdächtigt werden. Gerade jetzt, wo er von den Weißen akzeptiert werden wollte, brachten ihn die Leute von Malaita in Schwierigkeiten. Er wusste nicht, wer den Mord begangen hatte. Und selbst wenn er es wüsste ... konnte er jemanden seines eigenen Volkes der weißen Polizei ausliefern?
Das brachte ihn auf eine Idee. Das alles musste aufhören, sofern er hier nicht mit der ständigen Angst leben wollte, dass jeder Weiße, der ihn schlecht behandelte, das gleiche Schicksal zu erleiden hatte. Denn am Ende würden sich die weißen Männer an ihn wenden. Von nun an also wollte er das sein, was die Leute von Malaita von ihm wollten, ihr Gott. Und so bald als möglich wollte er seine ersten Weisungen erlassen.
Steif ging er den belaubten Pfad zum Lager hinab. Er trug das neue Hemd, das ihm die Frauen im Hospital gegeben hatten und hielt sich aufrecht, die Schultern nach hinten gestreckt, um die Muskelbewegung und den stechenden Schmerz seiner zerschundenen Haut zu lindern. Der Eindruck, den seine Haltung vermittelte, war jedoch genau das Gegenteil dessen, was er fühlte.
Die Sonne ging soeben auf, die Arbeiter holten sich im Langhaus Tee und Brote, bevor sie sich auf den Weg zu den Feldern machten. Die Frauen winkten Joseph zu, die Männer grinsten anerkennend, als sie seinen anscheinend stoischen Gang sahen.
Mike Devlin beobachtete ihn sorgfältig. Auch er interpretierte Josephs aufrechte Haltung als Hochmut. Einige der Kanaka standen auf, begrüßten Joseph und bestanden darauf, dass er sich an ihre Bank setzte, wo man ihm seine Teeschale servierte. Gesten der Freundlichkeit oder der Verschwörung, fragte sich Mike.
Sie hatten Perry beerdigt. Nachdem Sergeant McBride und seine Polizisten drei Tage lang erfolglos den Kanaka mit schweren Strafen gedroht hatten, wenn sie den Mörder nicht auslieferten, waren sie abgezogen; das Rätsel blieb ungelöst. McBride hatte einzeln jeden Kanaka befragt, ohne Ergebnisse,

schließlich sprach er zu allen Versammelten: »Hört mir zu, ihr Kerle. Ihr habt einen Mörder unter euch. Solange wir ihn nicht finden, sind alle Kanaka von Providence aus der Stadt verbannt.«
Die Menge reagierte bestürzt, McBride aber blieb hart: »Wenn wir einen von euch Scheißkerlen in der Stadt erwischen, wird er sofort erschossen. Verstanden? Wir wollen keine Mörder in unserer Stadt, und da wir nicht wissen, wer es war, bleibt ihr verdammt noch mal alle draußen.«
Und Mike hatte seine eigene Strafe angefügt: »An Sonntagen gibt es keinen freien Tabak mehr. Das ist ab sofort gestrichen.«
Enttäuscht zogen die Arbeiter ab. McBride wandte sich an Mike. »Sie hätten ihnen den ganzen Sonntag wegnehmen sollen. Holen Sie das Messer raus, und lassen Sie sie die ganze Woche arbeiten. Das hätte vielleicht etwas bewirkt.«
»Ja. Und mir die Regierungsagenten auf den Hals gehetzt.«
»Darüber würde ich mir momentan keine großen Sorgen machen. Die Bestimmungen dürften bald ein alter Hut sein. Es gibt laute Stimmen, alle Kanaka und Chinesen von Queensland zu deportieren.«
»Das ist verrückt!«
»So verrückt auch nicht. Politiker der Labour-Partei setzen sich dafür ein. Sie behaupten, Kanaka und Chinesen nehmen den Weißen die Jobs weg. Sie wollen alle draußen haben.«
»Aber der Premier selbst erlässt ständig neue Bestimmungen, die sicherstellen sollen, dass die Kanaka gut behandelt werden. Warum sollte er das tun, wenn sie sie alle loswerden wollen?«
McBride grinste. »Er will sich alle Optionen offen lassen.«
Das alles war für Mike neu. »Es ergibt trotzdem keinen Sinn. Weiße werden nicht in den Zuckerrohrfeldern arbeiten, und die Regierung verdient an den Importabgaben für die Kanaka, die ständig kommen und gehen.«
»Ja, aber die Politiker im Süden, die keine Plantagen besitzen, sind mehr an Stimmen als an der Wirtschaft Queenslands interessiert. Sie werden noch an meine Worte denken, Mike. Bereits jetzt infiltrieren Redner die Zuckerstädte an der Küste, halten

Versammlungen ab und rufen die militanten weißen Arbeiter dazu auf, sich unter der Labour-Flagge zu vereinen.«

»Wofür?«

»Das habe ich bereits gesagt. Um im Zeichen einer weißen australischen Politik Kanaka und Chinesen außer Landes zu schaffen.«

Mike lachte. »Der Tag wird auf sich warten lassen. Oder können Sie sich Weiße vorstellen, die für drei Pfund im Jahr arbeiten?«

»Umgekehrt«, gab McBride zurück. »Können Sie sich vorstellen, dass die Pflanzeraristokratie weißen Arbeitern drei Pfund in der Woche zahlt, damit sie Zuckerrohr schneiden?«

»Schön«, sagte Mike. »Unentschieden.« An diesem Punkt der Diskussion hatten sie sich drängenderen Problemen zugewandt. Sie hatten beschlossen in der Öffentlichkeit den abgetrennten Kopf nicht zu erwähnen, um so jeden Hinweis auf einen Ritualmord und eine Panik zu vermeiden. Und Mike hatte den Sergeanten dazu überreden können, dass er und Corby Morgan schriftliche Stellungnahmen abgaben und nicht vor dem Magistrat der Stadt, der auch die Gerichtsbarkeit ausübte, erscheinen mussten. Morgan war darüber sehr erleichtert gewesen. Der neue Besitzer hegte noch immer die absonderliche Vorstellung, dass dieser Mord seine Reputation beschmutzte, und das schien ihn mehr zu beschäftigen als der Tod Perrys.

Aber nun, ging es Mike durch den Kopf, hatten sie drei Tage verschwendet. Sie hatten keine Zeit mehr zu verlieren. Er ging inmitten der Kanaka umher, bestimmte Truppführer, die die Männer in ihre verschiedenen Arbeiten einwiesen, und rief Pompey zu sich herüber: »Nun, da Mr. Perry nicht mehr ist, brauche ich einen Aufseher. Du übernimmst das für heute.«

»Und andere Tage?« fragte Pompey enthusiastisch.

»Kommt drauf an, wie du dich anstellst.«

»Bekomm' ich ein Pferd?«

»Ja, und beeil dich.«

»Und mehr Lohn?«

»Niemand bekommt den Lohn eines Toten«, gab Mike zurück. Der Schuppen wurde aufgesperrt, Werkzeuge und Gerätschaften wurden ausgegeben, und die Männer zogen davon. Nur einige, darunter Joseph, blieben zurück.

»Und ihr Kerle«, befahl Mike, »füllt den Latrinengraben und grabt einen neuen.« Um die Ruhr zu bekämpfen, achtete er strikt auf die sanitären Einrichtungen und orientierte sich beim Wechsel der Gräben am Lebenszyklus der Fliegen. Es gab immer Arbeit im Lager.

Für Joseph hatte er andere Pläne. »Du kommst mit mir«, rief er. »Ich werde dir zeigen, wie man einen Zaun baut. Nimm einen von deinen Gefährten mit.«

Später an diesem Tag unternahm Mike mit Morgan eine weitere Inspektion des Anwesens. »Die Schwarzen haben Perrys Kopf noch immer nicht finden können«, sagte er. »Vielleicht wurde er doch in den Fluss geworfen.«

Corby erschauerte. Soweit es ihn betraf, war das Thema erledigt. »Glauben Sie, dass es zu weiteren Angriffen kommen kann?«

»Nein«, sagte Mike und hoffte, dass er Recht hatte. »Aber Sie wollten doch, dass das Haus eingezäunt wird. Ich habe einige Kanaka beauftragt, Holz zu spalten. Wenn Sie mir zeigen würden, wo genau Sie den Zaun haben möchten, dann könnten wir damit beginnen.«

»Ausgezeichnet«, erwiderte Corby, der durch diese Neuigkeiten etwas aufgeheitert wurde. »Nun da alles wieder zur Normalität zurückzukehren scheint, könnten Sie dann heute Abend nicht zu uns kommen? Ich möchte, dass Sie mir im Beisein meiner Frau die Buchführung erklären. Dank der Beharrlichkeit ihres Vaters hat sie eine Ausbildung genossen und sich mit Mathematik beschäftigt. Wenn wir sie so weit unterrichten können, dass sie die Büroarbeit erledigt, kann ich mich meinen eigentlichen Aufgaben zuwenden.«

»Sehr gerne«, sagte Mike.

Da er wenig Kontakt mit den Frauen hatte, war Mike sehr daran interessiert, mehr über Mrs. Morgan und die Rolle, die sie auf Providence spielte, in Erfahrung zu bringen. Aber der Abend erwies sich als schwierig.

Mrs. Morgan saß still da, als Mike die Bücher vom Geschäftszimmer brachte und auf den Speisetisch legte. Corby riss sofort das Gespräch an sich, blätterte durch die Seiten und stellte unablässig Fragen zu den Kosten und den Rechnungen für Lebensmittel und Ausrüstung.

»Ich hatte den Eindruck, Orte wie diese versorgen sich selbst?«

»Kaum«, erwiderte Mike. »Wenn wir genügend Lebensmittel anbauen wollten um alle zu ernähren, müssten wir den Boden auf Kosten der Zuckerrohrfelder in Ackerland umwandeln. Die Kanaka brauchen vor allem Reis, Tee und Mehl, unser Fleisch kaufen wir in Form von Schlachtvieh.«

»Diese Rechnungen sind viel zu hoch«, beschwerte sich Corby. »Wofür brauchen wir all diese Dinge?«

»Arbeitsgeräte und zur Instandhaltung.«

Ungeduldig starrte Corby auf die Bücher. »Warum werden einige der Arbeiter besser bezahlt als andere?«

»Nach zwei Jahren geben wir ihnen für ihre Erfahrung eine Lohnerhöhung. Und diejenigen, die für eine zweite Arbeitszeit zurückkommen, fangen mit diesem Lohn an.«

»Nun, das hört ab sofort auf. In Zukunft arbeiten alle für den gleichen Lohn.«

Mike zuckte mit den Schultern. »Wie Sie meinen.« Die meisten Plantagen hatten einen einheitlichen Lohn, Jake jedoch glaubte an die Macht des Anreizes.

»Und Ihr Lohn hier«, fuhr Corby fort. »Was hat dieser Betrag zu bedeuten?«

»Zweihundertsechzig Pfund. Das steht mir noch an rückständigem Lohn zu.«

»Verstehe ich nicht. Welcher rückständige Lohn?«

»Uns fehlen momentan Barmittel. Daher habe ich bislang auf meinen Lohn verzichtet.«

»Und Sie erwarten nun, dass ich zahle?«

»Das hoffe ich.« Mike grinste.

»Nun, da müssen Sie sich noch etwas gedulden«, sagte Corby.

»Da Sie sich Ihren Lohn nicht ausbezahlt haben, hatten Sie ihn anscheinend auch nicht nötig. Wo ist das ganze Geld hingekommen?«
Mike bemerkte Mrs. Morgans intelligente Augen, die dem Gespräch aufmerksam und interessiert folgten. Seine eigene Irritation versuchte er zu verbergen. »Als Providence verkauft wurde, hatte der letzte Eigentümer Anspruch auf den Gewinn aus der letzten Ernte. Er hinterließ mir jedoch einige Mittel, um die Arbeit fortzuführen. Davon sind nur noch einige Pfund übrig und mit Bareinnahmen ist erst dann zu rechnen, wenn wir den Zucker verkaufen.«
»Und wann wird das sein?«
»Die Vertreter beginnen etwa im Dezember mit dem Zuckerankauf von den Mühlen.«
»So spät!« Corby war außer sich. »So lange kann ich nicht warten. Ich muss Ihnen gestehen, Mr. Devlin, ich bin kein reicher Mann. Ich verfüge nicht über die Mittel, um bis Dezember durchzuhalten.«
Mike hielt seine Überraschung nicht zurück. Er hatte es als selbstverständlich betrachtet, dass es sich hier um wohlhabende Leute handelte. »Das macht nichts«, sagte er. »Wir haben hier guten Kredit. Die Geschäfte werden uns weiterhin beliefern. Sie können sie dann nach der Ernte bezahlen.« Und Sie sollten darum beten, dass nichts schief läuft, fügte er still für sich hinzu. Wie schwere Regenfälle, Mehltau oder Schädlinge, die die Ernte vernichten können. Schnell machte er seine Pläne. »Wir werden morgen mit dem Abbrennen anfangen«, sagte er zu Morgan. »Was wir haben, haben wir.«
Zum ersten Mal schaltete sich nun Mrs. Morgan ins Gespräch ein. »Was wollen Sie abbrennen, Mr. Devlin?«
»Die Zuckerrohrfelder. Wir brennen jedes Feld einzeln ab, um totes Laub und das Unterholz zu entfernen.«
»Aber schadet das nicht dem Zuckerrohr?«
»Nein, Ma'am.«
»Können wir dabei zusehen?« Ihre Frage war an Corby gerichtet.

»Ich weiß nicht recht. Es kann gefährlich sein.«
»Nein«, sagte Mike. »Solange Sie den nötigen Abstand einhalten, kann nichts passieren.«
In diesem Moment kam ein kleiner Hund hereingelaufen, Sylvia jagte hinterher.
»Herrgott, Sylvia«, blaffte Corby. »Ich habe dir doch gesagt, dass wir nicht gestört werden wollen!«
»Ich weiß«, sagte sie, »aber er ist mir entwischt.« Sie hob den Spaniel auf und drückte ihn an ihr Gesicht. »Armer Kleiner, er hat überall Klumpen im Fell.«
»Lassen Sie sehen.« Mike nahm den Hund und strich durch das Fell.
»Das sind Zecken, Miss. Die müssen sofort raus, oder er kann daran sterben.« Er ging zur Tür und rief Elly, die sofort erschien. »Er hat Zecken. Hol sie ihm raus, eh?«
Während sie den Hund nahm, fasste Sylvia Mike am Arm. »Was meinen Sie damit, sie könnten ihn töten? Was ist das?«
»Ungeziefer, das sich mit dem Kopf voraus in der Haut festbeißt. Schlecht für Hunde, sie können aber auch Menschen befallen.«
»Was?« explodierte Corby. »Sylvia, ich habe dir gesagt, du sollst den Hund nicht mitbringen. Ich will nicht, dass er Zecken in mein Haus bringt.«
»Der Hund bringt sie nicht mit«, sagte Mike. »Jeder kann sie sich einfangen, wenn er unter Bäumen oder am Gestrüpp vorbeigeht. Sie beißen sich meist im Nacken oder auf dem Rücken fest. Kleine biestige Dinger, die man nicht einfach herausziehen kann, weil der Kopf sonst drin bleibt. Man muss sie erst mit Kerosin besprühen.«
Corby und die beiden Frauen waren schockiert. »Wie abscheulich«, sagte Sylvia. »Da muss ich ja Angst haben, wenn ich nur einen Fuß vor die Tür setze.«
»Zumindest wissen wir nun, worauf wir zu achten haben und was zu tun ist«, sagte Jessie. »Mr. Devlin, wollen Sie zum Abendessen bleiben?«
Morgan bedachte seine Frau mit einem scharfen Blick, Mike allerdings ignorierte die Warnung. »Danke, Mrs. Morgan. Gerne.«

»Schön«, sagte Sylvia. »Bis dahin können Sie einen Blick in mein Zimmer werfen, Mr. Devlin. Ich bin mir sicher, dass es dort vor schrecklichen Krabbeltieren nur so wimmelt.«

Sie zog ihn fort und den Gang hinunter, von seinen lächelnden Einwänden nahm sie keine Notiz. »Das ist Zeitverschwendung«, sagte er, als sie die Tür aufriss. »Sie können sie nicht fernhalten. Das sind nur kleine Geckos ...« Er trat ein, suchte, bis er einen gefunden hatte, und setzte ihn auf seine Hand. »Schauen Sie, schöne kleine Tiere. Und äußerst scheu. Wenn sie herumhuschen, dann nur von Ihnen fort.«

Sylvia war nicht beeindruckt. »Sie sind scheußlich. Und außerdem muss es auch Spinnen geben.«

»Elly hat ein Auge auf Spinnen. Ich sehe auch keine Spinnweben. Befestigen Sie Ihr Moskitonetz rund um Ihr Bett, und Ihnen kann nichts passieren.«

Als sie zurückkamen, war der Professor angekommen. Auch er freute sich darauf, beim Abbrennen der Felder zusehen zu können. Nun, nachdem die lästigen Geschäftsbücher weggeräumt waren, besserte sich Corbys Laune; sie setzten sich zu einem angenehmen Abendessen, das die Frauen dazu nützten, den Verwalter mit Fragen zu überhäufen.

Corby selbst führte Devlin nach draußen, sie schlenderten die Stufen der Veranda hinab und überblickten die Lichtung. »Ich möchte, dass der Zaun über diesen großen Baum dort drüben hinausgeht«, sagte er.

»Der Feigenbaum? Das sind fast zweihundert Meter.«

»Genau. Und zum Ausgleich jeweils fünfzig Meter von den beiden Hausseiten entfernt, um bündig mit der Rückseite des Hauses abzuschließen, damit der Dienst- und Arbeitsbereich abgetrennt ist.«

»Dann haben Sie einen ziemlich großen Garten.«

»Eine kleine Anlage mit einem Tor dort drüben, als Zufahrt für die Kutschen. Ein Lattenzaun sollte genügen.«

»Ein Lattenzaun? Alles, was Sie brauchen, ist ein zweisparriger Zaun aus gespaltenem Holz.«

»Das soll keine Pferdekoppel sein«, sagte Corby.

»In diesem Fall muss ich die Latten bei der Sägemühle bestellen«, erwiderte Mike und fragte sich, was aus den Absichten, sparsamer zu wirtschaften, geworden war.
»Ja, tun Sie das. Ich will, dass der Zaun so schnell wie möglich errichtet wird.« Corby sah zum klaren Sternenhimmel auf. »Sie hatten Recht, was das Unwetter anbelangt. Es ist eine wunderschöne Nacht. Ich sehe Sie dann morgen früh.«
Als er ins Haus zurückkehrte, fiel sein Blick auf Sylvia. »Einen Moment, junges Fräulein. Nur auf ein Wort, wenn ich bitten darf.«
»Ja, was ist denn?«
»Ich wäre dir zu Dank verpflichtet, wenn du es bleiben lassen könntest, den Angestellten schöne Augen zu machen. Du hast dich heute Abend mit Devlin unmöglich aufgeführt und den Mann beinahe genötigt.«
»Keineswegs«, brauste sie auf. »Und außerdem ist es meine Sache, was ich tue.«
»Nicht, wenn es meine Angestellten betrifft. Ich will nicht, dass du dich vor den Augen dieser Männer so zur Schau stellst.«
»Absoluter Blödsinn«, sagte Sylvia. Sie nahm ihren Hund und ging mit einem versteckten Lächeln auf den Lippen den Gang hinab. »Ich glaube glatt«, flüsterte sie dem Spaniel zu, »dass unser Corby eifersüchtig ist. Wie interessant.«
An diesem wichtigen Tag waren alle draußen.
Die Frauen trugen über ihren Sommerkleidern lange Umhänge, jedoch keine Hüte, und starrten den Professor an, der beschlossen hatte, dass es nun an der Zeit war, die in einem Militärgeschäft in Kapstadt erworbene Tropenkleidung zu tragen: Khakihemd, kurze Khakihosen, darunter lange Strümpfe und feste Stiefel.
»Vater, Ihr seht in diesen unförmigen kurzen Hosen einfach lächerlich aus«, lachte Sylvia. Den Alten beeindruckte es wenig.
»Was für die Armee gut genug ist, ist es auch für mich. Ich finde die Hosen sehr bequem und sehr luftig.«
»Ich wette, das sind sie«, warf Corby ein. »Das erste Abbrennen stellt auf einer Plantage ein ziemliches Ereignis dar. Ich

dachte, dass wir, um gleich den richtigen Ton anzuschlagen, uns an unsere eigenen Gebräuche halten sollten. Ich habe daher eine Rotweinbowle vorbereitet.«

»Eine Rotweinbowle zu dieser Stunde«, entfuhr es Jessie.

»Warum nicht?« sagte Sylvia. »Das Leben hier ist weiß Gott öde genug. Corby versucht nur, uns ein wenig aufzuheitern.«

»Ich stimme dem zu«, lächelte der Vater. »Ich bin immer für Rotweinbowle, egal zu welcher Stunde. Lasst uns auf Providence trinken.«

»Hört, hört!« sagte Corby.

Niemals hatte er besser ausgesehen, dachte Sylvia. Das weiche rötliche Licht auf seinem schönen blonden Haar, den seidigen Augenbrauen und auf seinem Bart erzeugte einen angenehmen Ton, die vormals eher pergamentene Haut war nun sanft von der Sonne gebräunt. In London, ging es ihr durch den Kopf, während sie die Bowle schlürfte, hatte er ständig ein verdrossenes Stirnrunzeln gezeigt, aber schau ihn nun an! Er sah jetzt viel liebenswürdiger aus.

Jessie jedoch nahm noch anderes wahr. Sie sah einen Ehemann, der nach außen hin entspannt genug war, um offene Hemden, Breeches und diesen seltsamen Strohhut zu tragen. Ein entspanntes Bild, trotz der Pistole, die er an seiner Hüfte trug. Aber im Gesellschaftszimmer hatte er immer ein geladenes Gewehr liegen, und in der Nacht schlich er durch das Haus.

Warum waren diese Polizisten hier gewesen? Corby hatte gesagt, Rundgänge zu den Plantagen gehörten zu ihren Pflichten. Aber wenn es so war, warum hatten sie dann das Haus gemieden? Selbstverständlich hätten sie dem Sergeanten ihre Gastfreundschaft erweisen können. Als sie vorschlug, ihn wenigstens zum Essen einzuladen, hatte Corby ihr offen zu verstehen gegeben, sich besser um ihre eigenen Angelegenheiten zu kümmern. »Er gehört nicht zu unserer Gesellschaftsschicht«, hatte er sie angefahren. Aber irgendwie schien das hier draußen nicht ganz zu stimmen.

Schließlich war Corby wütend geworden. »Um Himmels willen, Frau, lass mich in Ruhe! Ich habe schon genug Probleme!«

»Aber Liebling, deswegen frage ich doch. Warum regst du dich so auf? Kann ich dir irgendwie helfen?«
»Ja, indem du verdammt noch mal aufhörst, mir ständig Fragen zu stellen. Ich habe genug Befragungen hinter mir. Siehst du nicht, dass ich hier eine große Verantwortung trage?«
Warum hatte er genügend Befragungen hinter sich? Welche Befragungen? Warum war die Polizei wirklich hier?
Nach dem Geschäftsgespräch mit Mr. Devlin wusste Jessie, warum Corby so dünnhäutig war. Von der Ernte hing alles ab. Seine gegenwärtige Fröhlichkeit schien ihr eher aufgesetzt, etwas, was sie ihm nicht verdenken konnte, doch hatte sie bemerkt, dass sich seine Laune besserte, wenn er Alkohol zu sich nahm. Auch wenn es sich nicht gehörte so etwas zu denken, glaubte sie, dass er bereits bei der Zubereitung der Bowle getrunken hatte. Sie fürchtete, er gewöhne sich zu sehr an den Alkohol. Und das war ein Problem. Denn früher in London konnte er, wenn er zu tief ins Glas geschaut hatte, ziemlich widerlich werden. Sie hoffte, dass er unter der Verantwortung die nun auf ihm lastete, der gemäßigte Gesellschaftstrinker blieb, der er bislang auf Providence war.
Corby hatte es eilig zu den Feldern zu kommen. Er ritt voraus und ließ Toby als Begleiter für die Familie zurück. Elly schloss sich dem Spaziergang zum ersten der Zuckerrohrfelder an und mit ihr eine Gruppe von mindestens dreißig Aborigines, Männer, Frauen und Kinder, die eine Art Gefolge bildeten.
»Keine Sorge«, sagte der Professor. »Ich habe sie alle schon getroffen, sehr interessante Leute. Sie wollen ebenfalls dieses Spektakel sehen. Dreht euch um und winkt ihnen zu.«
Die Frauen taten, wie er gesagt hatte, und wurden mit dem Grinsen der Erwachsenen und der plötzlichen Gesellschaft der Kinder belohnt, die nach vorne rannten, um mit den Weißen zu marschieren.
Daran erinnert, dass sie an diesem fremden Ort selbst bald für ein Kind zu sorgen hatte, ließ Jessie den glücklichen kleinen Gesichtern ein Lächeln zukommen. Und als ihr Blick auf Sylvia fiel, die vorausschritt, war sie froh, ihre Schwester hier zu ha-

ben, ein Trost für die Monate, die kommen sollten. Mr. Devlin hatte ihr verschwiegen mitgeteilt, dass er die örtliche Hebamme, eine Mrs. McMullen, die Frau des Verwalters von Helenslea, benachrichtigt hatte, die sofort, wenn sie benötigt wurde, herüberkommen würde. Sie fühlte sich erleichtert. In der Zwischenzeit hatte sie ihre Schwester, an die sie sich wenden konnte. Sie hatte sich in letzter Zeit oft müde gefühlt, ihre Knöchel waren im ungewohnt warmen Klima angeschwollen, sie ruhte sich aus, sooft dies möglich war, und überließ Sylvia die Aufgabe sich um das Haus zu kümmern. Dies gab, wie Corby gesagt hatte, Sylvia etwas zu tun. Aber Jessie war ihr dafür dankbar und beschloss, wenn das Baby geboren und im Haushalt wieder so etwas wie Ruhe eingekehrt war, sich um das gesellschaftliche Leben zu kümmern, das ihre Schwester so sehr vermisste.

Whuuhsch! Es war, als hätte ein großer Drache das weite grüne Feld plötzlich unter Feuer gesetzt. Der, als er für den nächsten Feuerschwall einatmete, Luft aus der Umgebung absaugte und die Zuschauer in einem kalten, röchelnden Vakuum zurückließ. Und dann kam es wieder.

Whuuhsch! Das Meer der hohen, blättrigen Zuckerrohrstauden wankte eine Sekunde lang, hilflos flatterte das Laub, bevor alles in einem ohrenbetäubenden Röhren explodierte. Feuer fraß sich durch das Blattwerk, die Flammen züngelten, schlugen hoch und trieben Ascheteilchen himmelwärts.

Männer schrien; kleine dunkle Gestalten, die am Felderrand entlangliefen und deren Silhouetten sich vor dem flammenden Inferno abhoben. Darüber kreisten, vom Rauch ungerührt, Eulen, und noch weiter oben schwebten Fuchshabichte und ein einsamer Adler, der neugierig von den Bergen herabgekommen war. Für diese Vögel war das Feuer ein gefundenes Fressen, und die zu Tode erschrockenen Bewohner des Busches wussten es.

Kleine Wallaby-Kängurus sprangen im Zickzack aus ihren Verstecken und ins Freie, Reptilien versuchten verzweifelt zu entkommen. Echsen stoben auf ihren dünnen, huschenden Beinen nach allen Richtungen auseinander und stürzten sich nur weiter ins Feuer, andere schafften es bis zur Lichtung, um dort den triumphierenden Vögeln zum Opfer zu fallen. Schlangen peitschten durch das Inferno und sahen sich dann der doppelten Gefahr von Vögeln und Menschen ausgesetzt. Ungeachtet dieser Kreaturen fraß sich das Feuer, das nun selbst lebendig zu sein schien, durch das knochentrockene Unterholz, umhüllte die Stangen der Zuckerrohre, versengte die Blätter, weiter, weiter, in verrücktem, prasselndem Tanz, bis es ein abruptes Ende fand. Männer, die Tücher um ihre Gesichter gewickelt hatten, warteten mit Löscheimern, mit wassergetränkten Säcken und schwer stampfenden Stiefeln, um ein Ende der Vernichtung zu erzwingen. Das Feuer hatte seinen Zweck erfüllt.

Als das Zuckerrohrfeld explodierte, waren die Frauen erschrocken zurückgewichen. Jessie hatte sich an ihren Vater gewandt: »Wissen sie wirklich, was sie tun? Wie kann die Ernte das überstehen?«

Selbst der Professor war entsetzt. In den Büchern klang es sehr vernünftig, die Wirklichkeit allerdings war beängstigend.

Nun aber, als Rauchwolken in den blauen Himmel stiegen und Devlin beiläufig zu Corby hinüberritt, um mit ihm zu reden, entspannte er sich. Alles schien wie vorgesehen zu verlaufen. »Nun ja«, sagte er zu Jessie, »es scheint eine sehr grobe Art zu sein, mit dem Problem fertig zu werden, aber offensichtlich funktioniert es. Niemand sieht besorgt aus.«

Das Abbrennen wurde fortgesetzt, sogar in der Nacht; Flammen erleuchteten den dunklen Himmel, und in der Ferne schlugen die Funken wie ein Feuerwerk in die Nacht. Trupps von Rohrschneidern machten sich an die Arbeit, hieben und schwitzten sich durch die schmutzigschwarzen Reihen, ihre Rücken schmerzten, die Glieder taten ihnen weh, aber sobald sie sich durch ein Feld durchgearbeitet und das Zuckerrohr auf die Wagen verladen hatten, wartete auf sie ein neues. Es war die härteste Arbeit auf der Plantage. Und es gab keine Pause. Die Kanaka arbeiteten von morgens bis Abends in der schwülen Hitze, während ihr Master und ihr Boss von Feld zu Feld ritten, sie antrieben und zusahen, dass die beladenen Wagen zur Mühle kamen.

Jeder verfügbare Mann wurde gebraucht, selbst die angelernten Zäunebauer, und Joseph fand sich im Trupp des alten Sal wieder. Nachdem er das Feuer gesehen hatte, war er erstaunt, dass das Zuckerrohr nur leicht angeschwärzt war, doch darüber nachzudenken blieb nun keine Zeit. Die Arbeit musste getan, und zwar schnell getan werden. Und das unaufhörliche Hacken bekam die Atmosphäre eines Wettbewerbs.

»Du großer starker Junge«, hatte Sal gesagt. »Du mit mir kommen. Ich dir zeigen, wie gut Arbeit.« Er gab Joseph eines seiner breiten scharfen Messer und unterwies ihn, wie er den ganzen Stengel mit einem sauberen Schnitt zu durchtrennen hatte.

Die anderen Neuen wollte keiner haben, sie waren zu langsam; Pompey teilte sie daher in Trupps auf, die unter seiner Kontrolle standen. Auf seinem Pferd fuhr er, plötzlich zum Tyrann geworden, unter sie, trieb sie an das Zuckerrohr und ließ stolpernde, zurückbleibende Arbeiter seinen Stock spüren.

Trotz des Schweißes, der Anstrengung und der Asche, die die Augen verklebte und an der Haut und der zerlumpten Kleidung haftete, protzten und prahlten sie, während sie die Wagen beluden, und maßen sich mit langsameren Trupps. Die Arbeit war für sie zum Prüfstein ihrer Stärke und Ausdauer geworden, eine Möglichkeit, sich selbst zu beweisen und so der Monotonie ihres Frondaseins zu entkommen.

Wasserbeutel wurden herumgereicht. Sal nahm sich eine Minute Zeit, um Joseph zu erklären, dass das Zuckerrohr an einem bestimmten Ort innerhalb von vierzehn Stunden gepreßt werden musste, damit es nicht verdarb und der weiße Mann nicht wütend wurde. »Als ob wir nicht schon genug Probleme hätten«, fügte er dunkel an. »Keine Sonntage mehr in der Stadt. Keine kleinen Jappie-Mädchen mehr.« Er zwinkerte Joseph zu. »Du magst Mädchen, ha?«

Joseph nickte. Das war ein anderes Problem. Als Sohn eines Häuptlings hatte er auf der Insel immer genügend Frauen, die mit ihm das Lager teilten und sich mit ihm vergnügten. Aber hier – keine Frauen! Die wenigen Kanaka, die Frauen hatten, bewachten sie eifersüchtig und gestatteten, wie er gehört hatte, nur ihren besten Freunden in ihren Genuss zu kommen. Und selbst dann verlangten sie hohe Preise. Gegen ein Jappie-Mädchen hätte er nichts einzuwenden gehabt. Er hatte noch nie eines gesehen und träumte manchmal davon, unter ihnen eine Frau zu finden.

Bei der Arbeit hörte er den Gesprächen der anderen zu. Bald erfuhr er, dass Kanaka, die sich nach Beendigung ihrer Arbeitszeit für eine zweite eintragen lassen wollten, ihren Wert beweisen mussten, so dass die Weißen sie beim Namen kannten. Wenigen stand der Sinn danach zu bleiben. Sie waren froh, endlich frei zu sein. Erst wenn sie auf die Inseln zurückkehrten, passierte es, dass manche sich langweilten, dass ihre Wünsche unerfüllt blieben und sie sich nach den großen Schiffen sehnten, die sie abholten. Joseph wollte bemerkt werden und bleiben dürfen. Abgesehen davon, dass Malaita für ihn gefährlich werden konnte, war er von der Welt der Weißen mehr und mehr fasziniert; ein Funken Ehrgeiz durchdrang seine Seele. Er ergriff das Zuckerrohr, beugte sich und hieb es ab – ergreifen, beugen, abhauen; er wollte der Beste sein. Er wollte einen eigenen Trupp haben und dem Master beweisen, dass er zu den Besten der Kanaka gehörte.

Sal freute sich. »Schaut ihn an!« schrie er, während Joseph arbeitete. »Ich sagte doch, dass er es packt. Nun müssen wir zusehen, dass wir mit ihm mithalten!«

Joseph zerschlug die Köpfe von Schlangen, trat nach Ratten, ignorierte die Schwärme beißender Insekten und den Schmerz, der noch immer seinen Rücken plagte. In den nächsten Tagen sah er Männer vor Erschöpfung, Muskelkrämpfen und Hitzschlag zusammenbrechen, er hörte den Ruf »Schlangenbiss!« und die Schmerzensschreie, wenn Messer ausrutschten und in Arme oder Beine fuhren. Aber er arbeitete weiter. Als Mr. Devlin vorbeikam, verbarg er die Anstrengung und grinste: »Guter Job hier, hey?«

Devlin nickte überrascht. »Dir geht es wieder besser?«

Joseph reckte sich. »Ja, Boss. Sehr gut.«
Der Boss ritt weiter, und Joseph begab sich wieder an die Arbeit. Wenn andere Kanaka dies durchstanden, überlegte er, dann musste er es auch. Schließlich war er Ratasalis Sohn. Und das weckte andere Gedanken.
Da nachts alle zu müde waren, wählte Joseph den freien Tag, den die Weißen Sonntag nannten, um seine Rede zu halten. Er rief die Leute von Malaita in der Nähe eines abseits gelegenen Stoppelfelds zusammen. Lethargie war auf ihren Gesichtern, als sie in der orangefarbenen Abenddämmerung im Gras lagen. Als er aber ruhig vortrat, um zu ihnen zu sprechen – er hatte seinen Körper eingeölt, um seine Hüften trug er einen rosafarbenen Sarong –, setzten sie sich auf. Das war nicht Joseph, das war Talua; er hatte seinen Auftritt wohl durchdacht.
»Wer unter euch«, zischte er und verlieh seiner flüsternden Stimme einen bedrohlichen Tonfall, »wagt es, sich in die Belange der Götter einzumischen?«
Sie fielen in ein furchtsames Schweigen. »Wer unter euch sagt, dass ich noch unter einem Mann stehe, der sich nicht selbst verteidigen kann?« Seine Stimme wurde lauter. »Wer unter euch ist so vermessen, meine Wünsche auszulegen? Welcher Sohn einer verlausten Vettel wagt es, meinen Namen mit seinen Taten in den Schmutz zu ziehen? Habe ich das Opfer angeordnet? Nein, ich habe es nicht. Hat der große Ratasali unreine, ungesalbte Schurken an seinem Altar geduldet? Niemals! Hat er von ebendiesen Schurken erwartet, dass sie in seinem Namen Rachetaten verüben? Niemals! Es wäre dem großen Häuptling und Gott eine Beleidigung gewesen.«
Er hielt inne und schaute sie an. »Wer also hat mir dies angetan?«
Seine Stimme grollte nun mit einer Erregung, die zu Beginn seiner Rede nur gespielt gewesen war. Er musste diese Leute irgendwie unter Kontrolle halten, damit sein geordnetes Leben, das er vor sich sah, nicht zum Alptraum wurde. Da sie überzeugt waren, dass er ein Gott war, hatte es keinen Zweck, ihnen das Gegenteil einzureden. Und war er es vielleicht wirklich?

Die Vorstellung, ein Gott zu sein, war zu schrecklich, um sie weiter zu verfolgen. Aber er musste sie unter Kontrolle bekommen; welche Vergeltungstaten für die unwürdige Behandlung, der er sich ausgesetzt sah, würden sonst noch folgen? Für die der Boss dann ihn beschuldigte und so seine Pläne zunichte machte.

»Ich sage euch«, fuhr er fort, »keiner spricht in meinem Namen. Keiner handelt für mich. Ich bin Talua, und Unheil komme über jeden, der glaubt sich dem widersetzen zu können.«

Das war alles, was er sich vorgenommen hatte zu sagen. Aber nun schien er nicht mehr enden zu können, die Worte kamen aus ihm, und er hörte nicht mehr sich selbst sprechen, sondern Ratasali. Die furchterregende Stimme seines Vaters sprach aus ihm.

In der Ferne hörte er die klagenden Töne eines Koel-Vogels – einen hohen Trauergesang –, und Talua erzitterte, als sich aus ihm der Zorn seiner göttlichen Stimme über die kauernden Insulaner ergoss: »Jeder, der in meinem Namen handelt, wird das gleiche Schicksal erleiden wie das Schwein, das meinen Namen beschmutzt hat.«

Was war das? Welches Schicksal? Die Worte kamen mit einer Gewalt, der Talua nichts entgegenzusetzen hatte.

»Er wird aus unserer Mitte in die Gedärme des Teufels verbannt, seine Eingeweide fressen die Würmer. Ein Aussätziger, den die Götter verachten. Er ist des Todes und liegt bereits auf seinem eigenen dunklen Altar, um wieder gutzumachen, was noch verborgen ist. Ich wende mein Gesicht von ihm ab.«

Ein Rauschen war zu hören, als sei ein Wind über sie hinweggegangen, und sie fielen mit zu Boden gepresster Stirn auf die Knie. Joseph war von ihrer Reaktion wie betäubt. Er wollte sie hochreißen und zur Vernunft bringen. Sein Theater war viel zu weit gegangen und hatte ihre Sehnsucht nach den gewohnten Gebräuchen aufgerührt. Erschüttert spürte er, dass er ihnen verpflichtet war. Aber was konnte er für sie tun? Er war nur ein einfacher Arbeiter, der noch viel zu lernen hatte.

In dieser Nacht musste er sich dazu zwingen, sich in der Reihe zur Essensausgabe anzustellen. Es war, als wäre nichts Außergewöhnliches passiert. Um ihn herum beklagten sich die Männer über den Verlust der Tabakration und das Verbot, in das große Dorf zu gehen.

In der Gewissheit, eine weitere harte Woche vor sich zu haben, fiel Joseph, wie alle anderen auch, in tiefen Schlaf, aus dem ihn eine hartnäckig flüsternde Stimme weckte.

»Talua«, flüsterte der Mann. »Ich bin Katabeti, du musst mich anhören.«

Katabeti war, soviel wusste Joseph, ein Mann von Malaita und war bereits seit einigen Jahren hier. Was wollte er jetzt von ihm?

»Was ist?« zischte er verärgert.

Der Mann weinte. »Ich bitte um Verzeihung. Ich habe dich beleidigt.«

»Lass mich in Ruhe«, erwiderte Joseph schlaftrunken. »Lass mich schlafen.«

»Ich werde dich in Ruhe lassen«, wimmerte Katabeti. »Aber ich will dir das Opfer bringen. Es war für dich.«

Er legte einen prallen Zuckersack auf Josephs nackte Brust. Noch bevor seine Hände die harte, runde Form ertasteten, wusste Joseph, was drin war. Er warf es zur Seite. Sein Herz raste vor Schrecken und Angst; er fürchtete, die anderen könnten aufwachen und ihn mit diesem Ding sehen. »Nimm es!« fauchte er voller Panik. »Nimm es von mir weg!«

Katabeti ergriff seinen Sack. »Was soll ich damit machen?«

»Ich weiß es nicht! Es kümmert mich nicht! Wirf es in den Fluss!«

Erschreckt fiel Katabeti zusammen und kauerte sich neben Joseph. »Das kann ich nicht tun! Im Fluss sind Krokodile. Die alten Götter würden Rache fordern.«

Frustriert versuchte Joseph, dem Mann seinen Rücken zuzuwenden. Krokodile wurden auf Malaita sehr verehrt, besondere Riten waren notwendig, wenn eines bei Nahrungsmangel gefangen und getötet werden sollte. Die Gewässer mussten in dieser Zeit rein gehalten werden. Katabeti hatte Recht, es war ein

blasphemischer Akt. Trotzdem war es ihm einerlei; er war der alten Männer und ihrer Sitten überdrüssig.
Katabeti wollte nicht gehen. »Was soll ich tun?« fragte er.
»Dann bring es zum weißen Boss«, flüsterte Joseph verärgert. »Erzähl ihm, was du getan hast. Befreie die anderen von den Strafen und Verdächtigungen, die du über uns gebracht hast.«
Erleichtert nahm er zur Kenntnis, dass Katabeti in die Dunkelheit verschwand. Er wusste, er würde nicht zu Mr. Devlin gehen und die gefürchtete Strafe der Weißen, Tod durch Erhängen, auf sich nehmen. Er tastete in der Dunkelheit um sich. Auch der Sack war fort. Erleichtert seufzte Joseph und versuchte wieder einzuschlafen.
Für Eladji, die Jake Elly nannte, als er sie ihrer Mutter zur Arbeit im Haus abkaufte, war diese Familie ein seltsamer Haufen. Wenn man darüber nachdachte, waren alle Weißen seltsam. Viele von ihnen waren böse, Jake und Mike allerdings gute Kerle. Sie hatten sie Mae gegeben, der chinesischen Frau, die sie alles über Hausarbeit lehrte. Sie war wie eine neue Mutter und hatte mit ihrem Elsterngeschrei und ihren fliegenden Fäusten einige Male Ellys wirkliche Mutter, Broula, vertrieben, die herübergekommen und sie zurückgefordert hatte.
Da ihre Tochter noch unverheiratet und ohne Kinder war und sich Broula deswegen gedemütigt fühlte, versuchte sie mehrmals, trotz der Abmachung, die sie mit Jake getroffen hatte, Elly an Stammesmänner zu verkaufen. Ihre Versuche, Elly, die lieber im Haus blieb, zurückzuholen, führten schließlich zu solchen Spannungen, dass sich Jake genötigt sah, einzugreifen. Er gab Broula einen Schlag auf den bloßen Hintern und schickte sie in ihr Lager zurück, gab ihr aber eine frische Ladung Zuckerwerk und Tabak mit.
Das weckte in Broula die Vorstellung, Elly müsse Jakes oder Mikes Geliebte sein, was sie nur umso wertvoller machte. Bei einer an ihrer Tochter durchgeführten Untersuchung entdeckte sie jedoch, dass dies nicht stimmte. Daraufhin verstärkte sie ihre Anstrengungen und bot ihre jungfräuliche Tochter den bedeutenderen Stammesältesten an, bis Jake dem Streit ein Ende

machte, indem er entschied, dass Elly unter dem Haus schlafen sollte. Er verbannte Broula aus dem Umkreis des Hauses und verbot Elly mit Ausnahme einer kurzen Zeit am Sonntag, das Lager der Schwarzen zu betreten. Broula war darüber verärgert, Elly jedoch glücklich. Sie hatte nach wie vor Zeit, nachmittags, nach Beendigung ihrer Arbeit, umherzuwandern und ihr blieb das Gekeife ihrer Mutter erspart.

Jake und Mike hatten viele Besucher, viele Feste, und sie liebte es, nach getaner Arbeit in ihrem Lager unter dem Haus zu liegen und der Musik und den Gesängen zu lauschen. Bis zu der Nacht, in der der weiße Kerl, Keith, zu ihr nach unten kam. Er schlug sie, als sie ihm sagte, er solle weggehen, und dass Jake wütend sein würde. »Halt's Maul, du dumme Fotze! Jake hat bestimmt nichts dagegen, wenn man sich an seinem Reichtum vergreift. Ich wette, er und Mike lassen es sich mit dir gut gehen.«

Als sie versuchte ihm zu entkommen, schlug er sie erneut und vergewaltigte sie. Und bevor er sich davonmachte und sie zerschlagen zurückließ, drohte er ihr, wieder über sie herzufallen, falls sie Jake davon erzählte. Das Morgenlicht brachte jedoch alles an den Tag. Verschämt versuchte sie, ihre Verletzungen und Abschürfungen zu verbergen, Jake aber fand schnell heraus, was vorgefallen war. Er war so wütend, dass er mit der Pferdepeitsche zu diesem Kerl Keith ging und ihn davonjagte. Elly hatte ihn nie wieder gesehen.

Als das Kind geboren wurde, war Broula voller Freude über ihren Enkelsohn; das Kind wurde ihr gegeben. Sie war in den Jungen, Kamadji, so vernarrt, dass sie darauf bestand, sich an Jakes Regeln zu halten, und Elly nur an Sonntagen erlaubte, zu Besuch zu kommen. Andererseits schien dies für sie keine Gültigkeit zu haben, denn oft kam sie mit dem Baby auf der Hüfte in den Hof geschlendert und zeigte stolz »ihren« Jungen. Seit das Kind unter dem Schutz ihrer Mutter gedieh, genoss Elly die friedlichen Zeiten im Haus. Bis jetzt.

Sie mochte den alten Boss, seinen dünnen weißen Bart und seine blinzelnden Augen. Doch statt das Haupt des Haushaltes zu sein, schien er überhaupt nicht zu zählen. Niemals gab er den Angestellten im oder außer Haus Befehle, bis auf Toby, und den behandelte er auf seinen Blumenspaziergängen mehr als Gefährten. Der junge Boss, Mr. Morgan, beachtete ihn nicht, was Elly äußerst ungehörig fand. Den alten Mann schien dies jedoch nicht zu stören.

Dem jungen Boss begegnete Elly mit Misstrauen. Er war ein schöner Mann mit blassen Augen und glänzendem Haar wie Maisfäden, aber er war kalt und hart und schrie viel. Niemals sprach er zu ihr direkt. Elly war sich sicher, dass er sie nicht mochte.

Die Missus war eine nette Dame. Sobald sie bemerkt hatte, dass ein Baby kam, erwärmte sich Elly für sie und wollte sie umsorgen. Aber das war schwierig. Elly war schüchtern. Sie hatte noch niemals für richtige Damen gearbeitet. Und diese beiden waren ihr immer voraus, immer wollten sie Dinge getan haben, bevor Elly dazu kam. Mae hatte ihr einen strengen Arbeitsablauf aufgetragen. Er begann mit dem Fegen der Frontveranda, dann durch das Haus, Bettenmachen und Putzen, aber diese zwei Damen wollten alles umgekehrt. Und, schlimmer noch, manchmal gaben sie ihr verschiedene Arbeiten zur selben Zeit.

Die Sonne ging auf. Zeit für Elly, mit der Arbeit zu beginnen. Sie lächelte, als sie ihr Bett machte. Manches hatte sich verbessert. Die Missus hatte jeden Quadratzentimeter des Hauses inspiziert und war entsetzt, als sie feststellen musste, dass Elly auf einer alten Matratze mit nur einer Decke schlief. Nun besaß sie wie die Weißen Laken für ihr Bett.

Und die Kleider. Zum ersten Mal in ihrem Leben musste sie entscheiden, was sie tragen wollte. Die Missus hatte ihr Schlüpfer und vier neue Kleider gegeben. Die besten Kleider, die sie jemals hatte, und alle waren unterschiedlich. Sie waren bunt gemustert, eines mit Blumen, zwei hatten dünne Rüschen am Saum, und mussten alle, wie die Missus gesagt hatte, mit dem Cordgürtel getragen werden. Sie wählte das blaue mit den weißen Quadraten, zog es über den Kopf und war froh, dass, anders als bei ihren früheren Kleidern, ihre Brüste nicht mehr ein-

geschnürt wurden. Dann legte sie den Gürtel an und wünschte sich einen Spiegel. Oben würde sie ihr neues Selbst dann bewundern können.
Ihre erste Aufgabe war vom Kuhstall Milch zu holen, was ihr Gelegenheit bot, den anderen Mädchen wieder ein neues Kleid vorzuführen. Nun, da eine Geburt bevorstand, waren sie zu ihr besonders freundlich, denn alle wussten, dass weiße Ladys Kindermädchen brauchten. Und Elly konnte sie der Missus empfehlen.
Sie brachte Tommy die Milch, dann ging sie hinein und deckte mit dem Tischtuch, wie es ihr die Missus gezeigt hatte, für vier Personen den Tisch – auch wenn die vier niemals zusammen das Frühstück einnahmen. Der Boss war der erste. Der alte Mann kam, wenn überhaupt, zu unregelmäßigen Zeiten. Miss Langley zog es vor, das Frühstück im Bett einzunehmen, manchmal auch die Missus, je nachdem wie sie sich fühlte. Momentan durfte Elly nicht zu früh am Morgen fegen, da sie sich gestört fühlten. Miss Langley hatte sie das erste Mal angeschrien, sie sei von ihrem Getöse aufgewacht. Nun, da sie darauf wartete, dass der Boss aufstand, ging sie die hintere Treppe hinab und sah den alten Mann aus dem Waschhaus kommen.
»Immer noch alles voller Rauch«, sagte er ihr und zeigte auf die Rauchfetzen, die in der Luft hingen.
»Ja, Boss«, sagte sie. Als ob sie das nicht selbst wusste! Miss Sylvia beschwerte sich seit Tagen, warf die Türen und Fenster zu und ärgerte sich über den Rauch, der in der Kleidung saß. Auch die Missus fand den permanenten Rauchdunst unerträglich.
»Wie lange geht das Abbrennen denn noch?« fragte der Professor.
»Bis alle Felder abgebrannt«, sagte sie ihm. »Jedes Jahr mehr, Feuer braucht lange Zeit. Nun das Frühstück?«
Er sah sie aufmerksam an. »Würde es etwas ausmachen, wenn ich das Frühstück in meinem Zimmer einnehme?«
»Nein, Boss. Ich bringe ein Tablett.«
»Oh, gut! Ich will nur Tee und Toast. Ich ziehe es vor, für mich

zu sein.« Plötzlich blieb er bei einem Jasminbaum stehen. »Wie schön! Er fängt an zu blühen!«
»Viele mehr vor dem Haus«, sagte Elly. »Alle nun blühen, süßer Duft.«
»Wirklich? Die musst du mir zeigen. Sie sind so zart. Werden zu Hause hochgeschätzt.«
Er folgte ihr um das Haus nach vorne und Elly zeigte auf einen großen Baum, dessen weiße Blüten bereits aus den grünen Knospen ragten.
»Erstaunlich!« sagte der Professor. »Ich kann den wunderbaren Duft bis hierher wahrnehmen.« Er blickte zum Moreton-Bay-Feigenbaum. »Wer ist denn das da?«
Elly blickte in die angegebene Richtung. »Sieht aus wie Kanaka, der dort schlafen«, sagte sie sarkastisch. »Vielleicht betrunken. Boss werden ihm Beine machen, wenn nach Haus kommen!«
»Weck ihn lieber auf«, riet ihr der Professor. »Sag ihm, dass er sich davonmachen soll, bevor er in Schwierigkeiten gerät.«
»Viele Schwierigkeiten, wenn Mike ihn sehen«, sagte sie, als sie sich aufmachte. »Ich den Kerl verjagen.«
Lächelnd wandte sich der Professor seinem Quartier zu, nach nur wenigen Schritten aber hörte er einen lauten Schrei. »Aaahii! Schnell kommen. Das hier toter Mann!«
Der Professor lief über den unebenen Boden, überrascht, wie schnell ihn seine alten Beine noch trugen, wenn es nötig war. Er stieß Elly fort. »Geh zurück ins Haus, Kleines, geh!«
Er musste es ihr nicht zweimal sagen; eilig flog sie davon.
Langley starrte auf den blutüberströmten Leichnam der zur Seite gefallen war, so, als sei der arme Kerl vor seinem Tod mit gekreuzten Beinen dagesessen. Sein Hals war aufgeschlitzt, in seinem Schoss hatte er einen Sack liegen. Der Professor hielt die Luft an – Verwesungsgeruch stieg auf –, vertrieb mit dem Hut die Fliegenschwärme und ergriff vorsichtig den Sack.
War es die seltsame Form oder die Tatsache, dass er nur einen Gegenstand zu enthalten schien, oder seine eigene unstillbare Neugier, die ihn einen Blick in den Sack werfen ließ? Langley

hatte nicht die Zeit, darüber nachzudenken. Er bedauerte seine Tat sofort, stürzte entsetzt davon und rang nach Luft. Würgegefühle peinigten ihn, ihm schwindelte. Dann nahm er allen Mut und die ihm noch verbliebene Kraft zusammen, packte mit zitternden Händen den Sack und rannte die wenigen Schritte zum nächsten Gebüsch. Nachdem der schreckliche Gegenstand fort war, kehrte er zum Leichnam zurück und suchte nach etwas, womit er ihn bedecken konnte.

Da er nichts Brauchbares fand, brach er sich einen langen Zweig ab, mit dem er zumindest die Fliegen vertreiben konnte, bis jemand kam. Er setzte sich auf den Boden und betrachtete zur Ablenkung, nun, nach der Entfernung des Gegenstandes, der weit schrecklicher war als das Schicksal dieses Mannes, den Toten und die Art und Weise seines Todes; neben ihm lag ein blutiges Zuckerrohrmesser. Aber diesmal berührte er nichts.

Corby zog sich an. Er fühlte sich wie zerschlagen, war aber entschlossen, weiterhin seine Arbeit zu tun. In den letzten drei Tagen war er auf Devlins Bitte den Weg zur Zuckermühle in Helenslea auf und ab geritten, um die Wagen zu beaufsichtigen. Es hatte als Neun-Meilen-Ritt begonnen, nun allerdings wurde der Weg immer länger, je weiter sich die Zuckerrohrschneider in seine Plantage vorarbeiteten.

Die Kanaka erregten seinen Zorn. Außer einigen erfahrenen Arbeitern besaßen sie keinen Sinn für die Zeit. Sie erschienen ihm als ein Haufen Faulpelze, deren grinsende dunkle Gesichter ihn ständig irritierten. Er wusste mit Devlins amüsierter Gelassenheit gegenüber ihrer lustlosen Art nichts anzufangen.

»Sie erreichen mit gutem Zureden mehr als mit der Peitsche«, riet ihm der Verwalter. »Wenn Sie die Peitsche einsetzen, arbeiten sie wie verrückt, solange Sie daneben stehen. Wenden Sie ihnen dann aber den Rücken zu, machen sie eine Pause. Wir können nicht überall sein. Deswegen brauchen wir einen Aufseher. Ein weiterer Weißer würde viel ändern.«

»Das zu beurteilen überlassen Sie lieber mir«, gab Corby zurück. Ihm war aufgefallen, dass auch Devlin mit den Kanaka Pidgin-Englisch sprach, das die meisten verstanden. Er würde diese Sprache, die weit von seinem normalen Englisch entfernt – und ziemlich unverständlich – war, irgendwie lernen müssen; eine Aussicht, die ihn bedrückte. Während Devlin die Feldarbeit beaufsichtigte, war es ihm beinahe unmöglich, sich mit den dummen Arbeitern zu unterhalten, die ihn angrinsten, irgendwelches Kauderwelsch daherredeten und seine Anweisungen missverstanden. Tief in seinem Inneren war er davon überzeugt, dass sie ihn verstanden und absichtlich zum Narren hielten. Also schlug er mit der Reitpeitsche zurück und versuchte auf diese Art ihnen seine Absichten deutlich zu machen.

Die Männer auf den Rollwagen waren stupide Hohlköpfe, er hatte kein anderes Wort für sie. Wenn er nicht in ihrer Nähe war, fuhren sie gemächlich dahin, hielten an, um sich mit den Männern auf den zurückkehrenden Wagen zu unterhalten, und legten, wann immer es ihnen beliebte, eine Rast ein. Ganz so, als hätten sie den ganzen Tag Zeit.

Der Weg war schlecht, ging durch dichtes Gestrüpp und war so eng, dass es immer zu einiger Verwirrung kam, wenn zwei Wagen aufeinandertrafen. Pferde sträubten sich, Männer brüllten, und einmal war das Umkippen eines Wagens nicht zu verhindern gewesen. Der Weg führte über Berge, steile Abhänge, durch ausgetrocknete Bachbetten und felsige Flüsse. Ungeschmierte Räder fraßen sich fest, Räder lösten sich, das Geschirr brach – entlang des gesamten Weges lauerten Katastrophen, mit denen Corby fertig werden musste. Die Luft war von Staub und Rauch erfüllt, er schrie auf die Männer ein, bis er heiser war. Er stieg mit der Peitsche ab, zwang Kanaka, die Wagen aus den Löchern zu ziehen, er ritt voran, um Felsbrocken aus dem Weg zu schaffen und alles am Laufen zu halten.

Es waren verdammt schreckliche Tage, die noch schlimmer wurden, als er entdeckte, dass es auf Helenslea Schienenstränge gab, auf denen das Zuckerrohr – in tiefen Holzbehältern, wie auf einer Miniatureisenbahn – zur Mühle geliefert wurde.

»Warum haben wir keine Schienen?« fragte er Devlin.

»Jake hat daran gearbeitet. Die Pläne liegen in der Schublade. Er ist nur nicht mehr dazu gekommen.«

»Dann will ich, dass sie bis nächstes Jahr fertig sind. Bis zum letzten Zentimeter.«
Die meisten Arbeiter auf der Mühle waren Weiße. Sie grüßten den neuen Eigentümer von Providence freundlich, hatten allerdings keine Zeit, sich mit ihm zu unterhalten. Er hatte gehofft, seinem Nachbarn, Edgar Betts, zu begegnen, der aber war nirgends zu sehen.
»Er kommt und geht«, sagte einer der Männer ohne große Begeisterung. Befriedigt stellte Corby fest, dass Betts offenbar ein hartes Regiment führte. Er band sein Pferd am Trog fest, entzündete seine Pfeife und beobachtete das Treiben, hörte das Dröhnen des Mahlwerks und das Schwirren des Schachtes, in dem die Ernte ihren Weg ging. Er überlegte, ob er die acht Meilen zum Haupthaus von Helenslea reiten sollte, und sei es nur um einen Blick drauf zu werfen. Aber er hatte dafür nicht die Zeit.
Einer seiner Rollwagen war leer, darunter im Schatten lagen die Kanaka. Wegen ihnen konnte er nicht nach Helenslea, diese Taugenichtse mussten ständig beaufsichtigt werden! Er hatte seine Peitsche auf den Wagen knallen lassen, hatte ihnen Beine gemacht und sie angebrüllt, sich wieder an die Arbeit zu machen.
Es strengte ihn nun an, sich nach unten zu beugen und die Stiefel anzuziehen. Nach den Tagen im Sattel fühlte er sich vollkommen steif, er biss die Zähne zusammen und schlüpfte hinein. Sie schienen zwei Nummern zu klein zu sein.
»Kann ich irgend etwas für dich tun, Liebling?« fragte Jessie, bereit aufzustehen.
»Nein«, blaffte er. »Leg dich wieder schlafen. Ich ziehe es vor, das Frühstück ungestört einzunehmen.«
Als wollte sie ihn absichtlich aus der Fassung bringen, hallte der Schrei einer Frau durch die Luft. »Was zum Teufel soll das?« schrie er, trat auf die Veranda und sah das dumme schwarze Hausmädchen am Haus entlanglaufen.
Er riss die Tür des Schlafzimmers auf und stürzte in die Küche. »Was ist hier los?«
Tommy schnitt einen großen Laib Brot. »Ich nicht machen Lärm. Sind Abos«, sagte er und schüttelte dabei den Kopf.

Dann hämmerte Toby an die Rückwand des Hauses. Selbst in Krisenfällen überschritt er nicht die Türschwelle. »Elly sagt, Toter im vorderen Hof liegen, Boss.«
»Was?« Corby sah das verängstigte Mädchen hinter Toby. »Wer ist tot?« Eine schreckliche Minute lang glaubte er, dass man nun auch seinen Verwalter ermordet hatte. Angst ließ ihn wie angewurzelt stehenbleiben – Angst, dass sich dieser scheußliche Mord wiederholt hatte und er ohne Devlin nicht auskommen konnte. Sollten hier alle Weißen, einer nach dem anderen, ermordet werden? Von unbekannten Tätern?
»Ich gehe nachsehen«, sagte Toby und rannte die Hintertreppe hinab. Das rüttelte Corby auf. Er lief durch das Haus und traf auf Jessie.
»Corby? Was ist los?« fragte sie ängstlich.
»Bleib hier«, befahl er. »Bleib im Haus. Und du auch«, fügte er an, als Sylvia auftauchte.
Aber es war nur ein Kanaka. Dies erleichterte ihn zwar, minderte aber nicht seine Wut. »Bastarde«, stieß er hervor. »Verdammte abscheuliche Bastarde!«
»Ich hole etwas zum Zudecken«, sagte der Professor.
»Nein«, herrschte ihn Corby an. »Ich will, dass er hier verschwindet. Das stellt für mich und die Frauen einen direkten Affront dar – ihn vor mein Haus zu legen. Bei Gott, diesmal werden sie den Mund aufmachen, diese Wilden. Toby! Schaff ihn fort. Nein. Lass ihn liegen. Hol mein Pferd. Ich will, dass Devlin das sieht.«
»Dann hole ich eine Decke.« Der Professor eilte fort, Toby wollte ihm folgen.
»Wo willst du hin?« brüllte ihn Corby an. Zusammen mit der aufsteigenden Übelkeit überkam ihn nun Hysterie.
»Ihr Pferd holen, Boss«, sagte Toby.
»Bleib hier«, bestimmte Corby, der nicht länger bleiben konnte. Er rannte zum Haus zurück, schrie dem eilig zusammengelaufenen Haufen Aborigines zu sich davonzumachen, und befahl den Stallburschen, sein Pferd zu satteln.
Er ritt den Pfad zum Lager hinab, zersprengte Kanaka-Trupps,

die auf dem Weg zur Arbeit waren, und schrie nach Devlin. Die Arbeiter sprangen erschrocken zur Seite und zeigten zu den westlichen Feldern.

Er fand Devlin bei den Vorbereitungen zum Abbrennen eines der großen Felder. »Lassen Sie das«, rief er. »Wir haben andere Probleme. Einer Ihrer Kanaka ist vor meinem Haus ermordet worden!«

»O Gott!« Devlin wandte sich an seine Männer. »Setzt euch. Kein Feuer, hört ihr mich. Kein Feuer! Und wartet auf mich.« Er ließ einen gellenden Pfiff los, worauf ein Kanaka-Junge mit seinem Pferd angelaufen kam.

»Wer ist ermordet worden?« fragte er Corby.

»Woher zum Teufel soll ich das wissen?«

Als Mike und Corby zurückkamen, standen die beiden Frauen auf der Frontveranda, fast der gesamte Stamm der Schwarzen, mindestens fünfzig Personen, hatte sich stumm am Rande aufgestellt.

»Ich hab ihnen gesagt, sie sollen verschwinden«, sagte Corby wütend. Mike ignorierte ihn, sprang vom Pferd und ging zum Baum hinüber, wo der Professor vor dem Leichnam stand.

»Er heißt Katabeti«, sagte der Verwalter, als er die Decke zurückschlug. »Er ist seit einigen Jahren hier. Warum sollten sie ihm das antun?«

»Warum sollten sie Perry töten? Sie haben das niemals herausgefunden! Sie sind für diese Kerle verantwortlich. Sie haben sie angeheuert. Wie viele Morde sollen denn noch passieren?« Er ging auf und ab und redete auf Devlin ein. »Wenn Sie nicht den Mörder finden, bestehe ich darauf, dass wir alle Kanaka loswerden. Ich will sie nicht mehr auf meinem Grund und Boden haben, und wir holen uns neue.«

»Das ist unmöglich. Die Ernte ist in vollem Gang. Es gibt erst wieder welche, wenn das nächste Schiff einläuft, und selbst dann …«

»Entschuldigen Sie mich«, sagte der Professor ruhig. »Dieser Mann wurde nicht ermordet.«

»Zum Teufel noch mal«, sagte Corby. »Hat er sich denn selbst den Hals durchgeschnitten?«

Der Professor nickte. »Genau das hat er getan. Ich habe ihn sorgfältig untersucht, es besteht kein Zweifel. Betrachten Sie seine Handgelenke, auch sie sind aufgeschnitten. Warum sollte ein Mörder das tun? Und sehen Sie, gleich daneben liegt das Messer. Mr. Devlin, betrachten Sie den Winkel, den der Schnitt am Hals und die rechte Hand des Mannes bilden. Alles voller Blut.«

Corby hörte zu, konnte aber nicht hinsehen. »Er wird versucht haben, das Messer abzuwehren«, sagte er. »Deswegen sind seine Hände voller Blut.«

»Das ist es. Hände«, versetzte Langley. »Er hat sich kaum mit nur einer Hand gegen den Mörder verteidigt. Die linke Hand ist sauber, mehr oder weniger.«

Devlin hockte sich neben die Leiche, nahm das Messer auf und verfolgte die Blutspur. »Der Professor hat Recht. Der Kerl hat sich selbst umgebracht.«

»Und warum musste er das ausgerechnet vor meinem Haus tun?«

»Das weiß ich nicht. Vielleicht eine Botschaft. Oder aus Verachtung. Was weiß ich. Selbstmorde kommen bei den Kanaka öfter vor. Wenn sie Heimweh haben, deprimiert sind oder sich krank fühlen. Katabeti hat sich vielleicht krank gefühlt, sie haben alle in letzter Zeit hart gearbeitet.«

»Müssen wir nun wieder die Polizei rufen?« fragte Corby.

»Nein. Nicht wegen einem Kanaka. Sie haben hier ihren eigenen Friedhof.«

»Eine Schande, dass sie nichts zählen«, sagte Langley. Devlin nickte müde.

»Ja, aber so ist es nun mal. Ich muss seinen Tod melden, aber es kommt zu keinen Untersuchungen, wenn keine Beschwerde eingeht.«

Argwöhnisch wandte sich Corby an ihn. »Wer sollte sich beschweren?«

»Kanaka können sich beschweren, wenn sein Tod durch schlechte Behandlung herbeigeführt wurde – wenn sie sich das trauen. Aber das liegt hier nicht vor.« Er rief Toby. »Hole einige

von seinen Leuten. Sie werden ihn wegbringen und bestatten.«
Nach Tobys Abgang sah der Professor Mike an. »Glauben Sie, dass sein Tod etwas mit dem Tod von Mr. Perry zu tun hat?«
»Um Gottes willen, Langley, machen Sie die Dinge nicht noch komplizierter«, sagte Corby. »Es ist einfach ein Selbstmord. Belassen Sie es dabei.«
»So kurz nach Perrys Ermordung«, sagte Mike ruhig, »denke ich, gibt es einen Zusammenhang. Aber das ist nur eine Vermutung.«
»Und was vermuten Sie?« fragte Langley.
»Ich sagte, belassen Sie es dabei!« beharrte Corby. »Ihre Vermutungen bringen nur wieder die Polizei auf den Plan. Denken Sie an die Frauen. Sie wissen nicht einmal, dass Perry tot ist, geschweige denn, dass er ermordet wurde. Sie glauben, er hat die Plantage verlassen. Erzählen Sie, dass diese unglückselige Person Selbstmord verübte, weil sie nicht ganz bei Verstand war. Das erklärt auch, warum er sich diesen Ort ausgesucht hat. Er wusste einfach nicht, was er tat. Devlin, bleiben Sie hier, bis sie ihn fortgeschafft haben. Und ich werde dies nun meiner Frau erklären. Es wird sie sehr beunruhigen.«
Als sie den Leichnam wegschafften, hielt sich der Professor unschlüssig auf der anderen Seite des Baumes auf. Er trat über die großen, knorrigen Wurzeln und hob einige der gelblichen, breiigen Samen auf, die den Boden bedeckten. Während er die Samen zu betrachten schien, kreisten seine Gedanken um diesen anderen Gegenstand, der im Gebüsch verborgen war.
Ursprünglich hatte er vorgehabt, Corby und Mr. Devlin davon zu erzählen, Corby allerdings war so außer sich gewesen, dass er es nicht für den richtigen Zeitpunkt gehalten hatte, seinen Sorgen noch eine weitere hinzuzufügen. Beide Männer mussten gewusst haben, wie Mr. Perry umgekommen war. Ihm jedenfalls hatten sie nur gesagt, dass er mit einem Messer ermordet wurde, ohne weitere Einzelheiten zu nennen. Das war aus ihrer Sicht vernünftig. Er musste nicht alles wissen, es war zu schrecklich. Aber nun war er über die Wahrheit gestolpert und wusste nicht, was er als nächstes tun sollte.

Die Polizei hatte die Leiche untersucht, auch sie musste Bescheid wissen, ebenso wie die Kanaka, die den Leichnam aus dem Busch geholt hatten. Und bedachte man die menschliche Natur, ging es ihm durch den Kopf, dann mussten sie ihren Freunden davon erzählt und die Neuigkeiten verbreitet haben. Es dämmerte ihm, dass er wahrscheinlich der Einzige war, der zwar vom Mord wusste, nicht aber, wie er ausgeführt worden war. Dies irritierte ihn. Sogar die Schwarzen mussten es erfahren haben. Laut Toby waren die Kanaka ständiges Gesprächsthema im Lager der Aborigines. Ihnen entging fast nichts.

Also was nun? Ginge er zu Mr. Devlin, würde der pflichtbewusste Verwalter die Polizei von dem grausigen Fund informieren, der eine nicht zu leugnende Verbindung zwischen dem Mord und dem Selbstmord herstellte.

Er schüttelte den Kopf. Corby würde, sollte die Polizei noch einmal gerufen werden, außer sich geraten, wobei der Verwalter nicht gut wegkommen würde. Der Professor mochte Mr. Devlin, der ihm angeboten hatte ihn Mike zu nennen – was er, wenn er daran denken sollte, auch tun wollte. Er wünschte, Corby würde sich ein wenig mehr auf den Verwalter einlassen, statt ihn immer nur auf Distanz zu halten. Aber so war Corby nun mal. Obwohl er auf Devlins Wissen angewiesen war, hasste er es, die Fähigkeiten des an Jahren und Erfahrung überlegenen Mannes anerkennen zu müssen. Er seufzte. Ein wenig Bescheidenheit seitens Corby würde hier viel helfen.

Der Professor war sich bewusst, dass ihn Corby als dummen alten Narren ansah. Und vielleicht bin ich das auch, dachte er. Was praktische Dinge betrifft, hatte ich immer meine Probleme. Aber keiner von ihnen war in der Lage, den Mörder zu finden. Und ich denke, ich habe ihn.

Er ging um den Baum herum und blickte zum Haus. »Es scheint mir«, sagte er zum verlassenen Hof, als spreche er zu einer Schulklasse, »dass dieser Mann diesen Platz aus einem ganz bestimmten Grund gewählt hat. Er brachte sich hier um, weil er etwas besaß, das die Herren suchten. Nein. Indem er sich tötete, ließ er ihnen das zukommen, wonach sie suchten. Und brachte sich damit mit dem Mord in Verbindung. Nein ...« Der Professor schaute zu den über den blassen Himmel ziehenden Kumuluswolken hoch, deren graue Schatten Regen ankündigten.

»Die Botschaft«, fuhr er fort, »die dieser Mann übermitteln wollte, ist klar. Ich glaube, wir haben hier den Mörder, der, vielleicht in einem Anfall von Reue oder Verachtung, wie Mr. Devlin gesagt hatte, geständig ist. Und hat dabei, besser ging es nicht, das Beweißtück gleich mitgeliefert.«

Er war mit seiner Erklärung zufrieden und blickte um sich, um jemandem die Logik dieses Selbstmordes zu erklären. Aber wem? Würde Corby ihm zuhören, ihm glauben oder überhaupt daran interessiert sein? Der Professor verwarf den Gedanken. Was würde dabei herauskommen? Noch mehr Aufregung auf Seiten Corbys und ein Befehl, den Gegenstand verschwinden zu lassen. An wen? Würde Corby es selbst tun? Kaum. Noch konnte er die Angestellten damit beauftragen, ohne ihre Aufmerksamkeit auf den Inhalt des Sackes zu lenken.

Der Professor hasste Schwierigkeiten. Es gefiel ihm hier. Er hatte sogar einen Job. Mr. Devlin hatte ihm den langen Schuppen gezeigt, wo sie für die neue Pflanzung Zuckerrohrsetzlinge aussortierten. Tausende von Setzlingen wurden benötigt, eine Aufgabe, die ihn höchst interessierte. Sofort saß er auf einer der Bänke und sortierte selbst aus. Es war für ihn die wichtigste Stufe überhaupt, der Grundstein für die neue Ernte. Er blieb den ganzen Tag dort, teilte mit den anderen Arbeitern Reis und große Stücke Ananas und war von ihrem Kauderwelsch fasziniert. Am nächsten Tag kam er wieder und wurde von Mr. Devlin – Mike –, der froh war, eine Aufgabe weniger zu haben, zum Aufseher über den Schuppen ernannt.

Er konnte also nicht den ganzen Tag hier herumstehen. Er hatte seine Arbeit zu tun.

Aber was sollte dann mit dem Sack geschehen? Corby würde es ihm kaum danken, wenn er ihn ihm brächte. Am besten Stillschweigen bewahren.

Er tauchte in das Gebüsch, biss die Zähne zusammen und ergriff den schrecklichen Gegenstand. Er hatte keine Geräte, um ein Loch zu graben, um eine Schaufel zu bitten, würde nur Interesse wecken, daher gab es keine andere Möglichkeit. Er kämpfte sich durch das Unterholz in Richtung zum Fluss.
Es war viel weiter, als er gedacht hatte. Aber nachdem er sich dazu durchgerungen hatte, blieb ihm nichts anderes übrig, als weiterzugehen. Eine Stunde lang schlug er sich durch dichtes Gestrüpp, bis er anscheinend auf einen Pfad der Aborigines stieß, der an den Zuckerrohrfeldern entlanglief. Aber schließlich lag er vor ihm, der weite samtene Fluss, dessen Ufer mit dichtem Laub überwölbt waren. Er schob sich durch die Mangroven, ertastete freiliegende Wurzeln, um festen Stand zu haben, und warf den Sack hinaus in die Tiefe.
Er wäre dabei fast abgerutscht, mit pochendem Herzen kletterte er zurück und fand nach all der Anstrengung einen Platz zum Ausruhen.
In der stillen Morgenhitze nickte er ein und schlief bald tief und fest; aber Alpträume kamen über ihn, gewalttätige Träume mit blutigen Gesichtern und hohen, schrecklichen Altären.
Mit einem Schrei erwachte er. Seine Kleidung war durchgeschwitzt, und ihm war, als sei er von körperlosen Dämonen umgeben. Er stürzte davon und wollte weglaufen; auf dem langen Rückweg jedoch bedachte er geduldig seine Träume und kam zu dem Ergebnis, dass sie nach dem Anblick des verwesten, abgetrennten Kopfes ganz normal waren. »Man kann darüber verrückt werden«, sagte er sich, als er weiterging; dass er den Pfad verloren hatte, bemerkte er nicht.
Stunden später, er fürchtete schon, im Kreis zu laufen, stieß er auf eine Lichtung. Als er die Sonne suchen wollte, musste er feststellen, dass der Himmel von einer dichten Wolkenschicht überzogen war. Alles, was er in der kleinen Öffnung zwischen den Bäumen sehen konnte, war dichtes helles Grau.
Ohne seine Londoner Freunde, die ihn ablenkten, und dem Haus als einzigen Fluchtpunkt vor den körperlichen Anforderungen, die an ihn als Herrn von Providence gestellt wurden,

entwickelte sich Corby, wie sein Vater, zu einem Pünktlichkeitsfanatiker. Er kam um vier Uhr nachmittags nach Hause und erwartete, dass zu diesem Zeitpunkt ein Bad und saubere Kleidung bereitstanden. Den Tee nahm er in seinem Zimmer ein, wo er, fern vom Geplapper seiner Angestellten, die Einsamkeit genoss. Manchmal schlief er, meistens jedoch lag er nur auf dem Bett und dachte über den Fortschritt seiner Investition nach.
Um sechs Uhr war es an der Zeit sich zu zeigen und in der Abendkühle den Frauen auf der Veranda Gesellschaft zu leisten. Das Abendessen, so hatte er beschlossen, sollte Punkt halb acht serviert werden, vor allem, weil ihn ihre Gesellschaft langweilte und ihre Fragen – besonders Jessies – enervierten. Ihr Eifer, alles über die Plantage zu erfahren, ermüdete ihn bald. Vor allem an diesem Abend würde sie ihn bestimmt mit Fragen durchlöchern, nachdem sich dieser Kerl auf seinem Grundstück seinen verdammten Hals durchschneiden musste.
Jessie ließ nicht lange darauf warten. »Der arme Kerl. Es war so ein Schock. Hat er eine Familie? Gibt es jemanden, den wir benachrichtigen sollten?«
»Ich weiß es nicht. Devlin kümmert sich um die Angelegenheit.«
»Vielleicht sollten wir schriftlich unser Beileid zum Ausdruck bringen?«
»Mach dich nicht lächerlich«, sagte Sylvia. »Diese Leute können weder lesen noch schreiben. Corby, warum glaubst du, dass er es getan hat?«
»Ich habe keine Ahnung. Könnt ihr nicht ein angenehmeres Gesprächsthema finden?«
»Was denn?« fragte Sylvia. »Wir sind hier den ganzen Tag lang eingeschlossen. Wir gehen nirgendwo hin, wir haben keine Besucher. Worüber also sollten wir reden?«
»Nichts hält euch davon ab, einen Spaziergang zu machen. Ich wünschte, ich hätte die Zeit, das alles hier zu genießen.«
»Ich würde lieber reiten. Aber wohin kann ich denn hier alleine? Jessie kann nun nicht mehr auf ein Pferd. Und du bist immer zu beschäftigt oder zu müde.«

»Corby hat sich um die Plantage zu kümmern, Sylvia, das weißt du«, sagte Jessie. »Er macht seine Sache großartig. Nach der Ernte wird er mehr Zeit für uns haben. Mr. Devlin sagt, dass zu dieser Jahreszeit alle beschäftigt sind.«

Corby lehnte sich in den Stuhl zurück und ließ sie reden. Der sternenlose schwarze Himmel interessierte ihn mehr. Einige Morgen waren noch nicht geschnitten, und jeder hatte heute die Wolkenbank beobachtet, die über das Tal hinweggezogen war.

»Das sieht ernst aus«, hatte Devlin gesagt. »Der Regen ist unterwegs.«

Mit »Regen«, nahm Corby an, meinte er die Monsunperiode. Er machte sich um den Rest der Ernte Sorgen. Er brauchte jeden Penny, den er aus der Ernte schlagen konnte, selbst wenn es laut Devlin eine Rekordernte geben sollte. Wie ein Echo seiner Gedanken begannen nun dicke Regentropfen auf den staubigen, ausgedörrten Hof zu fallen.

»Wunderbar«, jubelte Sylvia und sprang auf. »Schau, Jessie, es regnet! Der erste Regen, seitdem wir hier sind. Ich dachte schon, wir würden das hier nicht mehr erleben. Riecht es nicht wunderbar? Das wird endlich diesen Rauchgeruch aus der Luft vertreiben.«

Corby füllte sein Whiskyglas nach und starrte zu Jessie. »Deine Schwester kann manchmal unglaublich stupide sein. Oder mangelt es ihr nur völlig an Taktgefühl?«

»Nun, was habe ich gesagt?« Sylvia blickte ihn herausfordernd an. Sie strich ihr schwarzes Haar zurück und hob es im Nacken nach oben, damit die leichte Brise, die den Regen begleitete, an die Haut kam.

»Regen kann die Ernte vernichten«, erklärte Jessie und blickte zu Corby, damit er ihr zu Hilfe kam.

Sylvia lachte. »Was? Die paar Tropfen? Ich dachte, es würde etwas mehr aushalten.«

Corby musste ihr insgeheim Recht geben. So wie das Feuer inmitten der Zuckerrohrstauden gewütet hatte, zweifelte er, dass ihm das bisschen nächtlicher Regen etwas anhaben konnte. Aber ihm missfiel ihre Haltung. Es gab Zeiten, da dachte er, sie mache sich über ihn und seine Anstrengungen lustig und vergleiche ihn mit Devlin und dessen Tatkraft. Und, was das anbelangte, mit dessen Männlichkeit. Er hatte ihren Blick bemerkt, mit dem sie Devlin ansah, wenn er nach dem Abendessen ins Haus kam, um Jessie in den täglichen Hauptbucheinträgen zu unterweisen, und mit ihr die Fortschritte des Tages besprach. Er war doppelt so alt wie Sylvia, aber sie schlich um ihn herum wie ein schnurrendes Kätzchen.

Er sah zur Uhr. »Wo ist euer Vater? Es ist Zeit zum Essen. Ich habe es satt, jeden Abend auf ihn zu warten.«

Als sie ins Speisezimmer gingen, schickte Jessie Elly aus, um nach dem Professor zu suchen. »Es tut mir Leid«, sagte sie. »Er achtet nicht sehr auf die Zeit.«

»Das sollte er aber«, sagte Corby und setzte sich an die Stirnseite des Tisches. »Ich kann Verzögerungen nicht ausstehen.«

»O Corby«, lachte Jessie. »Jetzt klingst du wie der Colonel.«

Das genügte. Der Regen trommelte mittlerweile auf das Dach, es war kein Schauer mehr, sondern prasselnder Regen. »Wie kannst du es wagen, mich mit meinem Vater zu vergleichen!« donnerte er los. »Dieser Mann hat keinen Strich in seinem Leben gearbeitet. Ich bin tagaus, tagein in dieser verdammten Wildnis, sitze wund im Sattel, fühle mich völlig zerschlagen und gebe mein Bestes, um für deine Familie zu sorgen. Und dann muss ich mir das von dir an den Kopf werfen lassen!«

»Es tut mir Leid, Liebling«, sagte Jessie. »So habe ich das nicht gemeint.«

»O nein. Das tust du ja nie! Du und deine Schwester wisst nicht, wie ihr euch die Zeit vertreiben sollt, und werft mir vor, dass euer Leben so langweilig ist ...«

Elly unterbrach ihn. »Der alte Mann, er nicht zu Hause.«

»Dann trage das Essen auf«, sagte Corby kühl.

»Wo kann er nur sein?« Jessie war beunruhigt. »Ich sollte ihn lieber suchen.«

»Setz dich! Ich will nicht, dass wegen seiner Launen mein Zeitplan in Unordnung kommt. Der Koch kann sein Essen warm stellen.«

Schweigend aßen sie die Suppe. Der Regen fiel in Strömen auf das Schindeldach und Jessie machte sich zunehmend Sorgen.
»Ich gehe Vater suchen«, sagte sie, als Elly das dampfende Cornedbeef vor Corby stellte und zurückging, um das Gemüse zu holen.
»Ich sagte, setz dich«, wies er sie an. Aber Jessie war bereits aufgestanden und hatte den Stuhl zur Seite gerückt.
»Corby, behandle mich nicht wie eine Angestellte.«
Er sah, wie Sylvia versteckt lächelte. Ihr gefiel die Auseinandersetzung, was ihn nur entschlossener machte, den Streit für sich zu entscheiden.
»Ich behandle dich nicht wie eine Angestellte«, seufzte er. »Ich sage nur, wenn wir schon hier draußen nach unseren Regeln leben, dann sollten wir sie auch beibehalten.« Er nahm die Gabel und das Tranchiermesser. »Soll ich nun das Fleisch zerteilen?«
»Gewiss«, entgegnete sie. »Während ich meinen Vater hole.«
Sylvias amüsiertes Schweigen besserte seine Laune nicht. Sie reichte ihm ihren Teller und nahm sich selbst vom Gemüse und der Senfsauce. Ohne ein Wort zu reden begannen sie mit dem Essen, bis Jessie zurückkam. »Niemand hat den Tag über Vater gesehen! Nicht einmal Toby!«
Corby wollte ihr bereits sagen, sie solle ihren Platz einnehmen, der alte Mann sei wahrscheinlich wieder in dem abscheulichen Aborigines-Lager, das er so interessant fand, als ihn plötzlich Furcht überkam. War er ein weiteres Opfer? Hatte er die Erklärung des Professors, dass es ein Selbstmord gewesen war, nur deswegen geglaubt, weil er es so wollte?
War auch der Alte ermordet worden? Waren sie alle in Gefahr, von diesen Heiden umgebracht zu werden? Wie spät war es, um Gottes willen? Er schaute auf die Uhr. Kurz nach acht, und der verdammte Regen prasselte auf das Haus ein. Sicherlich würde der Alte bei so einem Wetter nicht draußen bleiben. Verdammt, wo war er?
Niemals in seinem Leben hatte sich Corby so kaputt, so träge gefühlt – als wären Gewichte an seinen Beinen –, als er sich nun erhob. Er wollte mit diesen Dingen nichts zu tun haben,

warum sollte er? Keines dieser Desaster hatte er verursacht. Die beiden Frauen schrien nun auf ihn ein, als wäre er für das alles verantwortlich. Er zwang sich dazu in die Küche zu gehen und mit Toby zu reden.
Nein, Toby hatte ihn nicht gesehen. Der alte Boss, hatte er gedacht, arbeite im Zuckerrohrschuppen. Das war Corby neu. Niemand hatte sich die Mühe gemacht ihm zu erzählen, dass der Professor die neuen Setzlinge vorbereitete.
»Ich Mike holen«, sagte Toby schließlich. Obwohl es ihm gegen den Strich ging, ließ Corby ihn gewähren. Jeder, musste er sich verbittert eingestehen, wandte sich in Krisenfällen an Devlin. Aber irgendwann würde er, Corby Morgan, der wirkliche Herr sein und sich jede Einmischung verbitten. Er versuchte sich mit dem Gedanken zu trösten, dass sich der alte Narr sicher irgendwo unterstellte. Die Angst aber blieb.
Der Appetit war ihm vergangen. Er schenkte sich ein Glas Whisky ein und ging auf die Frontveranda, um auf Devlin zu warten.
Sylvia trat hinzu. »Jessie ist sehr aufgeregt. Tommy macht ihr eine Tasse Tee. Willst du auch eine?«
»Nein, danke. Nein.«
»Hast du was dagegen, wenn ich auch einen Whisky nehme?«
»Nein.«
»Ich mag den Geschmack von Whisky«, sagte sie. »Solange viel Wasser darin ist.« Sie legte ihre Hand auf seinen Arm. »Mach dir keine Sorgen«, flüsterte sie. »Es ist nicht das erste Mal, dass er so lange ausbleibt. Und was kann ihm denn schon geschehen? Sich nachts in London herumzutreiben ist viel gefährlicher als hier.«
»Das denke ich auch«, sagte er. Er schätzte ihre Freundlichkeit, gleichzeitig aber bedauerte er sie, da sie von den wirklichen Gefahren, die in Providence lauerten, nichts wusste. Mörder waren unterwegs, dessen war er sich sicher.
Die Lampen waren bereits fortgetragen. Auf der breiten, vom steten Regen eingehüllten Veranda war es dunkel. Er ging mit ihr an das entfernte Ende, spürte ihre Wärme und den Duft des

leichten Parfüms, das sie trug. »Ich mache mir Sorgen«, sagte er, als sie sich ihm näherte. »Ich sorge mich wirklich«, fuhr er fort, aber ihre weichen Finger berührten seine Lippen.
»Nicht, Corby. Ich weiß, du bist genauso beunruhigt wie wir alle. Es tut mir Leid, wenn ich dich manchmal ärgere. Aber ...« Er sah dieses schelmische Lächeln in ihren Augen. »Es gibt hier nichts zu tun. Ich fühle mich hier so einsam.«
»Ich weiß«, stimmte er zu. »Mir geht es ebenso. Glaube nicht, dass ich meine Freunde nicht vermisse, die schönen Zeiten, die Gesellschaft. Aber momentan müssen wir es ertragen. Ich werde hier Erfolg haben, du wirst es sehen. Und dann werden wir eine wunderbare Zeit haben.« Er legte beruhigend seinen Arm um sie, und sie blickte zu ihm auf. Ihr süßer junger Mund war nah, viel zu nah. Zärtlich, tröstend küsste er sie, aber ihre Lippen verharrten aufeinander und wurden leidenschaftlicher, und dann hatte er Sylvia in seinen Armen; er wollte sie, brauchte sie so sehr, ihr geschmeidiger fester Körper presste sich so gleichmäßig an ihn ... nicht wie der Jessies, der in letzter Zeit so aufgeschwollen war, dass er es nicht über sich bringen konnte mit ihr zu schlafen. Was sie nicht zu kümmern schien ...
»O Corby«, hauchte Sylvia. »Corby.«
Mit einer Leidenschaftlichkeit, die er schon lange, zu lange nicht mehr gekannt hatte, küsste er sie erneut.
Aber dann stieß sie ihn weg. »Nein, Corby. Wir dürfen nicht. Wir dürfen nicht.«
Sie hatte Recht. Aber alles, was er wollte, war nur eine weitere Minute mit ihr, einen weiteren Kuss, nur einen Moment noch, in dem er sie in den Armen halten konnte. Sie sträubte sich, und mit dem schrecklichen Gefühl, etwas verloren zu haben, ließ er sie los. »Wir sollten hineingehen«, sagte er.
Sie küsste ihn leicht auf die Wange. »Ja. Das sollten wir, Corby.«
Als sie vor ihm in das Licht trat, drehte sie sich wie zu einem letzten, sehnenden Abschied unvermittelt um, und sein Herz schmolz beim Anblick ihrer blauen Augen. Er hatte sie bereits früher wahrgenommen, natürlich hatte er das, aber niemals zu-

vor waren sie in dieses Licht getaucht. Der Wunsch, sie wieder in den Arm zu nehmen, war so stark, dass er von ihr weg ins Gesellschaftszimmer flüchtete.

Es war ein verdammt schlimmer Tag gewesen! Zum ersten Mal seit all den Jahren hatte Mike von Providence die Nase voll. »Und von allen, die sich hier rumtreiben«, murmelte er, als er durch den Regen zum Haupthaus ritt.

Vom frühen Morgen an konnte er den kommenden Regen riechen, er wusste, dass ihm die Zeit weglief. Er hatte also die Arbeiter hochgescheucht und sie gezwungen, das Frühstück im Laufen einzunehmen. Kein Herumstehen und Teetrinken heute. Er war von Feld zu Feld geritten, und als er alle ausgerichtet hatte, kam Morgan wie ein Verrückter den Weg angaloppiert!

Er hätte ihn mit einigen Brandys ins Haus sperren sollen, ihn loswerden, während er Katabetis Tod untersuchte. Aber das war nicht möglich gewesen und er war in eine Situation hineingeraten, in der Morgan ihm die ganze Schuld zuschob. Dieser verdammte, undankbare Mensch! Gott sei Dank war der alte Professor mit seinen scharfen Augen da! Er hätte doch selbst darauf kommen müssen, dass es sich um einen Selbstmord handelte, aber auf dem gesamten Weg dorthin hatte ihm Morgan fluchend und voller Angst derart zugesetzt, dass er, noch bevor sie den Tatort erreichten, selbst daran glaubte, dass jemand dem Kanaka den Hals aufgeschlitzt hatte. Ein Selbstmord war schlimm genug, ein weiterer Mord allerdings hätte die Plantage ins vollkommene Chaos gestürzt. »Und die feine Herrschaft besonders«, murmelte er grimmig.

Mike hatte Morgan nicht zu sagen gewagt, dass die Kanaka für den Bestattungsritus einen Trauertag einlegten. Ein Problem nach dem anderen. Er begleitete die Männer mit Katabetis Leichnam hoch zum Lager, wo ihn die Frauen übernahmen und wie Furien klagten, dann machte er sich auf, Pompey zu suchen.

Er erklärte, was geschehen war, und wies nicht ohne innere Besorgnis darauf hin, dass er wegen des bevorstehenden Regens keinen freien Tag erlauben konnte. Pompey zuckte mit den Schultern und Mike verrichtete ein stilles Dankgebet, dass er nicht mit Aborigines verhandelte, die diesen Vorschlag nie akzeptiert hätten.

»Später«, sagte er zu Pompey. »Wenn wir fertig sind, gebe ich euch einen Tag frei.«

Aber Pompey schüttelte den Kopf. »Nicht das Gleiche, Boss.«

»Was können wir dann tun?« Er appellierte an Pompeys neu geschaffenes Selbstwertgefühl, jetzt, da er ein Pferd hatte. »Wir müssen das Zuckerrohr einbringen, sonst wird der Master sehr, sehr wütend. Und es gibt noch mehr Strafen.«

Pompey ließ es sich durch den Kopf gehen und bot einen Kompromiss an. »Katabeti, er Mann von Malaita. Alle anderen arbeiten, aber Leute von Malaita, nein.«

»Das ist nicht gut. Ich brauche alle. Sag ihnen, dass sich alle an die Arbeit machen sollen.«

Die Nachricht von Katabetis Tod verbreitete sich schnell. Mit Trauer im Herzen sah Mike die Arbeiter von den Feldern kommen und sich still im Langhaus versammeln.

Pompey hatte Recht, das waren die Männer von Malaita, was bedeutete, dass noch mindestens fünfzig Kanaka arbeiteten. Aber wenn dieser Haufen fehlte, gab es zu viele Lücken im System. Und die Rollwagen fuhren nicht. Außerdem, dachte er verärgert, wo war dieser verdammte Morgan? Es wäre seine Aufgabe gewesen sich darum zu kümmern.

Er ritt zu den Kanaka hinüber, brachte seine Trauer um Katabetis Tod zum Ausdruck und entschuldigte sich, dass es nicht möglich war, der Arbeit fernzubleiben. Sie hatten offensichtlich damit gerechnet. Ihre Gesichter waren hart, als sie auf dem Weg Aufstellung nahmen, wütendes Gemurmel war zu hören. Pompey, bemerkte er, hielt sich von der Konfrontation fern, er wollte damit nichts zu tun haben.

Kwaika und Sal befanden sich unter dem Haufen, also sprach Mike sie an. »Du Kwaika! Du Sal! Ihr wollt doch keine Schwierigkeiten. Ihr den Malaita-Männern sagen, alle gute Kerle. Ein andermal Trauertag.«

Es kam keine Reaktion. Aber die anderen schritten auf ihn zu, stießen bedrohliche Worte aus und ließen Messer und Macheten aufblitzen.
Mike wusste, dass es zum Rückzug nun zu spät war. Er konnte nicht mehr zurückweichen, ohne vor diesen Eingeborenen sein Gesicht zu verlieren. Dann würde ihm alles aus den Händen gleiten. Wenn dieser Mob damit durchkam, legten auch die anderen Kanaka die Werkzeuge weg und feierten ihren Sieg. Sie waren ein harter Haufen und es gehörte zu ihrer Kultur, Schwäche zu verhöhnen.
Als ein Stein an seinem Kopf vorbeiflog, lud er sein Gewehr und richtete es auf den Mob. »Geht an eure Arbeit!« schrie er. »Der nächste, der einen Stein wirft, bekommt eine verdammte Kugel ab!«
Sie machten keine Anstalten, sich zu bewegen, er schrie sie noch einmal an und senkte mit einer Selbstsicherheit, die er durchaus nicht empfand, das Gewehr. Und dann hörte er über dem Grummeln des Mobs eine Stimme. Er dachte zuerst, dass jemand ihn anspreche; als die Kanaka aber verstummten, merkte er, dass die Stimme – wem immer sie gehörte – sie in ihrer eigenen Sprache anredete. Er richtete sich hoch auf dem Pferd auf und erkannte, dass es der junge Joseph war.
Neugierig geworden, kam Pompey nun zu ihm herüber.
»Was sagt er?« fragte ihn Mike.
Pompey schien nervös zu sein. »Weiß nich'«, murmelte er.
»Natürlich weißt du es. Was sagt er?«
Pompey sah ihn mit seinen dunklen, rollenden Augen an, als hätte er vor irgendetwas Angst. Aber diesmal antwortete er: »Er sagt, alles in Ordnung. Er sagt, Katabeti hat gewünscht zu sterben. Nicht brauchen die Trauer.«
»Was noch?« Mike starrte auf Joseph, der noch immer sprach. »Was sagt er noch?«
Der junge Eingeborene stand aufrecht unter seinen Leuten. Seine Stimme war gleichmäßig, ohne besondere Eigenschaften, aber alle hörten ihm zu. Aufmerksam. Auch Pompey.
»Was sagt er nun?« beharrte Mike.

»Nich' viel«, wich Pompey aus. Er wendete sein Pferd und ritt davon, und erstaunt und erleichtert sah Mike, dass sich die Männer wieder auf die Felder begaben, ohne ihn eines Blickes zu würdigen. Als wäre er völlig unwichtig geworden.
Er ritt zu Joseph, der sich mit Sal unterhielt, und klopfte ihm mit seiner Peitsche auf die Schulter. »Du da. Joseph. Du hast vernünftig mit Malaita-Leuten geredet, eh?«
Der Junge sah ihn verlegen an. Sal antwortete für ihn. »Joseph verdammt guter Zuckerschneider, Boss. Guter Arbeiter!«
Sie eilten davon, und Mike starrte ihnen hinterher. Er meinte, Joseph für die vernünftige Lösung des Streits danken zu müssen, aber der Junge tat so, als wäre die Episode nicht der Rede wert.
»Jetzt brat mir einer 'nen Storch!« sagte Mike.
Den Rest des Tages hatte er keine Zeit über die morgendlichen Ereignisse nachzudenken, nun aber, als er durch den Regen auf eine erneute Krise zuritt – der vermisste Professor, der wahrscheinlich irgendwo eingeschlafen war –, erinnerte er sich an Pompeys Gesichtsausdruck. Der Kanaka war ein fröhlicher Kerl, der sich immer gut durchmanövrieren konnte. Mike kannte ihn nun seit Jahren, aber niemals zuvor hatte er in Pompeys Gesicht einen solchen Ausdruck der Angst gesehen.
Mike hoffte, er bildete sich das nur ein.
»Nein, das tue ich nicht«, sagte er sich, während das Pferd vorsichtig den glitschigen Pfad entlangtrottete. »Ich habe es mir verdammt noch mal nicht eingebildet!« Und warum zuckten plötzlich alle zusammen, wenn ein dahergelaufener Junge beschloss, einige Wort zu sagen? Was zum Teufel ging hier vor?
Als er sich dem Haus näherte, empfand er ebenfalls diese seltsame Angst, die mit der Erinnerung an Pompey und Perry in ihm aufstieg. War es nicht Joseph gewesen, den Perry ausgepeitscht hatte? Und dennoch hätte er hundert zu eins gewettet, dass Joseph kein Unruhestifter war. Um Gottes willen, fragte er sich, was denkst du da? Es war Joseph, der das Problem aus der Welt geschafft hat. Du bist ihm einiges schuldig, du dämlicher Kerl.

Verdeckt unter einer Baumgruppe erblickte er Morgan und seine Frau, die, offensichtlich in dem Glauben, unbeobachtet zu sein, sich auf der Veranda küssten. Mike lächelte. Nach so einem aufreibenden Tag genoss er die Normalität dieser kleinen Szene. Die Leute, selbst Morgan, fanden noch Zeit für die Liebe. Einsamkeit streifte über ihn hinweg. Er war vor langer Zeit verheiratet gewesen. Während er auf See war, lief seine Frau mit einem Armeeoffizier fort. Er hätte wieder heiraten sollen, war aber niemals lange genug an einem Ort geblieben, um daran denken zu können ... und nun, selbst wenn es eine Frau geben sollte, die ihn nehmen würde, waren seine Aussichten auf Providence alles andere als rosig.

Warum musste Jake ihm wegsterben?

Er ritt zur Hintertür des Hauses; mittlerweile hatte er akzeptiert, dass es nicht mehr zu seinen Vorrechten zählte, durch die Vordertür zu kommen.

Das Gästehaus war ein einfaches Gebäude, drei Schlafzimmer nebeneinander, davor die unvermeidliche Veranda, um die Bewohner vor Regen und Sonne zu schützen. Im Zimmer des Professors brannte eine Lampe. Er ritt also hinüber und dachte, dass es sich wahrscheinlich um falschen Alarm handelte und der alte Gentleman sicher in seinem Bett lag. Er stieg ab, ging über die Veranda, schüttelte Wasser von seinem Hut und dem dicken Ölzeug und blieb plötzlich in der offenen Tür stehen.

Ihr Anblick ließ ihn zusammenfahren. Zweifellos war sie beunruhigt, an einer Seite hatte sich ihr dickes braunes Haar gelöst und fiel nun in weichen Locken nach unten. Ihr Haar, das vom Regen feucht war und schimmerte, musste sehr lang sein.

»Oh, Mr. Devlin«, sagte sie. »Haben Sie mich erschreckt. Bei dem Lärm, den der Regen macht, hört man kaum sein eigenes Wort.«

»Tut mir Leid«, sagte er verwirrt. Sie konnte sich kaum mehr erschrocken haben als er. In dieser kurzen Zeit konnte sie nicht von der Vorderseite des Hauses hierhergekommen sein. Wen also hatte Morgan umarmt? Es gab nur noch eine andere Frau im Haus. Großer Gott! Die Schwester! Was ging hier vor?

»Sie brauchen sich nicht zu entschuldigen«, sagte sie. »Ich bin froh, dass Sie hier sind. Wir wissen nicht, was wir tun sollen. Von meinem Vater fehlt noch immer jede Spur, und schauen Sie, hier ist sein Spazierstock. Den nimmt er auf seinen Wanderungen sonst immer mit. Wo kann er nur sein?«
Mike riss sich zusammen. »Wir werden ihn finden, Mrs. Morgan. Wann haben Sie ihn zum letzten Mal gesehen?«
»Heute Morgen, als Sie da waren. Dort unten beim großen Baum, wo der arme Mann gestorben ist. Er hatte sich so gefreut, Ihnen in der Zuckerrohrscheune helfen zu können. Ich dachte den ganzen Tag, dass er sich dort aufhielt. Erst als es Zeit für das Abendessen war, bemerkten wir, dass er nicht da war.«
»Was sagt Toby dazu? Hat er ihn gesehen?«
»Nein. Er sucht nun Vater. Einige seiner Aborigines-Freunde sind mit ihm fort. Das ist sehr freundlich von ihnen, bei diesem Wetter.«
»Machen Sie sich keine Sorgen. Das Wetter macht ihnen nichts aus, sie werden ihn finden.« Er nahm den Mantel des Professors vom Kleiderhaken hinter der Tür. »Hier, legen Sie das um. Gehen Sie ins Haus zurück und lassen Sie sich eine Tasse Tee bringen. Wir werden ihn bald finden. Wahrscheinlich stellt er sich irgendwo unter.«
Er sah sie dem Haus zulaufen, konnte sich jedoch nicht dazu entschließen, ihr zu folgen. Und Corby Morgan gegenüberzutreten. Was dachte sich der Mann bloß? Seine Frau würde ihm in einigen Wochen ein Kind gebären! War es die uralte Geschichte? Die Schwangere, die Corby nicht mehr attraktiv genug war? Sicherlich nicht. Sie war eine schöne Frau, die wie viele Frauen mit der Schwangerschaft erst aufblühte. Ihr ganzes Antlitz glänzte vor Frische und Lebendigkeit.
Der Regen ließ nach. Morgen konnte es wieder schön sein, nur ein wenig heißer und schwüler vielleicht. Er hatte ihr nicht ganz die Wahrheit gesagt. Der Regen kümmerte die Schwarzen nicht, aber er erschwerte die Suche. Wahrscheinlich hatte Toby einige der schwarzen Spurensucher mitgenommen, aber in der Dunkelheit konnten sie nur durch den Dschungel laufen. Sollten sie

den Professor tatsächlich finden, dann lag das mehr am Glück als an guter Organisation.

Wo hatte er nur den ganzen Tag gesteckt? Und warum? Mike stieg wieder auf sein Pferd und ritt zurück zum Lager der Kanaka, um die verschiedenen Trupps nach dem Professor zu befragen. Es war nun zu spät, um mit einer großangelegten Suche zu beginnen. Wenn der alte Mann aber bis zum Morgen nicht auftauchte, dann mussten sie mit allen verfügbaren Männern ausschwärmen. Wenn sie nicht wussten, welche Richtung der Professor eingeschlagen hatte, konnte es auf einem Anwesen dieser Größe leicht Tage dauern, bis sie ihn fanden. Da er sich nichts Schlimmeres ausmalen wollte, glaubte Mike vorerst, dass sich der Professor – was nicht selten vorkam – irgendwo im Busch verlaufen hatte. Aber er war beunruhigt. Sehr beunruhigt.

Er konnte jetzt nicht nach Hause und sich untätig ausruhen. Also holte er sich aus dem Langhaus eine Laterne. Keiner hatte den alten Mann gesehen, auch die Kanaka machten sich Sorgen. Sie schienen ihn zu mögen. Anscheinend war er auf seinen Wanderungen vielen von ihnen begegnet. Als er sich nach jemandem umsah, der ihm die Laterne tragen konnte, erblickte er Joseph.

»Willst du mit mir kommen, Joseph?« fragte er und hielt ihm die Laterne hin.

»Ja, Boss.« Der junge Mann sprang hilfsbereit auf. Er nahm die Laterne und trat hinaus auf den Weg. »Welchen Weg wir nehmen?«

»Es hat keinen Sinn, in den Busch zu gehen«, sagte Mike. »Wir bleiben auf den Pfaden.«

Endlos lange gingen die beiden zwischen den Feldern auf und ab, vorne der Insulaner, der mit der Laterne den Weg wies, dahinter der Reiter. Wann immer Mike den Namen des Professors rief, klang seine Stimme in den zischenden Geräuschen der Nacht wie ein Fremdkörper.

»Das reicht«, sagte Mike schließlich. »Wir versuchen die Pfade am Fluss. Bist du müde?«

»Nein, Boss«, sagte Joseph. Er war nicht sehr gesprächig. Seitdem sie losgezogen waren, hatte er kaum ein Wort gesagt. Glücklicherweise lag der Flussweg, wo sie Perrys Leiche gefunden hatten, weiter draußen. Mike wollte dort nicht mit einem fremden Kanaka durch die dunkle Nacht ziehen. Als sie dann aber die Flusspfade absuchten, die näher am Haus lagen und die, allesamt Sackgassen, mehr oder weniger parallel liefen, verwarf er seine dummen Gedanken. Plötzlich standen sie in pechschwarzer Dunkelheit.
»O Gott!« rief Mike. »Ist die Lampe ausgegangen?«
»Ja, Boss.« Mike vernahm ein Zittern in Josephs Stimme. »Dieser Ort böser Zauber.«
»Gut, dann gehen wir zurück.« Mike dachte, dass sich der Junge vor der Dunkelheit fürchtete.
»Nein«, entgegnete Joseph. Plötzlich lag in seiner Stimme Autorität. Und dann rief er etwas in seiner eigenen Sprache. Er musste den Professor rufen, war alles, was sich Mike denken konnte. Aber es kam keine Antwort. Stattdessen wurde sein Pferd unruhig und nervös. Als der Mond durch die Wolken brach, blickte er auf den verlassenen Weg zurück; er spürte, dass er auch rufen sollte, doch genug war genug. Die Suche musste bis zum Morgen warten.
Joseph war in Richtung Fluss vorausgerannt, rief noch immer und veranstaltete mit seiner seltsam herausfordernden, unheimlichen Stimme einen höllischen Lärm. »Genug, um Tote zu wecken«, murmelte Mike und wünschte sofort, er hätte es nicht gesagt. Wie zur Antwort hörte er einen Ruf aus dem Dschungel.
»Komm zurück«, brüllte er zu Joseph. »Beeil dich.«
Er stieg ab, band das Pferd fest und wartete auf Joseph.
»Dort drinnen. Ich glaube, wir haben ihn gefunden.«
Sie wateten durch das nasse Unterholz. »Das sehr schlechter Ort, böser Ort«, sagte Joseph, der Mike folgte.
»Halt den Mund!« fuhr Mike ihn an. Jetzt durfte ihm der Kanaka nicht abhauen.
Sie fanden den Professor im langen Gras liegen, völlig durchnässt und verdreckt.

»Sind Sie in Ordnung?« fragte Mike. Er hob ihn hoch, doch der Alte brabbelte nur unzusammenhängendes Zeug.
»Teufel ihn jagen«, sagte Joseph.
»Unsinn. Er hat Fieber. Komm, wir schaffen ihn hier raus. Hilf mir beim Tragen, wir müssen ihn auf das Pferd packen.«
»Was zum Teufel hatte er dort zu suchen?« wollte Morgan wissen. »Er hat den ganzen Haushalt in helle Aufregung versetzt.«
»Keine Ahnung«, sagte Mike. »Ich habe einen Schwarzen nach Toby und seinen Gefährten geschickt, die noch immer den hinteren Weg absuchen. Er muss einen Grund gehabt haben, zum Fluss zu gehen.«
»Der verdammte alte Narr. Ich bin überzeugt, er hat nicht alle beisammen! Ein Wunder, dass er nicht in den Fluss gefallen ist.« Corby stellte zwei Gläser auf den Tisch. »Ein Brandy gefällig?«
»Gerne«, sagte Mike, obwohl er sich nach dem allzu privaten Einblick in das Leben dieser Leute alles andere als wohl fühlte. Morgan reichte ihm den Drink. »Der Alte wird es ja wohl überleben«, bemerkte er trocken.
»Ich hoffe es. Zu dem Schock, sich da draußen verirrt zu haben, hat er sich wahrscheinlich ein kräftiges Fieber eingefangen. Wenn ihn die Damen ins Bett gebracht haben, empfehle ich heiße Milch und einen guten Schluck Brandy, das wirkt oft Wunder.« Er erinnerte sich an Joseph, der noch immer draußen wartete. »Tommy«, rief er den Koch, »dieser Kanaka-Junge dort draußen hat mir geholfen, den Alten zu finden. Er ist ein guter Kerl, bring ihm doch was zu essen.«
Als die Weißen dem alten Mann zu Hilfe eilten, hätte der Junge zum Lager zurückgehen können, doch dies war das erste Mal, dass er die Möglichkeit hatte, das Haus eines Weißen zu sehen. Es faszinierte ihn. Unbemerkt hatte er in all der Aufregung das Haus einige Male umkreist und verwundert in die erleuchteten Zimmer gestarrt. Für Joseph war es ein geheimnisvoller, opulenter Ort; niemals zuvor hatte er Derartiges gesehen. Die Böden waren mit glänzenden Brettern bedeckt, zum Schutz vor Flöhen, dachte er. Das Schlafhaus der Kanaka besaß Binsen-

matten, in denen es vor Flöhen nur so wimmelte. Hier gab es überall wunderbar gepolsterte Sitze, große und kleine Tische und allen möglichen Zierat. Die Betten waren ein Wunder für sich! Nur jeweils eines stand in einem Zimmer, große Betten auf Füßen, mit herrlichen Decken. Und der Geruch, so ganz anders! Ein sauberer Geruch, wie der von neu geschnitzten Kunstwerken, dann der köstliche Küchengeruch und der zarte Duft der Frauen, der weißen Frauen. Als er den Alten absetzte, waren sie ihm so nahe gekommen, und nun schwindelte ihm vor ihrem Parfüm, als wäre er auf eine neue, verführerische Blume gestoßen.

Ein kleiner Hund beschnupperte ihn, während er mit gekreuzten Beinen im Hof saß und sein Blick durch die Tür mit dem Fliegengitter auf die herrlichen Teller fiel. Das alles war zuviel für ihn; wie verzaubert saß er da und träumte von einem Leben wie diesem. Aber was hatte ein Kanaka schon zu erwarten? Im besten Fall ein Leben auf den Zuckerrohrfeldern, umgeben von einem Haufen Fremder. Im schlimmsten, seinem Fall, den Tod, der auf ihn lauerte, wenn er auf die Inseln zurückkehrte und den Launen der Häuptlinge ausgesetzt war. Mit einem Gefühl der Trostlosigkeit streichelte er den Hund; der Weg, den er eingeschlagen hatte, verweigerte ihm die Freuden einer Familie.

»Das kann nicht sein«, sagte er sich. Ihm war nun bewusst geworden, wie naiv sein Plan war, hier in der Welt der Weißen, in der es keine Menschenopfer gab, wie ihm der Missionar Pastor Penn erzählt hatte, der grausamen Praktiken zu entsagen. Es war der alte Pastor Penn gewesen, der Talua Englisch beigebracht hatte, schließlich aber hatte der Pastor einen Fehler begangen und ebenfalls seinen Kopf verloren. »Es muss hier einen Platz für mich geben«, flüsterte Joseph.

Eine weiße Frau kam auf ihn zugestürzt; Joseph, im Glauben, etwas Falsches zu tun, sprang auf.

»Oh!« rief sie. »Du hast Tuppy. Danke.« Lächelnd sah sie ihn an. »Ich dachte, er wäre mir schon wieder entwischt. Er ist so ein nichtsnutziger Hund.«

Dann brachte ihm das schwarze Mädchen etwas zu essen und

eine Schale Tee. Guten Tee, heiß und süß, ohne Blätter darin, und einige Scheiben Brot mit Fleisch. Hungrig aß er es, während ihn das Mädchen anstarrte. »Ich heiße Eladji. Wer bist du?«

»Joseph«, sagte er vorsichtig. Man hatte ihn gewarnt, er solle sich vor diesen dunklen schwarzen Leuten in Acht nehmen. Sie besaßen mächtige Zauber und mochten die Insulaner nicht.

Aber dieses Mädchen wirkte freundlich. »Ich habe ein Baby«, sagte sie stolz. Er nickte.

»Dein Mann, er auch hier Arbeit?«

»Kein Mann.« Sie grinste. »Ich erstes Hausmädchen.«

»Du dort drin Arbeit?« fragte er beeindruckt.

»Ja. Und habe schöne Kleider.«

Er sah, wie die weiße Frau mit dem Hund auf dem Arm den Hof überquerte und die Treppe zur Küche hochstieg. »Das weiße Missus«, sagte er. »Sie gute Lady.«

»Sie!« sagte Elly. »Sie keine Missus, nur Schwester. Ihr Name Sylvia. Und sie keine Lady.« Kichernd stieß sie gegen Josephs Rippen. »Sie immer liebäugeln.«

Er schüttelte den Kopf. »Ich kenne das Wort nicht.«

Elly lachte. »Sie mögen Männer. Lieber aufpassen. Großer Kerl wie du. Vielleicht sie dich mögen.«

Auch Joseph lachte nun. Dieses Mädchen mit ihren grotesken Kommentaren war spaßig, mehr aber noch, sie hatte Zugang zur Welt der Weißen und verstand sie. Sie war die wichtigste Person, die er hier bislang kennen gelernt hatte. Ihre Ratschläge konnten von unschätzbarem Wert sein, wenn er sich mit ihr auch in Zukunft unterhalten könnte.

Viel zu schnell erschien Mr. Devlin und gab ihm mit einem Pfiff zu verstehen, dass sie nun aufbrachen. Während er neben seinem Pferd hertrottete, fasste er Mut und stellte ihm eine Frage:

»Wann machen wir den Zaun, Boss?«

»Bald«, sagte Devlin. »Ich warte auf das Holz. Sobald die Ernte eingefahren ist, fangen wir an.«

Joseph nickte. Er war zufrieden, einen Schritt in die richtige Richtung getan zu haben.

Elly sah sie fortgehen. Niemals hatte sie einen so schönen Mann wie Joseph gesehen. Er war stark, männlich, seine Haut war von dieser lieblichen nussbraunen Farbe. Ihr schauderte vor Erwartung. Wie würde es sein, wenn Joseph mit ihr schlief? Da sie niemals ins Lager der Kanaka ging, musste sie sich etwas einfallen lassen, wenn sie ihn wieder sehen wollte.

SIEBTES KAPITEL

Sylvia konnte es nicht glauben! Besucher! Außer sich vor Freude stürmte sie in ihr Zimmer, noch im Laufen rief sie Jessie zu: »Gäste! Kümmere dich um sie, ich mache mich zurecht!«
»Wer ist es?« rief Jessie, erhob sich und legte ihre Stickarbeit weg.
»Mrs. de Flores und ein Gentleman«, erwiderte Sylvia, bevor sie verschwand.
»O du meine Güte«, seufzte Jessie. Sie eilte zum Spiegel, zog einige Nadeln aus dem Haar und steckte sie in den Mund, während sie ihre Haare glättete und neu frisierte. Was sollte sie mit den unerwarteten Gästen tun? Würden sie zum Essen bleiben? Und was sollte es geben? Sie wusste es nicht. Oft gab es nur Sandwiches wenn Sylvia und sie alleine waren. Sollte sie nach Corby schicken? Die Erntearbeiten waren seit Wochen zu Ende, dennoch war er alle Tage beschäftigt. Und er hatte klar zu verstehen gegeben, dass ihm Mrs. de Flores ebenso unsympathisch war wie er ihr. Vielleicht sollte sie trotzdem nach ihm schicken.
Mit einem Lächeln auf den Lippen trat sie hinaus, um ihre ersten Gäste zu begrüßen. Schockiert musste sie mit ansehen, wie Mrs. de Flores ein glänzend schwarzes Pferd ritt, im Herrensattel, wie eine Zirkusreiterin.
»Hallo, Mrs. Morgan«, rief sie und schwenkte ihren Hut. »Wir wollten nur mal sehen, ob Sie zu Hause sind.«

Wo sollten wir sonst sein, dachte Jessie verdrossen.
Aus dem Nichts tauchten zwei Aborigines-Stallburschen auf, die die Pferde nahmen und mit denen sich Mrs. de Flores lebhaft unterhielt, als seien sie alte Vertraute.
So schnell wie niemals zuvor in ihrem Leben hatte sich Sylvia umgezogen. Sie erschien nun oben auf den Stufen in einem langen weißen Baumwollkleid mit blauer Schärpe und gefranstem blauem Seidenschal und sah hübsch und kühl aus. Jessie fühlte sich neben ihr wie ein Mauerblümchen, aber Mrs. de Flores fand in ihrer zuvorkommenden Art die passenden Worte. »Meine Liebe, Sie sind richtig aufgeblüht. Wann soll das Baby kommen?«
»Es dauert nicht mehr lange«, murmelte Jessie, während sie sich in die Umarmung fügte.
Die Antwort schien Mrs. de Flores zu genügen. Schnell ging sie weiter zu Sylvia und warf ihre Arme um sie. »Und Sie sehen ebenfalls großartig aus! Das Landleben scheint Ihnen zu bekommen. Ist sie nicht herrlich, Johnny?«
Der Gentleman, der ihr die Stufen hoch folgte, hob seine Mütze und lächelte. »In der Tat.« Es war die Mütze eines Seemanns, wofür auch seine schwarze, mit Messingknöpfen besetzte Jacke sprach.
»Wie schön, dass Sie vorbeikommen, Mrs. de Flores«, sagte Jessie und versuchte, sich und ihre Umgangsformen gegen diesen Überfall zu behaupten.
»Nennen Sie mich Lita, Liebes«, lachte sie und trieb sie mit ihr nach drinnen. »Und Sie sind Jessie, nicht wahr? Das ist Johnny King. Captain Johnny King von der Medusa. Er hat ein wenig Urlaub.«
Jessie kam sich vor, als sei sie der Gast, der von dieser Frau in ihren eigenen Salon geführt wurde. Allerdings eröffnete ihr das die Möglichkeit, die Garderobe einer einheimischen Dame zu betrachten, was, wenn ihre Figur wieder normal war, von Vorteil sein konnte. Lita trug eine seltsame Reitkleidung, ein schwarzes geteiltes Kleid (auf Halbmast, dachte Jessie, es berührte gerade ihre Stiefel), einen braunen Gürtel und ein einfa-

ches, aber teuer aussehendes weißes Seidenhemd (Bluse konnte es nicht genannt werden). Ihr schwarzes, in der Mitte geteiltes Haar war nach hinten gelegt und wurde von einer filigranen silbernen Spange zusammengehalten, so dass die üppigen Flechten lose, aber geordnet über ihren Rücken fielen. Die strenge Fasson betonte ihr schönes Profil.

Sofort waren Sylvia und Lita in ein aufgeregtes Gespräch vertieft, beide so aufgeregt wie zwei Schulmädchen und Jessie hatte Zeit zu weiteren Beobachtungen. Selbst in diesen einfachen Kleidern besaß Lita Stil, auch hier in der Wildnis. Und dennoch sah ihre Garderobe bequem aus und schien wie geschaffen zu sein fürs Reiten und das Leben auf einer Plantage. Jessie war fest entschlossen nicht länger im Haus herumzusitzen, sobald das Baby geboren war. Alles, was sie über Providence wusste, stammte aus den Einträgen in den Rechnungsbüchern und den täglichen Hauptbuchberichten; sie wollte hinaus und jeden Quadratzentimeter selber sehen. Sie fragte sich, ob ihr Lita einen guten Schneider empfehlen konnte. Ihre Gesellschaftskleidung, das wusste Jessie nun, würde nicht reichen.

»Wollen Sie Tee?« fragte sie.

»Wir gäben alles für eine Tasse Tee«, erwiderte Lita. »Ist Tommy noch hier?« Dann erblickte sie Elly, die im Türrahmen spionierte. »Da bist du ja! Wie bist du gewachsen! Eine richtige junge Dame. Komm her zu mir.« Sie umarmte Elly. »Und nun verschwinde nicht gleich wieder. Einen Moment nur.« Aus ihrer Tasche holte sie eine Schachtel und reichte sie dem Hausmädchen. »Das ist für dich. Und lass dir das ja nicht von deiner Mutter wegnehmen!«

Verblüfft öffnete Elly die flache weiße Schachtel und erblickte zwei bunte Glasschmetterlinge.

»Das sind Haarspangen«, erklärte Lita. »Komm, ich zeig es dir.« Mit den Händen kämmte sie Ellys schwarzes, wolliges Haar nach hinten und befestigte seitlich die beiden Spangen. »So! Sieht das nicht schön aus?«

Mit breitem Lächeln zog sich Elly zurück. »Ich Tommy zeigen.«

»Wollen Sie zum Essen bleiben?« fragte Jessie.
»Wenn es Ihnen nichts ausmacht«, sagte Captain King, froh, auch ein Wort anbringen zu können.
»Keineswegs. Wenn Sie mich entschuldigen, ich rede mit Tommy.«
Sie eilte in die Küche, wo Tommy bereits geschäftig war. »Miss Lita«, sagte er, »wie ein gut Master. Sie mir Prügel geben, wenn ich servier ungenießbar Zeug.«
Jessie runzelte die Stirn. Woher kannte Mrs. de Flores den Haushalt so gut? Sie musste zu den beiden Männern, die früher hier gewohnt hatten, ein gutes Verhältnis gehabt haben. Oder zu einem von beiden. Mr. Devlin wahrscheinlich? Dieses spontane Mahl, ging es ihr durch den Kopf, mochte leichter zu bewerkstelligen sein, wenn sie auch Mr. Devlin einlud. Aber Corby würde niemals einverstanden sein. Lieber nicht.
»Was wird es geben?« fragte sie Tommy. Sie war sich nicht sicher, was in der kurzen Zeit zur Verfügung stand.
»Gemüssupp. Fleischpastet. Kartoffeln. Kohl. Apfelkuch. Aaaah! Keine Apfel! Sahnetort.« Nachdem er das Menü zusammengestellt hatte, hastete er zum Ofen, um den Tee zu bereiten und ließ sie stehen.
Jessie wandte sich an Elly, die das Tablett herrichtete. »Ist Mr. Langley zu Hause?«
»Nein, Missus. Er mit Toby Spaziergang.«
Jessie nickte. Ihr Vater hatte nach wenigen Tagen das Fieber überstanden und war, Gott sei Dank, seitdem wieder auf den Beinen. Sein Interesse galt nun vor allem Orchideen. Er besaß in dem Schuppen hinter seinem Quartier bereits eine umfangreiche Sammlung und schickte Zeichnungen neuer Arten nach London. Durch den Export seltener Orchideen, so behauptete er, könnte er Geld verdienen. Hauptsache war, dass er sich glücklich fühlte. Corby hatte sich aufgeregt, dass der Professor Toby als seinen persönlichen Diener mit Beschlag belegte; da Toby aber keine bestimmten Aufgaben zu haben schien, wurde das Thema wieder fallen gelassen. Außerdem, wie Jessie bemerkte, wurden die Aborigines nicht bezahlt, sie bekamen nur

ihren Lebensunterhalt. Dies war etwas anderes, als wenn ihr Vater jemand von den Arbeitern für sich beanspruchte.
»Elly«, sagte sie, »da Toby nicht hier ist, könntest du jemanden zu Mr. Morgan schicken und ihm ausrichten lassen, dass wir Gäste haben?«
»Ja, Missus.« Elly, die nichts, was im Haus geschah, verpassen wollte, sprang zur Hintertür hinaus, um einen Boten aufzutreiben.
Als Jessie wieder im Gesellschaftszimmer saß, änderte sich Litas Tonfall. Plötzlich wurde sie ernst. »Meine Lieben, ich hoffe, Sie verzeihen, dass wir so über Sie hereinbrechen. Ich war in Brisbane, und als ich die entsetzlichen Neuigkeiten erfuhr, musste ich einfach kommen. Wie schrecklich für Sie. Erst so kurz im Land. Was müssen Sie von uns nur denken? Zwei Morde auf Ihrem Anwesen! Und so schauderhafte!«
Jessie erschrak. Wovon sprach sie?
Sylvia rang nach Luft. »Welche Morde? Es gab hier keine Morde.«
»Der Kanaka«, sagte Lita. »Man erzählte mir, dass einer der Kanaka ermordet wurde. Jemand schnitt ihm den Hals durch.«
»O Gott, erinnern Sie uns nicht daran«, sagte Sylvia. »Es geschah gleich dort draußen. Aber er wurde nicht ermordet. Er hat sich selbst umgebracht. Wirklich abscheulich. Wir waren noch nach Tagen entsetzt.«
»Wirklich?« sagte Lita. »Und was war mit Ihrem Aufseher, Perry?«
»Wir haben ihn nie gesehen«, sagte Sylvia. »Er verließ kurz nach unserer Ankunft die Plantage.«
Jessie sah, wie Lita und King Blicke austauschten. Sie erinnerte sich, dass zu der Zeit, als der Aufseher ohne ein Wort und ohne seinen Lohn verschwand, die Polizei hier war.
»Was ist mit Mr. Perry?« fragte sie.
»Oh, ich glaube, ich bin hier in ein Fettnäpfchen getreten«, sagte Lita. »Was tun sie dort draußen, einen Zaun errichten?«
»Ja«, sagte Sylvia. »Der Ausblick ist so hässlich. Corby will das ganze Haus einzäunen und einen Garten anlegen.«

»Eine gute Idee«, anwortete King schnell. »Das wird bestimmt schön. Pflanzen wachsen hier schnell.«
»Entschuldigen Sie, Lita.« Jessie beugte sich nach vorne. »Was sagten Sie über Mr. Perry?«
»Machen Sie sich darum keine Sorgen. Ich wollte nur sagen, auf den Plantagen passieren von Zeit zu Zeit sonderbare Dinge, aber Sie können sich hier vollkommen sicher fühlen.«
»Lita hat Recht«, sagte Captain King, der sich mit seiner großen Hand durch das blonde Haar strich. Als er sie mit Geschichten von amüsanten Vorfällen auf Plantagen abzulenken versuchte, hörte ihm Jessie höflich zu. Aber sie fand an ihm keinen Gefallen. Er war in den Dreißigern, hatte braungebrannte, wettergegerbte Gesichtszüge, und obwohl er freundlich und offensichtlich erfreut war, sie kennenzulernen, und sich nun darum sorgte, sie und Sylvia nur nicht aufzuregen, spürte sie, dass er mit seinem Charme etwas übertrieb, dass sich hinter seiner glatten Fassade ein Zug von Schäbigkeit verbarg.
»Sicherlich haben Sie Recht, Captain«, sagte sie, Sylvias Seufzen ignorierend, »aber welcher besondere Vorfall ereignete sich auf unserer Plantage? Mit Mr. Perry.«
»Zum Teufel damit«, sagte Lita zu Johnny. »Früher oder später werden sie es sowieso erfahren.« Sie wandte sich an Jessie: »Sagen Sie nur Corby nicht, dass Sie es von mir wissen.« Dann stürzte sie sich auf ihre Geschichte, als wären die beiden Frauen nicht unmittelbar von der Tragödie Betroffene, sondern Nachbarn, denen sie gerüchteweise Klatsch erzählte. »Die ganze Stadt weiß«, flüsterte sie, »dass Ihr Aufseher ermordet wurde. Gewiss sind Sie den Polizisten begegnet, als sie hier draußen waren. Das Urteil des Richters lautet auf Mord durch Unbekannt. Es stand alles in der Zeitung.«
»Wir bekommen hier keine Zeitungen«, sagte Sylvia, die nun ebenfalls beunruhigt war.
»Natürlich bekommen Sie Zeitungen. Sie kommen wöchentlich mit den Lebensmitteln. Mike hat sie wahrscheinlich bekommen. Auch Corby muss sie gelesen haben. Vermutlich wollten sie Ihnen einen Gefallen erweisen, indem sie Ihnen die Ereig-

nisse verschwiegen. Schließlich ist das, was man über den Mord so hört, ziemlich abscheulich.«
»Was hört man denn?« fragte Sylvia.
»Ich denke, das genügt«, sagte Jessie kühl. »Und ich würde es begrüßen, wenn das Thema nicht in Gegenwart Corbys angesprochen wird.«
»Ich würde es aber gerne wissen«, richtete sich Sylvia an Lita, die lächelte und ihre Hand tätschelte. »Ich werde es aus Mike herausbekommen. Überlassen Sie es mir.«
Corbys Ankunft rettete sie. Er war in bester Laune und freute sich sogar Lita zu sehen. Jessie freute sich mit ihm. Der arme Mann hatte eine Pause von den langen, harten Tagen, die er auf der Plantage verbrachte, verdient. Es war keineswegs so, dass es ihm nichts ausmachte. Jeden Abend kam er hundemüde zurück, trotzdem war er am nächsten Tag frühmorgens wieder aus dem Bett. Jessie war stolz auf ihn.
Und Lita trug das Ihrige bei. Sie gratulierte Corby zu seiner Ernte. »Mein Vater hat gewettet, dass Sie es nicht schaffen. Er meinte, ein neuer Kerl wie Sie, der ohne einen Haufen weißer Aufseher eine Plantage leiten wollte, geriete unweigerlich in große Schwierigkeiten. Ist er nicht schrecklich?«
Bei der Erwähnung der Aufseher stockte die Unterhaltung ein wenig. Corby merkte das Zögern, ging schnell darüber hinweg und schlug vor, das Essen festlich mit Wein zu begehen. »Ich fürchte, ich habe keinen Champagner. Ich habe welchen in der Stadt bestellt, aber er ist noch nicht gekommen. Und die Weine, die sie schickten, sind, muss ich zugeben, auch nicht die besten. Das ist hier wirklich ein Problem.«
»Überlassen Sie das mir, Corby«, sagte King. »Die Läden hier können keinen Jahrgangswein von selbstgebrautem Fusel unterscheiden. Ich werde Ihnen einige ansprechende französische Weine schicken lassen.« Er zwinkerte. »Zollfrei.«
»Das lässt sich hören. Ich weiß es zu schätzen. Ich muss Ihrem Vater meine Aufwartung machen, Lita, richten Sie ihm doch meine Grüße aus.«
»Mit einer Flasche Brandy sind Sie immer willkommen«, erwi-

derte sie. »Der alte Edgar hält nicht viel von Gesellschaft. Ebenso wenig wie seine Lady.«

»Ich dachte, Mr. Betts ist verwitwet«, sagte Jessie. »Wir wussten nicht, dass er wieder geheiratet hat.«

Sie lachte. »Hat er auch nicht. Er hat eine schwarze Frau. Seine Haushälterin, so lautet der allgemein akzeptierte Euphemismus. Sie ist aber recht nett und bleibt für sich. Und mir ist es so ganz recht, meine Lieben, also blicken Sie nicht so indigniert. Ich meine, wenn er einer weißen Frau in die Hände fällt, dann kann ich mein Erbe abschreiben.«

Sylvia kicherte nervös. »Sie müssen ein sehr schönes Haus auf Helenslea haben.«

»Es ist ganz passabel«, sagte sie, was King zum Widerspruch herausforderte.

»Hör auf, Lita. Es ist ein wunderbares Haus.«

»In diesem Teil der Welt.«

»Das beste hier. Es besitzt zwei Stockwerke, weiß, mit schwarzen Fensterläden. Häuser wie dieses habe ich auf Hawaii gesehen.«

»Daher hatte Edgar auch die Idee. Er und meine Mutter verbrachten ihre Flitterwochen auf Hawaii. Er hatte das Bild seines Lieblingshauses bereits im Kopf, als er schließlich mit dem Bau begann.«

»Und Sie waren auf Hawaii, Captain King?« fragte Sylvia.

»Viele Male.«

Jessie war fasziniert von diesen Leuten, die in beiläufigem Tonfall von exotischen Pazifikinseln sprachen, als lägen sie nur auf der anderen Seite der Bucht. Sie begann zu verstehen, dass hier Entfernungen aus einem anderen Blickwinkel betrachtet wurden. Die Hauptstadt dieses Landes lag zweitausend Meilen entfernt im Süden. Kaum zu begreifen. Sie wollte mit ihrem Vater darüber reden. Vielleicht konnten sie Karten vom Kontinent auftreiben. Immerhin, überlegte sie, würde ihr Kind in Australien geboren werden, und sie als Mutter sollte über diese Dinge Bescheid wissen.

Von Corby angesprochen, war die Gesellschaft nun beim

Thema Zuckerrohr angelangt. »Ich denke, unser Zucker ist von der Mühle zur Raffinerie gebracht worden«, wandte er sich an Lita. »Was hält Mr. Betts von unserem Zucker?«
»O ja«, lächelte sie. »Das habe ich ganz vergessen. Edgar meinte, er sei von sehr hoher Qualität. Sie hatten ein gutes Jahr.«
Corby strahlte. Er schenkte Wein ein, sprach einen Toast auf die Königin und die Damen aus, entschuldigte sich für das spartanische Mahl, das dennoch allen geschmeckt hatte, und erzählte sich mit Johnny King amüsante Geschichten. Die beiden Männer verstanden sich blendend.
»Ich hoffe, wir sehen uns bei der Versammlung nächste Woche«, sagte er zu Corby.
»Welche Versammlung?«
»Wir rufen eine Vereinigung der Pflanzer und ihrer Freunde ins Leben, um den Gewerkschaften entgegentreten zu können. Das wird die größte Versammlung sein, die jemals in Cairns stattgefunden hat. Sie werden doch kommen?«
»Natürlich werde ich da sein. Aber was hat das mit der Gewerkschaft zu tun?«
»Sie wollen die Kanaka aus Queensland verbannen.«
»Kanaka?« wiederholte Corby. »Warum wollen sie das? Wie sollen wir dann unsere Plantagen betreiben?«
»Sie wollen, dass Sie Weiße beschäftigen. Aber dieses Problem betrifft nicht nur die Pflanzer. Schiffseigner und Kapitäne wie ich werden ebenfalls verlieren. Der Transport der Kanaka von und zu den Inseln ist ein lukratives Geschäft.«
»Ich verstehe das nicht. Weiße können doch nicht die Felder bearbeiten.«
»Sie behaupten, sie könnten es«, sagte King. »Sie haben ein Gewerkschaftstreffen in Brisbane einberufen. Einer ihrer ersten Schritte betrifft die Ausweisung der Kanaka. In allen Zuckerstädten haben sie Delegierte, die für Unruhe sorgen.«
»Natürlich wird die Regierung diese Vorschläge nicht unterstützen.«
»Da wäre ich mir nicht so sicher. Sie dreht sich mit dem Wind.

Aber wir haben am Abend vor der Versammlung ein Essen festgesetzt, zur Begrüßung des Parlamentsabgeordneten von Mulgrave. Er kommt von Bundaberg herauf und liefert seinen Bericht ab. Und ich sage Ihnen eines, wenn dieser Pacific Islanders Act durchgeht, ist er seinen Job los, so schnell, dass er nicht einmal wissen wird, was über ihn gekommen ist.«

Corbys Gesicht war bleich geworden. »Was besagt dieses Gesetz?«

»Es verbietet die Beschäftigung von Kanaka.«

»Großer Gott«, sagte Corby. »Das wäre mein Ruin.«

»Das wird nicht passieren«, versuchte ihn Lita aufzuheitern. »Es ist viel heiße Luft. Aber Sie müssen alle in die Stadt kommen. Es gibt auch ein Unterhaltungsprogramm, Tanz nach dem Essen, Picknicks während des Tages, und ich glaube, sie organisieren eine nächtliche Kreuzfahrt in der Trinity Bay. Wir werden unseren Spaß haben.«

»Wie herrlich«, rief Sylvia. »Um nichts in der Welt will ich das verpassen.«

Die Männer zogen sich zur Diskussion dieses wichtigen Themas zurück, Jessie setzte sich auf die Veranda, und Lita und Sylvia spazierten umher und schlugen den Weg zu den Feldern ein, während Sylvia aufgeregt über den Besuch in der Stadt und die Kleider sprach, die sie brauchte. Auf ihrem Rückweg blieben sie eine Weile stehen und sahen den Kanaka zu, die Löcher für die Zaunpfosten gruben.

»Wer ist das?« fragte Lita und zeigte auf einen Kanaka mit nacktem Oberkörper, der mit einem Spaten arbeitete.

»Das weiß ich nicht«, sagte Sylvia. »Ich tanze furchtbar gern, aber ich fürchte, ich habe keinen Partner.«

»Ich werde einen besorgen«, sagte Lita gedankenverloren und schlenderte zu dem Arbeiter hinüber.

»Wie heißt du?« fragte sie den Kanaka.

Überrascht hielt er in der Arbeit inne und murmelte: »Joseph, Missus.«

»Nun, Joseph, du scheinst ein guter Arbeiter zu sein. Wir brauchen einige Zäune in Helenslea. Wenn du hier gute Arbeit verrichtest, dann heuern wir dich und dein Team vielleicht an, um auch für uns Zäune zu bauen.«

»Ja, Missus«, erwiderte er verwirrt und blieb bewegungslos stehen, bis sie gegangen war.

»Ist er nicht großartig?« flüsterte Lita zu Sylvia. »Sehen Sie diese breiten Schultern, diese Muskeln? Einfach göttlich.«

Verlegen kicherte Sylvia. »O Lita, Sie sind schrecklich!«

»Warum?« sagte sie kühl. »Nur weil sie dunkelhäutig sind, sind sie nicht weniger Männer. Und er ist das erlesenste Exemplar, das ich seit Jahren gesehen habe.«

»Aber Lita, Sie würden doch nicht ...«

»Würde was? Ich habe nicht die geringste Vorstellung, wovon Sie sprechen.« Sie lachte. »Nun, wo ist Mike? Ich war enttäuscht, dass er beim Essen nicht anwesend war. Er ist immer so nett.«

»Er ist ein Angestellter«, erwiderte Sylvia. »Er isst niemals mit uns.«

»Wirklich!« In Litas Augen blitzte Zorn auf. »Dann muss ich mich alleine auf die Suche nach ihm machen. Gehen Sie ruhig rein, ich hole mein Pferd.«

»Ich komme mit«, bot sich Sylvia an, wurde jedoch von Lita kühl zurückgewiesen.

»Machen Sie sich keine Mühe, Liebes. Da er nur ein Angestellter ist, will ich Sie nicht mit seiner Gesellschaft belästigen.«

Er erkannte ihr Zeichen. Lita beherrschte einen gellenden Pfiff, der selbst einem Viehtreiber die Schamröte ins Gesicht getrieben hätte. Sie schwenkte ihren Hut, als er über das gepflügte Feld auf sie zugeritten kam. »Hallo, Fremde«, grinste er. »Ich hab gehört, du bist wieder hier. Was machst du mit diesem King?«

»Bequemlichkeit«, sagte sie. »Du bist ja nicht interessiert, was soll ein Mädchen da schon tun?«

Mike lachte, sprang vom Pferd und gab ihr die Hand. »Wie geht's dem alten Edgar? Hatte keine Zeit, ihn einmal zu besuchen.«

»Ihm geht's gut. Führt sich noch immer so auf, als ob keiner der Aufseher wüsste, was er tut. Aber du siehst müde aus. Hat Corby Perry nicht ersetzt?«

»Nein, und er wird es wahrscheinlich auch nicht. Er glaubt, er kann alles alleine bewältigen. Er versucht es, aber es bleibt doch vieles im Argen. Bislang jedenfalls hat er kaum eine Ahnung, wie der Laden läuft.«

»Welch ein Dummkopf! Nun ja, wenn du Providence leid sein solltest, Edgar würde dich jederzeit nehmen. Du könntest ihm drei Aufseher ersetzen.«

»Ach, du bist zu liebenswürdig, meine Liebe«, lachte er. »Aber du weißt doch, ich halte es keine zehn Minuten mit deinem Alten aus. Wir sind immer und über alles verschiedener Meinung. Komm, ich zeig' dir mein Haus.«

Sie führten die Pferde, bis sie auf einen Querpfad kamen.

»Es ist dort oben. Durch die Bäume kannst du die Veranda sehen.«

»Wie schön. Du musst eine herrliche Aussicht haben.«

»Nun, komm mit, und ich zeig es dir.«

Aber sie sah zu den Regenwolken hoch, die sich über der Küste formierten. »Lieber nicht. Ich will aufbrechen, bevor der Regen losgeht. Ich bin nicht scharf darauf, über Nacht bleiben zu müssen. Wir haben mit der Familie gegessen, und ich muss sagen, Corby hat sich angenehm verändert. Er ist fast menschlich geworden. Aber seine Frau ist sehr spröde.«

»Nicht wirklich. Ich mag sie. Sie ist unheimlich schüchtern, aber ich habe ihr die Rechnungsbücher gezeigt, und sie stellt sich bei der Arbeit viel besser an als er.«

Neckisch tippte sie mit ihrer Reitgerte an sein Kinn. »Du willst mir doch nicht sagen, dass du an ihr Gefallen findest?«

»Großer Gott, nein! Die Frau ist schwanger.«

»Das ist keine unheilbare Krankheit«, grinste sie. »Hast du jemals Perrys Kopf gefunden?«

»Was?«

»Komm schon, Mike. Du hast gehört, was ich gesagt habe. Jeder weiß davon. Das ist die beste Schauergeschichte, die seit Jahren vorgekommen ist. Du kannst Dinge auf dem Papier verschweigen, aber die Leute nicht vom Reden abhalten. Ist es wahr?«

»Ja. Aber sei nicht so blutrünstig und frag mich nach Details.«

»Das hat mit blutrünstig nichts zu tun«, sagte sie ernst. »Wegen dieser Geschichte haben die beiden Frauen keine Gäste. Die Leute haben einfach Angst nach Providence zu kommen. Es war das Erste, was ich hörte, als ich von Brisbane zurückkam.«

Mike seufzte. »Das tut mir Leid, aber was kann ich da tun? Es ist Morgans Sache, Leute einzuladen. Er scheint dazu keine große Lust zu haben.«

»Und offensichtlich weiß er auch nicht, dass es hier Brauch ist, die Neuankömmlinge zu begrüßen, in ihr Haus zu kommen und sie willkommen zu heißen. Und das ist nicht passiert. Ist dir das nicht aufgefallen?«

»Um die Wahrheit zu sagen, Lita, nein. Aber nun ist es zu spät dafür. Komm, ich bringe dich zurück.«

»Aber sei nett und schau, was du machen kannst. Wenn sie hier nicht unter Leute kommen, sind sie bald als sonderbar verschrien.« Sie nahm seinen Arm. »Und du solltest auch kein Einsiedler werden! Johnny hat die Familie dazu überreden können, nächste Woche in die Stadt zu kommen, du musst also mit. Es gibt dort wegen der Gewerkschaften Versammlungen, aber auch viele Feste.«

»Danke, Lita. Aber wenn der Boss fort ist, wie kann ich dann die Plantage verlassen?«

»Oh, verdammt! Das habe ich ganz vergessen.« Sie blieb stehen. »Mike, stell dich auf deine Hinterbeine. Sag ihm, du brauchst mindestens zwei weitere weiße Männer, oder du wirst kündigen.«

Sie gingen durch den Busch, der das Haus von den Feldern trennte, und sie sah, wie sich Mike lächelnd umschaute. Die grünen Bäume schwirrten in der nachmittäglichen Hitze, Zikaden zirpten, schwer hing der Duft des Eukalyptus in der trägen Luft. Eine braune Schlange verließ auf dem schlammgetrockneten Pfad ihren Sonnenplatz und glitt schnell davon.

Lita verstand. Nicht in einer Million Jahren würde sie zugeben, dass sie sich in Europa nicht wohl gefühlt hatte, dass sie dort eine Heimatlose war, die sich nach diesem Geruch und diesen Tönen sehnte und nach den weichen australischen Stimmen wie der von Mike. Der abgehackte, hochnäsige Tonfall ihrer Bekannten in der nördlichen Hemisphäre war in ihren Ohren nichts als Kakophonie, die Worte kamen zu schnell und zu hart. Und dennoch, hier hörte sie sich selbst diese Stimmen nachahmen, hörte, wie ihre eigene Stimme lauter war als der langsame Tenor ihrer Umgebung. Sie wusste, dass sie, außer vielleicht zu einem Besuch, nie mehr zurückkehren wollte, aber was sollte aus ihr hier werden? Sie war eine unwirkliche exotische Blume geworden, in einem Land, das überfüllt war mit Exotika.

Sie berührte Mikes Ärmel. »Providence«, sagte sie, »ist nicht das Ende der Welt.«

»Ich weiß«, lachte er. »Aber man kann es von hier aus sehen.« Ein einheimischer Witz. Er nahm ihre Hand. »Es ist schwer, hier wegzugehen. Verdammt schwer.«

Sie sahen Lita und King davonreiten. Sylvia war erleichtert, dass Lita, als sie mit Mr. Devlin zum Haus zurückkehrte, den kleinen Vorfall vergessen zu haben schien. Stattdessen hatte sie ihr mit Blick auf den farbigen Jungen ein verstohlenes Blinzeln, fast schon einen Wink zukommen lassen. Ziemlich ungehörig, aber Sylvia erschauerte, in solch ein verruchtes Geheimnis eingeweiht zu sein.

»Ich werde unter allen Umständen nächste Woche in die Stadt reiten«, sagte Corby zu Jessie.

»Ja, offensichtlich ist es wichtig, an dieser Versammlung teilzunehmen«, erwiderte sie. »Die Kanaka machen ihre Arbeit doch ausgezeichnet. Warum soll das geändert werden?«

»Nur um des Änderns willen, nehme ich an. Solche zerstörerischen Ideen müssen bereits im Keime erstickt werden. Aber es wird sehr interessant sein mit anderen Pflanzern zusammenzukommen.«

»Da hast du sicher Recht.«

»Ich kann es kaum erwarten«, schwärmte Sylvia.

Corby starrte sie an. »Aber ich kann dich unmöglich mitnehmen. Jessie wird nicht mitkommen, diese knochenharten Wege sind nichts für sie. Und sicherlich werde ich nicht den Wagen benutzen, er ist viel zu langsam.«
»Aber Lita hat mich eingeladen. Ich habe ein Anrecht darauf. Ich bestehe darauf, mitzukommen. Und ich kann reiten.«
»Kommt nicht in Frage.«
»Es ist ein langer Ritt«, sagte Jessie sanft. »Bist du sicher, dass du es schaffst?«
»Ganz bestimmt, sonst sitze ich hier ja für immer fest.«
»Corby«, sagte Jessie, »nimm sie mit. Vater ist hier und die Angestellten. Mir macht es nichts aus, zu Hause zu bleiben, aber Sylvia braucht dringend Abwechslung und muss junge Leute kennen lernen. Es wird ihr gut tun.«
»Ich werde es mir überlegen«, sagte er, als er in das Haus schritt.
»Was soll das heißen?« fragte Sylvia ihre Schwester.
»Dass er dich mitnehmen wird«, lachte sie. »Er mag es einfach nicht, wenn man Dinge von ihm verlangt.«
»Wunderbar!« rief Sylvia und umarmte Jessie. »Ich werde dir alles erzählen und dir ein Geschenk mitbringen.«
»Es wäre mir lieber, wenn du dich im Lagerhaus erkundigst, ob der Kinderwagen geliefert wurde. Er hätte bereits mit der Wiege ankommen sollen.«
»Ich werde für dich einen Kinderwagen finden, und wenn ich die ganze Stadt auf den Kopf stellen muss«, rief Sylvia fröhlich. »Nun, was soll ich anziehen? Was mitnehmen? Oh, ich bin so aufgeregt!«
Lucas Langley nahm interessiert die Veränderung wahr, die in ihnen vorgegangen war. »Meine Güte«, sagte er beim Abendessen, »jeder hat heute Abend soviel zu erzählen.«
»Ein wenig menschlicher Kontakt ändert einiges«, erwiderte Corby. »Vor allem liefert er Gesprächsthemen.«
Der Professor schlürfte seine Erbsensuppe. »Menschlicher Kontakt, sagen Sie? Was sind dann diese Seelen dort draußen? Ich hatte den Eindruck, dass wir auf unserem Anwesen unter Hunderten von Menschen leben.«

»Seien Sie nicht absichtlich begriffsstutzig, Professor«, seufzte Corby. »Sie wissen ganz genau, was ich meine.«
»Ja, das tue ich. Ich kann nicht für Sie sprechen, Corby, aber ich bin sehr enttäuscht, dass meine Töchter die Insulaner als reine Arbeitstiere ansehen und die Aborigines als Unberührbare.«
»Du bist nicht gerecht, Vater«, sagte Sylvia. »Es steht uns nicht zu, uns unter diese Leute zu mischen.«
»Und in welcher Bibel steht dieses Dogma geschrieben? Ist euch niemals der Gedanke gekommen, ihnen ein wenig Freundlichkeit zuteil werden zu lassen?«
»Wie denn?« sagte Jessie. »Wir sind hier vollauf beschäftigt.«
»O ja, das sehe ich. Vorhänge und Flitterkram müssen gemacht werden, während eure Arbeiter in Lumpen herumlaufen. Gestern, bemerkte ich, habt ihr euch Seife gemacht, mit Lavendelduft. Aber ihr denkt nicht daran, sie mit euren Nachbarn zu teilen, von denen die meisten keine Seife besitzen.«
»Nein, wir dachten nicht daran«, sagte Jessie. »Aber wenn du es erwähnt hättest, wäre es uns eine Freude gewesen, mehr zu machen und sie zu verteilen.«
»Jessie«, sagte er traurig, »das zielte nicht auf dich. Wenn ihr wirklich versuchen würdet, diese Leute kennenzulernen – nicht als Arbeiter, die euch reich machen, sondern als Individuen –, dann würde euch das einen ganz anderen Reichtum bescheren.«
Corby warf seine Serviette hin. »Ich habe genug davon! Jessie, sag dem Mädchen, dass ich mein Essen auf der Veranda nehme.«
Als er hinausstampfte, wandte sich Sylvia an ihren Vater. »Warum musst du immer Schwierigkeiten machen? Und was geht dich das alles eigentlich an?«
Er sah sie traurig an. »Unglücklicherweise geht es mich durchaus etwas an. Ich bin als Partner an dieser Plantage beteiligt, aber während ich mich beim Zuckerrohrgeschäft gerne der Autorität Corbys beuge, sehe ich es als meine Aufgabe an, mich um das Wohlergehen dieser armen Seelen zu kümmern.«
Jessie runzelte die Stirn. »Ich fühle mich ganz schlecht. Ich

dachte, wie Sylvia erklärte, dass wir uns nicht einmischen sollten. Was können wir tun, um zu helfen?«
Er seufzte. »Vielleicht war ich zu streng mit euch. Aber ihr seid beide gebildete Frauen. Ich hatte gehofft, dass ihr über mehr Einsicht verfügt, dass ihr die Nutzlosigkeit eurer Stickereien und nebensächlichen Arbeiten erkennt, wenn im Umkreis dieses Anwesens ein Reichtum an Lebenserfahrung auf euch wartet. Habt ihr einmal daran gedacht, das Hospital zu besuchen, wo einfache Eingeborene mit Krankheiten wie Grippe umzugehen versuchen, die ihnen fremd sind? Kümmert es euch, dass es für die Aborigines kein Hospital gibt, dass ihnen überhaupt keine medizinische Betreuung zur Verfügung steht?« Sein Gesicht rötete sich, er atmete schwer.
»Vater, reg dich nicht auf.« Jessie erhob sich, legte ihren Arm um ihn und küsste ihn auf die Wange. »Wenn du uns sagst, was wir tun können, dann wird es uns eine Freude sein zu helfen. Und jetzt iss dein Abendessen.«
Aber dem Professor war der Appetit vergangen. Er stocherte in seinem Essen herum und nahm den Kaffee dann mit auf sein Zimmer. Er wusste, er sollte die Mädchen nicht für ihre Ignoranz schelten. Weiße Damen auf anderen Plantagen teilten zweifellos diese abschätzige Haltung. War er nicht selber auf der Suche nach botanischen Merkwürdigkeiten herumgestreift, bis ihm das wirkliche Gewicht seiner Verantwortung hier bewusst wurde? Gefolgt von der Einsicht, dass es eine herkulische und sehr kostspielige Aufgabe sein würde, die Lebensbedingungen der Eingeborenen zu verbessern.
Er hatte mit Mike darüber gesprochen. Es war ihm kein Trost, als er erfuhr, dass die Bedingungen für die Kanaka und Aborigines auf Providence wesentlich besser waren als auf anderen Plantagen.
»Das enthebt uns nicht unserer Verantwortung«, sagte er.
»Ich tue, was ich kann«, antwortete Mike. »Aber es ist nicht zu leugnen, dass die Krankheiten sie umwerfen.«
Der Professor entzündete die Lampe und schloss die Tür.
Nach seinem schrecklichen Erlebnis hatte er sich tagelang in

fiebrigem Zustand befunden, in seinen wachen Momenten hatte er Angst, sich die Malaria eingefangen zu haben. Anscheinend hatte Mike nach dem Doktor geschickt, aber dieser Gentleman lag selbst mit einem Anfall dieser Krankheit darnieder und konnte nicht kommen. Als er schließlich auftauchte, wurde er nicht mehr gebraucht; das Fieber war verschwunden, und der Patient war wieder gesund. Nun, beinahe. Der Professor zweifelte, dass ihm der Arzt bei der Aufarbeitung der Folgen helfen konnte. Andauernde Alpträume waren zurückgeblieben, abscheuliche Bilder von enthaupteten Körpern, von Krokodilen und einem wilden, reißenden Fluss. Und dazwischen immer er selbst, ein um Gnade flehender Gefangener in einem Strudel des Bösen.

Um sich selbst zu heilen und sein Gehirn vom Irrsinn dieser Tätigkeit zu überzeugen, zerlegte er in der Sicherheit des hellen Tages die Träume mit Hilfe seines logischen Verstandes. Ihm war klar, dass er seiner Seele zuviel zugemutet hatte, als er sich in diesen Bannkreis der Gewalt und einer wahrscheinlich dunklen Form der Hexerei begeben hatte.

»Du wirst nicht verrückt«, sagte er sich. »Du warst auf den Anblick eines abgetrennten Kopfes nicht vorbereitet, geschweige denn darauf, ihn fortzuschaffen.« Wie seine Familie wusste, waren ihm Aufregungen jeglicher Art ein Greuel; sie machten ihn tagelang nervös und fahrig. Und diese Erfahrung, überlegte er, war einfach zuviel gewesen.

Er versuchte, sich die Träume ins Gedächtnis zu rufen. Manchmal sah er sich auf eine hohe Klippe zugehen, voller Furcht vor dem, was dahinter lag. Er stellte fest, dass es in Träumen keine Überraschungen gab. Warum überraschte es ihn nicht, auf diese Klippe zuzugehen? Warum überraschte es ihn nicht, sich in einem Fluss wiederzufinden, ohne nass zu sein? Und unzählige andere unmögliche Ereignisse.

Das ruhige Studium seiner Träume, seine Erklärung ihrer Ursachen zeigte allerdings keine Wirkung. Die Alpträume kamen lebhafter als zuvor wieder, bis ihm Tommy Ling Linderung verschaffte.

Eines Nachts war Tommy in seinem Zimmer und rüttelte ihn. »Aufwachen, Boss! Viel Lärm machen. Wieder schlecht Träume?«
Dankbar klammerte er sich an den Chinesen, der ihn aus seinem Schrecken rettete. Als er wach war, entschuldigte er sich. »Tut mir Leid. Wie dumm von mir. Danke, mir geht es wieder gut.« Aber noch immer zitterte er heftig, und sein Bett war schweißgetränkt. Er sah zu, wie Tommy einige Tropfen aus einer kleinen Flasche auf einen Teelöffel träufelte.
»Diese Medizin nehm', Boss.« Der Professor folgte ihm gehorsam wie ein Kleinkind.
Der Geruch war ihm bekannt, in seinem verwirrten Zustand konnte er die Flüssigkeit allerdings nicht identifizieren. »Was ist es?« fragte er.
»Macht gut Schlaf. Opium sehr freundlich.« Tommy schüttelte das Kopfkissen durch und brachte den Professor dazu, sich wieder hinzulegen. »Alles gut nun, jetzt schlaf. Kein Teufel mehr.«
Und endlich schlief er. Mit sanften Träumen, an die er sich nicht mehr erinnerte.
Am nächsten Nachmittag, als er sein Schläfchen hielt, behandelte er sich mit einem weiteren Teelöffel aus der Flasche, die Tommy ihm dagelassen hatte. Und die nächste Nacht wieder. Die schlimmen Träume wurden durch freundliche ersetzt.
Er kaufte Tommy ein Päckchen Opiumkörner ab, um sich seine private Glückseligkeit herstellen zu können. Er fand heraus, dass ihm ein Teelöffel morgens gut tat und seine Sinne schärfte. Mittlerweile nahm er mindestens sechs Teelöffel am Tag. Er wunderte sich, dass er seine Töchter auf die Eingeborenen ansprechen konnte, ohne sich allzu sehr aufzuregen, und wusste, dass ihm das Opium dabei half.
Professor Langley wusste, dass er opiumsüchtig wurde, aber das machte ihm keine Sorgen. Er hatte Thomas de Quinceys Bekenntnisse eines englischen Opiumessers gelesen, das die Wirkung dieser Droge beschrieb, bislang allerdings hatte er noch keine Möglichkeit gehabt, selber damit zu experimentie-

ren. Auch Coleridge war, wie viele andere, ein großer Befürworter von Opium.
Er beschloss, noch ein wenig zu lesen und sich dann seiner Neigung hinzugeben.
Jessie hatte bislang nicht bemerkt, welches Interesse die Aborigines an den Tätigkeiten der Weißen hatten. In fröhlichen Gruppen standen sie nun herum und beobachteten, wie der Boss und die »Missy« mit Toby und zwei Mühlenarbeitern abreisten. Erst jetzt fiel ihr auf, wie fröhlich sie immer waren, dass sie, trotz der Behauptung ihres Vaters, sie lebten unter miserablen Bedingungen, immer winkten und lachten, wenn sie am Haus vorbeigingen. Etwas amüsiert betrachtete sie ihre Versuche, sich zu kleiden. Bis auf die Kinder, die vollkommen nackt herumliefen, war es ihnen nicht gestattet, sich »unbekleidet« in der Nähe des Hauses aufzuhalten. Die Männer trugen ausgebeulte alte Hosen oder löchrige Hemden, die Frauen hatten einfach Säcke übergestülpt, manche aus alter Baumwolle, manche sogar Zuckersäcke. Jessie nahm an, dass sie Unterwäsche nicht kannten. Sie beschloss, sich von Elly ihr Lager zeigen zu lassen. Dass sie mit Corby und Sylvia das Lager der Schwarzen und das Hospital der Kanaka besuchen würde, war für sie eine ausgemachte Sache.
»Wir brechen jetzt auf«, sagte Corby, der sein Pferd zu ihr hinüberführte. »Pass auf dich auf, Jessie, und ruhe dich aus.«
»Es wird mir schon gut gehen, Liebling. Aber sei vorsichtig, der Weg ist sehr schlammig und rutschig.«
Er lachte. »Er kann nicht schlimmer sein als die Pfade hier. Ich hoffe nur, dass deine Schwester damit zurechtkommt.«
»Das wird sie. Sie hat dank Litas Vorbild in den letzten Tagen stundenlang geübt. Sie meint, es sei mit beiden Füßen in den Steigbügeln bequemer, sie hätte größere Kontrolle über das Pferd. Wenn es mir wieder besser geht, muss ich es auch probieren.«
Er schüttelte den Kopf. »Ich bin mir nicht sicher, ob ich das gutheißen kann. Aber Devlin meint, es wäre sicherer für die Frauen.«

Sylvia saß bereits auf der kastanienbraunen Stute Prissy, einem schönen Pferd, das sie als das ihrige ansah. Sie konnte es kaum erwarten, loszureiten. Für den Fall, dachte Jessie, dass es sich Corby wieder anders überlegte.

Corby wechselte einige letzte Worte mit Devlin. Sie sah, dass er wieder ein Gewehr trug, was sie an den Tod von Mr. Perry erinnerte. Seit dem Tag des Besuchs versuchte sie, all ihren Mut zusammenzunehmen und Corby darauf anzusprechen. Noch immer beschämte es sie, vor Lita und dem Kapitän wie ein kleines Mädchen ausgesehen zu haben, das von Mr. Perrys Ermordung und den Ereignissen auf ihrer Plantage nicht unterrichtet war. Aber sie fand niemals den richtigen Zeitpunkt. So vergingen die Tage, und ihre Entschlossenheit schwand. Sie wusste nun Bescheid, welchen Zweck hatte es, Corby jetzt noch zur Rede zu stellen? Schließlich hatte er vielleicht sogar Recht, wenn er wünschte, sie oder Sylvia, die die Angelegenheit völlig vergessen zu haben schien, nicht damit zu belasten.

Mit ihrem Vater und Mr. Devlin winkten sie den Reitern hinterher, bis sie nicht mehr zu sehen waren. Dann wandte sie sich an den Verwalter. »Mr. Devlin, wann kommt die nächste Ladung mit den Lebensmitteln?«

»In einigen Tagen, Mrs. Morgan. Wenn alles gut geht.«

»Wer nimmt die Verteilung vor?«

»Ich, wenn ich Zeit habe. In letzter Zeit aber hat der Kutscher den Wagen abgeladen und alles in den Lagerraum gestellt. Tommy holt sich dann, was er braucht, und bringt es in Ihre Speisekammer und den Kühlraum.«

»Ich denke, diese Arbeit sollte ich übernehmen.«

»Wenn Sie wollen, Ma'am.«

»Ich werde einige Wochen aussetzen müssen, wenn das Baby da ist, ansonsten aber freue ich mich auf die Arbeit.« Sie lächelte. »Übrigens, Sie können die Zeitungen nun direkt ins Haus schicken. Ich weiß von Mr. Perry. Was ihm zugestoßen ist, meine ich.«

»Ich hoffe, es hat Sie nicht beunruhigt.«

»Nun«, sagte sie, »das sollte es, aber es scheint so fern zu sein, ich kann es kaum glauben. Denken Sie, so etwas kann wieder passieren?«

»Nein. Wir wissen noch immer nicht, wer der Mörder war und es ist schwer, ihn zu fassen. Ted Perry konnte manchmal ziemlich grausam sein. Ich denke, sein Tod war ein Racheakt. Sie machen sich keine Sorgen, alleine im Haus zu sein?«

»Überhaupt nicht. Ich bin über mich selbst überrascht. Ich muss mich gut eingelebt haben. Außerdem ist Vater gleich da, draußen in seinem Zimmer.«

Er nickte. »Es gibt keinen Grund, sich Sorgen zu machen. Ich schlage trotzdem vor, dass Elly ihr Lager auf der Veranda aufschlägt. Ihr macht es nichts aus. Dann ist sie, falls nötig, immer zur Stelle.«

»Danke, Mr. Devlin.«

»Und vergessen Sie nicht, schicken Sie einfach einen Schwarzen, wenn Sie mich brauchen.«

Alleine stand sie dann auf der Frontveranda und sah den drei jungen Kanaka zu, die am Zaun arbeiteten. Mr. Devlin hatte einige Zeit damit verbracht, ihnen zu zeigen, was zu tun war. Die Pfosten und Sparren waren schließlich errichtet, dann kamen die Latten, wagenweise, und die Kanaka begannen sie mit Begeisterung festzunageln. Danach noch ein weißer Farbanstrich, und das Haus war völlig umzäunt, mit Ausnahme der Tore, die noch gebaut werden mussten. Bereits der halb fertig gestellte Zaun machte einen Unterschied und ließ das Gelände zivilisierter erscheinen – es war nicht mehr nur ein Haus, über das man stolperte, wenn man aus dem Dschungel trat.

Sie beschloss, ihren Morgentee draußen im warmen Lufthauch zu nehmen. Es war ein aufregendes Gefühl, alleine für die Plantage verantwortlich zu sein. Wenn auch nur der Form nach, unterstützt von Mr. Devlin.

ACHTES KAPITEL

»Mit scheuer Mien' schiedst du dahin
Hier in der Nacht.
Und nur ein Blick, voll uns'rem Glück,
Dann warst du fort.
Sind meine Träume auch vergebens,
Meine Liebe bleibt besteh'n,
Wenn ich zeitlebens wandle
Der Erinnerung Pfade, allein mit dir.«

Im dichten Gedränge des Ballsaals schwoll der Gesang an. Männliche Stimmen, tief und volltönend, mischten sich mit den hohen Stimmen der Frauen. Der Raum wiegte sich im Takt der Tänzer, und Sylvia, in den Armen von Captain King, fühlte sich wie verzaubert. Niemals zuvor hatte sie Tänzer und Zuschauer während eines Balls in ein Lied einstimmen gehört. Es vermittelte ihr ein wunderbares Gefühl der Dazugehörigkeit.
»Pfade der Erinnerung« war ein romantisches Lied, das die Herzen der Leute berührte. Der spontane Gesang verlieh dem fröhlichen, lebhaften Abend eine ergreifende Note.
Sylvia war aufrichtig stolz, den langen Ritt in die Stadt ohne Beschwerden durchgestanden zu haben. Abgesehen davon, dass sie es kaum gewagt hätte, sich bei Corby zu beschweren, selbst wenn sie einen Esel hätte reiten müssen.
Sie wurden von Toby, der ein Packpferd mit ihrem Gepäck führte, und zwei Weißen, Arbeitern der Mühle in Helenslea, nach Cairns begleitet. Corby unterhielt sich die meiste Zeit mit den Männern über Zucker, Sylvia hatte so Gelegenheit, ihre Umgebung zu betrachten. Ein Schauder lief ihr über den Rücken, als ihr klar wurde, wie abgelegen sie auf Providence lebten. Der lange, verlassene, von endlosem Grün gefasste Weg trug nicht dazu bei, sie zu erheitern.
Als sie am äußeren Rand der Stadt auf die chinesischen Gärten stießen, gerieten sie in einen weiteren Regenschauer. Während

des gesamten Weges war es dasselbe, Regen und Sonne, Regen und Sonne. Ihr Umhang und ihre Haube, die in der Hitze immer wieder trockneten, hüllten sie in dampfende Feuchtigkeit. Diesmal allerdings hielt der Regen an und verstärkte sich noch, als sie die Esplanade entlangritten. Sylvias Entschlossenheit begann zu schwinden. Sie fragte sich, warum sie für diesen schrecklichen Ort die Anstrengung des Rittes auf sich genommen hatte. Alles war grau und fahl, Männer gingen gebeugt wie Bucklige gegen den Regen an. Es gab keinen Wind, nur diesen Vorhang aus Regen, der die Bucht und die Berge – alles, woran sie sich noch erinnern konnte – verschwinden ließ.

Allen Mut hatte sie verloren, als sie am Victoria Hotel abstiegen. Sie fühlte sich steif, wund und bis auf die Haut durchnässt, ihr Kleid streifte bereits durch den Schlamm. Sie klammerte sich an Corby, dessen Kleidung ebenfalls triefend nass war. »Ich kann so nicht reingehen. Ich sehe schrecklich aus. Was sollen nur die Leute denken?«

Er schien ihr zuzustimmen. »Uns bleibt nichts anderes übrig«, grummelte er ihr durch den Regen zu. »Halt den Kopf hoch und lass dir nichts anmerken. Es ist ein teures Hotel, Captain King hat uns zwei der besten Zimmer reservieren lassen. Wir sind nicht irgendwelche Dahergelaufenen von der Straße.«

Die beiden anderen Männer gingen ihres Weges; Toby nahm die Pferde und überließ sie den nassen Planken, die als Fußweg dienten.

Als sie das Hotelfoyer betraten, kam ein Diener angelaufen und nahm ihnen die Mäntel ab. Sicherlich wurden sie angestarrt, aber auf freundliche, verständnisvolle Art und Weise.

»Ein schöner Tag für Enten«, sagte ein Mann lächelnd, an dem sie vorbeigingen. Niemand schien es zu stören, dass ihre Stiefel Dreckspuren hinterließen und von ihrer Kleidung Wasser tropfte.

Bald waren sie auf ihren Zimmern. Sylvia war begeistert. Niemals zuvor war sie in einem Hotel abgestiegen, immer nur in Pensionen, wenn die Langleys Ferien machten. Dies hier war ein Abenteuer für sich. Ihr Zimmer war, ganz anders als die

hässliche Stadt, schön; es besaß einen guten, festen Teppich, grüne Plüschvorhänge neben den Gardinen vor dem Fenster, ein Doppelbett mit weißer Tagesdecke, plüschbezogene Armsessel, einen Krug mit Weidenmuster und eine Schüssel auf einer Waschkommode, sogar einen kleinen Tisch und einen Stuhl. Sie drückte, nicht sicher, ob es sich gehörte, einen Knopf an der Wand, worauf ein Mädchen erschien, Sylvias nasse Kleider erblickte, sie »herzurichten« versprach und ihr einige Handtücher daließ, um sich selbst etwas »herzurichten«.
»Das Mittagessen ist schon vorbei, Miss«, sagte sie. »Es ist von zwölf bis ein Uhr. Aber ich kann, wenn Sie wollen, Tee und Sandwiches bringen.«
»Danke«, sagte Sylvia. »Sehr nett von Ihnen.« Und dann, sie kam sich dabei äußerst kultiviert vor: »Würden Sie bitte Mr. Morgan sagen, dass ich den gesamten Nachmittag zu ruhen wünsche. Ich habe mein Haar zu trocknen und muss auspacken. Ich werde zum Dinner erscheinen. Übrigens, um wieviel Uhr gibt es Dinner?«
»Sechs Uhr. Von sechs bis acht. Kaffee im Foyer. Wo ist Ihr Gepäck?«
»O Gott. Unser schwarzer Diener hatte es auf dem Packpferd. Wo mag er es hingebracht haben?«
»Nach hinten, nehme ich an«, sagte das Mädchen lachend. »Ich werde es Ihnen bringen.«
Lita weckte sie um fünf Uhr dreißig. »Aufstehen, Schlafmütze. Sie verpassen den ganzen Spaß. Unten findet eine Party statt, eine Versammlung der Clans, sozusagen. Nun wollen wir mal sehen ... was werden Sie tragen?«
Sylvia war augenblicklich aus dem Bett, spritzte Wasser aus der Schüssel über ihren Kopf und bürstete ihr Haar, bis die lockeren dunklen Locken glänzten.
»Ich sehe, Sie haben nicht vergessen, ein Ballkleid mitzubringen.«
Sylvia lachte. »Als ob ich das vergessen könnte! Wann ist der Ball?«
»Morgen Abend, hier im Ballsaal, Gott sei Dank müssen wir

nicht hinaus in den Regen. Was ist mit diesem hier?« Sie zog das rosafarbene seidene Abendkleid heraus, das sie so oft auf dem Schiff getragen hatte.

»Ich weiß nicht«, sagte Sylvia. »Es sieht so einfach aus.« Was sie wirklich meinte, war, dass es neben Litas ausgeschnittenem rotem Taftkleid langweilig und jungmädchenhaft wirkte.

»Reden Sie keinen Blödsinn. Es ist sehr schön, das Oberteil herrlich eng, Sie machen darin eine wunderbare Figur. Beeilen Sie sich, und vergessen Sie das Mieder nicht. Im Ernst. Wir sehen uns unten.«

Sie war fast aus der Tür, als Sylvia ihr zurief: »Wird mich denn jemand hier abholen?«

»Nicht hier in dieser Gegend, Liebes. Wenn Sie auf einem Pferd von Providence in die Stadt reiten können, dann schaffen Sie es auch alleine die Treppe runter. Das ist das Grenzland hier, erwarten Sie nicht zuviel.«

Aber darin irrte sich Lita. Von dem Moment an, wo Sylvia die Treppe hinabschritt, stand sie im Mittelpunkt der Aufmerksamkeit. Es kümmerte sie nicht, dass die meisten Männer altmodische Dinnerjackets trugen, die ihnen um die Brust zu eng waren, und dass sie sich in dieser Gesellschaft alter Buschmänner etwas kleiner fühlte als sonst – sie fand es einfach aufregend, dass so viele hier waren. Das Verhältnis von Damen zu Herren war bei der Party und später im Speisesaal mindestens eins zu zehn, weswegen die anderen Frauen sich natürlich freuten, sie in ihrer Mitte begrüßen zu können.

Die Dinnerparty war ein erregender Rausch neuer Gesichter, von allen Seiten drängten sich hoffnungsvolle junge Männer heran. Selbst Corby genoss die Gesellschaft der anderen Pflanzer, besonders Edgar Betts', der ein schrecklicher alter Wüstling war. Ihr Aussehen hatte Lita gewiss nicht von ihm. Mit seinem stechenden Blick, der Hakennase, seinen schnellen, ruckartigen Bewegungen erinnerte er Sylvia an einen Truthahn. Seine scharfen Augen fixierten jeden, geradeso, als ob ihm das alles hier gehörte. Vielleicht tat es das auch, dachte sie, als sie sah, wie alle um ihn herumscharwenzelten. Sie hatte ihm keine zweite Gele-

genheit bieten wollen, sie mit seinen knotigen, klauenartigen Händen zu berühren; deshalb war sie zu Johnny Kings Tisch ausgewichen und hatte dann bequemerweise vergessen, wieder zurückzukehren.
Damit aber hatte sie Johnny als ihren Partner für den Ball in der darauffolgenden Nacht zu akzeptieren und musste jüngere, weitaus hübschere Gentlemen ablehnen.
Am nächsten Tag gab es nicht viel zu tun. Die Männer waren alle bei der Versammlung, es goss in Strömen; also blieb sie die meiste Zeit auf ihrem Zimmer, lag herum und bereitete sich auf den Ball vor. Von ihrem Fenster aus konnte sie über die Trinity Bay blicken, die nun grau und aufgewühlt war, kleine Schiffe schaukelten wie Korken auf dem Wasser, und sie betete, dass der Regen aufhörte. Sie hatte sich auf die von Lita erwähnte nächtliche Kreuzfahrt gefreut.
Verfluchter Regen. Sie fühlte sich wie ein vollgesogener Schwamm und war noch mehr verzweifelt, als sie ihr blaues Spitzenkleid betrachtete, das knistern und füllig sein sollte, aber trotz des Fischbeins nur wie ein ausgewrungener Putzlumpen dahing.
Als der Regen weiter anhielt, sorgte sie sich, dass der Ball abgesagt werden würde; das Mädchen aber beruhigte sie, und schließlich erschien Corby, um sie nach unten zu führen. Er sah elegant aus und war der bestgekleidete Herr der Gesellschaft. Sylvia wusste, dass sie mit ihrem dunklen hochgesteckten Haar und dem wunderbaren Kleid, das leichthin über den Teppich strich, ihm in nichts nachstand. Und welchen Auftritt sie hatten! Einige hielten sie für seine Frau, was zu einigem Gekicher führte. Aber bald darauf machte Johnny King seine Ansprüche geltend, und danach hatte sie für jeden Tanz eilfertige Partner.
Sie konnte es kaum glauben, dass es bereits zwei Uhr morgens war und sie langsam im weichen Licht der abgedunkelten Laternen zu »Good night, Ladys« tanzten.
»Hat es Ihnen gefallen?« fragte Johnny sie.
»O ja, es war wunderbar.«
»Das ist schön. Ich hatte Sorge, dass Ihnen dies alles etwas rauh und unbeholfen erscheinen mag.«

»Ganz und gar nicht.« Sie lächelte einer Gruppe von jungen Männern zu, die für diesen letzten Tanz keine Partnerinnen gefunden hatten und sie nun aufmerksam beobachteten.
Er bemerkte es und grinste. »Sie sind die Schönste hier, Sylvia, und das macht mich zum glücklichsten Menschen in dieser Stadt.«
Er zog sie nun, auch wenn die Tanzfläche voll besetzt war, zu nah an sich heran. Es hätte einiges Aufsehen erregt, wenn sie versucht hätte, sich gegen seine vereinnahmende Geste zu wehren. Der Tanz war nun nur noch ein rhythmisches Wiegen, er presste sich an sie und legte seine Arme auf ihre Schulter. »Sie sind so schön«, flüsterte er. »Lita hat es mir gesagt, aber ich habe nicht erwartet, dass Sie so umwerfend sind!«
Sie erwiderte nichts und war erleichtert, als der Trommelwirbel »God save the Queen« ankündigte und er sie loslassen musste.
Als sie den Tanzboden verließen, hatte King seinen Arm um sie gelegt. Mit hochgezogenen Augenbrauen signalisierte sie Corby, dass ihr die Aufmerksamkeit des Kapitäns alles andere als erwünscht war. Er kam zu ihnen herüber. »Eine herrliche Nacht, nicht wahr, Johnny?«
»Das können Sie zweimal sagen.«
»Wie wär es mit einem Kartenspiel?«
Aber King ließ sich nicht so schnell abweisen. »Nicht für mich, alter Kumpel, aber Sie finden genügend Mitspieler. Ich kümmere mich um unsere junge Dame.« Er nahm ihren Arm. »Ich dachte an Champagner.«
Sylvia war hin- und hergerissen. Sie liebte Champagner, aber nicht mit ihm. Eilig löste sie die während des Tanzes am Handgelenk befestigte Schleppe, trat einige Schritte von ihm weg und ließ sie zu Boden gleiten. »Danke, Johnny, eine wunderbare Idee. Aber ich bin wirklich erschöpft. Entschuldigen Sie mich, ich muss mich von Lita und den anderen verabschieden.«
Die beiden Männer brachten sie zu ihrem Zimmer und wandten sich dann vergnügt den Karten und dem Champagner zu. Sylvia störte es nicht. Sie fühlte sich heiß und schlaff. Und sie hatte erreicht, was sie wollte. Jeder, der im Distrikt etwas darstellte,

wusste nun, dass es auf Providence eine attraktive alleinstehende Dame gab. Ihr gesellschaftliches Leben konnte beginnen. Sie öffnete die Tür zur Hotelveranda. Der Regen hatte aufgehört, im aufgeklarten Himmel zeigten sich einige Sterne, die Bucht lag ruhig, fast still unter der feuchten Atmosphäre. Sie seufzte und schlüpfte aus dem Kleid. Die Bucht war nun wirklich ein wunderbarer Anblick, sie funkelte, als wäre Silber darüber gestreut. Der Duft der tropischen Pflanzen lag in der Luft und gab der Nacht eine schwere Süße. Schamlos begann Sylvia, noch immer im Türrahmen, ihr Mieder und Unterkleid auszuziehen. Und dort blieb sie, in wollüstiger Stimmung, mit nackten, cremigfesten Brüsten. Schöne Brüste, dachte sie, schöner als Litas, die kleiner waren und ein wenig hingen. Sie hatte sie, als sie sich mit ihr die Kabine teilte, oft verstohlen angesehen.

In dieser euphorischen Stimmung sah sie zum Zimmer Corbys. Was sollte sie tun, wenn er plötzlich auf die Veranda trat? Nach hinten weggehen? Oder einige Sekunden lang mit nackten Brüsten stehen bleiben und so tun, als hätte sie ihn nicht gesehen? Sie spürte den Kitzel der Erregung. Er hatte mit ihr getanzt. Nur einen Tanz, den Pflichttanz, den sie schweigend absolviert hatten. Aber wieder in seinen Armen zu liegen war sehr verlockend gewesen, und er, sie wusste es, hatte es ebenso gespürt. Tatsächlich, sagte sie sich, war es der beste Tanz des Abends gewesen. Auf diesem Parkett war er den anderen voraus.

Enttäuscht, dass in seinem Zimmer kein Licht brannte und dies in nächster Zeit auch so bleiben würde, gab sie es auf, die femme fatale zu spielen, und wandte sich praktischeren Dingen zu; sie entfernte die Tagesdecke und die unnötige Wolldecke und schlug das Laken zurück. Dann zog sie die Unterhose aus, kicherte beim Gedanken, dass Jessie völliges Entkleiden missbilligte, und schlüpfte in ihr kühles Nachtgewand.

Befriedigt, dass ihr Debüt in diesem fremden Land ein voller Erfolg war, schlief Sylvia ein.

Für Corby war es ein sorgenvoller Tag gewesen.

Mit Edgar Betts und Captain King besuchte er die überfüllte

Versammlung, zahlte seinen Mitgliedsbeitrag und schrieb sich als Pflanzer und nicht als Teilhaber ein.

Den Vorsitz in der Freimaurerhalle führte der Abgeordnete von Mulgrave, der ehrenwerte Bede Hornsby. Nachdem er den Raum zur Ordnung gerufen hatte, begrüßte er alle, besonders »diejenigen Pflanzer, die durch ihre unternehmerische Kraft und Voraussicht in diesem großen Staat eine blühende Zuckerindustrie aufgebaut haben«.

»Hört, hört!« rief Corby mit den anderen, die mit ihm in dem Saal anwesend waren. Bärte, stellte er fest, schienen in Mode zu sein, dunkle, volle Bärte. Bis auf die jungen Teilnehmer waren nur wenige glatt rasiert, und so weit er sehen konnte, war er der Einzige, der einen Schnauzbart trug. Er hatte einmal vorgehabt sich einen Vollbart wachsen zu lassen, hatte sich dann aber dagegen entschieden. Er wollte nicht zu dem Pöbel gehören, außerdem ließ ein Vollbart Männer frühzeitig älter erscheinen.

»Keiner weiß so gut wie ich«, fuhr Hornsby fort, »wie wichtig der Zucker für die Wirtschaft dieses Landes ist. Ich habe bislang alles in meiner Kraft Stehende getan, um sie zu unterstützen.«

»Was denn?« rief eine Stimme.

»Eine ganze Menge, mein Lieber. Eine ganze Menge. Aber was ich nun sagen möchte, ist Folgendes: Wenn wir alle an einem Strang ziehen, wird unseren Erfolgen keine Grenze gesetzt sein. Zucker ist eine Massenware, ein wertvolles Produkt nicht nur für den einheimischen Markt, sondern für den Export, und es erfüllt mich mit Stolz, wenn ich sehe, wie wir über die ganze Welt unsere Hand ausstrecken ...«

»Kommen Sie endlich zur Sache!« rief eine andere Stimme.

»Alles zu seiner Zeit, Sir. Ich darf Ihnen persönliche Grüße von unserem Premier Samuel Griffiths übermitteln.«

Edgar Betts schnellte von seinem Stuhl hoch. »Ich will keine Grüße von diesem verdammten Griffiths und will auch nichts mehr über die verdammten Verordnungen hören. Ich will wissen, was ihr Idioten mit diesem neuen Gesetz vorhabt.«

»Das werden Sie erfahren, Mr. Betts. Ich bin hier, um es Ihnen zu erklären.«

»Ich pfeif auf Ihre Erklärung«, brüllte Betts. »Ich brauche keinen, der es mir erklärt. Ich will, dass das Gesetz vom Tisch kommt, auf der Stelle!«
»Lassen Sie ihn uns doch anhören«, schaltete sich ein anderer ein. »Geben Sie ihm eine faire Chance.«
»Ich werde ihm ein paar Hiebe mit der Peitsche geben«, murmelte Betts zu Corby, als er sich wieder setzte.
»Danke«, sagte Hornsby, lockerte seinen steifen Kragen und nestelte nervös am Krawattenknoten. »Nun, Gentlemen, das Gesetz, das dem Parlament von Queensland vorgelegt wird, ist der Pacific Islanders Act.« Er beugte sich über das Pult. »Es wurde im Interesse der Öffentlichkeit angeregt. Schon lange weiß man, dass die Beschäftigung von Kanaka zum Schaden unserer Gesellschaft ist ...« Das Murren im Saal war unüberhörbar, unbeirrt fuhr er fort. »Sie alle wissen, dass trotz der Versuche der Regierung, Menschenhandel zu verbieten, diese schändliche Praxis weiterhin fortgesetzt wird. Erst letzten Monat wurden der Kapitän und die Mannschaft des Schoners Hopeful gefangen genommen, weil sie Kanaka entführt und getötet hatten. Die Hopeful war ein Sklavenschiff«, sagte er mit Nachdruck, »das kann niemand bestreiten.« Dann holte er tief Luft und stieß seinen letzten Satz hervor, als fürchtete er, ihn nicht zu Ende bringen zu können, wenn er sich nicht beeilte. »Der Pacific Islanders Act wird die Fronarbeit von Kanaka nach dem 31. Dezember 1890 verbieten.«
Tumult! Das Publikum war auf den Beinen, stampfte und warf Hornsby Beleidigungen an den Kopf, der nichts anderes tun konnte, als dazustehen und zu warten, bis sich der Lärm etwas gelegt hatte. Er hob seine Hände. »Hier sind zwei Gentlemen, die einige Worte sagen wollen.« Er zeigte auf zwei Männer, die im Seiteneingang erschienen und nun über das Podium gingen. »Ich darf Ihnen Mr. Joe Pollock und Mr. Andy Summers vorstellen.«
Eilig trat er zur Seite, aus der Schusslinie, wie es schien, und überließ die Bühne den Neuankömmlingen, um ihr Anliegen vorzutragen.

Pollock trat nach vorne, ein stämmiger Mann in Arbeiterkleidung, die Ärmel hochgekrempelt, während sein Begleiter, der eher einem Preisboxer als einem Redner glich, mit verschränkten Armen neben ihm stand. »Ich heiße Pollock«, sagte er mit lauterer und eindringlicherer Stimme als der Politiker. »Manche von Ihnen kennen mich. Andy und ich sind Mitglieder des Gewerkschaftsvorstandes.«

»Wer hat die reingelassen?« brüllte eine wütende Stimme.

Betts war wieder auf seinen Beinen. »Bei Gott, Hornsby, dafür verlieren Sie Ihren Job.«

»Das ist kein Job, Sir«, erwiderte Hornsby hochmütig. »Für einen Job wird man bezahlt.«

Pollock starrte Betts an. »Setzen Sie sich, alter Mann. Sie sollten sich schämen, Ihren Arsch hier überhaupt reingeschafft zu haben. Sogar Ihre Kumpels wissen, dass Kanaka, die auf Ihrer Plantage arbeiten, ein verdammt schlechtes Los gezogen haben. Gott möge ihnen beistehen!«

Seine Erwiderung saß. Die Menge konnte sich ein Grinsen nicht verkneifen, als sie sah, wie Edgar in seine Schranken verwiesen wurde. Corby spürte, dass sein Nachbar in der Stadt nicht sonderlich populär war. Er erinnerte sich, dass Devlin einige abfällige Bemerkungen über Betts gemacht hatte, auf die er allerdings – Devlin war schließlich nur Angestellter – nichts gegeben hatte. Er bedauerte nun mit Betts, nachdem sie von Lita miteinander bekannt gemacht wurden, vom Hotel gekommen zu sein, und rückte seinen Stuhl näher zu Johnny King.

»Ich bin hier, um mit Ihnen vernünftig zu reden«, fuhr Pollock fort, ungeachtet der Tatsache, dass keiner hier seine Vernunftgründe hören wollte. »Hornsby hat Recht. Nicht alle, aber viele Zuckerplantagen in Providence sind die letzten Bastionen der Sklaverei. Und ob ihr Querschädel das nun wahrhaben wollt oder nicht, das wird sich ändern. Und das kommt von oben, Leute. Von Queen Victoria persönlich.«

Corby hatte aufmerksam zugehört. Er erhob sich. »Es freut mich, Sir«, begann er, »dass Sie eingestehen, dass nicht alle Plantagen auf Ihrer Anklageliste stehen. Providence, meine

Plantage, genießt einen ausgezeichneten Ruf, meine Kanaka werden gut behandelt, und wir halten uns an die Vorschriften. Wenn Sie die Kanaka verbannen, scheint mir, schütten Sie das Kind mit dem Bade aus.«

Pollock hörte die Stellungnahme mit ärgerlichem Gesicht und schüttelte langsam den Kopf, als habe er es hier mit einem unverständigen Kind zu tun. »Sie werden gut behandelt, Mister? Wie viele Stunden arbeiten sie und zu welchem Lohn? Geben Sie sich keine Mühe, ich weiß es. Sie arbeiten vom Morgengrauen bis zur Abenddämmerung, sechs Tage die Woche. Wenn sie Glück haben!« Mit finsterem Blick starrte er auf Edgar Betts. »Das heißt, achtundsiebzig Stunden die Woche, und dafür bekommen sie drei Pfund im Jahr. Das macht zwölf Pence die Woche. Haben Sie mich gehört, Mister?« donnerte er. »Zwölf Pence die Woche!«

»Es ist nicht notwendig, mich anzuschreien«, sagte Corby ruhig. »Ich kann Sie sehr gut verstehen. Sie scheinen zu vergessen, dass die Kanaka die Bedingungen kennen und keine Einwände haben. Viele von ihnen unterzeichnen ein zweites Mal. Sie brauchen nicht mehr Geld.«

»Ha!« rief Pollock aus und zeigte auf Corby. »Dieser Pflanzer hat die Krux des Problems angesprochen.«

Corby, zufrieden, der Debatte eine Richtung verliehen zu haben, setzte sich lächelnd. Doch Pollock fiel nun über ihn her.

»Sie!« wütete er. »Sitzen hier wie ein geschniegelter Bräutigam! Sie gehören zu der Sorte, die uns am meisten zu schaffen macht. Sie sind es, der unseren Lebensstandard verringert. Sie beschäftigen Kanaka für zwei Pence am Tag, während weiße Männer, die keine Arbeit finden, verhungern. Kein Weißer kann von diesem Lohn leben, geschweige denn, eine Familie ernähren. Damit treiben Sie einen Stachel in die Herzen Ihrer Mitbürger von Queensland. Und das nicht nur in der Zuckerindustrie, auf den Tee und Baumwollplantagen ist es ebenso. Die Einzigen, die soviel Verstand besitzen, sich dem zu widersetzen, sind die Abos. Die machen nicht mit.«

»Wir reden hier aber nicht von den Abos«, rief Corby.

»O doch, das tun wir«, erwiderte Pollock. »Die Aborigines sind schlau. Sie arbeiten umsonst, und wenn sie keine Lust mehr haben, verschwinden sie. Sie haben sie gesehen, sie lassen sich nicht zu Sklaven machen. Sie arbeiten, wenn es ihnen passt, oder sie kämpfen für ihr Land und sind bereit, dafür zu sterben. Aber sie lassen sich nicht wie Kanaka behandeln.«
Er hielt inne, holte ein Taschentuch heraus und wischte sich den Schweiß von dem Gesicht. Und das Publikum, gebannt von seiner Redekraft, wartete, dass er fortfuhr.
»Wir haben von ihnen gelernt. Die Abos, denen dieses Land gehörte, bevor wir auftauchten, lassen sich nicht zu Kulis machen. Haben Sie das verstanden? Denn das sind Ihre Kanaka ... Kulis!« Mit weitausholender Geste sprach er nun alle an. »Sie, die Pflanzer, und alle Mitbeteiligten, Sie wollen hier doch eine Gesellschaft mit Kuliarbeit aufbauen, wie wir sie in China haben. Sie wollen auf dem Rücken von Sklaven reich werden. Aber Sie werden damit nicht durchkommen!«
Einige aufgebrachte Männer stürzten in den Gang und drohten dem Redner, Summers aber trat nach vorne und hob seine schweren Fäuste. »Lassen Sie ihn ausreden! Wenn Sie Prügel wollen, dann können Sie welche haben!«
»Wir müssen uns hier nicht schlagen«, rief Pollock. »Hören Sie mir nur zu.« Seine Stimme war nun leiser und betonter. »Wir wissen, dass in den letzten Jahren mindestens sechzigtausend Kanaka in diesen Staat gebracht wurden. Das sind sechzigtausend Jobs, die den Weißen verlorengingen ...«
»Unsinn«, schob sich ein Pflanzer nach vorn. »Es gingen keine Jobs verloren. Weiße können nicht auf den Feldern arbeiten.«
»Weiße werden auf den Feldern arbeiten.«
Der Pflanzer lachte. »Sie sind ein Träumer. Kennen Sie nicht den Ausdruck *Des Weißen Grab*? Genau das sind die Plantagen in diesem tropischen Klima. Sie krepieren wie die Fliegen.«
»Versuchen Sie es doch«, forderte ihn Pollock heraus.
»Gut. Ich gebe Ihnen einen Job. Sie können morgen auf meiner Plantage anfangen. Dann sehen wir ja, wie lange Sie durchhalten.«

»Und was wollen Sie mir zahlen?«
»Ah ... darum geht es also. Sie sind doch nur neidisch. Sie sehen es nicht gern, wenn wir auch nur einen Shilling verdienen.«
»Sie haben meine Frage nicht beantwortet. Was wollen Sie mir zahlen?«
»Das, was Sie wert sind«, erwiderte der Pflanzer. »Einen Penny am Tag. Sie können mit einem Kanaka nicht mithalten.« Er wandte dem Redner den Rücken zu. »Nun, jetzt wissen wir, wofür wir hier sind. Wir wissen, was dieses Gesetz will, und wir werden es bekämpfen. Ich schlage vor, wir begeben uns ins Pub und überlassen das hier diesen Aufschneidern.«
»Sie können das Unvermeidliche nicht aufhalten«, schrie ihnen Pollock hinterher, als sie den Saal verließen. »Wir werden eine weiße australische Politik haben, wir werden Chinesen und Kanaka aus diesem Staat verbannen und unseren Arbeitern die Chance geben, sich den Lebensunterhalt zu verdienen. Sie können mit den Kulilöhnen nicht mithalten. Wir haben keine Wahl.«
Aber der Saal hatte sich geleert.
Den ganzen Abend, während des Balls, hatte Corby dann versucht, sich zu vergnügen. Er konnte sogar über die rauhen Manieren dieser als Gentlemen verkleideten Hinterwäldler hinwegsehen und sich so höflich wie möglich geben, doch die Sorgen nagten an ihm, und so suchte er, nachdem sie Sylvia verabschiedet hatten, Kings Rat.
»Dieses Gesetz wird doch nicht durchkommen?«
»Nach allem, was ich heute gehört habe, nehme ich an, dass es das tut.«
»Großer Gott! Aber die Pflanzer haben eine Kampfkasse eingerichtet. Ich habe einen Beitrag eingezahlt.«
»Dann, denke ich, haben Sie Ihr Geld umsonst gespendet. Kommen Sie, ich gebe Ihnen einen Drink aus.«
Sie betraten die Bar, wo einige Nachtschwärmer, darunter auch Frauen, noch immer feierten. Corby blickte sie mürrisch an, King allerdings steuerte eine ruhige Ecke an. »Was trinken Sie?«
»Brandy«, sagte Corby und wartete ungeduldig, während King

den schläfrigen Barkeeper aufscheuchte und sich mit Bekannten, die gerade gingen, unterhielt. Als er schließlich mit den Drinks zurückkehrte, fragte ihn Corby: »Woher wissen Sie, dass das Gesetz durchkommen wird?«
»Weil der meiste Druck aus dem Süden kommt. Die wenigen Stimmen hier oben zählen nicht, wir haben zu wenig Bevölkerung. Außerdem ist mit diesen Gewerkschaftlern nicht zu spaßen. Sie mobilisieren zu Hunderten weiße Arbeiter, ob die nun Arbeit brauchen oder nicht. Das Gerücht geht um, dass es, wenn das Gesetz nicht verabschiedet wird, zu Rassenunruhen, wenn nicht gar zu Angriffen auf die Plantagen kommt.«
»Aber das ist ja Anarchie!«
»Nicht in ihren Augen.«
Corby verdaute die Information. Dann, als beugte er sich dem Unvermeidlichen, fragte er weiter. »Und was passiert dann? Wenn das Gesetz verabschiedet wird, werden sie nach 1890 keine Kanaka mehr ins Land lassen?«
»Keine Sorge. Von dem Moment an, wo die Vorlage zum Gesetz wird, was in der ersten Parlamentssitzung im nächsten Jahr geschehen kann, werden, soweit ich es verstehe, die Kanaka stufenweise verabschiedet.«
»Was heißt das?«
»Das heißt, dass sie nach Ablauf ihres Vertrages nach Hause zurückkehren und nicht mehr ersetzt werden können. Bereits jetzt hat das Rennen eingesetzt, so viele wie möglich noch auf die Plantagen zu holen. Pflanzer ordern jeden Tag Kanaka.«
Corby war schockiert. »Das wusste ich nicht.«
»Natürlich nicht. Die rechte Hand weiß nie, was die linke tut. Mein Schiff ist momentan auf einer Küstenfahrt nach Sydney – mein Erster Maat besitzt das Kapitänspatent –, aber wenn es zurückkommt, werde ich alle Hände voll zu tun haben. Alle Schiffseigner kämmen nun die Inseln nach Kanaka durch. Ich könnte bereits jetzt tausend verkaufen.«
»Ich hoffe, Sie denken an mich.«
»Ich werde es versuchen. Aber ich habe viele Aufträge, und die Preise werden hochgehen. Wenn Sie es für sich behalten kön-

nen, dann kann ich Ihnen in einigen Monaten einige Kanaka zum alten Preis verschaffen.«

»Danke. Ich nehme so viele wie möglich.«

»Die Sache hat allerdings einen kleinen Haken.« King sah sich um und stellte sicher, dass sie keiner belauschte. »Wir werden sie heimlich an Land schaffen. Kommt billiger. Sie schaffen sie einfach vom Strand nach Providence und haben keine Regierungsabgaben zu zahlen.«

Corby war verwirrt. »Ist das nicht illegal? Und wie bringen wir sie am Zoll vorbei?«

»Illegal?« King lachte. »Jeder tut es, wenn er es kann. Dieser Haufen wird nicht durch Cairns geschleust. Wir setzen sie in der Elbow Bay ab.«

»Und was springt für Sie dabei raus?«

»Die Provision, das ist alles. Ich wette, dass Edgar Betts auch einige haben will, da er auf Ihrer Route liegt. Er wird mit Ihnen die Vorkehrungen treffen, wenn es soweit ist.«

»Und wie bringe ich sie nach Providence?«

»Das ist nicht schwierig. Zu Fuß, über das Land, durch den Busch. Machen Sie sich keine Sorgen, Edgar ist ein erfahrener Mann. Er wird sich diese Chance nicht entgehen lassen. Alles, was Sie tun müssen, ist, sie nach Providence zu bringen und von dort weiter zu Edgar.«

»Welches Schiff und welcher Kapitän?«

»Das brauchen Sie nicht zu wissen. Ich vertraue Ihnen, und ich vertraue Edgar. Sie müssen noch nicht zahlen, weil wir noch nicht die genaue Zahl wissen und wie Sie und Edgar sie aufteilen wollen.«

»Ich will mindestens die Hälfte.«

»Das ist angemessen. Dann zahlen Sie mir zehn Pfund pro Kopf, ich nehme mir die Provision und zahle den Kapitän. Sollte ich auf See sein, dann zahlen Sie das Geld einfach auf mein Konto in der Queensland-Bank ein. Einfacher geht es nicht.«

»Ich muss darüber nachdenken.«

»Bis morgen«, sagte King. »Ich brauche Ihre Antwort morgen.

Ich muss Vorbereitungen treffen und kenne ein Dutzend Pflanzer, die auf eine solche Chance nur warten.«
»Aber keiner liegt so nahe wie Providence«, sagte Corby, dem Druck widerstehend.
»Nein, aber ich kann das Schiff jederzeit in eine andere abgelegene Bucht umleiten. Es gibt hier an der Küste viele wie die Elbow Bay.« Er stand auf. »Einige Kumpel von mir sind gerade in Heaven Lees Bordell gegangen. Es ist eine Wucht, genau wie seine Mädchen. Wollen Sie mitkommen?«
»Heute nicht«, sagte Corby. »Ich muss darüber nachdenken.«
»Sie müssen sich darüber keine Sorgen machen. Es ist eine einfache, ganz gewöhnliche Operation, wie sie jeden Tag vorkommt.«
»Und was war mit diesem Schiff, der Hopeful? Sie wurden gefangengenommen.«
»Hey, werfen Sie mich nicht mit denen in einen Topf. Das waren Südseeräuber. Sie haben es nicht anders verdient.«
Nachdem King gegangen war, brütete Corby über einem und dann noch einem Brandy. Er zündete sich eine Zigarre an. Die Gelegenheit war zu günstig, um sie nicht zu ergreifen. Es war unumgänglich, zum Ausgleich der Kanaka, deren Arbeitszeit ablief, neue anzuheuern. Und es würde ein harter Wettbewerb um neue Arbeitskräfte entbrennen. Er konnte sich nicht vorstellen, wie seine Plantage in Zukunft existieren sollte, wenn sie gezwungen waren, Weiße zu beschäftigen. Abgesehen von der lächerlichen Idee, dass Weiße auf den Feldern schufteten, könnte jeder jetzt eingesparte Penny wenigstens teilweise die erhöhten Kosten für weiße Arbeiter ausgleichen. Weiße Arbeiter – eine alptraumhafte Vorstellung.
Was er nun brauchte, waren so viele Kanaka wie nur möglich und ihre zusätzliche Arbeitskraft, um das Land zu roden, die Tramschienen zu verlegen und die Wege durch das Anwesen zu befestigen. Langsam kehrte seine Zuversicht zurück. Es würde nicht lange dauern, so schien es ihm, und jeder musste einsehen, dass Weiße die Arbeit nicht überlebten. Und schließlich mussten sie wieder zu den Kanaka-Arbeitskräften in Queens-

land zurückkehren. Das Experiment mit weißen Arbeitern würde scheitern.
Und in der Zwischenzeit wären billige Kanaka eine große Hilfe.
»Wir machen zu, Sir«, sagte der Barkeeper zu Corby, dem letzten Gast. »Wollen Sie eine Flasche mit auf Ihr Zimmer nehmen?«
»Nein, danke.«
Er ging durch das verlassene Foyer und die mit Teppichen ausgelegte Treppe hinauf. Er war nun hellwach und an Kings Angebot äußerst interessiert. Er hatte ein Recht darauf, seine Investition so gut wie möglich zu schützen, und warum sollte er sich von diesen Gewerkschaftskerlen vorschreiben lassen, wie er seine Plantage zu leiten hatte? Diese Männer zwangen Pflanzer zu halblegalen Geschäften, und er, Corby Morgan, wollte dabei nicht zurückbleiben. Er würde es ihnen zeigen! Offensichtlich war King ein Abenteurer, der das Gesetz unterlief; es erforderte einigen Wagemut, einen Plan wie diesen durchzuziehen. Vielleicht dachte King, dass er nicht den Mumm dazu hatte. »Nun, King wird sich täuschen«, murmelte er, als er vor seine Tür trat. Vom Brandy angefacht, sah sich Corby nun als einen richtigen Mann des Grenzlandes, als einen Mann der Tat. Sylvias Tür war nur einige Schritte weiter; er klopfte.
Als sie vorsichtig die Tür öffnete, nur einen Spaltbreit, entschuldigte er sich. »Tut mir Leid. Ich hoffe, ich habe dich nicht geweckt. Ich dachte, ich sollte nachsehen, ob alles in Ordnung ist. Ein seltsamer Ort. Viele Fremde heute Nacht unterwegs.«
»Nein, du hast mich nicht geweckt. Komm rein. Ich hoffe, du hast für mich ein wenig vom Champagner aufgehoben.«
Sie war ganz in Weiß gekleidet, ihre dunklen, gelösten Locken umrahmten ihr Gesicht. »Du hast nichts verpasst«, sagte er. »Wir hatten keinen Champagner. Ich hoffe, dir hat der Abend gefallen.«
»O ja, es war wunderschön. Aber du hast mit mir nur einmal getanzt.«
»Nicht meine Schuld«, sagte er, berührte eine glänzende Haar-

locke und strich sie ihr aus dem Gesicht. »Du warst die ganze Zeit von Gentlemen umgeben.«
»Das war ich, aber keiner konnte so gut tanzen wie du. Ich habe vorher noch nie mit dir getanzt …«
»Es hat dir gefallen, mit mir zu tanzen?« Seine Arme umschlossen sie. Er wusste, dass er darauf den ganzen Abend gewartet hatte, obwohl er es sich – bis jetzt – nicht eingestehen konnte.
»Ja«, flüsterte sie. Ihre Hände strichen über sein Gesicht und legten sich dann sanft, nackte Arme auf seiner Haut, um seinen Nacken.
»Du warst so schön, Sylvia«, murmelte er. »Ich war stolz auf dich.«
Sie küsste ihn. »Ich war stolz auf dich, Corby. Neben dir sahen alle wie Farmarbeiter aus.«
Die Leidenschaft für sie – sie hatte ihn nie verlassen – war wieder geweckt. Er warf sich mit ihr auf das Bett, küsste und streichelte sie und zog ihr langsam das Nachtgewand aus. Aber dann riss er sich zurück. Er musste sich dazu zwingen, denn in seinem Herzen wusste er, dass er sie liebte. Die ganze Woche hatte er kaum an etwas anderes als an sie denken können, fast hatte er gehofft, sie in Providence zu lassen, damit er sich von ihr entfernen und diesem Wahnsinn entgehen konnte.
»Ich gehe lieber«, murmelte er. »Ich sollte wirklich gehen.«
»Warum?« fragte sie und räkelte sich neben ihm.
»Weil«, sagte er nun fast wütend, »du mit jedem flirtest, Sylvia, und ich nicht eine deiner Eroberungen sein will.«
Sie setzte sich auf und bedeckte sich mit dem Laken. »Wenn du denkst, ich flirte jetzt mit dir, bist du ein Dummkopf, Corby. Ich glaube, es ist gerade umgekehrt. Ich liebe dich. Erst letzte Woche, als du mich geküsst hast, merkte ich, wie sehr ich dich liebe.«
Er nahm sie in den Arm. »Sag es mir noch einmal. Sag mir, dass du mich liebst.«
»Ich liebe dich«, flüsterte sie in sein Ohr. »Und ich bin die Dumme, denn du kehrst zu Jessie zurück, und ich bin dann auf der Plantage wieder ein Niemand.«

»So wird es nicht sein. Ich verspreche es dir. Ich wollte nicht, dass dies geschieht, aber ich liebe dich über allen Verstand.«
Er ging zur Tür, verschloss sie und kehrte als ihr Liebhaber zu ihr zurück.
Über der Trinity Bay sahen sie die Morgendämmerung hereinbrechen, ein leuchtend schimmerndes Orange und Gold über dem glänzenden Wasser, dahinter, geheimnisvoll in den Nebel getaucht, die dunklen Berge.
»Was soll aus uns werden?« fragte sie ihn, aber er hob sie nur auf und trug sie zurück ins Bett.
Es mochte treulos klingen, aber Jessie genoss den ersten Tag. Obwohl sich Corby meist bis zum späten Nachmittag auf der Plantage aufhielt, hatte sie sich in ihrer Bewegungsfreiheit immer eingeschränkt gefühlt, so als stünde er ständig missbilligend neben ihr. Natürlich hatte er ein Recht, sich um das Kind zu sorgen und sich zu beunruhigen, wenn sie sich zuviel in der Hitze bewegte und ihre Kräfte überschätzte. Aber sie ging nie weit, denn die unmittelbare Umgebung war äußerst interessant. Oft hüpften kleine Wallaby-Kängurus in die Lichtung und weideten direkt vor dem Haus; eines Tages war ein großes Känguru aufgetaucht, die langen Ohren zuckten, während es aufgerichtet die Gegend inspizierte und sich dann ohne Eile zurückzog. Sie hatte noch keinen Koala gesehen, aber einen großen Waran, der mit erhobenem Kopf den Weg entlangtrottete und dabei hin und her schwankte. Obwohl Elly ihr sagte, dass sie harmlos waren, hielt sie diese Begegnung einige Tage auf der Veranda fest.
Und von der Veranda aus, wo sie einfach herumsaß, nähte oder Briefe nach Hause schrieb, wurde sie zu einer Vogelbeobachterin. Unter Anleitung ihres Vaters legte sie eine Liste der Vögel von Providence an. Es schien unzählige verschiedene Arten zu geben, von den grauen Honigfressern bis zu den schwarzroten Kakadus und den Myriaden bunter Papageien.
Der Professor erschien im Speisezimmer. »Ich habe eine Überraschung für dich, Jessie.«
»Wundervoll! Was ist es?«

»Komm nach draußen und sieh selbst.«
»Gleich.« In Sylvias Abwesenheit kümmerte sich Jessie um den Spaniel, der langsam zu einem Problem wurde. Er war ein launisches kleines Ding, voller Leben, durfte aber außerhalb des Hauses nicht frei herumlaufen, damit er nicht wieder Zecken einschleppte oder in den Dschungel lief. Sie hatte ihn daher an ihr Stuhlbein gebunden, um das er sich schließlich mitsamt der Leine aufgewickelt hatte. Sie musste sich runterbeugen um ihn zu befreien, während er sie ansprang und ihr Gesicht zu lecken versuchte.
»Halt doch still«, sagte sie, »oder du strangulierst dich noch selbst, du dummer Hund.«
Der Hund zog und zerrte an der Leine, als sie durch die Tür trat. Vor der Vordertreppe stand der Wagen, einer der Stallburschen saß auf dem Kutschbock und hielt die Zügel in der Hand.
»Madam, Ihre Kutsche erwartet Sie«, sagte Lucas und verbeugte sich schelmisch.
»Wohin fahren wir?«
»Hinunter zum Lager. In deinem Zustand ist es zu Fuß zu weit. Apropos, wann kommt denn mein Enkelkind?«
»Etwa in einem Monat«, erwiderte sie abwesend. Sie wunderte sich über diesen Ausflug und dessen Zeitpunkt, der mit Corbys Abwesenheit zusammenfiel.
»Komm schon«, sagte ihr Vater, »steh nicht herum.«
»Oh, ich weiß nicht ... ich muss auf den Hund aufpassen.«
»Sperr ihn in dein Schlafzimmer.«
Lucas erlaubte keine Widerrede, also schloss sie den Hund ein und befand sich bald darauf im Wagen.
Als sie den Dschungel hinter sich ließen, der das Haus umgab, war sie überrascht, eine flache Landschaft vorzufinden; die hohen Zuckerrohre waren verschwunden. Männer an Handpflügen und andere Feldarbeiter winkten ihnen zu, als sie vorüberfuhren. Jessie blickte sich um. »Es ist riesig«, sagte sie, »ich dachte, man könnte von hier aus den Fluss sehen.«
»Nein. Der Fluss kommt von Nordwesten. Je weiter wir in die Plantage hineinfahren, umso weiter ist der Fluss entfernt.« Er

schien zu erschauern. »Dem Fluss am nächsten ist das Haus, aber auch das ist ein gehöriges Stück weit weg.«

»Ich würde den Fluss gerne sehen.«

»Ein andermal. Das da vor uns ist das Lager der Kanaka.«

Ein halbes Dutzend Frauen tauchte aus der langen, an der Seite offenen Hütte auf, dralle, nussbraune Frauen, die in farbenprächtige Sarongs gehüllt waren. Sie wurden vom Professor vorgestellt, während der Stallbursche Jessie vom Wagen half. Sie war fasziniert von ihrer stattlichen und würdevollen Haltung, und schließlich überwältigt, als starke Arme sie streichelten und sie weiche Lippen unter gemurmelten Willkommensgrüßen, ähnlich einem Schwarm liebevoller Tanten, auf die Wange küssten. Ihre glänzende Haut besaß einen nicht unangenehmen öligen Duft, sie umringten sie, interessierten sich lebhaft für ihre Schwangerschaft, legten sogar die Hände auf den Bauch und lachten ausgelassen. »Bald Baby, Missus. Baby zu uns bringen. Wir machen groß und fett.«

Anstatt es als Beleidigung aufzufassen, fiel Jessie in ihre ansteckende Heiterkeit ein und lachte mit. Sie war froh, dass Corby nicht da war und über die intimen Freiheiten, die sich die Eingeborenen herausnahmen, seine Stirn runzeln konnte. Das Gefühl von weiblicher Solidarität, das sich hier zeigte, hätte er sowieso nicht verstanden.

Die Frauen brachten ihnen Tee und Reiskuchen, umschwärmten sie und lächelten, bis eine mit geschickten Fingern aus Jasminblüten einen köstlich duftenden Kranz fertigte, den sie unter großem Zeremoniell und einem weiteren Kuss auf die Wange Jessie um den Hals legte.

»Sollen wir das Hospital besuchen?« fragte Jessie ihren Vater.

»Heute nicht. Sie sind so glücklich, dich zu sehen, dass du nicht den Eindruck erwecken solltest, du kämst nur kurz vorbei.«

Der Besuch war für Jessie eine wunderbare Erfahrung. Sie versprach öfter zu kommen, um ihre Namen zu erfahren und diese warmherzigen Menschen wirklich kennen zu lernen.

Bei ihrem Nachmittagsschlaf schlummerte der Hund friedlich

neben ihr. Elly hatte ihn zu einem langen Spaziergang draußen gehabt, und nun, da er sonst auf Sylvias Bett schlief, forderte Tuppy in Jessies Zimmer dasselbe Recht; sie musste ihn gewähren lassen. Zumindest wusste sie, wo er war. Dennoch hatte sie die Türen geschlossen, damit er nicht weglaufen konnte. Sylvia würde einen Anfall bekommen, sollte er verloren gehen. Und so ertrug sie den geschlossenen Raum mit einem resignierten Lächeln.

Später schlug der Professor vor, Mr. Devlin zum Abendessen einzuladen, diesmal allerdings wollte Jessie nicht zustimmen.

»Ich würde mich freuen, ihn hier zu haben, aber es wäre kindisch und unfair Corby gegenüber, wenn wir gegen seine Regeln verstießen. Außerdem könnte das Mr. Devlin vielleicht in Verlegenheit bringen.«

Am nächsten Morgen brachte ihr Elly das Frühstück, nahm dann den Hund und lieferte ihn nach dem Spaziergang wieder ab.

»Kannst du ihn nicht draußen irgendwo festbinden?« fragte Jessie.

»Nein, Missus«, grinste Elly. »Er zuviel bellen, Missy das niemals tun.«

»Nun gut, dann lass ihn hier.«

Sie verbrachte den Rest des Morgens mit dem an der Leine zerrenden Köter oder band ihn wieder an das Stuhlbein fest. Sylvia hatte sich anscheinend daran gewöhnt, Jessie jedoch begann er allmählich zu stören. Sie überlegte, ihn ihrem Vater zu geben, doch der war so geistesabwesend, dass er den immer nach draußen drängenden Hund bestimmt sofort verloren hätte.

Mittags, vor dem Essen, entschloss sie sich, aus Mitleid mit ihm einen kleinen Spaziergang zu machen. Sie führte ihn auf die Veranda, und als sie nach dem Holzgeländer fasste, um die steilen Stufen sicher hinabgehen zu können, begriff er, dass ein Spaziergang anstand; mit aufgeregtem Geheul stürzte er los, und die Leine entglitt Jessies Hand. Sie wollte sie wieder ergreifen, verlor dabei das Gleichgewicht und fiel kopfüber die Treppe hinab. Sie hörte sich selbst aufschreien, ein unnatürli-

cher Laut, dann schlug sie dumpf auf und blieb auf dem Boden liegen.
Ihre Nase war taub und blutete, Jessie dachte bereits, dass sie gebrochen war. Ihr Gesicht und ihre Hände waren aufgeschrammt und schmerzten. Dann war Elly neben ihr, jammerte und versuchte, sie hochzuheben. »Alles gesund, Missus? Alles gesund?«
Jessie rang nach Atem. Sie konnte nicht antworten, weinte nur und hatte Angst um ihr Kind. Um sich aufzurichten, fehlte ihr die Kraft. Sie lag nur da, die Wange gegen den Boden gepresst, und versuchte sich zu beruhigen, während sich Leute um sie versammelten. Dann war ein Mann über ihr, hob sie leicht und sanft auf und trug sie mühelos die Treppe hoch, als wäre sie ein Kind; ihr Kopf lag an seiner nackten Brust.
Sie spürte nun rasende Kopfschmerzen, nahm aber wahr, dass sie zu ihrem Schlafzimmer getragen wurde. Elly lief nebenher und gab aufgeregt Anweisungen. Als er sie vorsichtig auf das Bett niederließ, bedankte sie sich murmelnd. Jetzt erst sah sie, dass es einer der Kanaka-Jungen war, der vor dem Haus am Zaun beschäftigt war. In ihrem verwirrten Zustand erschien ihr sein Gesicht als das eines Engels, eines bekümmerten, schönen Engels, dessen Hand sie zitternd ergriff; sie hatte Angst und wollte getröstet werden.
»Ich holen Mae«, schrie Elly und flog davon. Der Kanaka blieb und machte keine Anstalten, seine Hand zu entfernen.
»Mein Baby«, flüsterte sie nun etwas ruhiger. »Ich verliere mein Baby.«
Er setzte sich neben sie und redete in seiner melodiösen Sprache – oder sang er? – auf sie ein, und Jessie fühlte sich wie eingeschläfert und ruhiger. »Keine Angst«, sagte er weich. »Baby starkes Kind. Hat großes Leben.«
Mae kam angelaufen und kreischte wie ein aufgescheuchter Vogel, »Ahiiii! Ahiiii!« Dann erschien auch Tommy, warf einen Blick in das Zimmer und rief: »Ich Mike suchen.«
»Nein«, rief Jessie, die langsam zu sich kam und der es peinlich war, sich so unwürdig aufzuführen.

Der Kanaka-Junge war entschwunden. Das Aborigines-Mädchen und die Chinesin entkleideten sie und wuschen die Abschürfungen an Gesicht und Händen. Ihre Schulter wie die Hüfte waren gequetscht, aber gebrochen war nichts. Niemand konnte ihr allerdings sagen, ob dem Baby etwas fehlte. Während sie sich um sie kümmerten, ihr Haar bürsteten und versuchten, sie wieder zurechtzumachen, fühlte sich Jessie wie in einer unwirklichen surrealen Szene. Wie kam es, fragte sie sich, als ihr Mae einen Teelöffel Medizin verabreichte, dass sich drei so unterschiedliche Leute um sie kümmerten. Dann sah sie die komische Seite. Ein brauner Mann hat sie hereingetragen und sie einer schwarzen und gelben Frau übergeben. Alle drei gütige Wesen. Aus dem Nichts schien nun Corby aufzutauchen, schien über sie die Stirn zu runzeln und sie zu beschuldigen, sorglos mit seinem Kind umzugehen. Er versuchte den Braunen, die Schwarze und Gelbe wegzuscheuchen, die sich in schöne Schmetterlinge verwandelten und hinauf zu den Balken schwebten, außerhalb seiner Reichweite. Jessie kicherte. Dann lachte sie und schlief ein.

Als sie erwachte, saß der Professor an ihrem Bett. »Wie fühlst du dich? Du dummes Mädchen, einfach die Treppe hinabzustürzen.«

»Ich weiß nicht. Ein wenig zerschlagen, aber ich bin ganz geblieben.« Sie berührte ihren Bauch. »O Gott. Das Baby. Ich spüre nichts. Keine Bewegungen.« Noch während sie redete, glaubte sie sich an jemanden erinnern zu können, der ihr sagte, dass sie sich nicht aufregen und keine Sorgen machen sollte. Aber wer? Wer war es? Vielleicht hatte sie das nur geträumt.

»Sollen wir nach der Hebamme schicken?« fragte er. »Mr. Devlin ist draußen. Er ist sehr besorgt.«

»Nein, ich denke, das ist noch nicht nötig. Ich will keinen falschen Alarm schlagen.«

»Bist du dir sicher?«

»Ja.« Sie war sich nicht sicher. Sie brauchte Zeit, um zu merken, was mit ihrem Körper geschehen war. Und um zu beten. Doch dann spürte sie das bekannte Stupsen. Mit ihrer Hand glitt sie unter die Bettdecke und beruhigte das kleine Wesen, wie es sich in ihr rührte, dass nichts passiert sei – dieselbe Beruhigung, die auch sie brauchte, dass ihm nichts passiert war. »Es ist noch nicht so weit«, sagte sie. »Ich habe einen Schock. Ich muss einfach liegenbleiben und mich ausruhen. Aber sag Devlin meinen Dank. Wo ist der Hund?«

»Der Hund?« frage Lucas. »Ich weiß es nicht. Ich werde Elly fragen.«

Sie suchten die Gegend um das Haus ab, Lucas berichtete ihr schließlich, dass er nirgends zu finden war. »Mach dir keine Sorgen, Jessie, er taucht schon wieder auf, wenn er Hunger hat.«

»O Gott, das hoffe ich sehr. Sylvia wird wütend sein, wenn er wieder Zecken mitbringt.«

Am folgenden Nachmittag erschien Mr. Devlin zu einem eher formellen Besuch. Er brachte einen großen Korb mit Früchten von »den Damen«. Der Korb war aus Schilfrohr geflochten und mit Blättern verziert, tropische Blüten lagen als Dekoration zwischen den Früchten.

»Wie schön«, sagte Jessie. »So wunderbar gemacht.«

»Ja, sie lieben Farben. Und unser Herrgott schenkt sie ihnen hier reichlich, damit sie sich an ihre Inseln erinnern. Die Früchte werden hier angebaut, nicht so viele, wie ich gerne hätte, aber auch das werden wir verbessern.«

Jessie betrachtete den Korb. »Das ist wundervoll! Eine Ananas, Bananen ... die wachsen hier? Das wusste ich nicht. Und was ist das?«

»Eine Pawpaw. Sie nennen sie Papaya. Die Blätter stammen vom Pawpawbaum. Sie sind leicht anzubauen. Und diese kleinere Frucht hier ist eine Mango. Im Moment fallen sie in großer Zahl von den Bäumen. Haben Sie sie schon einmal probiert?«

»Ich habe noch nicht einmal von ihnen gehört.«

»Sie sind sehr süß.«

»Das ist so freundlich von ihnen«, sagte Jessie. »Richten Sie ihnen meinen Dank aus.«

»Das werde ich tun. Und nun sagen Sie mir, wie geht es Ihnen?«

»Viel besser, danke. Aber Mae besteht darauf, dass ich noch mindestens einen Tag im Bett bleibe. Für eine so kleine Person kann sie schrecklich viel Lärm veranstalten.«

Er lachte. »Und Sie sind sich sicher, dass ich nicht die Hebamme holen soll?«

»Um Himmels willen, nein. Sagen Sie mir lieber, ist der Hund bereits aufgetaucht?«

»Noch nicht. Die Schwarzen haben die Suche nach ihm zu ihrer neuesten Beschäftigung erkoren. Sie machen eine große Sache daraus.«

Jessie seufzte. »Sie sind alle so freundlich, Mr. Devlin. Ich fühle mich ganz schlecht, sie so lange ignoriert zu haben.«

»Das sollten Sie nicht. Eins nach dem anderen. Es ist besser, sie allmählich kennen zu lernen. Nun, gibt es irgendetwas, das ich für Sie tun kann?«

Sie sah ihn vorsichtig an. »Ja. Elly hat etwas Seltsames gesagt. Sie meinte, wenn der Hund in die Nähe des Flusses gerät, holen ihn sich die Krokodile. Gibt es Krokodile im Fluss?«

»Machen Sie sich darüber keine Sorgen. Sie werden ihn finden.«

»Mr. Devlin, Unwissenheit kann gefährlich sein. Wenn es hier auf Providence Dinge gibt, die ich wissen sollte, dann will ich, dass man sie mir sagt. Erzählen Sie mir also von den Krokodilen.«

»Nun, ich war überrascht, als ich zum ersten Mal Miss Langley mit ihrem Spaniel sah. Hunde, die in die Sümpfe oder in die Nähe der Flüsse geraten ... nun, sie überleben nicht lange.«

»Großer Gott! Und sind diese Kreaturen dem Menschen gefährlich?«

»Ja.«

»Da haben wir es. Und ich dachte, ich könnte am Fluss Picknicks veranstalten.« Sie lachte. »Sehen Sie, dabei könnte ich einige Gäste verlieren. Aber ich würde gern einmal ein Krokodil sehen. Ist das möglich?«

»Natürlich. Der Fluss ist wirklich schön, Sie müssen nur die hohen Stellen, die Steilufer, kennen, wo Sie ungefährdet von den Krokos Ihr Picknick halten können.«

»Gut. Nun, da wir schon beim Thema sind, was muss ich sonst noch wissen?«

»Können Sie mit einem Gewehr umgehen?«

»Nein.«

»Dann sollten Sie es vielleicht lernen. Manche der Schlangen hier sind giftig. Mrs. Morgan, ich weiß wirklich nicht, ob ich Sie damit beunruhigen soll.«

»Das tun Sie nicht. Es geht mir wie den Eingeborenen; es interessiert mich alles, vor allem wie ich am Leben bleiben kann. Haben Sie vielen Dank, Mr. Devlin, das war ein sehr erhellendes Gespräch.«

Als er sich verabschiedete, rief sie ihm hinterher: »Und wenn Ihnen noch etwas einfällt, was ich wissen sollte ...«

Er drehte sich um und lächelte. »Ich denke, das reicht momentan.«

Die nächsten beiden Tage verbrachte sie ruhig, verwöhnt von ihren drei Hausangestellten. Ein Stapel Zeitungen erschien plötzlich auf dem Tisch in ihrem Schlafzimmer, der sie einige Zeit beschäftigte, und der Professor kam und spielte mit ihr Karten. Corby und Sylvia vermisste sie kaum, sie war jedoch entschlossen, wieder auf den Beinen zu sein, wenn sie nach Hause kamen. Corby hatte gesagt, dass sie nicht länger als fünf Tage fortbleiben wollten.

In der Nacht aber erwachte sie mit heftigen Schmerzen im Rücken. Es war sehr spät, im Haus war es still. Sie ertrug die Schmerzen, solange es möglich war, dann erhob sie sich und zündete die Lampe an. Augenblicklich war Elly an der Verandatür. »Missus, krank?«

»Nein, ich habe nur schreckliche Schmerzen im Rücken.«

Das Mädchen riss die Augen auf. »Lieber Mike holen.«

»Nein. Nicht zu dieser Stunde. Ich möchte bis zum Morgen warten, dann sehen wir weiter.«

Die Schmerzen verschlimmerten sich, die Nacht schien kein Ende nehmen zu wollen. Während die Stunden verstrichen, wurde Elly immer besorgter. Sie holte Mae, die sich zu Jessie setzte, und verschwand wieder. Aber Mae, in einem Zustand

der Panik, war keine große Hilfe. Sie flatterte wie ein gefangener Vogel im Zimmer auf und ab und bot Jessie eine Tasse Tee nach der anderen an. »Viel heiß Tee trinken, gut für Sie.«
Ob es ihr half, kümmerte Jessie nicht; er war süß und befeuchtete ihren trockenen Mund. Dann schien sich ihr Magen krampfhaft zusammenzuziehen, und sie wusste, dass das Baby kam. Es war zu spät, um die Hebamme zu holen. »Was tun?« rief Mae, während Jessie stöhnte.
»Ich weiß es nicht«, stieß Jessie zwischen ihren zusammengepressten Zähnen hervor. »O Gott, ich weiß es nicht.« Sie klammerte sich an den Bettpfosten.
Plötzlich war Elly wieder da, und mit ihr eine stämmige Aborigines-Frau, die aufgeregt lachend in das Zimmer schlenderte. Jessie konnte nichts Amüsantes an der Situation finden, entsetzt musste sie mit ansehen, wie diese fremde schwarze Frau die Laken wegzog, die sie bedeckten. »Geh weg«, rief sie. »Lass mich alleine.«
»Nein, Missus«, sagte Elly. »Das meine Mam. Das Broula, sie gut Kinder kriegen.«
Dann beugte sich Broula über sie, lächelte und zog ihr die Kleider aus. Jessie, nun völlig nackt vor diesen Frauen, glaubte vor Scham sterben zu müssen. Die großen, rauhen Hände tasteten ihren Bauch, und Broula gab ein freudiges Grunzen von sich. »Baby kommen. Du nun braves Mädchen.«
Elly stopfe Jessie ein dickes Tuch zwischen die Zähne, und die werdende Mutter hing sich, vor Schmerzen geschüttelt, an den Bettpfosten und schloss die Augen. Lass sie machen, dachte sie, ich werde sowieso sterben. Und das Kind wird tot zur Welt kommen. Es war der Sturz. Es ist meine Schuld. Ich hätte besser aufpassen sollen.
Elly beugte sich über sie. »Broula sagen, aufhören mit Weinen und viel drücken, Missus. Sie sagen, wenn Baby wollen, dann helfen.«
Wütend spie Jessie das Tuch aus. »Sie hat leicht reden! Das ist alles falsch!« Sie brüllte sie an und schrie. »Es ist zu früh, viel zu früh. Lasst mich alleine!« Je mehr sie schrie, um so mehr

grinsten diese verrückten Frauen. »Gut! Gut, Missus, viel schreien!« Sie versank in einen Abgrund. Oder trieben die anderen von ihr weg? Sie schienen nun so fern zu sein, so weit weg, und leise beweinte sie ihre eigene Dummheit, Mr. Devlin nicht nach der Hebamme geschickt zu haben, um das Kind zu retten. Der Professor stand neben ihr, hielt ihre Hand und versuchte sie zu beruhigen. »Es tut mir Leid«, flüsterte sie. »So Leid.«

»Weswegen?« fragte er.

Der knisternde Duft frischen Leinens umgab sie, das Bett war eine kühle, weite weiße Fläche, nicht mehr dieser dunkle Sturmwind der Nacht. Dämmerlicht breitete sich sanft im Zimmer aus, und Broula stand triumphierend mit einem kleinen Bündel am Fußende des Bettes.

»Du solltest lieber deinen Sohn zu dir nehmen«, sagte ihr Vater. »Deine Hebamme ist so angetan, dass sie sich sonst noch mit ihm davonmacht.«

Corby besuchte weitere Versammlungen und jagte den Schiffs- und Regierungsvertretern hinterher, um bei ihnen, solange dies noch möglich war, weitere Kanaka zu ordern. Sein Name aber stand weit unten auf der Liste. Zu spät erfuhr er, dass er seinen Bestellungen Bestechungsgelder hinzufügen sollte. Verzweifelt suchte er wieder Captain King auf. »Wenn Sie mir Arbeiter verschaffen können, unter der Hand, sozusagen, wäre ich Ihnen sehr zu Dank verbunden.«

»Dann sehen Sie's als abgemacht an. Edgar wird Ihnen rechtzeitig Bescheid sagen. Übrigens, ich habe den Wein, den Sie wollten. Wenn Sie das Geld haben, schicke ich ihn mit der nächsten Proviantlieferung nach Providence.«

»Kommen Sie heute Abend ins Hotel. Dort zahle ich Sie aus.« Das hoffte er jedenfalls. Über all den Sorgen hatte er die Bank ganz vergessen.

»Erfreut Sie kennen zu lernen, Mr. Morgan.« Der umgängliche Bankdirektor war keineswegs der ältere, nüchterne Gentleman, den er erwartet hatte, sondern ein hagerer Kerl Mitte Zwanzig, der einzige Anwesende in dem kleinen Laden, der als Bank firmierte.

»Ich wollte mich nach meinem Kreditrahmen erkundigen«, sagte Corby etwas steif. »Ich hatte eine ausgezeichnete Ernte, Mr. …«

»Billingsley. Bob Billingsley. Kommen Sie rein, und legen Sie ab. Ich wollte schon zu Ihnen hinausfahren, aber das haben Sie mir nun erspart. Wie geht es Mike?«

»Ganz gut.« Nervös sah Corby zu, wie Billingsley die Pergamentseiten eines schweren Buches durchblätterte, sich dann einem anderen zuwandte und mit dem Finger die Einträge durchging. »Das sind die Zuckereinnahmen«, sagte er. »Ich bekomme sie als erstes, verstehen Sie. Dann können die Pflanzer nicht die Zahlen frisieren.«

Corby hielt dies für eine ziemliche Unverfrorenheit, enthielt sich aber eines Kommentars.

»Ah, hier sind wir ja. Providence! Gut. Einfach großartig! Sie sind bereits wieder voll in den schwarzen Zahlen.«

»Wie kann das sein?«

»Das hat Jake so eingerichtet. Statt die Schecks nach Providence zu schicken, werden sie direkt hier auf Ihr Konto eingezahlt. So kann keine Post verloren gehen, wenn Sie sie zu mir zurückschicken.«

Corby war erstaunt. »Sie meinen, ich habe keine Schulden?«

»Nein. Der Preis für Zucker ist hoch, das freut uns alle. Ich werde Ihnen einen Kontoauszug anfertigen. Momentan hinke ich mit diesen Arbeiten etwas hinterher. Wie wär's, wenn Sie ihn morgen abholen wollten?«

»Gewiss«, antwortete Corby verwirrt. »Und, eh …« Wie sollte er es formulieren? »Ich nehme an, dass noch mehr Schecks eintreffen?«

»Natürlich. Kann ich noch etwas für Sie tun?«

»Ich würde gern Bargeld mitnehmen.«

»Richtig!« Billingsley holte einige schwere Schlüssel hervor und trat an den Safe in der Ecke. »Wieviel? Ein paar Hundert?«

»Ja. Bitte.«

Die Welt hatte sich verändert. Er trat in die schlammige Straße hinaus, kümmerte sich nicht um den nieselnden Regen und um die Hitze, die in den wenigen Tagen, die er in dieser schäbigen, vogelscheuchenartigen Stadt zubrachte, noch zugenommen hatte. Er hatte Geld! Er war auf seinem Weg. Und je mehr Land er rodete, umso mehr Geld konnte er verdienen.

Voller Hochgefühl schlug er den Weg zur Bar des Victoria-Hotels ein. Das Kanaka-Problem würde sich von selbst erledigen. Dieses Gesetz konnte nicht durchkommen, die Leute machten sich einfach zuviel Sorgen. Für Corby Morgan war es nun an der Zeit, sich richtig zu vergnügen.

Sylvia ging der Regen auf die Nerven, aber es war immer noch besser, als zu Hause zu sitzen und zu hören, wie er gegen die Fensterscheiben trommelte. Die Kreuzfahrt in der Bucht war abgesagt, ebenso das Pferderennen. Obgleich das enttäuschend war, so schienen doch selbst am Sonntag die Essenseinladungen und die Partys nicht abzureißen; Lita kannte fast jeden. Corby hatte vorgehabt am folgenden Tag nach Providence abzureisen, letzte Nacht aber hatte er eingewilligt, noch einen weiteren Tag zu bleiben. Ihnen blieb nicht mehr viel Zeit.

Während des Tages kümmerte er sich um seine eigenen Geschäfte, beachtete sie kaum, dafür waren die Nächte in ihrem Zimmer umso köstlicher. Sylvia hätte nichts dagegen gehabt, nie mehr nach Providence zurückzukehren. In den letzten Tagen war er in wundervoller Stimmung, und warum auch nicht? Ihre Liebesspiele wurden von Tag zu Tag intensiver, und er sagte ihr immer und immer wieder, wie sehr er sie liebte.

Sie saß mit Lita und anderen im Hotelfoyer, sie lasen die Zeitung und warteten auf ihre Begleiter, die sie zu einem Essen abholen sollten, als ihr ein Mädchen sagte, dass sie am Eingang erwartet werde. Sie eilte hinaus, fragte sich, wer um alles in der Welt es sein mochte, und fand Toby vor, der aufgeregt herumtanzte. »Missy, Boss suchen und wir nach Hause gehen.«

»Warum? Wovon sprichst du?«

»Mike hat Boten geschickt. Wir schnell nach Hause.«

»Warum? Was ist los?«

Er zeigte ein breites Grinsen; er freute sich, die Nachricht über-

bringen zu können. »Missus hat ein Baby! Ein Baby-Jungen! Sie dem Boss sagen. Ich hier warten?«
Sie seufzte. »Nein. Geh. Ich werde es ihm sagen. Jetzt geh schon.«
Widerwillig ging er davon. Sylvia blieb an der Tür und dachte nach. Es wäre nicht schwer, Corby zu finden, aber warum sollte sie? Er hatte ihr versprochen, noch eine Nacht zu bleiben. Wenn sie ihm die Neuigkeiten mitteilte, würde er wohl sofort abreisen wollen. Oder vielleicht auch nicht; er müsste eine Nacht mit ihr aufgeben. Sie wollte es nicht darauf ankommen lassen. Sie würde es ihm später erzählen. Wenn es zu spät war, noch nach Providence aufzubrechen.
Am Nachmittag besuchten sie eine Musikdarbietung, die allerdings so schlecht war, dass Lita und sie vorzeitig gingen.
»Wollen wir in Ihrem Zimmer einen Tee zu uns nehmen?« fragte Sylvia, aber Lita hatte andere Pläne.
»Nicht heute, Liebes. Ich brauche mein Zimmer, also platzen Sie nicht einfach herein.«
»Warum nicht?«
»Weil ich einige Freunde eingeladen habe.«
Sylvia war verletzt. War sie nicht Litas Freundin? Aber sie sagte nichts. Stattdessen klebte sie an Litas Seite, bis ihre Freunde erschienen, davon überzeugt, dass Lita sie einladen musste, wenn sie ihren Platz nur behauptete.
Als sie schließlich auftauchten, überall Regentropfen versprühten und sich über die herrliche Idee amüsierten, bei diesem Wetter drinnen zu bleiben – was Sylvia ganz und gar nicht komisch fand –, bestand die Gesellschaft nur aus Carver Parkes, einem hübschen blonden Viehzüchter, der Litas Partner auf dem Ball gewesen war, und Johnny King. Obwohl Sylvia Johnny deutlich zu verstehen gegeben hatte, dass sie an seinen Aufmerksamkeiten nicht interessiert war, ärgerte es sie dennoch, dass er nun ein billig aussehendes Mädchen in einem schwarzweiß gestreiften Taftkleid und einem scheußlichen, ebenfalls schwarzweißen Seidenhut mitbrachte. Sylvia hasste Schwarz und Weiß, es wirkte so laut, so linkisch. Sie sah zu Lita

und erwartete, dass die Gastgeberin, die keine Probleme hatte, Leute loszuwerden, diese Person schnell vertrieb. Ihr Platz inmitten dieser kleinen verrückten Party war ihr gesichert.
Sie hörte, wie Carver bei einem Hotelbediensteten die Bestellung aufgab – Champagner, viel Eis ... Er rief zu Lita: »Austern?«
»Warum nicht?« lachte sie. »Ich habe Lust darauf. Bestell sie einfach, Liebling.«
»Austern«, sagte er. »Offen. Und kalten Hühnerbraten. Nicht zuwenig. Setzen Sie es auf meine Rechnung, und schicken Sie alles auf das Zimmer von Mrs. de Flores.«
Für einen Tee war das eine ganze Menge, dachte Sylvia, aber es würde Spaß machen. Alles, was Lita organisierte, machte Spaß. Dann redete Lita in ihrem üblichen charmanten Tonfall mit dem billigen Mädchen, so, als sei sie wirklich an ihr interessiert, fragte sie, woher sie kam, wie es sie nach Cairns verschlagen hatte, und das Mädchen antwortete mit unmissverständlichem Cockney-Akzent und lächelte Johnny King an, der ihr die ganze Zeit wie ein liebestoller Verehrer die Hand hielt.
»Haben wir alles, was wir brauchen?« fragte Lita, was alle in schallendes Gelächter zu versetzen schien. Und dann entschuldigte sich die Vierergesellschaft vor den Augen Sylvias und machte sich zur Treppe davon.
Entsetzt über diese Grobheit, fühlte sich Sylvia im geschäftigen Foyer plötzlich von allen beobachtet – das Mädchen, das gerade von ihren Freunden versetzt worden war. Verzweifelt sah sie sich nach einem bekannten Gesicht um, nach den Männern, die ihr seit Tagen Avancen machten, aber niemand war zu sehen.
Schließlich erhob sich eine ältere Frau in einem schweren schwarzen Kleid, dessen einziger Schmuck in einer glänzenden Diamantbrosche bestand, von ihrem Sofa. »Es ist klug von Ihnen, mein Mädchen, diese Gesellschaft zu meiden«, warf sie Sylvia zu, als sie an ihr vorbeiging. »Sie sind keinen Deut wert.« Dann war sie weiter.
Sylvia fragte sich, wo Corby steckte. Aus der Bar drang einiger Lärm, Trinksprüche und Toasts, aber in diese männliche Do-

mäne durfte sie nicht eindringen. Daneben befand sich das Billardzimmer, ebenfalls ein beliebter Aufenthaltsort von ihm, aber auch das war den Frauen verwehrt.
Am Ende entfloh sie in ihr Zimmer, hoffte noch, dass jemand käme und sie zum Essen führte, aber niemand ließ sich blicken. Nicht einmal Corby, und das an ihrem letzten Abend in der Stadt. Völlig deprimiert legte sie sich hin, und als sie wieder aufwachte, war es bereits dunkel. Sie stand auf und stahl sich den Gang entlang zum großen Eckzimmer Litas. Drinnen konnte sie es reden und murmeln hören; es klang kaum nach einer Party, aber sie waren da. Ohne sie! Der Teufel soll sie holen! Sie hatte ihre eigenen Pläne. Corby würde kommen.
Statt das Mädchen zu rufen, damit sie ihr etwas zu essen brachte – und aller Welt eingestand, dass sie keinen Partner hatte, während alle anderen in Gesellschaft speisten –, knabberte sie die letzten Süßigkeiten, die ihr Johnny King verehrt hatte, und betupfte ihr Gesicht mit kühlem Zaubernussextrakt. Trotzig zog sie alle Kleider aus und schlüpfte in ihren rosafarbenen Spitzenmorgenrock. Sie stand vor dem Spiegel und bewunderte sich und ihre Figur, die der enganliegende Morgenrock zur Geltung brachte. Wie konnten sich die beiden Männer mit Lita und diesem billigen Ding abgeben, wenn sie doch ebenfalls hier war, jünger und weit besser aussehend.
Sie zündete die Lampen an, bürstete lange ihr Haar, bespritzte ihr Zimmer mit Lavendelwasser, schlug die Bettdecke zurück und rückte den Armsessel an die offene Verandatür, damit sie hinausschauen konnte.
Wie ein nasses Tuch lehnte sich ein hoher Baum an diese Seite des Hauses. Die Hitze war erdrückend, von der Bucht kam nicht der geringste Lufthauch, um den fauligen Geruch der Sümpfe zu vertreiben. Vom Speisesaal unten drang Musik herauf, vermischt mit den Stimmen und dem Gelächter der dort Feiernden. Sie wünschte, dass ihnen allen heiß und unbequem war. Und sie war auf sich selbst wütend, dass sie mit Lita, die nur an sich selbst dachte und bereits eine Verabredung hatte, die Musikdarbietung so früh verlassen hatte. Es waren genügend

junge Leute im Saal gewesen; wäre sie länger geblieben, hätte sie für diesen Abend Einladungen annehmen können. Zahlreiche junge Gentlemen wären begeistert gewesen, sie in ihrer Gesellschaft zu haben. Verfluchte Lita! Sie hatte alles verdorben.

Wie sollte es nun auf Providence weitergehen, fragte sie sich. Nun, da sie bewiesen hatte, dass sie reiten konnte, würde sie auch auf der Plantage mehr reiten. Vielleicht konnte sie Corby den Tag über begleiten; eine romantische Vorstellung. Sie konnte ihm liebevolle Picknickpakete machen, und sie würden sich an geheimen Plätzen treffen. Früher oder später musste er Jessie alles erzählen. Es wird sie verletzen, aber das war nicht zu vermeiden. Schließlich war es vor allem Jessie, die gewollt hatte, dass sie mit nach Queensland kam. Sie war Corby regelrecht vorgesetzt worden, und seine Reaktion war nur menschlich. Es war schließlich nicht ihre Schuld, dass sie jünger und attraktiver als ihre Schwester war. Und Jessie hatte nun ein Baby, das würde sie beschäftigen. Vielleicht nahm sie das Kind und kehrte mit ihm nach England zurück. Wie sollte sie hier eine Nanny finden? Oder eine Schule? Vater konnte sie begleiten. Er vertrug das Klima nicht, es machte ihn senil. Seit seinem Verschwinden benahm er sich ziemlich seltsam. Sie seufzte. Jessie würde sowieso niemals hierher passen. Sie war mehr der gelehrte Typus, und die Neigung der Leute hier ging ganz gewiss nicht in diese Richtung ...

In den Armsessel gekuschelt, schlief Sylvia ein und träumte von einem neuen Haus auf Providence, einem zweistöckigen weißen Haus mit schwarzen Fensterläden. Ihrem Haus.

Mit einem Ruck erwachte sie. Corby war in seinem Zimmer, klapperte herum und veranstaltete einen Lärm, der Tote aufwecken konnte. Sie rannte über die Veranda, um ihn zu stoppen. Im Hotel, das bereits für die Nacht geschlossen war, war Ruhe eingekehrt, und der Dummkopf zog alle Aufmerksamkeit auf sich.

»Was in aller Welt machst du da?« rief sie, während er in seinem Zimmer herumtorkelte, seinen Mantel, die Jacke und die Kra-

watte ablegte und, gegen das Bett taumelnd, versuchte, die Manschettenknöpfe zu lösen.
»Wo warst du?« fragte er mit schwerer Zunge.
»Du bist betrunken!«
»Natürlich bin ich verdammt noch mal betrunken. Ich hab einen Sohn! Bronte Wilcox Morgan, der Erbe von Providence.«
»Woher weißt du das?« Sie war neugierig und fürchtete, er könnte wütend auf sie sein.
»Jeder weiß es. Einer erzählte es dem andern und der wieder einem andern, und dann kamen alle und erzählten es mir. Du hättest mich umpusten können.«
»Das kann ich noch immer«, gab sie schnippisch zurück.
»Tolle Kerle hier«, murmelte er, als er zum Stuhl torkelte, um sich die Schuhe auszuziehen. »Hab' keinen einzigen Drink bezahlt. Wir feierten Bronte Wilcox Morgan. Hilf mir doch. Diese verdammten Knöpfe, alle viel zu klein.«
Sie half ihm beim Ausziehen und schaffte es, ihn zum Bett zu bringen, wo er sie verschwommen anstarrte. »Gib mir 'nen Kuss.«
Sylvia rückte von ihm weg. »Nein. Du bist betrunken, und du riechst nach Alkohol.«
»Alkohol«, gluckste er. »Du riechst gut. Was ist unter dem Morgenmantel?« Er zog sie zu sich heran, sie wollte sich losmachen, doch sein Griff war zu fest.
»Lass mich«, sagte sie wütend. »Du bist so betrunken, so abscheulich.«
»Ich nehme an, King war nüchtern, oder?« zischte er. »Wo warst du überhaupt?«
»Ich war in meinem Zimmer.«
»Mit King, eh? Man hat ihn den ganzen Abend vermisst. Dachtest, ich würde es nicht merken, du kleine Hure!«
Sylvia war so entsetzt, dass sie ihm eine Ohrfeige verpasste. Genauso schnell schlug er zurück. Sie taumelte, dann riss er ihr den Morgenmantel vom Leib und warf sie aufs Bett. »Du brauchst eine harte Hand, meine Kleine«, stieß er hervor.
»Nein«, rief sie und trat nach ihm; er schlug wieder zu.

»Magst es, wenn man dich ein wenig härter anfasst, oder? Gut, das kann ich dir geben, und besser noch als King.«
Ihr schwindelte noch vom zweiten Schlag, sie versuchte, wieder zu sich zu kommen, aber Corby hatte seine Reitgerte in der Hand und hieb damit über ihren Hintern. Sylvia schluchzte in das Kissen, sie hatte Angst, laut aufzuschreien, und sie schämte sich zu sehr, um nach Hilfe zu rufen.
Er beugte sich über sie, schüttelte sie und wollte alles über sie wissen, was sie mit King gemacht hatte, und über Lita. »Wusstest du, dass sie Schwarze mag, wie ihr Alter?« zischte er. »Vielleicht magst du sie auch. Willst du, dass ich dir einen besorge?« Dann war er über ihr, schlug auf sie ein und warf sie wie eine Puppe hin und her. Und das Schrecklichste daran war, es machte ihm Spaß. Als seine Wut abnahm, küsste er sie feucht, zog ihr Gesicht an seines und sagte mit seiner betrunkenen Stimme, wie wunderbar sie war.
»Versprich, dass du niemals mehr mit King etwas hast«, kam es aus ihm heraus. Und sie versprach es. Versprach es, alles, nur um ihn loszuwerden. Aber es war dunkle Nacht, und er war noch nicht fertig mit ihr.
Sie hörte das Rasseln der Regenvögel, die die Morgendämmerung begrüßten, wahnsinniges Gelächter, als wollte sich der Teufel selbst über sie lustig machen. Neben ihr schnarchte Corby. Langsam, voller Schmerzen schob sie seinen verschwitzten nackten Körper weg, nahm ihren zerrissenen rosafarbenen Morgenmantel und schlüpfte leise in ihr Zimmer zurück.
Die Lampen waren niedergebrannt, aber das Zwielicht in ihrem Zimmer sah so normal, so freundlich aus. Zitternd schüttete sie Wasser in die Schüssel und versuchte, Corby mit einem Flanellhandtuch von sich abzuwaschen. Sie weinte, während sie ihr zerzaustes Haar kämmte; als das Licht heller wurde, untersuchte sie ihren Körper. Das Gesicht war etwas geschwollen, wies aber keine sichtbaren Verletzungen auf, ihr Körper war voll mit blauen Flecken, und im Spiegel konnte sie die Striemen der Peitsche auf Hintern und Rücken sehen.

Sie legte sich in die sauberen Laken ihres Bettes und rollte sich leise, in verzweifelter Agonie, zusammen. Und fragte sich, ob dies Jessie ebenfalls passiert war. Irgendwie wusste sie, dass es nicht sein konnte. Und sie wusste, dass sie niemandem erzählen konnte, was ihr zugestoßen war. Als der Morgen nahte und mit ihm die Aussicht, Corby wieder gegenübertreten zu müssen, änderte sich Sylvias Stimmung – so wie sich seine geändert hatte. Aber sie war nüchtern. Sehr nüchtern. Und sie hatte Zeit nachzudenken.

Er würde dafür bezahlen. Oh, und wie er bezahlen würde. Und wenn es sie das restliche Leben kosten sollte. Sie fühlte sich zerschlagen. Jede Bewegung schmerzte, aber bewegen musste sie sich. Aufstehen, anziehen, allen anderen gegenüber so tun, als ob nichts passiert wäre. Sie hatte noch keine Antworten auf die Rachegedanken, die in ihrem schmerzenden Kopf hämmerten, und fühlte sich zu schwach, um momentan darüber nachzudenken. Das hatte noch Zeit. Sie würde eine Möglichkeit finden. Corby würde es noch Leid tun, dass er sie jemals …

Munter und frisch klopfte er an ihre Tür. »Bist du schon angezogen? Gut! Für uns ist ein frühes Frühstück vorbereitet. Ein ganzer Haufen reitet mit uns diesen Morgen, ein allgemeiner Exodus, kann man sagen.« Er küsste sie auf die Wange, während sie wie angewurzelt in der Tür stand. Und dann flüsterte er: »Du bist einfach der liebestollste kleine Teufel. Was für eine Nacht, nicht wahr?«

NEUNTES KAPITEL

Weihnachten. Weihnachten in den Tropen, ein Abenteuer für sich. Jessie legte Bronte in seinen Korb zurück. Er war ein braves Kind, schrie nur, wenn er Hunger hatte, und das war eher ein lustvolles Aufschreien. Der gierige kleine Racker. Sie dachte an seine Geburt und seufzte; die Schmerzen waren vergessen, an die Aufregung aber erinnerte sie sich.

An jenem Tag hatte Tommy Ling ein wenig zu sehr gefeiert, was ihm eine lärmende Zurechtweisung von Mae eingetragen hatte. Zur Teezeit war der Hund gefunden und Lucas überreicht worden, der ihn prompt wieder verlor. Leider tauchte der arme Tuppy nie mehr auf. Wahrscheinlich war er einem Dingo zum Opfer gefallen. Natürlich hysterische Anfälle von Sylvia, als sie nach Hause kam und feststellte, dass ihr Haustier nicht mehr da war. Sie beschuldigte Jessie, nicht genug auf ihn aufgepasst zu haben.

Noch ein anderer Streit begleitete Brontes Geburt. »Die schwarzen Frauen wetteifern alle darum, Kindermädchen für das Baby zu werden«, wie Mr. Devlin Jessie erklärte.

»Kindermädchen? Daran habe ich noch gar nicht gedacht. Ist das hier üblich? Ich meine, ein schwarzes Mädchen anzustellen?«

»Aber natürlich, ja«, lachte er. Jessie schätzte seine leichte, freundliche Art. »Sie wissen, dass weiße Damen Kindermädchen für ihre Babys haben, also reißen sie sich um den Job. Für sie ist es eine große Ehre, die damit verbundenen Geschenke und das bessere Essen nicht zu vergessen.«

»Aber können sie das denn? Ich will nicht spießig klingen, aber die schwarzen Mädchen, die ich gesehen habe, scheinen mir … nun, wenig hauserfahren zu sein, um es so auszudrücken.«

»Sie lernen schnell. Und ich denke, es wäre sehr klug, eine einzustellen. Sie wird den kleinen Kerl mit ihrem eigenen Leben schützen.«

»Sie scheinen schon eine im Auge zu haben?«

»Ja, ich schlage das Melkmädchen vor, Hanna. Eine Freundin Ellys, das ist wichtig, da es sonst zu Reibereien kommen könnte. Sie können ganz schön wild werden, wenn sie aufeinander losgehen. Natürlich will auch Broula den Job, aber das kommt nicht in Frage. Ich werde ihr ein Paket schicken.«

»Nein, warten Sie. Ich möchte mich bei ihr bedanken. Ich hätte niemals gedacht, dass mir eine Schwarze bei der Geburt beisteht. Ich bin ihr sehr dankbar.«

Jessie besänftigte die in Tränen aufgelöste Broula mit einem bunten Fransenschal. Sie freute sich über das Geschenk, bevor sie jedoch ging, musste sie ihre älteren Rechte deutlich machen. Sie fasste die kleinere und schlankere Hanna an den Schultern, schüttelte sie kräftig durch und schrie sie in ihrer gutturalen Sprache an.
»Was sagt sie?« flüsterte Jessie Mr. Devlin zu.
Er verzog keine Miene. »Sie sagt Hanna, sie solle auf Ihr Kind aufpassen, oder sie bringt sie um.«
Die nun gebührend eingeschüchterte Hanna trat dem Haushalt bei. Eines der anderen Mädchen, Kali, vergaß ihre Enttäuschung, als Mr. Devlin sie zu Ellys Gehilfin ernannte, um die Hausarbeit zu erlernen.
Endlich Frieden. Und dann kamen Sylvia und Corby zurück. Sylvia sah erschöpft aus. Offensichtlich war der lange Ritt von der Stadt zuviel für sie gewesen. Hier musste in Zukunft etwas getan werden, am besten, irgendwo die Reise für einige Stunden unterbrechen. Schließlich hatte es hier niemand sonderlich eilig. Außer bei dieser besonderen Gelegenheit, wie Corby sagte. Sie waren hart geritten, damit er seinen Sohn sehen konnte.
Niemals zuvor hatte Jessie einen so stolzen Vater gesehen. Er nahm das winzige Bündel, schlenderte damit im Haus umher, lachte und schmiedete für ihn große Pläne. »Wir haben Erfolg«, erzählte er Jessie triumphierend. »Noch heute werde ich meinem Vater schreiben und ihm sagen, dass ich einen Sohn habe und dass Providence eine äußerst lukrative Plantage ist. Ich bin froh, dass er sich nicht beteiligt hat, und kann es kaum erwarten, es Roger mitzuteilen. Er kann es dann seiner Frau zuschreiben, dass er die Gelegenheit seines Lebens verpasst hat.«
Er küsste Jessie. »Du hast uns alle überrascht. Was für ein großer Tag. Ich werde Devlin sagen, er soll auf Providence einen Feiertag ausrufen, wenn Bronte getauft wird. Und noch eins. Ich kann deinen Vater nun auszahlen. In bar. Ist das nicht herrlich?«
Sylvia behandelte das Baby sehr zärtlich und traute sich kaum, es anzufassen. »Er ist so klein.«

»Er kam einige Wochen zu früh, deswegen. Aber er ist gut gebaut und stark. Und ich kann mich vor guten Ratschlägen kaum retten.«
»Von schwarzen Frauen!«
»Sie sind auch Frauen und wissen mehr über Babys als ich. Sie meinen, ich soll ihn wenig, aber oft stillen und darauf achten, dass er viel schläft. Das ist kein Problem.« Sie wechselte das Thema. »Hat dir der Aufenthalt in der Stadt gefallen?«
»Wenn man sie denn eine Stadt nennen kann. Ich war auf einem Ball und bei einigen anderen Dingen.«
»Und hast du viele junge Herren kennen gelernt?«
»Viele. Sie alle sagten, ich sei die Ballkönigin gewesen ...«
»Wunderbar!«
»Ja, aber du hättest sie sehen sollen. Sie waren alle so unbeholfen, fast Bauerntölpel. Und dieser schreckliche Captain King schien mich als sein persönliches Eigentum zu betrachten. Die meiste Zeit habe ich damit verbracht, ihm aus dem Weg zu gehen.«
»Wie schade. Dennoch, es war für dich mal eine Abwechslung. Nach Weihnachten, wenn der Priester wieder Zeit hat, werden wir für das Baby ein Tauffest geben, und du kannst wen immer du willst dazu einladen.«
Es stellte sich schnell heraus, dass Sylvia Kali als ihre persönliche Dienerin beanspruchte. Sie nahm sie überall mit sich mit, eine Vereinbarung, die offensichtlich beiden zusagte, denn das schwarze Mädchen war mächtig stolz auf ihre Missy.
Und nun Weihnachten. Jessie freute sich auf diesen besonderen Tag. Leider war Bronte noch zu klein, um etwas davon mitzubekommen. Aber welch herrliche Weihnachten würden sie in Zukunft noch begehen, mit aufregenden Überraschungen für den Jungen. Ein Schaukelpferd, das musste er haben ...
Ruhig saß sie in der Ecke des Raums, stillte das Baby, träumte von kommenden Tagen und hörte mit halbem Ohr die zirpenden Geräusche der Millionen Zikaden im Busch, die die Hitze ankündigten.
Eine Reihe von Gebräuchen galt es an diesem glücklichen Tag

zu beachten. Die Damen erschienen daher in ihren frischen weißen Musselinkleidern mit großen Hüten und schimmernden Seidenparasolen und stiegen in den Wagen ein.
»Ah, Mr. Devlin!« rief Jessie. »Sie haben ein Dach draufgesetzt. Wie aufmerksam von Ihnen.«
»Das ist mein Weihnachtsgeschenk für die Familie. Tut mir Leid, dass ich es nicht verpacken konnte.«
Dem Kindermädchen Hanna, das sich ebenfalls zurechtgemacht hatte, wurde gestattet, sich mit dem Kind zu ihnen zu setzen. Corby und Devlin ritten nebenher, während Toby die Zügel ergriff und die Gesellschaft sich in Bewegung setzte. Zuerst ging es zu den vier Meilen vom Haus entfernten Lagunenbänken, wo Tausende von Spaltfußgänsen schnatternd herabstürzten und langbeinige, rosafarbene Flamingos geziert zwischen Büscheln von Wasserlilien stocherten und wo eine große Gruppe Aborigines gespannt auf ihren Teil der Limonade, des Zuckerwerks, der Kuchen und Wassermelonen wartete.
Nach wenigen Minuten war alle Zurückhaltung vergessen, begeistert stürzten sie sich auf ihren Anteil. Dann wandte sich das Interesse dem Baby zu. Jessie fürchtete bereits um ihr Kind. Neugierige schwarze Gesichter drängten sich um sie, aber Broula war da, schob und stieß sie zurück und zwang sie zu warten, bis die Reihe an ihnen war und sie ihr Baby betrachten konnten.
Sylvia war von der Nähe dieser dreckigen, halbnackten Wesen entsetzt. Sie lief zurück zum Wagen, in Sicherheit. Corby lehnte daran und rauchte eine Zigarre, während er alles betrachtete.
»Ist das wirklich notwendig?« fragte sie.
»Devlin ist davon überzeugt. Darf ich dir sagen, wie reizend du heute aussiehst?«
»Ich fühle mich aber nicht danach«, gab sie zurück. »Es muss hier vierzig Grad haben.«
»Du meidest mich.«
»Nein, das tue ich nicht«, log sie.

»Du hast immer dieses schwarze Mädchen bei dir.«
Sylvia erwiderte nichts. Warum fühlte sie sich noch immer zu ihm hingezogen, wenn sie ihn doch so sehr hasste? Selbst jetzt, als er am Wagen lehnte, das Hemd vorne offen, die gutgeschnittenen Hosen eng an seinen muskulösen Beinen anliegend, wünschte sie sich, ihn berühren und spüren zu können. Er beugte sich zu ihr hinab, flüsterte ihr etwas zu, und ihr Gesicht errötete. Sie würde sich so etwas nie zu sagen trauen, aber er schien ihre Gedanken gelesen zu haben; sie sehnte sich nach ihm. Dann wandte sie sich ab, ging zum Ufer und beobachtete die Vögel, die aufflogen und sich verstreut wieder niederließen.
Weiter ging es zum Lager der Kanaka, wo sie ebenfalls Geschenke verteilten. »Wir machen hier keine Unterschiede«, sagte Devlin. Sie wurden hier ebenso herzlich empfangen, und ein Chor trug Lieder der Insulaner vor.
Nach Beendigung des Konzerts klatschten sie Beifall, und wieder stand das Baby im Mittelpunkt der gluckenden Frauen und der etwas schüchternen Männer.
Jessie nahm Mr. Devlin zur Seite. »Der junge Mann dort drüben. Ist das nicht Joseph?«
»Ja. Das ist Joseph.«
»Ich erinnere mich. Er war es, der mich in das Haus getragen hat. Er war sehr freundlich zu mir, und ich habe mich nicht bei ihm bedankt. Ich fühle mich ganz schrecklich, kann ich mich ihm denn in irgendeiner Weise erkenntlich zeigen?«
»Das habe ich schon getan«, sagte Devlin. »Ich gab ihm neue Kleider. Er war außer sich vor Freude. Er bräuchte Jahrzehnte, um so viel zu verdienen, dass er sich ein anständiges Hemd kaufen könnte.«
»Sie denken wirklich an alles!«
»Das macht die Erfahrung. Und vielleicht der Wunsch, zu überleben. Wir sind hier ziemlich in der Minderheit, es zahlt sich also aus, sich mit ihnen gut zu stellen.«
»Ich verstehe. Ich denke, ich werde trotzdem einige Worte mit ihm reden.« Sie ging hinüber zu Joseph und gab ihm die Hand.

»Schön, Sie wiederzusehen. Ich möchte Ihnen für Ihre Freundlichkeit danken.«
Er strahlte. »Sie haben guten Sohn, Missus. Eines Tages ich ihm zeigen, wie Fische fangen.«
»Das wäre wundervoll«, erwiderte sie.
Der Professor war nicht zur Lagune mitgeritten. Er hatte Pompey versprochen, beim Konzert zu helfen, und freute sich nun, dass alles so gut geklappt hatte. Seit dem Selbstmord hatte er viel Zeit bei den Kanaka verbracht, entschlossen, die Wahrheit über den Mord und den anschließenden Selbstmord herauszufinden. Seine wiederholten Anspielungen und flüchtig hingeworfenen Kommentare waren jedoch auf eine Mauer des Schweigens gestoßen. Dennoch hatte er sich eingehend mit den Insulanern beschäftigt. Pompey war der Boss, kein Zweifel, und auch Devlin, der in einer anderen Sache einmal vorgehabt hatte, ihn zu entmachten, hatte ihn vernünftigerweise akzeptiert. Andererseits begegneten die Insulaner diesem Jungen Joseph mit besonderem Respekt – warum, das vermochte Lucas nicht zu sagen. Trotz ihrer scheinbar zivilisierten Verhältnisse, die sich stark von den Aborigines und ihrem Widerstand gegen europäische Verhaltensnormen unterschieden, blieben sie für ihn ein undurchschaubarer Haufen.
Und warum sollten sie das auch nicht sein, fragte er sich, wo sie doch aus einer vollkommen heidnischen Welt mit einer Fülle von fremden Göttern stammten. Je mehr er Joseph beobachtete, desto mehr wurde ihm bewusst, dass dieser sich im Hintergrund haltende junge Mann eine geheimnisvolle Gewalt über seine Leute besaß, eine Gewalt, der sich sogar Pompey nicht zu widersetzen wagte.
Der Professor versuchte, die kleine Enklave in eine Art Hierarchie einzuordnen. Wenn, überlegte er, Pompey als König einzustufen war, dann musste Joseph so etwas wie ein Erzbischof sein. Von gleicher, allgemein akzeptierter Macht.
Er hatte schon lange nach einer Gelegenheit Ausschau gehalten, um Joseph in einem unbeschwerten Moment zu erwischen. Nun glaubte er den Augenblick gekommen.

»Wollen Sie mein Pferd zurückreiten, Professor?« fragte ihn Mike.
»Nein, danke. Ich ziehe es wie immer vor, zu Fuß zu gehen. Reiten Sie schon mal voraus, ich komme gleich nach.« Er wollte seinen Plan in die Tat umsetzen, die Weihnachtsfeierlichkeiten mussten hier zurücktreten.
»Komm mit mir«, sagte er zu Joseph. »Die Hitze macht meinen alten Knochen zu schaffen.«
Er wartete, bis der Wagen und die Reiter außer Sichtweite waren, bevor sie den Rückweg einschlugen. Schließlich sagte er zu dem Kanaka: »Du magst die Missus?«
»Ja. Gute Lady.«
»Ah ja.« Lucas seufzte. »Meine Tochter, sie ist eine gute Frau, aber sehr besorgt. Sie hat große Furcht.«
»Wer tut ihr was?«
»Sie hat Angst, dass der Mann, der Mr. Perry tötete, auch sie und das Kind angreift.«
»Das wird nicht geschehen«, platzte es aus Joseph heraus. »Er ist tot!«
»Das wird sie beruhigen. Die ganze Zeit schon dachte ich, dass dieser Mann Katabeti war. Ist das wahr?«
Joseph blieb stehen. Er sah aus, als wollte er davonlaufen, der Professor aber nahm ihn am Arm. »Hab keine Angst. Das bleibt zwischen uns. Niemand wird wissen, dass wir darüber gesprochen haben. Ist es wahr?«
»Kann es nicht sagen«, murmelte Joseph.
»Du kannst aber auch nicht sagen, dass es nicht wahr ist?«
»Nein.«
Der Professor sah die Wahrheit in Josephs Augen, er nickte. »Wenn du etwas brauchst, Joseph, dann komm zu mir. Ich bin dein Freund. Ich danke dir. Das ist nun weit genug, den Rest des Weges kann ich alleine gehen. Übrigens, das ist ein schöner Zaun, den du gebaut hast.«
Der Zaun. Als Joseph zurückging, vergaß er die Unterhaltung schnell. Der alte Mann, wusste er, würde sein Wort halten. Aber der Zaun. Er war stolz auf ihn. Oft betrachtete er ihn ver-

stohlen, starrte auf das elegante Weiß, das sich über den Boden hinzog, und bewunderte seine Arbeit. Eines Tages würde er auch einen Zaun haben. Vielleicht sogar ein Haus.
Er sang, während er weiterging. Von Tag zu Tag erwarb er sich mehr Respekt unter diesen mächtigen Weißen, und das war sehr wichtig, nicht nur für sein Wohlergehen, sondern auch für Ratasali, der in diesen Tagen oft in seinen Träumen zu ihm sprach. Der Gott Ratasali wollte stolz auf seinen Sohn sein.
Beim traditionellen Weihnachtsdinner gab es Witze zuhauf; das verkehrte Klima unterhalb des Äquators war eine reiche Quelle für Vergleiche und Konversation. Und Mike interessierte sich ebenso sehr für die Geschichten, die sie von dem winterlichen Fest zu erzählen hatten. Mrs. Morgan hatte ihn eingeladen, den Weihnachtstag mit der Familie zu verbringen. Er hatte, um ihr eine Freude zu machen, angenommen. Er zweifelte keinen Augenblick daran, dass der Master von der Einladung wusste, mit kaltem Lächeln registrierte er daher Morgans wie beiläufig ausgesprochene Begrüßung: »Oh! Ach ... Devlin! Ja, natürlich. Verdammt schwüler Tag heute. Wollen Sie etwas trinken?«
Der Professor, in seinem besten Sonntagsstaat mit purpurroter Krawatte, machte viel Aufhebens um die Sitzordnung am dekorierten Tisch, bevor er sich seiner selbstgestellten Aufgabe als Weinschenk zuwandte. Das Essen verlief prächtig, bis auf den Nachtisch. Tommys Versuche ließen aufgrund übermäßig festtäglichen Genusses, wie Mike annahm, zum Ende hin einiges zu wünschen übrig. Der Plumpudding, der schon vor einiger Zeit entstanden sein musste, hatte es noch überlebt, die Vanillesoße jedoch war verbrannt, und die Kognaksoße bestand beinahe aus purem Kognak und wurde kochend heiß serviert.
Jessie entschuldigte sich, während Sylvia hinausstürmte und sich mit dem betrunken kichernden Koch stritt. Der Professor schenkte Wein nach, und Morgan gefiel sich in einer Haltung verletzten Schweigens, bis Sylvia mit einer Schale Sahne zurückkehrte.
»Madam«, sagte er zu Jessie, »du kannst dem Koch ausrichten,

wenn dies noch einmal vorkommt, ist er auf der Stelle gefeuert.«

Mike nahm sich vor, Mrs. Morgan später daran zu erinnern, dass solch ein Schritt sehr unüberlegt wäre; ein so guter Koch wie Tommy war hier im Hinterland nicht mehr zu finden, ganz davon zu schweigen, dass sie auch Mae verlieren würden, ihre Wäschefrau und Königin des Gemüsegartens. Aber als sich Morgan kurz wegdrehte, warf Jessie Mike einen schnellen Blick zu. Sie verdrehte die Augen, als hätte sie seine Gedanken gelesen, ja, als fände sie diesen Vorfall eher amüsant. Mike lächelte zurück und war versucht, sein Glas zu erheben, überlegte es sich dann aber anders.

Mit einem Teelöffel klopfte Morgan gegen sein kristallenes Kelchglas, erhob sich und wandte sich an die Versammelten. »Ladys und Gentlemen, ich darf Ihnen allen ein frohes Fest wünschen.«

Unter allgemeinem Gemurmel und Lächeln griff er in seine Taschen. »Ich habe eine kleine Überraschung«, sagte er. »Für meine liebenswerte Frau und die Mutter unseres lieben Sohns.« Er überreichte ihr ein weiches schwarzes Samtpäckchen.

»O Corby«, rief sie. »Was ist es?«

»Öffne es«, erwiderte er stolz. Als sie das Tuch ausbreitete, fand sie eine Schnur aufgereihter Perlen.

»Sie sind wunderschön.«

»Das sind sie in der Tat«, stimmte er ihr zu. »Es sind echte Perlen. Während unseres Besuchs in Cairns zeigte man mir ein Perlenschiff. Als ich dann von unserem Sohn hörte, eilte ich zurück und konnte von einem der chinesischen Kerle diese Perlen erstehen.« Er war ebenso erregt wie seine Frau. Es waren wirklich schöne Perlen. »Verlier sie ja nicht, Jessie. In einem Juweliergeschäft sind sie ein Vermögen wert. Das war ein guter Kauf. Es sieht zwar noch nach nichts aus, aber du kannst sie später einmal fassen lassen.«

Die Perlen wurden von allen bewundert. »Einen Augenblick noch«, sagte Morgan. »Ich bin noch nicht fertig. Hier ist etwas für meine liebe Schwägerin. Frohe Weihnacht auch dir, Sylvia.«

Sie nahm ihr Geschenk aus dem Samtbeutelchen, eine Opalbrosche, und dankte ihm, ihre Enttäuschung war jedoch nicht zu übersehen.
»Wie schön, Sylvia«, begeisterte sich ihre Schwester. Mike sah jedoch, wie Sylvia ihren Schwager mit einem Blick bedachte, und wenn Blicke töten könnten, müsste Morgan nun ausgestreckt und steif am Boden liegen. Offensichtlich hatte sie etwas erwartet, was den Perlen gleichkam.
Morgan schien es nicht zu bemerken. Er nahm zwei Umschläge zur Hand. »Für Sie, Mr. Devlin. Eine Prämie für Ihre unermüdliche Unterstützung, die Sie mir und meiner Familie haben zukommen lassen.«
Als er den Scheck aus dem Umschlag zog, vergaß Mike alle abfälligen Gedanken, die er über seinen Arbeitgeber hatte, und bedankte sich überschwenglich. Erst dann las er die Summe, und es war zu spät, seine Worte zurückzunehmen. Die Summe betrug zweihundertsechzig Pfund, exakt der Betrag, den Morgan ihm noch an rückständigem Lohn schuldete. Es war hier weder der Ort noch die Zeit, darauf einzugehen, aber er wusste, dass die Prämie sein Geld war, und das war es dann.
»Und der Professor«, fuhr Morgan fort. »Für Sie, Sir, habe ich die besten Neuigkeiten. Ich habe Ihnen zu danken, dass Sie mir in London zu Hilfe geeilt sind und an dieses Unternehmen geglaubt haben. Ich bin mir sicher, Sie haben nicht erwartet, so schnell Ihr Geld wiederzubekommen, aber ich bin froh, es Ihnen nun zurückzahlen zu können. Hier sind zweitausend Pfund. Der Kredit ist damit abgezahlt.«
Schweigend nahm Lucas seine Brille zur Hand und studierte den Scheck. Dann blickte er zu Morgan. »Ich denke, Sie irren sich, Corby. Meine zweitausend Pfund waren kein Kredit, sondern eine Investition.«
Morgan lächelte. »Nein, nein, nein. Als ich Ihr Geld aufnahm, gab ich Ihnen den Anteil an Providence als Sicherheit. Da ich Ihnen nun die volle Summe zurückzahle, können wir dieses Abkommen auflösen. Sie haben keinen Penny verloren.«
Zitternd, wie Mike bemerkte, nahm der Professor einen

Schluck Wein. »Ich will es nicht«, sagte er und legte den Scheck auf den Tisch. »Ich habe den halben Anteil an diesem Anwesen erworben und will ihn behalten. Ich habe meine Überfahrt und die meiner Töchter bezahlt und habe alles, was ich hatte, in dieses Unternehmen gesteckt.«

»Oh, wenn Sie meinen, dass Sie momentan etwas knapp bei Kasse sind, dann nennen Sie mir einfach den Betrag«, sagte Morgan großmütig, »und ich schreibe Ihnen die neue Summe aus. Ich will nicht, dass Sie durch unser Abkommen verlieren.«

»Ich habe kein Interesse, meinen Anteil an dieser Plantage zu verlieren«, versetzte der Professor. Mike spürte die Spannung steigen.

»Vater hat Recht!« rief Sylvia triumphierend. Mike beschlich das Gefühl, dass Sylvia sich für das unbedeutende Geschenk nun rächte. Oder steckte da noch etwas anderes dahinter? Morgan und sie waren recht vertraulich gewesen an jenem Abend auf der Veranda.

»Ich denke, du hältst dich hier besser raus«, entgegnete ihr Morgan. »Das geht dich nichts an.«

»Als meine Tochter geht sie das etwas an«, sagte der Professor.

»Das ist alles ein Missverständnis«, sagte Jessie ruhig. »Es gibt keinen Grund, diesen schönen Tag zu verderben. Wir werden es ein andermal besprechen. Wir gehören alle zur Familie, es sollte also kein Problem sein. Corby, warum führst du Mr. Devlin nicht auf die Veranda, um eine Zigarre zu rauchen?«

Morgan knallte Zigarren, Streichhölzer, eine Flasche Portwein und zwei Gläser auf ein Tablett und stürmte hinaus, Mike folgte gehorsam und wünschte sich, er wäre zu Hause und von den Familienstreitigkeiten verschont geblieben.

»Dieser dumme alte Narr«, sagte Corby nach einem kräftigen Glas Kognak zu Mike. »Bringt nichts auf die Reihe. Man sollte denken, er sei dankbar, wenn er sein Geld so schnell zurückbekommt.«

Nach allem, was er gehört hatte, konnte Mike keinen Grund sehen, warum der Professor dankbar sein sollte, genausowenig wie er für seine sogenannte Prämie dankbar zu sein hatte. Aber er sagte nichts und hörte Corbys Plänen zu, die Plantage zu erweitern und auszubauen, solange ihnen noch Kanaka als Arbeitskräfte zur Verfügung standen. Diesmal stimmte er mit Morgan überein; sie hatten viel zu tun.

Das Haus war still. Sylvia nahm ihren Umhang, öffnete einen Spaltbreit die Tür und schloss sie wieder. Er war noch auf, es brannte Licht im Gesellschaftszimmer. Gut. Jessie hatte das Baby gestillt und schlief wahrscheinlich bereits.

»Ich bin mir sicher, Corby wollte Vater heute nicht aufregen«, hatte Jessie gesagt. »Es ist also völlig überflüssig, Partei zu ergreifen, Sylvia. Lass das die Männer unter sich ausmachen.«

»Es ist mir egal, was sie machen«, gab Sylvia schnippisch zurück.

»Das hat aber nicht so ausgesehen.«

»Nun, es war nicht gerecht, so zu Vater zu sprechen.« Sie betrachtete die Perlen, die auf Jessies Ankleide lagen.

»Ich weiß. Aber Corby war enttäuscht. Er dachte, er sei zu uns allen sehr großzügig gewesen. Übrigens, der Wagen kam gestern, aber es war wieder keine Wiege dabei. Ich frage mich, wann sie endlich geliefert wird.«

»Er sagte, er schickt sie so schnell wie möglich«, log Sylvia. Sie hatte die Wiege ganz vergessen. »Alles muss mit dem Schiff gebracht werden, verstehst du?«

»Ja«, sagte Jessie bedauernd. »Wahrscheinlich kann Bronte dann bereits laufen. Ich hoffe, sie kommt wenigstens noch vor der Taufe.«

Die Wiege kümmerte Sylvia nicht; weit mehr interessierten sie Corbys Geschenke. Die kleine Opalbrosche, die er wahrscheinlich von einem Straßenhändler erstanden hatte, war eine Beleidigung. Eine weitere Beleidigung. Es war bekannt, dass hier draußen Opale aus dem Boden geschürft und in der Stadt verhökert wurden. Und dann war da die Sache mit den Besitzverhältnissen von Providence. Sie hatte vorher niemals darüber nachgedacht, jetzt aber, dank Corbys Versuch, sich aus der Abmachung mit ihrem Vater davonzustehlen, war ihr diese Sache sehr wichtig geworden. Nun hatte sie ihn. Er wollte sie noch

immer, körperlich, und er brauchte sie, um sie auf seiner Seite zu haben. Schließlich hatte sie Anspruch auf einen Teil des väterlichen Erbes; sie würde darauf achten, dass der Professor hart blieb.
Andererseits tat es nicht weh, Corby im Glauben zu lassen, dass er sie von seiner Sichtweise der Dinge überzeugen konnte. Sie besaß nun eine Waffe, eine sehr mächtige Waffe, und sie hatte vor, sie einzusetzen.
Leise ging sie durch den Gang ins Gesellschaftszimmer, und dann, als wäre sie überrascht, ihn zu sehen, trat sie zurück und schritt hinaus in die kühle Nacht. Sie zitterte, als sie die Stufen hinabschritt; er war attraktiv und sah in seinem großen Sessel, die Füße von sich gestreckt, sehr männlich aus ... Er würde ihr folgen, sie wusste es, die Gelegenheit war zu günstig. Ihn ein wenig zu necken konnte nicht schaden – sie würde ihm verbieten, sie anzufassen.
Die Gärtner hatten Pfade innerhalb des neu eingezäunten Bereichs angelegt, in dem später Beete und Rasenflächen entstehen sollten. Sie schlenderte nun einen von ihnen entlang, bewunderte den klaren, sternenübersäten Himmel und tat sich selbst Leid, dass solche Nächte für Romanzen wie geschaffen waren, während es für sie nur einen Mann gab, der sie so schlecht behandelt hatte. Der Ehemann einer anderen.
»Warum so eilig?« sagte er, als er plötzlich neben ihr auftauchte.
»Großer Gott, Corby, hast du mich erschreckt.«
»Tut mir Leid, das wollte ich nicht. Eine schöne Nacht, diese Heilige Nacht, nicht wahr?«
»Ja.«
»Auch du bist schön«, flüsterte er und legte einen Arm um ihre Hüfte.
»Nicht«, sagte sie und befreite sich. Es kostete sie Überwindung. Es fiel ihr schwer, kalt und abweisend gegenüber diesem Mann zu sein, der ihre Schönheit bewunderte und dessen Stimme so zärtlich war. Der so anders war als dieser betrunkene Kerl, der sie tätlich angegriffen hatte. Aber nun war er nüchtern.

»Gefällt dir der Opal?«
»O ja, ein nettes kleines Ding.«
»Er ist dunkelblau, wie deine Augen, und besitzt ein Feuer, das mich an dich erinnert.«
»Das meinst du doch nicht ernst. Du schmeichelst mir, weil du mich nicht anständig behandelt hast. Die Perlen für Jessie sind wunderschön, und mir hast du nur eine Brosche geschenkt.«
Er nahm ihre Hand. »Ich dachte, dir gefällt die Brosche. Die Fassung ist aus Gold. Wenn du Perlen willst, besorge ich dir welche.«
»Wann?« Ihr Vorhaben, ihn ein wenig zappeln zu lassen, schwand schnell dahin. Bedeutete sie ihm so viel, dass er ihr auch Perlen kaufen wollte, und was würde er noch alles für sie tun? Aus Liebe zu ihr. Ihre Gedanken rasten. Wie konnte sie ihn am besten an sich binden? Indem sie ihn, was im Haushalt leicht genug war, auf Distanz hielt? Oder indem sie mit ihm schlief und ihn dadurch abhängig machte? Es war ihr aufgefallen, dass er seit kurzem im freien Zimmer schlief, dem Zimmer zwischen ihrem und dem ehelichen Schlafzimmer. Er verbrachte die Tage nach wie vor auf der Plantage, und Jessies häufiges Stillen während der Nacht störte ihn. Jedenfalls hatte dies Jessie gesagt.
»Ich besorge dir Perlen, sobald das möglich ist«, sagte er. »Du kannst sie selbst auswählen. Liebling, du weißt, dass ich dir die ganze Welt zu Füßen legen würde, aber momentan müssen wir den Anschein wahren.«
»Ich sehe nicht, warum. Ich glaube, du liebst mich überhaupt nicht. Ich glaube, du benützt mich nur zu deinem Vergnügen. Du hast mich eine Hure genannt, dafür hasse ich dich.«
»Ich habe was? O mein Gott, Sylvia, ich kann mich nicht erinnern. Ich war betrunken. Du musst mir verzeihen. Vielleicht habe ich – vielleicht haben wir es uns beide in Cairns nur gut gehen lassen. Nicht mehr. Zumindest nicht von meiner Seite.«
Einen Augenblick lang fürchtete sie, dass er nach den grausamen Worten, die er ihr an den Kopf geworfen hatte, sich ihrer unvermeidlichen Zurückweisung fügen würde. Er wandte sich

von ihr ab. Überrascht sah sie, dass er wirklich aufgewühlt war. Noch immer blieb sie hart; obwohl sie ihn so gerne getröstet hätte, reichte sie ihm nicht die Hand.
Was würde Lita unter diesen Umständen tun? fragte sie sich. Diese Frau von Welt. Sie hatte die Antwort. Hochnäsig, unversöhnlich stand sie da. »Hure!« sagte sie. »So hast du mich genannt. Ich will mit dir nicht mehr schlafen. Du hast mich nicht nur eine Hure genannt, du hast mich auch als solche behandelt.«
»Bitte, sag das nicht, Sylvia. Nimm dieses Wort nicht mehr in den Mund.«
»Ich habe es von dir.«
»Wenn du nur wüsstest, wie schwer das alles seit unserer Rückkehr für mich war. Dich hier in meinem Haus zu haben ... Alles hat sich für mich verändert ... Ich dachte, ich komme damit zurecht, ich kann es aber nicht. Jede Minute denke ich an dich. Ich brauche dich mehr als alles andere in der Welt.« Er ging zum Baum hinüber und sah sie mit einem dünnen Lächeln an. »Ich nehme an, es hat keinen Sinn, mich für mein Verhalten zu entschuldigen. Ich werde versuchen, es wieder gutzumachen. Aber ich will, dass du weißt, wie ich dich liebe. Dass ich dich wie verrückt liebe und dass es zu spät ist, noch umzukehren.«
»Dann beweise es.«
Er stöhnte. »Und wie soll ich das tun?«
»Ich gehe nun ins Bett, Corby, und werde genau wie in der Stadt unter den Laken auf dich warten.«
»Im Haus?« Er blickte zum weißen Gebäude, in dem noch die Lampe im Gesellschaftszimmer brannte.
»Du weißt, wie ich dich liebe«, sagte sie. Sie spürte ihre Erregung, während sie diesen heimlichen und gefährlichen Vorschlag machte. »Wenn es dir ernst ist ...« Sie kicherte. »Glücklicherweise habe ich ein Doppelbett. Aber wenn nicht, dann sollten wir alles vergessen und so tun, als wäre nichts geschehen. Was vielleicht das Beste ist.«
»Das ist unmöglich«, sagte er, als sie mit wehendem weißem Kleid zum Haus zurücklief. Alle Männer in der Stadt hatten

von der Schönheit dieses Mädchens geschwärmt. Warum hatte er das nicht bereits in London erkannt? Warum hatte Jessie darauf bestanden, sie mit nach Queensland zu nehmen? Ihm eine Schönheit wie sie vor die Nase zu setzen! Und eine, die wie geschaffen war für die Liebe und danach gierte. Er war sich nicht sicher, ob er Sylvia liebte. Was war Liebe denn eigentlich? Er war sich nicht einmal mehr sicher, ob er Jessie jemals geliebt hatte. Sie war ihm einfach als der Typ Frau erschienen, der eine gute Ehefrau abgab; darin, glaubte er, hatte er sich nicht geirrt. Aber reichte das? Jessie konnte nicht diese Leidenschaft, diese völlige Hingabe aufbringen, die ihre Schwester besaß.

Er blieb lange draußen, dann ging er hinein, schlürfte einen Brandy und rauchte eine Zigarre und tat so, als ob er seine Entscheidung überdachte. Aber er wusste die ganze Zeit, dass es nichts zu überdenken gab, dass er nur den Vorgeschmack dessen auskostete, was ihm lange leere Wochen verwehrt gewesen war. Er war von diesem schlanken Mädchen gefangen, er gierte nach ihrer lustvollen Liebe. Und warum sollte er nicht? Du großer Gott, es beruhte doch auf Gegenseitigkeit. Auch sie liebte und brauchte ihn. Hatte sie kein Anrecht darauf, geliebt zu werden? Ihr Vater und Jessie hatten ihr hier draußen doch regelrecht ein altjungfernhaftes Leben aufgezwungen und erwarteten, dass sie, eine Frau wie Sylvia, sich damit zufrieden gab. Es war grausam von ihnen.

Corby drückte die Zigarre aus. Worüber machte er sich Sorgen? Er saß hier griesgrämig da, als ob der Colonel hinter ihm stünde, als ob er nur darauf wartete, ihn bei einer unschicklichen Handlung ertappen und dafür bestrafen zu können. »Der alte Bastard«, sagte er sich, »hat sich mit seinen Regeln und Gesetzen in deinem Kopf festgesetzt. Warum hast du vor ihm noch immer Angst? Warum musst du ihm schreiben und darauf herumreiten, wie gut es dir hier geht? Nur, weil er dich noch immer unter seiner Fuchtel hat. Aber das ist nun vorbei. Corby Morgan ist ein erwachsener Mann. Er ist Herr über sein eigenes Haus und sein eigenes Leben.« Wahrscheinlich würde er dem Alten nie mehr schreiben.

Er ging an Jessies und an seiner Tür vorbei weiter zu Sylvia.
Es war, wie Mr. Devlin geraten hatte, nicht notwendig, Einladungskarten zu verschicken. Jeder im Distrikt wusste, dass Pastor Godfrey an diesem Tag auf Providence das Morgan-Baby taufte. Von überall her kamen die Leute – Leute, denen Corby in der Stadt begegnet war oder die einfach beschlossen hatten, dass es nun an der Zeit war, die neue Familie kennen zu lernen. Jessie war ganz überwältigt, als immer neue Gäste zu Pferd oder in Wagen ankamen, die schließlich am Zaun bis zur Biegung des Weges aufgereiht standen.
Die Frauen brachten Geschenke für das Kind und glücklicherweise Körbe mit Lebensmitteln – kalten Braten, Würste, Eingemachtes, Teegebäck und Kuchen. Sie begrüßten Jessie mit warmer Herzlichkeit, als wären sie alte Freunde.
Tommy Ling hatte auf der Veranda lange Tische aufgestellt, die Mae mit tropischen Blüten dekorierte. Er brachte kaltes Huhn, Schinken, Salate und andere kalte Speisen, und im Haus warteten riesige Schalen mit Weinschaumcreme. Nachdem die Frauen ihre Körbe ausgeleert hatten, quollen die Tische vor Essen über.
»Wir haben genug für eine Woche«, flüsterte Jessie Sylvia zu.
»Kaum«, lachte Sylvia. »Unser Publikum ist angekommen. Wenn es nach ihnen geht, bleibt nicht ein Krümel übrig.« Und dort draußen am Zaun standen sie, die Aborigines, die sich mit unverhohlener Freude die Parade des »weißen Haufens« ansahen. Auf der anderen Seite hatte sich die Menge der Kanaka versammelt, die sich den Spaß ebenfalls nicht entgehen lassen wollte.
»Fast so, als befänden wir uns in der königlichen Loge während eines Pferderennens«, sagte Jessie zu Corby, während sie oben auf den Stufen standen und die Szenerie betrachteten.
»Ja«, lachte er. »Und Gott sei Dank haben wir den Zaun.« Er wandte sich an Pastor Godfrey, der früh genug gekommen war, um die Gäste willkommen zu heißen und sie vorzustellen. »Mittag ist vorüber, glauben Sie, dass noch welche kommen, Pastor?«
»Ich denke nicht, Mr. Morgan. Das hier ist ein Land von Frühaufstehern, die eine kleine Reise nicht scheuen.«

»Sie selbst haben einen weiten Weg hinter sich«, sagte Corby. »Ich habe unter dem Haus Erfrischungen bereitstellen lassen, in der Kühle. Wollen Sie mitkommen, um etwas zu trinken? Limonade oder Gingerale vielleicht?«
»Gingerale klingt gut«, erwiderte der Pastor und nestelte am feuchten Kragen. »Ein schreckliches Wetter. Ich bin froh, wenn die Regenzeit endlich einsetzt. Es reicht mir, sozusagen.«
»Aber es ist doch Februar«, sagte Jessie. »Das Schlimmste ist doch schon vorbei?«
»Nein, meine Verehrteste. Der Monsun ist noch nicht durchgezogen. Aber er ist ein Segen für die Pflanzen.«
»Natürlich«, sagte Jessie, die froh war, dass wenigstens heute der Himmel unbedeckt war. »Wann wollen Sie mit der Taufe beginnen, Pastor?«
»Sagen wir in einer halben Stunde. Wenn Ihnen das recht ist, Mrs. Morgan. Bevor bereits zuviel gefeiert wurde.«
Jessie stimmte zu. Sie mochte Pastor Godfrey, auch wenn er mit seinem grobkantigen Gesicht und dem roten Haar eher wie ein Landarbeiter als ein Geistlicher aussah. Er war ein freundlicher Mann mit klugen, intelligenten Augen, die Sorte Mensch, mit der man wirklich reden konnte – falls man dazu Gelegenheit hatte. Sie hoffte, sie würde mit ihm reden können. Unter vier Augen.
Sie ging in ihr Schlafzimmer, wo Hanna geduldig mit dem Baby wartete, das in seinem langen seidenen Taufhemd zufrieden in seinem Bett gluckste, als wüsste es, dass dies heute ein besonderer Tag für es war. Bereits bei ihrer Ankunft hatten die Frauen den Kleinen umschmeichelt, die Aufmerksamkeit aber hatte ihn nicht im Geringsten gestört. Er hatte an Gewicht zugenommen und war ein zufriedenes Kind – vielleicht ein wenig verwöhnt, da ihm Hanna jeden Wunsch sofort erfüllte. Er schien das Mädchen zu mögen, was Jessie sehr erleichterte. Seit Weihnachten versuchte sie entschlossen, Teil der Plantagengemeinschaft zu werden, nicht mehr nur die Herrin des Hauses.
Sie war niemals eine besonders gute Reiterin gewesen, bei weitem nicht so geschickt wie Sylvia, aber Toby hatte ihr ein sanf-

tes Pferd gegeben, mit dem sie jeden Morgen auf der Koppel übte, bis sich ihr Pferd, Tripper, an sie gewöhnt hatte und sie sich zutraute, weitere Ausflüge zu unternehmen. Glücklicherweise hatte sie das Reiten im Damensattel niemals beherrscht, anders als Sylvia war es ihr daher leichter gefallen, es im Herrensattel zu lernen. Auch wenn das Sylvia nun abstritt und behauptete, dass sie schon immer mit gespreizten Beinen hatte reiten können.

Zunächst war sie nach dem Frühstück, das Baby befand sich in der Obhut Hannas, mit Sylvia ausgeritten, doch Jessies ständige Pausen langweilten ihre Schwester schnell. Um soviel wie möglich über die Plantage zu erfahren, hielt Jessie gerne an und unterhielt sich mit allen, die ihnen begegneten, während Sylvia es vorzog, ihr Pferd anzutreiben. Schließlich gingen beide ihrer eigenen Wege.

»Kann ich gehen und zuschauen?« unterbrach Hanna ihre Gedanken.

»Ja«, sagte Jessie. »Ich bleibe noch eine Weile hier.« Sie wusste, sie sollte draußen sein und sich als Gastgeberin um die Gäste kümmern, es fiel ihr jedoch schwer, ihnen gegenüberzutreten. Sie meinte zu spüren, dass es alle wussten und sie bemitleideten. Es war für sie leichter, hierzubleiben, und wenn jemand nach ihr fragen sollte, mochten sie denken, dass sie das Baby stillte.

Sie war stolz darauf, durch ihre Fragen mehr über Providence erfahren zu haben als durch das, was in den Büchern stand. Sie wusste nun, dass die Zuckerrohrsetzlinge flach in den Boden gepflanzt wurden, so dass die Augen neu knospen konnten. Dass das Zuckerrohr in Stauden wuchs. Sie verstand nun den Vorgang des Sprossens, bei dem der Pflanzer das abgehauene Rohr weitersprießen ließ und so drei weitere Ernten gewann. Sie wusste, dass diese wundervolle Pflanze in einem Jahr heranreifte. Der gesamte Vorgang faszinierte sie. Sie verbrachte Stunden bei den Kanaka-Frauen, hörte ihre Geschichten und Lieder, und besuchte häufig das Hospital. Mit Elly ging sie oft zur Lagune, saß dort inmitten der Aborigines-Frauen und sah ih-

nen beim Fischen zu. Aus alldem entwickelten sich in ihr Ideen, wie sie das Leben dieser Leute ein wenig leichter gestalten konnte ...
Sie hätte gerne eine Schule für die Kinder der Eingeborenen eingerichtet und einen Lehrer angestellt, aber sie wusste, dass sie vorsichtig vorgehen musste. Schließlich war es Corbys Plantage, und Corby war der Master.
Trotzdem, sie war nicht mehr an das Haus gebunden. Ein wunderbares Gefühl der Dazugehörigkeit erfasste sie, wenn sie über das Anwesen ritt und mit freundlichem Winken von den Schwarzen und den Kanaka erkannt wurde. Providence erschien ihr wie ein Dorf. Es war ihr Dorf. Ihr Zuhause.
Corby missbilligte ihr Verhalten. »Du benimmst dich wie eine Zigeunerin. Du solltest zu Hause beim Kind sein.«
»Bronte befindet sich in guten Händen. Außerdem bin ich immer nur für einige Stunden draußen. Das wirst du mir doch nicht verwehren wollen?« Ihr Ton war ungewöhnlich schroff, zu ihrer Überraschung ging er nicht darauf ein. Er zuckte nur mit den Schultern.
»Mach doch, was dir gefällt.«
Es war diese Veränderung seines Benehmens – Corby bestand normalerweise darauf, dass alles nach seinem Kopf ging –, was sie misstrauisch werden ließ. Während er sich für das Kind begeisterte, schien er an seiner Frau immer weniger Interesse zu zeigen. Seit der Geburt Brontes war er nur zweimal – nein, dreimal – zu ihr ins Bett gekommen, und selbst dann war er jedesmal wieder in sein Zimmer zurückgekehrt. Sie hatte sich dafür selbst die Schuld zugeschrieben, vielleicht war sie langweilig geworden – ein weiterer Grund, warum sie mehr über die Plantage erfahren wollte. Aber dann kam ihr ein schockierender Gedanke. Sie versuchte ihn wegzuwischen. Versuchte sich einzureden, dass es Sylvia und Corby nicht verdient hatten, dass sie sie verdächtigte, sie wären sich ... nun, zu nahe gekommen. Und wieder hatte sie den Fehler bei sich gesucht. »Du bist einfach ewig unzufrieden, Jessie Morgan. Du beklagst dich, wenn sie nicht miteinander auskommen, und jetzt, da ihr Umgang

miteinander entspannter ist, was dein Leben nur leichter macht, beschwerst du dich auch.«

Sie achtete nun mehr auf sie, bemerkte, dass sich Sylvia während des Tages oft mit Corby traf und mit ihm nach Hause geritten kam. Abends, wenn sie mit ihnen zusammensaß, stockte oft die Unterhaltung. Wieder meinte sie, sie bilde sich alles nur ein. Als sie sich jedoch eines Abends zurückzog, um das Baby zu stillen, meinte sie zu spüren, dass die beiden erleichtert waren, dass sie nun ging. Und in solchen Momenten wie jetzt, wo sie nur still dasaß, fühlte sie sich so einsam wie niemals zuvor in ihrem Leben; als sei sie von der ganzen Welt abgeschnitten.

Die beiden Mädchen Elly und Hanna, die gegenüber Sylvia richtiggehend feindselig werden konnten, verstärkten ihre Befürchtungen. Während sie sich im Umgang mit Jessie und dem Baby vor Freundlichkeit überboten, verfielen sie, sobald Sylvia erschien, in Schweigen.

Schließlich ließ sie beide zu sich kommen und fragte sie: »Warum benehmt ihr euch so gegenüber der Missy? Ich denke, ihr seid nicht sehr freundlich zu ihr. Was ist los?«

Sie waren verlegen, kratzten sich am Kopf und drehten – sie weigerten sich standhaft, Schuhe zu tragen – die Zehen nach innen. »Nichts, Missus. Nichts.«

So vergingen die Wochen. Jessie wurde immer nervöser und wagte nicht, Sylvia oder Corby offen zu fragen und damit zu beleidigen; sie wollte die Wahrheit nicht wissen. Sie konnte und wollte ihnen nicht nachspionieren. Als Familie sollte ihnen das erspart bleiben. Da sie, wenn sie mit ihnen zusammensaß, Scheuklappen aufsetzte, um tunlichst nicht über verräterische Bewegungen oder Blicke zu stolpern, und sich auf alles andere konzentrierte, nur nicht auf sie, hatte sie sich wahrscheinlich noch weiter von ihnen entfernt. Wenn dadurch ihr eigenes Verhalten ein wenig steif wirkte, dann schien es ihnen nicht aufzufallen. Momentan nahm Corby sie sowieso nicht wahr.

Trotz aller Versuche sich einzureden, dass dies nicht sein konnte, wurde ihr die Wahrheit in der für Providence typischen Art und Weise ins Gesicht geschleudert.

Die schwarzen Mädchen waren sehr loyal, da aber jedes eifersüchtig über seine eigene Rolle wachte, kam es unter ihnen immer wieder zu Reibereien. Elly hatte das Haus, Hanna das Baby und Kali ihre eigene Missy. Jessie hatte den Streit gehört, aber nicht beachtet, bis er sich zu einer lautstarken Auseinandersetzung entwickelte. Sie ging zum Fenster, um ihm ein Ende zu machen.

»Meine Missy das sagen«, schrie Kali die beiden anderen an. »Ihr weggehen.«

Jessie seufzte. Es war ihr egal, wer was sagte. »Hört sofort auf!« rief sie, aber in dem Lärm, den sie veranstalteten – sie stießen und schlugen sich –, hörten sie es nicht.

»Deine Missy nicht Boss!« rief Hanna.

Kali widersetzte sich. »Meine Missy Boss! Meine Missy neue Frau. Alte Frau nicht mehr gut.«

Schockiert zog sich Jessie vom Fenster zurück und ignorierte das Gekreische, als die Mädchen von Mae mit einem Stecken wieder an ihre Arbeit getrieben wurden. Sie fühlte sich in der Falle. Nun konnte sie die scheußliche Wahrheit nicht mehr leugnen. Sie suchte nach Ausflüchten, für sich, für Corby. Er war ein guter Mensch, trotz seines oft halsstarrigen, verstockten Benehmens; irgendwie musste sie ihn enttäuscht haben.

Sylvia kam hereingelaufen. »Was tust du hier? Die Taufe kann beginnen. Komm schon, beeil dich! Ich nehme das Baby.«

»Nein, lass ihn. Ich bin gleich soweit.«

Sie zog ihr Kleid aus, schnürte ihr Korsett und legte das neue Kleid an, das sie sich für diese Gelegenheit gemacht hatte. Ein schönes Kleid aus elfenbeinfarbener Spitze mit hohem, steifem Kragen und enganliegendem Mieder, das ihre nun schmale Taille zur Geltung brachte. Der vorne glattgestrichene Seidenrock lief in Falten zur Tournüre im Rücken zusammen, der gesamte Faltenwurf schleifte einige Zentimeter hinter ihr her. Sie betrachtete sich im Spiegel und wusste, dass sie niemals besser ausgesehen hatte. Das Kleid, an dem sie monatelang gearbeitet hatte, war großartig. Sie fügte die schimmernden Perlen hinzu, kämmte ihr Haar auf und befestigte den weiten, ausladenden

Hut, dessen Krempe mit cremefarbenen Seidenrosen besetzt war.

Bronte mochte Kopfbedeckungen nicht, sie schaffte es aber, ihm die gehäkelte Haube aufzusetzen, die zu seinem Kleid gehörte, nahm ihn und ging hinaus auf die Veranda. Es war ein richtiger Auftritt; sie blickte über die versammelte Menge.

Es funktionierte. Jeder sah auf, als sie die Stufen hinabglitt, überall gaben Frauen bewundernde Kommentare von sich. Selbst Corby, der neben dem Pastor stand, lächelte und nickte, nickte ihr zu, kam zu ihr und nahm ihren Arm. »Meine Liebe«, sagte er, so dass es die Umstehenden hören konnten, »du siehst großartig aus.«

Das war es, was sie wollte. Was sie brauchte. Ihr Ehemann nahm seinen rechtmäßigen Platz an ihrer Seite ein. Als die Zeremonie begann, beschloss Jessie, dass er dort auch bleiben werde. Irgendwie musste sie diese Ehe fortführen.

Sylvia, die Taufpatin, nahm mit einem warmen, an Corby gerichteten Lächeln das Kind. Nur widerwillig wollte es Jessie hergeben. Jetzt, da die Scheuklappen fort waren, war ihre Beziehung nur zu offensichtlich, geradezu augenfällig. Vielleicht wollten sie, dass sie es bemerkte, vielleicht wollten sie eine Konfrontation provozieren. Und was dann? Erwarteten sie, dass sie nachgab und ihre Stellung als seine Frau und Herrin des Hauses aufgab? Oder dass sie einfach die Situation, wie sie gerade war, akzeptierte?

Nein. Sylvia würde es niemals dabei belassen. Sie wollte mehr. Sie hielt nun das Baby über das provisorische Taufbecken, einer großen Porzellanschüssel, und der Pastor sprach den Segen. Jessie lächelte ernst und verbarg ihre Wut und ihre Demütigung, wie sie es nun schon seit Wochen tat. Ihre erste Reaktion war Wut gewesen, der Wunsch, ihren Mann zur Rede zu stellen und Sylvia aus dem Haus zu vertreiben. Selbst jetzt fiel es ihr schwer, sich zu beherrschen, aber es musste sein. Zumindest in der Zwischenzeit. Bis sie wusste, was sie zu tun hatte. Unter allen Umständen musste sie es vermeiden, Corby zum Äußersten zu treiben, damit er keine Entscheidung traf, die beide bedauerten.

Sie versuchte sich auf die Gebete zu konzentrieren, aber ihre Gedanken waren wirr, sie rasten wie über das Schlachtfeld zwischen ruhiger Überlegung und wütender Entschlossenheit.
Der Professor war Pate. Stolz stand er nun da und strahlte über seinen Enkelsohn. »Ich muss mit ihm reden«, sagte sich Jessie. »Ihn nach seiner Meinung fragen. Wahrscheinlich findet er das Thema peinlich, aber er muss mir einen vernünftigen Rat geben. Vielleicht kann ich ihn dazu überreden, Sylvia nach England zurückzuschicken, und sei es auch nur für einen Urlaub.«
Während nun alle den Hymnus anstimmten, betrachtete Jessie die Gäste. Lita de Flores stand vorne und sah in ihrem grauen Kostüm mit weißem Seidenrevers sehr würdevoll aus, ihr Vater neben ihr trug genau wie Corby einen dunklen Cutaway. Die meisten der älteren Frauen trugen ihre besten schwarzen Kleider, während die jüngeren Mädchen weiße Blusen zu ihren dunklen Röcken gewählt hatten. Die Mühlenarbeiter und Aufseher von Helenslea waren anwesend, die Hebamme und ihr Ehemann, und natürlich Mr. Devlin, der ruhig an der Seite stand. Mit seinem gestriegelten dunklen Haar, dem sauber gestutzten buschigen Schnurrbart hatte sie ihn kaum erkannt. Es überraschte sie, wie attraktiv er in seiner Feiertagskleidung aussah. Er war ein schöner Mann – und lebte allein. Warum machte Sylvia ihm keine Avancen? Er war nur wenige Jahre älter als Corby. Da war sie wieder, die Wut, die durch den geringsten Anlass ausgelöst werden konnte.
Schließlich war es Essenszeit. Die Aufmerksamkeit richtete sich auf die üppig gedeckten Tische, Jessie konnte sich ein wenig entspannen. Sie sah, dass Sylvia den Part der Gastgeberin übernommen hatte und Teller, Platten und Bestecke auftrug. Jessie ergriff daher die Gelegenheit und mischte sich selbst unter die Gäste, sprach mit ihnen, stellte Fragen, nahm sich Zeit für Gespräche und festigte so ihre Position innerhalb der Gesellschaft.
Edgar Betts nahm Corby zur Seite. »Ich würde mit Ihnen gerne einige Worte reden. Über Kanaka. Unter uns.«
Corby sah sich um. Das Haus war voll mit Gästen, die Bar un-

ter dem Haus zu laut. »Lassen Sie uns einen Spaziergang machen«, sagte er. Und dann erläuterte er ihm seine Pläne, das Land bis zum Fluss zu roden, es in eine Gartenlandschaft zu verwandeln und dem Haus so mehr Geltung zu verschaffen.
»Sie haben 'nen guten Anfang gemacht«, sagte Edgar. »Lita erzählte mir, Sie haben das Haus eingezäunt. Bin selber nie dazu gekommen. Lita meint, wir sollten es auch tun.« Er ging hinüber und prüfte die Latten. »Gute Arbeit. Meine Kanaka können nicht mal 'ne Kiste zusammennageln. Nehme an, Mike hat die Kerle angelernt?«
»Ja.«
»Er ist mit ihnen verdammt geduldig, das muss man ihm lassen. Aber Sie müssen immer den Finger drauf haben, sonst wissen Sie nie, was sie wieder Fürchterliches anstellen.«
»Das brauchen Sie mir nicht zu erzählen. Ich habe nie gedacht, wie schwer es ist, sie zum Arbeiten zu bringen. Die Zeit zerrinnt einem unter den Fingern.«
»Sie haben die richtige Einstellung, Corby. Sie sind der Master, und der Master hat draußen zu sein. Die Pflanzer, die immer nur auf ihren Ärschen herumsitzen und andere für sich die Arbeit tun lassen, wissen selten, was los ist. Und dann wundern sie sich, wenn sie in der Klemme sitzen. Aber hören Sie, wie wäre es, wenn Sie mir für einige Wochen Ihren Zauntrupp leihen würden! Drei, denke ich, reichen.«
»Gerne.« Obwohl er Betts anmaßend und nur schwer erträglich fand, wusste Corby, wie wichtig es war, sich mit dem Nachbarn gut zu stellen. Die gemeinsame Mühle war von unschätzbarer Bedeutung.
»Gut. Nun, ich habe gehört, Sie haben mit King gesprochen.«
»Ich sah ihn hin und wieder in der Stadt«, sagte Corby. Edgar lachte.
»Kommen Sie, Junge. Machen Sie mir nichts vor. King sagte, ein Kumpel von ihm will einen Kanakahaufen auftun und sie an den Regierungsvertretern vorbei in der Elbow Bay anlanden. Er sagte, Sie wollen die Hälfte.«
»Wir haben uns darüber unterhalten«, gab Corby zu. »Aber ich

war mir nicht sicher, ob er es ernst meinte und ob sie liefern können.«

»Sie werden liefern. Alles, was schwimmen kann, ist nun draußen und durchstreift den Pazifik.«

Corby zögerte. »Dennoch, ich verstehe es nicht ganz. Warum wollen sie Kanaka auf diese Weise an Land schaffen? Warum diese Heimlichkeit, wenn sie sie genauso leicht im Hafen verkaufen können? Ich weiß, uns kommt es auf diese Weise billiger, aber warum sollten Schiffskapitäne ihre Insulaner-Kontingente billiger verkaufen?«

»Weil ihre Schiffe nicht für menschliche Ladung registriert sind. Und wenn sie die Marine aufbringt, werden sie eingesperrt und die Eigner zu Geldstrafen verdonnert.«

»Oh, ich verstehe. Aber Sie sind sich sicher, dass das eine gute Idee ist? Ich meine, haben wir mit irgendwelchen Auswirkungen zu rechnen?«

»Nicht, wenn wir es für uns behalten. Ich habe bereits früher solche Ladungen angenommen. Überlassen Sie es mir. Wenn es soweit ist, werden wir sie uns holen. Ich werde zur Verstärkung einige Männer mitbringen, denen ich trauen kann.«

Corby fühlte sich sicherer. Es war besser, mit Edgar zu teilen, als mit diesen unangenehmen Leuten ganz alleine zu tun zu haben. »Und wie erklären wir ihre Anwesenheit?«

»Überhaupt nicht. Wenn sie erst auf meiner Plantage sind, bin ich niemandem Rechenschaft schuldig. Sie werden einfach unter die anderen gesteckt. Es kommt niemand, der versucht, sie zu zählen.« Er kicherte. »Ich gebe ihnen die Namen von Toten oder Kranken oder von Männern, die auf die Inseln zurückgekehrt sind. McMullen kennt die Tour. Macht Ihnen Mike Kopfschmerzen?«

»Nein«, log Corby. »Ich bin der Master auf dieser Plantage.«

»Das ist gut. Alle müssen wissen, wer der Boss ist. Er wird ein wenig ausrasten, aber er wird uns nicht verpfeifen. Und er wird nicht beweisen können, woher wir sie haben. Das Schiff ist dann längst fort. Meine Kerle wissen, dass sie sich um ihre eigenen Sachen kümmern sollen, wenn sie den Job behalten wollen.

Ich werde Ihnen Bescheid sagen, wenn es soweit ist. Wir können dann ja zum Fischen in die Elbow Bay, während wir auf das Schiff warten. Ich fische sehr gern.«

Corby war wenig angetan, Zeit mit ihm zu verbringen, aber es war schließlich für einen guten Zweck, wie es ihm schien. Und es würde ihm die Gelegenheit geben, sich wie der alte Edgar im Fischen zu versuchen. Sobald er es sich leisten konnte, würde er Aufseher einstellen und selbst das Leben eines Gentlemans führen. Und Fischen gehörte zu den Freizeitbeschäftigungen eines Gentlemans.

Sylvia kam mit diesem federndleichten Schritt, der vor Leben und Lebendigkeit sprühte und der ihm so ans Herz ging, auf sie zu, doch Edgar verpatzte den Augenblick auf seine vulgäre Art.

»Sie sind echt gut dran, mein Junge«, schnaubte er. »Sie haben die beiden bestaussehenden Frauen der Trinity Bay in Ihrem Stall.«

»Ja, sie sind reizend«, versetzte Corby abweisend.

Sylvia genoss den Tag. Einige der jungen Männer, die sie in der Stadt kennen gelernt hatte, darunter Bob Billingsley, der Bankdirektor, waren anwesend und machten ihr ihre Aufwartung. Sie war froh, dass Captain King nicht gekommen war und sie nicht belästigen konnte, aber es machte ihr Spaß, mit den anderen herumzutändeln. Sie wusste, es regte Corby auf, der nichts dagegen tun konnte. Er war auf so köstliche Weise eifersüchtig. Es konnte nicht schaden, wenn sie ihn wissen ließ, dass sie, wenn sie nur wollte, jederzeit einen anderen haben konnte.

Sylvia war überzeugt, Corby besser zu verstehen als Jessie. Er war besitzergreifend. Es war sein Anwesen, sein Kind, alles war sein, und nun war sie seine Frau. Sie zitterte vor Vergnügen, als sie zwischen Edgar und Corby trat und mit ihnen zurückging. Sie wollte Corbys Arm nehmen; es quälte sie, ihn nicht berühren zu können. Aber er litt noch mehr darunter. Er hatte ihr oft gesagt, wie schwer es ihm fiel, Abends mit der Familie im Gesellschaftszimmer zu sitzen und ihre Nähe zu spüren, die sie so begehrenswert machte. Wenn er dann endlich spät in der Nacht zu ihr kam, platzte fast seine Hose. Er war verrückt nach ihr.

»Jessie weiß es«, hatte sie ihm gesagt. Er fuhr erschreckt auf.
»Wie? Was hat sie gesagt?«
»Was kümmert es dich?«
»Liebling, es hat mich zu kümmern. Ich muss es wissen. Sie ist die Mutter meines Sohnes. Ich kann das mit ihr noch nicht auskämpfen.«
»Wann dann?«
»Wenn Bronte ein wenig älter ist. Bist du sicher, dass sie es weiß? Sag mir, was sie gesagt hat.«
»Sie hat nichts gesagt«, versetzte Sylvia. »Du schläfst nicht mehr mit ihr, das sollte ihr Anzeichen genug sein. Oder tust du es noch? Wenn, dann werde ich dir nie verzeihen. Ich werde es ihr selber sagen.«
Er konnte sie und ihre Wutanfälle immer durch seine zärtliche Liebe und seine Zukunftsträume über die Plantage versöhnen. Mit der Vorstellung von dem herrlichen Haus, das er eines Tages bauen wollte, mit einem Ballsaal und Kolonnaden statt dieser gewöhnlichen Veranda. Und Sylvia malte das Bild mit ihren eigenen Tagträumen aus, in denen sie die Herrin des Hauses war, die Gouverneure und durchreisende Berühmtheiten unterhielt. Sie verspürte nicht mehr den Wunsch, nach London zurückzukehren, wo beim kleinsten gesellschaftlichen Ereignis die Etikette zu beachten war. Hier gab es das penible und alberne, minutiös eingerichtete Salonzeremoniell nicht. Und, weit wichtiger, hier hatte sie keine Konkurrentinnen. Überhaupt keine. Sie musste nicht in einem Heiratsmarkt, der vor Frauen nur so wimmelte, gegen Mädchen antreten, die mehr Geld oder die bessere Ahnenreihe besaßen. Sie hatte ihren Freundinnen zu Hause geschrieben und ihnen von diesem himmlischen Land erzählt, wo Frauen in der Unterzahl waren, aber wohlweislich keine Einladungen ausgesprochen. Noch hatte sie sich über die Hitze, die Mücken, den ständigen Regen und die Einsamkeit beklagt. Es gab keinen Grund, damit diese Briefe zu verderben, bei deren Lektüre sie grün vor Neid werden sollten.
Der Nachmittag entwickelte sich zu einem ausgelassenen Fest.

Die Tische wurden abgeräumt und weggestellt, und die Gäste tanzten auf der Veranda zur lebhaften Musik eines alten Mannes mit Akkordeon und seines Sohnes, der eine vergnügte Geige spielte. Sie sangen »Heimat«-Lieder voller herzzerbrechender Sehnsucht nach den Britischen Inseln, die manche von ihnen niemals gesehen hatten. Und sie scharten sich um die schöne Mrs. Morgan, und jede Frau, ob hoch oder niedrig stehend, ob Frau eines Pflanzers oder eines Aufsehers, sprach ihr ihre Einladung aus. Und bestand darauf, dass sie, wie sie sagten, dazu keine Zeit ins Land gehen lassen dürfe.

»Sie meinen es auch so«, sagte Lita zu Jessie. »Die meisten dieser Frauen führen ein hartes Leben, es gibt für sie nicht viele Gelegenheiten, in Gesellschaft zu kommen. Und das Verrückte daran ist, sie sind trotzdem sehr wählerisch, wen sie einladen.«

»Sie meinen, ich habe den Test bestanden?« Jessie lächelte.

»Mehr noch«, grinste Lita. »Sie wissen nicht, was sie von mir halten sollen, aber sie müssen mit mir zurechtkommen, weil ich vor ihnen da war. Sie sind nicht so dumm, dass sie eine höhere Gesellschaftsklasse nicht anerkennen.«

Jessie wollte etwas sagen, aber Lita fuhr fort. »Lassen Sie mich ausreden, Jessie. Das Wort Klasse bedeutet hier etwas völlig anderes als im Englischen. Am besten drückt man es auf Deutsch aus. Sie betrachten Sie als eine gnädige Frau, und genauso sollten Sie sich benehmen.«

»Ich werde es versuchen«, sagte Jessie. »Aber ich muss mir um Himmels willen aufschreiben, wer sie sind und wo sie wohnen.« Sie war sich bewusst, dass dies das erste Mal war, dass Lita sie »Jessie« genannt hatte; sie bedauerte den ersten Eindruck, den sie von dieser Frau gehabt hatte, die nun ihr kühles, herrisches Wesen abgelegt hatte und sie als Nachbarin und Freundin ansprach.

»Mike wird das für Sie erledigen«, sagte Lita. »Er wird Ihre Besuche organisieren, wenn Sie es wollen. Und Sie werden unter diesen Leuten, wenn Sie sie nur kennen, gute Freunde finden.«

Sie saßen in der hinteren Ecke der Veranda, die nachmittägliche

Sonne zog sich langsam zurück, und Lita hob ihr Weinglas. »Lassen Sie uns auf Bronte trinken, Jessie!«
Jessie vermochte nicht zu sagen, wann sie ein Glas Wein so sehr genossen hatte. Es war weißer Wein, leicht und erfrischend. »Auf Ihre Gesundheit!« sagte sie zu Lita und bedauerte augenblicklich, dass sie Lita nicht mit ihrem Vornamen – die Gewohnheit kam dazwischen – angesprochen hatte.
»Sollte ich einmal ein Kind haben«, sagte Lita zu ihr, »und das Kind wird getauft, dürfte ich Sie dann um einen Gefallen bitten?«
»Welchen denn?«
»Leihen Sie mir dieses Kleid. Ich muss sagen, es ist einfach außerordentlich. Das meine ich, genau so.«
»Sie können es haben«, sagte Jessie und vernahm in ihrer Stimme einen heiteren Ton – ob vor Erleichterung oder vom Alkohol, vermochte sie nicht zu sagen, es kümmerte sie auch nicht. Lita hatte es ihr vorgemacht. Es war an der Zeit, dass sie sich vergnügte. Ein Herr füllte ihr Glas nach, als er seine Runde drehte, und ihr Selbstvertrauen wuchs. Sie blickte über die Festgesellschaft; Männer standen in kleinen Gruppen herum und diskutierten ernsthafte Dinge, einige der älteren Frauen saßen im Schatten, klatschten und tauschten Freundlichkeiten aus. »Es läuft gut, nicht wahr?«
»Ja. Ich freue mich so für Sie. Es ist Zeit, dass Sie sich etwas aufmuntern.«
»Haben Sie denn Mitleid mit mir?«
Die direkte Frage schien Lita aus dem Gleichgewicht zu bringen. »Ich? Nein! Warum sollte ich! Natürlich nicht! Vielleicht tue ich mir selber Leid. Was soll aus mir nur werden? Soll ich einen Pflanzer heiraten und mich hier niederlassen? Oder wieder nach Europa gehen? Nein, ausgeschlossen, ich tue mich mit Sprachen schwer. Oder nach England, um als Frau aus den Kolonien abgestempelt zu werden?«
Jessie lachte. »Wie glücklich, so viele Möglichkeiten zu haben.«
»Ja, glücklich«, murmelte Lita. »So ist es wohl. Aber ich langweile mich so leicht. Vielleicht hat die Taufe in mir Mutterge-

fühle geweckt.« In der Menge erblickte sie Mike Devlin. »Nun, hier ist ein Mann ... ich würde mich mit ihm sofort niederlassen, wenn er endlich aufhören könnte, mich wie seine verlorene Schwester zu behandeln.«

Jessie war verwirrt. »Er ist ein sehr netter Mensch. Kann ich für Sie ein gutes Wort einlegen?«

Lita erhob sich rasch, so dass ihr langer Rock herumschwang. Jessie hatte plötzlich das Gefühl, als hätte sie diese launische, unglückliche Frau damit ebenfalls zur Seite gewischt. »Machen Sie sich keine Sorgen. Ich brauche niemanden, der für mich ein gutes Wort einlegt.«

Von Litas Abgang ermutigt, ergriffen andere Frauen freudig die Gelegenheit, mit ihrer Gastgeberin reden und die Probleme besprechen zu können, die Kleinkinder in einer fremden Umgebung mit sich brachten. Sie boten ihr Hausmittel gegen Diphtherie, Mandelentzündung und Fieber an und bezogen sie in die verschworene Gemeinschaft der Mütter ein.

Lita ärgerte sich über sich selbst. Sie hatte Jessie zuviel von ihrem Innenleben anvertraut. Es war dumm, seinen Gefühlen freien Lauf zu lassen, und zeugte von verdammt schlechten Manieren. Schlimmer noch, ging es ihr durch den Kopf, wenn man überhaupt Gefühle hatte. Sie hätte sich mit dem Gin zurückhalten sollen; vor der Abfahrt nach Providence hatte sie sich mit einigen Gläsern davon gestärkt und war dann zu Wein übergewechselt, der bemerkenswert gut war. Sie fühlte sich nun ein wenig beschwipst.

Sie erblickte Sylvia inmitten einer Gruppe von jungen Kerlen, wanderte zu ihnen hinüber und mühelos gelang es ihr, die Aufmerksamkeit von Miss Langley weg und auf sich zu ziehen. Sylvia zeigte sich nicht beeindruckt. Bald brachte Lita sie mit Geschichten über Clarence zum Lachen, einen Emu, der sich in der Nähe des Hauses in Helenslea niedergelassen hatte. »Manchmal glaubt er, er sei eine Henne«, lachte sie, »und manchmal meint er, er sei ein Hund, und jagt ihnen hinterher.«

Das führte zum Austausch von amüsanten Emu-Geschichten,

bis Sylvia ein Wort einwerfen konnte. »Ich dachte, Lita, Sie interessieren sich nicht für Bauernhöfe«, sagte sie verächtlich.
»Oh, aber natürlich«, erwiderte Lita grinsend. »Bauernhöfe können uns vieles lehren. Vor allem gewisse Verhaltensweisen und Regeln. Sie sollten einmal darauf achten.« Sie sah Mike, der für die älteren Frauen Stühle in den Schatten des Feigenbaums stellte. »Entschuldigen Sie mich«, sagte sie, »ich muss noch Mr. Devlin begrüßen.«
Um vier Uhr nachmittags machten sich die meisten der Gäste auf den Heimweg. Als sich Lita zusammen mit ihrem Vater verabschiedete, wurde sie von Sylvia angesprochen. »Was meinten Sie mit Ihrer spitzen Bemerkung zu den Bauernhöfen? Mir erschien sie als sehr unhöflich.«
»So war sie auch gemeint! Was Sie da machen, ist gegen alle Regeln.«
»Ich weiß nicht, wovon Sie sprechen.«
»O doch, das wissen Sie.«
»Erzählen Sie mir nichts von Regeln! Das haben Sie gerade nötig.«
»Das mag sein, aber ich habe noch niemandem ein Messer in den Rücken gerammt.«
Auf dem Tisch im Speisezimmer lagen die Geschenke, von Babywäsche, Schals und Moskitonetzen bis hin zu wertvolleren Gaben. Corby untersuchte sie interessiert. »Von wem ist das?« fragte er und hielt einen gravierten Silberbecher hoch.
»Von Mr. Devlin«, sagte Jessie. »Die Männer von der Mühle haben zusammengelegt und Bronte diese kleine Goldkette mit dem Herzchen gekauft. Und Mrs. Creedey, die Frau des Ladenbesitzers, schenkte uns den kleinen Schaukelstuhl. Ist das nicht schön?«
»Sehr schön«, sagte Corby. »Alles in allem ein sehr erfolgreicher Tag. Einige von ihnen können wir auch in Zukunft einladen. Hast du die Cavanaghs von der Woollahra-Plantage kennengelernt? Sie sind noch die Besten von dem ganzen Haufen.«
»Ja. Reizende Leute. Corby, ich habe darüber nachgedacht. Da Bronte nun eigene Dinge besitzt, könnten wir das zweite

Schlafzimmer doch in ein Kinderzimmer umwandeln. Dort stört er uns nicht, und Hanna kann kommen und gehen, ohne jemanden zu stören.« Sie hielt den Atem an. Sie hatte den ganzen Tag lang diese Sätze mit sich herumgetragen. Jetzt oder nie, sie wollte Corby dazu zwingen, in ihr gemeinsames Schlafzimmer zurückzukehren.

Er schien in die Geschenke vertieft zu sein und sie nicht zu hören. Er nahm eine große blaue Rassel zur Hand, legte sie wieder hin und strich über einen kleinen Schaffellvorleger. »Ich werde darüber nachdenken«, sagte er schließlich und ging aus dem Zimmer.

Jessie drehte sich um und starrte aus dem Fenster. Die Antwort ließ sie in einer Leere zurück. In der Ferne grollte der Donner, Pferde wieherten, Vögel kreischten, aber sie stand nur da; es war ihr unmöglich, auch nur einen Schritt zu tun. Bis Elly hereinkam und den Tisch abräumte. Später aber beschloss sie, mit ihrem Vater zu reden.

Sie ließ sich von ihm durch das strohgedeckte Buschhaus führen, das seine Sammlung seltener Orchideen enthielt.

»Schau dir diese an«, sagte er und zeigte auf einen dunkel purpurfarbenen Orchideenzweig. »Ist sie nicht schön? Ich habe sie Caladenia Providence genannt, und diese wunderschöne blaue werde ich nach Bronte nennen.«

»Sie sind herrlich«, sagte sie. »Schade, dass sie nicht duften.«

»Nicht nötig. Sie sind schön genug.«

Das waren sie, nahm sie an, dennoch waren ihr Rosen lieber. Orchideen erschienen ihr eher schal und protzig, aber das hätte sie ihm nicht im Traum gesagt. Nein, dachte sie, ich habe ihm viel Schlimmeres zu sagen. Sie holte tief Luft. »Vater, ich frage mich, ob du nicht für einige Zeit nach Hause willst.«

»Nach Hause? Nach England? Wozu um alles in der Welt? Großer Gott, mach dir um mich keine Sorgen, mir geht es hier so gut wie nie zuvor.«

»Ich will, dass du Sylvia nach Hause bringst.«

»Warum? Ist sie hier nicht glücklich? Ich dachte, sie hat sich hier sehr gut eingelebt. Wenn man sie jetzt so ansieht, dann

meint man, dass das Klima ihr ausgezeichnet bekommt. Sie sah niemals besser aus. Und sie kommt bei den jungen Leuten ziemlich gut an.«
Jessie konnte nicht antworten, sie rang nach Worten. Der Professor wandte sich von den Blüten ab. »Was ist los, Jessie? Du bist wegen irgendetwas unglücklich.«
Tränen stiegen in ihre Augen. »Es ist schrecklich zu sagen, aber ich weiß nicht, was ich tun soll. Ich glaube, Sylvia hat eine Affäre mit meinem Mann.«
Auf seinen Wangen erschien ein Anflug rosaroter Farbe, er wandte sich ab und konzentrierte sich wieder auf seine Orchideen. Jessie wartete, bis er die Information verdaut hatte.
»Bist du dir sicher?« fragte er vom anderen Ende seines kleinen warmen Sanktuariums.
»Ziemlich sicher.«
»Du hast sie nicht zur Rede gestellt?«
»Nein, das kann ich nicht. Ich kann es einfach nicht.«
»Das ist verständlich«, sagte er. Ein Schauer durchlief ihn, als würde ihn sogar die Vorstellung eines solchen Gesprächs erschrecken. Er ließ sich auf eine Gartenbank fallen. »O Gott, o Gott, o Gott. Komm, setz dich eine Weile zu mir.«
Jessie spürte, sie hatte einen Fehler begangen. Er wollte mit dieser schäbigen Angelegenheit nichts zu tun haben. Unannehmlichkeiten hatte er immer gehasst, er würde sich nicht ändern Wie immer war er zu sehr in seiner eigenen Welt gefangen Dennoch gehorchte sie ihm aus Gewohnheit und starrte teilnahmslos auf die Ansammlung seiner prachtvollen Freunde, wie er sie nannte.
»Ich kann schlecht mit der Pferdepeitsche zu Corby«, sagte er schließlich, »und ich kann dir auch nicht empfehlen, ihm mit einer Strafpredigt zu kommen. Aller Erfahrung nach weiß man. dass diese Mittel nicht funktionieren.« Er tätschelte ihre Hand als sei sie ein kleines unglückliches Kind. »Es handelt sich un eine Verschwörung der Natur, natürlich«, fügte er an. »Hat nichts mit dir zu tun, außer dem Unglücklichsein, das es für dich verursacht. Anziehung ist der Grundstein jeder Spezies,

selbst meiner Orchideen, und das haben nicht wir erfunden, sondern die Natur. Wenn es stimmt, was du sagst, sind sie in ihrer gegenseitigen Anziehung gefangen. Eine delikate Angelegenheit.«

»Alles andere als delikat«, versetzte Jessie, die mit seinen Versuchen, so sündhaftes Tun zu rationalisieren, die Geduld verlor – auch wenn sie dem Professor damit nicht zu kommen brauchte; er glaubte nicht an das Konzept der Sünde. »Es ist Bronte und mir gegenüber ungerecht und grausam.«

»An der Natur ist nichts gerecht, Jess. Hörst du diesen Vogel? Hörst du ihn?«

»Ja.« An den Abenden hatte sie oft den traurigen, einsamen Ruf dieses Vogels gehört, den Elly Regenvogel nannte.

»Ein Koel«, sagte Lucas. »Ein einheimischer Vogel, viel größer, aber mit den gleichen Verhaltensweisen unseres Kuckucks. Auch mit ihm hat sich die Natur verschworen, um ihm zu helfen. Er ist ein fauler Kerl, der sich nicht dazu aufraffen kann, ein eigenes Nest zu bauen. Also wurde er mit einem Hals ausgestattet, mit dem er, wenn er will, die schrecklichsten Laute von sich geben kann. Er sucht einen nistenden Vogel, veranstaltet diesen furchtbaren Lärm, und der Vogel flieht voller Furcht. Dann wirft er in aller Ruhe die fremden Eier aus dem Nest und ruft mit süßer Stimme eine Gefährtin.«

»Das ist ja schrecklich«, sagte Jessie. »Und ich bin der Vogel, der fliehen soll?«

»Nicht, wenn du es nicht willst. Außer du findest die Situation untragbar. Dann bringe ich dich nach London zurück, und nicht Sylvia.«

»Du solltest aber sie mitnehmen!«

»Würde sie denn gehen? Ich bezweifle es. Und würde nicht dieser Vorschlag genau die Konfrontation hervorrufen, die du zu vermeiden trachtest?«

»Ich will sie nicht vermeiden.«

»Warum kommst du dann zu mir?«

Bevor sie sich hinlegte, nahm sie ein langes kühles Bad. Sie zog ein frisches Nachthemd an, bürstete ihr langes Haar und legte sich unter das Moskitonetz, wo sie sich, ohne recht zu wissen warum, ruhiger fühlte. Ihr Vater hatte ihr keinen Rat gegeben, er hatte auch niemandem die Schuld zugeschoben, außer den Launen der Natur, was sie allerdings nicht akzeptieren konnte. Aber dann hörte sie wieder den einsamen Ruf des Koel und wunderte sich über den armen kleinen Vogel, der nun durch den Lärm vertrieben wurde. Und sein Nest, die Eier, alles verlor.

Plötzlich saß sie aufrecht im Bett. Was wollte er ihr damit sagen? Dass sie ihr Kind und ihr Zuhause verlieren konnte, wenn es zum Konflikt mit Corby kam? Der Professor hatte ihr angeboten, sie nach England zu bringen, von Bronte war nicht die Rede. Er war ein weiser alter Mann, manchmal allerdings etwas unpräzise. Bewusst unpräzise. Jessie nickte, sie verstand endlich. Wenn ich Corby vor die Wahl stelle und dabei verliere? O mein Gott!

»Nein«, sagte sie, als sie frühmorgens aufstand. »Ich lasse mich nicht vertreiben. Es ist zwar demütigend, aber ich werde auf meine Art kämpfen. Ich werde nicht gehen.« Es gab immer die Möglichkeit, dass Corby zu ihr kam und ihr sagte, dass er Sylvia vorzog. Ein schrecklicher Gedanke, aber sie würde vorbereitet sein, wenn es soweit war.

Sie fing Sylvia in der Küche ab. »Danke, dass du dich für mich um das Essen kümmerst, aber dafür besteht keine Notwendigkeit mehr. Ich habe nun Zeit, das selbst zu erledigen. Nun, Tommy, lass sehen.«

Sie nahm jeden Morgen mit Corby das Frühstück zu sich und ließ ihm durch einen der Stallburschen das Mittagessen bringen. Dann änderte sie ihren Tagesablauf, so dass sie nachmittags ausreiten und ihn treffen konnte. Es waren verzweifelte Anstrengungen, sie wusste es, und nicht immer willkommen, aber Corby beschwerte sich nicht, was sie ermutigte. Manchmal glaubte sie Schuldgefühle in ihm zu entdecken, ein besseres Anzeichen als Verärgerung; aber dennoch blieb er in seinem Zimmer.

»Unannehmlichkeiten«, murmelte Lucas, nachdem Jessie ge-

gangen war. »Immer Unannehmlichkeiten!« Er suchte nach seinem Teelöffel und bereitete sich eine größere Ration der »Medizin« zu als sonst. Er wollte einen kleinen Vorrat für später haben.
Er schloss seine Schlafzimmertür. Nachdem er grimassenverzerrt – der Geschmack war wie bei jeder Medizin unangenehm – die erste Dosis genommen hatte, setzte er sich mit gekreuzten Beinen auf den Boden und wartete auf die erste Welle des Wohlbefindens, die über ihn hinwegging. Eine Methode, die er seit kurzem praktizierte. Statt zu schnell in Schlaf zu versinken fühlte er sich dabei leicht orientalisch, und es half der Meditation. Es gab Dinge, über die er nachdenken musste.
Das Opium hatte ihm den notwendigen Mut verliehen, um von seinem schrecklichen Fund in den Armen des Selbstmörders erzählen zu können. Er sollte wenigstens Mike die Wahrheit der Angelegenheit berichten, die, soweit das überhaupt möglich war, bewies, dass der Tote Perry ermordet hatte. Und die anderen Kanaka von Schuld freisprach, die damit nicht mehr länger bestraft werden sollten.
Dies führte dann wohl dazu, dass die Verbote aufgehoben wurden; die Kanaka konnten an ihren freien Tagen wieder die Stadt besuchen. Was allerdings ein anderes Problem aufwarf. Bei seinem Umgang mit den Kanaka hatte er von den freien Sonntagen gehört, die mit großer Freude diskutiert wurden. Providence lag so weit von der Stadt entfernt, dass sie sich bereits vor dem Morgengrauen auf die Wagen drängten, um mehr Zeit für ihre Vergnügungen zu haben. Aber worin bestanden ihre Vergnügungen? In den Hurenhäusern.
Lucas fand es schade, dass diese herrlichen Männer von den Auswüchsen der Stadt verdorben wurden. Die Verbote waren daher das Beste, was ihnen passieren konnte. Es war nötig, sie von den minderwertigen Elementen der weißen Gesellschaft fernzuhalten, nicht aus moralischen Gründen, sondern zum Nutzen ihrer Gesundheit und ihres geistigen Wohlergehens.
Er fühlte sich nun entspannt und lächelte. Diese Körperhaltung war eine entschiedene Hilfe, um klar denken zu können. Trotz

der harten Arbeit war Providence für die Kanaka eine der besten Plantagen, eher ein idyllischer Ort, dachte der Professor in seinem gütigen Zustand. Nachdem er entschieden hatte, was für die Kanaka das Beste war stellte er sich der nächsten irritierenden Frage. Jessies Unglück. Lucas wünschte sich, sie hätte sich ihm nicht anvertraut. Die Leute sollten mit ihren Problemen selber klarkommen.

Er erinnerte sich an den Vikar zu Hause, der sich von seiner Frau abwandte und etwas mit der Haushälterin anfing. Eine eher einfache Frau, keinen Sinn für Geschmack. Bei weitem nicht so attraktiv wie Sylvia. Man konnte Corby nicht verdenken, dass er Sylvias Reizen erlag, da sie offensichtlich willig war. »Großer Gott«, murmelte er, »und hoffentlich ist sie wirklich willig, sonst ist der Teufel los.«

Aber bei dem Vikar ... hatte sich die Frau nicht beschwert. Vielleicht war sie seiner müde und hat die Konkubine begrüßt. Die Menage, die natürlich ein Skandal war, ging ohne Probleme weiter.

Jessie aber konnte das nicht. Sie, ansonsten eine gutmütige, milde Frau, konnte entschlossen und ziemlich starrköpfig werden, wenn es ihr um etwas ging. Lucas fürchtete, dass eine Auseinandersetzung anstand. Daran wollte er nicht teilhaben. Die Monogamie war sowieso eine unvernünftige Einrichtung. Er seufzte, er konnte seine Sorgen um seine beiden Töchter nicht aus der Welt schaffen. Wenn Jessie die Sache auf die Spitze trieb und verlor, wenn Corby sich für Sylvia entschied, dann würde sie ihren Ehemann und ihre Schwester verlieren. Diese Rechnung ging einfach nicht auf.

Er rappelte sich hoch, setzte sich an den Tisch, räumte Notizblätter und Blumen zur Seite und schrieb eine lange, weitschweifige Abhandlung über Providence und seine Bewohner. Zufrieden darüber, dass dies eine ausgezeichnete Arbeit war, die er bald fortsetzen wollte, nahm er ein neues Blatt Papier und schrieb: »Letzter Wille und Testament von Lucas Langley« und adressierte es an einen Anwalt in Cairns, der oft in der Cairns Post erwähnt wurde.

»Es wäre geschmacklos«, deklarierte er feierlich in den leeren Raum hinein, »die Auseinandersetzung um Corbys sexuelle Vorlieben an die Öffentlichkeit zu tragen.« So schwankte er eine Weile hin und her, bis er eine kurze Anweisung schrieb. »Mathematisch geht das auf«, murmelte er. »Wenn Jessie ihren Ehemann an ihre Schwester verliert, sollte sie dafür entschädigt werden.«

Er betrachtete die Zeile und entschied sich dafür, keine Erklärung anzufügen. Sie lautete: »Ich vermache meinen gesamten halben Anteil an der Plantage Providence meiner Tochter Jessie. Dies erkläre ich im Vollbesitz meiner geistigen Kräfte.«

Sorgfältig unterschrieb und datierte er das Dokument, legte es in eine Ledermappe und plazierte es oben auf seinem Kleiderschrank, um es bei nächster Gelegenheit abzusenden. Dann nahm er, dem allen überdrüssig, eine weitere Dosis Opium und driftete in seine erfreulichere Traumwelt ab.

Helenslea gefiel Joseph nicht; die Quartiere waren eng, stanken, das Essen war ein säuerlicher Schweinefraß mit Reis. Die Kanaka hier wagten sich nicht zu beschweren, denn die einzige Sprache, die die Weißen sprachen, war die mit der Peitsche. Er und seine beiden Freunde, Paka und Ned, machten sich daher noch energischer an die Arbeit als unter Mr. Devlin. Alle drei stammten aus Malaita, Ned allerdings war bereits seit zwei Jahren auf Providence und freute sich, nach dem Winter nach Hause zurückkehren zu können. Allerdings, bemerkte Ned, war es den Kanaka in Helenslea erlaubt, an ihren freien Sonntagen in die Stadt zu gehen, was den Männern von Providence nach wie vor verwehrt war. Sie gaben damit vor den drei Neuankömmlingen an, erzählten zotige Geschichten über die Jappie-Mädchen, mit denen sie ihre Stunden verbracht hatten, bis es die Malaita-Männer vor Frustration kaum noch aushielten. Joseph beschloss, bei ihrer Rückkehr mit Pompey zu sprechen und ihn zu bitten, im Namen der anderen darauf hinzuwirken, dass das Verbot aufgehoben wurde.

Joseph konnte kaum sein Wissen über Katabetis Verbrechen preisgeben, ohne seine eigene Verwicklung im Mordfall anzusprechen, aber nach all dieser Zeit sollten die Bosse endlich nachgeben. Sie würden niemals mit Gewissheit herausfinden, wer Mr. Perry getötet hatte, auch wenn Pompey meinte, dass sie Katabeti verdächtigten. Es war nicht gerecht, alle zu bestrafen.

Die junge Missus hier – nicht die schwarze Frau des Masters, sondern seine Tochter – war nett. Sie schien für die Zäune verantwortlich zu sein. Sie hatten zwei Jobs; den vorderen Garten einzuzäunen, einen sehr viel kleineren Bereich als in Providence, und den Obstgarten, der größer war, aber die Missus meinte, ein zweisparriger weißer Zaun würde genügen, um die Tiere abzuhalten. Wie Mr. Devlin erschien sie jeden Tag, um die Arbeit zu beaufsichtigen und brachte ihnen Früchte oder Sandwiches, um ihre leeren Mägen zu füllen. Und, besser noch, sie erlaubte keinem der Aufseher, sich einzumischen und vertrieb sie mit ihrer bissigen Zunge. Joseph und seine Freunde nannten sie daher die »Biene«, da sie ihnen Honig brachte und allen anderen ihren Stachel zeigte. Alle drei waren in sie verliebt; sie hatten Mitleid mit ihr, da sie Witwe war und keinen Mann hatte, und sie stellten sich vor, mit ihr zu schlafen, denn sie besaß, obwohl sie eine Weiße war, einen schönen festen Körper, kräftiges Haar und einen schönen vollen Mund.

Eines Nachmittags kam sie und sagte ihm, der Boden ihres Farnhauses am Ende des Obstgartens werde zu feucht, da die Abflussleitung verstopft sei. »Kannst du mir die Abflussleitung säubern, Joseph?«

»Ja, Missus«, sagte er und legte den Spaten weg. Sie hatten oft, wenn sie niemand beobachtete, in diesen seltsamen Ort hineingespäht und sie dort sitzen und lesen sehen, umgeben von Dschungelpflanzen, die in Körben vom Dach hingen oder an Gestellen die Wände bedeckten. Es war ein kühler Ort, darin stimmten sie überein, dennoch fragten sie sich, warum er notwendig war, wenn die Pflanzen doch jeden Tag bewässert werden mussten, Pflanzen, die ohne diesen Aufwand im Dschungel leben konnten.

»Nicht jetzt«, sagte sie. »Mach mit deiner Arbeit weiter.

Komm, wenn du mit der Tagesarbeit fertig bist, dann zeige ich dir, was du zu tun hast.«

Natürlich neckten ihn die beiden anderen, dass er von ihr an einen solch verschwiegenen Ort bestellt worden war. Joseph verfluchte sie für ihre Dummheit. Er war der »Biene« treu ergeben und stolz, der Dame selbst in dieser kleinen Angelegenheit helfen zu können.

In der Abenddämmerung wusch er sich am Trog den Schweiß von seinem Körper und zog wieder die Arbeitskleidung an. Er hatte nichts anderes bei sich, nicht einmal einen seiner Sarongs, die er in einem Kasten zu Hause gelassen hatte. Auf dem Weg durch den Obstgarten fiel ihm auf, dass er Providence als sein Zuhause bezeichnete; das gefiel ihm, es verlieh seinem neuen Leben Stabilität.

Was ihn jedesmal verblüffte, war die Tatsache, dass die »Biene« immer Männerkleidung und hohe Stiefel trug. Nun jedoch stand sie in einem dünnen weißen Kleid, das sie wie eine Wolke zu umgeben schien, im Dämmerlicht vor ihm. Joseph war verwirrt.

»Komm rein«, rief sie. »Ich beiße dich nicht.«

Er packte den Spaten, ging hinein, folgte ihren Anweisungen und begann, den Abflusskanal an der Seitenwand auszuschaufeln, in dem das Wasser stand. Die Nähe der Frau, mehr noch als die feuchte Luft, ließ ihn schwitzen. Er arbeitete weiter, bis sie es bemerkte und ihm sagte, er solle sein Hemd ausziehen. Dann machte er sich wieder an die Arbeit.

Später war er sich nicht mehr sicher, wie es geschehen konnte, noch, ob es überhaupt geschehen war. Vielleicht hatte er alles nur geträumt. Er lag in der Ecke der Hütte, wo er und Paka und Ned untergebracht waren und versuchte sich an alles zu erinnern.

Ihre kühle Hand war auf seinem Rücken, fuhr das Rückgrat hinab und ließ sein Herz klopfen und weckte in ihm Begierde. Er arbeitete weiter und betete, dass sie es noch einmal machte, nur einmal noch. Selbst wenn es Zufall war, das prickelnde Gefühl ihrer Berührung war genug. Aber sie trat zurück.

Als er sich dann niederbückte, um mit seinen Händen den Mulch aus der verstopften Leitung zu schaufeln, sprach sie zu ihm: »Du hast schöne Schultern, Joseph.« Er konnte sich nicht rühren; mit seinen schlammbedeckten Händen konnte er die schöne saubere Frau nicht anfassen, während sie ihm über die Schultern streichelte und seine angespannten Muskeln massierte.

»Gefällt dir das?« fragte sie mit lächelndem Singsang in der Stimme. Er nickte.

Nachdem er diese Seite der Wand frei hatte, gab sie ihm einen Lumpen, um seine Hände zu trocknen, und zeigte auf einen anderen Graben. »Der ist noch schlimmer«, sagte sie. »Er ist draußen verstopft.«

»Ich nachsehen«, sagte er, aber sie stellte sich ihm in den Weg. Er glaubte, sie fragte ihn, ob sie hübsch war, oder ähnliches – in seiner Verwirrung vergaß er sein Englisch. Dann berührte sie sein Gesicht und sagte ihm, dass er schön sei. Zumindest glaubte er sich daran erinnern zu können, und ihr Kleid öffnete sich für ihn wie die Flügel eines Schmetterlings, und er sah ihren elfenbeinfarbenen Körper. Es war zuviel.

Sie hatte sich nach ihm gesehnt; was zwischen ihnen nun geschah, folgte ganz natürlich. Der schöne Kontakt zweier starker Körper, aber in seiner Erinnerung verschwamm alles in der himmlischen Erleichterung, die er so dringend gebraucht hatte, und dem so plötzlichen Erwachen. Er hoffte, er habe ihr Freude gemacht; er konnte sich kaum erinnern, die Zeit war so schnell vergangen. Dennoch hatte er das Abendessen verpasst, es musste also eine ganze Weile gedauert haben.

Er erzählte Paka, dass sie ihm zu essen gegeben hatte, er machte sich also nichts aus dem entgangenen Abendessen. Paka fragte, was sie ihm sonst noch gegeben hatte, ohne auch nur zu vermuten, dass Joseph eine weiße Frau, eine Missus, bekommen hatte. Joseph beließ es dabei. Nicht um alles in der Welt wollte er diese wunderbare Begegnung entweihen.

Einige Tage später bat sie ihn wieder in das Farnhaus, diesmal aber hatte sie Raffiabastmatten ausgelegt, und er konnte größere Fertigkeiten an den Tag legen, um dem offensichtlichen Vergnügen, das sie an seinem braunen Körper fand, zu entsprechen.

Der Master war fort gewesen. Am ersten Tag nach seiner Rückkehr kam er und überprüfte ihre Arbeit. Er stand am Zaun, sah, ob er gerade war, fasste jede einzelne Latte an und marschierte schließlich ohne jedes Wort davon. Der Zauntrupp war erleichtert. Alle Arbeiter auf dieser Plantage hatten vor dem Master Angst, er war für seine schlimmen Launen bekannt, und man hatte ihnen geraten, sich in seiner Anwesenheit ruhig zu verhalten. Joseph aber konnte nur geduldig warten und darauf hoffen, dass ihn die Missus, deren Name Lita war, wie er erfahren hatte, wieder brauchte. Falls nicht, dann verstand er. Er würde sie immer in guter Erinnerung behalten.

Edgar bekam Wind von der Sache. Edgar, der alles wusste, was auf Helenslea vor sich ging, griff die verschlagenen Bemerkungen verschlagener Männer auf, die sich mit dem Master gut stellen wollten. Die vorgaben, ja nichts über seine Tochter sagen zu wollen, aber die ersten waren, die sich darüber den Mund fusselig redeten.

»Man kann sich keine Minute abwenden!« brüllte er Dandy, seine Frau, an. »Was geht hier vor?«

Sie schüttelte den Kopf. »Ich weiß nicht was.«

»Ich rede von meinem Mädchen und einem verdammten Kanaka, und ich will von dir die Wahrheit hören.«

Dandy fürchtete ihn nicht. Sie war von ihm, als sie jünger war, oft mit dem Gürtel ausgepeitscht worden, aber das war vorbei. Sie hatte gelernt, zurückzuschlagen. Der Tag, an dem sie ihm den Stock entwunden und ihn gehörig verprügelt hatte, ohne sich darum zu kümmern, ob er sie danach erschießen würde, war der Anfang ihres neuen Lebens gewesen. Statt auf sie loszugehen, hatte er nichts getan; nun wusste sie, dass der alte Mann keinen Deut anders war als die schwarzen Männer, die wussten, wann sie zurückzustecken hatten. Sie hatten noch oft Streit danach, tauschten Schläge aus, zerschlugen Gegenstände, aber mit den Jahren war er schwächer geworden und schrie sie nur

mehr an oder grummelte vor sich hin. Er war ein übellauniger Kerl und das würde sich nicht mehr ändern. Draußen auf seinem Pferd mochte er ein großer Mann sein, im Haus aber hatte er ihrer Stärke und Lebhaftigkeit nichts entgegenzusetzen. Sie hatte gewonnen.
»Ich rede mit dir, Großohr!« schrie er und fuchtelte mit seiner Peitsche. »Hat sich irgendeiner dieser dreckigen Kanaka an ihr zu schaffen gemacht?«
»Nein«, log sie mit arrogant starrem Blick. »Warum du hörst auf diese Kerle?«
Er zögerte, schlug mit der Peitsche auf einen gepolsterten Stuhl, dann zischte er: »Wo Rauch ist, ist auch Feuer!« Und sprang aus dem Haus.
Dandy rang ihre Hände. Sie wünschte, Miss Lita wäre hier, aber die besuchte die Woollahra-Plantage und wurde für diese Nacht nicht mehr zurückerwartet. Sie könnte ihn aufhalten. Sie würde lügen, ihn umschmeicheln und besänftigen und mit allem davonkommen, denn sie war sein »Mädchen«, und er liebte sie über alles. Es hatte ihm fast das Herz gebrochen, als sie in Übersee lebte und er war verrückt vor Aufregung, als er erfuhr, dass ihr Ehemann gestorben war und sie wieder zurückkam. Er würde nichts tun, was sie gegen ihn aufbringen konnte, nur damit sie ihn nicht mehr verließ. In letzter Zeit hoffte er, dass sie Mike Devlin heiratete; sie würde so in seiner Nähe wohnen. Manchmal murmelte er, er wolle etwas dafür tun, bislang jedoch war es ihm nicht gelungen, Mike zur Arbeit auf Helenslea zu überreden.
Alles, was Dandy übrigblieb, war, hierzubleiben und sich Sorgen zu machen. Sie hörte den Master eine Gruppe Männer anbrüllen. Sie seufzte. Warum war es in Ordnung, wenn weiße Männer sich schwarze Frauen nahmen, nicht aber für eine weiße Frau einen schwarzen? Oder einen braunen? Oder, sie lächelte, einen schönen braunen Mann wie Joseph. Miss Lita hatte nichts gesagt – warum sollte sie? –, aber Dandy hatte sie bei Sonnenuntergang zum Farnhaus gehen sehen, und von einem Seitenfenster aus erblickte sie Joseph, der in die gleiche

Richtung ging. Sein Glückstag, dachte sie und hatte es gleich wieder vergessen. Schließlich war es nicht das erste Mal. Vor ihrer Heirat hatte Lita einen anderen Kanaka gehabt, ebenfalls einen großen, hübschen Insulaner. Als Edgar es herausfand, ging sie auf ihn los, spuckte Galle, leugnete alles und nannte ihren Vater einen dreckigen alten Mann. Trotz seiner großen Töne konnte Edgar mit wütenden Frauen nicht umgehen.

Es war ein schrecklicher Tag. Schwere, regengesättigte Winde schlugen gegen das Haus, in denen sie das Salz riechen konnte. »Großer Regen kommen«, sagte sie gedankenverloren. Im Sommer gab es nur selten Regen. Nun aber setzte die Zeit der großen Nässe ein, die vom Ozean kam, die die Flüsse und die Bäche anschwellen ließ. Es war nichts mehr zu sehen als grauer Himmel und tropfnasse grüne Vegetation, die im Wind schwankte. Dandy wandte sich ab.

Paka erblickte die drei Männer, die durch den Regen auf sie zugeritten kamen und die in ihrem Ölzeug und ihren durchtränkten Hüten wie dunkle Monster aussahen. Er war froh, dass sie trotz des Wetters weitergearbeitet und schlammige Löcher für die Pfosten des zweiten Zauns ausgehoben hatten. Er rief den anderen zu und blickte fröhlich auf; sie hatten nichts zu befürchten, niemand hatte sich über ihre Arbeit beschwert. Sie waren stolz, als Zauntrupp bekannt zu sein.

Die weißen Männer sprachen nichts. Das war nichts Ungewöhnliches. Neugierig beobachtete Paka einen der Aufseher, der ein Seil von seinem Sattel löste; er wunderte sich, was er damit vorhatte. Die Antwort kam schnell und mit erschreckender Präzision. Das Seil spannte einen Moment, dann wurde er mit einem Ruck umgerissen und hinter dem Pferd, das einen weiten Kreis ritt, über den Boden geschleift. Der Reiter zog ihn zurück, blutend blieb er liegen und der Master, der noch immer auf seinem Pferd saß, baute sich vor ihm auf.

Paka stöhnte. Der Master schrie ihn an. Es dauerte eine Weile, bis er die schrecklichen Anschuldigungen verstand.

»Antworte!« brüllte Betts. »Sag mir die Wahrheit!«

Der Mann, der ihn mit dem Seil gefangen hatte, stieg vom Pferd

und zog Paka hoch. »Steh auf, du Bastard!« zischte er. Paka wurde näher an die Flanken des unruhig tänzelnden Pferdes des Masters geschoben; er fürchtete, zertrampelt zu werden.
Der Master beugte sich herab, seine Stimme war ein drohendes Schnarren. »Warst du hinter der weißen Missus her, Nigger? Dort drüben im Farnhaus.«
»Nein, Master. Niemals!«
Betts griff sich Pakas Kiefer und drehte sein Gesicht nach oben. »Hast du meine Tochter angefasst?«
»Nein, nein, nein!« weinte Paka. Er fürchtete, dass dieser schreckliche Mann ihm den Hals brechen konnte, er versuchte sich ihm zu entwinden, aber der Griff wurde nur fester.
»Hast du sie vergewaltigt?« Die Finger des Alten gruben sich so in Pakas Gesicht, dass er nur krächzend seine Unschuld beteuern konnte. Er kannte dieses Wort nicht, er verstand das alles nicht.
Joseph konnte es nicht mehr mit ansehen. Er rannte vor und schob Paka zur Seite. »Lasst ihn«, schrie er. »Ich war es, ich habe es getan.«
Ned, der die Sprache besser verstand und wusste, welche Auswirkungen Josephs Eingeständnis hatte, kam angelaufen, schrie den Master an und rüttelte an seinem Sattel. »Nein, Sir! Er nicht so meinen, Sir! Er nicht wissen, was Sie sagen!«
Edgars Peitsche fuhr über Neds Gesicht, der andere stieß ihn zur Seite, Ned jedoch jammerte und kreischte, bis der Master seinen Revolver zog. »Haut ab, ihr Nigger«, sagte er zu Paka und Ned, »und schätzt euch glücklich, dass ihr nicht mit ihm hängen werdet.«
Grinsend fesselten die beiden Aufseher Joseph. »Dieser dreckige kleine Scheißkerl, er hat sich an sie rangemacht.«
»Und dabei ist sie immer so verdammt hochnäsig und herablassend.«
»Werft ihn erst mal ins Loch«, sagte Edgar und wendete sein Pferd.
»Was ist mit den anderen?«
»Was soll mit ihnen sein?« zischte er, als sie die Nigger gehen

ließen. Es war schlimm genug, dass sich Lita mit diesem Schwein eingelassen hatte, ohne noch ein Dutzend andere mitzunehmen. Er war dem allgemeinen Gespött preisgegeben. Offensichtlich gab es nur diesen einen und um sein Gesicht und das seiner Tochter zu wahren, war sie vergewaltigt worden. Nach allem, was er wusste, war sie das. Oder verführt worden. Was auch immer. Es spielte keine Rolle. Die Nigger mussten lernen, dass sie ihre Finger von weißen Frauen ließen. Vor allem von Lita. Verdammte Scheiße! Gab es nicht genügend Weiße, mit denen sie sich amüsieren konnte? Das letzte Mal, als so etwas passierte, hatte er ihr glauben wollen und den Nigger von der Plantage vertrieben. Er hätte den Bastard nicht bestrafen können, ohne einen Skandal hervorzurufen. Aber dieses Mal war es offenkundig. Sie schien nicht verstehen zu wollen oder sich darum zu kümmern, dass sie als eine von drei weißen Frauen auf der Plantage, und als einzige unverheiratete, unter ständiger Beobachtung stand. Überall gab es Augen, der Klatsch war der Herzschlag des Anwesens.

Wenn sie einen Mann brauchte, warum dann nicht Mike Devlin? Er würde für Devlin blechen müssen. Und seinen Preis herausfinden. Oder sein Testament ändern und Devlin einen Anteil geben, aber da er nicht die Absicht hatte, wie Jake tot umzufallen, änderte das nichts an der momentanen Situation.

Er drehte sich zu dem Nigger um, der, an ein Pferd gebunden, ihnen schweigend folgte. »Schuldig bis aufs Mark«, sagte er. »Trat einfach vor und gab alles zu. Auch noch stolz darauf, so, wie er aussieht, trägt den Kopf hoch, als gehöre ihm die Welt. Nun, er wird nicht mehr viel davon zu sehen bekommen.« Auf Vergewaltigung stand Tod durch Hängen, und er besaß zwei Zeugen. Nicht, dass ihm irgendjemand in die Quere kommen würde. Der Regierungsvertreter kam nur, um seine Kohle abzuholen.

Dann gab es noch diesen Engländer auf Providence. Ihm würde ein Kanaka fehlen. Er musste ihm Ersatz schicken, zusammen mit einer harschen Botschaft, keine sexbesessenen Nigger mehr an die Nachbarn zu verleihen. Edgar grinste. Das würde ihn

zum Schweigen bringen. Der arme Kerl musste sich noch zurechtfinden, zuckte bei jedem Schatten zusammen. Das Schiff mit den Kanaka musste bald kommen, und Morgan war bei dieser einfachen Operation nervös wie ein Kätzchen. Aber nun ...
Er sah zu, wie der Nigger in den Verschlag gestoßen wurde, eine robuste kleine Hütte mit verstärkter Tür und ohne Fenster.
»Wartet, bis die übrigen Nigger sich für die Nacht im Lager eingefunden haben«, sagte er seinen Männern. »Wir treffen uns hier um neun Uhr. Keiner vergewaltigt ungestraft meine Tochter.« Er überlegte, ob er noch etwas anfügen, ob er vom Leid erzählen sollte, das dieser Angriff über sie gebracht hatte, beließ es dann aber dabei.
»Ich bekomme langsam eine weiche Birne«, murmelte er, während er zu den Ställen ritt. »Ich muss diesem weißen Abschaum nichts erklären. Sie haben gefälligst zu tun, was man ihnen verdammt noch mal sagt. Ich habe gesehen, mit welchen Blicken sie Lita verfolgten. Wenn sie nicht so ein aufbrausendes Weib wäre und mit ihrem kleinen Revolver umzugehen verstünde, hätte sie sich einer von ihnen bestimmt schon gekrallt. Und ich hätte nicht den Spaß, mit braunen Jungs zu spielen.«
»Ach, Gott!« Er schüttelte den Regen vom Hut und stiefelte über den Hof. »Alles, was ich will, ist ein ruhiges Leben. Lita ist klug und knusprig, aber warum konnte sie kein Junge sein? Er könnte allen schwarzen Samt haben, den er nur wollte, und niemand würde ein Wort darüber verlieren. Aber Lita ...«
Er saß am langen Zedernholztisch, Dandy schlich leise im Zimmer herum. Es stand ihr nicht zu, neben ihm zu sitzen, aber er mochte es, wenn sie die Mahlzeiten auftrug. Sie wusste, was er wollte, und wann. Er wollte seine in Milch gebratenen Zwiebeln separat und Butter auf seinen Bratkartoffeln und, wie heute, sein Kotelett blutig, nur kurz über dem Feuer angebraten.
Dandy hatte nichts zu sagen, deswegen mochte er sie. Weiße Frauen redeten verdammt noch mal zuviel. Manchmal vermieste ihm selbst sein Engel Lita mit ihrem Gequatsche das Essen. Dandy füllte sein Brandyglas nach, er nahm einen langen

Schluck und blickte auf seinen ganzen Stolz, das Gemälde eines Rennpferdes, das ihm gegenüber an der Wand hing.
»Hab ich dir schon von diesem Pferd erzählt?« fragte er sie, als sie den gebratenen Kürbis servierte.
Dandy erwiderte nichts, sie war nur da. Wahrscheinlich hatte er davon erzählt, es spielte keine Rolle. »Zulu«, sagte er. »Das beste Pferd der ganzen Welt. Gewann einundachtzig den Melbourne-Cup, und ich war so verdammt nah dran, ihn zu kaufen. Hab ihn als Fohlen kennen gelernt und wollte ihn auf der Stelle haben, aber irgend so ein Idiot hat es mir ausgeredet. Aber ich wusste es, bei Gott, ich wusste es! Ein verdammt schönes Pferd, ein richtiger Steher. O Gott, als ich hörte, dass er gewonnen hat, Dandy, ich sag's dir, ich bin zusammengebrochen und hab geweint.«
Die nostalgischen Erinnerungen waren zuviel für ihn. Er schob ihr zum Nachfüllen das Glas hin. »Nichts Süßes heute«, sagte er. »Ich spüre mein Alter. Ich werde verdammt noch mal nicht jünger. Und wer soll diesen Laden leiten, wenn ich nicht mehr bin?« Der Brandy war gut, bester Hennessy, sehr mild. Besser als dieser verdammte Sahnequark mit Aprikosen.
Edgar lehnte sich in seinen Stuhl zurück und nahm sich eine Zigarre. »Du brauchst dir keine Sorgen zu machen, für dich ist gesorgt. Ich sage das wegen Lita, sie wird sich daran halten. Sie hat dir nie Böses gewollt, und das wird wohl auch in Zukunft so bleiben.«
Er kaute auf der Zigarre herum und betrachtete das Gemälde. »Bei Gott. Den Melbourne-Cup zu gewinnen, das heißt etwas. Ich war immer ein Pferdekenner. Ich hab hier 'ne ganz gute Zucht, aber nichts wie Zulu. Ach, ich hätte berühmt werden können.« Dandy füllte das Glas nach, er mochte das. Normalerweise hielt sie sich zurück und versuchte ihn zu bremsen, aber er konnte den Alkohol vertragen, und außerdem, wen kümmerte es?
Noch eine Zigarre. Sie zündete sie ihm an, er bemerkte ihre Gier, ihre rosarote Zunge fuhr über die blauroten Lubra-Lippen. »Du willst 'ne Zigarre?« fragte er sie und schob ihr die Kiste hin. Sie nickte. Respektvoll.

»Dann setzen Sie sich, Madam.« Er wischte sich den Brandy vom feuchten Bart und saugte die Flüssigkeit von seiner Hand. Dandy saß niemals am Tisch. Sie stellte einen Stuhl neben den seinen und holte ihren eigenen Brandy. Der exquisite Genuss der Zigarre ließ sie aufseufzen, dankbar rieb sie ihre warme Hand an seiner Hüfte.

So saßen sie, der Master und seine Geliebte, tranken den Brandy, der in Reichweite auf dem Tisch stand, und betrachteten, wie sie es schon so oft getan hatten, Zulu. Jeder wusste, dass Alkohol bei Schwarzen schneller wirkte als bei Weißen; es dauerte nicht lange, und Edgar grinste. Dandy war geil wie ein Ziegenbock. »Eine Ziege«, lachte er. Sie grinste und streichelte ihn, und er fragte sich, wo er eine solch unverschämte weiße Frau finden würde.

Das Gehämmere an der Tür brachte ihn auf die Beine, er schob sie weg.

Es war der Aufseher, Abel Teffler. »Es ist nach neun, Boss«, sagte er entschuldigend. »Brauchen Sie uns?«

»Ja! Ja, verdammt noch mal, ja«, sagte Edgar und riss sich aus dem Nebel sexueller Lust, in dem er sich befand. »Wie spät ist es?«

»Halb zehn«, rief Teffler durch das Drahtgitter.

»Wart einen Moment«, erwiderte Edgar. Er eilte über den Gang, holte sein Ölzeug und wandte sich noch einmal an Dandy. »Geh ins Bett. Trink noch ein wenig Brandy und heiz dich auf.« Er zwickte ihre vorspringende Brust und bemerkte erst jetzt, dass sie zum langen schwarzen Rock eine verführerisch offenstehende Bluse trug.

Aber Dandy hielt ihn zurück. »Nicht gehen, Master. Ich fühle mich gut diese Nacht. Du willst einen Sohn. Ich gebe dir einen Sohn.«

»Wovon sprichst du?« lachte er. »Ich will keinen Nigger-Sohn.«

Aber Dandy blieb hartnäckig. »Tu es nicht. Ich bitte dich, tu es nicht.«

»Was?« fragte er und zog, oder besser, versuchte sich die Stiefel anzuziehen. Es war auch ohne ihr Gewinsel schwierig genug, nüchtern zu werden und den richtigen Stiefel an den richtigen Fuß zu bekommen.

»Miss Lita wird niemals verzeihen. Warte, bis sie zurückkommt.«

Edgar, vom Brandy befeuert und von Dandys unmissverständlicher Anerkennung, dass er ein so potenter Hengst wie Zulu war, musste sich als Boss von Helenslea bestätigen. »Geh ins Bett«, befahl er. »Es dauert nicht lange.« Aber Dandy führte sich nun auf, wie er sie noch nie erlebt hatte. Das schwarze Mädchen, das sich zu einer stattlichen Lubra-Frau entwickelt hatte, die sich von nichts und niemandem etwas sagen ließ, weinte nun, schlang ihre Arme um ihn und hielt ihn fest.

»Master, geh nicht.«

Sie erregte ihn. Genauso wie das Betrachten des Gemäldes. Ihr kohlschwarzes, von aufrichtigen Tränen benetztes Gesicht war so schön wie nie. Bis zu diesem Moment hatte Edgar nichts Schönes an der Aborigine finden können. Sie gehörte ihm einfach. Aber jetzt sah er ihren schmerzverzerrten Mund, ihre samtenen, tränennassen Augen, und er spürte, dies war kein stillschweigendes Ertragen dessen, was sein musste. Die Frau liebte ihn! Er war erstaunt. Und mit sechzig, ein oder zwei Jahren hin oder her, fühlte sich Edgar ziemlich geschmeichelt.

»Master«, bettelte sie. »Heute Nacht darfst du nicht hinaus. Mein Volk sagt, Joseph ist nicht der, der er ist.«

»Ach, Dandy«, sagte er, noch immer unter dem Zauber dieser liebenden Frau, die im Bett so gut war wie keine zuvor. Er fühlte sich rührselig und geil zugleich. »Du bist mein Mädchen. Ist es das, was du hören willst? Hilf mir doch mit diesen verdammten Stiefeln.«

Teffler klopfte wieder an die Tür und rief nach ihm.

»Sein Name ist Joseph«, flüsterte sie mit gepresster Stimme. »Master, hör mir zu. Geh nicht. Er ist ein Zaubermann. Du darfst ihn nicht anfassen. Mein Volk, sie hören von Kanaka. Sie wissen es.«

Edgar stampfte mit den Stiefeln auf. Er fühlte sich nun besser.

Ernüchtert. »Was ist er? Was weißt du über die Kanaka? Der Bastard ist ein Verbrecher. Verschwinde! Du hast mich heute schon einmal angelogen und hättest mir einen Haufen Ärger ersparen können. Aber nein, musstest dich taub stellen. Also sei taub. Und halt deinen gottverdammten Mund!«
Die Welt war verrückt geworden. Er stand hier mit seinem Mantel und seinem feuchten Hut auf dem Kopf. Teffler wartete draußen, ein Frauenschänder im Bau, und diese Frau wollte sich dazwischenstellen. Sie war nun auf ihren Knien, klammerte sich an ihn wie ein verdammter Blutegel und machte sich verdammt lächerlich. Er stieß sie weg. »Zum Teufel, Dandy. Hat Lita dir das eingeredet? Dieser Mann hat seine Schuld gestanden. Geht es nicht in deinen schwarzen Schädel, dass ein beschissener Kanaka meine Tochter angerührt hat? Weiter will ich mir das gar nicht vorstellen.«
Schon der Gedanke daran machte ihn wütend. Und er war nicht der Einzige. Draußen hatten sich der Verwalter, die übrigen Aufseher und die Mühlenarbeiter versammelt, um ihren Boss zu unterstützen. Ihre Laternen glitzerten im Regen, die Pferde scharrten ungeduldig, Dampf kam aus ihren Nüstern.
»Edgar!« rief Dandy. Niemals zuvor hatte sie ihn so genannt. Verärgert drehte er sich um.
»Übertreib es nicht, meine Liebe.«
Sie rannte zur Tür. »Pass auf deine Dingos auf!« rief sie. »Deine zahmen Hunde. Sperr sie diese Nacht ein, Edgar! Sie riechen Blut, und sie wollen töten.«
»Du bist verrückt«, sagte er. »Ich habe was zu erledigen, und diese Männer wissen, dass ich Recht habe. Und du, du verdammte schwarze Hure, weißt es auch. Er hat sie genommen, oder?«
Dandy schüttelte alle Lügen, alle Vorsicht ab. Die Männer warteten. Und er führte sie an, um das zu tun, was die Gesetze der Weißen, nicht die Gesetze der Schwarzen oder Kanaka, forderten. Ihre Gesetze gaben ihm das Recht dazu. Sie trat ein letztes Mal auf ihn zu. »Ich bin eine arme Frau, ich verstehe nicht eure Tabus. Aber ich weiß es. Der Mann, den ihr bestrafen wollt, hat

den Namen Joseph. Aber das ist nicht sein Stammesname. Verstehen, Master. Er ist nicht Joseph, er ist etwas anderes. Böser Zauber, sagt mein Volk. Mein Volk sagt das.«

Als sie Joseph fortführten, rannte Ned zur Pumpe und holte einen Kübel Wasser, um den Dreck von Pakas übel verschrammter Haut zu waschen. Glücklicherweise hatte er sich keine Knochen gebrochen, aber er war schlimm zugerichtet, ihn schwindelte und er konnte kaum begreifen, was vorgefallen war. Er versuchte, auf die Beine zu kommen, aber Ned bestand darauf, dass er sich für eine Weile ausruhte. »Ruhig. Ich muss nachdenken.«

»Nicht mehr für diese schlechten Menschen arbeiten«, flüsterte Paka. Sein Freund nickte. Talua war im Bau. Die weißen Männer wollten ihn hängen, aber das durfte nicht sein. Sie mussten ihn herausholen. Ned überlegte, ob er auf die Unterstützung der anderen Insulaner zählen konnte, aber das war aussichtslos. Sie waren bereits von dem weißen Master und seinen Schergen zu sehr eingeschüchtert. Und es würde zu lange dauern, um Mike Devlin zu Hilfe zu holen; er müsste Flügel haben, um es rechtzeitig zu schaffen.

»Die Männer kommen von den Feldern«, sagte er zu Paka. »Du bleibst hier, ich gehe mit ihnen, stehle mich dann fort und werfe einen Blick auf das Verlies.«

»Nein«, erwiderte Paka. »Wir warten hier. Es wird bald dunkel. Wenn du mit ihnen gehst, musst du die Werkzeuge abgeben. Wir werden sie brauchen.« Er setzte sich auf und hielt sich den Kopf. »Alles in Ordnung, mach dir um mich keine Sorgen. Schnell, versteck diese Dinge im Graben.« Ned ließ die Spaten, das Brecheisen und die Axt verschwinden. »Gut. Nun hilf mir auf, wir müssen uns auch verstecken.«

»Aber sie werden uns suchen, wenn wir beim Abzählen nicht da sind. Wenn ich gehe, kann ich sagen, dass du krank bist.«

»Nein«, sagte Paka bestimmt. »Das ist nicht notwendig. Lass sie denken, wir seien davongerannt.« Er blickte zornig zum Haus. »Wir sind für sie nur ängstliche Nigger. Haben keinen Mumm in den Knochen, können nicht kämpfen, wir Nigger. Sind wie die Ratten geflohen. Sollen sie das denken.«

Regen strich über sie hinweg, mit ihm die Dunkelheit, und die Nacht erschien düster und geheimnisvoll, als die Essensglocke die Kanaka in die Hütte rief. Die beiden Männer krochen durch den Obstgarten, umgingen das Haus und die Stallungen und schlugen sich durch den Dschungel zu den Baracken. Ned hatte das Brecheisen, Paka die Axt. Weiter ging es, entlang des Weges, der zum abgelegenen Verlies führte, bis sie im hohen Gras lagen. Sich zu verbergen war diesen Männern von den Salomonen zweite Natur. Sie waren wieder zu Jägern geworden.

Einer der Weißen lehnte an der Wand neben der einzigen Tür, sein Gewehr stand daneben und war von den überhängenden Zweigen eines großen Baumes vor dem Regen geschützt.

Er rauchte seine Pfeife, ließ sich dabei Zeit, später klopfte er die Asche aus und steckte sie in die Tasche. Dann wurde er ungeduldig. Er sah zum Weg, schlenderte umher, ging einige Schritte vor, kehrte um und stampfte verärgert auf.

»Er ist hungrig«, sagte Ned. »Er wartet auf sein Essen. Wir sollten ihn jetzt angreifen.«

»Nein. Es kann dauern, bis wir diese Tür aufhaben. Wenn andere kommen, werden sie uns erwischen. Das hilft Joseph nicht.« Paka korrigierte sich. »Talua.« Er bemerkte, dass seine Stimme anders klang, tiefer, voller. Als ob jemand anderes gesprochen hatte, nicht er. Eine Stimme, die ihm bekannt vorkam, die er aber nicht einordnen konnte. Ned hatte es nicht bemerkt.

Schließlich kam ein Mann. »Es wurde aber auch Zeit«, sagte die Wache. »Was bringst du da?«

»Suppe und ein wenig Brot.«

»Das ist alles? Wollt ihr mich hier draußen verhungern lassen?«

»Kann ich nichts dafür«, sagte der Neue. Paka erkannte ihn als den Gehilfen des weißen Kochs, der eine eigene Küche unterhielt, mit besserem Essen, als es die Kanaka jemals zu sehen bekamen. »Was ist hier eigentlich los?«

Den Kanaka schien es, als unterhielten sich die beiden Männer ewig; sie redeten über die Strafe, die den Gefangenen erwartete.

»Und sie wollen ihn wirklich hängen?«

Die Wache lachte. »Allerdings. Ich hoffe, das war es wert.«
Sobald der andere gegangen war, murmelte die Wache etwas von dem Pech, dass ausgerechnet er heute Nacht diesen Job aufgetragen bekam, ergriff das Gewehr und setzte seine einsame Runde fort.
»Ich gehe herum«, sagte Ned zu Paka, »und schleiche mich von hinten an. Dann machst du Lärm und lenkst ihn ab. Ich versuche ans Gewehr zu kommen, bevor er es gebrauchen kann.«
Als Ned fort war, raschelte Paka im Gras.
Die Wache fuhr herum. »Wer ist da?« Er ging zum Weg, sein Gewehr zeigte in Pakas Richtung. Paka ergriff einen Zweig und tauchte weiter in das Unterholz ein.
Ned legte das hinderliche Brecheisen weg und bewegte sich schnell, nicht zum Mann, sondern zum Gewehr, das er sich schnappte und fortschleuderte. Es hätte nur Aufmerksamkeit erregt, wenn es abgefeuert worden wäre. Mit der Handkante schlug er gegen den Nacken der Wache, traf aber nicht voll, der große Mann taumelte einen Moment und stürzte sich dann auf ihn. Die beiden Männer krachten zu Boden, rangen miteinander, Ned gelang es, mit den Händen den Hals seines Gegners zu packen, um ihn zum Schweigen zu bringen. Er drückte ihn zu Boden, schlug seinen Kopf gegen die Erde, plötzlich durchschnitt ein stechender Schmerz seinen Magen; zu spät bemerkte er, dass die Wache ein Messer hatte. Er spürte sein warmes Blut über die feuchte Kleidung rinnen, versuchte, den Mann weiter niederzudrücken, doch der bekam sein Messer frei, und während sich Ned wegrollte, stieß er es in die Brust des Kanaka.
Dann sah Ned hinter ihnen Paka auftauchen, sah die Axt blitzen und die Wache zusammenbrechen und glaubte, er sei gerettet. Der Insulaner lächelte, als er in das feuchte, weiche Gras fiel. »Gerade noch rechtzeitig«, flüsterte er seinem Freund zu. »Ih dachte ...« Aber mehr konnte er nicht mehr sagen.
Paka fiel auf die Knie, hob Ned auf, spürte das Blut, entdeckte das Messer und versuchte seinem Freund zu helfen. Tränen rannen über sein Gesicht.

Er musste Ned zurücklassen. Er fand das schimmernd auf dem Weg liegende Brecheisen und rannte zum Verschlag. »Bist du da drin, Joseph?« rief er.
»Ja. Paka, bist du es?«
»Wir sind gekommen, um dich hier rauszuholen.«
»Verschwinde. Sie werden dich bestrafen.«
Aber Paka machte sich mit dem Brecheisen zu schaffen, setzte es zwischen Tür und Pfosten an, brach die Bretter, Holz splitterte, bis er die Tür aufhatte und Talua frei war.
»Geh jetzt«, sagte er. »Verschwinde so schnell wie möglich. Am besten, du durchquerst den Fluss, diesen Weg erwarten sie nicht. Niemand geht zum Fluss.« Ehrfürchtig senkte er den Kopf. »Talua ist ein starker Schwimmer, die Krokodile werden es nicht wagen, ihn zu fressen.«
»Das hoffe ich«, sagte Joseph. »Aber du kannst nicht hierbleiben. Sag Ned, er soll auch kommen.«
»Nein, wir haben andere Pläne«, log Paka. »Ich werde Ned folgen. Wir gehen in eine andere Richtung. Geh jetzt, halte uns nicht auf.«
Paka sah zu, wie der Sohn Ratasalis im Dschungel verschwand, dann kehrte er schweigend zu Ned zurück. Er zog das Messer heraus und begrub seinen Freund im dicken Mulch, rief die Götter an und bat sie, diesen tapferen Mann in ihre Herzen aufzunehmen. Ruhig wandte er sich dem Leichnam der Wache zu, mit zwei schnellen Schlägen der Axt trennte er den Kopf ab, während in ihm eine Stimme Rache an dem weißen Mann forderte, der den Tod Taluas angeordnet hatte. Nachdem er sein Werk vollendet hatte, nahm er das Gewehr und verschwand im Dschungel.
Die Reiter, drohende schattenhafte Gestalten vor den schwankenden Laternen, kamen den Weg entlanggeritten. An ihrer Spitze Edgar Betts. Trotz der Faszination, die von dieser geisterhaften Unternehmung ausging, trotz der Bewunderung, die die Männer dem Boss und seiner Machtdemonstration entgegenbrachten, fiel kein Wort. Später würden sie davon erzählen können: »War dabei, als der Boss diesen Nigger aufknüpfte.

Keiner kommt ungeschoren davon, wenn er dem alten Edgar ans Bein pisst.«
Mit der Behendigkeit eines jungen Mannes schwang sich Betts am Ende des Weges vom Pferd. Teffler begleitete ihn mit dem Strick. Die anderen folgten, stießen sich vor Erwartung in die Rippen und waren plötzlich nervös, unsicher, was nun geschehen sollte.
»Wo zum Teufel ist die Wache?« rief Betts. Sie blickten sich um, sahen aber nur schwarze Dunkelheit außerhalb des Lichtkreises ihrer Laternen.
»Die verdammte Tür ist offen«, schrie Teffler, lief nach vorne und hob seine Laterne. »Zum Teufel, was ist das?« kreischte er und fuhr augenblicklich zurück. Er war fast in das Gesicht der Wache getreten. »Die Wache ist fort«, brabbelte er, »und hier ist sein Kopf.«
»Sein was?« Betts schob ihn zur Seite, um selbst das abgeschlagene Haupt in Augenschein zu nehmen, das an dem langen dunklen Haar an einem Nagel über dem Türrahmen hing. Der Mund stand offen, als wollte er sie anschreien.
»Diese Bastarde! Diese verdammten Wilden!« Er ignorierte das Haupt und untersuchte den Türrahmen. »Die Tür ist aufgebrochen worden. Jemand hat ihm geholfen, hier rauszukommen. Dafür werde ich sie alle hängen lassen.«
Hinter ihm drängelten sich die Männer, um einen Blick auf das furchtbare Bild zu erhaschen – wieder eine Geschichte für die Tavernen und Bars im Norden –, bis Teffler den Befehl gab, den Kopf abzuhängen. Es traf denjenigen, der am langsamsten zurückwich. »Sucht seinen Körper!« befahl Teffler den anderen. »Er muss hier irgendwo sein.« Widerwillig zogen sie ab, wurden von ihrem Boss aber zurückgepfiffen.
»Lasst das«, brüllte er. »Das hat Zeit bis morgen. Ich will, dass ihr diese verdammten Kanaka findet, sie können ja nicht weit sein. Teffler, schick nach schwarzen Spurenlesern, und ihr macht euch auf den Weg. Los, macht schon!«
Als sie sich ihren Pferden zuwandten, fuhr die Stimme Pakas dazwischen. Er sprang in die Lichtung und schrie den Boss an.

Seine Stimme musste meilenweit zu hören gewesen sein. Einer der Männer, erschüttert vom Schicksal des Gefährten, schwor später, dass es die Stimme des Teufels war, die sie hörten. Laut, krächzend, unheilvoll.
»Hey, du! Weißer Boss! Weißes Schwein! Niemals wirst du Talua finden.«
Entsetzt fuhr Edgar herum. Er konnte nicht mehr antworten. Paka schoss ihn nieder.
Es kümmerte Paka nicht, dass er im Kugelhagel ebenfalls starb. Er folgte Ned in die Herrlichkeit.
Die Nacht war weich, ein sicherer und seltsamer Ort. Ein neuer Dschungel, den Joseph erkunden konnte, erleuchtet von phosphoreszierenden Pflanzen und tanzenden Glühwürmchen. Nach dem stickigen, feuchten Verlies war ihm der schwere Duft der tropischen Blüten süße Erleichterung. Er war nach den Büschen, die die Gebäude von Helenslea umgaben, über die offenen Felder gelaufen, um sich von den Männern zu entfernen, die ihm sicherlich folgten, bis er die Zuckerrohrmühle erreichte, die nun his zur nächsten Ernte stillgelegt war. Dann streifte er durch den dichten Urwald am Fluss. Er zog die Stiefel aus, um sich besser auf dem schlüpfrigen Morast unter seinen Füßen bewegen zu können, dem faulenden Laub, den umgestürzten Bäumen, die wie zu Hause diesen hohen Wald nährten. Lächelnd erinnerte er sich und kämpfte sich vorwärts, über die tückischen Kletterpflanzen hinweg, die von hoch oben aus der grünen Kuppel herabhingen.
Als er schließlich den Fluss hörte, hielt er inne. Er fürchtete sich nicht, er wusste, dass er, wenn er den Fluss erst durchquert hatte, genau wie die Aborigines hier überleben konnte. Er hatte auf Providence viele Geschichten über die fürchterlichen Stämme gehört, die in diesem Land lebten, er nahm sie gelassen hin. Sie konnten kaum schlimmer sein als die Weißen, die ihn hängen wollten.
Und warum? Das verwirrte ihn. Er war nicht als Plünderer gekommen, der ihre Jungfrauen töten oder schänden wollte. Die weiße Dame hatte ihn gebraucht, hatte ihn zweimal zu sich ein-

geladen, er konnte sich nicht vorstellen, dass sie sich beschwert oder ihn als Angreifer gebrandmarkt hatte. Zuviel Güte war in ihr. Er hatte gehört, dass es in diesem Land Rassenvorurteile gab, genau wie auf den Inseln zwischen den verschiedenen Stämmen, Unterschiede, die zu Kriegen führten. Und dass sich die Weißen überlegen fühlten und nicht wollten, dass ihre Rasse besudelt wurde. Er musste zugeben, dass sie in manchen Dingen überlegen waren – sie waren klug und hatten viele Fertigkeiten –, aber körperlich waren sie nicht besser. Nicht besser als die mit dunkler Hautfarbe. Außerdem widersprachen ihre Handlungen ihren Gesetzen. Selbst der Master hatte eine schwarze Frau. Das war schwer zu verstehen, allerdings hatte es keinen Sinn, sich darauf zu berufen. Er hatte gegen eines ihrer Gesetze verstoßen, und die Strafe dafür war Hängen. Er war erledigt. Es gab keine Möglichkeit mehr, hier ein gutes Leben zu beginnen, noch konnte er zu den Inseln zurückkehren. Wenn er zum Hafen ging, würden sie ihn sofort fangen und hängen.

Er sorgte sich um Paka und Ned. Was meinten sie damit, sie gingen in eine andere Richtung? Nicht zur Stadt, hoffte er. Dann dämmerte es ihm. Sie gingen nach Providence, zu Mr. Devlin. Sie hatten nichts verbrochen, nur eine Tür geöffnet. Sie konnten alles erklären, und Mr. Devlin würde sie beschützen. Wenn er das konnte. Der Master, Mr. Morgan, schickte sie vielleicht wieder zurück. Der Zaun war noch nicht fertig. Er überlegte, ob er auch zu Mr. Devlin gehen sollte, entschied sich dann jedoch dagegen. Er hatte auf Providence genug Unruhe gestiftet. Wenn die Leute aus Malaita dahinterkamen, dass er gehängt werden sollte, würde das große Probleme schaffen. Und alles nur wegen dieser Gottesgeschichte. Warum hatte sein Vater in seinem Stolz nach solcher Macht gestrebt? Es schien Joseph, dass Ratasali, indem er sich zum Gott erhob, dieses ganze Desaster erst über sie gebracht hatte. Statt von den Göttern aufgenommen zu werden, war er für seine Unverfrorenheit verflucht worden. Er war ein Häuptling, aber kein Gott, genausowenig wie sein Sohn.

Als das erste Licht durch das Grün fiel, machte sich Joseph wieder auf den Weg. Er wanderte flussaufwärts. Er wusste, dass die Buschmänner seine Spuren leicht entdecken konnten, früher oder später musste er den Fluss durchqueren. Zögernd näherte er sich dem Ufer und starrte auf den schnell fließenden Strom. Er war breit, vom Regen angeschwollen, in den Strudeln wirbelten Stämme und Farne. Paka mochte davon überzeugt sein, dass er ihn leicht durchqueren konnte, Joseph war es durchaus nicht. Obwohl er sie nicht sehen konnte, wusste er, dass im Fluss Ungeheuer lauerten. Er zweifelte, ob sie zwischen einem Menschen und einem Gott unterscheiden konnten. Eine Mahlzeit war eine Mahlzeit. Auf einem Baumstamm hätte er vielleicht etwas sicherer den Fluss überqueren können, aber die Strömung war zu stark. Der Fluss kam von Westen, und das war sein Ziel: weit nach Westen zum Hochland.

Um seine Entscheidung hinauszuzögern, machte er sich auf die Suche nach Nüssen und Beeren. Er raubte hoch in einem Baum ein Honignest aus und wusch am Flussufer, immer ein wachsames Auge auf die Krokodile gerichtet, die köstliche, klebrige Flüssigkeit von Händen und Gesicht. Er ging weiter nach Norden, in der Hoffnung, einen schmaleren Flussabschnitt zu finden oder Felsen, die den Übergang erleichterten. Aber der Fluss schien nur noch breiter zu werden, und jedesmal, wenn er das Ufer betrachtete, sah er sie, gedrungene Wesen mit Nüstern wie Pferde. Sie trieben als Baumstämme getarnt im Wasser oder lagen verborgen im Rohrgras, scheinbar schlummernd. Aber er wusste, sie schliefen nicht.

In einer Flussbiegung sah er von einer Granitklippe, die der Erosion standgehalten hatte, hinunter auf das Wasser und genoss den Blick über die herrliche Schlucht. Er überlegte, dass er halb durch den Fluss sein konnte, bevor ihn die am Ufer liegenden Krokodile erblickten. Was war mit der anderen Seite? Der Fluss war zu breit, um sie dort in ihren guten Verstecken auszumachen. Bei seinem Glück, dachte er, würde er wahrscheinlich direkt in eines hineinschwimmen, und das ohne Messer oder anderen Gegenstand, mit dem er sich verteidigen konnte. Aber es konnte auch gut gehen.

Es war von dieser Höhe ein spektakulärer Sprung, einer, den er in fremden und gefährlichen Gewässern niemals gewagt hätte, wäre er nicht in dieser verzweifelten Situation gewesen. Um Distanz zu gewinnen, nahm er Anlauf. Das Eintauchen, wusste er, konnte ihn nicht verletzen, aber das hier war nicht sein tiefer Ozean, Felsen konnten ihn unter der aufgewühlten Oberfläche zerschmettern.

Dennoch genoss er das Hochgefühl des Fluges, er tauchte die Klippe hinab und schnitt wie ein Messer in das warme Wasser. Sofort kämpfte er sich gegen die reißende Strömung nach oben. Er schwamm nun um sein Leben, ohne sich darum zu kümmern, dass er vom Fluss in seinem Lauf wieder zurückgetragen wurde. Etwas stieß gegen ihn, voller Furcht schob er sich weg, aber es war nur ein Baumstamm; er schwamm weiter, kam kaum voran, fürchtete, dass er wieder zum diesseitigen Ufer zurückgetrieben wurde, und verfluchte seine Dummheit, die Strömung nicht beachtet zu haben, die in der Flusswindung diesen Verlauf nahm. Auf halber Strecke merkte er, dass er aufgrund der schweren Arbeit und des schlechten Essens nicht in der gewohnten körperlichen Verfassung war, aber er trieb seine Beine und Arme an, immer und immer wieder, immer weiter, bis er durch das wilde Wasser hindurch das jenseitige Ufer sehen konnte.

Und dann erfasste ihn, wie den Zweig eines Baums, der im Strudel gefangen saß, die außenliegende Strömung und warf ihn, ein Stück Treibgut, ans Ufer.

Erschöpft keuchte er schlammiges Brackwasser aus, das so anders schmeckte als Salzwasser, zog sich das Ufer hinauf und brach zusammen.

Und als er so dalag, mit schmerzenden Muskeln, ohne jede Kraft, glaubte er seinen Vater zu hören, der ihn anschrie, anbrüllte und befahl, aufzustehen. So mächtig war die Stimme, dass sich Joseph erhob – gerade rechtzeitig, um das Krokodil zu erblicken, das mit aufgesperrtem Rachen und mit unglaublicher Geschwindigkeit aus den Untiefen auftauchte und auf ihn zuraste. Im Schrecken fand er neue Kraft, stürzte sich den Abhang hoch, in diesem Moment glitt mit hocherhobenem Speer ein Mann an ihm vorbei und schleuderte die Waffe krachend in die geöffneten Kiefer. Sie warteten das Ergebnis nicht ab. Starke Arme ergriffen Joseph und warfen ihn kopfüber in Sicherheit, dann rannten beide vom Fluss fort.

Verwirrt erwartete Joseph, dass es niemand anderes als sein Vater sein konnte, der zurückgekehrt war, um seinen Sohn zu retten; als er aufschaute, sah er einen nackten grauhaarigen Aborigine, der ihn angrinste. Das war nicht Ratasali, auf keinen Fall. Dieser Kerl war hager, seine ledrige Haut war mit Stammestätowierungen markiert, inmitten seines wilden drahtigen Barts waren nur Augen und Mund sichtbar.

»Gut schwimm'«, gluckste der Alte. »Ich dachte, du ertrinkst.«

Joseph war überrascht. »Du sprechst Englisch?«

»Kanaka sprechst Englisch?« Der Schwarze ahmte sarkastisch den überraschten Tonfall nach. »Das mein Land«, fügte er wie zur Erklärung an. »Warum du Narr hier?«

Joseph war sich nicht sicher, ob er ihn fragte, warum er in sein Land gekommen war oder warum er den Fluss durchquert hatte. Er entschied sich für das letztere und hoffte auf Mitgefühl und Hilfe. »Arbeit dort unten, aber Schwierigkeiten. Muss fortlaufen.«

»Ah.« Der Alte schien nachzudenken. »Besser umkehren. Nicht gut hier.«

»Kann nicht. Sie hängen mich.«

»Du auch weißen Mann getötet?« Sein Gefährte schien darüber erfreut, Josephs Einwände beachtete er nicht. »Nicht gut, diese weißen Kerle. Aber Leute hier sagen, Kanaka auch nicht gut.« Er stand auf und blickte über den Fluss. »Altes Krok fort, viel böse. Nun mein guter Speer weg. Du mir neue machen, eh?«

Verdutzt stellte Joseph fest, dass er zumindest vorübergehend eine neue Aufgabe hatte; von nun an arbeitete er für diesen alten Einsiedler, als sei er dessen Frau, schälte nicht nur Schösslinge und schärfte mit einem rostigen Messer Speere, sondern fing kleine Tiere und häutete sie und grub nach Yamwurzeln, während sein neuer Boss danebenstand und Befehle gab.

Joseph erfuhr, dass der Schwarze, der sich Rawalla nannte, sich aus Neugierde auf Weiße eingelassen hatte und mit ihnen in einem Boot den Fluss hinunter in die Stadt an der Küste gefahren war. »Der dreckige Ort«, nannte er sie. Er war dort einige Jahre geblieben, bis es ihn wieder wegtrug.

Einige Zeit später, sie saßen an einem kleinen Lagerfeuer, fragte Joseph nach den ansässigen Stämmen. Er erinnerte sich, dass Elly zu den Yindini gehörte, und auch diesen Mann zählte er wie selbstverständlich dazu. »Die Buschleute dort oben ...« – mit seiner Hand wies er auf die Berge – »sie sind wild und grausam?«

Der Alte grinste. Nickte. Fuhr mit der Zunge über die Lippen. »Essen weiße Menschen. Auch Chinesen.« Er gab Joseph einen freundlichen Stoß. »Vielleicht auch Kanaka.«

Rawalla liebte es, Joseph zu necken und zu beunruhigen. Er achtete also nicht darauf. »Man sagte mir, sie nennen sich Irukandji.«

Sein Gefährte freute sich. »Leute sprechen von ihnen?«

»Ja.«

»Gut, dass sie wissen.« Er mampfte die Keule eines Wallabys, das Joseph gefangen, abgezogen und für ihn gebraten hatte, und blickte ihn verstohlen an. »Ich auch ein Irukandji«, verkündete er und beobachtete Josephs Reaktion.

Dann schlug er mit der Hand auf den Boden. »Das ist Irukandji-Land, vom Fluss bis zum Himmel über den Bergen.«

»Ein schönes Land«, sagte Joseph diplomatisch; er wusste, dass er seinem sogenannten Freund nicht trauen konnte. Dann fügte er an: »Mein Volk isst auch das Fleisch der Feinde. Aber wir essen nicht dürre alte Männer.« Mit harten Augen lächelte er Rawalla an. »Wir nehmen nur ihre Köpfe und hängen sie in unsere Hütten. Manchmal geben wir sie den Kindern zum Spielen.«

Die Botschaft war klar. Rawalla murmelte etwas in seiner Sprache und zog sich zum Schmollen unter seine Baumrinden-Gunyah zurück, eine wackelige Hütte aus losen Ästen.

In den nächsten Tagen machte sich Joseph einen eigenen Speer. Er war kurz und kräftig und besaß an der Spitze scharfe Za-

cken, im Nahkampf eine weit gefährlichere Waffe als die langen Wurfspeere der Eingeborenen. So umschlichen sich die beiden Männer im Lager. Bis er entscheiden konnte, was er als nächstes tat, fütterte Joseph weiterhin den alten faulen Kerl. Er musste Zeit gewinnen. Er fragte nicht, warum Rawalla alleine lebte. Es konnte dafür eine ganze Reihe von Gründen geben – Tabus, eigene Entscheidung, er konnte sogar ein Vorposten sein, der auf Eindringlinge achtete –, aber was immer auch der Grund sein mochte, Rawalla fürchtete sich nicht vor seinem Volk. Er sorgte sich nicht, dass ihn das Lagerfeuer verraten könnte. Joseph sah oft Feuer in den Bergen über ihnen, wie Sterne in der dunklen Nacht, und sowenig sie sich verbargen, sowenig verbarg er sein Lager. Aber niemand kam vorbei, kein Stammesgenosse erschien und schaute nach.
Schließlich langweilte das einsame Leben Joseph so sehr, dass er Rawalla nach dem Land im Süden fragte. Wenn die Irukandji den Weg nach Norden und Westen versperrten, dann musste er nach Süden wandern. Aber Rawalla behauptete, über dieses Land nichts zu wissen. Joseph hatte den Eindruck, er lüge, mit der Zeit aber würde er es schon aus ihm herausbekommen. Wenn er guter Laune war, gab Rawalla gerne sein Wissen preis. Zumindest, beruhigte sich Joseph, lernte er im Busch zu überleben. Er würde nicht verhungern.

ZEHNTES KAPITEL

Jessie versuchte sich einzureden, dass es klug war, geduldig Corbys Leidenschaft für ihre Schwester zu übersehen. Noch immer hoffte sie, dass sie die Anzeichen falsch auslegte. Aber in ihrem Innersten wusste sie, dass der wahre Grund für ihr Stillhalten alles andere als nobel war. Es war die reine Ängstlichkeit. Sie erschauerte beim Gedanken, die beiden zur Rede zu stellen und mit Lügen abgefertigt zu werden. Oder, noch schlimmer, mit der reinen Wahrheit.

»Was wäre dir lieber?« fragte sie sich auf dem Rückweg vom Hospital. »Vielleicht sollte ich diese Frage Corby stellen. Wer ist dir lieber? Du ekelhafter Kerl.«

Diesen Morgen war trotz Devlins verzweifelten Bemühungen ein Mann an einem Schlangenbiss gestorben. In seinem Todeskampf war er nur dagelegen, hatte keinen Ton von sich gegeben, das Gesicht vor Schmerz verzogen, während Jessie bei ihm saß und verzweifelte. Noch nie hatte sie sich so hilflos gefühlt. Alles, was sie tun konnte, war, kühle feuchte Tücher aufzulegen, um das Fieber zu senken. Weinend standen die Insulanerinnen daneben. Und dann war er tot, hier an diesem fremden Ort, fern von der Heimat.

Sie hatte einige Verbesserungen durchgesetzt. Das Hospital besaß nun einen eigenen Regenwassertank, eine eigene Küche und einen Vorrat an ordentlichen Tüchern und Bandagen; die Kanaka hatten sich allerdings ihrem Vorschlag widersetzt, das Gebäude mit Wänden zu umgeben, um das Ungeziefer fernzuhalten.

»Sie wollen nicht eingesperrt werden«, erklärte Devlin. »Es ist schwer genug, sie überhaupt hierzubehalten. Die ganze Vorstellung eines Hospitals schreckt sie ab. Aber Sie machen Ihre Sache gut, Sie ermuntern sie, und die Leute sind sehr beeindruckt, dass Sie sie besuchen kommen, sie fühlen sich dadurch sicherer.«

»Danke«, sagte Jessie, dankbar für das kleine Kompliment. »Ich fragte mich schon, ob ich überhaupt für sie von Nutzen bin.«

»Glauben Sie mir, Sie sind es. Sie mögen Sie sehr.«

Sie war wütend auf sich selbst, wenn sie nun an diese Unterhaltung zurückdachte. Beinahe hätte sie damals erwidert: »Ich bin froh, dass mich überhaupt jemand mag.«

»Du bemitleidest dich selber«, murmelte sie und hielt ihre Haube fest, als ein Windstoß durch die Bäume strich. »Vor nicht ganz einer Stunde ist ein Mann gestorben, und du hast ihn beinahe vergessen, so beschäftigt bist du mit deinen eigenen kleinlichen Sorgen.«

Sie betete für ihn – er hatte Anspruch auf ihre Aufmerksamkeit –, und als sie das Haus erreichte, hatte sie ihre Niedergeschlagenheit überwunden. Sie sollte sich lieber vor Augen führen, was sie alles besaß, beschloss sie. Ein gesundes Kind, ein Haus, die Gesellschaft von liebenswürdigen Menschen verschiedener interessanter Rassen. Konnte sie mehr verlangen?

»Doch, das sollte ich allerdings. Ich kann es«, sagte sie, als sie die Vordertreppe hochstieg. »Genug ist genug. Und wenn nicht, dann muss ich eben gehen.«

Aber es war wieder einmal nicht der richtige Zeitpunkt. Elly kam herausgestürmt und schrie hysterisch.

Jessies erster Gedanke galt Bronte. »Was ist passiert? Geht es dem Kind gut?«

»O ja, Missus. Baby gut. Aber Joseph, er nicht gut, woanders. Weiße Männer gehen Joseph töten!«

Elly hatte kein Geheimnis daraus gemacht, in Joseph verliebt zu sein. Jessie war zunächst darüber amüsiert, später jedoch ging ihr der Liebeskummer des Mädchens während Josephs Abwesenheit auf die Nerven.

Sie fasste Jessies Hand. »Schnell kommen, Missus. Sie aufhalten.«

»Beruhige dich«, sagte Jessie und schüttelte sie ab. »Sie werden ihm nichts tun. Reg dich nicht auf, Elly, wahrscheinlich bringst du wie immer alles durcheinander.«

»Nein«, weinte Elly. »Dort Boss stehen. Reden schlimme Dinge mit groß' Kerl von anderer Plantage.«

»Bleib hier«, sagte Jessie. »Ich kümmere mich darum.«

Sie rannte durch das Haus und fand Corby und, natürlich, Sylvia, die mit Abel Teffler von Helenslea redeten. »Was ist los?«

»Mr. Betts ist ermordet worden«, rief Sylvia. »Erschossen! Ganz Helenslea ist in Aufruhr.«

Jessie erschrak. »Mr. Betts? Wer sollte so etwas tun?«

»Dieser Kanaka Joseph und seine Kumpane«, sagte Teffler. »Ein Mörderhaufen, diese Kerle. Zwei von ihnen haben wir, aber der Rädelsführer ist verschwunden.«

»Der Rädelsführer?« wiederholte Jessie. »Sie meinen Joseph?«
»Er ist auf der Flucht«, sagte Corby. »Wir werden ihn fangen. Ich fühle mich dafür verantwortlich. Ich ließ sie von hier weg, aber ich hatte doch keine Vorstellung ...«
»Ich glaube es nicht«, sagte Jessie eisern. »Sie sagen, diese beiden anderen, Ned und Paka, sind tot?«
»Das sind sie«, sagte Teffler.
»Was habt ihr mit ihnen gemacht? Die drei arbeiteten wochenlang in der Nähe meines Hauses. Ich kenne sie gut, sie würden keiner Fliege was zu Leide tun.«
»Beruhige dich, Jessie.« Corby war es peinlich, dass sie Teffler anklagte. »Da steckt mehr dahinter.«
»Viel mehr«, mischte sich Sylvia ein. »Dein freundlicher Kanaka schlug einem der Arbeiter auf Helenslea den Kopf ab. Wir können von Glück sagen, dass wir nicht in unseren Betten ermordet wurden.« Sie wandte sich an Teffler. »Wussten Sie, dass das Gleiche hier bei uns passiert ist?«
»Ja, das weiß ich. Es sind Wilde. Wir stellen Suchtrupps zusammen, um den letzten zu finden, bevor er andere angreifen kann.«
»Das tut mir alles sehr Leid«, sagte Corby. »Es ist mir eine Freude, Ihnen in jeder erdenklichen Weise behilflich zu sein.«
»Wir könnten einige Ihrer schwarzen Fährtenleser brauchen, um ihn aufzuspüren. Wir haben keine auf Helenslea.«
Jessie wandte sich an Elly, die nahe dabeistand. »Geh und hol Mr. Devlin.« Sie musste es dem Mädchen nicht zweimal sagen.
»Was ist mit Mrs. de Flores? Ist sie in Sicherheit?«
»Ja«, antwortete Teffler. »Sie war auf der Woollahra-Plantage. Wir haben letzte Nacht jemanden zu ihr geschickt, der ihr die Neuigkeiten brachte. Sie dürfte mittlerweile auf dem Nachhauseweg sein.«
»Nun, vielleicht kann sie ja die Wahrheit herausfinden«, sagte Jessie. »Und bis wir Näheres erfahren, können wir, bei allem Respekt, Mr. Teffler, keinen unserer Schwarzen hergeben.«
»Wollen Sie mich einen Lügner nennen?«
Corby versuchte ihn zu beruhigen. »Meine Frau hat sicherlich einen Schock erlitten. Bitte verzeihen Sie ihr, Abel, sie ist an

Gewalt nicht gewöhnt. Ich hole Toby, der uns einige Fährtensucher bringen wird.«

»Das wirst du nicht tun! Ich will nicht, dass Joseph wie ein wildes Tier gejagt wird, bis wir mehr darüber wissen. Wahrscheinlich kommt er sowieso hierher zurück. Lass die Kutsche anspannen, Corby, wir werden uns selbst nach Helenslea begeben. Mrs. de Flores gebührt unsere erste Sorge, sie wird sie dringend benötigen.«

»Oh, nun, wenn das so ist, dann mach' ich mich auf den Weg«, sagte Teffler. »Andere Pflanzer werden helfen, darauf können Sie wetten.«

Corby war von Jessies Einwurf so überrascht, dass er Teffler ziehen ließ. Dann ging er auf sie los. »Wie kannst du es wagen, mich derartig zu blamieren?«

»Oh, halt den Mund! Ich habe den Kerl niemals gemocht.«

»Dein Verhalten ist einfach unglaublich«, sagte Sylvia. »Vier Leute wurden ermordet, und du willst es nicht glauben. Sie liefen Amok und töteten Mr. Betts und einen anderen, reicht das denn nicht? Wir wollen diesen mordenden Kanaka hier nicht mehr. Corby, du solltest den Männern sagen, sie sollen ihn, wenn sie ihn sehen, sofort erschießen.«

»Kümmere dich um deine eigenen Angelegenheiten«, fuhr Jessie sie an. »Deine Zeit hier auf Providence ist nicht von Dauer, wir brauchen deine Meinung nicht.«

»Was meinst du damit, nicht von Dauer ? Ich meine, du solltest dich hinlegen, das alles war zuviel für dich. Corby und ich werden uns um Lita kümmern.«

»Ich meine genau, was ich sage. Dein Aufenthalt in meinem Haus hängt von meinem Wohlwollen ab, und das nimmt rapide ab. Lass deine Finger von meinem Mann, oder ich packe dich auf das nächste Schiff nach England.«

»Versuch es nur«, warf ihr Sylvia hin, aber Corby mischte sich ein.

»Edgar Betts wurde ermordet, ein weiterer grausamer Mord ist geschehen, und alles, was ihr beiden könnt, ist, euch zu streiten. Ich hole mein Pferd und reite alleine hinüber.«

»Du kannst uns hier nicht ungeschützt zurücklassen«, rief Sylvia. »Lita ist meine Freundin. Ich komme mit.«
»Ganz bestimmt nicht«, sagte Corby. »Weiß Gott, was auf Helenslea vor sich geht. Du bleibst hier.« Er drückte seinen Hut auf den Kopf und ging.
»Das ist deine Schuld«, fuhr Sylvia Jessie an. »Wir sind hier in Gefahr.«
»Von Joseph geht keine Gefahr aus, überhaupt nicht. Er ist es, der in Gefahr ist, und ich möchte wissen, warum.«
Corby gab ihr den Revolver. »Du hast gelernt, wie man damit umgeht, oder?«
»Ja«, erwiderte Jessie. »Trotzdem habe ich davor Angst.«
»Dann behalte ihn einfach in deiner Nähe.«
»Er ist nicht notwendig. Ich habe keine Angst vor Joseph.«
»Um Gottes willen, Frau«, sagte er. »Hör endlich damit auf und benütze deinen Verstand. Es ist nicht nur Joseph. Zwei unserer Kanaka wurden ermordet. Wie werden denn die anderen darauf reagieren? Ich weiß es nicht, und ich bin mir verdammt sicher, dass du es auch nicht weißt. Falls du nicht denkst, dass sie nur oh, wie schade sagen und dann alles wieder vergessen. Such deinen Vater, bring ihn ins Haus und verlass es nicht. Sag Devlin, dass er hier bei euch bleiben soll.« Er nahm sein Gewehr. »Ich nehme Toby mit. Ich werde nur solange bleiben, um Lita mein Beileid auszusprechen und eine Vorstellung davon zu bekommen, wie alles passieren konnte. McMullen ist der Verwalter von Helenslea, aber er war in Cairns, als die Probleme anfingen, sagte Teffler. Auch er wurde letzte Nacht zurückgerufen, ich werde also mit ihm reden. Ich nehme an, dass du seinem Wort glaubst.«
Jessie nickte. Sie war nun nervös. Was, wenn Joseph wirklich Amok gelaufen war?
»Und vergiss nicht«, sagte Corby bereits an der Tür. »Verlass das Haus nicht. Devlin wird wissen, was zu tun ist. Ich werde vor Einbruch der Dunkelheit wieder hier sein.«
»Corby ...« Jessie zögerte.
»Ja?« Seine Stimme war scharf. Konzentriert. Das war alles.

»Paß auf dich auf.«
Er zuckte mit den Schultern und ging.
Jessie starrte ihm nach. Nun war es passiert. Sie hatte es ihnen endlich gesagt, allerdings nicht so, wie sie es vorhatte. Überhaupt nicht so, wie sie es geplant oder vorbereitet hatte. Und sie hatte sich blamiert, indem sie zu diesem Zeitpunkt persönliche Zwistigkeiten ins Spiel brachte und sie damit selbst abwertete. Sylvias Reaktion kam nicht unerwartet. Seltsamerweise war Jessie erleichtert, dass ihre Schwester die Beziehung nicht geleugnet hatte. Sylvia schien nicht mehr zu zählen. Aber von Corby war nichts gekommen. Nicht eine Silbe, nicht ein Augenaufschlag, nur Konzentration auf das, was anstand, sah man einmal von seinem zornigen Kommentar zum Gezänk der Frauen ab.
Und natürlich hatte er Recht. Was für ein Zeitpunkt. Jessie fragte sich, ob sie denn jemals etwas richtig machen konnte.
Der Professor traf Mike vor dem Haus und berichtete ihm die Neuigkeiten von Helenslea. Der Verwalter war über den plötzlichen Ausbruch der Gewalt und die Morde natürlich entsetzt, wie Jessie aber wollte er wissen, was diese Tragödie ausgelöst hatte. »Ich hätte wetten wollen«, sagte er, »dass Joseph und seine Freunde nicht gewalttätig sind. Sie sagten, sie töteten einen Weißen, nahmen sein Gewehr und erschossen Betts?«
»Richtig. Und zwei von ihnen wurden getötet, aber Joseph konnte entkommen.«
Mike schüttelte den Kopf. »Betts war gegenüber den Kanaka ein Schwein. Gott weiß, was er getan hat, um sie zu provozieren. Und sie sagten, sie schnitten diesem Kerl den Kopf ab? Allmächtiger Gott! Wer war es?«
»Ich weiß es nicht. Einer der weißen Mühlenarbeiter, denke ich.«
Mikes Stirn zog sich zu Falten zusammen. »Ich habe gedacht, Katabeti ermordete und köpfte Perry. Offensichtlich stimmt das nicht. Es muss einer von den dreien sein. Ned schließe ich aus, er ist bereits seit einigen Jahren hier. Das alles fing mit den Neuen an und Joseph und Paka gehörten zu ihnen. O Gott, wie

kann man sich nur irren! Nun haben wir dafür zu bezahlen. Da Paka tot ist, bleibt nur Joseph übrig. Wir müssen ihn erwischen.«

Lucas hörte ihm aufmerksam zu, aber nun musste er es sagen. »Ihre erste Vermutung war richtig, Mike. Der Mann, der sich umbrachte, Katabeti, ermordete auch Perry.«

»Woher wissen Sie das?«

»Nun ...«, begann er nervös. »Als ich seinen Leichnam fand, hielt er einen Sack in seinen Händen. Darin befand sich Perrys Kopf.«

»Professor, das bilden Sie sich ein!«

»Nein. Ich habe ihn versteckt. Ich wollte nicht, dass sich die Leute aufregten. Es war zu schrecklich. Also warf ich ihn in den Fluss.«

»An dem Tag, an dem Sie sich verirrten?«

»Ja. Sie müssen verstehen, ich war sehr durcheinander.«

»Warum zum Teufel haben Sie mir nichts davon erzählt?«

»Andere Dinge mussten in Betracht gezogen werden.«

»Verdammt noch mal, welche anderen Dinge?«

»Sie verboten den Insulanern in die Stadt zu gehen, solange der Vorfall nicht aufgeklärt ist. Ich habe mit den Männern gesprochen und glaube, dass diese schreckliche Stadt einen schädlichen Einfluss auf sie ausübt. Es ist besser, wenn sie hier bleiben.«

Verblüfft und wütend starrte Mike ihn an. »Sie spielten sich als ihr Moralapostel auf?«

»Nein, nein! Ihr körperliches Wohlbefinden. Sie sind einfache Leute, sie sollten nicht mit Alkohol und den Krankheiten in den Bordellen in Berührung kommen. Verstehen Sie das nicht?«

»Nein, das verstehe ich nicht. Sie sind ein verdammter Dummkopf. Alkohol, Krankheiten und Bordelle sind nicht auf dieses Land beschränkt. Schiffe haben an diesen Inseln angelegt, lange bevor dieses Land hier überhaupt bekannt war. Und was Sex anbelangt, sind diese Jungs alles andere als unerfahren. Sie haben mehr Erfahrung, als jeder picklige Weiße in seinem ganzen Leben haben wird.«

»Aber sie können diese Krankheiten nicht heilen.«
»Das können die Weißen auch nicht. Herrgott noch mal, warum können Sie sie nicht einfach als Menschen sehen? Vergessen Sie endlich ihre Hautfarbe! Aber das tut hier nichts zur Sache. Ich weiß nicht, welches Verbrechen Joseph begangen hat, aber man wird ihm nun ganz sicher auch den Mord an Perry in die Schuhe schieben.«
»Ich kann der Polizei eine unterzeichnete Erklärung geben, die Joseph vom Verbrechen hier auf Providence freispricht«, bot der Professor an. Mike allerdings hörte nicht zu.
»Warum hat der Boss nicht auf mich gewartet?«
»Er will, dass Sie hier bleiben und auf die Frauen aufpassen. Er denkt, dass die Kanaka unruhig werden, wenn sie davon erfahren.«
»Da hat er allerdings Recht«, gab Mike zu. »Unruhig ist verdammt milde ausgedrückt. Ist im Haus alles in Ordnung?«
»Ja. Corby hat sie angewiesen, es nicht zu verlassen.«
»Gut. Ich versuche nun, das so schonend wie möglich den Kanaka beizubringen.«
»Darf ich einen Vorschlag machen?« fragte der Professor.
Mike nickte ungeduldig.
»Joseph«, sagte er. »Passen Sie auf, wenn Sie von Joseph reden.«
»Ich werde noch mehr aufpassen, wenn ich ihnen erzähle, dass Paka und Ned tot sind.«
»Aber Joseph ist anders. Ich habe sie beobachtet. Pompey ist ihr Boss, ich bin jedoch davon überzeugt, dass Joseph eine Art Priester ist.«
»Ein Medizinmann? Nein, dazu ist er zu jung.«
»In der Welt der Aborigines, ja. Aber ich habe bemerkt, dass die Kanaka von Malaita großen Respekt vor Joseph haben, dass sie ihn sogar verehren.«
Mike erinnerte sich an den Tag, an dem Joseph vortrat und den Streit um die Beerdigung schlichtete, sagte aber nichts.
»Ich glaube nicht«, fuhr Lucas fort, »dass er ein Hexendoktor oder Seher ist, aber er besitzt einen ungeheueren Status. Er

kann kein Häuptling sein, sonst hätte er in der Hackordnung Pompey ersetzt. Dazu ist er zu bescheiden. Deswegen denke ich, dass er eine Art Priester ist, der vielleicht von Kind auf für die Rolle vorbereitet wurde.«

»Nun, ich glaube nicht, dass ihm das nun weiterhilft.« Mike zuckte mit den Schultern. »Oder mir. Ich werde mir überlegen müssen, wie wir die Sache bewerkstelligen. Es kann Probleme geben, sperren Sie also das Haus ab. Die Frauen sollen drinbleiben, das gilt auch für die schwarzen Mädchen. Ich werde erst zu den Aborigines runtergehen und ihnen sagen, dass sie einen Blick auf das Haus werfen sollen.«

»Kann das nicht als Provokation ausgelegt werden?«

»Nein, sie werden nicht zu sehen sein. Nur als Vorsichtsmaßnahme, falls es zu einem Aufstand kommt.«

Mike läutete die Glocke, die die Arbeiter von den Feldern heimrief, und schickte Pompey aus, um die Trupps von den weit abgelegenen Gebieten zu holen. Während er auf sie wartete, schloss er den Lagerraum auf und füllte eine Schachtel mit Tabak und Zigarettenpapier. Er versuchte sich einzureden, dass den Kanaka der Tabak nun zustand, sein schlechtes Gewissen aber blieb; er wusste, die plötzliche Großzügigkeit war ein bewusster Versuch, sich ihr Wohlwollen zu erkaufen, bevor er ihnen die schlechten Nachrichten mitteilte.

Unsicher blickte er auf die Blechdosen mit Swallow's-Keksen und Zuckerwerk. »Ach, zum Teufel«, murmelte er und packte auch sie mit ein. Sie waren eine seltene Gabe, alle Eingeborenen liebten sie, und wenn er sie damit freundlich stimmen konnte, dann lohnte es sich über sein Gewissen hinwegzusehen. Verdammt, er wünschte wirklich, Jake wäre hier. Das war ein Job für den Master, nicht für einen Angestellten. Die Kanaka achteten auf Rangunterschiede, für den richtigen Boss sprangen sie ein ganzes Stück höher. Morgan hätte Mike nach Helenslea schicken sollen ... Aber dann hätte Morgan alles nur schlimmer machen können. Er sah in ihnen noch immer einen Haufen von Schwachköpfen, er wollte nicht wahrhaben, dass sie eine bemerkenswerte Rasse darstellten, die fast über Nacht den Sprung

von ihrer einheimischen Lebensweise zu einem streng geregelten Arbeitsalltag vollzogen. Aber sie hielten eng zusammen. Sehr stammestreu. »Genau«, grummelte Mike. »Dagegen versuche ich ja heute anzugehen.«
Einige der Frauen beobachteten ihn interessiert. Er rief einer von ihnen zu: »Hey, Tamba! Willst du das für mich ins Langhaus bringen?«
Pompeys Frau schlenderte herüber. »Um auszuteilen?«
»Ja«, grinste er. »Kein Tabakverbot mehr. Und das sind Geschenke.«
Tamba beäugte ihn vorsichtig. »Warum alle Männer kommen, Boss? Was los?«
Mike wich der Frage aus. »Du verantwortlich für das Austeilen, eh? Sag allen Männern, dass sie auf mich warten. Ich komme gleich.«
Er lief zu den Werkzeugschuppen hinunter, wo Sal die Abgabe der Feldgerätschaften überwachte. Heute durften keine Fehler passieren. Er selbst stand dabei, sah zu und sorgte dafür, dass sorglos liegen gelassene Spaten und Harken, alles, was als Waffe benutzt werden konnte, eingesammelt wurde. Viele von ihnen besaßen, entgegen des in letzter Zeit lasch gehandhabten Gesetzes, eigene Messer; er bestand also darauf, dass auch sie abgeliefert wurden. Das war alles, was er tun konnte, wenn er nicht eine Durchsuchung anordnen wollte, was nur für zusätzliche Spannung gesorgt hätte.
Es dauerte eine Stunde, bis Pompey die letzten Arbeiter heimbrachte. Mike schloss die Schuppen eigenhändig ab und steckte die Schlüssel ein. Schließlich stand er vor ihnen, sah, wie glücklich sie über diese Unterbrechung des gewohnten Tagesablaufs waren, wie sie Süßigkeiten lutschten und rauchten.
»Der Master«, sagte er ihnen, »musste zur Helenslea-Plantage, darum hat er mich gebeten, zu euch zu sprechen. Ich freue mich, dass ihr alle gekommen seid, um mir zuzuhören. Denn ich habe gute und einige sehr schlechte Nachrichten für euch.«
Er erklärte ihnen, dass nun bewiesen war, dass Katabeti Mr. Perry getötet hatte. Noch während er sprach, rief er sich ins

Gedächtnis, den Professor daran zu erinnern ein notariell beglaubigtes Schreiben der Polizei zu übergeben.
Die Neuigkeit wurde mit Schweigen aufgenommen. Er beeilte sich anzufügen, dass das Tabakverbot nun aufgehoben war, ebenso die bislang gestrichenen sonntäglichen Ausflüge zur Stadt. Sie jubelten. Mike wartete und bereitete sich auf den schwierigen Teil vor. Er musste es ihnen, aus Furcht, seine Worte konnten missverstanden werden, wenn Pompey übersetzte, in Pidgin-Englisch erklären; er hoffte, dass seine Kenntnisse dieser kargen Sprache ausreichten.
»Ich trauere«, sagte er, »für zwei Freunde, eure Freunde, die gestern starben.« Ursprünglich wollte er »in der Folge eines Unfalls« anfügen, unterließ es jedoch. Sie mussten die Wahrheit hören. »Der Master hat zwei freie Tage ausgesprochen, keine Arbeit, Trauertage für Paka und Ned, die tot sind.« In der gespannten Stille verspürte er wieder das Schuldgefühl – dafür, dass er die freien Tage zuerst erwähnt hatte –, aber sie schienen es nicht zu bemerken. Die Trauer hatte eingesetzt, Frauen kreischten, weinende Männer umarmten sich in ihrem Schmerz.
»Wie konnte das geschehen?« schrie Pompey.
Mike hob die Arme, um sie zu beruhigen. »Der Master ist sofort nach Helenslea geritten, um alles über diese schreckliche Sache zu erfahren. Ich sage euch, was ich weiß. Es gab einen Kampf. Einen großen Kampf.« Er hatte nun ihre Aufmerksamkeit. »Einer der Mühlenarbeiter wurde ebenfalls getötet. Und ...« Er wartete, um die Wirkung der folgenden Information noch zu steigern und sie zu besänftigen. »Mr. Betts, der Master von Helenslea, ist ebenfalls tot. Ein schlimmer Kampf. Angeblich nahm Paka das Gewehr des Mühlenarbeiters und erschoss Mr. Betts, direkt vor den Augen seiner Männer. Also schossen sie zurück. Und deswegen wurde Paka getötet.«
Während sie so mit offenem Mund dastanden und versuchten, das Gehörte zu begreifen, redete Mike weiter. Er kam auf die freien Tage zurück, auf die Begräbnisfeierlichkeiten, die zu Ehren der Toten abgehalten würden. Und versprach, dass ihre

Leichname nach Providence zur Beerdigung zurückgebracht wurden. Fragen wurden gestellt, die er so gut er konnte beantwortete; er musste zugeben, dass er bislang nicht wusste, was den Kampf verursacht hatte, und betonte zum Ausgleich seine Abscheu über die Ermordung von Betts.

Dann sprach Sal. »Wo ist Talua?«

»Wer?«

»Talua, genannt Joseph«, rief Sal wütend.

»Ich weiß es nicht. Er wird vermisst.«

»Sie haben ihn auch getötet«, rief ein Mann.

»Nein! Nein! Er floh. Vielleicht kommt er hierher. Ich weiß nicht, wo er ist.«

Nun herrschte Unruhe. Die Gesichter, die ihn anstarrten, waren hart wie Granit, eine Wand von grimmiger Wut. »Wo ist Talua?« schrie eine Stimme. Mike musste an die Theorie des Professors denken und fragte sich, warum Joseph ihnen so wichtig war.

»Joseph war immer ein guter Mann«, sagte er. »Wir müssen Ruhe bewahren und versuchen, ihm zu helfen.«

»Sie ihn getötet«, kreischte eine Frau. »Genau wie Ned. Genau wie Paka! Sie Talua getötet!«

Mike wusste nicht mehr, was er tun sollte. Dies war der Zeitpunkt, wo er die Unterstützung Weißer gebraucht hätte, um, wenn nötig mit Waffengewalt, die Kontrolle aufrechtzuerhalten. Die Kanaka hatten sich von ihm abgewendet und besprachen sich in Gruppen. Er sah und hörte, wie sich ihre Wut steigerte, also mischte er sich unter sie, tröstete, legte seine Arme um Schultern und reichte ihnen die Hand. »Wir werden Joseph finden«, sagte er. »Es tut mir Leid um Ned und Paka, aber sie haben den Master von Helenslea getötet.«

Er befahl den Frauen, Tee zu machen. Er schickte sie ins Lager, um weitere Keksdosen zu holen. Und Schinken. Alles, was sie wollten. Er hätte ihnen, wenn es nach ihm ging, das gesamte Anwesen gegeben, solange sie ruhig blieben. Und er versprach ihnen, dass für die Feierlichkeiten ein Ochse geschlachtet werden sollte. Alles, um sie abzulenken.

Schließlich wandte er sich an Pompey. »Ich muss zum Haus. Das hier ist schrecklich, jeder ist aufgeregt, aber sie müssen Ruhe bewahren, bis ich mehr weiß. Ich gebe dir zwei Tage für die Stadt frei, wenn du aufpasst, dass sie ruhig bleiben.«

Pompeys Blick war finster. »Malaita-Leute viel Sorgen. Besser Sie finden Joseph schnell.«

»Warum Joseph?« fragte Mike. »Er lebt noch, die anderen sind tot. Warum sind sie wegen Joseph beunruhigt?«

Aber wie sonst auch konnte oder wollte ihm Pompey dazu keine Auskunft geben. Er zuckte mit den Schultern. »Mann von Malaita. Mir Gewehr geben, eh?«

»Nein. Keine Waffen. Paß einfach auf, dass sie nichts Dummes anstellen, sonst holt der Master die Gewehre, und dann sind alle in Schwierigkeiten. Es ist eine schlimme Sache, in jeder Hinsicht.«

»Eine schlimme Sache, Mr. Morgan, das kann ich Ihnen sagen.« Alf McMullen begrüßte Corby über den verlassenen Hof von Helenslea hinweg. »Keine Arbeit heute, als Zeichen des Respekts gegenüber dem Boss. Ich hab alle unsere Jungs einsperren lassen, aus dem Weg geschafft. Die meisten Männer jagen diesen anderen Bastard. Wenn sie ihm eine Kugel durchjagen, erspart uns das viel Ärger.«

»Nicht nur Ihnen, auch mir«, sagte Corby. »Ich will die Polizei nicht mehr auf Providence haben, sie halten nur die Arbeit auf und erreichen nichts. Lieber Himmel, ich kann noch immer nicht glauben, dass Edgar tot ist.«

»Das ist er«, sagte McMullen. »Wir sind gespannt, wie's hier nun weitergeht. Neuer Boss, frischer Wind.«

Sie gingen zum Haus. Ohne die breite, mit weißen Säulen versehene Veranda hätte es ein einfaches zweistöckiges georgianisches Haus sein können. Die schwarzen Läden an den Fenstern und Türen verliehen ihm eine hübsche Note und erinnerten an die tropischen Stürme, die in diesen Breitengraden wüteten. Es bestand aus Sandstein, und vor den ausladenden Palmen und der hohen grünen Vegetation wirkte es gelassen, fast zeitlos. Alles an ihm schien eine Spur zu groß, dennoch passte es zu den

wuchernden Pflanzen und ihren leuchtenden Blüten. Der vulgäre alte Betts hatte es getroffen. Corby war erstaunt und nahm sich vor, eines Tages auch so zu bauen.
»Wollen Sie Lita sehen?« fragte McMullen.
»Ja, aber zuvor würde ich gerne wissen, was sich hier abgespielt hat. Ihr Mann, Teffler, war verständlicherweise etwas übererregt. Deswegen bin ich ein wenig verwirrt.«
Wich McMullen seinem Blick etwa aus? Schaute er weg? Verheimlichte er etwas? Corby war sich nicht sicher, aber er hörte McMullen zu, ohne ihn zu unterbrechen. Er erzählte die gleiche Geschichte wie Teffler, um einige wenige Details angereichert.
»Danke.« Corby nickte und beobachtete den Verwalter. »Aber ich weiß noch immer nicht, wie alles anfing. Was hat Joseph angestellt, um überhaupt eingesperrt zu werden?«
»Ich war nicht hier«, sagte Alf. Seine Stimme klang unbestimmt. »Hat mit dem Zaun zu tun. Sie wissen, wie Edgar war ...«
»Nein, das weiß ich nicht. Ich gebe nicht viel auf Hörensagen.«
»Also gut. Edgar sieht sich die Arbeit an. Er hat ein paar Kerle dabei. Er wird wütend, und Ihr Junge, Joseph, hält dagegen. Auch der andere Kerl, Paka. Also lassen sie Paka ein oder zweimal die Peitsche spüren, aber Joseph widersetzt sich. Deswegen sperren sie ihn in das Verlies, zum Abkühlen.«
»Und die anderen beiden schreckten vor nichts zurück, um ihn herauszuholen?«
»Richtig.«
Corby trat von einem Fuß auf den anderen. »Warum waren sie so scharf darauf, ihn rauszuholen, wenn er nur zur Abkühlung da drin war?«
»O Gott, ich weiß es nicht! Das sind doch alles Verrückte, Kopfjäger! Jeder weiß das. Ihnen ist das Blut übergekocht. Das Blut spricht die Wahrheit.«
»Wirklich«, sagte Corby trocken. »Noch eins. Wenn diese beiden mit Mr. Betts einen Streit anfingen – was mir, soweit ich sie und ihn kenne, sehr seltsam vorkommt –, wollen Sie mir dann sagen, dass eine Nacht im Bau die einzige Strafe darstellte?«

»Ah ... nein. Wahrscheinlich sollten sie auch ausgepeitscht werden.«
»Und deswegen kam Mr. Betts mit seinen Leuten nach dem Abendessen zum Verlies? Hatte er vor, dann die Strafe auszuführen? In einer nassen, stürmischen Nacht? Ich dachte immer, die Auspeitschungen werden öffentlich, zur Abschreckung durchgeführt.«
McMullen ging zu den breiten Steinstufen voraus und lehnte sich an das niedrige Geländer. »Woher zum Teufel soll ich das wissen? Einer unserer Kerle ist tot, ihm wurde der Kopf abgehackt! Und Edgar ist steif wie ein Brett und hat eine Kugel in der Brust. Fragen Sie doch ihn, was er vorhatte. Er hat hier alle Befehle gegeben. Außerdem, was tut das denn noch zur Sache?«
Corby zuckte mit den Schultern. Überhaupt nichts, nahm er an.
Er folgte McMullen nach drinnen, bewunderte das mit teuren Teppichen belegte Parkett, die hohen Decken und den geräumigen Salon. Die Möbel waren eine weitere Absonderlichkeit. Spanischer Stil. Große bequeme Ledersessel und exquisites dunkles Holz; welcher Art, vermochte er nicht zu sagen. Eine Wand war mit Büchern vollgestellt. Hatte Edgar jemals ein Buch gelesen? Das bezweifelte er. Weiter drinnen erspähte er durch offene Schiebetüren einen langen Tisch, wieder spanischen Stils, dazu passende hohe Stühle mit Schnitzwerk und einen einzelnen Silberkandelaber, der ein kleines Vermögen gekostet haben musste. Corbys Meinung über Lita stieg jede Minute. Er fürchtete, dass er sich zu sehr an sein Haus gewöhnt hatte, das er mit seiner Familie bewohnte; wie konnte er so dreist sein, die Pflanzer der Nachbarschaft zu Brontes Taufe einzuladen, wenn es Häuser wie diese gab. Er würde mit dem Bankdirektor sprechen müssen, um etwas für das Haus auf Providence zu tun, wenn er hier auch nur einiges Ansehen genießen wollte. Und Leute seiner eigenen Gesellschaftsschicht einzuladen gedachte, nicht diese Ansammlung von Habenichtsen, die zur Taufe erschienen waren.

Er saß in einem wunderbaren Armsessel mit gerader Lehne und ließ sich diese Dinge durch den Kopf gehen, während McMullen im Haus verschwand, um jemanden aufzutun. Eine große Aborigines-Frau trat ein. Sie trug ein weites schwarzes Taftkleid, das Corby als völlig unangemessen erschien, dennoch sprang er auf, weniger aus protokollarischer Gewohnheit denn aus Überraschung, eine schwarze Frau in einem zivilisierten Kleidungsstück zu sehen.

»Mr. Morgan«, sagte sie mit weicher, samtener Stimme. »Mrs. McMullen ist bei Miss Lita. Sie bittet Sie, zu warten.«

»Danke«, erwiderte er. Das musste Betts' Geliebte sein, seine schwarze Perle.

»Wollen Sie Tee?« fragte sie. »Oder einen Drink? Brandy?«

»Ja. Brandy, danke. Brandy«, stotterte er und fragte sich, was Alf McMullen so lange trieb.

Die Frau verschwand und kehrte dann mit einem Silbertablett zurück, auf dem eine Karaffe mit Brandy und zwei Gläser standen – ein taktvoller Hinweis darauf, dass man nicht alleine trank. Ihre Bewegungen waren fließend, ihr Körper geschmeidig, ja geradezu hinreißend. Ihr dickes Haar hatte sie unter einer weißen Spitzenhaube, nicht unähnlich der Queen, aufgebunden. Wäre nicht ihre schwarze Hautfarbe gewesen, sie wäre in jeder Gesellschaft aufgefallen.

»Ich bedaure den Tod von Mr. Betts sehr«, sagte Corby, der nicht recht wusste, wie um alles in der Welt er eine schwarze Geliebte korrekt anzusprechen hatte.

»Danke, Mr. Morgan«, sagte sie steif. »Ist Mr. Devlin bei Ihnen?«

»Nein.«

In ihrem Gesicht sah er Enttäuschung, und mehr, Besorgnis? Die Schwarzen hatten offene Gesichter, man konnte sie in einem Blick lesen. Sie trauerte offensichtlich, ihre Stellung jedoch, nahm er an, hatte sich beträchtlich verschoben.

Sie ließ ihn mit dem Brandy zurück. Bald darauf erschien Mrs. McMullen, ebenfalls in Schwarz gekleidet. »Oh, Mr. Morgan. Schön, dass Sie gekommen sind. Sie haben Mr. und Mrs. Cavanagh, Sie wissen, von der Woollahra-Plantage, verpasst. Sie waren diesen Morgen hier.«

»Sie sind schon wieder gegangen?« sagte Corby überrascht. »Hätte ich das gewusst, hätte ich meine Frau mitgebracht.«

Mrs. McMullen schloss hinter sich die Tür. »Das hätte nichts genützt. Mrs. de Flores will niemanden empfangen. Sie will niemanden sehen. Bis auf Dandy.«

»Wer ist Dandy?«

»Die Schwarze«, flüsterte sie. »Seine ... Mr. Betts' ... nun, Sie wissen schon. Ich habe darauf bestanden, Mrs. de Flores selbst zu sprechen, für alle Fälle. Man weiß einfach nicht, wem man unter diesen Umständen trauen darf. Ich meine, es geht nicht an, Lita in den Händen dieser Person zu lassen, die sich als die Herrin des Hauses aufführt ...«

»Und wie geht es Mrs. de Flores?« unterbrach Corby sie.

»Es geht ihr sehr zu Herzen. Lita war schon immer launisch, nun aber hat sie einen regelrechten Anfall.« Mrs. McMullen schneuzte in ihr Taschentuch. »Wahrscheinlich ihre Art zu trauern, nicht meine, natürlich. Sie hat sehr schlechte Laune, schreit jeden an, wirft Dinge herum. Gerät, was das anbelangt, ganz nach ihrem alten Herrn. Gott sei seiner armen Seele gnädig.«

»Ich rede lieber mit ihr«, sagte Corby.

»Sie wird es Ihnen nicht danken.«

»Ich bin nicht hier, um mir Dank sagen zu lassen.«

Sie seufzte. »Es ist zwecklos. Wäre momentan besser, wenn Sie sich fern hielten. Verstehen Sie, Lita ist etwas durch den Wind, sozusagen. Mehr als das. Es tut mir Leid, Ihnen das sagen zu müssen« – sie runzelte dabei missbilligend die Stirn –, »aber sie ist vollkommen betrunken. Schrecklich bei einer Frau.«

»Nicht schlimmer als bei einem Mann auch«, murmelte Corby. Er mochte diese Person nicht, der aufrechte Blick der Schwarzen war ihm lieber, doch die war verschwunden.

»Wo ist Alf?« fragte er.

»Er hat einige Dinge zu erledigen. Mein Alf sorgt dafür, dass alles in geordneten Bahnen abläuft. Wir müssen auf den Doktor warten, damit er die Totenscheine ausstellt, und uns dann mit

Lita über die Beerdigung verständigen. Sie redet wirres Zeug, will keine Beerdigung. Auch keinen Gottesdienst. Aber das kann an Dandys heidnischem Einfluss liegen. Alf sagte ihr ziemlich unverblümt, sie solle Helenslea verlassen und zu ihrem Stamm zurückkehren, um uns die Peinlichkeit zu ersparen. Aber nicht sie. Sie sah einfach durch ihn hindurch, als wäre er nicht da. Dabei ist er der Verwalter. Aber das ist typisch für sie, sie meint ...«

»Welche anderen Vorkehrungen wurden getroffen?« setzte Corby ihrem Geschwätz ein Ende.

»Der Leichenbestatter bringt zwei Särge. Die Leichname sind unterdessen im Kühlraum untergebracht.«

Mit einem Knall stellte Corby sein Glas auf den Tisch. »Was ist mit den Leichnamen der beiden Kanaka?«

»Wurden begraben«, sagte sie gedankenverloren. »Eine Schande, wenn Mr. Betts nicht das Begräbnis bekommt, das er verdient. Meinen Sie nicht auch?«

Corby stand auf. Die Frau deprimierte ihn, sie erzählte alles und nichts. »Das ist Sache von Mrs. de Flores«, erwiderte er. »Wann wird die Polizei hier sein?«

»Das weiß Gott. Sie suchen ebenfalls diesen Kanaka, es darf nicht sein, dass einer von ihnen frei herumläuft.« Sie starrte ihn anklagend an, ihr marmornes Gesicht kam ihm dabei so nah, dass er unweigerlich zurücktrat. »Wir wussten nicht, wie gewalttätig diese Kanaka waren. Sonst hätten wir sie niemals so nahe ans Haus gelassen.«

»Ich wusste es auch nicht«, versetzte Corby.

»Aber bei Ihnen auf Providence passierte dasselbe schreckliche Unglück, Mr. Morgan. Die Leute sagen, Sie behandeln diese Teufel zu gut. Sie brauchen einen Mann wie meinen Alf, um sie unter Kontrolle zu halten.«

»Hat er sie hier unter Kontrolle gehalten?«

»Sie müssen das nicht persönlich nehmen. Niemand hier gibt Ihnen die Schuld.«

»Wie schön«, sagte er, die Stimme voller Sarkasmus. Aber sie überhörte es.

»Ja, Mr. Morgan, die Leute meinen es gut mit Ihnen.«
Der Raum mit den geschlossenen Fensterläden bedrückte ihn. Corby war froh, gehen zu können. Über der gesamten Plantage lag eine trostlose Stimmung. Keine Seele war zu sehen, bis auf Toby, der sich im Schatten eines hohen Jacaranda-Baumes um die beiden Pferde kümmerte.
»Wir lassen Sie wissen, wann die Beerdigung stattfindet«, rief Mrs. McMullen ihm hinterher, als er die Stufen hinabschritt.
»Frechheit!« murmelte er. Er drehte sich nicht mehr um. »Kein Wunder, dass Lita betrunken ist, nach allem, was passiert ist, mit dieser Krähe als Gesellschafterin.«
»Wir nun gehen, Boss?« fragte Toby.
»Ja.«
»Gut. Das gruseliger Ort. Schlechter Deosh.«
Corby schaute ihn an. Es überraschte ihn, diesen Ausdruck aus dem Mund eines Schwarzen zu hören, bis ihm einfiel, dass sie teilweise ihr Englisch von Tommy Ling lernten. Welch ein Mischmasch, dachte er, als er sich auf sein Pferd schwang.
Auf dem Nachhauseritt dachte er über seinen Sohn nach. Welches Kauderwelsch würde Bronte einmal sprechen, wenn er von Schwarzen, Chinesen und Kanaka umgeben war? Sie mussten darauf bestehen, dass er immer ein korrektes Englisch sprach. Er würde mit Jessie darüber reden müssen. Jessie. Er hatte gehört, wie sie Sylvia warnte. Sie wusste also von ihnen! Es war unausweichlich. Offensichtlich hatte sie nicht vor, die Situation weiterhin so zu dulden. Etwas musste getan werden. Aber was?
Als sie den Hauptweg erreichten, der durch Helenslea führte, trieb er sein Pferd zum Galopp. Toby hielt gleichauf. Der Schwarze ritt gut, bemerkte Corby, wenngleich er anders im Sattel saß. Wie Mr. Devlin bevorzugten diese Kerle kürzere Steigbügel, sie steuerten diese wilden Biester, die, wie er zugeben musste, einen eigenen Willen besaßen, teilweise mit den Knien. Fast hätte ihn sein eigenes Pferd einige Male abgeworfen. Er überlegte, ob er nicht Schwarze auf der Plantage einsetzen konnte, wenn er sie zum Reiten ermunterte. Es war eine ra-

dikale Idee. Aber ein halbes Dutzend zusätzlicher Reiter käme wie gerufen.

Corby wusste, dass er sich nur deswegen darüber Gedanken machte, weil er dem Thema Jessie entgehen wollte. Nein, nicht Jessie ... Sylvia. Musste er sie aufgeben? Er stöhnte beim bloßen Gedanken daran. Sie war eine aufregende, vollkommen ungehemmte Liebhaberin, launisch wie der Teufel, manchmal liebte sie ihn wild, dann wieder war sie wütend auf ihn, was sein Begehren nur steigerte. Er hatte versucht, ihrer Affäre ein Ende zu setzen, indem er eisern in seinem Zimmer blieb, aber sie war zu ihm gekommen, und, bei Gott, er war froh gewesen, sie in seinem Bett zu haben.

Und Sylvia schmiedete ständig Pläne. Irgendwann musste Jessie mit Bronte nach England und ihn zur Schule bringen, hoffte sie und hatte gleich die verrückte Idee, Jessie bereits jetzt reisen zu lassen, damit sie sich in London einrichten und Bronte, wenn er das Schulalter erreicht hatte, dann in den Ferien betreuen konnte. Das war nur gerecht, beharrte sie; er ließ sie weiterreden. An ihrer Meinung war er nicht interessiert. Was Bronte betraf, so hatte er einen ganz anderen, radikalen Plan.

Wie die Engländer in Indien schickten hier die WohlhAbenden ihre Söhne, manchmal sogar ihre Töchter, nach England zur Ausbildung. Die Jungen, begleitet von Verwandten und Freunden, wurden gewöhnlich im Alter von sieben Jahren weggegeben, die Mädchen später. Corby selbst war in diesem Alter ins Internat geschickt worden. Er war ein ängstliches, unglückliches Kind gewesen und hatte die gefühllose Umgebung vom ersten bis zum letzten Tag, ja noch eine Ewigkeit später gehasst. Keiner seiner Söhne würde zu so einem Leben verurteilt werden. Wo sie sich, wie Corby selbst, vom Vater entfremdeten und im Umgang mit ihrer Mutter schüchtern wurden.

Nein. Bronte sollte hier aufwachsen. Er würde eine Gouvernante, später einen Hauslehrer haben und unter den Menschen sein, die sich um ihn kümmerten. Schließlich war Providence seine Heimat, die Verwaltung der Plantage würde ihm in Fleisch und Blut übergehen. Er würde alles lernen, würde ein

Teil von Providence werden und nicht, wie Corby, herumstolpern und ständig auf andere angewiesen sein. Und es gab genügend Land, um die Plantage nach Belieben zu erweitern. Bronte hatte hier eine große Zukunft vor sich, er würde stark und gesund aufwachsen. Jessie würde ihm sicherlich zustimmen.

Aber es war Sylvia, die seinen Sohn fortschicken wollte.

Der Gedanke irritierte ihn. Was wäre Sylvia während der Abwesenheit von Jessie für eine Mutter? Aber die Frage war sinnlos, weil er sich verdammt sicher war, dass Jessie Bronte niemals hergeben würde. In seinen Selbstgesprächen kam er immer an diesen einen Punkt. Nie weiter.

Er fühlte sich deprimiert, als er auf das Haus zuritt, das ebenfalls düster und verriegelt aussah. Das alarmierte ihn. Die Türen und Fenster waren niemals geschlossen, in der Abenddämmerung aber zeigte sich nun kaum ein Lichtschimmer.

Einige Schwarze traten aus den Schatten. »Was zum Teufel soll das?« fragte er Toby.

Gespannt hörte er zu, als Toby mit ihnen in ihrer Sprache redete. »Alles in Ordnung, Boss«, sagte er schließlich. »Passen nur auf Ihr Haus auf. Mr. Devlin ihnen sagen, wachsam sein.«

»Warum?«

»Kanaka-Männer Trauer um Tote. Vielleicht wütend werden, Boss. Vielleicht verrückt werden.«

»Waren sie hier?«

»Nein.«

»Das ist gut.« Corby bedankte sich bei den Aborigines. Sie nickten freudig und lehnten sich gegen ihre langen Speere. Die Aufregung schien ihnen zu gefallen.

»Was geht hier vor?« Corby schritt durch die Küche und fand Jessie auf den Knien im Gang, wo sie Kleidungsstücke in eine Blechtruhe packte.

Sie sah auf. »Oh! Corby. Du bist zurück. Wie bin ich froh. Ich habe mir schon Sorgen gemacht. Wie geht es Lita?«

»Sie wird es überleben. Was tust du hier?«

»Ich brauche diese Dinge in der Stadt.«

»In der Stadt? Wer fährt in die Stadt?«

Jessie setzte sich zurück. »Mr. Devlin meint, Sylvia, ich und das Kind sollten vorerst in die Stadt. Bis sich alles wieder beruhigt.«

»Bis sich was beruhigt? Was ist passiert?«

»Nichts wirklich, aber die Kanaka sind über den Tod von Paka und Ned und das Verschwinden von Joseph äußerst erregt. Mr. Devlin meint, es wäre klug, für eine Weile fortzugehen, falls es zu Unruhen kommt.«

»Mr. Devlin meint! Seit wann ist er für meinen Haushalt zuständig? Und was soll dieser Unsinn über die Kanaka? Es ist seine Aufgabe, sie unter Kontrolle zu halten, und nicht, hier aufzukreuzen und Frauen zu beunruhigen. Räum die Kiste weg.«

Sylvia tauchte aus ihrem Zimmer auf. »Corby hat Recht. Die Probleme sind nicht bei uns, sondern drüben in Helenslea. Jeder weiß, wie Betts mit den Kanaka umgegangen ist. Ich sehe nicht ein, warum wir uns diesen Unbequemlichkeiten aussetzen sollen.«

»Niemand geht hier irgendwohin!« sagte Corby. »Ich bin völlig ausgehungert. Gastfreundschaft dort drüben wird klein geschrieben. Sylvia, geh und sag Tommy, dass ich etwas zu essen will.«

»Was möchtest du?« fragte sie. »Es ist bald Zeit zum Abendessen.«

»Ich weiß nicht, was er hat. Einfach was zu essen.«

Er ging ins Gesellschaftszimmer und schenkte sich einen Whisky ein. Mit den geschlossenen Verandatüren war der Raum heiß wie ein Ofen.

Jessie folgte ihm, und er sagte ihr, sie solle die Türen öffnen. »Verdammter Unsinn, alles zu verrammeln. Was habt ihr erwartet? Eine Armee von Niggern, die das Haus einschlägt? Er hat euch in Panik versetzt.«

Sie öffnete die Türen, aber es kam keine frische Luft herein; die feuchte Schwüle blieb.

»Ich bin nicht in Panik«, sagte Jessie ruhig. »Wir haben ein Baby im Haus. Ich habe nur Vorsichtsmaßnahmen getroffen.«

»Großer Gott!« Der Whisky war ausgezeichnet. In einem Zug trank er das Glas aus, schenkte sich nach und betrachtete sie. »Du verblüffst mich. Du bist doch diejenige, die immer so freundlich zu den Kanaka ist. Ein wahrhafter Engel, der sich in ihrem Hospital herumtreibt und all die guten Taten vollbringt. Warum hast du also vor ihnen Angst? Deine Freunde werden dir doch sicherlich nichts tun?«

»Es gibt keinen Grund, Witze zu machen, Corby. Sie sind sehr erregt und verwirrt. Mr. Devlin sorgt sich nicht um einzelne Übergriffe, aber sie sind wütend, und es kann zu einem Aufstand kommen.«

»Es gab keinen Aufstand auf Helenslea. Die Weißen sind wütend. Du scheinst zu vergessen, dass ein Pflanzer getötet wurde. Und ein anderer Weißer ermordet.«

»Das vergesse ich nicht, und das tut mir sehr Leid. Aber Mr. Devlin scheint zu denken, dass wir die Leidtragenden sein könnten, wenn es keine bessere Erklärung für den Tod der beiden Kanaka gibt. Was hast du erfahren?«

»Nicht mehr, als wir bereits wissen. Ich konnte nicht mit Lita sprechen. Diese schreckliche Frau, Mrs. McMullen, trieb sich dort herum, weil Lita zur Flasche gegriffen hat.«

»Was?«

»Sie betrinkt sich in Ruhe. Sie empfängt heute nicht, sagt man wohl.«

»Und was ist mit Joseph?«

»Reiter suchen nach ihm. Er ist schuldig, mach dir da nichts vor.«

»O Gott, wie schrecklich.« Jessie schenkte sich ein Glas Sherry ein; sie stand an der Verandatür und schaute in die Nacht hinaus. »Ich möchte trotzdem in die Stadt«, sagte sie schließlich.

»Wozu zum Teufel?« erwiderte er wütend. »Du bist hier sicher. Wenn wirklich Gefahr bestünde, würde ich dir sofort beipflichten, aber dazu ist keine Veranlassung. Ich sag es dir noch einmal, zwei Kanaka und zwei Weiße sind gestorben. Diese Kerle sind nicht solche Sturköpfe, dass sie nicht einsehen würden, dass nichts mehr die beiden zurückholen kann. Was geschehen ist, ist geschehen.«

»Ja«, stimmte sie zu. »Mr. Devlin mag überbesorgt sein, aber ich habe seinen Vorschlag als gute Gelegenheit gesehen, mit dem Baby in die Stadt zu gehen.«

»Warum solltest du das tun?«

Tommy stürzte mit einer Platte Schinkensandwiches herein. »Verdirbt Ihnen Appetit für Abendessen, Boss«, beschwerte er sich.

»Auf keinen Fall«, lachte Corby, nahm die Platte, stellte sie auf einen Beitisch und ließ es sich schmecken. »Gut! Die Pickles sind ausgezeichnet. Hat er sie gemacht?« fragte er Jessie.

»Nein, die stammen von mir. Corby, ich verlasse dich. Die gegenwärtigen Probleme sind ein guter Vorwand, dies ohne viel Gerede zu tun. Momentan jedenfalls.«

»Ich verstehe«, sagte er gepresst. »Und wohin gehst du? Zurück nach London? Darf ich fragen, ob ein Schiff im Hafen liegt?«

»Das würde dir so passen, nicht wahr? Wenn ich mich hier verzöge. Ich, deine Frau.«

»Nein. Nicht, solange du meinen Sohn mitnimmst. Was ist der Anlass dafür?«

»Als ob du das nicht wüsstest.«

In diesem Moment erschien Sylvia in der Tür. »Oh, schön, du trinkst einen Sherry. Ich nehme auch einen.«

»Nein, das tust du nicht«, warf ihr Jessie hin. »Verschwinde. Ich führe ein persönliches Gespräch mit meinem Ehemann.«

»Sprich nicht so mit mir. Ich habe den ganzen Tag lang deine schlechte Laune ertragen, nun reicht es. Ich hätte gern den Sherry.«

»Hier«, sagte Jessie und drückte ihr die Flasche in die Hände. »Nimm ihn. Und nun verschwinde.« Sie warf die Tür hinter Sylvia zu und schloss die Doppeltür zum Speisezimmer. »Ich sagte, ich verlasse dich, Corby. Ich meine es ernst. Sie ist der Grund. Ist das klar genug?«

Er machte einen solch gelassenen Eindruck, dass Jessie ihm am liebsten etwas an den Kopf geworfen hätte. Ihn schlagen, anschreien wollte. Aber sie hatte genug damit zu tun, entschlossen zu wirken, ohne ihn merken zu lassen, wie schmerzlich sie diese Entscheidung ankam.

»Ich werde in die Stadt gehen und im Hotel bleiben, bis ich für Bronte und mich eine Unterkunft gefunden habe.«

»Und wer wird das bezahlen?«

»Du. Providence wird dafür zahlen. Solltest du meine Abbuchungen von der Bank stoppen, werde ich einen Anwalt aufsuchen, und der wird einen Skandal erzeugen, den du sicherlich nicht haben willst. Aber ich fliehe nicht nach London, Corby. So schnell wirst du mich nicht los.«

Sie sah, wie seine Wut anwuchs, Wut darüber, dass sie ihn in die Enge getrieben hatte. Es kümmerte sie nicht, sie wollte ihn aufregen.

»Wer sagt, dass ich dich loswerden möchte? Ich werde auf keinen Fall zulassen, dass du mit meinem Kind dieses Land verlässt. Du bist verdammt anmaßend, Frau. Versuche nicht, mir mit dem Gerede von Skandalen zu drohen, ich gebe keinen Pfifferling auf das, was diese kolonialen Emporkömmlinge von mir denken. Dein Platz ist in diesem Haus, und da bleibst du auch gefälligst.«

»Nun gut, ich bleibe unter zwei Bedingungen. Erstens, Sylvia verschwindet. Ich habe Tante Daphne geschrieben und sie gebeten, sie aufzunehmen. Sie wohnt in Wimbledon und kann Gesellschaft gebrauchen, Gott möge ihr beistehen! Und zweitens, solange du nicht ...« Jessie verlor ihren Schwung. Entsetzt von dem Ultimatum, das sie ihm stellen wollte, wandte sie sich ab. Sie empfand es als demütigend, es wie ein kaltes Gericht auf den Tisch zu bringen, aber sie fuhr fort. »Solange du nicht weißt, was du willst ... solange du ... nicht wieder mein Ehemann sein willst, hat diese Unterhaltung hier keinen Sinn.« Sie hatte es so nicht sagen wollen, nun aber, nachdem sie es endlich herausgepresst hatte, fühlte sich ihr Gesicht so rot an, dass sie auf die Veranda hinausstürmte.

Corby folgte ihr nicht. Er blieb sitzen, schlürfte seinen Whisky und machte sie nur noch wütender. Bis sie gezwungen war, wieder hineinzugehen.

»Nun?« fragte sie. »Was hast du beschlossen?«
»Ich habe beschlossen«, sagte er mit weicher Stimme, »dass ich mir von keiner Frau vorschreiben lasse, was ich zu tun und zu lassen habe. Nicht von dir noch von deiner Schwester. Du hast hier ein gutes Leben. Genauso wie dein Vater, der nichts zur Verwaltung der Plantage beiträgt.«
»Meinem Vater gehört die Hälfte.«
»Weswegen ich mir, da er ja zu nichts nütze ist, von nun an ein Gehalt zahle und ihn mit der Miete belege. Er schuldet mir eh bereits einige hundert Pfund.«
Jessie war erstaunt. »Wofür?«
»Das weiß ich nicht, und das kümmert mich auch nicht. Vielleicht verteilt er es an deine ach so werten Kanaka. Oder den Schwarzen unten an der Lagune. Was auch immer. Der springende Punkt ist: Ich unterhalte euch alle. Hast du mich verstanden?«
»O ja«, sagte sie verbittert. »Aber ich lasse mich nicht einschüchtern! Ich werde morgen in der Früh gehen.«
Er seufzte. »Sei nicht so verdammt dumm. Wer soll dich denn begleiten? Ich werde morgen Devlin nach Helenslea schicken, er soll dort die weitere Entwicklung verfolgen, und ich werde deswegen also hierbleiben müssen, nicht wahr? Ich meine, wir können nicht zulassen, dass die angeheuerten Kräfte verrückt spielen. Jemand muss auf der Plantage sein, wenn Devlin nicht da ist.«
»Und was ist mit Sylvia?«
»Ich weiß es nicht«, lächelte er. »Frag sie. Sie ist deine Schwester.«
Unfähig, eine Antwort zu finden, unfähig, ihm eine angemessene Reaktion entgegenzustellen, lief Jessie aus dem Zimmer, über die Veranda und die Treppe hinab und brach in Tränen aus. Aus dem Nichts schien Elly aufzutauchen. »Nicht weinen, Missus«, sagte sie. »Schlecht für Milch.« Das Mädchen legte die Arme um Jessie und hielt sie fest. »Alles wieder in Ordnung«, murmelte sie. »Was der Boss sagen über Joseph?«
»Sie haben ihn noch nicht gefunden.«

»Joseph nie mehr zurückkommen«, stöhnte Elly. Jessie hoffte, sie möge Recht haben. Da Corby Tefflers Bericht von den Morden bestätigt hatte, würde er sich, falls er zurückkehrte, einer schwerwiegenden Anklage gegenübersehen. Auch wenn Joseph und seine Freunde provoziert wurden, konnte Jessie ihre mörderische Tat nicht mehr länger verteidigen. Sie mussten verrückt geworden sein, dachte sie. Was hieße, dass Joseph nun gefährlich sein konnte. Bei Ellys Zustand aber war es besser, nichts davon zu sagen und sie nicht weiter aufzuregen.

Mikes Bericht über die Ereignisse des Tages führten bei Corby, der noch wegen Jessies Forderungen grollte, zu einem Wutausbruch. Alle schienen sich verschworen zu haben, um ihm Probleme zu bereiten. »Ich habe nichts von freien Tagen gesagt«, schrie er. »Mit welchem Recht treffen Sie diese Entscheidungen, wenn ich Ihnen den Rücken zukehre!«

»Ich versuche nur einen Aufstand abzuwenden«, sagte Devlin.

»Warum sollte es zu einem Aufstand kommen? Weil die Mörder bestraft wurden? Weil einige von ihnen einen Pflanzer erschossen und einen zweiten Weißen bestialisch ermordeten? Sind Sie nicht mehr ganz bei Verstand? Wenn sie sich wie Wilde aufführen, dann muss man ihnen zeigen, dass sie auch so behandelt werden. Sie sollten auf ihre Knie fallen und beten, dass das nicht auch auf sie Auswirkungen hat.«

»Welche Auswirkungen?«

»Wir müssen sie härter anfassen. Sie geben selber zu, dass Sie mit ihnen nicht mehr zurechtkommen, also werde ich so schnell wie möglich zwei weitere Aufseher anstellen. In der Zwischenzeit, nachdem Sie ihnen bereits einen Tag freigaben ...«

»Zwei Tage.«

»Einen Tag, das ist alles. Und diesen Tag aus Respekt vor Edgar Betts, nicht vor den wahnsinnigen Kanaka. Ich werde ihnen das selber sagen.«

»Sie werden Ned und Paka beerdigen wollen. Ich muss ihre Leichname zurückbringen.«

»Zu spät, sie sind bereits in Helenslea verscharrt, was verdammt noch mal auch gut so ist. Ich will nicht, dass hier Mörder begraben liegen. Devlin, reißen Sie sich zusammen. Die ganze Sache gerät außer Kontrolle. Sie scheinen vergessen zu haben, dass ich hier der Verlierer bin. Ich verliere einen ganzen Arbeitstag. Das ist bei der Größe der Arbeiterschaft eine ganze Menge. Dazu kommt noch der Verlust von drei Kanaka. Das ist alles Geld, und je schneller Sie diesen Tatsachen ins Auge sehen, desto besser ist es. Und der Gipfel von allem ist, Sie beschließen, Sie beschließen, dass die Frauen in die Stadt gehen sollten. Ohne meine Einwilligung.«

»Ich denke noch immer, dass sie das tun sollten.«

»Nun, ich nicht. Da hier morgen sowieso nichts los ist, können Sie hinüber nach Helenslea und nachsehen, was mit dem Begräbnis geschieht. Ich habe genug von diesem Ort. Und danach wenden wir uns wieder unserer Arbeit zu. Haben Sie das verstanden?«

»O ja. Und finden Sie Ihre neuen Aufseher schnell, denn mir reicht es hier. Wenn sie kommen, bin ich fort. Auch ich hab genug.«

»Wie Sie wollen«, sagte Corby, erleichtert, dass er Devlin und sein anmaßendes Verhalten bald los war.

Als Devlin gegangen war, fühlte sich Corby besser. Ein neuer Anfang auf Providence war eingeleitet. Mit ihm als richtigen Master und Aufsehern, die auf seine Befehle hin springen würden und die Plantage nach Gesichtspunkten des Profits führten, und nicht um Kanaka zufrieden zu stellen.

Auch Mike war erleichtert. Während er durch die Nachbarplantage ritt, war er froh, Providence und den ständig auf ihm herumhackenden Morgan, und sei es auch nur für einen Tag, hinter sich lassen zu können. »Er behandelt mich wie einen Vollidioten«, murmelte er. »Er kann von Glück sagen, dass ich ihm nicht eine reingehauen habe.« Dennoch war er um Sylvia und Mrs. Morgan besorgt und hatte sogar in Betracht gezogen, einige der Männer auf Helenslea zu fragen, ob sie nicht auf Providence arbeiten wollten. Aber das wäre Lita gegenüber, noch dazu in dieser Situation, nicht fair gewesen.

Er fand sie in Edgars Büro, bei der Durchsicht der Papiere.
»Wie geht es dir?« fragte er und küsste sie auf die Wange.
»Ging schon mal besser. Aber ich bin froh, dass du gekommen bist. Das ist alles ein Alptraum. Heute Morgen bin ich aufgewacht und habe mich gefragt, ob es überhaupt wahr sein kann. Aber es ist es. Edgar ist tot. Ich muss mir das immer wieder vorsagen. Ständig warte ich darauf, dass er hier hereinkommt und wissen will, was ich an seinem Schreibtisch zu suchen habe.«
»War die Polizei schon da?«
»Ja, Sergeant McBride kam heute Morgen, sprach sein Beileid aus und so weiter. Weißt du, eigentlich habe ich immer darauf gewartet, dass jemand meinem Vater eins verpasst. Er konnte sehr grausam sein. Aber ich stellte es mir immer als milde Form der Rache, als einen Schlagabtausch vor. Geschähe ihm ganz recht, es sollte ihm eine Lektion sein, eigentlich eher lustig. Und ich hätte dann auf ihn zugehen und sagen können: Ich hab's doch immer schon gesagt. Aber beim ersten und einzigen Mal, an dem jemand zurückschlug, blieb keine Zeit mehr, die Lektion zu lernen. Edgar war auf der Stelle tot. Es ist alles vorbei.«
Mike saß ruhig da und ließ sie reden.
»McMullen geht mir wegen der Beerdigung auf die Nerven. Er meint, alle Welt will kommen, um ihm die Ehre zu erweisen, aber, Mike, muss ich das wirklich tun?«
»Was willst du denn?«
»Ich würde ihn am liebsten ohne dieses ganze Brimborium begraben. Ich könnte es nicht ertragen, wenn der halbe Distrikt durch das Haus läuft und Lobgesänge auf den guten alten Edgar anstimmt. Die meisten von ihnen haben ihn sowieso gehasst. Oder wollten mit ihm nichts zu tun haben. Oder mit Dandy. McMullen besaß sogar die Frechheit, ihr zu sagen, dass sie verschwinden soll. Sie fürchten einen Skandal, wenn sie bei der Beerdigung anwesend ist.«
»Und ist sie gegangen?«
»Nein. Sie sagt, sie geht, wenn ich es so will. Aber das wird

nicht passieren, solange ich hier bin. Sie ist eine ausgezeichnete Haushälterin.«
»Wirst du hier bleiben?«
»Ich weiß es noch nicht. Willst du einen Job? Ich könnte jetzt einen guten Verwalter brauchen.«
»McMullen kennt sich aus«, wich Mike dem Thema aus. »Er hält den Laden am Laufen, bis du dich entscheidest, was du tun willst. Haben sie Joseph gefunden?«
Lita kramte in Papieren. »Nein. Aber er wird nicht weit kommen.«
»Ich hätte schwören können, dass er ein friedlicher Kerl ist. Dachte niemals, dass er aggressiv wird.«
»Ich auch nicht, aber ...« Sie zuckte mit den Schultern. »Ich will nicht darüber reden.«
»In Ordnung. Stört es dich, wenn ich mich umsehe?«
»Nein. Mach nur. Aber komm zum Essen zurück.«
Er ritt zum Verlies, an Feldern vorbei, auf denen bereits wieder Kanaka arbeiteten, und streifte dort herum, wo Betts und der andere ermordet wurden. Die Tür zum Verlies hing noch immer lose in den Angeln, so wie sie aufgebrochen wurde, der Regen hatte allerdings alle offensichtlichen Blutspuren weggewaschen.
»Ein böser Ort«, sagte eine Stimme. Er drehte sich um und erblickte Dandy, die ihn beobachtete.
»Ein sehr trauriger Ort, Dandy. Warum sind die Kanaka ausgerastet?«
»Ich ihn gewarnt«, sagte sie. »Ich ihm gesagt, Joseph ein Zaubermann, aber der Boss, er nicht hören wollen.«
Mike schreckte auf. Hier war es wieder. Der Professor hatte das Gleiche gesagt. »Wer sagt, dass er ein Zauberer ist?«
»Leute wissen. Alte Yindini-Männer ihn gesehen. Sagen, er zwei Geister tragen.«
»Böse Geister?«
Sie sah ihn an und korrigierte ihn. »Mächtige Geister«, sagte sie, als ob das Erklärung genug wäre.
»Edgar ritt hier zum Verlies«, sagte Mike. »Mit seinen Männern. Um Joseph zu bestrafen?«

Sie nickte und blickte sich nervös um.
»Was für eine Strafe?«
Dandy rollte mit den Augen. »Hängen.«
»Allmächtiger Gott! Das hat keiner erwähnt. Warum zum Teufel wollte er ihn hängen? Was hat er angestellt, um Gottes willen?«
Sie stand nur da, mit leerem, ausdruckslosem Gesicht, auf diese wahnsinnig machende Weise, mit der Aborigines zum Ausdruck bringen können, dass sie nicht antworten wollen.
»Dandy, du musst es mir sagen. Joseph muss etwas sehr Schlimmes angestellt haben, wenn er gehängt werden sollte. Was war es?«
»Ich nicht sagen«, kam es schließlich aus ihr heraus. »Miss Lita fragen.«
»Sie kann es mir nicht sagen. Sie war nicht hier. Sie weiß soviel wie ich.«
Aber für Dandy war das Thema erledigt. »Zaubermann mit Namen Joseph«, sagte sie, »er niemanden getötet.«
»Ich verstehe. Und woher weißt du das?«
»Schwarze Männer sahen ihn laufen. Lange vor Schuß aus Gewehr.«
»Was machten die hier auf der Plantage?«
Dandy lächelte. »Da drin, im Busch. Große Nussbäume, gute Zeit. Sie kommen Nüsse stehlen.«
Die Nüsse, natürlich. Mike erinnerte sich. Er kannte den Namen des Baumes nicht; die Weißen bezeichneten sie einfach als Queensland-Nüsse. Die wildwachsenden Nüsse waren die schmackhaftesten, die er jemals gegessen hatte. Und zu dieser Jahreszeit fielen sie körbeweise von den Bäumen.
»Du hast vergessen«, sagte er, »die Wache wurde zuerst getötet. Joseph könnte ihn ermordet haben.«
»Der Mann draußen. Joseph eingesperrt. Wie er das machen? Nein. Komm mit, schau dir Busch an.« Sie führte Mike zurück zum Wegrand. »Schau, hier, Busch eingedrückt. Männer kämpfen. Ned tot. Weißer Mann tot. Paka nimmt sein Gewehr. Paka lässt Joseph raus. Warum du das nicht sehen?« fragte sie

mürrisch. Er beobachtete sie, während sie jeden Schritt erklärte. Ihre Kenntnisse des Busches waren vollkommen, sie kratzte am Boden, wo die Enthauptung stattgefunden hatte, ging von dort weiter, folgte Pakas blutigen Fußspuren, drehte feuchtes Laub um, das noch immer Spuren von Blut aufwies.

»Ein Mann, Füße blutig, diesen Weg gegangen. Blut zeigen das. Ein Mann.«

»Joseph könnte Paka dabei geholfen haben, als er frei war.«

»Nein, nein. Schwarze Männer ihn gesehen. Kein Blut an ihm. Nein. Blut schlecht riechen, er rauskommen und rennen. Das alles. Paka auf Boss warten, hier, schau. Hier Mann warten, tief eingedrückt, lange Zeit.«

»Warum ist Paka nicht auch fortgerannt?«

»Weiß nicht. Vielleicht viel wütend auf Boss. Sie nicht wollen, dass Joseph hängen.«

Mike wusste nicht, was er davon halten sollte. Er kannte Dandy seit langem und traute ihr, warum aber all diese Heimlichkeit? Wenn der alte Betts beschlossen hatte, einen Kanaka zu hängen, einen Providence-Kanaka noch dazu, dann würden seine Männer den Mund halten, er hätte schon darauf geachtet. Irgendwann wurden die Geschichten dann erzählt, Gerüchte ... so war es immer mit Edgar. Er bestach und drohte, und wenn dann die Gerüchte sich zu Tatsachen verdichteten, kümmerte sich keiner mehr darum. Aber Edgar war tot. Der Mann, den er hängen wollte, war entkommen. Nur zwei Verbrechen wurden begangen, beide von Kanaka. Warum zum Teufel kamen dann McMullen, Teffler und die übrigen nicht aus ihrer Deckung?

»Warum verschweigen alle Weißen das Hängen, das nicht einmal stattgefunden hat?« fragte er Dandy.

Sie sah ihn ernst an. »Vielleicht sie Angst um ihren Job?«

»Aber der Boss ist tot. Er kann sie nicht mehr bestrafen.«

Wieder wischte sie das Thema weg. »Besser Joseph finden, er nichts Schlimmes getan.«

»Haben sie schwarze Spurensucher auf ihn angesetzt?«

Dandy lächelte dünn. »Kein Schwarzer folgt Zaubermann.

Nein, viel Furcht! Weiße Trupps reiten verrückt im Kreis. Sie nicht finden. Er Fluss durchquert.«

»In das Land der Irukandji? O Gott, vom Regen in die Traufe. Komm, Dandy, wir reden mit den Männern. Ich hole McMullen und die Polizei.«

»Nein«, sagte sie bestimmt. »Mein Mann an diesem Ort zu seinem Traum gegangen. Ich hier Dinge zu tun. Du gehen.« Sie trat auf ihn zu und legte ihm von hinten beide Arme um die Schulter, als wäre er ein Kind, das getröstet werden musste. »Du trauriger Mann, Mike. Keine Frau.«

Er war verlegen, genoss einen Moment ihre Wärme, dann riss er sich los. »Ich werd's überleben«, murmelte er.

»Ja«, erwiderte sie mit unbestimmter Stimme. »Wenn großer Fluss kommen. Dann du finden Zuhause.« Sie stampfte auf den Boden. »Deine Erde. Du nun kein Zuhause, ich es sehen. Wie viele von meinem Volk. Dieses Land mein Zuhause, deswegen ich bleiben. Mit Haus oder mit Leuten. Du verstehen?«

»Natürlich.«

»Dann du es genauso machen. Du herausfinden, wohin gehören, und Frau wird auf dich warten.«

»Welche Frau?« Er musste beinahe lächeln, behielt aber sein ernstes Gesicht auf. Die Schwarzen waren ein sentimentaler Haufen. Er wollte ihre Gefühle nicht verletzen.

»Gib mir Streichhölzer«, sagte sie – aus Bequemlichkeit kehrte sie für eine Weile in die Welt der Weißen zurück. »Ich muss dieses Teufelszeug verbrennen.« Wie ein vom Unkraut besessener Gärtner begann sie, das Gestrüpp auszureißen, wo die Wache gestorben war.

»Es wird nicht brennen, es ist zu feucht.«

»Dort drinnen es wird brennen.« Sie zeigte zum Verlies, und er begriff, dass sie das ganze Gebiet, einen Teil ihres Heimatlandes, das entweiht worden war, reinigen wollte. Den Schwarzen war jeder Baum, jeder noch so kleine Stein ihres Landes kostbar, und sie taten alles in ihrer Macht Stehende, um das, was von ihrem Land noch übrig war, zu schützen. Wie es die Irukandji auf grausamere Art auf der anderen Seite des Flusses taten. Einen Moment lang beneidete er sie. Sie wussten, wohin sie gehörten. Wo war nun sein Zuhause? Und wie zum Teufel konnte sie wissen, dass er frei war, dass er Morgan Bescheid gesagt hatte? Vielleicht wusste sie es gar nicht. Vielleicht tat er ihr einfach Leid, weil er keine Frau hatte. Immerhin hatte sie ihren Mann verloren. Ihren Ehemann. Mike wusste, dass Dandy Ehemann im Sinne des Stammes meinte. Edgar hätte noch zehn Jahre mit ihr zusammenleben können und hätte sie nicht geheiratet. Und es hätte Dandy nicht gestört. Was bedeutete ihr ein Stück Papier?

Auf seinem Rückweg zum Haus sprach Mike mit drei der schwerbewaffneten Aufseher. Er fragte sie direkt, ob sie in der Nacht, in der Edgar getötet wurde, etwas von einem geplanten Hängen gehört hätten.

»Was geht dich das an?« gab einer der Kerle zurück.

»Sie waren Providence-Kanaka.«

»Dann hättet ihr sie lieber dort drüben eingesperrt, statt sie auf uns loszulassen.«

»Ich fragte nach dem Aufhängen.«

»Weiß nichts vom Aufhängen«, antwortete derselbe und zog an seinem Stumpen.

»Warst du dabei, als der Boss erschossen wurde? Einer von euch?«

Sie nickten alle drei und wendeten ihre Pferde.

»Was habt ihr da getan? Warum wollte euch Betts dabeihaben?«

»Befehle«, sagte einer von ihnen. »Teffler sagte, wir reiten mit dem Boss, also reiten wir.«

»Und ihr habt nicht nach dem Grund gefragt?«

»Nein.«

Sie tauschten Blicke aus, in ihren Augen lag Amüsement, und voll Zorn spürte Mike, wie er ausgelacht wurde. »Ihr verdammten Lügner!«

»Ach, Devlin!« sagte der erste. »Du kümmerst dich um deinen Kram und wir um den unseren. Wir haben zu arbeiten.« Und damit ritten alle drei fort und ließen ihn noch verwirrter als zuvor zurück.

Lita wartete bereits auf ihn. »Ich habe erfahren, dass Pastor Godfrey morgen hiersein wird. Das wäre damit erledigt. Das Begräbnis von Vater und dem anderen Mann wird morgen in der Früh stattfinden. Auch Mutter liegt dort draußen auf dem kleinen Friedhof begraben.«

»Das wusste ich nicht«, sagte Mike.

»O ja, sie ist da. Wir lebten dort draußen in einer Hütte, während das Haus gebaut wurde. Aber Mutter starb noch vor der Fertigstellung an Malaria.« Sie seufzte. »Daher kenne ich hier jedes Brett und jeden Stein. Das Haus war mein Spielplatz. Eigentlich war in jenen Tagen die ganze Plantage für mich ein großer Spielplatz.«

»Du warst nicht einsam?«

»Nein. Es gab eine Menge schwarzer Kinder. Und ich hatte meine Pferde und einen Schwarm Haustiere. Weißt du, es war nicht Vater, der die Schwarzen von Helenslea vertrieb, sondern meine Mutter. Er hat schon zu Lebzeiten meiner Mutter den Jin-Mädchen nachgestellt, also hat sie den Schlagbaum für alle Schwarzen fallen lassen. Und nach ihrem Tod war er so voller Reue, dass er es dabei beließ. Mit Ausnahme von Dandy, der alte Heuchler.« Sie führte ihn wieder in das Büro. »Ich sollte hier alles zusammenpacken und verschwinden und alles verkaufen, aber ich kann mich nur schwer davon trennen.«

»Du musst dich nicht sofort entscheiden. Lass dir Zeit, Lita. Das alles war ein Schock für dich.«

»Ja, du hast Recht. Ich werde sentimental. Und ich habe einen gottverfluchten Kater. Habe gestern zuviel getrunken. Ich brauche etwas, was mich nun aufrichtet. Trink mit mir einen Brandy. Brandy mit Soda und Zitrone hilft, hoffentlich.«

»Klingt gut.« Es war nicht der Zeitpunkt, sie nun über ihren Vater auszufragen und mit Dandys Rekonstruktion der Verbrechen zu beunruhigen. Und bevor nicht die Suchtrupps zurückkehrten, konnte er auch nichts für Joseph tun. Dann konnte er mit dem Sergeanten reden und den Kanaka entlasten. Aber wenn er wirklich auf der anderen Flussseite war, dann gnade ihm Gott. Mike überlegte, ob es irgendeine Möglichkeit gab, mit Joseph Kontakt aufzunehmen und ihn zurückzuholen ...

Lita kam mit einem Tablett und den Drinks zurück. »Das Essen wird gleich fertig sein. Ich habe keinen Hunger, aber sicherlich bist du hungrig. Bedien dich. Ich bin heute ein wenig durcheinander. Beinahe hätte ich es vergessen, da ist ein Brief, der dich sicherlich interessieren wird.«

»Worum geht es?«

»Ein Brief an meinen Vater von jemanden namens Turtle.«

Mike nahm das Blatt. »Er heißt nicht Turtle, sondern Tuttle. Nipper Tuttle, ein schmieriger kleiner Kerl, der an den Kais herumhängt und gewöhnlich nichts Gutes im Schilde führt.«

Mike begann zu lesen und lehnte sich erstaunt zurück. »Dieser kleine Bastard, er ist ein Mittelsmann der Menschenhändler! Und, Lita, dein Vater steckte mit ihnen unter einer Decke! Ich habe mir das schon immer gedacht, aber hier ist der Beweis.«

»Er ist nicht der einzige. Lies den Rest.«

Mike überflog das kindliche Gekritzel und erfuhr, dass am zwanzigsten Februar vor der Elbow Bay ein Schiff namens Java Lady vor Anker gehen werde, an Bord eine Ladung von fünfzig Kanaka. Betts wurde angewiesen, mit seinem Partner Mr. Morgan da zu sein...

»Morgan!« entfuhr es Mike.

... um, wie mit Captain King besprochen, die Ladung in Empfang zu nehmen.

»Dein Freund King«, sagte Mike. »Er steckt da irgendwie mit drin.«

»Jeder hat seine kleinen Schwächen«, sagte sie und füllte ihr Glas nach.

Der Brief fuhr fort, dass der Eigner der Java Lady eine Zahlung von fünfhundert Pfund plus zwanzig Pfund Landegebühr erwartete, die über J. King abgewickelt werden sollte.

»Landegebühr?« stieß Mike aus. »Die Vorstellung, dein Vater hätte so was gezahlt! Total hirnrissig. Wann kam das an?«

»Gestern. Der zwanzigste ist der nächste Sonntag, Mike. Was passiert jetzt?«

»Ich werde mir Morgan vorknöpfen, das passiert jetzt. Providence hatte noch nie etwas mit Menschenhändlern zu tun, und wir werden jetzt auch nicht damit anfangen.«

»Offensichtlich ist er da anderer Ansicht. Du bist nicht der Boss, du arbeitest nur für ihn. Wenn du für mich arbeitetest, könnten wir sie ablehnen, dann hat er sich mit dem ganzen Haufen herumzuschlagen.«

»So einfach ist das nicht. Die Java Lady ist ein heruntergekommener alter Schoner. Fuhr früher das Riff nach Seewalzen ab und hatte damals schon Schwierigkeiten, sich über Wasser zu halten. Eigner ist der berüchtigte Frenchy Duval, der mehr Zeit im als außerhalb des Gefängnisses verbracht hat. Er muss beschlossen haben, in den lukrativen Kanaka-Handel einzusteigen, bevor es damit vorbei ist, aber wenn er sie an Bord hat, dann gnade ihnen Gott. Sie sind wahrscheinlich wie die Sardinen zusammengepfercht.«

»Er muss es immerhin bis zur Trinity Bay geschafft haben, um diesem Tuttle Bescheid zu geben. Warum hat er sie nicht gleich da abgeladen?«

»Weil das Schiff für den Kanaka-Transport nicht registriert ist. Außerdem müsste er wohl Strafe zahlen, wenn er so viele auf einem Schiff dieser Größe transportiert, ganz davon abgesehen, dass die armen Kerle wahrscheinlich alle entführt wurden.«

»Edgar war nicht zimperlich.«

»Das ist richtig. Edgar war nie zimperlich, und Morgan ist es, was das angeht, auch nicht. Seit Wochen jammert er über die sinkende Zahl der Arbeiter. Ich schätze, er glaubt mich einwickeln zu können, wenn plötzlich – aus dem Nichts heraus – fünfundzwanzig Kanaka auftauchen. Was zum Teufel denkt er von mir? Dass ich seinem Märchen glaube? Dass ich den Kanaka nicht zuhöre? Ich habe entführte Kanaka gesehen, glaub mir, sie sind ein verdammt beMitleidenswerter Anblick.«

»Aber sie passen sich an«, sagte sie ruhig, »falls sie nicht an Heimweh sterben.«

Er schaute sie überrascht an. »Tut mir Leid, Lita, ich wusste nicht, dass du Bescheid weißt.«

»Sei nicht diplomatisch, Mike. Ich bin mit ihnen aufgewachsen. Ich war hier. Viele von ihnen waren in meinem Alter, Jugendliche. Man fühlt sich doch eher zu Menschen seines Alters hingezogen als zu den Eltern. Oder willst du mir da nicht zustimmen? Ich mochte meinen Vater nicht.«
»Das tut mir Leid.«
»Nein, das tut es dir nicht. Du bist noch immer höflich. Du bist immer so verdammt höflich! Kommt das von deiner Zeit als Barkeeper? Damals hast du doch Jake getroffen! In einer Bar, wo du Betrunkene besänftigt, dich mit ihnen verbrüdert und ihren Geschichten zugehört hast, so wie du nun mir zuhörst.« Sie verschüttete den Brandy, als sie neue Drinks mixen wollte. »Zum Teufel. Du bist der Barkeeper. Du stehst ihnen immer zu Diensten!«
Ohne ein Wort zu sagen, verhielt er sich genau so – sorgfältig schnitt er die Zitronen.
»Dann sag mir, Barkeeper«, reizte sie ihn, »warum ich um meinen widerlichen alten Herrn so trauere? Warum erschüttert es mich, dass er nun endlich den Löffel abgegeben hat? Dass ein Kanaka diesen alten Bastard schließlich erlegte?«
Lita nahm eine kubanische Zigarre von Edgars Schreibpult, schnitt sie auf und zündete sie an. Dann, als fiele es ihr erst jetzt ein, schob sie ihm die Kiste hin; schweigend nahm Mike sich eine.
Sie stand hinter dem Pult, lehnte sich mit ihrem Brandy und der Zigarre dagegen, als wäre es eine Theke, und zum ersten Mal fiel Mike die Ähnlichkeit zwischen ihr und ihrer Mutter auf, deren Porträt an der Wand hinter ihrem Rücken hing. Bis auf das Haar; während die klaren Gesichtszüge ihrer Mutter von einer Wolke schwarzen Haars umgeben waren, hatte Lita ihr Haar wie immer hinten zu einem dicken Knoten geflochten.
»Wer war deine Mutter?« fragte er. Lita drehte sich zum Porträt um.
»Eine Miss Barnes. Stammte aus einem Schafzüchterclan in New South Wales. Womit, glaubst du, hat Edgar angefangen? Die Sippe hatte Geld wie Heu, aber sie mochten ihn nicht. Be-

saß nicht ihre gesellschaftliche Stellung, verstehst du? Also jagte er hinter dem Geld her, um sie mit ihren eigenen Mitteln zu schlagen, und ließ dabei nichts aus. Aber das weißt du ja alles. Du mochtest ihn auch nicht.«

»Willst du deswegen ein ruhiges Begräbnis? Damit ihre Familie nicht dabei ist?«

»Du bist so verdammt naiv, Mike! Natürlich will ich, dass sie nicht kommen. Ich werde ihnen nicht die Gelegenheit geben, ihn noch einmal zu brüskieren. Dein Essen ist fertig.«

Da sie es von ihm erwartete, tat er so, als genieße er sein Essen, während sich seine Gastgeberin aus einer silberummantelten Karaffe ein Glas Rotwein nach dem anderen einschenkte und zwischen Wut und Trauer über den Tod ihres Vaters hin- und hergerissen wurde. Während er ihr zuhörte, dachte er über die Beschreibung nach, die sie von ihm gegeben hatte. Wurde er so gesehen? Als ein schwacher, willenloser Jasager? Ein typischer Barkeeper. War er das? Bei der Arbeit mit Jake schien das keine Rolle zu spielen. Sie kamen gut miteinander aus. Aber mit Morgan ... nun, er hatte ein paarmal gebockt, im Großen und Ganzen jedoch hatte er um des Friedens willen immer den Rückzug angetreten.

Warum, fragte er sich.

Weil ich Providence liebe. Jake und ich haben es geschaffen.

»Nicht wahr«, erwiderte eine innere Stimme. Eine inquisitorische Stimme, Litas scharfen Bemerkungen nicht unähnlich. »Providence ist dir entglitten. Es gehört Morgan, nicht dir. Das ist nun etwas anderes. Es würde dir nichts ausmachen, wenn du gehen müsstest. Deswegen hast du ihm Bescheid gegeben. Aber warum hast du nicht schon längst aufgehört? Du hängst noch immer hier herum ... warum?«

Mike wusste, dass er Mrs. Morgan schützen wollte. Ihr Schutz gewähren, das war alles. Dieser liebenswerten Frau. Deren Ehemann mit ihrer Schwester schlief. Es war auf Providence nun ein offenes Geheimnis, Elly und Hanna hatten es bestätigt. Dieses Schwein! Mrs. Morgan ... Jessie ... hatte diese Behandlung nicht verdient. Jessie verkörperte alles, was er sich er-

träumte. Er träumte oft von ihr. Sie war freundlich, ernst, intelligent und auf sanfte Art schön. Eine Frau ohne Fehl. Und die ihn keines Blickes würdigte, da sie zu den Frauen gehörte, die jeder Mann wollte.
Vom ersten Augenblick an, in dem er sie auf dem Kai gesehen hatte, war er in sie verliebt gewesen. Zumindest, tröstete er sich, funktionierten noch seine Instinkte. Aber die scharfsichtige Lita hatte es bemerkt, sonst niemand, glücklicherweise. Gott sei Dank wusste Jessie nichts davon. Es würde ihr äußerst peinlich sein.
»Liebling«, sagte Lita. »Du bist sauer auf mich. Ich meinte es nicht so. Du bist doch mein bester Freund auf der ganzen Welt. Sag, dass du mir verzeihst.«
»Es gibt nichts zu verzeihen«, sagte er und versuchte seine Mutlosigkeit abzuschütteln. »Aber ich muss nun gehen.«
»Warum musst du gehen? Sie werden jeden Moment zurückkommen. McMullen, Teffler, die Polizei. O Gott, ich hoffe, sie finden Joseph nicht. Diese Männer stecken doch alle unter einer Decke. Es wäre besser, wenn Joseph einfach verschwindet.«
Mike war überrascht. »Ich dachte, du wolltest, dass man ihn findet?«
»Das wollte ich auch«, gab sie zu. »Aber es spielt keine Rolle mehr. Ich glaube, ich werde wieder betrunken.«
»Es spielt eine Rolle. Es gibt keinen Beweis, dass er irgendjemanden getötet hat.«
»Schön. Sag ihnen das. Und was hast du mit den Kanaka in der Elbow Bay vor?«
»Das weiß ich nicht. Wenn ich zur Polizei gehe, ist Morgan in Schwierigkeiten.«
»So?« erwiderte sie. »Mike, ich glaube, ich muss mich hinlegen, es ist so verdammt heiß und schwül. Aber geh nicht. Bleib über Nacht.«
»Tut mir Leid, Lita, es geht nicht. Die Kanaka zu Hause sind unruhig, und Morgan könnte alles nur verschlimmern. Ich werde morgen früh wieder hier sein. Und jetzt warte ich auf die

Suchtrupps. Kann ich mich auf dich berufen, wenn ich deinen Leuten sage, die Suche einzustellen?«

»Natürlich. Ich hoffe, du hast Recht, was Joseph betrifft. Er war ein so netter Kerl. Und nun, wenn du deine Meinung ändern solltest und dableiben willst …« Sie küsste ihn auf die Wange und schwebte aus dem Zimmer. Noch immer abwesend, dachte er. Aber er kannte Lita, sie würde bald aufwachen, und dann ließ sie alle nach ihrer Pfeife tanzen. Lita de Flores würde, wenn sie es sich in den Kopf setzte, Helenslea ebenso gut leiten können wie ihr Vater.

Er brachte eine Stunde damit zu, Felder mit gesprossten Zuckerrohrschösslingen zu betrachten; die neuen Keime waren stark und gesund, was ihn freute.

Dann traf er auf Sergeant McBride und McMullen, die eine Gruppe Reiter anführten.

»Keine Spur von ihm«, sagte McBride.

»Sie werden ihn nicht finden«, sagte Mike. »Die Schwarzen sagen, er hat den Fluss überquert.«

Den Namen Dandys erwähnte er nicht, da sie selbstverständlich annahmen, dass er die Information von den Aborigines auf Providence hatte.

»Wir sollten ihm nach«, sagte McMullen.

»Nein. Mrs. de Flores hat die Suche abgebrochen. Sie will, dass das Leben auf Helenslea so schnell wie möglich wieder in geregelte Bahnen kommt. Die Beerdigung ist morgen.«

»Wie kann sie morgen stattfinden?« rief McMullen aus. »Da bleibt niemandem Zeit zu kommen.«

»Ihr Vater ist tot«, sagte Mike zu ihm, »und sie will ihn auf ihre Art betrauern, ohne dass hier Menschenmassen herumlaufen. Der Pastor wird morgen früh hier sein, er kann dann die Zeit festlegen. Sagen Sie den Männern Bescheid, und die Kanaka können teilnehmen, das ist alles. Und« – um McMullen zu beruhigen – »vielleicht will sich Ihre Frau am Gottesdienst beteiligen. Sie sollte sich darüber mit dem Pastor verständigen. Vielleicht kann sie ein Gebet lesen oder Ähnliches.«

»Ja. Ich werde es ihr sagen.« McMullen drehte sich um und entließ die Männer.
»Noch eins«, sagte Mike zu McBride. »Ich bin nicht davon überzeugt, dass Joseph etwas mit dem Mord an der Wache zu tun hat.«
»Aber ja doch, zum Teufel!« entgegnete McMullen und wandte sich ab.
»Warten Sie«, sagte Mike. »Lennie Field, die Wache, passte auf Joseph auf. Er war bewaffnet. Zwei Kanaka waren draußen. Sie mussten ihn angreifen, um Joseph herauszuholen. Aber Lennie war ein großer Kerl. Wenn zwei Männer auf ihn losgingen, konnte er vielleicht sein Gewehr verlieren, aber er würde sich zur Wehr setzen. Ein Kanaka wurde tot aufgefunden. Ich nehme an, Lennie tötete Ned im Kampf, aber der zweite, Paka, erledigte ihn schließlich. Er musste die Wache töten, um Joseph freizulassen. Und alle sahen Paka, wie er Edgar Betts erschoss. Joseph war nicht da. Er hatte sich aus dem Staub gemacht.«
»Klingt vernünftig«, sagte McBride. »Trotzdem ist er flüchtig, er ist nicht nur von der Plantage, sondern auch aus dem Verlies geflohen.«
»Das bringt mich zu meiner nächsten Frage. Warum war er da drin? Mir war etwas übers Aufhängen zu Ohren gekommen«, konfrontierte er McMullen. »Wollte Betts Joseph aufknüpfen?«
»Soweit ich weiß nicht.«
»Ich denke, Sie wissen es.«
»Was spielt das jetzt für eine Rolle?«
McBride mischte sich ein. »Ich habe nichts davon gehört. Aber, McMullen, wenn einer Ihrer Kerle wieder mit so etwas anfangen sollte, mit oder ohne Betts, dann werden wir den verdammt noch mal gesetzlich belangen.«
»Niemand wurde gehängt«, sagte McMullen. »Lassen wir es also dabei. Wenn Devlin Recht hat, dann haben wir es nur noch mit einem flüchtenden Kanaka zu tun, und der gehört nicht uns. Wenn Sie ihn wollen, Devlin, dann holen Sie ihn sich. Ich jedenfalls habe die Schnauze voll, im Busch herumzujagen.«
»Was wäre denn gewesen, wenn Sie ihn gefunden hätten?«

fragte Mike. »Ein Unschuldiger in den Händen eines Suchtrupps? Welche Chance hätte er denn gehabt?«

»Das sind reine Vermutungen, Devlin, außerdem haben wir ihn nicht gefunden. Also hören Sie endlich damit auf. Er ist nur ein verdammter Kanaka.« McMullen gab seinem Pferd die Sporen, flog herum und ritt den Weg zu den Ställen hinab.

»Sie beschämen mich«, sagte McBride. »Es gab soviel Geschrei über die Morde und den entkommenen Kanaka, dass ich mir nicht die Zeit nahm, selber darüber nachzudenken. Ich dachte, ich würde von Joseph die Fakten bekommen, wenn wir ihn haben. Obwohl nach allem, was ich gehört habe, alles ziemlich eindeutig schien.«

»Aber niemand erwähnte das Aufhängen?«

»Nein. Und wenn ich Sie wäre, würde ich darüber auch meinen Mund halten.«

»Aber sehen Sie es nicht? Genau deswegen mussten Ned und Paka Joseph befreien.«

»Kein Grund, zwei Menschen zu ermorden, noch dazu ihren Master.«

»Nein, natürlich nicht. Aber warum sollte der Mann hängen? Was zum Teufel hatte er angestellt?«

»Bei Gott, Sie sind ziemlich hartnäckig. Ich sag Ihnen was. Ich melde Ihren Mann als flüchtig, das ist alles. McMullen hat Recht. Lassen Sie es darauf beruhen.«

»Nein. Er ist einer meiner Männer. Bevor ich ihn zurücknehme, will ich wissen, warum er sich diese Strafe eingehandelt hat.«

»Und diese Männer wollen ihren Job nicht verlieren. Edgar mag mit den Insulanern ein wenig hart umgesprungen sein, aber er kümmerte sich um seine Weißen. Helenslea ist groß genug, um die Mühlenarbeiter auch nach der Saison zu beschäftigen. Sie errichten nun Quartiere für Ehepaare, wussten Sie das? Die Arbeit hier ist nicht mehr saisonabhängig, sondern durchgehend. Das Letzte, was sie wollen, ist, Lita zu verärgern.«

»Indem sie über ein Hängen reden, das gar nicht stattgefunden hat? Warum sollte sie das verärgern?«

»Vielleicht können Sie sie das eines Tages selber fragen«, sagte McBride. »Ich jedenfalls werde es sicherlich nicht tun. Sind Sie nun fertig?«
»Nein, noch eins.« Mike erklärte McBride das Stillschweigen des Professors zum Mordfall Perry. Der Polizeisergeant lachte. »Dieser arme alte Kerl. Wahrscheinlich hat er Recht, wenn er die Kanaka auf den rechten Weg bringen will. Aber das ist nicht unser Problem. Ich hebe den Bann auf.«
»Ich habe es bereits getan«, sagte Mike. Er hatte noch den Brief von Nipper Tuttle in seiner Tasche, beschloss aber, erst mit Morgan zu reden, bevor er McBride darauf ansprach.
»Bleiben Sie bis zur Beerdigung?« fragte er McBride.
»Ja.«
»Schön, dann sehen wir uns morgen. Ich muss zurück. Es ist alles andere als witzig, meinem Haufen zu erklären, dass zwei ihrer Kumpel tot sind und unser liebstes Kind, Joseph, vermisst wird.«
»Ja? Nun, lassen Sie sie einfach wissen, was mit Kanaka passiert, wenn sie Weiße angreifen.«
»So einfach ist das nicht«, sagte Mike. Verdammt noch mal, einfach war überhaupt nichts, wiederholte er sich auf dem langen Ritt zurück nach Providence. Und was hatte Edgar so auf die Palme gebracht, dass er einen Kanaka hängen wollte? Noch dazu einen Kerl wie Joseph, der nicht einmal aussah wie ein Schurke. Manche konnten gemein wie eine Schlange sein, aber nicht Joseph; er war ein gut aussehender Kerl mit einem hübschen, offenen Gesicht …
Lita? Der Gedanke traf ihn. War er ihr aufgefallen? Hatte sie besonderes Interesse an Joseph? Und Edgars Wut provoziert? Dandy hatte mehr oder weniger gesagt, dass Lita verstrickt sei. Das, was McBride nicht fragen und worüber die Männer nicht reden wollten. Das konnte die Antwort sein. Ich werde sie auch nicht fragen, beschloss Mike. Es sich nur vorzustellen … Entschuldige, Lita, aber was genau hast du getan, was deinen Vater so wütend machte und zu seinem Tod führte? Ihn schauderte. Vergiss es, Devlin.

Elly wartete auf ihn in den Ställen. »Joseph gefunden?«
Sie schien in den letzten Tagen um Jahre gealtert zu sein. Ihre Augen waren rot gerändert, in ihrem Gesicht zeigten sich die Sorgen. Mike versuchte sie zu trösten. »Nein, er wird noch immer vermisst. Aber sie suchen nicht mehr nach ihm. Die Polizei weiß, dass er niemanden getötet hat.«
»Dumme Polizei. Sie töten Joseph, ich töten sie.«
Mike lachte. »Komm schon, beruhige dich. So schlimm ist es nicht.«
»Du 'n' ich, Mike, wir ihn suchen und finden, eh?«
Er konnte ihr nicht sagen, dass er den Fluss überquert hatte; wahrscheinlich wäre sie ihm hinterher. »Das können wir nicht«, sagte er. »Joseph ist weit fort. Wenn ich Zeit habe, bringe ich ihn zurück und sage ihm, dass alles verziehen ist.« Er neckte sie. »Vielleicht willst du ihn dann heiraten, eh?«
Das munterte sie auf. »Du das mit Joseph bereden. Ihm sagen, er brauchen gute Frau.« Sie fasste seinen Arm. »Und Broula überreden, auch ja sagen.« Es war, alles in allem, ein schwieriges Unterfangen, aber er stimmte zu. Wenn Joseph zurückkam und wenn er Broula dazu bringen konnte, der Heirat ihrer Tochter mit einem verhassten Kanaka zuzustimmen, vorausgesetzt, der vorgesehene Bräutigam willigte ein, dann würde eine Heirat auf der Plantage alle ihre Sorgen ein wenig in den Hintergrund treten lassen.
Elly ging mit ihm zum Haus zurück. »Probleme dort drin«, sagte sie herablassend, nun, da ihre Zukunft etwas rosiger aussah. »Missus will nicht mehr Frau Nummer zwei sein. Sie viel schreien, dann weinen. Sie Boss Morgan sagen, sie gehen.«
Da sie nun in Sichtweite des Hauses waren, zog Mike sie zurück.
»Worum geht es?«
»Sie sagen – wirklich – sie sagen, nehmen Baby und gehen. Boss Morgan, er sagen, sie nicht gehen, nirgendwohin.« Elly sah ihn fragend an. »Wo ihr Stamm, Mike?«
Ihre Frage machte ihn traurig. Wie leicht vergaßen die Weißen, er eingeschlossen, dass alle Ellys dieser Welt genau wie die Ka-

naka nur einen Schritt von ihrem Stammesdasein entfernt waren. Und wie schwierig war es für sie, diesen Übergang ohne Unterstützung von außen zu bewerkstelligen. Er antwortete ihr ernsthaft und voller Respekt. »Mrs. Morgans Familie lebt weit, weit weg, über dem Meer, in einem ganz anderen Land. Einem kalten Land. Und jetzt lauf, ich muss mit dem Boss reden.«

Angesichts des Streits hätte er es vorgezogen, den Boss nicht zu sehen, aber es war unumgänglich.

Morgan hatte sich, wie immer zu dieser frühen Abendstunde, auf der Veranda niedergelassen. Sylvia war bei ihm, von Jessie fehlte jede Spur.

»Da sind Sie ja«, rief Morgan jovial. »Ich dachte schon, ich müsste einen Suchtrupp losschicken. Einen Whisky? Bedienen Sie sich. Es wird Sie freuen zu hören, dass der Laden nicht zusammengebrochen ist. Hab ihnen ihren freien Tag gegeben und ließ Pompey für mich übersetzen, damit es in ihre Hohlschädel reinging.«

Mike schenkte sich einen Whisky ein und lehnte sich gegen das Verandageländer. Er ließ Morgan weiterschwatzen. »Hab ihnen eine richtig höllische Missionarspredigt gehalten. Genau das, was sie brauchten.«

Sylvia kicherte. »Corby hat es mir erzählt. Er hat ihnen wirklich die Leviten gelesen. Ich denke, Sie haben überreagiert, Mr. Devlin. Sie sind so ruhig wie Mäuse.«

»Natürlich«, sagte Mike ausdruckslos.

»Ich erzählte ihnen, dass Paka und Ned bereits beerdigt sind, und damit hätte es sich. Beschämte sie, dass zwei ihres Haufens solche heimtückischen, feigen Verbrechen begehen, und sagte ihnen, dass sie nun hart arbeiten müssten, um ihre Reputation wieder herzustellen, die durch diese nichts zu entschuldigenden barbarischen Taten ruiniert worden sei.« Während Corby im Resümee seiner Predigt fortfuhr, fragte sich Mike, wie Pompey wohl Worte wie »Reputation« übersetzt hatte, falls er sich überhaupt die Mühe gemacht hatte, korrekt zu übersetzen. Pompey konnte ein ausgefuchster Kerl sein.

»Was gibt es Neues auf Helenslea?« fragte Sylvia. »Wie geht es der armen Lita?«
»Lita geht's gut.«
»Nüchtern?« fragte Morgan.
»Wie ein Kleinkind«, log Mike standhaft.
»Wann ist die Beerdigung?« wollte Sylvia wissen.
»Morgen.«
»So früh?« rief sie aus. »Ich weiß nicht, ob ich ein schwarzes Kleid habe. Die Frauen hier, habe ich gehört, färben einfach ein Kleid ein, wenn sie kein passendes schwarzes haben. Was für eine Verschwendung!«
»Das wird nicht notwendig sein«, sagte Mike zu ihr. »Mrs. de Flores hat sich ein privates Begräbnis ausbedungen. Sie will nicht, dass Außenstehende kommen.«
Sylvia war beleidigt. »Ich bin keine Außenstehende! Lita ist meine Freundin. Natürlich werden wir gehen, nicht wahr, Corby?«
»Wozu? Wenn sie Betts nur in Gesellschaft der angeheuerten Arbeiter begraben möchte, soll sie es tun. Wir haben dort nichts verloren. Ich nehme an, Devlin, dass Sie eingeladen sind.«
Die Spitze nahm Mike durchaus wahr, er reagierte aber nicht; er hatte eine bessere Karte, die er noch ausspielen konnte. »Ja. Ich kenne Lita seit langem. Selbstverständlich werde ich sie begleiten.«
»O puh!« sagte Sylvia. »Sogar eine Beerdigung ist ein guter Grund, für einen Tag von hier wegzukommen. Ich finde allerdings, sie wird Mr. Betts nicht gerecht. Gerade er war einer, der sich über ein großes Ereignis gefreut hätte.«
»Ich habe mit Sergeant McBride gesprochen«, sagte Mike zu Corby. »Gegen Joseph liegt nichts mehr vor, außer dass er flüchtig ist.« Dandys oder seinen eigenen Anteil an dieser Entscheidung erwähnte er nicht. »Es ist nun bewiesen, dass er an den Morden keinen Anteil hatte. Die anderen beiden griffen die Wache an und töteten Edgar. Offensichtlich befreiten sie Joseph, und der machte sich aus dem Staub. Die Suche nach ihm wurde eingestellt.«

»Soll mir recht sein«, sagte Morgan. »Sollen sie ihn laufen lassen. Wir wollen ihn hier nicht mehr haben.«

»Aber wenn er unschuldig ist …«

»Irgendetwas hat er angestellt, sonst wäre er überhaupt nicht in den Bau gekommen«, versetzte Corby.

Mike sah sich nun in derselben Situation wie die Männer auf Helenslea; er konnte der Behauptung nicht widersprechen, er wollte nicht darüber reden, warum Joseph eingesperrt worden war. Aber sie machten sich um ihre Jobs Sorgen. Worum musste er sich Sorgen machen?

Lita. Er schützte Lita. Auf Kosten Josephs? Oder doch nicht? Lita kam gut mit Männern aus und war freundlich zu den Kanaka. Hatte Joseph ihre Absichten missverstanden und war einen Schritt zu weit gegangen? Hatte er sie angegriffen? Aber Lita war die Offenheit in Person. Sie hätte sicher etwas gesagt.

»Mr. Morgan. Bevor ich gehe – kann ich mit Ihnen unter vier Augen sprechen?«

»Unter vier Augen?« Corby lachte. »Ich bezweifle, ob es einen abgeschiedeneren Ort als Providence gibt.«

»Sie müssen auf mich keine Rücksicht nehmen«, ließ Sylvia interessiert wissen.

Mike zuckte mit den Schultern. »Na schön. Es handelt sich um die Kanaka, die Sie über Captain King geordert haben. Sie werden nächsten Sonntag von der Java Lady in der Elbow Bay an Land gesetzt.«

Corby richtete sich auf. »Bei Gott! Er hat's getan«, sagte er voller Enthusiasmus. »Ich war mir nicht sicher, ob er es schaukeln würde.«

»Doch. Und nun befinden Sie sich in ziemlich großen Schwierigkeiten.«

»Wieso? Woher wissen Sie das?«

»Betts bekam einen Brief von einem Gauner namens Tuttle. Er hat ihn nicht mehr gelesen. Aber der Brief besagt, dass Sie und Betts am Sonntag eine Ladung von fünfzig Kanaka in Empfang nehmen werden. Da Betts tot ist, bleibt Ihnen der ganze Haufen.«

»Für wieviel?«
»Zehn Pfund pro Kopf plus Anlandungsgebühr. Fünfhundertzwanzig Pfund alles in allem.«
»Kommt nicht in Frage. Ich wollte nicht soviel ausgeben.«
Mike wusste nicht, ob Morgan ein Gauner oder ein Dummkopf oder gleich beides auf einmal war. »Nun, jedenfalls sitzen Sie in der Klemme. Wenn Sie sie aufnehmen, machen Sie sich strafbar. Wenn nicht, haben die Insulaner darunter zu leiden.«
»Ich sagte, ich nehme die Hälfte, nicht mehr. Was sie mit den übrigen machen, ist nicht mein Problem. Sie können sie an Mrs. de Flores verkaufen.«
»Sie will damit nichts zu tun haben.«
»Nun, dann will ich auch nichts damit zu tun haben. Vergessen Sie alles. Ich habe keinen Brief gesehen. Ich bin daran nicht beteiligt. Es ist nur verdammt schade, sie zu verlieren.«
»Mr. Morgan«, sagte Mike, »haben Sie irgendeine Vorstellung, in welchem Zustand sich die armen Kerle befinden, wenn sie von den Menschenhändlern an Land geworfen werden? Sie sind krank und kurz vor dem Verhungern. Wenn sie nicht verkauft werden, zerrt man sie wieder an Bord, bis ein neuer Abnehmer aufgetan ist.«
»Das sollte nicht schwer fallen.«
»Wenn das Schiff keinen Hafen anlaufen kann? Kommunikation mit der Küste wird durch andere Schiffe hergestellt. Der Java Lady wird bereits jetzt der Proviant ausgehen. Einen anderen Käufer zu finden ist in dieser Situation schwierig; es erfordert Zeit. Bevor sie mit einem Laderaum voller entführter Insulaner von Marinepatrouillen erwischt werden, werfen die Menschenhändler sie lieber über Bord.«
Corby sprang auf. »Hinaus! Ich muss mir Ihre Schauergeschichten nicht anhören. Ich habe den Menschenhandel nicht erfunden.«
»Nein, aber Sie nehmen bereitwillig daran teil.«
»Hinaus, sagte ich.«
Mike stellte sich ihm in den Weg. »Ich gehe, wenn ich hier fertig bin. Und wenn Sie mir nicht zuhören wollen, dann wird es

McBride tun. Ich gebe Ihnen die Chance, das auf legale Art und Weise wieder zurechtzubiegen.«
Er ignorierte Morgans Proteste und skizzierte seinen Plan. »Truppen und die Polizei werden die Menschenhändler in Empfang nehmen. Die Besatzung wird arretiert, die Kanaka werden in Verwahrung genommen.«
»Sie wollen mich ins Gefängnis bringen, Sie Bastard!«
»Nein. Ich erzähle McBride, dass der Deal von Betts eingefädelt wurde.«
»In welchem Fall ich nichts damit zu tun habe.«
»So leicht kommen Sie nicht davon. Wir werden die Kanaka hier aufnehmen, sie unterbringen und verpflegen, bis feststeht, was mit ihnen passieren soll. Manche von ihnen wollen vielleicht hier bleiben. In diesem Fall zahlen Sie die Immigrationsabgaben, und Sie haben neue Arbeiter. Die Regierung wird diejenigen, die nicht bleiben wollen, deportieren, und die armen Kerle kommen so wenigstens wieder unversehrt nach Hause.«
»Was ist, wenn sie alle fortwollen? Das kostet mich dann mehr, als sie wert sind. Und seit wann geben Sie hier die Befehle?«
»Entweder ich oder McBride werden die Befehle geben. Wenn ich ihm diesen Brief zeige, sind Sie bereits auf dem Weg nach Cairns und sehen Ihrer Anklage entgegen.«
Corby schritt die Veranda auf und ab. »Geben Sie mir den Brief.«
»O nein«, log Mike und genoss die Situation. »Der Brief befindet sich auf Helenslea. Lita hat ihn.«
»Dann soll Lita sie aufnehmen. Schieben Sie alles auf Betts. Halten Sie mich da heraus.« Er drehte sich um. »Wenn Sie das alles hier tun, um Ihren Job zu behalten, Devlin, dann war ich zugegebenermaßen etwas voreilig mit meinem Rauswurf. Je länger ich darüber nachdenke, desto mehr weiß ich es zu würdigen, dass Sie den Brief dem Sergeanten nicht gezeigt haben. Sie können Ihren Job wiederhaben.«
»Ich werd's mir überlegen«, sagte Mike. »Aber dafür mache ich es nicht. Menschenhandel ist ein dreckiges Geschäft. Die Kanaka stehen in Ihrer Verantwortung.«

»Ersparen Sie mir die Predigt. Vielleicht kann ich aus dem allen einige Arbeiter herausschlagen. Zumindest muss ich dem Kapitän nicht die Anlandegebühr zahlen. Wenigstens etwas.«

»Ich wusste, dass Sie Vernunft annehmen werden«, sagte Mike grimmig.

»Ich finde das alles sehr aufregend«, sagte Sylvia.

In Helenslea informierte Mike als erstes den Sergeanten, dass er von einer noch von Betts organisierten Menschenhandeloperation Wind bekommen hatte. Morgans Namen erwähnte er nicht.

»Der alte Schurke«, sagte McBride. »Ich nehme an, Sie wollen mir Ihre Informationsquelle nicht nennen. Nicht, dass das irgendeinen Unterschied macht. Sonntag, sagten Sie? Dann müssen wir uns beeilen. Bei Gott, Frenchy Duval zu schnappen! Diese Feder werde ich mir gern an den Hut stecken.«

»Mr. Morgan hat sich bereit erklärt, die Kanaka so lange aufzunehmen, bis wir sie befragen und herausfinden können, wer sie sind.«

»Verdammt großzügig von ihm. Das macht mein Leben einfacher. Ich hätte sie nur ungern wieder auf das Schiff gelassen, einfach zu riskant. Und nach Cairns ist es ein langer Weg. Ich werde sofort nach berittenen Truppen schicken. Sie und Mr. Morgan, Sie wollen dabei sein?«

»Wir wollen es auf keinen Fall verpassen«, grinste Mike.

Das Begräbnis war eine seltsame Angelegenheit. Trotz ihrer Entscheidung, sie im kleinen Kreis abzuhalten, hatte Lita Mrs. McMullen erlaubt, sich um den Ablauf zu kümmern. Ob sie diese Entscheidung bereute, vermochte Mike nicht zu sagen. Hinter dem dunklen Schleier blieb ihr Gesicht ohne Regung. Allerdings gab es Momente, wo es ihm bei aller Ehrerbietung schwer fiel, das Lachen zu unterdrücken.

Nach dem Gespräch mit McBride war er zum Haus gegangen, wo ihn die Frau des Verwalters empfing. »Ah, Mr. Devlin! Wie elegant Sie aussehen«, begrüßte sie ihn. »Ich hab zu meinem Alf immer gesagt, er soll sich auch Festtagskleidung zulegen, aber nein. Meinte immer, er würde sie sowieso nie tragen, und dann kommt plötzlich ein Tag wie dieser, und es ist zu spät. Typisch Mann. Nun tut es ihm Leid, aber ich nehme an, es spielt sowieso keine Rolle, weil keiner hier ist. Sie hat alles sehr klein gehalten.«

»Wo ist Mrs. de Flores?«

»Im Salon. Diese Dandy ist bei ihr. Auch sie in vollem Hofstaat – meinen Sie nicht, dass Sie sie loswerden könnten? Ich fürchte, sie will mit zum Gottesdienst und bringt alle in Verlegenheit.«

»Wer ist alle?«

»Nun, Sie wissen schon, die Leute reden, und ich habe solche Probleme, Mr. Betts einen angemessenen Abschied zuteil werden zu lassen. Es ist nicht einfach, zwei Begräbnisse gleichzeitig vorzubereiten. Das Protokoll muss doch gewahrt werden.«

Mike grinste. »Ich bin mir sicher, Sie gewahren es ganz gut.« Er trat an ihr vorbei und machte sich auf den Weg zum Salon.

Lita sah überwältigend aus. Sie trug ein schwarzes Gesellschaftskleid, dessen enganliegendes Oberteil mit schwarzen Perlen besetzt war, der Rock war in einer eleganten Tournüre gerafft. Ein großer Hut mit schwarzseidenem Rüschenbesatz vervollständigte die Garderobe und verlieh Lita ein herrisches Aussehen; mit erhobenem Kopf stand sie hinten im Zimmer.

Der Pastor redete und schüttelte Hände. Dandy begrüßte ihn mit einem schwachen Lächeln. Er blickte zu Lita hinüber. Sie nickte, als wollte sie ihm zu verstehen geben, dass seine Anwesenheit durchaus willkommen war, dann wandte sie ihren Blick ab. Sie erschien abweisend und kühl, Mike fühlte sich zurückgesetzt. Das war nicht die Lita, die er kannte. Diese elegante Frau war ihre europäische Version, die Mrs. de Flores, die seit kurzem den höheren Gesellschaftskreisen angehörte.

»Sherry oder Tee?« fragte Pastor Godfrey ihn.

»Keines von beiden, danke.« Mike hatte noch nie in seinem Leben Sherry getrunken.

»Ich kann den Sherry empfehlen«, drängte ihn der Pastor.

»Gut.« Er nahm das kleine Kristallglas. Lita sagte nichts. Sie hielt sich bewusst von ihnen fern. Diamantringe blitzten an ihren Fingern, als sie nach den Handschuhen griff, unter ihren

Haaren schimmerten Smaragdohrringe. Mike fühlte sich neben ihr plötzlich wie ein Lümmel vom Lande. Mit Erleichterung registrierte er Mrs. McMullen, die hereinstürmte und ein trauriges Gesicht aufsetzte. »Kommen Sie, es ist an der Zeit. Ah, Mrs. de Flores, wie schön Sie aussehen.«

Litas Blick hätte, als sie den Schleier über ihr Gesicht fallen ließ, einen Waldbrand zum Vereisen gebracht, die Frau des Verwalters jedoch, zu sehr mit ihrem Protokoll beschäftigt, war für solche subtilen Gesten nicht empfänglich.

Der Leichenbestatter von Cairns hatte sein Bestes getan. Seine federngeschmückten Pferde zogen den ratternden Wagen mit dem verzierten Sarg Edgars, der mit Jasminblüten und einem Kranz aus purpurroten Orchideen dekoriert war.

Dahinter folgte Pastor Godfrey, der aus der Bibel las und seinen Blick hin und wieder zum Himmel richtete, als wollte er den Regen beschwören, Betts' zuliebe noch etwas auf sich warten zu lassen.

Lita, eingerahmt vom Verwalter und seiner Frau, schritt hinter dem Pastor, Mike nahm Dandys Arm und folgte ihnen, zusammen mit dem Polizeisergeanten und neun oder zehn weißen Angestellten der Plantage.

Und dahinter, Mike drehte sich um, als er ein Knirschen hörte, kam ein mit einem schwarzen Tuch bedecktes Pferd, das auf einem Rollwagen den billigen Sarg des anderen Toten zog. »Großer Gott«, murmelte er zu McBride, »Lennie macht die Nachhut.«

»Der arme Kerl«, erwiderte McBride. »Er ist auch jetzt nur ein Mitläufer.«

Hinter Lennies Leichenwagen schlossen sich die Kanaka an; sie schlenderten in ihrem Sonntagsstaat – zusammengewürfelte Teile von Männerkleidung und bunte Sarongs – fröhlich hinterher.

Sie versammelten sich auf dem Friedhofshügel, um Edgar neben dem einfachen Grabstein von Litas Mutter zu begraben. Nachdem der Pastor seine Riten zelebriert und den Segen gesprochen hatte, verkündete er, dass nun Mrs. McMullen den vorbereiteten Text lesen werde.

Sie hastete – es war ihr glorreicher Augenblick – nach vorne, lächelte dem Pastor zu, rutschte aus und fiel in den neben dem Grab aufgeworfenen Erdhaufen. Der Pastor half ihr umständlich auf, schließlich war sie wieder auf den Beinen, ihr Rock war von den Knien abwärts mit dicken Lehmklumpen beschmiert, in ihren schlammbedeckten Händen hielt sie die Bibel. Es dauerte einige Zeit, bis sie die Stelle gefunden hatte, dann aber verkündete sie einen der Psalmen und las etwas über Wohlstand und Reichtümer und Rechtschaffenheit und haspelte über die Worte auf der verschmutzten Seite.

Als sie endlich fertig war, sagte sie, dass sie nun alle den Hymnus »Amazing Grace« singen wollten, und nachher »werden uns die Kanaka eines ihrer Lieder vortragen«.

Die Trauergemeinde bewältigte »Amazing Grace«, dann erscholl das Lied der Kanaka, ein donnerndes, lautkehliges Spiritual voller Leben und Witz, zu dem die Hände im Rhythmus klatschten. Mike ertappte sich dabei, wie er mit den Zehen mitwippte.

McBride stieß ihn an. »Ich glaube nicht, dass das auf dem Programm stand.«

Noch bevor sie zu Ende waren, trieb sie die Zeremonienmeisterin zum anderen Grab und zur zweiten Beerdigung. Mit unbewegtem Gesicht schritt Lita voraus.

Im Hof waren für die Gäste und weißen Arbeiter auf Tischen Essen und Getränke hergerichtet. Lita schritt zwischen ihnen umher und bedankte sich bei ihnen feierlich, sogar bei Mike. Dann verließ sie in Begleitung des Pastors die Gesellschaft, ohne an die anderen die Einladung auszusprechen, mit ihr nach drinnen zu gehen.

Mike wartete eine Weile; er war hungrig. Er traf mit McBride Vereinbarungen für ihr sonntägliches Unternehmen gegen die Menschenhändler, sprach dann kurz mit einigen der Männer und beschloss zu gehen. Wenn Lita ihn ignorieren wollte und seine Gesellschaft nicht brauchte, dann sollte es so sein. Er wollte verdammt sein, wenn er sich irgendwo aufdrängte, wo er nicht erwünscht war. Vor allem, wenn sie wie heute die große

Dame spielte. Er nahm einen weiteren Whisky, bevor er sich davonstahl und alleine und wütend nach Hause ritt.
Er war mit seiner Stimmung nicht allein, wie er feststellte, als er auf Providence ankam. Morgan hatte einen Wutanfall. Er stürmte nach draußen, als er Mike zu den Ställen reiten sah.
»Diese verdammten nutzlosen Halunken«, schrie er. »Sie haben den ganzen Tag keinen Finger gerührt. Sie saßen den ganzen verdammten Tag im Langhaus auf ihren Ärschen und haben nichts gearbeitet.«
»War zu erwarten«, sagte Mike. »Morgen wird es sich entscheiden.«
»Was wird sich entscheiden?«
»Sie scheinen sehr um Joseph besorgt.«
»Unsinn. Nur ein weiterer Vorwand zum Faulenzen. Das werde ich nicht dulden, haben Sie mich verstanden?«
»Ja«, sagte Mike. Er war von Lita enttäuscht und hatte von Morgans Genörgel die Schnauze voll. Er hätte einen Umweg um das Haus machen und direkt zu seinem Haus gehen sollen. Dort war es ruhig, friedlich; er wünschte, er könnte sich dort für eine Woche einsperren. Was ihn an die Nachricht für Morgan erinnerte.
»McBride und berittene Polizisten werden sich morgen hier einfinden. Providence ist der Treffpunkt.«
»Wofür?«
»Haben Sie es vergessen? Wir werden uns Sonntag morgen die Menschenhändler schnappen.«
»Ohne mich«, sagte Corby. »McBride erwartet sicherlich nicht, dass ich da mitmache.«
»Doch, das tut er. Er verlässt sich auf uns. Wir sollen bewaffnet erscheinen.«
Corbys Gesicht wurde fahl. »Kann das gefährlich werden?«
»Du lieber Himmel, nein«, sagte Mike.
Als er die Treppe zu seinem hochgelegenen Haus erklomm, lachte er. Die Aussicht auf einige Aufregung am Sonntag besserte seine Laune. »Natürlich wird es nicht gefährlich werden«, sagte er sich. »Was kann daran schon gefährlich sein, einer zum

Äußersten entschlossenen Schiffsbesatzung aufzulauern und gleichzeitig wilde Kanaka einzufangen?« Er bezweifelte, dass es ihnen gelingen würde, den listigen Frenchy Duval zu fangen, aber sie sollten ihm wenigstens seinen Fang, die entführten Kanaka, entreißen können.

Je länger Corby darüber nachdachte, desto interessanter erschien ihm das Unternehmen. Besser als die Jagd, hier gab es richtige Menschen als Beute. Etwas, worüber er in seinem nächsten Brief schreiben konnte.

Er putzte sein Gewehr und seinen Revolver, als Jessie hereintrat. »Ich würde mit dir gern ein Wort reden, Corby. Mir scheint, du meidest mich.«

»Natürlich meide ich dich«, seufzte er. »Alles, was ich von dir zu hören bekomme, sind Beschwerden und Ultimaten. Was ist das Neueste, das du mir an den Kopf werfen möchtest?«

»Warum diese Waffen?« fragte sie. »Was ist passiert?«

»Noch nichts. Am Sonntag werde ich mich der Polizeitruppe anschließen, um in der Elbow Bay einer Piratenbande aufzulauern. McBride und die Polizisten werden morgen kommen. Ich habe Sylvia gesagt, dass der Polizeisergeant wieder bei Devlin unterkommen kann. Die Polizisten können in den beiden Gästezimmern neben deinem Vater oder in Perrys Hütte schlafen. Hängt davon ab, wie viele kommen. Devlin meinte, alles in allem sechs. Er hat sich, was ihre Verpflegung anbelangt, mit den Kanaka-Frauen abgesprochen.«

»Danke«, sagte sie und ging. Wieder Sylvia. Sylvia kümmerte sich um die Vorbereitungen. Na schön, sollte sie. Jessie hatte sich bereits gewundert, was sie vorhatte, als sie sie zusammen mit Mae an der Mangel stehen sah.

Sie kehrte an ihren Schreibtisch zurück. Es gab hier genügend zu tun. Sie wollte alle Bücher, die Zuckerrohrjournale, die Zahlungsbücher, auf den neuesten Stand bringen. Es war an der Zeit, den Arbeitern ihr Monatsgehalt von einigen Shilling zu geben, die Lager zu überprüfen und das Konto auszugleichen. Obwohl ihr Corby nicht sagte, was genau auf der Bank lag, wusste sie ziemlich gut Bescheid. Vom Mühlenverwalter erhielten sie Kopien über den Ertrag ihres Zuckerrohrs, sie hatte die meisten davon gesehen. Providence hatte mehr als zweihundert Tonnen Zuckerrohr verkauft, bei Preisen zwischen dreißig bis fünfunddreißig Pfund die Tonne. Und sie hatten mindestens zweihundertundzehn Pfund aus dem Verkauf der Melasse verdient.

Jessie studierte die Rechnungen, die unter der Rubrik Aufwendungen geführt wurden. Rechnungen für das Holz der Zäune, Melassefässer, Balken und Schindeln für die neuen Hütten, die sie brauchten, Jutesäcke, Kalk, Eggen, ein neuer Pflug und so fort. Aber der Mais entwickelte sich zu einem Getreide, das gute Preise erzielte. Sie bauten davon viel mehr an, als sie brauchten. Eine zusätzliche Einnahme. Und mit den eigenen Rindern und Milchkühen, dem Gemüse und dem Obst, das Mae und die Kanaka anbauten, versorgte sich die Plantage fast alleine. »Trotzdem könnten wir noch viel besser sein«, sagte sie sich. »Wir sollten mehr Getreide anbauen, um ein stetiges Einkommen zu haben. Es ist genügend Platz für Zuckerrohr und Getreide vorhanden.« Sie wusste, dass Corby so bald als möglich mit dem Roden von weiterem Land beginnen wollte, als Versicherung gegen die Zeit, wenn Kanaka nicht mehr oder nur schwierig zu haben waren.

»Nun, Jessie«, sagte sie schließlich, »wir machen hier keine Millionen, aber wir sind, wenn wir uns vergrößern, auf dem besten Weg, ein sorgenfreies Auskommen zu haben. Wie schade, dass du das nicht mehr erleben wirst.«

ELFTES KAPITEL

Der Samstagmorgen unterschied sich in nichts von den anderen Morgen der letzten Monate. Die Nacht war heiß gewesen, rastlos zogen die Stürme von der Küste her über das Land. Mike

dachte einen Moment an die Java Lady, die in der schweren See lag, und ihre im Laderaum eingeschlossenen unfreiwilligen Passagiere.
Er zog seine Stiefel an, ging hinaus in die graue, neblige Morgendämmerung und pfiff nach seinem Pferd, das in der kleinen Koppel war. Er hatte seinen Job wieder, verbunden mit einer Gehaltserhöhung, die er Morgan abgerungen hatte, aber was war dadurch erreicht? Der Status quo. Nichts hatte sich verbessert und es würde sich wahrscheinlich auch nichts verbessern. Es war an der Zeit, dass er aufhörte, Liebeskummer wegen Mrs. Morgan zu haben. Wegen Jessie. »Du wirst noch so schlimm wie Elly«, grinste er. Jessie hatte ihre eigenen Probleme, aber davon sprach sie nie. Sie redeten ausschließlich über die Plantage, und wenn er auch ihre Gesellschaft genoss, so konnte er nicht behaupten, dass sie ein enges Verhältnis hatten. Andererseits flirtete das kleine Biest Sylvia ständig mit ihm, vor allem in Gegenwart von Morgan, was ihn bei seinem Boss nicht gerade beliebt machte.
»Ich sollte den Job bei Lita annehmen«, ging es ihm durch den Kopf. »Eine größere Aufgabe und bessere Bezahlung.« Aber die Kälte, die sie gestern an den Tag gelegt hatte, konnte eine Änderung ihrer Gefühle bedeuten. Er hatte vielleicht seine Chance dort verpasst.
Pompey wartete bereits. »Unmöglich, Boss. Malaita-Leute nicht arbeiten. Andere Kerle auf Felder gehen, aber nicht sie.«
»O Gott«, sagte Mike. »Der Tag fängt gut an. Was wollen sie? Sie hatten ihre beiden freien Tage und ihre Begräbnisfeierlichkeiten. Sie wollten nicht, dass ich die Leichen von Paka und Ned wieder ausgrabe, weil sie sich vor bösen Geistern fürchten. Was also wollen sie?«
Die Antwort kam nicht unerwartet.
»Joseph finden.«
»Bring diesen Haufen in Bewegung«, sagte Mike schließlich zu Pompey und wies auf die Kanaka, die sich im Langhaus zum Frühstück anstellten. »Ich kümmere mich um die anderen.«
Die Baracken bestanden aus einer Ansammlung von Hütten

und, da es die Insulaner vorzogen, sich ihre eigenen Schlafgelegenheiten einzurichten, aus offenen Schlafpavillons und Unterständen. Gewöhnlich ging es zu dieser Tageszeit sehr geschäftig zu, es wimmelte von Arbeitern, die sich auf den Weg machten; heute allerdings empfingen sie Mike sitzend. Überall hockten sie auf dem Boden, mit grimmigen, dunklen Mienen; dieselbe Situation, nahm er an, die Morgan gestern vorgefunden und die ihn zum Rückzug gezwungen hatte.

Er band sein Pferd an einem Baum fest und schlenderte in das mit allen möglichen Abfällen, Blechteilen und alten Möbelstücken verunreinigte Lager. Mrs. Morgan hatte sich darüber beschwert. »Das sieht ja wie auf einer Müllkippe aus. Können wir hier nicht aufräumen?«

»In einigen Tagen wird es wieder genauso sein«, hatte er ihr erzählt. »Außerdem lässt sich kaum unterscheiden, was Müll und was wertvolle Schätze sind. Sie sind Trödler, Besitz geht ihnen über alles. Die kaputten Stühle, das wackelige alte Pferdehaarsofa, der rostige Pferdekübel – alles gehört irgendjemandem. Es zeugt von ihrem Ruhm«, fügte er lächelnd an.

Er lächelte nicht, als er sich beim zerschlagenen Wagenrad aufstellte. »Also, ihr Kerle«, rief er mit gespielter Selbstsicherheit, »los, los, es ist Zeit, an die Arbeit zu gehen!«

Wie erwartet rührte sich niemand. Aber sie hörten zu. »Hey, Sal. Hörst du mich? Die Polizei sagt, Joseph ist unschuldig. Kein schlechter Kerl. Joseph niemand töten. Fertig, Ende.«

Sal kam mit einer grauen Decke um den Schultern aus seiner Hütte; er sah so düster wie der farblose Morgen aus. »Joseph frei?« fragte er.

»Ja.« Mike beschloss, sich die Anklage wegen der Flucht für ein andermal aufzusparen.

Ein erfahrener Arbeiter namens Charlie erhob sich und ging auf Mike zu. »Wo ist Joseph?«

»Ich wünschte, ich wüsste das.«

Charlie spuckte ihm vor die Füße. »Du lügst. Weiße jagen Joseph, er den verdammten Fluss überquert. Er im Land der Bösen!«

»Zum Teufel!« sagte Mike. Er hätte wissen müssen, dass die Buschtrommel zwischen den Eingeborenen der beiden Plantagen äußerst schnell funktionierte. »Welche Lüge?« wollte er wissen. »Zeig mir, wo er ist, und ich hole ihn.« Er packte Charlies Arm. »Komm schon. Wenn du so verdammt klug bist, dann zeig ihn mir.«

Der Insulaner wand sich frei. »Nicht können, ich nicht wissen.«

»Und was habe ich gesagt? Sagte ich nicht, dass ich es auch nicht weiß?« Er schob den Kanaka weg. »Hör auf, hier Unruhe zu stiften, oder wir finden für dich auch ein Verlies.« Wenn sie Probleme machten, sperrten sie Schurken oder Betrunkene gewöhnlich für einen Tag in einen allerdings reichlich wackligen Schuppen.

Sal mischte sich ein. »Bring Joseph zurück«, sagte er mit tonloser Stimme.

»Wie soll ich ihn zurückbringen? Ich sagte doch, dass ich nicht weiß, wo ich suchen soll.« Abgesehen davon, sagte er sich, habe ich nicht die Zeit, mit einem Boot den Fluss rauf- und runterzufahren und nach einem verdammten Kanaka Ausschau zu halten, ganz egal, wer er ist.

Er bat sie, sich wieder an die Arbeit zu machen. Er sagte ihnen, dass Joseph selbst den Weg nach Hause finden würde. Und war, als seine Wut anwuchs, versucht, sie anzuschreien und sie zu zwingen, ihm endlich mitzuteilen, warum Joseph so anders war. Niemals zuvor hatten sie wegen eines anderen gestreikt. Über die Jahre hinweg gab es mindestens ein Dutzend Südseeinsulaner, um ihre offizielle Bezeichnung zu gebrauchen, die von Providence geflohen waren. Einige von ihnen wurden gefangen, bestraft und zurückgebracht. Andere, klügere, die mehr als ein paar Brocken Englisch sprachen, gelangten sogar bis nach Brisbane, wo sie von südlichen Pflanzern für einen höheren Lohn angeheuert wurden. Die Behörden ließen sie dort bleiben. Sie gesellten sich zu der wachsenden Zahl von Kanaka, die ihre Zeit abgedient und dann den Immigrationsbehörden entwischt waren. Männer, die in den Arbeitsmarkt drängten

und gerne von Zuckerrohr und Baumwollpflanzern, aber auch von den Farmern angestellt wurden.
Konnte Joseph diesen Status erreichen? Später vielleicht, aber jetzt war er noch zu unerfahren. Es dauerte lange, bis die Insulaner die geographische Größe des Landes begriffen. Außerdem bewegte er sich in die falsche Richtung, hin zu den dschungelbewachsenen Bergen, dahinter nur endlose Grasebenen, die von den Viehzüchtern beansprucht wurden. Nein. Joseph musste entweder im Gebiet der Irukandji überleben oder zur Küste zurückkommen.
»Keiner von uns kann etwas für Joseph tun«, schrie er. Und, noch schlimmer, Joseph war auf Providence erledigt. Ich würde den Kerl nicht einmal mehr mit dem kleinen Finger anfassen. Er ist zu aufsässig. Wir können es uns nicht erlauben, dass diese Clowns jedesmal in Streik gehen, nur weil jemand ihren Lieblingsjungen schief angeschaut hat.
»Soviel also zu Ihrer Autorität«, sagte eine Stimme hinter ihm. Corby Morgan, in seinem schwarzen Regenmantel und dem Lederhut eine imposante Gestalt, beobachtete von seinem Pferd herab die Vorgänge. Er kam heran.
»Wer ist hier ihr Anführer?«
»Sal, nehme ich an.«
Morgan deutete mit seiner Reitgerte auf ihn. »Du! Du bist Sal?«
»Ja, Master.« Sal gefiel seine Rolle nicht.
»Gut«, sagte Morgan und richtete seinen Revolver auf ihn. »Sag den Männern, dass sie sich an die Arbeit machen sollen. Für diese Meuterei gibt es keine Entschuldigung. Wenn sie sich nicht von ihren Ärschen erheben, bist du unter Arrest.«
Sal gab nach. In seiner Sprache rief er die Anweisungen.
Gemurmel war zu hören. Mike, dem nun keine andere Wahl mehr blieb, als den Boss zu unterstützen, holte seine Pistole heraus und entsicherte. Aber noch immer bewegte sich keiner.
»Sag ihnen«, schrie Morgan, »dass heute Morgen Polizeitruppen eintreffen werden. Berittene Truppen. Und die lassen sich nicht jeden verdammten Schwachsinn gefallen. Wenn ihr darauf

besteht, hier sitzen zu bleiben, verstoßt ihr gegen das Gesetz!« Die Männer, die ihn verstanden, erhoben sich, während Sal verzweifelt übersetzte, so schnell er konnte, denn Morgan brüllte weiter. »Die Polizei wird nicht so freundlich sein wie ich. Jeder, der seinen Mut erproben will, kann hier sitzen bleiben und warten.«

Mit seinem Fuß stieß er Sal weg, dann ritt er zwischen den Hütten umher und schlug mit der Peitsche auf die nackten Schultern der Männer ein, die sich nicht schnell genug bewegten. Es dauerte nicht lange, und alle waren auf dem Weg zum Langhaus.

»Glauben Sie, Sie können nun übernehmen?« fragte er Mike.

»Nein«, sagte dieser wütend. Diese Bastarde, sie hatten ihn zum Narren gehalten. Der Punkt ging an den Boss. Aber es war noch nicht vorbei. »Wir werden sie den Tag über beaufsichtigen müssen«, sagte er. »Ich kann nicht überall sein.«

»Bringen Sie sie auf die Felder«, versetzte Morgan. »Ich komme zurück, sobald ich mit meinem Frühstück fertig bin.«

Trotz der Aufsicht durch den Master und Mike arbeiteten die Männer von Malaita im Schneckentempo, behinderten die Bosse und die anderen Insulaner, bis unter den Arbeitern Streit und Handgreiflichkeiten ausbrachen.

Corby wütete. Kaum hatte er einen Kampf geschlichtet, brach an anderer Stelle ein neuer aus; es zermürbte ihn, und er war es leid, zwischen den beiden Eingeborenengruppen Ringrichter zu spielen. Auf dem Weg zur großen eingezäunten Koppel, wo gepflügt und gepflanzt werden sollte, sah er, dass der Pflug umgestürzt war, darum ein Haufen Kanaka, die laut miteinander stritten.

Er sprang von seinem Pferd und ging zu ihnen hinüber. »Zurück an die Arbeit!« schrie er.

»Dieser Kerl und seine Freunde alles versauen«, rief ihm einer zu, den die von den Malaita-Leuten verursachten Probleme ärgerten.

Corby erkannte in dem Burschen Charlie, der bereits Devlin herausgefordert hatte. Corby hatte die Schnauze nun voll, er stürzte hinüber und verpasste ihm einen Schlag auf das Kinn, der den anderen zu Boden brachte. Abgesehen davon, dass sich seine Knöchel so anfühlten, als hätten sie gerade einen Granitblock getroffen, war Corby mit sich sehr zufrieden. Seit er von der Schule abgegangen war, hatte er keine Erfahrung mehr mit Faustkämpfen, nun aber hatte er einen ziemlich wuchtigen Schlag ausgeteilt. »Steh auf!« schrie er Charlie an, bereit, mit ihm über eine weitere Runde zu gehen. »Wenn ich dir den Rücken zukehre, traust du dich, jetzt zeig, was du kannst, von Mann zu Mann!«

Aber Charlie verließ aller Mut. Und Corby, der erst jetzt die breiten Schultern und den muskulösen Körperbau des Kanaka wahrnahm, war ganz zufrieden.

»Ergreift ihn«, befahl er zwei Männern, die willig gehorchten. »Holt Seile und bindet ihn. Er steht unter Arrest.«

Das aber gefiel Charlies Freunden nicht, die sich nun einmischten, Corby anbrüllten und die anderen Insulaner wegdrängten, um Charlie zu schützen. Von der anderen Seite des Zauns kamen Männer angelaufen, und bald darauf lieferten sich über dreißig Kanaka in der schlammigen Koppel eine Schlägerei.

Corby wurde zur Seite gedrängt. Er stolperte über den unebenen Boden, wich den schwitzenden Körpern aus und zog seinen Revolver. Er tat einige Schritte, um sich weit genug zu entfernen, dann gab er zwei Schüsse ab.

Die Schlägerei kam augenblicklich zum Stillstand. Sie boten einen unwirklichen Anblick, als stellten sie einen Fries mit Szenen aus einem schlammigen Schlachtfeld dar; Corby lud nach und nützte die Sekunden, um wieder die Kontrolle an sich zu reißen. Er näherte sich ihnen und suchte Charlie, der, mit bluttriefender Nase, schlimmer als die anderen aussah. »Raus hier«, schrie er, »oder ich blas dir eine Kugel in den Leib.«

Charlie – der Revolver war nur wenige Zentimeter von seiner nackten Brust entfernt – warf die Arme nach oben, und Corby zog ihn vom Platz.

»Nicht schießen, Master«, schrie der Insulaner.

Corby packte ihn, warf ihn herum und hielt die Waffe an seinen Kopf. »Ich zähle bis zehn«, brüllte er, »und wenn ihr bis dahin nicht wieder an der Arbeit seid, erschieße ich diesen Bastard.« Er meinte es ernst. Wenn das die einzige Möglichkeit war, wieder Ordnung herzustellen, dann würde er schießen, er hatte das Recht dazu. Er begann zu zählen. Einige Männer, offensichtlich nicht von Malaita, grinsten hoffnungsfroh, als sie sich zurückzogen, die anderen rannten um ihr und Charlies Leben. Es kümmerte Corby nicht, solange sie die Botschaft verstanden.

Er trieb Charlie vor sich her und erblickte den Mann, der sich ursprünglich beschwert hatte. »Wie heißt du?«

»Billy, Master.«

»Okay, Billy. Fessel diesen Kerl.«

Billy rannte zu dem mit Zuckerrohrsetzlingen beladenen Wagen und holte Seile, um Charlie Fußfesseln anzulegen und seine Arme auf dem Rücken zusammenzubinden.

»Gut«, sagte Corby. »Nun, Billy, lauf und sag den anderen, ich will, dass diese Koppel heute noch fertig wird. Kein Essen, falls das nicht geschieht. Und wenn jemand wieder für Unruhe sorgt, dann kommst du zu mir und sagst mir ihre Namen. Verstanden?«

»Ja, Master. Verdammt verrückt, diese Kerle. Joseph, er kein Gott, nur Kanaka.«

Billy war bereits fort, bevor Corby in seiner Erregung begreifen konnte, was er gesagt hatte. Aber er hatte den Namen Joseph gehört, und nachdem er seinen Gefangenen zu seinem Pferd geführt und ihn durch den zweisparrigen Zaun gestoßen hatte, befragte er Charlie, um eine Erklärung für diesen Wahnsinn zu finden.

»Was soll dieser ganze Unsinn um Joseph? Der Mann ist fort. Kannst du das nicht verstehen? Du hilfst ihm nicht, wenn du diese Unruhe verursachst. Aber, bei Gott, wenn er der Grund ist …«

Charlies Augen rollten vor Angst. »Nicht Joseph, Master. Ratasali! Er wiederkommen, genau wie zu Katabeti. Er in der Nacht kommen mit großem Donner.« Die Knie des Mannes zitterten, und er lehnte sich an den Zaun. »Er auch Zauber über Ned und Paka gebracht. Sie das wissen.«

»Davon weiß ich nichts. Wer ist Ratasali? Ich will seine Haut haben und deine auch, bevor ich hier fertig bin.«

Aber Charlie hatte genug gesagt. Sein Kopf sank, er weigerte sich, weitere Fragen zu beantworten, und blieb passiv, bis ihn Corby wegführte. Es war lästig, den Gefangenen selbst zurückzubringen, aber Corby wollte keine weiteren Arbeiter mehr abziehen; also band er ihn am Sattel fest und ritt den Weg entlang, wo ihm Devlin begegnete.

»Ich habe Schüsse gehört. Was war los?«

»Eine Schlägerei«, erzählte Corby ihm. »Und dieser Kerl hat sie angefangen. Sperren Sie ihn irgendwo ein. Er steht unter Arrest.«

»Du bist ein verdammter Dummkopf«, sagte Devlin zu Charlie. »Nun bist du wirklich in Schwierigkeiten. Ich weiß nicht, was in euch gefahren ist.«

»Aber ich«, sagte Corby. »Der Rädelsführer heißt Ratasali. Ich will ihn hier haben. Kennen Sie ihn?«

»Kann ich nicht sagen. Die meisten bekamen englische Namen oder Namen, die so ähnlich wie ihre ursprünglichen klingen. Aber wir haben keine Aufzeichnungen über ihre Familiennamen.«

»Nun, graben Sie ihn aus. Er wird angeklagt, den Aufstand angefacht zu haben.«

Mike sah sich um. »Ich rieche Rauch.«

»Bei diesem Wetter?« zweifelte Corby. Er nahm seine Uhr zur Hand. »Es ist erst kurz nach eins, aber ich fühle mich, als sei es bereits nach fünf. Den ganzen Morgen hatte ich mit Streitigkeiten und Kämpfen zu tun.«

»Bei mir ebenso. Sie benehmen sich wie Irre. Es ist doch keiner verletzt, oder?«

»Nein, ich habe über ihre Köpfe geschossen. Musste ihm hie eine verpassen, das merkt er sich hoffentlich. Sie müssen lernen, Devlin, und verdammt schnell lernen, dass sie sich nichts herausnehmen können. Erteilen Sie ihm eine Lektion.« Er

blickte auf. »Schauen Sie nur! Es brennt!« Er warf Mike Charlies Seil zu und galoppierte in Richtung der Rauchschwaden davon, die sich träumerisch in die feuchtheiße Luft erhoben.
Wegen des Gefangenen an seiner Seite konnte Mike das Pferd nur Schritt gehen lassen; erschreckt starrte er auf den Rauch, der über die Baumwipfel aufstieg und sich dann unheilschwanger über den Himmel verbreitete.
»Verdammte Scheiße!« rief er. »Der Proviantschuppen.«
Als er ankam, stand die Scheune in Flammen. Inmitten des Infernos, umgeben von kreischenden Insulanerinnen, stand Morgan und versuchte, eine Eimerkette zum Bach zu organisieren. Mike überließ Charlie sich selbst, eilte hinunter und spannte sein nervöses Pferd vor den Wasserwagen, um die unzureichende Eimerkette zu unterstützen.
Vom Rauch alarmiert, kamen aus allen Richtungen Kanaka zu Hilfe; obwohl sie verhindern konnten, dass das Feuer auf die umliegenden Scheunen übergriff, war der Schuppen nicht mehr zu retten.
»Dafür wird jemand baumeln«, brüllte Corby, als sie schließlich aufgaben und hilflos mit ansahen, wie der Schuppen in sich zusammenfiel.
»Es könnte sich von alleine entzündet haben«, sagte Mike. Er hatte Heuscheunen aufgehen sehen, genau wie hier. Als er jedoch den Rand der schwelenden Trümmer abschritt, roch er Dämpfe, wahrscheinlich Kerosin. Es war kein Unfall.
»Das Feuer wurde vorsätzlich gelegt«, erzählte er Corby. »Innen, würde ich vermuten.« Er überschlug die Verluste. Ihr Vorrat an Häcksel, Weizenkleie, Korn, Kalk, Steinsalz und anderen Materialien musste ersetzt werden, nicht zu vergessen die verschiedenen Geräte, die in einer Scheune dieser Größe untergebracht waren. Und natürlich die Scheune selbst. Was jetzt, in der Regenzeit, allerersten Vorrang hatte.
Morgan stürmte auf die Frauen zu, die als erste das Feuer entdeckt hatten. »Jemanden gesehen, der das getan hat? Zehn Pfund Belohnung für denjenigen, der mir seinen Namen nennen kann.«

Sie traten, noch unter dem Eindruck des Feuers, von einem Bein auf das andere und schüttelten den Kopf; sie fürchteten den Zorn des Masters.

Dann traf, zu spät, um noch helfen zu können, Unterstützung ein. McBride und ein halbes Dutzend berittener Polizisten hatten das Feuer bemerkt und waren am Haus vorbei hierher geritten.

»Verdammtes Pech, Mr. Morgan«, sagte McBride, als er die rauchenden Überreste betrachtete.

»Das war kein Pech«, versetzte Corby, »sondern Brandstiftung. Wir müssen uns hier seit Tagen mit einer Meuterei herumschlagen. Seit diesem verdammten Gewaltausbruch auf Helenslea. Können Sie uns vielleicht helfen, diese Bastarde wieder zur Räson zu bringen?«

»Gewiss«, sagte McBride. »Aber lassen Sie mich Ihnen erst Lieutenant Scott-Hughes vorstellen. Er hat seine Truppen eigentlich für das morgige Unternehmen in der Elbow Bay mitgebracht, aber so wie es scheint, gibt es erst hier etwas zu tun.«

Corby, erleichtert, den Arm des Gesetzes bei sich zu wissen, war erfreut, den Lieutenant kennenzulernen. Er war ein stattlicher junger Engländer, offensichtlich ein Gentleman, mit schneidigem Blick und einer Aura von Autorität, die weit über McBrides etwas unbeweglichen Gleichmut hinausging.

Die vier Männer unterhielten sich lange, um Scott-Hughes mit dem Problem vertraut zu machen. Man beschloss für den Anfang, alle Leute von Malaita zusammenzutreiben und Charlie dazu zu zwingen, den wirklichen Unruhestifter, Ratasali, zu identifizieren.

Die neue Demonstration der Stärke schüchterte die Kanaka ein. Zehn bewaffnete Weiße, darunter die gefürchtete Polizeitruppe, die über die Plantage ritt und Malaita-Insulaner herauszog, erschreckten sie. Es war klar, dass der kleinste Versuch der Insubordination mit rascher Vergeltung beantwortet werden würde.

Corby seufzte innerlich, weil wieder Zeit vergeudet wurde, aber es war unumgänglich und hoffentlich wirksam.

Scott-Hughes übernahm das Kommando, befahl den Gefangenen, sich in einer Lichtung auf den Boden zu setzen und die Arme im Nacken zu verschränken. Seine Männer bewachten sie an allen Seiten. Dann ließ er Charlie vortreten.

»Zeig mir Ratasali!« befahl er. Aber Charlie fiel zu Boden, heulte, und seine Gefährten begannen seinetwegen ein solches Geschrei, dass die Frage schließlich an sie gerichtet wurde.

»Tritt vor, Ratasali!« brüllte Scott-Hughes.

Es kam keine Antwort. Der Lieutenant wandte sich an Mike. »Versuchen Sie es, Mr. Devlin. Sie kennen sie besser.«

Mike ging von einem zum anderen, redete mit ihnen, warnte sie vor den schweren Strafen, die sie erwarteten, und kam schließlich zurück. »Sie sagen, es gibt niemanden mit dem Namen Ratasali. Ich glaube, Charlie muss ihn erfunden haben. Der Brandstifter war nicht auszumachen.«

»Das war es dann«, sagte McBride. »Uns bleibt nichts anderes übrig. Suchen Sie fünf Männer aus, Lieutenant. Irgendwen. Wir wissen, es war nicht Charlie, er ist für den Moment sicher.«

»Was passiert nun?« fragte Corby Mike.

»Sie werden sie auspeitschen.«

Schweigen, so schmerzlich wie ein Aufschrei, lastete auf der bedrückenden Szene. Ruhig und langsam trat der Lieutenant in die Lichtung, um seine Opfer zu bezeichnen; die sorgfältige Auswahl schien eine Ewigkeit zu währen, ein hinausgezögerter Todeskampf. Sie wurden nicht fortgeschleift; er deutete nur auf sie, eine kleine Geste seiner Hand, mit der er sie aufforderte, und sie standen auf und kamen zwischen den gesenkten Köpfen der anderen nach vorne.

Quälend verging die Zeit, bis für jeden der bis zur Hüfte entkleideten Gefangenen ein passender Baum gefunden wurde – für den fünften ein Laternenpfahl –, um sie daran festzubinden. Ein stämmiger Polizist bereitete sich vor, zog sein Hemd aus und ließ eine kurze Rohlederpeitsche durch die Luft sausen.

Der Lieutenant ging zu jedem Gefangenen und flüsterte ihm etwas zu. Die Köpfe verneinten. Bittend wandten sich ihre Gesichter, aber es gab kein Zurück mehr. Er wies auf den Mann am Laternenpfahl. Der Soldat trat vor.

Der erste Schlag ließ jeden zusammenzucken, jeden, bis auf den Polizisten mit der Peitsche. Auf der glänzend braunen Haut des Opfers erschien ein blutiger Striemen.
Und wieder. Der Polizist schlug mit solcher Kraft, dass das Opfer aufschrie. Dann trat er zurück, rieb die Muskeln seines Arms, als versuchte er, den Rhythmus zu finden, trat wieder vor und schlug erneut zu. Niemand hatte gefragt, wie viele Schläge auszuführen waren. Jeder wusste, dass solche Bestrafungen zwischen zehn und fünfzig Hiebe umfassten. Der Rücken des Mannes war bereits aufgerissen und blutete.
Während der Polizist sich für den nächsten Schlag bereitstellte, sprang ein Kanaka auf und rannte und stolperte auf Mike zu. »Nein, Boss. Nein! Aufhören!«
Der Lieutenant hob die Hand, der Polizist wartete, während Mike den Eingeborenen herumdrehte und schüttelte. »Wer hat das Feuer gelegt, Mantala?«
»Ich«, kreischte der Mann und klammerte sich an Mike. »Aufhören mit Auspeitschen.«
»Bist du sicher? Wie hast du es gemacht?«
Brabbelnd erzählte ihm Mantala, wie er einige Jutesäcke mit Kerosin getränkt und sie in einer Ecke der Scheune in Brand gesetzt hatte.
Mike sah auf, nickte dem Lieutenant zu, der den auspeitschenden Polizisten entließ. »Das ist eine Erleichterung«, sagte Scott-Hughes. »Ich bin froh, dass wir nicht weiter gehen mussten. Ein schreckliches Geschäft.« Er wandte sich an seine Männer. »Schneidet den Kerl los und kümmert euch um ihn. Und lasst die anderen frei.«
Mantala wurde in Gewahrsam genommen und Charlie mit einer Warnung freigelassen. »Wenn es wieder zu Unruhen kommen sollte«, sagte Mike zu ihm, »egal ob du beteiligt bist oder nicht, wanderst du ebenfalls ins Gefängnis. Verstanden?«
»Einen Augenblick noch«, rief Corby. »Wer ist nun Ratasali? Derjenige, den die Soldaten gefangen genommen haben?«
»Nein«, sagte Charlie. »Er nun fort.«
»Wovon spricht er?«

»Ich weiß es nicht«, sagte Mike. »Wahrscheinlich hat er ihn in seiner Angst erfunden. Ich werde mit Mantala reden.«
Weiteres war über den mysteriösen oder nicht existierenden Ratasali nicht zu erfahren. Das Thema wurde fallen gelassen.
Dieses Mal gab sich Corby gegenüber den Gesetzeshütern freundlicher. Sowohl McBride als auch Scott-Hughes wurden zum Essen ins Haus geladen. Als der Sergeant jedoch erfuhr, dass Mike nicht dabei war, lehnte er ab. »Ich esse genauso gerne oben mit Devlin«, sagte er zu Corby, »wenn Sie nichts dagegen haben.«
Er hatte eigentlich erwartet, dass Morgan sich korrigieren werde, stattdessen wurde seine Entschuldigung akzeptiert.
»Bei Gott, er ist 'ne harte Nuss«, sagte er zu Mike. »Nicht, dass es mich stört, ich sitze lieber hier bei Ihnen bei einem Steak und Kartoffeln als dort unten bei dem ganzen Brimborium. Aber man sollte doch meinen, dass der Kerl im Stande sein müsste, seinem Verwalter einen Platz an seinem Tisch einzuräumen.«
»Wir kommen nicht gut miteinander aus. Ich gehe ihm aus dem Weg. Außerdem tut er heute wohl alles, um Scott-Hughes zu beeindrucken. Sind aus demselben Holz geschnitzt, die beiden.«
»Ach nein. Trotz seines dandyhaften Getues ist Harry ein harter Bursche. Sie haben ihn heute in Aktion erlebt, lässt sich durch nichts abbringen, macht einfach seinen Job. Und er ist ein netter Kerl, glauben Sie mir.« McBride lachte. »Und alle Mädels in der Stadt sind in ihn verliebt.«
»Wie lang ist er schon hier?«
»Erst seit sechs Wochen, kam von Brisbane, um Monckton abzulösen. Und er steigt seinen Leuten auf die Füße, was mein Leben erheblich leichter macht.«
McBride zündete sich seine Pfeife an und sah Mike zu, der die Rückkehr der Kanaka von den Feldern beaufsichtigte. Da noch immer Polizisten patrouillierten, waren sie bei der Werkzeugabgabe sehr niedergedrückt. Nur Pompey, auf einem Pferd an der Spitze eines müden Arbeitertrupps, schien mit sich zufrieden zu sein. Er wartete, bis alle an Mike vorbei waren.

»Diese Kerle«, sagte er. »Wollen eigenen Trupp. Nicht mehr mischen mit Männer von anderen Inseln.«
»Ich werde darüber nachdenken. Wenn du runtergehst, sag Tamba, dass ich sie sehen möchte.«
»Was sie getan?«
»Nichts«, grinste Mike. »Sag es ihr.«
»Keine schlechte Idee, sie aufzuteilen«, kommentierte McBride. »Manche Pflanzer tun das, damit sie nicht ständig über die Tabus der anderen hinwegtrampeln.«
»Ja, ich weiß. Aber es gibt Hunderte von Inseln. Das kann ziemlich kompliziert werden. Worüber ich jedoch nachdenke, ist, keine Jungs mehr von Malaita zu nehmen. Ihre Zahl zu reduzieren. Das heißt, wenn ich bleibe.«
»Sie kündigen?« fragte McBride interessiert.
»Ja, denke schon. Was steht morgen auf dem Plan?«
»Wir werden uns bei Sonnenaufgang auf den Weg machen und dann auf sie warten. Kommen Sie mit?«
»Nein. Nehmen Sie Morgan. Schaffen Sie ihn mir vom Hals. Wie wäre es, wenn Sie Scott-Hughes bitten, mir einen Polizisten hier zu lassen? Vorzugsweise den dicken Kerl mit der Peitsche. Die brauchen ihn nur zu sehen, um zu glauben, es wären noch andere hier, falls sie wieder auf so herrliche Einfälle kommen.«
»Keine schlechte Idee. Ich denke, er wird zustimmen.«
Tamba kam angelaufen, ihre ausladenden Hüften wackelten unter dem engen Sarong. »Was los, Boss?«
»Nichts ist los. Es ist Samstag, und wir müssen fünf Polizisten und den Sergeanten verpflegen. Wie wär's, wenn ihr Mädels uns was kocht? Koteletts und Yamwurzeln über dem Feuer und diesen guten Reis, den ihr immer macht …«
Sie strahlte und fühlte sich geschmeichelt. »Ich gutes Essen machen. Besser als Chinesenkoch. Auch guten Fisch?«
»Alles, was du willst. Leihen Sie mir zehn Shilling, McBride.«
Der Sergeant kramte in seinen Taschen nach den Münzen, die Mike Tamba überreichte. »Extralohn«, zwinkerte er ihr zu.
Sorgfältig löste sie einen Teil des Knotens, der ihren Sarong

hielt, wickelte das Geld hinein und verstaute ihn wieder im tiefen Ausschnitt ihrer Brüste. »Keine schlechten Kerle mehr, Mr. Mike?«

»Ich hoffe nicht«, sagte er.

»Klingt wie ein gutes Geschäft«, sagte McBride. »Es wird die Leute hart ankommen, wenn Sie gehen. Sie werden Sie vermissen.«

»Ach, sie werden mich vergessen«, erwiderte Mike traurig, nun, da er sich entschieden hatte. Es hieß Abschied zu nehmen von Providence, je schneller, desto besser.

Sylvia fühlte sich gekränkt. Als sie hörte, dass der attraktive Offizier mit ihnen essen werde, war sie zu Tommy geeilt, um zu sehen wie das Abendessen aussehen sollte.

»Hackfleischauflauf? Das kannst du den Gästen nicht servieren!«

Er starrte sie an. »Mein Auflauf gut Ess'! Missus sagen, in Ordnung.« Scheppernd schob er Töpfe auf dem Herd herum. »Tiptop Sup'! Soß'! Ingwerkohl! Gut Pudden!«

»Ich weiß«, sagte sie und versuchte ihn zu beruhigen. »Dein Auflauf ist ausgezeichnet. Wir werden ihn morgen essen. Aber er ist für diesen Gentleman nicht angemessen. Schlachte zwei Hühner. Mach eine Füllung dafür und brate sie. Und gebratenen Schinken. Mr. Morgan will ein richtiges Dinner für seinen Freund.«

»Der Boss wollen Hühner?« Tommy unterbrach das Geklapper.

»Ja«, log sie. Corby, wusste sie, würde ihr zustimmen.

Die Augen des Kochs verengten sich. Er nahm an, sie log, war sich dessen jedoch nicht sicher. »Missus holen«, verlangte er.

»Sie ist zu beschäftigt. Und jetzt fang an.«

Das tat er, rannte nach draußen und bat Mae, ihm zu helfen.

Der Offizier, Lieutenant Scott-Hughes, war so attraktiv und reizend, dass Sylvia nicht umhin konnte, ihr wunderbares blaues Seidenkleid anzulegen; er ließ es an einer Bemerkung nicht fehlen. Er war – wie es sich gehörte – aufmerksam gegenüber Jessie, ansonsten aber hatte er nur Augen für sie. Sie hatte

seinen Blick bemerkt, als er sie das erste Mal, bei ihrem späten Auftritt im Gesellschaftszimmer, sah. Sie hatte die Haare nach hinten gekämmt, so dass ihre langen dunklen Locken über den Rücken fielen – sehr romantisch, dachte Sylvia –, und trug den weichen Reifrock aus Fischbein, der ihrem Kleid eine elegante Bewegung verlieh. Der Lieutenant konnte kaum den Blick von ihr lassen, als sie im Gesellschaftszimmer plauderten, und gelegentlich belohnte sie ihn mit einem kleinen Lächeln und einem Aufschlag ihrer langen Wimpern.
Bei Tisch schien jedoch alles schief zu gehen. Corby saß natürlich am Kopfende, rechts von ihm Jessie, links davon Harry – er sagte, man solle ihn Harry nennen –, und von Beginn an beanspruchte Corby die Aufmerksamkeit des Gastes für sich, als wäre sonst niemand anwesend. Sie sprachen über England und wen sie alles kannten. Sylvia, neben Harry platziert, bekam von ihm wenig mehr als den Hinterkopf zu sehen, ständig war er von ihr abgewandt, um Corbys Fragen zu beantworten. Von Minute zu Minute wurde sie wütender; sie war sich sicher, dass Corby das absichtlich tat.
Jessie, die nur ruhig dasaß, schien nichts davon zu bemerken. Aber Lucas war in eigenartiger Stimmung. Die Sherrys, die sie vor dem Essen hatten, schienen ihm zu Kopf gestiegen zu sein. Er verschüttete seine Suppe, ließ das Brot zu Boden fallen und plapperte unverständliches Zeug. Jessie versuchte ihm zuzuhören, Sylvia ignorierte ihn.
Elly, die sie bediente, war in einer Stimmung, die so düster war wie ihre Hautfarbe. Wahrscheinlich trauerte sie noch diesem mordlustigen Kanaka nach, dachte Sylvia. Einfach ungehörig, dass ihr erlaubt wurde, ihre Enttäuschung an der Familie auszulassen. Und, wie es schien, an Sylvia. Bei Gott, dachte sie, wenn das vorüber ist, werde ich sie mir vornehmen, diese Schlampe.
Zweimal stand Elly, während sie servierte, mit ihren breiten, flachen Füßen auf Sylvias Kleid; als sie das Huhn auftrug, knallte sie ihr den Teller so hin, dass die Soße überschwappte und in Sylvias Schoss spritzte, glücklicherweise auf die Serviette, die schützend über dem Kleid lag.

Und dann das Huhn. Es sah köstlich aus, die Haut war knusprig und braun, innen aber war es fast roh. Alle mühten sich einige Minuten damit ab, bis Corby explodierte: »Jessie! Was ist los? Wir können unserem Gast kein rohes Fleisch vorsetzen. Lass es wegbringen und richtig durchbraten.«
Er wandte sich an Harry und entschuldigte sich. Jessie sprang auf, und Elly begann ihre Teller einzusammeln. Sylvia war sich sicher, dass Elly dabei grinste; bei der nächstbesten Gelegenheit würde sie den Riemen zu spüren bekommen.
Corby schenkte Wein nach, und der Professor meinte nun, seine Ansichten kundtun zu müssen. »Sie haben heute einen unserer Jungs ausgepeitscht?« fragte er den Lieutenant.
»Ich fürchte, ja«, sagte Harry.
»Warum fürchten Sie sich? Sie haben die Schläge nicht gespürt.«
»Ich meinte«, erwiderte Harry ruhig, »es tat uns allen Leid, dass wir gezwungen waren, zu diesem Mittel zu greifen. Glücklicherweise dauerte es nicht lange.«
»Und Sie haben kein schlechtes Gewissen, einen Unschuldigen auszupeitschen?«
»Machen Sie sich nicht lächerlich«, rief Corby. »Wir hatten keine andere Wahl. Es wäre mir genehm, Lucas, wenn Sie sich um Ihre eigenen Angelegenheiten kümmern würden.«
»Das ist meine Angelegenheit«, erwiderte Lucas. »Gewalt erzeugt neue Gewalt. Ich bin entsetzt, dass meine Landsleute auf Gewalt zurückgreifen, um Probleme zu lösen.«
»Nicht alle können so klug wie Sie sein«, sagte Corby. »Und haben glücklicherweise auch kein so schlechtes Benehmen wie Sie.«
»Schlechtes Benehmen, sagen Sie?« Lucas rückte den Stuhl zurück. »Ich betrachte Heuchelei als ernsthaften Verstoß gegen gutes Benehmen, Sir. Sie sollten vor Ihrer eigenen Tür kehren.«
Corby lehnte sich vor. »Professor, wenn Sie unsere Gesellschaft als untragbar empfinden, dann möchten Sie sich doch vielleicht zurückziehen.«
»Das werde ich tun.« Er richtete sich an Harry. »Verzeihen Sie,

Sir. Meine Bemerkungen über die Behandlung der Südseeinsulaner möchte ich nicht persönlich verstanden wissen. Ich wollte Sie nur darauf aufmerksam machen …«
Harry lächelte, er sah einfach großartig aus, dachte Sylvia.
»Mich aufrütteln, Professor«, korrigierte er, »um diesen Dingen mehr Beachtung zu schenken. Ist es nicht so?«
»Genau so, mein Junge«, sagte Lucas, stand etwas wankend auf und ging.
»Er ist betrunken«, seufzte Corby. »Sylvia, ich glaube, dein Vater hat eine Flasche in seinem Zimmer. In letzter Zeit wirkt er immer etwas angeheitert.«
Sylvia errötete. Wie konnte Corby so etwas in Gegenwart von Harry sagen? Es war zu demütigend!
Schließlich kam erneut das Essen. Jessie entschuldigte sich für das verbrannte Huhn und das aufgewärmte Gemüse, und Corby monopolisierte die Konversation mit ihrem Gast. Hin und wieder wandte sich Harry an Sylvia, doch jedesmal griff Corby ein, bis er ihn schließlich zu einem Portwein in das Gesellschaftszimmer lud, ohne die Frauen.
Jessie schien es nicht zu kümmern, sie kehrte zum Baby und zu den anderen Dingen zurück, mit denen sie sich neuerdings beschäftigte. Sylvia ging in ihr Zimmer. Sie war wütend auf Corby. Natürlich war er eifersüchtig. Und versuchte, Harry von ihr fernzuhalten.
»Damit kommt er nicht durch«, murmelte sie wütend und stürmte in Jessies Zimmer. »Ist es nicht an der Zeit, dass wir zu den Männern gehen?«
Jessie, die an ihrer Blechtruhe kniete, warf den Deckel zu – beinahe schuldbewusst, dachte Sylvia, doch sie hatte keine Zeit, darüber nachzudenken.
»Lass sie«, sagte Jessie. »Es kommt nicht oft vor, dass Corby angenehme Gesellschaft hat. Ich werde sie nicht stören.«
Genau davor fürchtete sich Sylvia. Wenn sie zu den beiden Männern ging und Corby das Gefühl hatte, dass sie störte, konnte er sehr unangenehm und noch ärgerlicher werden.
Da ihr sonst nur das Speisezimmer blieb, zog sich Sylvia wieder

in ihr Zimmer zurück und wartete; es war ihr egal, wie lange es dauern würde. Sie ließ die Tür offen, um sie zu hören. Schließlich nahmen sie, viel früher, als sie erwartet hatte, voneinander Abschied. Und ihr fiel ein, dass sie ja morgen früh aufstehen mussten, um auf die Piraten Jagd zu machen.
Sobald Corby die Tür hinter sich geschlossen hatte, schlüpfte sie aus dem Haus und rannte über den Hof zu Harrys Zimmer, wo noch die Laterne brannte.
Sie klopfte, er öffnete und war überrascht, sie zu sehen.
»Tut mir Leid, Sie zu stören, Harry, aber ich möchte mich für die Szene beim Essen entschuldigen. Es muss Ihnen doch fürchterlich peinlich gewesen sein.«
»Natürlich nicht«, sagte er freundlich. »Sie armes Mädchen, Sie haben sich darüber die ganze Zeit den Kopf zerbrochen?«
»Ja«, sagte sie. »Ich konnte nicht einschlafen. Immer fragte ich mich, was um alles in der Welt Sie wohl von uns denken.« Sie zog den Schal um ihre Schultern, eine kleine Geste, auf die er prompt reagierte.
»Bitte regen Sie sich nicht auf, Sylvia. Ich habe den Abend sehr genossen. Hier draußen wird mir selten die Ehre zuteil, in Gesellschaft zweier reizender Damen sein zu dürfen.«
»Oh, Sie sind zu freundlich. Ich nehme an, Sie reisen morgen gleich ab?«
»Ich denke nicht. Kommt darauf an, was passiert. Wenn möglich, würde ich gerne noch eine Nacht hier verbringen. Wenn Sie es mit mir aushalten wollen.«
»Ich freue mich sehr, wenn Sie noch bleiben.« Sie blickte in sein hübsches Gesicht und streifte leicht seine Hand. »Ich muss nun gehen, aber bleiben Sie, wenn es möglich ist.«
»Verlassen Sie sich darauf.« Seine Augen sagten ihr alles, was sie wissen wollte.
Mit den köstlichsten Gedanken im Kopf ging sie zum Haus zurück. Harry war einfach der prächtigste Mann, den sie jemals kennen gelernt hatte, und er fühlte sich zu ihr hingezogen, das war sonnenklar. Als sie in ihrem Zimmer war, verschloss sie die Tür, legte sich aufs Bett und dachte an ihn. Als Corby die

Klinke probierte, rührte sie sich nicht. Sie würde ihn schon lehren, sie vor anderen nicht so herunterzumachen.
Sylvia schlief kaum in dieser Nacht. Sie wollte auf keinen Fall den frühen Abmarsch verpassen. Bei den ersten Anzeichen von Bewegung war sie auf. Sie zog sich eilig an, tupfte Rosenwasser in ihr Gesicht, bürstete das Haar und brachte es anschließend wieder in Unordnung, um sich ein leicht verschlafenes Aussehen zu geben, während sie die ganze Zeit an ihrem Fenster Harrys Zimmer beobachtete.
Als er in seiner tadellosen Uniform und den hohen Stiefeln auftauchte, schlenderte sie die hintere Treppe hinab. »Guten Morgen, Harry. Gut geschlafen?«
»Ja, danke. Sie sind früh auf!«
»Oh, es ist die beste Tageszeit. Später wird es so schwül.«
»Ja, das denke ich auch.«
Sie ging mit ihm zu den Ställen und sah zu, wie die verschlafenen Polizisten ihre Pferde herausführten. Alle waren geschäftig. Tommy brachte Schalen mit Tee, Brot und Speck. Sergeant McBride traf ein, und Sylvia, umgeben von den Uniformen, genoss diesen ungewöhnlichen Morgentee.
»Was machst du hier?« zischte Corby sie an, als er dazustieß.
»Diesen wunderbaren Morgen genießen«, lachte sie. In den Ställen war es warm und trocken, während draußen der unvermeidliche Regen einsetzte.
»Verdammter Regen«, sagte Corby zu Harry. »Wird das jemals aufhören?«
»Man sagte mir immer wieder, die Regenzeit sei vorbei«, sagte Harry, der aus seiner Satteltasche einen regendichten Umhang auspackte, »aber das glaube ich erst, wenn ich es sehe.«
Er gab seinen Männern Befehle, sie saßen auf – die Pferde stampften – und waren bereit zum Abmarsch; mit hellen, offenen Augen blickten sie in den Tag und suchten nach Anzeichen dessen, was sie erwartete.
Sylvia wünschte, sie könnte mit ihnen reiten. Ihr Pferd Prissy würde mit ihren Pferden mithalten. Gerne würde sie an diesem Abenteuer teilhaben, an dem langen, breiten Strand wie der

Teufel den angelandeten Piraten nachjagen und sie noch im Laufen mit dem Revolver erschießen, in den seichten Gewässern herumschwenken ...

Es war Harry, der sie aus ihren Phantasien riss. Harry, der sie alle warten ließ – selbst Corby, der ihn mit einem Gesicht, das so gepresst und sauer war wie eine ausgetrocknete Zitrone, finster anstarrte.

Um sich von ihr zu verabschieden, nahm er vor aller Augen ihre Hand. Sylvia erschauerte. Harry war sein eigener Herr, er war niemandem verantwortlich und musste keine Rücksichten nehmen. »Es war mir ein Vergnügen, Sie kennen zu lernen«, sagte er. »Ich danke Ihnen, dass Sie zum Abschied gekommen sind.«

Elstern sangen. Sie hatte sie bereits früher gehört, aber niemals richtig wahrgenommen. Nun war ihr der Gesang wie die Musik eines Glockenspiels, die sie alle umgab.

Corby durchbrach den Zauber. »Gehen wir!« rief er. Die Reiter wandten sich zum Tor; Metall klirrte, Sporen blitzten, über allem lag der Geruch von poliertem Leder.

Harry wollte bereits aus dem Stall, dann drehte er sich um. »Ich nehme an, Sie haben schon millionenfach gehört, dass Sie die wunderbarsten Augen der Welt haben.«

»Nein«, sagte sie und ging mit ihm hinaus in den Regen. »Nicht von jemandem, der wirklich zählt.« Schockiert über ihre eigene, taktlose Bemerkung blickte sie auf. »Bis jetzt jedenfalls nicht.«

»Der Tag lässt sich gut an.« Dass die anderen vorausgeritten waren, schien ihn nicht zu kümmern.

Plötzlich brach in Sylvias Phantasien die Wirklichkeit ein. Dieser Ausflug war keine Geschichte aus einem Märchenbuch, sondern Realität. Er hatte an seinem Gürtel einen Revolver, an seinem Sattel war ein Gewehr befestigt und über seine Brust zog sich ein Patronengurt. Und es waren keine Piraten, sondern Menschenhändler. Sylvia hatte genug über sie gehört, um zu wissen, dass ihnen nichts Glorreiches anhaftete. Mr. Devlin hatte sie als den Abschaum der Menschheit bezeichnet, als gefährliche, zu allem entschlossene Männer.

Sie hatte Angst. Kalte Furcht zeigte ihr den trübseligen Tag, wie er war. »Harry«, rief sie ihm nach. »Seien Sie vorsichtig.«

»Ich bin immer vorsichtig.« Er lachte, dann war er fort, ritt in den grauen Nieselregen hinaus, ein glitzerndes Phantom unten am Ende des Weges, und verschwand im Nebel.

»Bring ihn zurück«, flüsterte sie zu einem Gott, der früher nie Zeit gefunden hatte, ihr zuzuhören. Sie schien immer am Ende der Schlange zu stehen, wenn Gefälligkeiten verteilt wurden. Miss Zweitbeste. Mit einem Liebhaber, der der Ehemann einer anderen war. Ohne richtigen Platz in diesem Haushalt oder sonst auf der Welt.

Sylvias Verdacht war begründet: Jessie hatte ein Geheimnis, das ihr ein schlechtes Gewissen bereitete. Sobald die Männer fort waren, legte sie Bronte wieder schlafen, ging in das Speisezimmer und frühstückte ausgiebig. Sie würde es brauchen. Dann rief sie Hanna: »Wo ist Miss Sylvia?«

Hanna grinste. »Sie früh auf. Jetzt wieder in Bett.«

Jessie nickte. Das kam ihr gelegen. Es sparte ihr Erklärungen. »Nun hör mir zu«, sagte sie zu Hanna. »Geh und sag Toby, er soll die Kutsche vorfahren. Wir fahren in die Stadt.«

»Ich auch?« Hanna war erstaunt.

»Ja. Wenn du mit mir mitkommen willst. Sonst nehme ich Elly.«

»Baby auch mitkommen?« Hanna, das Kindermädchen, war vorsichtig.

»Natürlich das Baby auch.«

»Also ich mitkommen.«

»Was ich gesagt habe. Und nun sag Toby Bescheid.«

Sie ließ die Truhe in die Kutsche schaffen. Eine Tasche für allen möglichen Kleinkram und einen Stoffbeutel für Hannas spärliche Besitztümer. Einige Decken gegen Kälte.

Mae erschien und sah verständnislos zu.

Jessie nahm sie zur Seite. »Mae, kann ich mich auf dich verlassen? Du bist diejenige, die das Haus in Ordnung hält. Kümmere dich um alles.«

»Aber wohin geh'n Missus?«

»In die Stadt, Mae. Ein wenig Urlaub.«
Die kleine Chinesin schüttelte den Kopf. »Nein, Missus. Sie fortlaufen. Sie nicht gehen dürfen. Sie Nummer eins Frau. Sie andere wegschicken.« Mit ihrem Kopf wies sie zum Haus.
Es war das erste Mal, dass die Wahrheit von Jessies Situation offen ausgesprochen wurde. Aber sie hatte ihre Entscheidung getroffen, es schien nicht mehr von Bedeutung zu sein, dass die anderen davon wussten.
»Ich muss gehen, Mae. Es ist für mich wichtig. Verstehst du?«
Maes schwarze Augen füllten sich mit Tränen. Sie verstand. Im Gegensatz zu Tommy. Der stürzte fort, um den Professor zu alarmieren.
»Was machst du, mein Kind?« wollte der Professor wissen.
»Ich gehe. Das liegt doch auf der Hand.«
»Weiß Corby davon?«
»Ich sagte, dass ich ihn verlassen werde. Er glaubte mir nicht.«
»Solltest du nicht warten, bis er wieder zurück ist?«
»Bis der Boss zurück ist und mich davon abhält, meinst du?«
Sie forderte Hanna mit dem Baby auf, die Kutsche zu besteigen. Langsam wurde sie unruhig; sie hatte vorgehabt, sich leise davonzuschleichen, nun aber hatte sich eine Menge Publikum versammelt. Elly stand am Wagen und sah aus, als ob die Welt untergehen wolle. Tommy und Mae waren in eine ihrer schrillen Auseinandersetzungen verwickelt. Einige Aborigine-Stallburschen waren aus Neugier zum Haus gekommen, und Toby saß dienstbeflissen und mit versteinerter Miene auf dem Kutschbock.
»Ich muss protestieren«, sagte der Professor. »Das ist nicht der richtige Weg, den du einschlägst.«
»Welchen dann, Vater?« Jessie sah, wie Hanna eine Tasche mit Früchten von Mae entgegennahm.
»Das ist dein Zuhause. Du kannst nicht fort.«
»Ich kann nicht? Dann sieh nur her.«
»Gibt es denn nichts, womit ich dich zum Bleiben überreden kann?«
»Nein, nichts.« Sie wandte sich an Toby. »Halt die Pferde, bis

ich fertig bin. Du wirst nicht mitkommen, Toby, du wirst hier gebraucht.«

Seine Reaktion machte ihren Abschied noch komplizierter. Er protestierte. Er sagte, die Bäche führten viel Wasser. Sie könne nicht den ganzen Weg alleine fahren.

»Ich kann und ich werde es tun. Du bleibst hier.«

Tobys Gesicht war ein Bild der Trauer. Er verstand sie nicht.

Sie ging zu ihm hinüber. »Toby, du bist ein guter und freundlicher Mensch. Ich bin dir sehr dankbar, was du für mich und meine Familie getan hast. Aber an meiner Seite ist für dich kein Platz.«

»Wer für Sie sorgen, Missus?«

»Hanna und ich werden wunderbar zurechtkommen. Wenn du mitkommst, wird der Boss dir die Schuld zuschieben.« Sie flehte ihn fast an. »Toby, er wird dich auspeitschen.«

Langsam begann er zu verstehen, was hier vor sich ging. »Er nicht wissen, dass Sie gehen?« Seine Augen waren groß vor Furcht.

»Nein«, sagte sie mit tonloser Stimme. »Nein, der Boss weiß es nicht.«

»Allmächtiger Gott!«

Dann traf Lucas eine Entscheidung. »Warte eine Minute, Jessie, warte auf mich. Wenn du dich dazu entschlossen hast, dann ist es besser, wenn ich mitkomme.«

»Wozu?« sagte sie kalt. »Du bist mir keine Hilfe, Dadda.« Der Spitzname schlüpfte ihr heraus. Es war lange her, dass sie ihn Dadda genannt hatte. Nicht mehr seit ihrer Heirat, die Jahrtausende zurückzuliegen schien. »Was kannst du für mich noch tun? Du hättest etwas tun können, als ich zu dir kam und deine Hilfe brauchte. Aber alles, was ich bekommen habe, war leeres Gerede. Immer nur Gerede, wie letzten Abend.«

»Jessie«, bat er sie. »Ich habe versucht, das Beste daraus zu machen. Gib mir Zeit.«

»Du hattest deine Zeit. Ein vernünftiger Vater wäre mit der Peitsche zu Sylvia, aber nicht du. Man muss die Geschichte von allen Seiten betrachten. Ist das nicht deine Maxime? Jetzt steckst du fest. Und hier bei ihnen. Ich hoffe, du wirst hier glücklich werden.«

»Ich werde mit Corby reden.«

»Erzähle keinen Unsinn. Du ängstigst dich vor Corby zu Tode, und du weißt das. Selbst als Mutter noch lebte, mussten wir mit ihren Sorgen leben – Regt euren Vater nicht auf! Sie behandelte dich wie ein kleines zerbrechliches Ding oder, besser, wie eine deiner Treibhauspflanzen, die du mehr liebtest als uns alle zusammen.«

Mae kam ihm zu Hilfe. »O Missus! Sie grausam zu Ihrem Daddy!«

»Grausam! Nicht zu ihm. Er hat ein dickes Fell, so dick wie das Leder seiner Bücher. Und darin das Herz einer Maus. Geh mir aus dem Weg, Mae.«

Sie nahm von Toby die Zügel und setzte sich neben Hanna. »Bist du bereit?«

»Ja, Missus.«

»Das Baby?«

Hanna nickte. Der kleine pummelige Bronte schlief glücklich im Korb hinter ihnen; von allen Anwesenden machte er am wenigsten Probleme.

Sobald sie fort waren, rannte Toby in wilder Hast über die Plantage, um Mike zu suchen.

Das Pferd trottete flott durch das Tor und dann nach links zur Straße nach Cairns. Jessie fühlte sich großartig. Sie hatte es getan! Sie verließ diesen demütigenden Zustand, Corbys Hinhaltetaktik ... Was immer vor ihr lag, es konnte nur besser werden. Sie wollte Sylvia oder Corby oder ihren Vater niemals mehr sehen! Als sie mit der Peitsche schnalzte, um das Tempo beizubehalten, fragte sie sich, warum sie sie in dieser Reihenfolge aufgezählt hatte. Vielleicht war das die Reihenfolge, in der sie sie hasste. Nein. Nicht Hass, Gleichgültigkeit. Sie waren ihr gleichgültig, sie alle und das, was mit ihnen geschah. Sie gehörten nun der Vergangenheit an.

Es regnete noch immer, dieses beständige warme klebrige Nieseln, weswegen sie das Pferd auf der schlammbedeckten Straße in einen langsamen Trab fallen ließ, nachdem sie Providence hinter sich hatten. Sie mussten sich nicht beeilen. Es war erst kurz nach sieben. Sie fuhr langsam, wich Schlaglöchern aus, denn sie wollte auf keinen Fall durch Unachtsamkeit auf der Strecke liegen bleiben. Einige Meilen später war die Straße überflutet, Hanna aber führte das Pferd durch die seichte Furt, und sie konnten die Reise fortsetzen. Es war das erste Mal seit ihrer Ankunft in Trinity Bay, dass sie in die Stadt fuhr; auch das heiterte sie auf, auch wenn ihr die Straße plötzlich so fremd vorkam.

»Ich erkenne den Weg nicht wieder«, sagte sie zu Hanna. »Bist du sicher, dass wir in die richtige Richtung fahren?«

Hanna nickte. Die Aufregung hatte sie gepackt, die Fahrt war ihr viel zu wichtig, als dass sie Fehler machen wollte. »Regenzeit«, erklärte sie. »Alle Pflanzen viel wachsen.«

»Ja, natürlich«, versicherte Jessie. Sie waren in der Trockenzeit nach Providence gekommen. Nun wucherte die Vegetation, die hohen Bäume und Palmen bildeten über der Straße fast eine Kuppel.

Meile auf Meile legten sie zurück, niemand begegnete ihnen. Endlich beschloss Jessie, eine halbstündige Pause zu machen. Sie war überrascht, dass ihr der Abschied so leicht fiel und wie wenig es sie kümmerte, was sie erwarten sollte. »Du benimmst dich wie ein Wirrkopf«, sagte sie sich, als sie dem Pferd einen Apfel gab und das Zaumzeug nachzog. »Das ist eine ernste Angelegenheit, du solltest dir mehr Sorgen machen.«

Sie tat es nicht. Das Schlimmste, was ihr passieren konnte, war, dass sie gezwungen wurde, wieder nach Providence zurückzukehren. In der Zwischenzeit wollte sie es sich gut gehen lassen. Zu Hause in England war sie oftmals mit der Kutsche über Land gefahren. Abgesehen von dem dichten Grün, das nun den Weg überwölbte, und der Abwesenheit anderer Reisender, war das damals nicht anders gewesen.

Als sie die Kuppe eines Hügels überquerte und unten einen Bach erblickte, war sie froh, neben einer kleinen Hütte einige Leute zu sehen. Sie erinnerte sich an den Ort; hier hatte Mr. Devlin anhalten lassen, als sie frisch vom Schiff kamen.

»Wohin, Missus?« fragte ein wüst aussehender Kerl, als sie neben der Hütte anhielt. Andere kamen herüber und glotzten sie an.
»Nach Cairns«, sagte sie. »Kann ich hier hinüber?«
»Nich' in dem Spielzeug, nein, nein«, lachte er. »Und wer sind Sie wohl?«
»Ich bin Mrs. Morgan, von Providence«, erwiderte sie mit einem Selbstbewusstsein, über das sie nicht verfügte. Andere Frauen waren nicht zu sehen, sie wurde allmählich nervös. »Wie kommen wir hinüber?«
»Sachte, sachte. Kommen Se erst mal von Ihrem Bock runter, und wir red'n darüber, Mrs. Morgan von Providence.«
Der Bach war stark angeschwollen, es hatte also wenig Sinn, auf dem Kutschbock zu bleiben. Sie stieg herab, während Hanna die Zügel nahm und sie unruhig beobachtete.
»'ne Tasse Tee gefällig? Oder einen Drink?« Er zwinkerte seinen Kumpels zu.
»Nein, danke. Gibt es irgendeine Möglichkeit, hier hinüberzukommen?«
»Vielleicht, vielleicht aber auch nich'.«
»Ich zahle dafür. Wer ist hier verantwortlich?«
»Ich, wenn Se so wollen.« Er steckte seine dreckigen Daumen in die Hosenträger und grinste sie durch seinen tabakverschmierten Bart an. »Stan Bellard, zu Ihr'n Diensten. Das hier ist Halfway Creek, und das ist mein Laden. Kommt nich' oft vor, dass bei uns hübsche Damen ohne männliche Begleitung vorbeischau'n. Was machen Se hier überhaupt?«
»Das ist meine Sache, Mr. Bellard. Nun, können Sie mich hinüberbringen?«
»Kommen Se rein, und wir reden darüber.« Er zog eine Tonpfeife heraus und steckte sie in den Mund.
»Eine Sekunde«, erwiderte Jessie. »Ich habe mein Baby dabei.« Sie blickte zu den anderen Männern, aber keiner schien eingreifen oder ihr helfen zu wollen. Sie nahm den Korb mit Bronte vom Wagen, und Hanna fuhr weiter zum Pflock, wo sie das Pferd festbinden konnte. Dann, durch den Wagen vor den Bli-

cken der Männer geschützt, holte sie Bronte aus dem Korb und reichte ihn Hanna. Gleichzeitig nahm sie den geladenen Revolver, den sie mitsamt Halfter unten im Korb versteckt und unbemerkt aus dem Haus geschmuggelt hatte. Sie hatte ihn mitgenommen, weil sie sich vor den Schlangen fürchtete, von denen sie einige auf der Plantage gesehen hatte. Nun wusste sie, dass sie ihn zu ihrer und ihres Sohnes Verteidigung brauchen könnte.
»Besser wir gehen zurück, Missus«, sagte Hanna.
»Nein. Es muss hier einen Weg nach drüben geben.«
Mit der Waffe in der Tasche ihres schweren schwarzen Kleides – sie scheuerte gegen ihre Hüfte – ging sie zu den Männern zurück. »Nun, Mr. Bellard. Wie komme ich über den Bach?«
»Bach nennen Se das?« gluckste er. »Ich würd's lieber ein'n Strom nennen. Kommen Se rein, Missus, kann jederzeit wieder anfang'n zu regnen. Bring'n Se auch das Baby mit.«
Jessie hüllte sich in ihren Umhang und lief an ihm vorbei zu den anderen Männern. Insgesamt zählte sie fünf, diesen Bellard eingeschlossen. »Du da!« ging sie auf einen jüngeren los. »Gibt es eine Möglichkeit, hier hinüberzukommen?«
»Weiß nich'«, sagte er verlegen. »Fragen Sie Stan.«
»Du lügst!« sagte sie. »Wenn ich hier nicht rüberkomme, gibt es Probleme. Sergeant McBride, Lieutenant Scott-Hughes und seine Polizisten kommen nach. Sie werden bald hier und alles andere als erfreut sein, wenn sie hören, welche Behandlung Sie mir widerfahren lassen.«
Der Junge zuckte zusammen. »Es gibt 'ne Fähre.«
»Wo?«
»Dort unten am Weg.« Er wies dahin. »Leichter rüberzukommen vor der Flusswindung.«
»Wollt' ich ihr gerade sagen.« Auch Stan wurde nun vorsichtiger. »Doch nichts dabei, einer Lady 'n' Platz zum Ausruhen anzubieten.«
»Danke«, sagte Jessie kühl, »aber ich habe keine Zeit, mich mit Ihnen zu verbrüdern. Bringen Sie mich bitte zur Fähre.«
»Kein Grund, hochnäsig zu werden«, grummelte Stan. »Wir machen ja schon.«

Bevor sie etwas einwenden konnte, hatten die Männer bereits das Pferd und die Kutsche genommen und führten sie hinter dem Laden einen steilen Abhang hinunter. Jessie betete, während sie mit Hanna und dem Baby nachfolgte, dass das keine Falle war. Aber unten am Ufer wartete wirklich eine Fähre.
Der Fluss schien hier weniger gefährlich zu sein, er war nicht so breit, wie sie es erwartet hatte, aber in der Mitte war er wahrscheinlich tief, zu tief für den Wagen.
Zwei Männer ritten in das schlammige Wasser, holten von der Fähre ein schweres Seil und durchquerten den Fluss, wobei die Pferde einen Teil des Weges schwimmen mussten. Erleichtert sah Jessie, dass sie das Seil an einer Art Winde befestigten, um die Fähre hinüberzuziehen. Ein primitives, aber effektives Mittel. Pferd und Kutsche konnten sicher transportiert werden.
»Danke, Mr. Bellard.« Sie wollte höflich sein. »Wenn Sie nun so freundlich wären und mir helfen, das Pferd auszuschirren, dann können wir den Wagen als erstes an Bord schaffen.«
»Langsam, Missus, lassen Se uns nur machen.« Er sprang fort und half, die Fähre in Position zu hieven.
»Wir schnell aufspringen«, sagte Hanna und zog an Jessies Arm.
»Himmel, nein, sie müssen erst das Pferd raufbringen«, sagte Jessie zu ihr, aber Hanna hatte Angst.
»Komm, wir abhauen.«
»Sei nicht dumm. Alles ist in Ordnung.«
Grinsend kam Bellard zurück. »Keine Spur von den Polizisten. Komisch, dass sie Sie allein rüberlassen. Da scheint mir was nich' zu stimmen.«
»Machen Sie sich darüber keine Gedanken«, versetzte Jessie. »Bringen Sie bitte den Wagen auf die Fähre.« Als er sich nicht rührte, versuchte sie es ein zweites Mal. »Sollte es eine Frage des Geldes sein, Mr. Bellard, dann zahle ich gerne sofort.«
Als sie den Abhang herabgestiegen waren, war ihr der Ort als idealer Picknickplatz erschienen; die Lichtung war von blühenden Eukalyptusbäumen umgeben, rot- und goldfarbene Eisenholzbäume schmiegten sich in das Unterholz. Nun jedoch

herrschte eine bedrohliche Stimmung. Vögel kreischten in den Bäumen, im nahen Unterholz raschelte etwas, sie fuhr zusammen.
»Sei'n Se nich' nervös«, sagte Bellard. »Sie sind hier sicher, die Jungs bringen Se sicher und trocken rüber. Wir wollen keine Bezahlung.«
»Das ist sehr nett von Ihnen.« Sie fragte sich, warum er plötzlich so freundlich war.
»Kein Problem, überhaupt nich'. Geh'n Se schon mal voraus. Und lassen Se das Jin-Mädel da, es passen nicht zu viele auf die Fähre. Wir schicken sie mit der nächsten Fuhre rüber.«
Jessie starrte ihn an. Nun dämmerte es ihr, warum er sie mit ihrem Baby in seinem Laden haben wollte. Sie würden sie nicht anrühren, aber Hanna. Sie versuchten, sie von Hanna zu trennen. Von dem schwarzen Mädchen.
»Nichts dergleichen. Das Mädchen kommt mit.« Umständlich holte sie den Revolver hervor und richtete ihn auf Bellard. »Sagen Sie ihnen, wir fahren rüber, und sie kommt mit.«
Er brach in Gelächter aus. »Was woll'n Se nun tun? Mich erschießen? Die andern erschießen? Dann kommen Se nich' rüber. Nehmen Sie Vernunft an. Sie fahren zuerst, das ist alles, was ich will.«
»Nein.«
»Gut.« Er zuckte mit den Schultern. »Dann stecken wir hier fest. Wenn Se es nich' so machen, wie wir wollen, dann passiert gar nichts. Wir haben viel Zeit.« Er ging, ignorierte die auf ihn gerichtete Waffe und gesellte sich zu den beiden Männern an der Fähre.
Am anderen Ufer warteten die anderen zwei mit ihren Pferden. Hanna klammerte sich an ihre Herrin, Bronte begann zu schreien, Hanna wiegte ihn und versuchte ihn zu beruhigen. Der Revolver war schwer. Jessie musste ihn schließlich nach unten sinken lassen, aber trotzig harrte sie bei Hanna aus, hoffte, dass andere Reisende vorbeikamen, hoffte, dass sie diese dann um Hilfe bitten konnte.
Fische sprangen im Fluss, Rascheln unterbrach die trügerische

Stille. Die beiden Frauen standen den unverschämten Kerlen gegenüber, die ihnen den Weg versperrten.
»Sie hat was?« Mike starrte Toby an. »Allein?«
»Hanna mitgenommen. Missus dann aus Staub gemacht!«
»O Gott! Ausgerechnet heute.« Dann wurde ihm klar, dass es genau an diesem Tag sein musste, wenn sie sicher sein wollte, dass ihr Ehemann nicht im Wege stand. Wenn sie entschlossen war, wegzugehen. Und genau das schien passiert zu sein.
Aber diese einsame Straße und ohne Begleitung? Die Frau war verrückt. Oder verzweifelt. Oder kannte wahrscheinlich die Gefahren nicht. Alles Mögliche konnte passieren. Die Straße war in schlechtem Zustand, die Bäche waren überschwemmt, sie konnte eine falsche Abzweigung nehmen – Wege und Straßen unterschieden sich hier draußen kaum –, und das Schlimmste, die beiden Frauen waren leichte Beute für abtrünnige Schwarze. Gesetzlose waren weniger ein Problem, die würden kaum ihre Zeit mit ihnen verschwenden, aber es gab immer widerliche Gestalten, die durch den Busch streiften, selbsternannte Goldschürfer, die Gold nicht erkennen würden, selbst wenn es ihnen in die Hände fiel. »Hol ein Pferd und reite ihnen nach, Toby«, sagte er. »Und bleib bei ihnen, bis sie in der Stadt sind.«
»Nein. Ich Angst!« Toby wollte nicht. »Missus sagen, Boss schrecklich wütend, wenn ich gehen.«
Das war möglich. Aber jemand musste ihnen nach, und wie konnte Mike heute fort? Die Männer, mit erzwungenem Respekt vor dem Gesetz, waren alle bei der Arbeit, der Polizist patrouillierte, aber für die Arbeitseinteilung war ein Aufseher notwendig. Kanaka suchten sich ihre Arbeit nicht; wenn sie mit einer Aufgabe fertig waren, setzten sie sich hin und rauchten, bis ihnen etwas Neues aufgetragen wurde.
Er schickte Toby zum Haus zurück und ritt hinunter, um sich zu vergewissern, dass ein Trupp mit dem Unkrautjäten eines Setzlingfeldes begonnen hatte, das nun bereits in seinem dritten Jahr war und noch immer vielversprechend aussah. Aber noch auf dem Weg dorthin machte er sich um Jessie Morgan Sorgen.

War sie nicht wichtiger als das Zuckerrohr? Und die junge Hanna? Ein naiveres Paar konnte man wohl kaum hier draußen finden. Und sie hatten das Baby bei sich! Großer Gott! Er sah alle möglichen Unglücksfälle vor sich.

»Wenn ihnen irgend etwas zustößt, werde ich mir das nie verzeihen«, murmelte er. »Aber was passiert, wenn ich sie einhole? Wird sie mit mir zurückkommen? Sie muss. Ich habe nicht die Zeit, den ganzen Weg nach Cairns zu fahren.« Er schwenkte um und suchte nach dem Polizisten.

»Änderung des Plans«, sagte Mike. »Ich muss für eine Weile die Plantage verlassen, komme aber so schnell wie möglich zurück. Gehen Sie mittags zum Langhaus, und lassen Sie sich von Tamba etwas zu essen geben.«

»Wenn es so gut wie letzte Nacht ist, werde ich mit fliegenden Fahnen einlaufen.«

»Schön. Aber bleiben Sie solange gut sichtbar.«

Am Stall nahm er sich ein frisches Pferd, einen großen Braunen, der für die schnelle Verfolgung geeigneter war als sein eigenes, und galoppierte auf einem Nebenweg am Haus vorbei, um sich Erklärungen zu sparen. Sylvia und der Professor mussten doch gewusst haben, dass Jessie fortging. Warum hatten sie sie nicht aufgehalten?

Er zweifelte nicht im Geringsten daran, dass Jessies Entschluss zeigte, dass sie sich nicht mehr länger als »Nummer zwei Frau«, wie Elly es genannt hatte, behandeln lassen wollte. Er konnte es ihr nicht verdenken, dennoch brachte sie durch diesen verrückten Vorstoß in die Wildnis alle drei in Gefahr. Zu gerne würde er Morgan in sein hochmütiges Gesicht schlagen – und eines Tages würde er es auch tun. Mike hatte sich um Jessie gesorgt, aber er konnte nicht eingreifen; es wäre ihr nur peinlich gewesen. Warum war sie nicht einfach zu ihm gekommen? Er hätte für sie eine sichere Reise nach Cairns arrangieren können. Überallhin auf der Welt, wenn sie nur gewollt hätte. Offensichtlich war sie zu stolz, um andere um einen Gefallen zu bitten. Und es ging ihn schließlich nichts an. Wer war er denn? Nicht einmal ein Freund der Familie, soviel hatte Morgan klargemacht.

Nach jeder Kurve des gewundenen Wegs erwartete er, vor sich den Wagen zu sehen, daneben die hilflosen Frauen, die durch irgendein Problem mit dem Gefährt, dem Geschirr oder dem Pferd aufgehalten wurden. Aber nicht eine Spur von ihnen. Was sollte er ihr sagen? Sie fragen, was das alles sollte? Oder weiterhin so tun, als wüsste er nichts von ihren Eheproblemen? Ja, das war wohl das Beste. Ihr erklären, dass das momentan nicht der richtige Schritt war, jetzt, da Unruhen auf der Plantage herrschten und sie die Ankunft eines Haufens entführter Kanaka erwarteten, denen geholfen werden musste.

Das Pferd, dem er freien Lauf ließ, galoppierte freudig dahin. Es war ein halbes Wildpferd, so trittsicher wie eine Ziege; als es jedoch in diesem heißen, feuchten Klima Wasser witterte, verlangsamte es sein Tempo. Gierig soff es, als sie den ersten Bach erreichten, während Mike die Spuren untersuchte. Der Wagen war hier vorbeigekommen. Wenigstens waren sie noch auf dem richtigen Weg. Er hatte sich gesorgt, dass sie irgendwo abgebogen waren.

Er zwang das Pferd hinab auf den überfluteten Dammweg und blickte sich entsetzt um. Hier waren sie sicherlich nicht hinübergekommen. Unmöglich. Aber das konnte er nur herausfinden, indem er selbst auf die andere Seite ritt. Das Pferd bockte, Mike musste ihm die Sporen geben, um über die schlüpfrigen Holzbalken zu kommen; Wasser schwappte in seine Stiefel. Die Strömung war nicht stark, das Wasser war in dem alten Bachbett, in dem sich das Hochwasser leicht verteilen konnte, nur angeschwollen.

Sie hatten es offenbar geschafft; die Wagenspuren waren auch hier sichtbar, drückten sich tief in den Abhang und liefen dann auf dem Weg weiter. Mike war wütend. Wie konnte sie hier nur ihr Leben und das ihres Babys aufs Spiel setzen? Verdammt verantwortungslos. Aber es war doch unmöglich, in einer Kutsche hier rüberzukommen. Mit einem schweren Rollwagen vielleicht. Das Problem beschäftigte ihn so sehr, dass er stehen blieb und wartete, den Blick auf einen halb vom Wasser umspülten Strauch gerichtet. Es dauerte nicht lange, und das Wasser war weiter gestiegen, der Strauch war kaum mehr zu sehen.

»Hochwasser«, sagte er. »Kommt vom Fluss. Na wunderbar. Und wie soll ich sie nun zurückbringen?«

Wieder auf dem Weg, wusste Mike Devlin nun, dass auch er in Schwierigkeiten steckte, ganz egal, welche Richtung er einschlagen sollte. Der Bach war nicht breit, er konnte ihn auf dem Pferd durchqueren, aber was war mit den Frauen und Bronte? Jessie wollte doch weg; er sollte umkehren und sie ziehen lassen. In der Regenzeit gab es immer eine Fähre am Halfway Creek, dem einzigen Hindernis, das ihnen noch bevorstand.

Aber nachdem er bereits so weit gekommen war, schien es unverantwortlich, einfach aufzugeben. Der Teufel sollte sie holen!

Er ritt weiter. Der Weg wand und schlängelte sich durch den Busch und wich den Baumriesen aus. Wieder hielt Mike nach jeder Windung nach dem Wagen Ausschau und wurde nach jeder Meile verdrießlicher.

»Ich kann nicht glauben, dass sie so verdammt weit gekommen sind«, sagte er aus Mangel an anderer Gesellschaft zu seinem Pferd.

Auch am Halfway Creek keine Spur von ihnen. »Was soll ich denn jetzt tun?« fragte er sich. »Weiterreiten? Diesen Bastard Bellard bezahlen, dass er mich hinüberbringt, oder mit dem Pferd durchschwimmen, um dann in nasser, stinkender Kleidung der Herrin von Providence gegenüberzutreten?«

Er ging in die Hütte, die als Laden fungierte, aber niemand war da. Blechdosen mit Mehl und Tee schepperten auf den ächzenden Dielenbrettern, als er eintrat, Lebensmittel, die den wahren Zweck dieses Unternehmens, den Alkoholausschank, verschleiern sollten. Holzfässer mit angeketteten Zapfhähnen dienten als Theke; sie waren voller Kerzenwachs. Dreckige Gläser, Blechtassen, alte Schokoladenschachteln und eine Ansammlung von bunten, gegen alles wirksame Medizinflaschen standen auf einem Brett hinter der Theke. An die nackten Holzwände waren Hufeisen als Glücksbringer genagelt. Mike bemerkte, dass Stans Hut und Gewehr am Nagel an der Tür hingen.

Aus irgendeinem Grund beunruhigte ihn das. Er schlüpfte hinter die Fässer zu Stans verdrecktem Bett, seinem Zuhause in diesem nur aus einem Raum bestehenden Müllhaufen. Etwas stimmte hier nicht. Der Gedanke kam ihm, dass Stan sein wohlverdientes Schicksal ereilt hatte und er ausgeraubt worden war, aber die gestreifte Blechdose befand sich an seinem Platz unter dem Bett und klingelte angenehm, als Mike sie schüttelte. Wo war er also? Es sah ihm ganz und gar nicht ähnlich, dass er nicht auf der Lauer lag. Nicht dieser Bastard, der mehr als einen Reisenden ausgeraubt hatte, nachdem er ihn mit dem Melassegebräu, das sich als Rum ausgab, abgefüllt hatte. Andere Pferde standen noch draußen, vielleicht waren sie unten an der Fähre.

Er verließ die Hütte und ging zu Fuß den Weg hinab. Ein Wagen hatte in dem dicken Lehm seine unzweifelhaften Spuren hinterlassen. Er schüttelte den Kopf, als er, um den Weg abzukürzen, durch das Gebüsch brach. »Ich wette, sie ist bereits weiter!«

Dann hörte er ihre Stimme mit dem unverkennbaren englischen Akzent.

Doch der Ton in ihrer Stimme! Beunruhigt? Wütend? Mike ging langsamer und suchte, ohne ins Freie zu treten, einen Platz, von dem er alles überblicken konnte.

»Mr. Bellard«, rief sie zu dem Mann, der an der Fähre hockte. »Ich verlange, dass Sie uns sofort an Bord nehmen.«

Mike lächelte. Mister Bellard! Dieser Abschaum. Er ignorierte sie. Und, allmächtiger Gott, Jessie hatte eine Waffe! Was war hier los? Er betrachtete die Szene genau. Zwei andere Männer, verwegene rauhe Burschen, waren noch da, sie hatten Revolver um die Hüfte geschnallt. Nicht leicht, es mit ihnen aufzunehmen. Er hastete den Berg hinauf, griff nach seinem Gewehr und warf sich einen Patronengurt über die Schulter. Offensichtlich spielten diese Bastarde irgendein Spielchen mit Jessie und Hanna. Es war höchste Zeit, den Einsatz zu erhöhen.

Er handelte ohne Zögern. Der erste Schuß streifte Stan, der herumfuhr und aufschrie und nun außer Gefecht gesetzt war.

Der zweite Schuß landete zwischen den anderen beiden. »Waffen fallen lassen«, schrie Mike aus seinem Versteck. Sie versuchten, in Deckung zu gehen, der nächste Schuß aber stoppte sie. »Ihr habt mich gehört! Fallen lassen, oder ich knall euch ab.« Sie warfen die Waffen zu Boden. Er rannte an den Frauen vorbei, nahm die beiden Revolver und schleuderte sie in den Fluss.
»Hey, was soll das?« rief einer von ihnen. »Diese verdammten Schießeisen kosten Geld.«
»Pech für euch«, gab er zurück und wandte sich an die Frauen. »Leg die Waffe weg, Jessie«, sagte er und vergaß dabei ganz, dass sie für ihn noch immer Mrs. Morgan war. »Sie macht mich nervös.«
»Oh, ich bin so froh, dass Sie da sind. Diese schrecklichen Männer ...«
»Machen Sie sich keine Sorgen, denen ist die Luft ausgegangen. Legen Sie einfach den Revolver weg.«
Während sie zur Kutsche rannte, befahl Mike den Männern, sich mit dem Rücken zu ihm hinzuknien und die Hände im Nacken zu verschränken. »Du auch«, sagte er und stieß Stan mit seinem Gewehr an.
»Kann nich'«, stöhnte Stan. »Hab was abgekriegt. Blute wie ein abgestochenes Schwein.«
»Mach, was ich sage, oder ich verpass dir den Fangschuß.« Er ging zu Jessie zurück. »Was ist hier los?«
Als sie es ihm erzählte, hörte er es sich kommentarlos an; er schien nicht überrascht.
»Regt Sie das gar nicht auf? Sie versuchten sich Hanna zu nehmen. Man sollte sie einsperren.«
»Wie denn? Sie haben zwei Kumpel auf der anderen Flussseite. Wir würden mit ihnen nicht weit kommen. Mein Problem sind Sie, und was ich mit Ihnen machen soll.«
»Ich würde es zu schätzen wissen, Mr. Devlin, wenn Sie uns hier hinüberbringen könnten. Danke, dass Sie uns gerettet haben.«
Mike wandte sich zu Hanna, die noch immer das Baby wiegte. »Alles in Ordnung, Missy?«
»Ja, Mr. Mike, alles gut.«

»Schön. Nun, Mrs. Morgan, wir haben hier ein Problem. Sie sollten mit mir zurückkehren.«
»Ich kehre nicht um, ich fahre nach Cairns.«
»Und setzen dabei drei Leben aufs Spiel. Aber der Bach hinter uns hat Hochwasser. Sie müssen ihn mit einem Pferd durchqueren. Lassen Sie die Kutsche zurück.«
»Und was dann?« Es schien sie zu freuen, dass der Rückweg abgeschnitten war. »Wir haben nur zwei Pferde.«
»Wir können Stans Pferd nehmen«, schlug er vor. »Er wird momentan wohl kaum etwas dagegen haben.«
»Ich werde nicht mit dem Baby im Arm reiten, noch werde ich meine Sachen im Wagen lassen, damit sie jeder Dieb mitnehmen kann.«
Er hatte nicht erwartet, dass sie auf seinen Vorschlag einging. Es blieb ihnen nichts anderes übrig, als weiterzufahren. Ohne Jessie zu fragen, ging er zu den Männern. »Los, auf mit euch. Schafft den Wagen und das Pferd auf die Fähre, und ein wenig Tempo, bitte.« Er betrachtete sich Stans Arm. »Du hast Glück gehabt, nur eine Fleischwunde. Also hör auf zu jammern und hilf mit.«
Es dauerte nicht lange, und sie hatten das durch Scheuklappen beruhigte Pferd auf der Fähre und schoben die leichte Kutsche über die schwankende Rampe. Dann brachte Mike die beiden Frauen an Bord.
»Verschwinde und leck mich«, zischte Stan zu Mike. »Aber ich werd's mir merken, Kumpel.«
»Tu das«, sagte Mike unbeeindruckt. »Und los, du kommst auch mit.«
»Warum ich? Ich geh und verbind mir meinen Arm.«
»Nimm das Hemd. Wir setzen alle über.« Er zwang die drei Männer auf die Fähre. »Ich denke, dass uns eure Kumpel dort drüben nicht abtreiben lassen, wenn ihr auch an Bord seid. Gib ihnen das Zeichen, dass sie uns überholen sollen.«
Die Fähre löste sich vom Ufer, richtete sich in der Strömung auf, schlingerte und kämpfte sich dann langsam an das andere Ufer.

»Ein Muckser von euch«, warnte Mike die Gefangenen, »und ihr schwimmt.«
»Ich kann nich' schwimm'n«, heulte Stan.
»Umso besser.« Mike sorgte sich wegen der beiden am Ufer. Es war möglich, dass sie ebenfalls bewaffnet waren. »Wem gehört die Fähre?« fragte er. Jedes Jahr versah ein anderer den Job, der lediglich auf die Regenzeit beschränkt war. Es sprang dabei nicht viel heraus, jeden Tag nur wenige Transporte, Wagen oder sperrige Güter.
»Mir«, erwiderte einer von ihnen, ein schlaksiger junger Kerl. »Stan hat nur ein wenig Spaß gemacht. Wir wollten keinem was tun.«
»Natürlich nicht«, grummelte Mike. »Steh auf und sag deinen Kumpeln, dass hier alles unter Kontrolle ist. Du willst doch keine Schwierigkeiten, oder?«
»Schon gut! Ich sag's ihnen.« Er krümmte sich unter dem Gewehrlauf. »Kein Grund, gleich so schweres Geschütz aufzufahren.«
»Doch, doch. Wenn alles klappt, wirst du ordentlich bezahlt, wenn du es aber versaust, dann bist du als erster dran.«
»Was soll das heißen, als erster? Weiß nicht, was Sie meinen, Mister.«
»Mister Devlin«, sagte Mike. »Stan kennt mich. Er weiß, dass ich ihm das Ohr hätte abschießen können, wenn ich gewollt hätte. Aber du, du bist der Skipper. Wir landen gleich, und du gibst hier die Befehle. Ein falscher Schritt von diesen Kerlen an der Winde, und du bekommst die erste Kugel. Mitten in deinen Rücken. Sie wird vorne zwar wieder herauskommen, aber das dürfte dich dann nicht mehr interessieren.«
Der Skipper stand auf, schrie und gestikulierte zu den Männern an der Winde, die die Pferde zu Hilfe nehmen mussten, um die Fähre an Land zu ziehen. Es gab keine Probleme. Einer der Männer an der Winde schien sich über Stans stöhnende Versuche, sich den verwundeten Arm zu verbinden, zu amüsieren.
»Glück, dass er danebengeschossen hat!« grinste ein Halbblut-Aborigine, während er die Fähre vertaute.

»Ich habe nicht danebengeschossen.« Mike erkannte ihn nun. »Was machst du denn hier bei diesem Pack, Danny?«
»Nich' viel zu tun, Boss.«
»Dieser andere Kerl hier«, fragte Mike. »Hat er eine Kanone?«
»Unter der Winde«, flüsterte er mit zusammengepressten Lippen, die Augen starr auf die Taue gerichtet.
»Hol sie«, zischte er. Sie waren noch nicht über den Berg. Es war schwierig, alle fünf Männer im Auge zu behalten, während sie den Wagen und das Pferd an Land brachten. Er fasste Hanna am Arm. »Bring die Missus und das Baby auf den Wagen, schnell.«
Gleichzeitig schüttelte Danny seinen Kopf. »Nich' ich, Boss. Sie fallen über mich her, wenn Sie gehen.«
Wenn ich gehe, dachte Mike. Stan und seine Kumpel konnten darauf wetten, dass er sie in der Stadt melden würde, und dann würde die Polizei über sie kommen wie eine Dampfwalze. Aber sein Pferd war noch drüben. Verfluchte Jessie! Und verfluchter Corby Morgan. Er hoffte, der alte Schurke Frenchy Duval schoss Morgan den Kopf weg. Duval war ein durch und durch heimtückischer Drecksack; verglichen mit ihm war dieser Haufen hier eine Herde Schulkinder, aber ihre Rachsucht war nicht zu unterschätzen. Und er hatte sein verdammtes Pferd nicht. Sie wussten das. Er sah den schadenfrohen Glanz in ihren Augen, wie sie ihn verstohlen beäugten. Sie würden nicht lange brauchen, bis sie auf ihren Pferden saßen und ihm nachkamen. Ihm und dem Wagen.
Elbow Bay war nicht der tropische weiße Sandstrand, den Corby sich vorgestellt hatte. Das war ein stinkender Mangrovensumpf, in dem Tausende von Moskitos herumsurrten und schwärmten. Der Trupp ließ die Pferde zurück und begann mit dem Marsch an die Küste, kletterte und rutschte in diesem wüsten Gezeitenland über hervorstehende Baumwurzeln und Vegetationsunrat.
Corby war entsetzt. Er schlug und fuchtelte nach den teuflischen Insekten, versuchte mit McBride, Scott-Hughes und den Polizisten mitzuhalten und versank immer wieder knietief im

Morast, wenn er von den freistehenden Wurzeln abrutschte. Der Professor hatte darauf hingewiesen, dass die Mücken hier Malaria verbreiteten – und Corby fühlte sich in diesem teuflischen Treibhausdschungel jetzt schon fiebrig. Die Mangroven schimmerten und glänzten wie böswillige Trolle, während er vorsichtig von einer verschlungenen Wurzel auf die nächste trat und sich an ihren schmierigen knotigen Zweigen festhielt. Eine Hölle war das! Eine verdammte Hölle! Die schwammigen grünen Blätter tropften auf ihn herab, überreif, dekadent, protzten mit einem schleimigen Leben, das in dieser fauligen Luft keinerlei Recht zu existieren hatte.

Seine Jacke war zerrissen, er hatte seinen Hut verloren, und er musste sich anstrengen, mit den Schatten der anderen Männer mitzuhalten, die durch diesen überhängenden Dschungel krochen, der halb Land, halb Meer war. Unter ihm schlängelten und ringelten sich Dinge im klaren grünen Wasser.

Er hörte die Flüche der Männer vor ihm, die ihm aber kein Trost waren; schließlich wurden sie dafür bezahlt. Sein Pistolengürtel blieb so oft an diesen hinterhältigen Mangrovenarmen hängen und riss ihn zurück, dass er bereits versucht war, ihn mitsamt der Waffe fortzuwerfen. Der Anblick der Polizisten, die mit ihren Gewehren zu kämpfen hatten, munterte ihn ein wenig auf. Gebückt kroch er unter den Ästen durch, nur buckelig kam er voran, so buckelig wie ein Troll. Was war ein Troll eigentlich? Ein Schauermärchen aus seiner Kindheit. Trolle kamen leise angekrochen, angeschlichen ... Nun, er fühlte sie nicht wie ein verfluchter Troll. Eher wie eines seiner Opfer, denen er auflauerte, um sie dann anzufallen.

Als McBride halten ließ, balancierten sie auf Mangrovenwurzeln – sie hatten keinen festen Grund unter den Füßen – und blickten auf eine ruhige blaue Bucht hinaus. Corby nahm ein Taschentuch, wischte sich über Gesicht und Nacken und strich dabei ein ganzes Moskitobataillon herunter.

»Kein Schiff zu sehen«, sagte er mit gespielter Enttäuschung, meinte aber: Lasst uns zum Teufel noch mal von hier verschwinden.

»Nur Geduld«, sagte der Lieutenant. Corby fühlte sich an seinen Vater erinnert. Er war froh, niemals der Armee beigetreten zu sein. Das Einzige, was ihn hier in diesem wässrigen Friedhof noch hielt – seine Kleidung war ruiniert, sein Mund ausgetrocknet –, war sein schnell schwindender Stolz. Das Einzige, was er noch hatte, war das Recht, jederzeit gehen zu können. Die Polizisten, die mit ihm litten, hatten diese Möglichkeit nicht.
»Sie müssten bereits hier sein«, sagte er, obwohl er seine Behauptung nicht durch Fakten unterstützen konnte.
»Nicht unbedingt«, bemerkte Scott-Hughes.
»Ein beschissener Ort«, stöhnte McBride, der wie ein übergewichtiger Orang-Utan in schwarzer Uniform an einem Zweig hing. Corby hätte beinahe gelacht. Er fühlte sich leicht hysterisch und fiebrig, zweifellos hatte er sich Malaria eingefangen; aber er war froh, dass jemand zugab, wie sehr sie zu leiden hatten.
Am Südende der Bucht fiel das Land in unregelmäßigen Fels- und Gesteinsschichten zum Wasser hin ab. Dorthin gingen sie.
»Wir brauchen Sie, Corby. Sie stellen sich vorne hin, damit man Sie sieht, während wir uns dahinter versteckt halten«, sagte der Lieutenant. »Und Gardner«, wandte er sich an einen der Soldaten, »Sie gehen auf diese Landzunge und lassen es uns wissen, falls sich ein Schiff nähert. Und ziehen Sie die Jacke aus, damit die nicht Ihre Uniform erkennen.«
Corby kletterte über die schmierigen Felsen. Er war froh, die stickige Mangrovenluft gegen die frische Meeresbrise eingetauscht zu haben, aber es gefiel ihm nicht, so offen sichtbar zu sein, auch wenn die Bucht verlassen war. Jede Minute konnte ein Schiff kommen. Natürlich erwarteten die Menschenhändler, dass jemand da war, aber doch nicht nur einen allein, um einen Haufen Eingeborener einzusammeln; es sollten mehr sein.
Wie zur Antwort kamen zwei Soldaten. Sie hatten ihre Jacken ausgezogen, die Hosen waren bequemerweise unter dem Schlamm nicht mehr zu erkennen.
»Sie müssen über diesen Ort Bescheid wissen«, sagte einer von ihnen zu Corby. »Diese Felsen bilden einen natürlichen Kai,

tief genug, um ein Großboot hier festzumachen. Und, schauen Sie ...« Er zeigte auf einen Eisenring, der in den Felsen eingelassen war. »Und hier können sie festzurren. Schätze, der alte Edgar, dieser verdammte Schurke, hat das hier schon früher benutzt. Aber dieses Mal erwischen wir sie.«
»Dann sollten sie sich lieber beeilen«, sagte Corby. »Wenn die Flut kommt, sind diese Felsen unter Wasser, und sie müssen in den Mangroven abladen.«
»Richtig. Der letzte Haufen wurde am Mission Beach gefangen genommen. Der Kapitän und der Erste Maat wurden mit einem Trupp halbtoter Kanaka auf frischer Tat ertappt. Vielleicht haben wir heute auch so ein Glück.«
»Und was ist mit ihnen passiert?« fragte Corby.
»Sie wurden wegen Mordes zum Tode verurteilt, aber natürlich wurde es zu lebenslanger Haft abgemildert.« Der Polizist spie aus. »Hätten sie Weiße ermordet, dann hätten sie gebaumelt, aber es waren ja nur Kanaka! Und das, nachdem unsere Jungs ihr Leben dafür riskiert haben, um sie einzubuchten.«
Corby starrte auf das tiefe kühle Wasser. Er wurde hier draußen geröstet, die Sonne war, obwohl hinter grauen Wolken verborgen, mörderisch. Kurz ins Wasser einzutauchen, sich abzukühlen und sich wieder sauber zu fühlen war eine verführerische Idee. Er erwähnte sie lieber nicht.
Der Aussichtsposten meldete, dass keine Schiffe in Sicht waren. Sie ließen die Wasserflaschen herumgehen und warteten. Langsam stieg die Flut, sie waren gezwungen, sich auf den Felsenabhang zurückzuziehen, wo sie herumhingen und Stunde um Stunde warteten. Sie verschlangen die Brote und den Schinken, die ihnen Tommy mitgegeben hatte, und starrten auf die felsige Küstenlinie südlich der Elbow Bay, die vor der Passage zwischen der Landmasse und dem großen Riff draußen lag.
»Captain Cook kam hier vorbei, als er Australien entdeckte«, erzählte McBride stolz Corby. »Genau hier, um wieder einen Weg nach draußen, durch das Riff, zu suchen.«
»Und?«

»Was und?«
»Hat er einen Weg gefunden?«
»Ja. Bei Lizard Island, fünfhundert Meilen nördlich. Er hatte schon Angst, dass er nach einigen tausend Meilen innerhalb des Riffs wieder umkehren müsste. Ein großer Seemann, dieser Cook.«
Für Corby war dies das Interessanteste an diesem langen schrecklichen Tag. Etwas, das er Bronte erzählen konnte, wenn er größer war. Die übrige Zeit sorgte er sich um die Plantage, fragte sich, was dort vorgehen mochte, und hoffte, dass Devlin zurechtkam. Es hatte sich nun gezeigt, dass er mit den Kanaka nicht hart genug umging.
Schließlich traf Scott-Hughes die Entscheidung. »Ich denke, wir sollten es abblasen. Sie werden es nicht riskieren, zu dieser Tageszeit noch einzulaufen. Es wird bald dunkel, in den Tropen geht die Sonne wie ein Stein unter.«
»Das Beste, was ich den ganzen Tag gehört habe«, grummelte einer der Polizisten. Corby stimmte ihm aus vollem Herzen zu.
Als sie sich zum Abmarsch bereit machten, ließ Scott-Hughes einen letzten Blick auf das warme Wasser fallen. »Es ist so verführerisch«, sagte er zu Corby. »Den ganzen Tag dachte ich an nichts anderes, als hineinzuspringen, aber ich habe fürchterliche Angst vor den Haien.«
Corby erschauerte. Er hatte die Haie ganz vergessen.
Sie kämpften sich durch die Sümpfe zurück, und als sie schließlich draußen waren, sagte McBride: »Verdammte Scheiße, nun müssen wir morgen wieder durch.«
»Ja«, erwiderte der Lieutenant. Corby sagte nichts. Keine zehn Pferde brächten ihn mehr in diese Hölle. Er würde Devlin schicken. Sollte er sich damit abquälen, wenn ihm die Kanaka so verdammt am Herzen lagen.
Seine schlammverkrustete Kleidung war trocken, und seine Stiefel fühlten sich wie Beton an, als sie in Providence einritten. Er hatte Sonnenbrand, sein Kopf schmerzte und er hatte unsagbaren Durst. Das von Laternen erleuchtete Haus hatte nie einladender ausgesehen. Endlich zu Hause.

»Danny«, sagte Mike, »warum kommst du nicht mit mir? Ich geb dir einen Job auf Providence.«

»Was tun?«

»Ach, Teufel auch! Irgendeinen Job und einen Ort zum Wohnen. Wenn du weiter bei diesen Kerlen bleibst, landest du nur im Gefängnis.«

»Gut.« Danny grinste. Das war das Traurige daran, dachte Mike. Aborigines, die keine Verbindung mehr zu ihrem Stamm hatten, ließen sich treiben und waren leicht zu beeinflussen.

Mike ließ die anderen vier wieder Aufstellung nehmen. »Und nun setzt euch wieder hin, Kumpels.« Er hatte das Gewehr auf sie gerichtet. »Danny, sag Mrs. Morgan, dass sie losfahren soll. Wir kommen nach.«

»Wie willst du denn nachkommen?« lachte Stan. Seine Freunde starrten ihn an. Zwei Pferde grasten in der Nähe.

»Kannst du hier rüberschwimmen?« fragte Mike Danny, als er zurückkehrte.

»Leicht.«

»Dann geh und hol mein Pferd. Den Braunen.«

Danny warf sich in die Fluten, und Mike wandte sich an die anderen. »Ich will mit euch eine Abmachung treffen.« Er holte das Gewehr unter der Winde hervor und warf es ins Wasser. »Ich könnte euch alle hier festbinden, und dann, ihr Hohlköpfe, dürfte es etwas dauern, bis man euch findet.«

»Polizisten, zum Beispiel!« grummelte Stan.

»Wenn ich euch hier gefesselt zurücklasse, dann bete zu Gott, Kumpel, dass es Polizisten sind, die euch finden. Außerdem würden die hier unten gar nicht vorbeikommen. Wie ich sagte, eine Abmachung. Ich lasse euch frei, aber wenn ich gehe, will ich nicht, dass ihr mir nachkommt.«

»Wir werden nich' folgen«, rief der schlaksige Kerl. Die anderen nickten.

»Natürlich nicht, zum Teufel!« sagte Mike. Er wusste genau, dass sie, sobald er ihnen den Rücken zuwandte, zum Laden liefen, die Gewehre ergriffen und ihnen auf den Pferden nachritten. »Welches Pferd gehört Danny?« fragte er.

»Die Stute«, sagte einer der Männer, die an der Winde gestanden hatten.
»Dacht ich's mir.« Er blickte zu den Pferden. »Dieser Kastanienfarbene, ist das deiner?«
»Ja.«
»Eine Schönheit«, sagte Mike. »Was willst du für ihn haben?«
»Er ist nicht zum Verkauf. Ich habe ihn, seitdem er ein Fohlen war. Er ist so vollblütig, wie Sie hier sonst keinen mehr finden.«
»Da muss ich dir Recht geben«, sagte Mike liebenswürdig. Er betrachtete das Pferd. »Und deswegen nehme ich ihn mit.«
»Das werden Sie verdammt noch mal nicht tun!« Der Besitzer hätte Mike angegriffen, wenn ihn das Gewehr nicht zurückgehalten hätte.
»Ich werde ihn mitnehmen, und wenn einer von deinen Kumpels auch nur seine Nase sehen lässt, werde ich ihn erschießen.«
»O Gott! Das werden Sie nicht tun! Warum wollen Sie es an dem armen Pferd austragen?« Er war den Tränen nahe.
»Das hängt nur von euch ab. Das Spiel ist aus, außer ihr wollt es weiterspielen. Es wird ihm nichts passieren. Ich lasse ihn bei den Chinesen ... ihr wisst, den Markthändlern mit den Gärten außerhalb der Stadt. Du kannst ihn dort abholen. Wenn er dann noch lebt.«
»Er wird leben«, sagte der Besitzer und starrte die anderen an.
»Diese Frau«, mischte sich Stan ein. »Sie kann uns nich' anklagen. Wir haben niemand was getan. Es steht ihr Wort gegen unseres. Nur ein wenig geneckt.«
»Und die Polizei wird euch nicht ein Wort glauben«, lachte Mike. Er sah, wie Danny auf seinem Pferd durch den Bach ritt. »Aber solange ihr hier bleibt und euch anständig benehmt, wird es keine Anklage geben.«
»Du hast uns unsere Gewehre gekostet!«
»Halt dein Maul, Stan«, gab der schlaksige Fährenskipper zurück. »Du bist doch die Ursache für diesen verdammten Mist, du wolltest das Mädel haben.«
Als Mike und Danny aufgestiegen waren und sie den Kasta-

nienbraunen mit sich führten, rief ihnen der Besitzer hinterher. »Du passt auf Zulu auf, Danny, nicht wahr?«
»Klar, Kumpel«, sagte Danny.
Oben auf dem Abhang – sie warfen einen letzten Blick auf die verwirrten Männer unten – betrachtete Mike das ungesattelte Pferd. »Das ist doch nicht Zulu. Wovon spricht der Dummkopf?«
»Das ist Lad«, erklärte Danny ihm. »Nachwuchs von Mr. Betts' Preishengst. Der Vater von dem Kerl arbeitete auf Helenslea und gewann das Fohlen beim Kartenspiel. Lad wird langsam etwas alt, aber er ist alles, was Fred hat. Sie werden ihm doch nichts tun, Mr. Devlin?«
»Nein. Eher knalle ich Fred ab. Nun aber los. Wir müssen Mrs. Morgan einholen.«
Wer A sagt, muss auch B sagen, ging es ihm durch den Kopf, als er am Nachmittag einem Chinesen einige Shilling für die Verpflegung des Pferdes gab. Dann ritten er und Danny neben dem Wagen mit der Frau, dem Sohn und dem Mädchen seines Arbeitgebers in die Stadt ein.
»Er wird mir zwar den Kopf abreißen«, sagte er zu Danny, »aber es war ein langer Tag und ich werde heute Nacht nicht mehr zurückreiten. Bring die Pferde und den Wagen unter, ich kümmere mich um die Frauen.«
Der Betreiber des Victoria Hotels war hocherfreut, Jessie sein bestes Zimmer geben zu dürfen, aber er hatte keine Schlafmöglichkeit für ihr »Nigger«-Mädchen, bis Mike darauf drängte, dass das Mädchen draußen auf der Veranda vor Mrs. Morgans Zimmer schlafen durfte.
»Daran haben Sie nicht gedacht, nicht wahr«, sagte er zu Jessie, »als Sie beschlossen, sich in die Stadt aus dem Staub zu machen?«
»Mr. Devlin, ich bin Ihnen für Ihre Hilfe dankbar. Aber ich bin zu müde, um mich mit Ihnen nun darüber zu streiten. Wir müssen die Sachen hochbringen.«
»Wie Sie wünschen.« Er zuckte mit den Schultern. Träger ergriffen das Gepäck und brachten es nach oben.

»Aber vielleicht möchten Sie mit mir heute zu Abend essen?«
Verärgert nickte er. Nun war wohl jeder Strohhalm recht. Sie konnte kaum alleine essen. Der Verwalter der Plantage war auf einmal doch noch zu etwas gut.
»Falls Sie nichts anderes vorhaben«, fügte sie an.
»Nein. Ich werde um sechs hier sein.«
Jessie lächelte. »Seien Sie nicht zu harsch mit mir. Ich fühle mich schlimm genug.«
Warum war er so nervös? Mike schlenderte die Straße vom Palace Hotel entlang und blieb stehen, um in einer Fensterscheibe sein Spiegelbild zu betrachten und zu prüfen, ob die geliehene Kleidung passte. Sie tat es. Voller Stolz hatte ihm der Gastwirt, der glücklicherweise nur etwas größer als Mike war, einen kompletten Abendanzug geliehen. Selbst die Schuhe passten und waren ausgetreten genug, um nicht zu drücken.
Natürlich musste es sich Mike gefallen lassen, als Verräter bezeichnet zu werden, wenn er mit einer Dame im Hotel der Konkurrenz speiste. Aber er nahm das und die neckenden Pfiffe der Barmädchen gelassen hin und war froh, dass er anständige Kleidung bekommen hatte.
Mit den Fingern fuhr er durch sein dunkles lockiges Haar und wünschte, er hätte den Rat des Friseurs befolgt und sich nachmittags die Haare und den Bart schneiden lassen. Aber er war dazu nicht in Stimmung, er wollte sich wegen dieser Frau auf Abwegen nicht noch mehr Umstände machen. Hatte er für sie nicht schon genug Schwierigkeiten auf sich genommen? Vor allem, weil sie ihn und Danny, als sie schließlich neben der Kutsche herritten, als völlig selbstverständlich betrachtet hatte und nichts von den Problemen mit den vier wütenden Gefangenen wusste. »Frauen!« murmelte er zu sich. »Solange für sie alles glatt geht …«
Aber was nun? Wie konnte er sie nach Providence zurückschaffen?
Während sie auf die Suppe warteten – Jessie sah in dem rostbraunen Seidenkleid und dem breiten, raffinierten Seidenkrepphut hinreißend aus –, versuchte er ihr seine Pläne vorzu-

tragen, ohne dabei die wunderschöne Frau, die ihm gegenübersaß, ständig anzustarren.

»Die einzige Möglichkeit für den Rückweg ist, die Kutsche hier zu lassen und einen festen Wagen zu nehmen. Ich kann das in die Wege leiten. Ich kann auch einige Männer finden, die uns begleiten, da wir uns an den Weg halten müssen und wir in Halfway Creek nicht willkommen sein werden. Falls nötig, würden sie den ganzen Weg mitkommen ...«

»Mr. Devlin«, unterbrach sie. »Ich gehe nicht nach Providence zurück.«

»Aber hier können Sie nicht bleiben«, stammelte er und vermied die offensichtliche Frage, warum sie dort weggegangen war.

»Doch, ich kann. Ich habe bereits mit Mr. Billingsley von der Bank gesprochen. Er hat versprochen, mir ein angemessenes Haus hier in Cairns zu kaufen oder zu mieten.« Sie lächelte. »Er war sehr verwirrt und wunderte sich, was ich vorhatte. Aber blitzartig dämmerte es ihm. Im Sommer ist es an der Küste viel kühler. Er glaubt, Mr. Morgan und ich tun genau das Richtige, wenn wir uns für die Regenzeit einen Zufluchtsort an der Küste suchen. Auch wenn wir jetzt damit etwas spät dran sind.«

»Das ist richtig«, sagte Mike, höflich zustimmend.

»Sie wissen, dass es das nicht ist! Nicht wahr, Mr. Devlin? Darf ich Sie Mike nennen? Sie haben mich heute auch mit Jessie angeredet.«

»Ja. Nein. Ich meine ja.« Billingsley war nicht der Einzige, der verwirrt war.

Jessie strich Butter aufs Brot, klappte die Scheibe zu einem Sandwich zusammen und biss hinein. »Ich bin am Verhungern. Ich habe eine Mahlzeit auf mein Zimmer bestellt, damit Hanna etwas zu essen bekam, und nun bin ich im Speisesaal und fange damit schon wieder an.« Sie kicherte. »Man muss hier glauben, ich habe einen großen Appetit. Aber Sie, Mike, Ihnen entgeht doch auf Providence nicht viel. Ich denke, Sie wissen, warum ich meinen Ehemann verlassen habe.«

»Verlassen?« wiederholte er leise und war froh, dass in diesem Moment die Suppe aufgetragen wurde.
»Ja«, sagte sie, als die Bedienung wieder fort war. »Ich habe ihn verlassen. Essen Sie Ihre Suppe, bevor sie kalt wird.«
Es gab eine gute, scharfe Schildkrötensuppe, die er viel zu schnell auslöffelte und damit eine Pause eröffnete, in der von ihm erwartet wurde, dass er etwas sagte. Er blickte sich um, nickte einigen wenigen Bekannten zu und bemerkte, dass bereits jetzt über das interessante Paar getuschelt wurde.
»Es wird ihm nicht gefallen«, sagte Mike schließlich. »Ich wette darauf, dass er Ihnen morgen nachkommt. Wenn er uns auf dem Weg begegnet, dann machen Sie ihm klar, dass Sie zurückkehren. Das sollte die Sache etwas abkühlen.«
»Er wird vielleicht wegen Bronte kommen, obwohl das unklug ist, weil ich ihn noch immer stille. Aber er wird nicht wegen mir kommen.«
»Da irren Sie sich. Er will Sie nicht verlieren.«
»Warum nicht? Er hat doch Sylvia.«
Da war es. Es war heraus. Sie hatte es so ruhig gesagt, als wäre es eine längst überholte Neuigkeit. Mike betrachtete an der Wand hinter ihr eine Jagdszene und sagte nichts.
»Ja«, sagte Jessie. »Ich dachte, Sie wüssten es. Ich werde hier in Cairns mein Zuhause finden. Providence werde ich vermissen, aber unter diesen Umständen kann ich dort nicht bleiben. Nein, das liegt einfach nicht in meiner Natur.«
Mike fand seine Stimme wieder. »Wäre es nicht besser, wenn Sylvia ginge?«
»Ich habe das vorgeschlagen, aber es hat nichts gebracht.«
»Sie hätten darauf bestehen sollen.«
»Glauben Sie, ich habe das nicht getan?«
Er nickte. »Ich verstehe. Es tut mir Leid, Jessie. Aber es wird sich alles fügen. Wenn er sieht, dass Sie fort sind, wird das ein Schock für ihn sein, vielleicht das Beste für ihn. Er wird wieder zur Vernunft kommen.«
»Dazu ist es zu spät. Es ist mir egal, ob er zur Vernunft kommt oder nicht, Mike. Ich habe das nicht getan, um ihn zu zwingen

mich wieder aufzunehmen. Ich weiß, ich bin nicht so attraktiv wie Sylvia, aber man kann mich nicht einfach fallen lassen und dann wieder wie ein Ding, das man besitzt, aufheben.«

Mike grinste. »Sie sind viel attraktiver als Sylvia. Einige Tage in der Stadt tun Ihnen wahrscheinlich ganz gut. Gönnen Sie sich die Zeit, um über alles nachzudenken. Ich kann Ihnen keinen Rat erteilen, aber da wir nun schon mal hier sind und das das erste Haus am Ort ist, wie wäre es denn mit einem Schluck Wein?«

»Gerne«, sagte sie mit diesem freundlichen Lächeln, das ihm fast das Herz brach. Er wünschte sich, er könnte ihr sagen, lass uns weiterfahren. Nimm das Baby, nimm Hanna und geh an Bord eines Schiffes nach Brisbane oder Sydney, wo ich für den Rest deiner Tage für dich sorgen werde. Vergiss Corby Morgan, er hat dich nicht verdient.

»Für den Anfang«, sagte sie, »sind das für mich einfach Ferien im Hotel. Sie haben Recht, ich brauche Zeit, um über alles nachzudenken, jetzt, da ich nicht mehr dort bin. Es geht mir auch schon besser, die Anspannung ist fort.«

Bis morgen, dachte er. Bis Morgan in die Stadt einfällt. Ich sollte eine Weile hier bleiben und ein Auge auf sie haben, aber ich kann mich nicht einmischen, solange sie mich nicht darum bittet.

Diese Bitte blieb aus. Sie genossen den gemeinsamen Abend. Sie redeten über alles, nur nicht über Providence, die Plantage und ihre Bewohner. Als die Uhr im Foyer neun schlug, begleitete Mike Mrs. Morgan zur Treppe und wünschte ihr eine gute Nacht.

Beim ersten Licht ritt er mit Danny nach Providence zurück, quer über das Land, um den Herren am Halfway Creek nicht zu begegnen, die bald Besuch vom Gesetz zu erwarten hatten. Mike hatte der Polizeistation in Cairns von den Drohungen und Nötigungen, die Mrs. Morgan und ihrem Mädchen zuteil geworden waren, berichtet.

Am selben Morgen erwachte Jessie von einem glückseligen Traum. Sie lächelte glücklich, bis ihr nicht ohne peinlichen

Schreck bewusst wurde, dass der Traum sie auf grausame Art getäuscht hatte.
Sie versuchte sich zu erinnern: da war sie wieder, mit Corby in Providence, und sie schienen viele Gäste eingeladen zu haben. Viele, viele Leute. Corby hatte sich bei ihr eingehängt und begleitete sie ausgelassen durch die fröhliche Runde. Oft blieb er stehen, lächelte sie an, ließ ihr ermutigende Worte oder kleine Liebkosungen zukommen, weil er so stolz auf sie und sie so stolz auf ihn war, den geliebten Ehemann.
Als sich die Menge der Bewunderer immer mehr um sie drängte, legte er schützend seinen Arm um sie. Und dann lachten sie beide, hielten sich an den Händen und gingen, ganz miteinander im Einklang, herum und unterhielten sich mit den Gästen. Einige der Gesichter kannten sie, viele nicht, aber das schien für das fröhliche Paar keine Rolle zu spielen, so dass Corbys nächster Schritt ganz natürlich schien. Vor allen anderen nahm er sie in den Arm und küsste sie leidenschaftlich. »Du bist wundervoll«, flüsterte er. »Ich liebe dich, Jessie.« In diesem Augenblick war sie sehr stolz.
Aber als das Tageslicht den schattenhaften Traum auflöste, wurde ihr entsetzt bewusst, dass der Mann nicht Corby, sondern Mike Devlin war.
»O gütiger Herr!« sagte sie schuldbewusst, als wäre jemand anderes Zeuge des Traumes gewesen.
Während sie noch dalag und auf Bronte wartete, gönnte sie sich noch einmal die Erinnerung an den Traum. Warum war ihr Ehemann nicht so, so freundlich und sanft, so stolz auf sie und unterstützend, statt sie immer nur zurückzuweisen? Obwohl er respektvolle Distanz hielt, war Mike alles, was Corby nicht war: Er schien sich wirklich um sie zu sorgen, verkannte nicht, wie Corby, ihre Intelligenz und behandelte sie wie eine ebenbürtige Person.
Schließlich entschied Jessie, dass der Traum wohl die Folge davon war, wie souverän Mike die widerliche Situation am Halfway Creek bewältigt hatte. Das musste sie wohl mehr aufgeregt haben, als sie es sich eingestehen wollte. Außerdem war es ein

alberner Traum- die beiden Männer so zu vertauschen! Jedenfalls – sie kicherte – hatte sie es weidlich genossen, Mike zu küssen, wenn es auch nur im Traum war.
Nun wünschte sie sich, dass er länger in der Stadt bleiben könnte. Die Probleme mit Corby erschienen in seiner Gegenwart weniger schlimm. Sie fragte sich, ob sie wohl ein wenig in Mike Devlin verliebt war, was immer das heißen mochte. Da sich Corby und er so oft stritten, war klar, dass er nicht mehr lange auf der Plantage bleiben würde. Der Gedanke an Providence ohne Mike machte sie traurig.
Und nun war der Traum wieder in die Nacht zurückgeglitten, und sie stand verloren und voller Angst vor der unsicheren und schwierigen Wirklichkeit.
Als der Boss mit dem vornehmen Offizier einritt, überschlugen sich die Angestellten förmlich darin, ihnen gefällig zu sein. Toby verschwand mit den Pferden und versprach gutes Futter und gutes Abreiben. Der Koch schoss zur hinteren Veranda hinaus, um ihnen die schlammverschmierten Stiefel abzunehmen, und reichte jedem eine gekühlte Flasche Bier, nicht ohne ihnen zu versichern, dass »viel tiptop Dinner noch heiß« war. Er begleitete sie zu der außenstehenden Dusche beim Pfefferbaum, nachdem er bereits vorher geprüft hatte, dass dieser neumodische Leitungsapparat diesen Abend auch funktionierte. Der Boss konnte sehr ärgerlich werden, wenn er sich eingeseift hatte und das Wasser plötzlich nicht mehr floss. Tommy kreischte Mae an, ihm für die Herren Tücher und saubere Kleidung zu bringen, die er auf den Holztisch hinter den Wellblechschirmen legte.
Dann stand er draußen und rang die Hände, während die beiden Männer in der Dusche unter den Laternen glücklich herumspritzten, wie Schuljungen lachten, Bier tranken und sich unter dem frischen Wasser, das den Dreck und Schweiß des Tages fortwusch, vergnügten.
Tommy reichte Mae die verschmutzte Kleidung, die damit forteilte, dass ihre Füße mit den schwarzen Sandalen nur so flogen. Die Anspannung aber wurde Tommy bald zu groß, und er suchte in seiner Küche Zuflucht.

»Ich fühle mich schon viel besser«, sagte Harry, als er sich die Hose anzog.
»Wie wär's mit einem weiteren Bier?« fragte Corby ihn.
»Gerne. Das erste rann nur einfach die Kehle hinunter, so ausgetrocknet war ich.«
»Gut, kommen Sie mit ins Haus.«
»Einen Moment, Corby. Lassen Sie mich erst meinen Bericht schreiben, und dann, nach getaner Pflicht, komme ich zu Ihnen.«
»Der ganze verdammte Tag war verschwendet. Glauben Sie, dass sie morgen auftauchen werden?«
»Keine Ahnung. Aber ich muss es versuchen. Kann mir diese Chance nicht entgehen lassen.«
Sie trennten sich im Hof. Erfüllt von neuen Lebensgeistern, freuten sie sich auf die Drinks und das ausgezeichnete Essen, das Tommy ihnen versprochen hatte.
Corby ging durch die Küche, nahm zwei Flaschen Bier und begab sich in das Gesellschaftszimmer, wo Sylvia in einem weißen Kleid, die schwarzen Haare nach oben gesteckt und mit rosafarbenen Bändern zusammengehalten, bereits wartete. Er nickte ihr zu. Sie ging zum Schrank und holte zwei Bierkrüge.
»Du siehst sehr hübsch aus.«
Ohne eine Antwort abzuwarten, ließ er sich in seinen großen Armsessel fallen. »Das war der schrecklichste Tag in meinem Leben. Ich bin von Moskitos aufgefressen, von Blutegeln ausgesaugt worden, habe mich durch Sümpfe gequält und bin von der Hitze ausgetrocknet. Und alles umsonst. Von den Menschenhändlern keine Spur. Nichts, bis auf riesige Frösche und Wasserschlangen.«
»O du Armer«, sagte sie.
Schweigend saßen sie nebeneinander, bis er sich so weit erholt hatte, um nach seinem Sohn zu fragen. Er vergaß niemals, nach seinem Sohn zu fragen.
»Wie geht es ihm? Was macht der Junge?«
»Ich weiß es nicht«, sagte sie mit leiser Stimme.
»Was heißt, du weißt es nicht? Nur weil du und Jessie nicht mit-

einander auskommt, gibt es keinen Grund für dich, das Kind zu ignorieren.«

»Ich ignoriere Bronte nicht«, sagte sie ruhig. »Ich weiß nicht, wie es ihm geht, weil er nicht hier ist.«

»Und wo ist er? Sag mir nicht, Jessie hat ihn so spät noch zu den Kanaka-Frauen mitgenommen.«

»Nein. Aber Jessie ist auch nicht hier. Sie ist fort und hat Bronte mitgenommen.«

Ihre Antwort war bei ihm noch nicht angekommen. »Was meinst du, sie ist fort? Wohin?«

»Nach Cairns, glaube ich.«

Er sprang aus seinem Sessel auf und rannte in Jessies Zimmer. Das Bett, das breite Doppelbett, war gemacht. Die Wiege wirkte ohne das Moskitonetz leer, er starrte auf den Korbboden und konnte kaum begreifen, dass auch die Matratze fehlte. Sein Sohn war fort! Dann, als wollte er die Katastrophe noch immer nicht glauben, riss er die kleine Anrichte auf, die die Kindersachen, Kleidung und Spielzeug enthielt. Auch sie war leer. Und Jessies Blechtruhe war fort. Er riss eine Schranktür auf. Einige ihrer Kleider hingen noch da, dazwischen aber waren Lücken. Unruhig schaukelten vor seinen Augen seidenüberzogene Kleiderbügel, als fühlten sie sich schuldig, unbedeckt angetroffen zu werden.

»Sylvia!« brüllte er. Es war nicht notwendig, sie stand im Türrahmen.

»Wohin ist sie?«

»Sie nahm die Kutsche und fuhr in die Stadt. Mit Hanna und Bronte.«

»Das sehe ich selbst, du Idiotin. Warum hast du sie nicht aufgehalten?«

»Wie sollte ich sie aufhalten? Ich habe sie nicht gesehen. Sie fuhr, bevor ich aufgewacht bin.«

»Du lügst, du kleine Schlampe.« Er griff ihren Arm. »Du warst in der Früh wach.«

Sylvia riss sich los. »Hör auf, du tust mir weh. Ich war müde, also ging ich wieder ins Bett. Vater versuchte, sie aufzuhalten, sagte er. Er ist schrecklich aufgeregt. Nach allem, was ich hörte, hat sie schreckliche Dinge zu ihm gesagt, ihn verflucht und ist dann einfach gefahren.«

»O mein Gott! Sie hat Bronte, und sie ist ganz allein unterwegs.«

Sylvia zuckte mit den Schultern. »Sie dürfte mittlerweile wohlbehalten in Cairns sein.«

»Woher willst du das wissen? Auf dieser Straße kann alles Mögliche passieren. Wenn sie meinen Sohn in Gefahr bringt, bringe ich sie um.«

»Ich bezweifle, dass sie in Gefahr ist«, sagte seine Schwägerin spöttisch. »Mike Devlin hat sie begleitet.«

In Corbys Kopf drehte sich alles. Er fühlte sich schwindlig, so als stünde er wieder kurz vor einem Hitzschlag. Er musste sich am Bettende festhalten. »Du erzählst mir die Wahrheit?«

»Ja. Kann ich dir einen Brandy bringen?«

»Bleib, wo du bist. Du sagst, Devlin ist auch fort. Mit ihr?«

»Ja.«

Corby war verwirrt. Er stotterte. »Wa ... was ist mit der PPlantage? Er hatte die Verantwortung. Wer hat die Arbeit überwacht?«

»Niemand, soweit ich weiß. Aber was konnte ich denn tun? Offensichtlich haben sie diesen Tag gewählt, weil du nicht hier warst.«

Eine Sekunde lang war Corby kurz davor, ihr einfach ins Gesicht zu schlagen. Er brauchte jemanden, an dem er seine Wut auslassen konnte. Aber er hörte Harry die Treppe hochkommen. »Halloho. Irgendjemand zu Hause?«

»Im Gesellschaftszimmer«, rief Corby ihm zu. »Bin gleich bei Ihnen.«

Er schloss die Schlafzimmertür. »Wann sind sie fort?«

»Etwa sieben Uhr morgens, glaube ich.«

»Bei Gott, ich bringe sie um!« Er stürmte im Zimmer auf und ab. »Wie konnte sie es wagen? Wie konnte es dieser verdammte Hund wagen, sich mit meiner Frau und meinem Kind davonzumachen? Sag Toby, er soll mir sofort ein frisches Pferd satteln. Ich reite ihnen nach.«

»Du kannst nicht mehr weg, es ist zu spät. In der Dunkelheit ist es zu gefährlich. Setz dich einen Moment aufs Bett, ich bringe dir einen Brandy.« Sie eilte hinaus, war froh, ihn nicht mehr zu sehen, und begrüßte Harry mit einem warmen Lächeln. »Oh, ich nehme an, Sie hatten einen harten Tag. Bedienen Sie sich bitte, ich bin gleich wieder zurück. Corby fühlt sich nicht wohl.«

Harry war überrascht. »Wirklich? Ich hatte den Eindruck, dass er sich für einen Neuling im Feld ganz gut gehalten hat.«

»Die Sonne«, murmelte sie. Und hoffte, Corby möge sich weiter entschuldigen lassen, damit sie Harry am Abend für sich alleine hatte.

»Du siehst schrecklich aus«, sagte sie zu Corby und reichte ihm den doppelten Brandy.

»Warum sollte ich nicht schrecklich aussehen?« schrie er. »Hol Toby. Ich will wissen, was heute auf der Plantage passiert ist.«

»Lass das jetzt. Wenn etwas schief gelaufen wäre, hätten wir es erfahren. Der Soldat war hier. Und du weißt, was die Abos für Schwätzer sind. Als Vater davon hörte, dass Mike Devlin ebenfalls fort ist, nahm er sich ein Pferd und ritt auf die Felder. Der alte Narr, jetzt ist er erschöpft und hat sich ins Bett gelegt. Wenn es Probleme gab, dann hätte er davon erzählt. Warum legst du dich nicht auch hin?«

Corby starrte sie an. »Hinlegen? Bist du verrückt? Mein Verwalter ist mit meiner Frau durchgebrannt und du willst, dass ich mich wie ein alter Tattergreis hinlege!« In einem Zug leerte er das Brandyglas und klopfte verärgert auf den Nachttisch. »Sie hätte sich einen anderen als ihn aussuchen können. Ich hätte niemals gedacht, dass sie mit einem Angestellten durchbrennt.«

»Er hat Jessie immer schöne Augen gemacht. Es überrascht mich, dass du das nicht bemerkt hast. Kam mit seinen Berichten und hing mit seinen Kalbsaugen an ihrem Schreibtisch. Jessie machte für ihn alles großartig, sie war sein Engel, die sich um die Kanaka kümmerte. Es war übrigens seine Idee, dass sie das Lager besuchte. Wahrscheinlich, damit sie mehr Zeit zusammen verbringen konnten.«

»Warum hast du mir das nicht erzählt?«
Sie rümpfte die Nase. »Warum sollte es dich interessieren?«
»Weil es mein Kind betrifft, du verdammte Närrin. Weil es ein Skandal ist, wenn meine Frau mit dem Verwalter durchbrennt. Das Kind wird darüber niemals hinwegkommen. Seine Mutter und der Verwalter der Plantage! Widerlich!« Corby starrte auf den Boden, Sylvia aber hatte es eilig, wieder fortzukommen.
»Das war ein Schock für dich, Corby. Bleib einfach hier und ruh dich aus.«
»Nein, ich habe einen Gast. Wir werden Harry davon nichts sagen. Mrs. Morgan hat sich bereits zurückgezogen. Und Gott sei Dank ist dein verfluchter Vater heute aus dem Rennen. Noch so einen Abend wie gestern würde ich nicht ertragen. Morgen früh werde ich entscheiden, was zu tun ist.«
Enttäuscht folgte ihm Sylvia in das Gesellschaftszimmer.
Sergeant McBride hörte fast dieselbe Geschichte. Er hatte sich ausgezogen und sprang in den Bach neben Mikes Haus, um den Mangrovengestank loszuwerden, anschließend ging er in das Haus; dass sein Gastgeber nicht zu Hause war, beunruhigte ihn nicht. Wahrscheinlich war er im Haupthaus. McBride nahm Unterhose und -hemd, wusch sein Hemd und hing es, nachdem er es ausgewrungen hatte – bis morgen sollte es trocken sein – unter das Haus. Dann bürstete er den getrockneten Schlamm von der Uniform. Das war alles, was er tun konnte. McBride reiste mit wenig Gepäck.
Er zündete eine Laterne an und ging ins Haus, achtete auf Mikes Haustier, die Schlange, die ihn jedesmal zusammenzucken ließ. Nachdem er festgestellt hatte, dass die Schlange ganz zufrieden auf der hinteren Treppe lag, um nach nächtlichen Besuchern Ausschau zu halten, machte er es sich bequem. Im Küchenschrank fand er eine Whiskyflasche, öffnete sie, guter irischer Whisky übrigens – der Junge hatte Geschmack –, und da er hungrig war, durchstöberte er die Vorratskammer nach etwas Käse und saftigen Scheiben Cornedbeef.
Danach saß er auf der Veranda, genoss die warme, samtene

Nacht und sah zu den verstreuten Sternen auf, die aus dunklen Tiefen hervorleuchteten. Er hatte die Füße hochgelegt, in der Hand hielt er das Whiskyglas.
Der Polizist, der auf der Plantage zurückgeblieben war, unterbrach ihn in seinen Träumen. »Nichts gewesen heute, Sarge?« fragte er, als er zur Veranda hochkam.
»Absolut nichts. Ihr Burschen seid gut verpflegt worden?«
»Ja. Tamba kümmert sich um uns. Sie meint, Sie sollten runterkommen, wenn Sie was zu essen haben wollen.«
»Keine Sorge«, erwiderte McBride. »Ich warte auf Mike.« Er hielt sein Glas hoch und grinste. »Erstaunlich, wie Whisky den Hunger vertreibt.«
»Dann müssen Sie lange warten. Mike ist fort.«
»Wohin? Nach Helenslea? Was ist denn schon wieder passiert?«
»Nichts ist passiert«, sagte der Soldat. »Zu einem Schluck Whisky würde ich nicht nein sagen.«
»Er gehört mir nicht«, grummelte McBride.
»Spielt keine Rolle. Wir werden Mike hier so schnell nicht wieder sehen. Er ist mit Morgans Frau durchgebrannt.«
»Wer hat dir denn dieses Märchen erzählt?«
»Es ist wahr. Ich hatte, wie er mir aufgetragen hatte, ein Auge auf die Kanaka. Und ob Sie's glauben oder nicht, plötzlich kommt er und sagt, er müsse eine Zeit lang weg. Das nennt sich Aufseher! Ich dachte, es kann sich nur so um eine Stunde handeln. Aber er kam nicht mehr. Mittags ging ich also zum Essen zu Tamba und die Kanaka waren fürchterlich aufgeregt. Von ihnen hörte ich dann, dass Mrs. Morgan mit dem Baby und dem Abo-Mädchen nach Cairns gefahren ist.«
»Warum sollte sie das tun?«
Der Polizist grinste. »Das kann man sich leicht zusammenreimen. Die Kutsche war bis obenhin vollgepackt, und Mike ging mit.«
»Mike ist nicht fort, seine Sachen sind alle hier. Und du hältst lieber das Maul darüber. Ich glaube kein Wort davon. Mike verschwindet nicht einfach so. Dazu ist er nicht der Typ.«
»Wie Sie meinen.« Der Polizist zuckte mit den Schultern.

»Glauben Sie, was Sie für richtig halten. Aber wenn Sie was essen wollen, Tamba wartet.«
Corby war betrunken. Während des Essens hatte er ein Glas Wein nach dem anderen hinuntergestürzt und ging dann, gute Laune vorschützend, zum Port über. »Zählen Sie morgen nicht auf mich, alter Kumpel«, sagte er. Er hatte sich nun genügend Mut angetrunken, um ihnen für morgen eine Absage zu erteilen, gleichgültig, was sie von ihm denken mochten. Und da er Devlin nicht an seiner Stelle schicken konnte, machte er einen anderen Vorschlag. »Harry, ich überlasse Ihnen zwei oder drei von den Aborigine-Jungs, sie sind Ihnen wahrscheinlich von größerer Hilfe als ich. Außerdem habe ich Duval niemals gesehen, Sie können sich also als meine Person ausgeben. Ich gebe Ihnen etwas zum Anziehen.«
»Klar«, stimmte Harry zu. »Ich kann es Ihnen nicht verdenken. Wenn es nicht so wichtig wäre, würde ich auch nicht mehr zurück wollen.« Er lehnte die Flasche ab, die Corby ihm anbot. »Nein, danke. Ich habe genug. Und nun sagen Sie mir, Miss Langley«, wandte er sich an Sylvia, »wie gefällt Ihnen eigentlich das Leben auf der Plantage?«
»Wunderbar«, lächelte sie. Sie wagte nichts anderes zu sagen, als sie Corbys Stirnrunzeln wahrnahm. Sie hatte vorgehabt, Harry von ihrer Einsamkeit zu erzählen, von ihrem Leben hier und wie schrecklich alles war, alles in der Hoffnung, er würde sie dann aus Mitleid schon daraus erretten. »Aber ich finde das Klima zu dieser Jahreszeit sehr anstrengend.«
»Verdammt anstrengend, wenn man mitten im Sumpf sitzt«, sagte Corby und griff nach dem Portwein. »Noch einen Schluck, Harry?«
»Für mich nicht, danke. Ich muss früh aufstehen.«
»Das ist richtig«, fiel Sylvia ein. »Harry muss im Morgengrauen aufstehen, Corby. Du kannst ausschlafen.«
»Wie zum Teufel kann ich ausschlafen, wenn ich nun den ganzen Laden alleine leiten muss?«
Harry schien die Bemerkung überhört zu haben. Er stand auf. »Ich muss nun wirklich gehen, wenn Sie nichts dagegen haben.«

Sylvia verzweifelte. Sie hatte gehofft, Corby würde als erster zu Bett gehen oder einfach betrunken unter den Tisch sinken, aber nun war klar, dass er nicht die Absicht hatte, das Feld zu räumen. Ihre Chance, mit Harry alleine zu sein, war dahin.
Aber dann kam Tommy durch den Gang gelaufen. »Reiter komm', Boss.«
»Was für ein Reiter? Zu dieser Stunde?« Corby brauchte zwei Versuche, bis er aus seinem Sessel kam, dann wankte er zur Tür. Als ihm Harry helfen wollte, wurde er weggestoßen. Sylvia zuckte zusammen. Was musste Harry von ihnen denken? Der gestrige Abend war schlimm genug gewesen, aber das war noch schlimmer.
Glücklicherweise war es ein berittener Polizist mit einer Nachricht für Scott-Hughes. Sie eilten nach draußen.
»Die Java Lady ist untergegangen, Sir. Auf ein Riff gelaufen.«
»Großer Gott! Überlebende?«
»Nur fünf, soweit wir wissen. Sie retteten sich auf ein Floss und wurden von einem vorbeifahrenden Schiff aufgenommen. Haben Glück gehabt, sie hatten kein Wasser und keinen Proviant mehr. Waren aber alles Seeleute, Besatzungsmitglieder der Java Lady, die hofften, dass sie an Land getrieben werden.«
»War Frenchy Duval unter ihnen?« fragte Harry.
»Nein, Sir. Das ist die schlechte Nachricht. Die Leute waren wütend auf ihn. Er und einige seiner Kumpel bemächtigten sich des Großboots und ruderten fort. Ließen den anderen keine Chance. Das Schiff ging schnell unter, sagten sie, schwere See, Brecher schlugen über sie herein. Die Jungs wurden über Bord gespült, aber Frenchy ließ nicht anhalten, um sie zu retten. Und die verdammten Kanaka ... verzeihen Sie, Miss«, entschuldigte er sich bei Sylvia für seine Sprache – sie hatte es jedoch kaum gehört –, »die armen Kerle, etwa vierzig, steckten im Laderaum fest und hatten keine Chance. Sie gingen mit dem Schiff unter.«
»O mein Gott!« sagte Harry. »Wie schrecklich.«
»Nicht das erste Mal, Sir. Vor einer Weile lief ein anderes Schiff in der Nähe von Cape Tribulation auf Grund. Dabei ertranken

sechzig chinesische Kulis, die unterwegs zu den Goldfeldern waren. Aber Frenchy Duval ist ein gerissener Gauner, er kann mittlerweile überall sein. Er ist uns also wieder durch die Lappen gegangen.«

»Leider wahr«, sagte Harry. »Sie müssen müde sein. Danke für die Botschaft.« Er wandte sich an Corby. »Können wir ihm etwas zu essen anbieten?«

Corby winkte Tommy, der aufmerksam dem Drama gelauscht hatte. Der Koch nickte eifrig. »Ich hol', ganz schnell.«

»Welch ein Unglück«, sagte Harry zu Corby, der jedoch ungerührt schien.

»Gute Nachricht, Harry. Sie müssen morgen nicht wieder in den Sumpf. Kommen Sie und genehmigen Sie sich einen Drink.«

Sylvia, die Harrys Irritation bemerkte, trat dazwischen. »Ich glaube nicht, dass es hier etwas zu feiern gibt.« Aber Corby wankte bereits in das Haus zurück.

»Ich muss McBride und den anderen Bescheid sagen«, sagte Harry zu ihr.

»Natürlich. Wir schicken Toby, um ihnen mitzuteilen, dass das Unternehmen morgen abgesagt ist. Und wenn Ihr Mann versorgt ist, kann ihn Toby zu den Schlafquartieren bringen.«

»Gut«, lächelte er. »Sehr gut.«

Sylvia hätte Elly zu Toby schicken können, aber sie hatte eine bessere Idee. »Toby schläft in den Ställen. Wenn Sie so freundlich sind und die Laterne mitnehmen, Harry, dann können wir zu ihm gehen.«

Nachdem Toby sich auf den Weg gemacht hatte, gingen sie langsam zum Haus zurück. Alles war nun ruhig, der Hof war verlassen. Harry hing die Laterne an ihren Haken. »Kommen Sie hin und wieder in die Stadt, Sylvia?«

»Ich war erst einmal dort. Es ist schwierig, hier wegzukommen, wenn mich niemand begleitet.«

»Und wenn ich Sie abhole?«

»Das wollen Sie tun? Ich konnte im Beisein meines Schwagers das Leben hier schlecht kritisieren. Aber ich fühle mich sehr

einsam, es passiert hier nicht viel. Überhaupt kein Vergleich zu dem gesellschaftlichen Leben, das ich zu Hause gewohnt war.«
»Dann müssen wir das ändern«, sagte er und nahm ihre Hand.
»Oh, das wäre sehr freundlich von Ihnen. Aber jetzt muss ich reingehen.« Sylvia gab ihm einen sanften Kuss auf die Wange, nur einen freundlichen Kuss, aber er hatte die erhoffte Wirkung. Harry nahm sie in die Arme und küsste sie heftig.
»Sie sind so schön«, flüsterte er. »Seitdem ich Sie zum ersten Mal gesehen habe, konnte ich an nichts anderes mehr denken.«
Sylvia fühlte sich in den Armen dieses attraktiven Offiziers wie im Himmel. Jessie konnte Corby haben, sie wollte ihn nicht mehr. Er konnte diesem sanften und freundlichen Mann nicht das Wasser reichen.
Widerstrebend gab Harry, ganz der Gentleman, sie frei und sah ihr verzaubert nach, wie sie leise zur Tür ging, sich umdrehte und – ihre Gestalt hob sich vor dem weichen Licht ab – ihm zuwinkte.
In ihrem Zimmer seufzte sie vor Freude. Sie wäre mit Harry in sein Zimmer gegangen, wenn er sie gefragt hätte, aber er war ein romantischer Mensch und würde ihr auf wunderbare Weise den Hof machen. Sie verschloss die Tür. Die Affäre mit Corby war vorbei. Sie würde ihm nicht mehr erlauben, dass er ihr zu nahe kam.
In dieser Nacht allerdings war es nicht notwendig, die Tür zu verschließen. Corby war in seinem Sessel eingeschlafen. Später schaffte der treue Tommy den betrunkenen Boss in sein Zimmer und in sein Bett.
Einige Male kamen Krieger vom Stamm des Großen Flusses in Rawallas Lager. Sie waren seltsame Männer, hochgewachsen, von Josephs Größe, aber von anderer Statur. Sie besaßen harte, knochige Schultern und lange schlanke Beine, die von den weiten Entfernungen herrührten, die sie zurücklegten, wie er annahm. Nach Rawallas Beschreibung erstreckte sich das Territorium der Irukandji mindestens hundert Meilen nach Norden und Westen, dieser Teil lag an der südlichen Grenze. Joseph, der von einer kleinen Insel kam, verwirrte das. Rawalla sagte,

dieses Land höre nicht auf; egal, in welche Richtung man reiste – mit Ausnahme des Ostens, des Meeres –, man kam an kein Ende.

»Deswegen«, sagte er hochmütig, »können die Weißen und ihre Kanaka-Sklaven uns niemals besiegen. Ihr müsstet, wenn ihr über die Berge und die Ebenen und Wüsten vordringt, Stamm um Stamm bekämpfen, bis ans Ende aller Zeit.«

Joseph wollte diesen Übertreibungen zunächst wenig Glauben schenken, als aber Rawalla die Namen der Stämme aufzählte, die er auf seinen Reisen angetroffen hatte, und von anderen erzählte, von denen er nur gehört hatte, musste sich Joseph eingestehen, dass er vielleicht Recht hatte. Welche Chance hatte er in diesem Fall, weiterzugehen? Bei den Weißen war er sicherer oder wäre es gewesen, wenn nicht der Master von Helenslea über ihn hergefallen wäre.

Er hätte sich gerne mit den Irukandji-Kriegern unterhalten, wagte jedoch nicht, sie anzusprechen. Sie betrachteten ihn mit der Verachtung, die sie für Sklaven übrig hatten, und unterschieden sich darin kaum von den Gewohnheiten auf Malaita. Es war gefährlich für Sklaven, ihre Herren auch nur anzusehen; sie riskierten, dass ihnen der Schädel eingeschlagen wurde.

Joseph erfuhr allmählich, dass sich Rawalla außerhalb der Stammesfamilie gestellt hatte, weil er Tabus gebrochen hatte. Wahrscheinlich hatte er zuviel Zeit mit den Weißen verbracht. Aber er wurde hier als Vorposten toleriert; für Späherdienste war er zu alt. Er schien damit zufrieden, vor allem jetzt, da er seinen eigenen Sklaven besaß, der für ihn jagte und arbeitete. Kein Zweifel, er war stolz auf sein neues Statussymbol, gackerte und führte ihn den Kriegern vor. Joseph wusste, dass er nur in dieser Funktion toleriert wurde. Ansonsten hätten ihn diese wilden Krieger fein säuberlich zerlegt.

Solange er sich unterwürfig verhielt, seinen Blick nach unten richtete und um Rawalla herumkroch, um ihn zu bedienen, war er sicher. Bei jeder sich bietenden Gelegenheit aber beobachtete er die Fremden. Sie trugen Haarknoten, die mit Bienenwachs zusammengehalten wurden, die Knochen in ihren Nasen waren ihm vertraut, Menschenknochen, wie sie auch die Häuptlinge zu Hause trugen. Ihre Gesichter waren weiß und gelbockerfarben gestreift, ihre Körper mit Emuöl und getrocknetem Lehm eingeschmiert, zum Schutz gegen Moskitos, wie er von Rawalla erfahren hatte, als er ihm dieselbe Mischung bereiten musste. Und ihre Waffen beeindruckten ihn. Sie trugen Speere mit Widerhaken und Bumerangs in ihren Gürteln, und auf ihren Rücken, von Schnüren gehalten, Streitäxte, deren Handgriffe nach oben zeigten, damit sie schnell und leicht zu gebrauchen waren. Joseph bewunderte diese Erfindung – gern hätte er die Bewegung selbst ausprobiert –, doch die Bumerangs faszinierten ihn. Er hatte gesehen, wie einer der Irukandji damit eine Ente erlegt hatte, so leicht, nur eine schnelle Bewegung des Handgelenks schien nötig zu sein, und dann war die Waffe zum Werfenden wieder zurückgekehrt und ihm vor die Füße gefallen. Er hatte Rawalla gebeten, ihn das zu lehren, aber der alte Schurke hatte abgelehnt. Er hatte ihn, nahm Joseph an, irgendwo versteckt, damit der Sklave ihn nicht an seinem Herrn ausprobieren konnte.

Aber solange er friedlich blieb, hatte Rawalla von ihm nichts zu befürchten. Das hatte ihm der Kanaka klar zu verstehen gegeben. Joseph spielte seine neue Rolle mit dem angemessenen Respekt, wartete ab, machte sich nützlich und überlegte, was er tun sollte. Er sorgte sich um Paka und Ned. Sie waren in der Nacht geflohen, sie hatten also Zeit genug bis zur Morgendämmerung gehabt, aber wie er waren sie nun vogelfrei. Er fragte sich, wohin sie gegangen waren, und hoffte, dass sie gut durchkamen. Ned war seit Jahren in diesem Land, er würde wissen, was zu tun war.

Warum sorgte er sich dann aber? In der Nacht hatte er Träume. Er träumte, seine Freunde lagen in schlammigen Gräbern, Regen ergoss sich über sie, aber sie lebten noch und riefen ihn. Auch Ratasali brach in seine Träume ein, ein brüllendes Wesen, das verlangte, sein Sohn möge zur Tat schreiten. Sein Vater, aufgebracht, dass sich sein Sohn willentlich zu einem Sklaven erniedrigte, bestürmte ihn, aber wenn Joseph sich zu erklären versuchte, versagte ihm die Stimme. In Gegenwart seines Vaters war er stumm. Dann zeigte Ratasali seine Macht. Joseph sah, wie er Mr. Betts zerschmetterte. Er sah den Master vom Pferd fallen. Und er hörte Stimmen, die die Insellieder sangen, während Mr. Betts in ein gähnendes Grab gelassen wurde, und der Häuptling von Malaita stand grinsend neben Mrs. Lita.

All das sah er, verscheuchte es aber wenn die Sonne aufging und ihn von seinen Alpträumen erlöste und er sich an seine tägliche Arbeit machte. Rawalla, der wusste, dass er zwischen den Weißen und den Leuten vom Großen Fluss in der Falle saß, ließ ihn meist in Ruhe, solange er nur Fische oder erlegte Tiere zurückbrachte. Joseph begann daher, das Ufer des Flusses zu erforschen. Meilenweit rannte er flussaufwärts, gewann nach der Feldarbeit und der schlechten Verpflegung seine Kräfte wieder und erkundete so weit wie möglich die Gegend, bevor es an der Zeit war, zum Lager umzukehren. Sicherlich würde Rawalla sein Volk benachrichtigen, wenn er nicht zurückkehrte. Wieder einmal war er erstaunt und überwältigt von diesem Land und seinem reichen Nahrungsangebot. Der Fluss war voller Fische, zu Tausenden gab es hier fette Enten. Dschungel-Truthähne und ihre Eier sah er in großer Zahl, und die Früchte und Nüsse, Yamwurzeln und dicken Würmer waren nur einige der vielen Nahrungsmittel, die ihm Rawalla stockscharrend aufgetragen hatte zu sammeln.

Eines Tages hörte er beim Fischen das unverkennbare Rauschen eines Wasserfalls. Er ließ seinen Fang zurück und kletterte höher, schwang sich über glitschige Felsen und versuchte, einen freien Aussichtsplatz zu finden.

Es war herrlich! Eine Kaskade von solcher Gewalt donnerte und rauschte von den Höhen, dass es ihm den Atem nahm, ein dichter Vorhang weißen Lichts, der ihn selbst im nebeligen Licht blendete.

Er wollte dieses Wunder von oben sehen. Joseph begann wieder zu klettern. Er hatte keine Zeit für einen Umweg. Er fand Vertiefungen für die Füße, probierte und hing sich an feuchte Baumstämme, schwang sich auf Felsvorsprünge und grub die

Zehen in Spalten, während er höher und höher stieg, bis er oben war, bei den Göttern der Natur, wie er fühlte, ein Teil der Traumzeit, von der Rawalla so oft sprach. Es war ein heiliger, magischer Ort, der ihm Glück bringen würde.

Er warf sich in das prickelnde Wasser, trank die Wohltat, und dann sah er, dass er einen leichten Übergang über den Fluss gefunden hatte, einen Ort ohne die gefürchteten Krokodile. Vor ihm lagen, aufgereiht wie Trittsteine, mächtige Felsblöcke im Flussbett, die das Wasser um sich teilten und dem Druck standhielten.

Joseph planschte am Rande, ließ sich von der seichten Randströmung treiben und lachte. Dieser alte Schurke Rawalla. Von den Wasserfällen hatte er niemals erzählt. Er hatte niemals gesagt, dass die Leute des Großes Flusses zu jeder Zeit den Fluss überqueren konnten. Daher die Geschichten, die er auf der Plantage gehört hatte, dass wilde Schwarze über den Fluss kamen und Rinder töteten und stahlen, Frauen entführten und das Getreide in Brand steckten.

Joseph studierte die Fälle und die Tiefe des Wassers unten. Es war zu gefährlich, es von oben versuchen zu wollen. Aber weiter unten kletterte er auf einen Felsvorsprung, stand da und wägte ab, ob er springen konnte. Es ließe sich eine gute halbe Stunde des Rückwegs sparen.

In diesem Augenblick traten zwei junge Männer, Irukandji-Krieger, aus dem dichten Grün und starrten ihn an.

Joseph hatte großen Respekt vor ihren Fertigkeiten mit Speer und Bumerang. Er wusste, wenn er sprang und unten zwischen den Felsen wieder auftauchte, konnten sie ihn wie einen fetten Fisch abstechen. Also machte er ihnen gestikulierend deutlich, dass sie zu seinem Standplatz hochkommen sollten.

Sie machten sich auf, ließen die Waffen fallen, doch er wusste, dass ihre messerscharfen Tomahawks immer gegenwärtig waren. Welch herrliche Täuschung, dachte er beeindruckt, schade, dass unsere Männer in Malaita niemals darauf gekommen sind. Ein Mann konnte sich, scheinbar unbewaffnet, mit ausgestreckten Armen nähern und dich eine Sekunde später töten. Aber sie werden mich nicht bekommen. Er beobachtete sie. Wenn eine Hand an die Schulter ging, würde er fort und über die Kante sein.

Gerne hätte Joseph mit jemandem vom Stamm Kontakt aufgenommen. Mit anderen Menschen seines Alters, so wie diese. Er hatte von Rawallas Genörgel und Gekeife mehr als genug, von seinen Zahnstumpen, wegen denen er jede Nahrung klein hacken musste, und von seinem abscheulichen Gestank. Er stampfte mit den Füßen auf und wies sie erneut an, zu ihm zu kommen.

Die beiden jungen Männer begannen zu lachen, stießen sich ausgelassen an, um als erster bei diesem Verrückten zu sein, und Joseph lachte ebenfalls. Mit seinen Zehen suchte er festen Halt und gab vor, hinabzuspringen, forderte sie heraus, doch sie hielten sich zurück. Das hier war ein Spiel, wie er wusste, ein Spiel um sein Leben. Sie konnten ihn hier oben nicht mehr angreifen, aber wenn er sich verschätzte, dann brach er sich dort unten das Genick.

Trotz ihrer Geschicklichkeit im Busch erkannte er an ihrer Zurückhaltung, dass sie vom Springen und Tauchen keine Ahnung hatten. Er zeigte nach unten und streckte, wie ein Adler, der nach seiner Beute spähte, weit die Arme von sich. In ihren Gesichtern sah er ihre Erregung, sie drängten ihn zu springen, und er reagierte aus schierem Übermut.

Er sprang ab, weit von der Klippe weg hinaus in die Luft, um den Felsen unten am Wandfuß zu entgehen, wie ein Pfeil schnitt sein Körper durch die Gischt des Wasserfalls, er hatte den Kopf zwischen die Schultern gezogen, die Beine gestreckt, um glatt einzutauchen, die Muskeln aber waren entspannt und bereit für den Aufprall.

Joseph flog. Die Klippe war höher als jede andere, von der er bislang gesprungen war, und so auch der Kitzel des Augenblicks. Es war eine Herausforderung, eleganter als die hinter ihm herabstürzenden Wassermassen durch die Luft zu fliegen; er war beinahe enttäuscht, als seine Hände durch die Oberfläche des brodelnden Wasserbeckens glitten und er in die Tiefe

hinabschoss, sich dann wand, umdrehte und versuchte, die Abwärtsbewegung, die in diesem trügerischen Gewässer jeden Moment zu einem Zusammenprall führen konnte, abzufangen. Er riss sich herum, die Arme arbeiteten wie Ruder, mit den Füßen stieß er sich ab und kämpfte sich nach oben, weiter und weiter, zerbarst vor Sauerstoffmangel, kämpfte um Luft, die irgendwo über ihm, weit, zu weit weg, sein musste! War es zu weit? O nein! Er musste nur weitermachen, gegen diese narkotische, hypnotische Stimme angehen, die ihm einflüsterte, aufzuhören, sich auszuruhen und zurückzulehnen, um die Lethargie der wunderbaren Tiefe zu genießen.
Joseph kannte die Falle, den Zauber des Blaus. Er hatte Männer von den verlockenden Nymphen der Tiefe reden hören, die ihnen einflüsterten, hierzubleiben und ein wenig zu verweilen. Er machte eine letzte Anstrengung, dann schoss er an die Oberfläche, rang nach kostbarer Luft, schüttelte Wasser ab und schlug mit seinen Händen auf das brodelnde Wasser, als Zeichen des Triumphs, dessen Zeuge die Wasserfälle selbst sein sollten. Denn er hatte sie besiegt.
Er versuchte, in der weißen Gischt weiterzuschwimmen, aber die Strömung war zu schnell, zu rauh und wirbelte um scharfkantige Felsen, bis sie sich in den Fluss ergoss. Er wünschte sich ein Kanu, das ihn in kürzester Zeit ins Lager gebracht hätte, und fragte sich, ob Rawalla ihn wohl eines bauen ließ. Wahrscheinlich nicht.
Weiter unten erinnerte er sich an die Fische, die er in seinem Netz gefangen hatte. Er kehrte wieder um und bemerkte bald, dass er verfolgt wurde. Zwei Männer waren ihm auf den Fersen. Ohne Waffen, mit denen er sich hätte verteidigen können, drehte sich Joseph um. Er hob die Arme, die Handinnenflächen in friedlicher Geste nach vorne gerichtet. Er war nicht überrascht, als er die beiden Krieger von den Wasserfällen sah, die rannten, als würden sie von Dämonen verfolgt.
Der erste blieb stehen und klopfte ihm auf die Schulter, ein Strom gutturaler Laute und aufgeregter Gesten machte deutlich, dass ihm zu seinem Sprung gratuliert wurde. Der junge

Mann besaß das breiteste Grinsen, das Joseph jemals gesehen hatte, seine großen Zähne hoben sich blendend weiß von dem schwarzen Gesicht ab, und Joseph wies erleichtert auf das Lager. »Rawalla«, sagte er, um sich selbst zu identifizieren, falls die Stimmung umschlagen sollte.

Sie nickten ungeduldig. Offensichtlich kannten sie es. Aber sie hatten eine neue Herausforderung. Ein Rennen? War es das, was sie wollten? Er zeigte auf sich und dann auf Rawallas Lager, das meilenweit flussabwärts lag, und nach allem Nicken und Zeigen und Herumspringen schien es, dass es genau das war, was sie wollten. Er hoffte es jedenfalls. Da sie die Herausforderung des Sprungs nicht angenommen hatten, waren sie nun hier, um ihre Ehre wieder herzustellen. Er hielt die gefangenen Fische hoch – sie würden ihn behindern, aber er konnte sie nicht zurücklassen. Der Sprecher der beiden hielt seinen Speer hoch; ein Krieger konnte auch seine Waffe nicht wegwerfen. Die Belastung war also mehr oder weniger ausgeglichen.

Ohne eine Warnung liefen die beiden los, Joseph griff nach seinem Fang und eilte ihnen hinterher.

Sie hatten es sofort auf das offene Gelände abgesehen, fort vom Flussufer, sprangen über umgestürzte Bäume und brachen durch den Busch. Da sie offensichtlich bekannte Fußwege benützten, folgte ihnen Joseph, aber es erforderte große Anstrengung. Sie waren schnell. Als sie einen Abhang herab in eine Lichtung kamen und vor ihnen das Flusstal sich ausbreitete, hatte Joseph seinen Rhythmus gefunden. Er kämpfte sich heran, überholte einen, der nach dem Atem zu schließen ermüdete, und holte gegenüber dem anderen auf. Mit einem lauten Schrei überholte er ihn, befand sich nun in bekannterem Gelände und hielt nach Landmarken Ausschau. Eine falsche Wendung konnte ihn bis zu den Schultern in dichtem Gestrüpp verschwinden lassen.

Er schoss an einer Palmengruppe vorbei, wieder hinein in die feuchte Niederung, die dem Dschungel zu Hause nicht unähnlich war. Joseph war in seinem Element. Er kannte jetzt den Weg, der Schwarze hatte keine Chance mehr ihn einzuholen.

Seine nackten Füße flogen über den feuchten, schmierigen Boden, lachend und jubilierend sah Joseph das Ziel vor seinen Augen, das nur mehr eine Meile entfernt war. Er würde ihnen zeigen, wozu Männer aus Malaita in der Lage waren.
Und dann erinnerte er sich, dass er ein Sklave war. Ein Sklave, der in einem Wettbewerb seinen Herrn besiegte, musste getötet werden, um die Überlegenheit des Stammes zu sichern. Es fiel ihm sehr schwer, wie ein Sklave zu denken, aber er erinnerte sich an die Abscheu, die die anderen Besucher Rawallas gezeigt hatten. Hatten diese Stämme dieselben Gesetze? Wenn er gewann, würde er sich vielleicht nicht lange seines Sieges rühmen können. Allmählich wurde er langsamer. Als der Aborigine aufholte, legte er zum Schein einen fingierten Spurt hin, ließ den anderen um die Führung kämpfen und atmete schwer, als der Gewinner ihn überholte.
Keuchend warf er die Fische vor Rawallas Füße, nickte dem Gegner zu und warf sich erschöpft auf den Boden.
Als Rawalla seinen Sklaven erblickte, stieß er einen Strom von Verwünschungen aus, der Krieger jedoch beruhigte ihn. Als der dritte ankam, der seine Niederlage gelassen nahm, wurde Joseph mit Respekt behandelt. Er wurde von dem jungen Krieger, dessen Name Guloram war und der im Stamm offensichtlich einen hohen Rang einnahm, zum Lagerfeuer eingeladen, und Rawalla musste, wenngleich mit grummelndem Unmut, diesen Verstoß gegen die Tradition akzeptieren. Es kam noch schlimmer. Nach einigen halbherzigen Erwiderungen auf Fragen, die Guloram gestellt hatte, schrie er Rawalla wütend an und zwang ihn, die Unterhaltung zwischen ihm und dem Fremden zu übersetzen.
Joseph freute sich über die Versuche dieses Mannes, mit ihm zu reden, auch wenn es nur Neugier war, die dazu den Anstoß gab. Er fragte Joseph nach seinem Volk, wo es lebte und woher es kam, gab aber nichts von seinem eigenen Volk preis.
Am nächsten Morgen weckte Rawalla Joseph mit einem Tritt und befahl dem Sklaven, seine verwahrlosten Sachen zusammenzupacken.

»Wohin gehst du?« fragte Joseph.
»Durch das Tal in das Hochland«, sagte Rawalla. »Mein Freund Guloram sehr wichtiger Mann.«
»Ja«, sagte Joseph. Sorgfältig verbarg er seine Freude darüber, dass er den Alten bald loswerden würde. Nun, da er in Guloram einen Freund gefunden hatte, vertraute er darauf, dass er in dessen Lager sicher war.
Als wollte er diese Meinung bestätigen, stieß ihn Rawalla in einem Anfall guter Laune mit seinem Stock. »Guloram sagt, du guter Kerl.«
Joseph nickte. Eilig packte er Rawallas Decke, Kochtopf und anderen Krimskrams in den Leinwandbeutel. Die anderen warteten bereits, und er wollte nicht, dass sie es sich noch anders überlegten und Rawalla zurückließen. Aber dann sagte der Alte zögerlich: »Er sagt, du auch mitkommen.«
Erstaunt stand Joseph auf. »O nein. Sag Guloram meinen Dank. Sag ihm, er ist sehr freundlich, aber ich bleibe lieber hier. Sag ihm, ich belästige niemanden.«
Rawalla brach in schallendes Gelächter aus, zwischendrin übersetzte er Josephs Antwort. Während Guloram und sein Freund zuhörten, begannen sie ebenfalls zu lachen, zeigten auf Joseph und überschlugen sich in ihrer Fröhlichkeit.
»Was ist so komisch?« fragte er verwirrt. Guloram aber wurde ungeduldig und wollte fort. Er signalisierte ihnen, sich auf den Weg zu machen.
»Warte«, bat Joseph. »Warum kann ich nicht bleiben? Frag ihn warum?«
»Du dumm«, sagte Rawalla, der sich keine Mühe machte, die Frage weiterzuleiten. »Du hier ertrinken. Flut kommen.«
»Oh, Flut! Ich verstehe.« Er grinste; er glaubte nun die komische Seite zu sehen. »Dieses Ufer wird überflutet.«
Rawalla spuckte aus. »Du verstehst nichts, du verdammter Dummkopf.« Er warf seine Arme zum Fluss. »Große Flut kommen. Hier ertrinken. Alle Weißen ertrinken, alle tot. Fertig, Ende.«
Guloram brüllte sie nun an. Rawalla fuhr Joseph an, sich zu be-

eilen, so nahm er den ausgebeulten Sack und trottete hinter seinem Herrn her. Er wollte mehr über die Flut wissen, wahrscheinlich übertrieb Rawalla wieder, er hatte immer wilde Geschichten parat.

Seine Chance kam unterwegs, als die beiden anderen vorausgingen, um zu jagen. Nahrung musste immer gesucht werden. Sie hatten niemals Vorräte bei sich, noch hatte Rawalla welche angelegt. Was sie hatten, aßen sie. Morgen war ein anderer Tag.

»Ich glaube, du übertreibst mit der Flut«, sagte er. »Ich habe niemals von einer so großen Flut gehört. Nur das Meer kann das.«

»Flüsse genauso gut.«

»Nicht viel Regen«, spottete Joseph. »Regenzeit bald vorbei.«

»Du Dummkopf, du. Große Flüsse kommen von weit, weit her. Ein fetter Fluss fließt in anderen Fluss.« Er schlug die Hände zusammen. »Bang! Nun zwei fette Flüsse kommen. Alles Land, Meilen für Meilen überschwemmen.«

»Ich sehe keinen fetten Fluss. Woher weißt du das?«

»Sie wissen.« Rawalla zeigte auf die Berge. »Mein Volk wissen, sie hören die Frösche, sie schicken Boten, Flüsse kommen. Dreckige Weiße alle sterben.«

Joseph ging mit Rawalla nach Westen, wie es Guloram angezeigt hatte, bis der Alte erschöpft war. Er hätte bereits früher weglaufen können, wollte aber Rawalla nicht die Möglichkeit geben, Alarm zu schlagen. Wenn man seine Stimme auch nicht hörte, so konnten sie doch durch Feuerzeichen oder andere Buschsignale alarmiert werden. Offensichtlich wollten sie nicht, dass er den Fluss überquerte und die verhassten Plantagenbewohner warnte. Ihren amüsierten, rückwärts gewandten Blicken entnahm er, dass es ihnen gefiel, die Naturkatastrophe kommen zu sehen, während sie sich zurückzogen.

Es stimmte schon, er konnte sich eine Überflutung diesen Ausmaßes, wenn sie nicht von den Gezeiten stammte, nicht vorstellen. Aber alles an diesem Land war so groß. Sogar die Plantage. Verglichen mit den Gärten seiner Heimat war ihre Größe überwältigend. Und er hatte von Städten unten an der Küste gehört, die nicht Hunderte, sondern Tausende von Meilen auseinanderlagen. Rawallas Gerede vom endlosen Land klang plausibel. Er musste fort und seine Freunde warnen.

»Halt!« rief Rawalla. »Ich bin müde. Ich kann nicht mehr gehen.«

»Wir müssen weiter.« Joseph trieb ihn voran, bis er zu Boden sank.

»Halt!« befahl Rawalla. »Ich muss ausruhen. Du bleibst sitzen und hältst nach Guloram Ausschau. Und geh nicht weg, oder er wird wütend.«

Bald darauf schnarchte er im höhlenartigen Wurzelwerk eines Feigenbaumes, worin er sich zusammengerollt hatte, und Joseph schlich sich fort, hin zu den Wasserfällen.

Diesmal ging er leise weiter, er hatte Angst, Aufmerksamkeit auf sich zu ziehen, und beobachtete das ferne Ufer. Er kannte die vor ihm liegenden Gefahren, aber er war entschlossen, seine Freunde zu warnen. Würden sie ihn auslachen? Würden sie seiner wilden Geschichte Glauben schenken? Zweifel überkamen ihn. Wo ist diese Flut? würden sie fragen. Wenn er es denn überhaupt zu ihnen schaffte.

Das war das nächste Problem. Er schlüpfte durch das Gestrüpp, hielt sich von den Pfaden der Schwarzen fern, verhielt immer wieder, um nicht von Irukandji-Spähern gesichtet zu werden, und machte sich um seine Chancen auf der anderen Flussseite Gedanken. Er war nicht nur ein Abtrünniger, sondern ein entflohener Gefangener, der wegen eines Verbrechens gesucht wurde. Tagelang hatte Joseph versucht, nicht an Mr. Betts, seine schreckliche Anschuldigung und fürchterliche Wut zu denken. Jetzt war es an der Zeit, den Tatsachen ins Gesicht zu sehen. Er musste ein schreckliches Vergehen begangen haben. Vielleicht ein Tabu gebrochen haben.

Aber Mrs. Lita war willig und hatte ihn gewollt. Er hatte keine Jungfrau entehrt. Hätte er das getan, dann wäre die Wut des Weißen verständlich gewesen. Aber Mrs. Lita, soviel wusste er vom Gerede auf der Plantage, war verheiratet gewesen und ihr Ehemann war gestorben. Sie war eine Frau ohne Mann und hatte daher das Recht, ihr Vergnügen zu suchen, oder nicht? Als er die Wasserfälle erreichte, setzte er sich hin und dachte darüber nach. Es deprimierte ihn. Seine Flucht aus der Welt der Weißen war eine kopflose Hatz voller Furcht gewesen, und jetzt, als er darüber nachdachte, zurückzukehren, kam diese Furcht wie Galle wieder hoch.

Warum tat er das? Er spürte wieder die Gegenwart Ratasalis, seines dominierenden Vaters, der ihm riet, umzukehren. Er konnte hier bei den schwarzen Stämmen leben und mit ihnen Freundschaft schließen. »Du hast einen guten Anfang gemacht«, sagte ihm die Stimme. »Bleib bei ihnen, und mit der Zeit werden sie sehen, dass du ein Mann unter Männern bist, eine mächtige Person, die sie respektieren werden.«

Joseph schüttete sich kaltes Wasser ins Gesicht, um seinen Kopf von diesen ehrgeizigen Gedanken frei zu halten. Sie mochten ihn vielleicht tolerieren, diese schwarzen Leute, aber niemals respektieren. Wie Rawalla würde er ein Ausgestoßener sein und alt werden. Wenn das alles war, was ihm das Leben hier zu bieten hatte, dann konnte er auch nach Malaita zurückkehren.

»Ja«, spottete die Stimme, »wo die Häuptlinge, wer immer sie auch sind, dich sofort töten, aus Furcht, dass du die Macht besitzt, sie zu überwinden.«

Er verbrachte eine schlimme Stunde, in der er gelähmt am Wasserfall saß, bis er genug Mut fand, den Fluss zu überqueren. Dann fand er sich auf der Seite der Plantage wieder und musste sich dazu überreden, nicht feige zu sein und zurückzugehen. Paka und Ned hatten ihn vor dem Hängen bewahrt, er musste sie irgendwie finden. Zuerst aber, wo befand er sich?

Wenn er flussabwärts ging, musste er durch andere Plantagen, bis er nach Helenslea kam, und Providence, wo seine Freunde lebten, war noch weiter weg. Wenn diese Flut kam, waren Dörfer und Siedlungen am Unterlauf des Flusses mehr gefährdet. Soviel wusste er von diesen Dingen. Ein hoher Wasserstand in Verbindung mit einer Flut war verheerend. Von Providence aus floss der große Fluss ins Meer. Sie war die letzte Plantage an der Straße, weil es über den Fluss keine Brücke gab.

Noch immer zögerte er. Sicherlich wussten die Weißen mit ihrer Klugheit davon. Und der friedliche Yindini-Stamm dort unten. Aber sie hatten keinen Kontakt mit den kriegerischen Irukandjis, von denen sie verachtet wurden, weil sie sich den weißen Gesetzen beugten. Es waren die Stämme des Großen Flusses, die diese wertvolle Information, diese Warnung, ausgesprochen hatten. Außerdem war es jetzt zu spät, um noch zurückzugehen. Rawalla würde laut kreischend Guloram erzählen, dass er Joseph nicht trauen konnte, und den Verlust seines Sklaven, seines Statussymbols, beklagen.
Joseph grinste. Das war der einzige Lichtblick in dieser unsicheren Situation – dass er frei war von seinem trügerischen Herrn. Ein Tag mit Rawalla war ihm wie ein Monat vorgekommen; die Kameradschaft auf den Zuckerrohrfeldern war besser. Ohne Waffe, ohne Plan verließ er die Wasserfälle und verlor sich in dem grünen Dschungel am Fluss, der an eine fremde Plantage grenzte, wo Männer auf Pferden und mit Waffen ihn wahrscheinlich erschossen, wenn sie ihn sahen.
In zerschlissenen, halblangen Hosen schlich sich der Eingeborene Talua durch das Unterholz. Das war kein Gott, nur ein ängstlicher Südseeinsulaner, der zwischen zwei fremden Welten gefangen war und sich seinen Weg durch die hereinbrechende Dunkelheit suchte.
Scott-Hughes war entsetzt. »Großer Gott! Ich wusste davon nichts. Der arme Kerl! Ich habe – natürlich – Mrs. Morgan letzte Nacht nicht gesehen, man sagte mir, sie habe sich früh zurückgezogen.«
»Zurückgezogen stimmt.« Sergeant McBride grinste. »Völlig zurückgezogen.«
»Kein Wunder, dass er sich so seltsam benahm. Seine Reaktion auf das Schiffsunglück hat mich ziemlich abgestoßen. Es schien ihn überhaupt nicht zu kümmern, dass die Insulaner an Bord einen fürchterlichen Tod erlitten haben. Ich nehme an, er stand unter Schock.« Kanakatrupps eilten auf ihrem Weg zu den Feldern an ihnen vorüber. »Hier scheint wieder alles normal zu sein, meinen Sie nicht auch, Sergeant?«

McBride hob seine Kappe und kratzte sich am Kopf. »Ja und nein. Die Kanaka verhalten sich ruhig, damit ist unser Geschäft hier eigentlich erledigt. Wir könnten den Gefangenen Mantala nehmen und hier verschwinden, trotzdem würde ich gerne noch ein paar Stunden bleiben.«

»Ist mir recht. Ich möchte Ihnen nicht verhehlen, Sergeant, dass mir die Verzögerung gerade recht kommt.« Er zwinkerte. »Miss Langley ist eine reizende Gesellschaft.«

McBride stöhnte. Er hätte wissen müssen, dass Harry auf das Mädchen hereinfiel. Als hätten sie nicht schon genug Probleme. Wo zum Teufel war Mike? Wenn es stimmte, was er über Morgan und seine Schwägerin gehört hatte, dann trat nun auch Harry seinem Gastgeber auf die Füße. Aber vielleicht war das gar nicht so schlecht, geschah Morgan ganz recht. Schade, dass Mike nicht hier war, er hätte bestimmt auf Harry gesetzt, dass er das Mädchen gewann. »Haben Sie schon Morgan gesehen?« fragte er.

»Ja, er ritt bereits aus, als ich zum Frühstücken in das Haus ging. Schien guter Laune zu sein. Kein Wort über seine Frau. Aber warum auch? Es ist ihm wahrscheinlich peinlich.«

»Das ist nur die Hälfte der Geschichte. Mike ist auch nicht da. Er ist gestern verschwunden.«

»Wohin?«

»Unter den Kanaka geht das Gerücht um, dass er mit Mrs. Morgan ...«

»Das kann doch nicht sein!«

»Nein, ich glaube es auch nicht. Wahrscheinlich hörte er, dass sie gefahren war, und ihm blieb nichts anderes mehr übrig, als sie sicher in die Stadt zu bringen. Die unvernünftige Frau hatte das Baby und das Mädchen mitgenommen. Man kann sie hier draußen doch nicht alleine herumfahren lassen.«

»Natürlich. Das wenigstens sollte Morgan erleichtern.«

»Darauf würde ich nicht setzen.« McBride grinste. »Der Herr hat zwei und zwei zusammengezählt und brachte fünf heraus.«

»Warum, glauben Sie, ist Mrs. Morgan fort?«

»Weiß ich nicht«, log der Sergeant. »Aber einem Kerl wie Mor-

gan fällt es nicht schwer, die Schuld immer anderen zuzuschieben. Ich wette, dass Mike alles abkriegt. Bleibt die Tatsache, dass Morgan heute alleine hier ist, und er hat nicht unbedingt ein glückliches Händchen, was den Umgang mit den Kanaka betrifft – um es milde auszudrücken. Wenn Sie also Ihre Männer patrouillieren lassen, würde ihm das eine große Hilfe sein.«
»Gerne«, erwiderte Harry.
»Ich denke, ich unterhalte mich mit dem Professor«, sagte McBride. »Mal sehen, ob er weiß, was hier vorgeht.«
Er fand Lucas niedergeschlagen in einem Segeltuchstuhl neben seinem Zimmer. »Wie geht es Ihnen heute, Professor?«
»Ganz gut, danke, Sergeant.«
»Schön zu hören.« McBride achtete darauf, den Leuten nicht zu sagen, wenn sie krank aussahen. Er glaubte, dass es ihnen dann nur noch schlechter ging. Und der alte Junge machte alles andere als einen gesunden Eindruck. Sein weißes Haar war ungekämmt und strähnig, unter den Augen waren dunkle Ringe.
»Ich würde mit Ihnen gerne über Mrs. Morgan reden«, sagte McBride, so sanft er nur konnte. »Ich denke, sie ist in die Stadt gefahren.«
»Das ist richtig«, sagte Lucas mit schwacher Stimme.
»Ich will nicht in die Einzelheiten gehen, Professor, häusliche Probleme sind nicht gerade mein Amtsbereich. Aber ich habe für Ruhe zu sorgen. Wie nimmt Mr. Morgan die Abwesenheit seiner Frau auf? Ich hörte, er wusste nichts davon, dass sie gehen wollte.«
Der Professor strich einen imaginären Krümel von seinem Knie. »Schlecht, fürchte ich.«
»Er hat nicht die Absicht, ihr zu folgen?«
»Aus Stolz, Sir.«
»Sie waren dabei, als sie gefahren ist, erzählten mir die Schwarzen. Haben Sie ihr nicht gesagt, dass sie während der Reise Schutz brauchte?«
Der alte Mann war erregt. »Sie widersetzte sich jeder Hilfe. Ich konnte sie nicht aufhalten. Ist sie sicher angekommen?«

»Das weiß ich nicht, aber Mike hat einige Stunden später die Plantage verlassen ...«
Er war überrascht. »Mike? Ist er bei ihr? Das beruhigt mich. Ich kann Ihnen nicht sagen, welche Sorgen ich mir gemacht habe.«
McBride beobachtete ihn. Er wollte ihn fragen, ob Morgan wirklich wütend war. Manchmal ließ in solchen Situationen wie dieser, wenn die Ehefrau ging, die Spannung nach. Vielleicht waren Morgan und Sylvia froh, dass sie fort war. Aber der Alte schien nicht in der Verfassung zu sein, weitere Fragen über seine Töchter zu beantworten. McBride ließ ihn daher in Ruhe.
McBride war der erste, den Mike traf, als er an diesem Morgen mit Danny angeritten kam.
»Bei Gott, bin ich froh, Sie zu sehen«, rief der Polizeisergeant aus. »Haben Sie Mrs. Morgan gefunden?«
»Ja. Ich musste sie den ganzen Weg zur Stadt begleiten.« Er wandte sich an Danny. »Reite zum Haus und such nach Toby. Sag ihm, er soll dir einen Job geben. Bis ich für dich später eine feste Arbeit gefunden habe.«
»Was wollen Sie mit dem Halunken?«
»Ihm eine Chance geben. Er hat mir aus einer Bredouille geholfen, also revanchiere ich mich.« Er erzählte von den Schwierigkeiten am Halfway Creek. »Ich konnte sie gar nicht zurückbringen, selbst wenn sie gewollt hätte. Die Bäche sind gestiegen.«
McBride konnte seine Neugier nicht zügeln. »Es geht das Gerücht um, dass Morgan etwas mit ihrer Schwester hat. Stimmt das?«
»Es dürfte ihr nicht gefallen, wenn das herumposaunt wird«, versuchte Mike der Frage auszuweichen.
»Kommen Sie schon, Mann! Das hier ist kein Außenposten in der Wildnis. Es gibt Ladenbesitzer, Postleute, sie stehen mit anderen Plantagen in Verbindung. Gerüchte wie diese verbreiten sich doch in Windeseile.«
»Dann lassen Sie es dabei«, sagte Mike wütend. »Es geht uns nichts an. Ich hörte, die Java Lady ist gesunken.«

»Ja, schrecklich. Und wir haben einen Tag in den Sümpfen verschwendet. Keine Spur von Frenchy Duval?«
»Nein. Aber meine Information stimmte, er hatte die Kanaka, die armen Teufel. Ist hier alles in Ordnung?«
»So ruhig wie auf einem Friedhof. Und wenn Sie noch ein Gerücht hören wollen, Harry ist den Reizen von Miss Sylvia erlegen!«
Mike starrte ihn an, dann lachte er los. »Na großartig! Der Herr steh ihm bei!«
Der Sergeant kam zu Morgan. »Wir machen uns dann auf den Weg.«
Corby riss sein Pferd herum. »Warten Sie einen Moment, bin gleich bei Ihnen.« Er galoppierte zum Ende des Weges, wo Kanaka einen Rollwagen festgefahren hatten. Das schwitzende Pferd steckte im Schlamm.
»Halt!« brüllte er und sprang vom Pferd. »Ladet den verdammten Wagen ab, ihr Idioten! Wegen eurer Dummheit muss das Pferd nicht leiden.« Der Rollwagen war mit Baumstämmen einer neuen Rodung beladen, Bäume, die zu schade zum Verbrennen waren und der Sägemühle verkauft werden konnten.
Er beaufsichtigte das Entladen und ließ dann im Morast eine dicke Zweig- und Laubschicht unter die Räder legen. Schließlich war der Wagen frei. »In Zukunft benützt ihr eure Beine«, schrie er. »Lasst den Wagen auf dem Weg und tragt die Stämme hinüber. Verstanden?«
Sie nickten und machten sich wieder an die Arbeit. Seufzend und kopfschüttelnd ging er zu seinem Pferd, das eine kleine Anhöhe über dem Fluss hinaufgetrottet war. Als er aufstieg, blickte er zufrieden auf das schnell fließende Gewässer. Ein großer, schöner Fluss, in dessen Tiefen sich die grüne Vegetation am Ufer widerspiegelte. Es erschien ihm, als sei er angeschwollen, das Wasser stand höher, aber nach all dem Regen der letzten Zeit ... Er dankte Gott, dass die Regenzeit endlich vorbei war, dieses verfluchte schlechte Wetter! Und der angenehme Winter vor ihnen lag.
»Ich reite mit Ihnen zurück, um Sie zu verabschieden«, sagte er

zu McBride. »Vergessen Sie Mantala nicht, ich will ihn nicht mehr hier haben.«

»Keine Sorge, er darf sich auf einen schönen langen Gefängnisaufenthalt gefasst machen. Mike ist wieder hier, wissen Sie das?«

»Das weiß ich nicht«, sagte Corby steif.

»Es wird Sie freuen zu hören, dass Ihre Frau sicher und gesund in der Stadt ist ...«

»Entschuldigen Sie«, fuhr er ihn wütend an, »was meine Frau macht, ist meine Sache. Es geht Sie nichts an.«

»Sie sind heute verdammt dünnhäutig«, gab McBride zurück. »Und lassen Sie sich eines sagen, Mr. Morgan, was in meinem Gebiet passiert, geht mich etwas an. Vor allem, wenn Frauen alleine weglaufen.«

Corby erwiderte nichts, er wollte nicht in das Thema verwickelt werden. Aber wenn Jessie, wie der Sergeant gesagt hatte, sicher und gesund in der Stadt war, dann war es auch Bronte. Und dieser unverfrorene Devlin wagte es, hierher zurückzukriechen, nachdem er Jessie fortgelockt hatte! Wahrscheinlich kam er wegen seines Lohns. Nun, den konnte er vergessen. Corby war froh, dass McBride und die Polizisten abzogen. Er konnte, wenn sie in der Nähe waren, keinen Gedanken fassen; er wusste, sie waren neugierig wegen Jessie, und er fühlte sich von ihnen bedrängt. Bei Gott, sie würde dafür zahlen, sie und Devlin. Um seinen Sohn zurückzubekommen, würde er, wenn es denn sein musste, Jessie wieder aufnehmen, auch wenn sie für sein Verständnis keine Nachsicht verdient hatte. Devlin musste die Nacht in der Stadt verbracht haben. Mit ihr? Verließ hier seinen Posten, als ob das nicht schon schlimm genug wäre, und zog mit der Frau seines Bosses in Cairns ein. Corby war mit Sylvia wenigstens diskret umgegangen. Und für Männer, Ehemänner, war es etwas anderes. Männer hatten Bedürfnisse, die Frauen einfach nicht verstanden. Würde es Jessie denn vorziehen, wenn er ins Bordell ging? Oder, schlimmer noch, sich ein Jin-Mädchen hielt wie der alte Betts? Corby wollte darauf wetten, dass Devlin beides reichlich genossen hatte. Und nun Jessie Morgan! Die Mutter seines Sohnes!

Corby war höchst nervös, als er sich mit dem schweigenden McBride an seiner Seite dem Haus näherte. Neben seiner Wut und Verwirrung musste er nun zu allem Überfluss auch noch Harry gegenübertreten. Er verfluchte sich, dass er McBride nicht schon vorher verabschiedet hatte. Warum musste er freiwillig zurückkommen, wenn er sich doch durch die Arbeit auf den Feldern entschuldigen konnte? Ein leichter Verstoß gegen die Etikette war bei der ihm nun bevorstehenden Szene unumgänglich. Harry würde sich bei seiner Gastgeberin bedanken wollen, er konnte kaum gehen, ohne das zu tun.
Falls ihm nicht jemand gesagt hatte, dass Jessie fortgelaufen war! Jemand wie Devlin, dieses Schwein!
In diesem Moment erwachte er aus seinen wütenden Betrachtungen und sah Devlin auf sich zureiten. Er sah sich dem Mann gegenüber, den er von seinem ersten Tag an auf Providence als Quell all seiner Probleme angesehen hatte. Er brüllte ihn an, diesen Wüstling, diesen geilen Bastard, und griff in einer Reflexbewegung zum Revolver.
McBride reagierte schnell, er stieß Corby zur Seite, aber er war nicht schnell genug. Corby sah, wie Devlin nach hinten gerissen wurde, den Halt verlor und zu Boden stürzte. Der Sergeant entwand Corby die Waffe, sprang ab und lief zu Devlin.
Der Schuß musste meilenweit zu hören gewesen sein, er schien endlos widerzuhallen. Kanaka tauchten aus dem Nichts auf und benahmen sich wie immer hysterisch, aber Corby blieb auf seinem Pferd. Es dauerte nicht lange, bis Polizisten, die einen Aufstand erwarteten, angaloppiert kamen, und dann erschien, unvermeidlich, Lieutenant Scott-Hughes.
Nun gut, dachte Corby, beruhige dich. Niemand schien sich um ihn zu kümmern, alle versammelten sich um den auf dem Boden liegenden Verletzten, bis McBride sie anwies, zurückzutreten. »Ich hatte ein Recht dazu«, sagte er sich. »Er hat meine Frau verführt. Er hat hier vom ersten Tag an meine Arbeit sabotiert. Sie werden mich nicht verurteilen, schon gar nicht hier im Grenzland, wo Gewalt zum täglichen Leben gehört.« Corby hatte die lokalen Zeitungen von vorne bis hinten gelesen, erst

abgeschreckt von der Gewalt, dann fasziniert von den Berichten über Pistolenduelle mitten auf der Hauptstraße. »Eigentlich, geht man von diesen Geschichten aus, in denen Männer ihren Streit mit Waffen, mit der Pferdepeitsche oder sogar mit eisernen Steigbügeln austragen, müsste man mich eher bewundern als verurteilen. Ein Mann, der bereit ist, Haus und Hof zu verteidigen.«

Er war so vertieft in diese Gedanken, in denen er sich als Held sah, als Mann, mit dem zu rechnen war, und nicht als unerfahrenen Neuling, dass es eine Weile dauerte, bis er Harry hörte, der ihn bat, abzusitzen.

Er tat es formvollendet, strich mit beiden Händen das Hemd glatt und richtete den Kragen auf, während er fortging. »Es tut mir Leid«, sagte er zu Harry, »aber er ließ mir wirklich keine andere Möglichkeit. Irgendwann geht es zu weit. Meine Frau, Sie verstehen.«

»Ja«, sagte Harry ruhig. »Warten wir hier eine Weile.«

»Gewiss.« Corby wusste, dass Harry ihn verstand. Im Gegenzug war er bereit, einen würdigen Gefangenen abzugeben. Kein Gejammere oder Flehen. Sie mussten ihn anklagen, es war ihre Pflicht, aber er war sich sicher, dass seine Freunde davon überzeugt werden konnten, ihn auf der Plantage zu lassen, bis der Fall vor das Gericht kam. Er konnte eine Kaution stellen und das Wort eines Gentleman geben, dass er auf der Plantage unter – wie nannten sie es? – Hausarrest blieb. Das war es. Und kein Gentleman würde ihn verurteilen …

Corbys Gedanken kamen zu einem Halt, als sich die Menge um Devlin auflöste. Der Mann erhob sich wackelig, er hielt ein blutiges Tuch an seine Stirn! Entsetzt und enttäuscht, jetzt, da ihn die Wirklichkeit wiederhatte, starrte Corby ihn an. Er hatte versucht, einen Menschen zu töten, und war gescheitert. Die Folgen waren schlimmer, als wenn es ihm gelungen wäre. Er sah Devlin, der zu ihm herüberblickte, und wusste, dass er sich einen Feind fürs Leben geschaffen hatte, einen gefährlichen Feind. Während McBride angestürmt kam, überlegte Corby, was er Harry sagen sollte. Er konnte sich an nichts erinnern,

verzweifelt versuchte er, einen Weg aus diesem Schlamassel zu finden. Vor allem aber musste er ruhig bleiben.
»Mr. Morgan«, blaffte der Sergeant, »Sie stehen wegen versuchten Mordes unter Arrest.«
»Verzeihen Sie«, erwiderte Corby. »Wenn hier jemand Schuld an diesem Unfall trägt, dann sind Sie es, Sir.«
Der Sergeant war wie vor den Kopf gestoßen. »Was sagen Sie da?«
»Ich meine, Sir, dass es meine Absicht war, den Kerl zur Rede zu stellen, warum er als Verwalter zu einem solch kritischen Zeitpunkt die Plantage verlassen hatte.«
»Zum Teufel damit!« sagte McBride.
Aber Corby fuhr fort. »Hätten Sie mich nicht gestoßen und damit zufällig den Schuß ausgelöst, wäre Mr. Devlin nicht verwundet worden. Ich bedauere, dass er verletzt worden ist, aber niemand kann mir das Recht streitig machen, ihn wegen seines Verhaltens zur Ordnung zu rufen.« Corby spürte Harrys Blick auf sich ruhen, er betete, dass der Lieutenant weiter schwieg. »Wie Sie sehen, Sergeant, ist Mr. Devlin ebenfalls bewaffnet. Unter Umständen wie diesen, wenn man, wie Sie sicherlich wissen werden, Disziplin durchzusetzen hat, tritt man einem bewaffneten Mann nicht ohne offensichtliche Schutzvorkehrungen gegenüber.«
Da seine Rhetorik McBride zu verwirren schien, setzte Corby ein schwaches Lächeln auf. »Ich bin als kein besonders guter Schütze bekannt. Hätte ich, ohne Ihr Eingreifen, absichtlich geschossen, hätte ich ihn auf diese Entfernung sicherlich verfehlt. Wirklich, Sergeant, Sie sollten sich ein wenig zurückhalten.«
Ob seine Finte funktionierte, vermochte Corby nicht zu sagen. Der Sergeant trat zurück und vertraute Devlin einigen Insulanerinnen an, die sich um ihn kümmerten. Harry gab keinen Kommentar von sich.
Schließlich kam der Polizist zurück. »Ich muss Ihre Erklärung akzeptieren, Mr. Morgan, da Mike keine Anzeige gegen Sie erstatten möchte. Aber von nun an bleiben Sie lieber sauber. Ich

werde ein Auge auf Sie haben. Und ich bin mir immer noch nicht ganz sicher, ob Sie nicht auch mit Edgar Betts in den Kanakahandel verwickelt waren. Sollte ich jemals hören, dass Sie Illegale auf dieser Plantage haben, dann, glauben Sie mir, mein Freund, sind Sie erledigt.«

Unter dem Schutz der herabhängenden Akazien, die bei den Ställen standen, klammerte sich Sylvia an Harry. »O Harry, ich habe Angst. Ist Corby verrückt geworden?«

»Nein, meine Liebe. Ich denke, er ist nur überreizt. Alles ist nun in Ordnung. Es war, wie er sagte, ein Unfall. Nichts, worum Sie sich Sorgen machen müssen.«

»Ich wünschte, ich müsste nicht hierbleiben.«

»Das wünsche ich mir auch. Aber Ihr Vater ist hier bei Ihnen. Er sagt, es wird keine Probleme mehr geben.«

»Probleme?« rief sie. »Dieser Ort ist wie verhext, es gibt immer Probleme. Wann werde ich Sie wieder sehen?«

Harry lächelte und küsste sie auf die Stirn. »Ist nächste Woche zu früh? Ich habe etwas Urlaub und hoffte, Sie würden mich einladen.«

»Sie einladen? Natürlich. Es wird mir wie ein Jahr vorkommen. Kommen Sie früher, wenn es möglich ist. Und Harry, wir werden eine schöne Zeit haben, es gibt hier viel zu sehen, die Lagune ist herrlich.« In ihrem Eifer, ihn zu erfreuen, ging sie ein wenig zu weit. »Corby wird sich bis dahin beruhigt haben, er hat momentan viele Sorgen, und Jessie wird zurück sein. Wir können zusammen Karten spielen, Picknicks veranstalten und ausreiten.«

»Ihre Schwester«, sagte er, »Mrs. Morgan. Es tut mir Leid zu hören, dass Morgan und sie Probleme haben.«

»O ja, aber sie werden darüber hinwegkommen. Nur ein Geplänkel, Sie wissen, wie verheiratete Paare sind. Sie wird bald wieder hier sein, wahrscheinlich fühlt sie sich in Cairns schrecklich einsam.«

»Wahrscheinlich ist sie das«, sagte er nachdenklich. »Meinen Sie, ich sollte ihr meine Aufwartung machen? Ich möchte nicht aufdringlich sein, aber ich kann die Dame kaum ignorieren.

Vielleicht kann ich sie dazu überreden, mit mir nächste Woche zurückzukommen. Nachdem sie ihre kleine Pause hatte.«
Sylvia war bestürzt. Was, wenn ihm Jessie sagte, warum sie gegangen war? Sie konnte damit alle Chancen Sylvias auf Harry zunichte machen. Voller Abscheu würde er sich abwenden, sie wusste es. Sie war den Tränen nah, als sie ihn zum Abschied küsste und ihm zugestehen musste, dass es sehr freundlich von ihm wäre, ihre Schwester zu besuchen. Als er fort schlenderte, eine schöne, elegante Erscheinung in seiner Offiziersuniform, stand Sylvia vor der schlimmsten Woche ihres Lebens. Sie fragte sich, ob sie ihn jemals wieder sehen würde, nachdem er mit Jessie gesprochen hatte.
Mike lag auf seinem Bett. Sein Kopf war bandagiert, ein feuchtes Tuch lag auf den Augen und sollte die Kopfschmerzen lindern. Die Kugel hatte seinen Kopf nur gestreift, auch wenn es sich anfühlte, als hätte ihn eine Kanonenkugel getroffen. Er hatte nicht einmal den Aufprall bemerkt, als er zu Boden fiel. Der taube Schmerz in der Schulter erinnerte ihn nun daran. Kann von Glück sagen, dass ich mir keine Knochen gebrochen habe, überlegte er. Dann korrigierte er sich. Gebrochene Knochen, zum Teufel! Ich hatte Glück, dass mich dieser Wahnsinnige nicht erschossen hat.
Er versuchte zu schlafen und die unvermeidlichen Gedanken an Morgan aus seinem Kopf zu verbannen, die nur seine Wut und die rasenden Kopfschmerzen steigerten. Tamba hatte endlich aufgehört an ihm herumzufummeln und war gegangen, alles, was er jetzt brauchte, um schnell wieder auf die Beine zu kommen, waren Ruhe und Frieden. Er hatte gedacht, sein Haus hier oben, abgelegen vom Lärm des Lagers, wäre ruhig. Aber die Uhr, die Standuhr, die er vor Jahren bei einem Schießwettbewerb gewonnen hatte, tickte. Er hatte ihr Schlagen niemals bemerkt, aber jetzt klang sie, als steckte sie in einer Blechbüchse, so laut war ihr unaufhörliches ticktickticktick.
»Ach, was soll's«, stöhnte er. »Ein Whisky ist keine schlechte Idee.«
Als er sich zur Flasche hinabbeugte, drehte sich alles in seinem

Kopf, er wartete, bis der Schwindel sich gelegt hatte, und sah die Schlange, die ihn von ihrem Lieblingsplatz unter dem Sofa beobachtete.
»Nun, Kumpel«, sagte er, »dieses Mal hauen wir ab. Die Entscheidung ist gefallen. Geschieht mir recht. Hätte bereits vor Wochen hier verschwinden sollen. Was soll ich mit dir nur machen? Der nächste Bewohner dieses Hauses schätzt deine Gesellschaft vielleicht nicht. Ich kann dich nicht in die Stadt mitnehmen.«
»Erstes Anzeichen«, sagte eine Stimme hinter ihm. »Der Patient redet mit sich selbst.«
»Ich rede nicht mit mir selbst«, sagte er zu McBride, der in der Tür stand. »Die Schlange wird es interessieren, wie es weitergeht.«
»Und wie soll's weitergehen? Es interessiert auch mich. Ich will nicht, dass Sie mit Morgan einen Krieg anzetteln.«
»Wäre kein fairer Kampf. Er würde bereits die erste Runde verlieren. Nein, sobald mein Kopf zu pochen aufhört, packe ich hier zusammen.«
»Ich habe Ihr Wort?« fragte der Sergeant, als er sich einen Whisky einschenkte.
»Klar. Ich mache mich morgen auf den Weg in die Stadt. Ich habe viel Zeug hier, das ich aber zurücklasse, bis die Bäche wieder zurückgehen. Ich will nicht, dass meine Sachen im Halfway Creek stranden und ein gefundenes Fressen für Stan Bellard werden.«
McBride nickte. »Wenn er dann noch da ist, nachdem ich ihn zwischen meinen Fingern hatte. Wir brechen nun auf. Fühlen Sie sich in der Lage, mit uns zu reiten?«
Mike lachte. »Trauen Sie mir nicht?«
»Nicht, dass ich Ihnen nicht traue, ich fühle mich einfach wohler, wenn einige Meilen zwischen Ihnen und Ihrem Boss liegen.«
»Meinem Exboss«, sagte Mike. »Heute reite ich nirgendwo mehr hin. Mein Kopf fühlt sich nämlich an, als wäre er von einer Kugel getroffen worden. Außerdem brauche ich Zeit. Ich

muss packen und mich von allen verabschieden. Ich schleiche mich nicht fort.«

»Gut. Kann ich noch irgendetwas für Sie tun, bevor ich gehe?«

»Nein, danke. Es geht mir gut.«

»Dann sehe ich Sie in der Stadt.«

Mike sah ihn gehen, dann wandte er sich zurück in sein Zimmer. Er hatte vorgehabt, mit dem Packen zu beginnen, seine Kopfschmerzen aber zwangen ihn ins Bett. Die Schlange entrollte ihren langen, muskulösen Körper und glitt leise aus dem Haus. Mike beobachtete sie traurig. »Vielleicht nimmt Lita dich, ansonsten muss ich dich in den Dschungel bringen und darauf hoffen, dass du nicht zurückkommst.«

Dann lächelte er grimmig. »Schade, dass ich das nicht mit Morgan tun kann.«

Er würde nicht zurückschlagen, er würde sein Versprechen, das er McBride gegeben hatte, halten. Aber er wollte seinen Lohn und das Geld, das ihm Morgan noch schuldete; ohne beides ging er nicht. Er musste das heute Abend machen, ihm die Forderung auf den Tisch legen und darauf bestehen, dass er sofort zahlte.

Morgen wollte er in die Stadt und dabei auf Helenslea vorbeischauen. Selbst wenn Lita die Grande Dame spielen sollte, konnte er nicht gehen, ohne sie vorher noch gesehen zu haben.

Am Spätnachmittag schnallte er seine Pistole um und ritt im langsamen Trab zum Haus hinab. Die Kopfschmerzen hatten nachgelassen, der Whisky hatte geholfen. Im Schutz einiger Bäume stieg er ab und schlich leise im Rücken Morgans auf die Veranda, auf der er in seinem gewohnten Stuhl saß, ein Gewehr zur Hand.

»Na, warten wir auf wen?« fragte er. Morgan fuhr herum und griff nach dem Gewehr.

Er war zu langsam, und der Rohrtisch war im Weg. Mike packte das Gewehr und warf es über das Geländer.

»Scheren Sie sich von meinem Grund«, brüllte Morgan. »Verschwinden Sie, sage ich. Haben Sie Ihre Lektion noch immer nicht gelernt?«

»Bemühen Sie sich nicht um eine Entschuldigung. Warum das Gewehr? Wollten Sie es noch einmal versuchen?«

»Es war ein Unfall«, tobte Morgan. »Die Polizei akzeptierte das, und ich brauche Sie hier nicht mehr.«

»Natürlich nicht, und Ihre Frau brauchen Sie auch nicht, weil Sie ihre Schwester als Bettgefährtin haben. Sie sind eine dreckige Ratte, Morgan.«

Der Master von Providence sprang aus dem Sessel. »Wie können Sie es wagen! Wenn Sie Geschichten wie diese verbreiten, hetze ich die Polizei auf Sie.«

»Ich muss keine Geschichten verbreiten. Jeder weiß, was hier vor sich geht. Jeder weiß das seit einiger Zeit.«

»Jeder weiß, dass Sie meiner Frau nachstellen und alles andere nur erfunden haben, um von sich abzulenken. Haben Sie mit ihr gestern in der Stadt wenigstens eine schöne Nacht verbracht?«

Mike beugte sich vor, packte Morgans Samtjacke und schüttelte ihn. »Noch ein Wort von Ihnen, und ich schlag Ihnen den Schädel ein. Und nun gehen Sie rein. Zahlen Sie mir meinen Lohn, und ich verschwinde.«

Morgan machte sich los und stolperte von ihm weg. »Sie bekommen Ihren Lohn, ich schicke einen Scheck an die Post.«

»Jetzt!« sagte Mike und schob ihn zur Tür.

Sylvia stand im Gesellschaftszimmer und hörte zu. Als die beiden Männer an ihr vorbeistürmten, zog sie sich ins Speisezimmer zurück, machte aber keine Anstalten, einzugreifen.

»Hier ist meine Rechnung.« Mike schob Morgan zum Schreibtisch. »Nun schreiben Sie den Scheck aus.«

Wie erwartet brach Morgan, als er die Summe sah – mittlerweile weit über achthundert Pfund –, in wütendes Geheul aus. »Das zahle ich nicht. Das ist Raub, Raub am hellichten Tag.«

Mike verpasste ihm einen Schlag quer über das Gesicht und richtete die Waffe auf ihn. »Sie schulden mir das Geld. Schreiben Sie den Scheck aus, oder ich geb Ihnen die Prügel, die Sie verdienen.«

Mit dem Scheck in der Tasche wandte sich Mike an Sylvia, die er nun doch noch wahrnahm. »Miss Langley«, sagte er unter einer leichten Verbeugung, »ich werde morgen in der Früh gehen. Ich wünsche Ihnen alles Gute. Und richten Sie Ihrem Vater meine Grüße aus.«

Der Professor nahm das Essen in seinem Zimmer zu sich, Sylvia speiste alleine mit Corby und hörte sich seine Version der Tagesereignisse an. Als sie sich ins Gesellschaftszimmer zurückzogen, beklagte er sich noch immer.

»Ich werde diesen verdammten Scheck annullieren«, sagte er.

Sylvia aber war nicht in der Laune für seine Wutanfälle.

»Mach dich nicht lächerlich. Wenn du ihm diese Summe schuldest, wirst du sie ihm früher oder später zahlen müssen. Du kannst von Glück sagen, dass du so leicht davongekommen bist. Was willst du nun tun? Ohne weiße Angestellte?«

»Ich habe mit Harry gesprochen. Er will mir einige Aufseher suchen. Netter Kerl, dieser Harry.«

Sylvia sagte nichts. »Und was ist mit Jessie?«

»Ich werde mich um Jessie schon kümmern. Eins nach dem anderen.« Er legte seinen Arm um sie und küsste ihr duftendes Haar. »Komm schon, sei nett zu mir. Ich bin müde und deprimiert, ich will getröstet werden.«

»Nicht jetzt, Corby.« Sie entwand sich, er aber schloss die Tür des Gesellschaftszimmers, stellte sich davor und zog sie zu sich heran.

»Ist es nicht das, was du immer wolltest, meine Liebe? Zum Teufel mit ihnen allen, wir haben nun alles für uns alleine. Ich musste den ganzen Tag an dich denken.« Er küsste sie und machte sich an den Knöpfen ihrer Bluse zu schaffen. Sie aber wiegelte ab.

»Lass mich, Corby!« sagte sie wütend. »Ich habe genug von all diesen Problemen und Sorgen um dich und dass du jemanden erschießen wolltest.«

»Du hast niemals genug«, lachte er. »Und du siehst in letzter Zeit einfach wunderbar aus. Du kannst dir nicht vorstellen, wie oft ich hier mit Jessie gesessen und darauf gebrannt habe, dich zu berühren. Nun kann ich es.«

»Nein!« sagte sie harsch, er aber stieß sie zum breiten Sofa hinüber, küsste und liebkoste sie.
»Sei nicht so, lass mir meinen Wunsch. Ich wollte dich schon immer hier im Gesellschaftszimmer lieben. Und sag mir nicht, dass du das nicht auch wolltest.«
Es stimmte. Sylvia erinnerte sich an die vielen Male, in denen sie seinen Blick auf sich zog, ihn absichtlich berührte, ihre Finger über ihn gleiten ließ, wenn niemand hinsah, und ihn neckte und ihn haben wollte. Aber jetzt war es anders. Der einzige Mann, den sie wollte, war Harry. Doch das wagte sie Corby nicht zu sagen. Mit einem Wort an Harry konnte er alles ruinieren, schlimmer als Jessie. Jessies Anschuldigungen konnte sie immer abstreiten. Plötzlich hatte Sylvia Angst vor Corby. Während er – angefeuert von dem Gedanken, dass es sich um Jessies Gesellschaftszimmer handelte – sie bis auf ihre Strümpfe auszog, schwor sie sich, mit Harry zu flüchten, bevor Corby auch nur ein Wort sagen konnte. Und während er sie heftig und leidenschaftlich liebte, wünschte sie sich, Mike Devlin hätte zurückgeschossen.
Sie trank, Glas für Glas, den Wein, den er ihr aufdrängte, schloss ihre Augen und stellte sich vor, es war Harry, Harry, der sie liebte.
»So ist es besser, meine Liebe«, murmelte er. »Ich wusste, du würdest deinen Corby nicht abweisen. Ich werde dich niemals gehen lassen, ich verspreche es, niemals werde ich dich aufgeben, für niemanden auf der Welt.«
»Und Jessie?« flüsterte sie, in der Hoffnung, er übertreibe nur.
»Ach ja, Jessie! Sie hat mir gedroht. Sie sagte, wenn ich sie in der Stadt nicht unterstütze, werde sie einen Skandal provozieren und den Leuten erzählen, warum sie mich verlassen hat. Aber diese Waffe hat sie nicht mehr. Laut Devlin wissen die Leute, dass wir beide ein Liebespaar sind. Also was soll's? Nichts Neues unter der Sonne.«
Sylvia war entsetzt. Sie sammelte ihre Kleider ein, während Corby fortfuhr. »Jessie hat die Wahl. Ich werde sie finanziell unterstützen, wenn sie mir Bronte überlässt. Will sie das nicht,

dann kann sie hierher zurückkommen und im anderen Haus leben.«
»Welches andere Haus?«
»Devlins Haus, natürlich. Hast du es dir einmal angeschaut? Ich habe vor einiger Zeit einen Blick hineingetan, es ist sehr komfortabel. Viel zu schön für einen Angestellten. Du siehst also, ich habe mir alles zurechtgelegt.«
Sylvia wollte einwenden, dass Jessie weder mit dem einen noch dem anderen einverstanden sein würde, ließ es dann aber. Es war besser, mit ihm nun nicht zu streiten. Aber liebte Jessie ihn noch? Hatte sie nicht das Ultimatum gestellt, dass ihre Schwester zu gehen hatte, und nicht sie? Ihre Flucht in die Stadt war nur ihre Art, die Dinge auf die Spitze zu treiben. Nun, sie brauchte sich keine Sorgen zu machen, ihre Schwester würde gehen, und dann konnten die beiden nachher glücklich miteinander leben. Sylvia sollte es nur recht sein.
»Komm in mein Bett, Liebes«, sagte Corby. »In mein Bett. In das Schlafzimmer des Masters, wohin wir gehören.«
»Nein. Ich bin wirklich müde, wir brauchen beide unseren Schlaf.«
»Gut«, seufzte er. »Du hast dich an unser neues Leben noch nicht gewöhnt. Schlaf gut, meine Liebe.«
Als sie ihn los war, setzte sich Sylvia hin und schrieb einen Brief an Jessie. Sie bat, ohne das Geringste zuzugeben, ihre Schwester um Verzeihung für die unerfreulichen Dinge, die zwischen ihnen standen. Sie erzählte von ihren Hoffnungen auf Harry und bat sie, die Würde der Familie aufrechtzuerhalten und nichts von den Vorfällen auf der Plantage zu erwähnen. Dann spielte sie ihre Trumpfkarte aus. Sie verkündete, dass sie Providence verlassen wolle und Corby wünschte, dass seine Frau zurückkomme. »Obwohl er momentan sehr mürrisch ist«, schrieb sie, »und wahrscheinlich alle möglichen verrückten Pläne hat, vermisst er dich schrecklich. Er dachte, du habest ihn wegen Mike Devlin verlassen; das brachte ihn so durcheinander, dass er den Mann fast umgebracht hätte. Glaub mir, Jessie, er liebt dich, du darfst ihn nicht verlassen.«

Sylvia hatte gehofft, den Brief Mike Devlin mitzugeben, musste aber feststellen, dass er bereits die Plantage verlassen hatte, als sie am nächsten Tag erwachte. So zahlte sie Toby teure zehn Shilling, um in die Stadt zu reiten und Mrs. Morgan den Brief zu überbringen. Nachdem das getan war, legte sie sich wieder ins Bett und roch, weil sie glaubte, sie hätte die Grippe, herzhaft am Riechsalz, bis ihr die Tränen kamen. Solche Nächte wie gestern würde es nicht mehr geben, beschloss sie. Sie wollte ihren Vater bitten, ins Haus zu ziehen, um ihren Ruf zu schützen. Und sie war wirklich erschöpft. Sie verschlief den gesamten Tag.

Er fand Lita sehr geschäftig. Sie trug ein weißes Hemd und Reithosen, ihr schwarzes Haar war zu einem dicken Zopf gebunden; sie überwachte im Außenbüro den Zahlmeister.

»Bin in einer Minute bei dir«, rief sie, winkte und war offensichtlich erfreut, ihn zu sehen. Dann wandte sie sich wieder an den Tisch, wo die Shilling lagen, die den Kanaka ausgezahlt wurden, und die größeren Summen für die weißen Angestellten.

Mike hatte Jessie gezeigt, wie die Lohnauszahlung für die Kanaka, die mit einem Kreuz den Empfang bestätigten, zu handhaben war. Nur durch die Rechnungsbücher konnten Pflanzer zweifelsfrei feststellen, wann die Insulaner wieder in ihre Heimat zurück mussten. Sie waren daher wichtige Dokumente. Er nahm an, dass nun Sylvia Langley diesen Job übernehmen musste, um die Providence-Bücher in Ordnung zu halten.

Aber warum dachte er daran? Es ging ihn nichts mehr an. In einigen Wochen würde er mit einem Rollwagen hinausfahren, seine Sachen aufladen und verschwinden. Vergiss den Ort.

Er grinste, während er Lita beobachtete. Sie hatte bereits was von ihrem alten Herrn! Sie blätterte die Seiten um, stellte Fragen, wies auf Einzelheiten hin und setzte unter jede Seite ihre Unterschrift, so dass niemand zusätzliche Kanaka aufführen und deren Lohn einkassieren konnte; ein Trick, der von Zahlmeistern gern angewandt wurde.

»Ich komme, um mich zu verabschieden«, sagte er, als sie endlich kam und den Schlüssel des Safes in ihrer Tasche verstaute. »Ich bin auf dem Weg in die Stadt.«

»Nein«, sagte sie. »Du bleibst eine Weile hier. Ich habe gehört, der Mistkerl hat auf dich geschossen. Lass sehen.«

»Es ist nichts«, sagte er, während sie den Kratzer untersuchte. »Schlimme Kopfschmerzen waren alles, was ich davongetragen habe.«

»Und einen kahlen Streifen.« Sie lachte. »Ich glaube nicht, dass hier das Haar nachwachsen wird.«

»Ich werd's überleben. Und nun, wie geht es dir?«

»Gut. Ich bin froh, dass du da bist. Ich wollte mich bei dir entschuldigen.«

»Wofür?«

»Mach mir nichts vor, Mike. Ich war das letzte Mal nicht besonders höflich. Bei der Beerdigung meines Vaters.«

»Verständlich. Es war nicht gerade ein angenehmer Tag.«

Sie schlenderten über die gepflasterten Pfade, die an Rasenflächen und Gärten vorbei von den Verwaltungsgebäuden zum Haupthaus führten. Mike betrachtete sie neidvoll. Er und Jake hatten sich immer vorgestellt, dass Providence eines Tages auch so aussehen würde, aber nie hatten sie die dafür notwendige Zeit oder überzählige Arbeiter gehabt.

»Ich habe herausgefunden, was mein Vater in jener Nacht vorhatte«, sagte Lita. »Wusstest du davon?«

»Dass er Joseph hängen wollte? Ja.«

»Du hättest es mir sagen sollen. Ich musste es von dieser alten Schachtel Mrs. McMullen erfahren. In der Nacht vor der Beerdigung strich sie wie ein griechisches Klageweib durchs Haus, und ich wusste, dass sie schier platzte, weil sie mir etwas sagen wollte. Und dumm, wie ich bin, musste ich sie fragen! Sie präsentierte es mir wie eine Katze, die eine tote Maus bringt und einem vor die Füße legt.«

»Nun ... so war dein Vater. Er war ein aufbrausender alter Geselle. Und du warst nicht da, um ihn zu beruhigen, Lita. Was geschehen ist, ist geschehen.«

Sie blieb stehen und starrte ihn an. »Du kapierst es wirklich nicht, oder? Die anderen kümmern mich einen Dreck, aber ich wusste, dass du da bist und ich dir nicht in die Augen schauen kann.«

»Warum zum Teufel nicht?«

»Schuldgefühle, nehme ich an. Gute alte Schuldgefühle. Ich hatte sie nicht mehr, seitdem ich ihm als Kind seine besten Zigarren geklaut hatte. Und außerdem, seit wann hast du dich eigentlich zu meinem Gewissen ernannt?«

Mike lachte und legte seinen Arm um sie. »Komm schon. Jetzt wirst du sentimental. Worüber musstest du Schuldgefühle haben?«

»Versuch dir einmal vorzustellen, du bist die Ursache für den Tod deines Vaters.«

»Das ist verrückt, Lita. Hör auf damit. Lass uns ins Haus gehen und mach mir einen von deinen phantastischen Drinks. Ich habe jetzt Ferien. Providence liegt hinter mir.«

»Es wurde auch Zeit dafür«, sagte sie und folgte ihm ins Haus. Früher oder später, ging es ihr durch den Kopf, als sie eine Zitrone für seinen Longdrink mit Brandy und Soda presste, werde ich es ihm sagen müssen. Und sei es nur, weil es mir sonst keine Ruhe lässt. Die Gerüchte wird er schließlich doch erfahren. Aber davor brauche ich einige Drinks, um mir Mut anzutrinken.

Am Tag der Beerdigung, umgeben von diesen wissenden gemeinen Gesichtern, hatte sie sich hinter ihrer besten Garderobe und einem kalten, abweisenden Verhalten versteckt, um an ihr die Anschuldigungen abprallen zu lassen, die, wie sie wusste, gegen sie gerichtet waren. Nein. Auch um ihre Schuldgefühle zu verbergen, nachdem ihr noch die Worte von Mrs. McMullen in den Ohren klangen.

»Natürlich glaube ich kein Wort davon, Mrs. de Flores. Sie können auf mich zählen. Aber Sie wissen ja, wie die Männer so reden. Das erzähle ich Ihnen nur aus Freundschaft, aber sie sagen, das Edgar diesen Kanaka hängen wollte.«

»Ihn hängen? Warum zum Teufel?« Noch während sie diese Frage stellte, verlor sie allen Mut. Noch jetzt konnte sie das

scharfe Funkeln in den Augen dieser Frau sehen; die Rache der Habenichtse an der höhergestellten Herrin von Helenslea, die uralte Eifersucht zwischen den Gesellschaftsschichten.
»Sie sagen, dass Sie sich – nun – mit dem Kanaka Joseph abgegeben haben ... um es freundlich auszudrücken. Natürlich nicht Ihr Fehler. Dass er Sie gezwungen hat und dass deswegen Edgar nicht anders handeln konnte. Keiner sollte ihn dafür verurteilen, nicht wahr? Aber ich frage mich natürlich – und ich werde es bestimmt keiner Menschenseele erzählen –, ob es denn wahr ist?«
Lita war erschüttert. Ihr Vater und drei andere Männer waren tot und der arme Joseph auf der Flucht und für sein Leben gezeichnet. Wie hatte es ihr Vater herausgefunden? Jemand musste sie gesehen haben. Edgar hatte nie etwas davon verlauten lassen. Nein. Das war nicht seine Art. Er hatte gewartet, bis sie die Plantage verlassen hatte, um diesen Mann zu bestrafen. Niemals seine Tochter. Aber er hatte sie bestraft! Sie und sich selbst, und er hatte sie mit diesem schrecklichen Schuldgefühl zurückgelassen.
»Mrs. McMullen«, hatte sie gesagt, »würden Sie mich entschuldigen? Klatsch ist eine äußerst langweilige Form der Unterhaltung.«
Konnte sie Mike die Wahrheit sagen? Vielleicht eines Tages, aber nicht jetzt. Ihr Mut hatte sie verlassen.
»Mike«, sagte sie, als sie das Tablett mit den Drinks brachte, »ich bin froh, dass du Providence endlich verlassen hast. Ich kann hier nicht bleiben, es geht einfach nicht. Ich will nicht an diesen Ort gefesselt sein. Und ich möchte McMullen und dieses Weibsbild von seiner Frau so schnell wie möglich feuern. Ich will, dass du Helenslea übernimmst. Du darfst jetzt nicht ablehnen, ich werde es nicht zulassen.«
Der Fluss grollte neben ihm wie ein wildes Tier. Das Wasser stieg stetig an. Bei dieser Geschwindigkeit, überlegte Joseph, hätten die Anwohner noch genügend Zeit, sich zurückzuziehen. Doch Rawallas jubelnd ausgestoßene Behauptung, dass eine Flut das gesamte Land überschwemmen wird, nagte an

ihm. Es war die Art, wie er es gesagt hatte, als ob eine mächtige Welle über sie kommen würde, und nicht eine allmähliche Überschwemmung, die sich langsam über die tiefer gelegenen Gebiete ergoss.

Zweifel überkamen ihn auf seinem Weg vorbei an den fremden Plantagen in das Gebiet, das zu Helenslea gehörte. Er sah Männer auf den Feldern arbeiten, von denen er einige erkannte. Da er unter diesen Kanaka nicht zwischen Freund und Feind unterscheiden konnte, verbarg er sich bis zum Sonnenuntergang und wartete, dass sie in ihre Quartiere zurückkehrten, dann ging er weiter, bis die Lichter des großen Hauses zu sehen waren. Das Zuhause des widerwärtigen Masters, des Mannes, der versucht hatte, ihn zu töten. Halb erwartete er, die Stimme Ratasalis zu hören, die ihn antrieb, aber sie blieb stumm. Wahrscheinlich genügte die Wut, die er selbst im Herzen hatte. Wut über diesen Mann, der ihn nicht töten konnte, aber ihn und seine Freunde gedemütigt und sein Leben ruiniert hatte. Ihn zu einem Ausgestoßenen gemacht hatte. Er sollte dafür büßen, dieser Mr. Betts, er musste für seine Grausamkeit bestraft werden. Was für ein Mann war Talua, wenn er, nun, da sein Peiniger so nahe war, sich in dieser Nacht einfach davonschleichen würde.

Er brach einen festen Trieb von einem Baum ab, verkürzte ihn auf handliche Größe und schälte ihn. Mit Befriedigung spürte er sein Gewicht in der Hand. Als er sich näherte, sah er, dass das Haus weit offen stand. Wenn er den alten Mann erblickte, konnte er ihn sich greifen – es gab keine Wachen – und ihn verprügeln. Was kümmerte es ihn, wenn sich dann die Weißen auf ihn stürzten? Er hatte bereits genug Probleme und wollte sich in Providence sowieso ergeben. Er musste es tun, um wegen des Flusses Alarm zu schlagen. Er hoffte, sie würden ihm glauben. Zumindest die Leute von Malaita würden ihm zuhören und sich in Sicherheit bringen, sie vertrauten ihm. Und der Rest ... was kümmerte es ihn. Plötzlich musste er an Elly denken, das freundliche schwarze Mädchen, das für ihn, die Missus und das Baby und für Mr. Devlin gesorgt hatte. Nur sie und seine anderen Freunde auf der Plantage zählten. Er musste sich beeilen, musste das hinter sich bringen und dann laufen, hinüber zur Mühle und den Pfad entlang, den er so gut kannte, durch die Felder von Providence.

Als er sich an das Haus anschlich, sah er Mrs. Lita mit jemand anderem auf der großen Veranda sitzen. Er konnte die andere Gestalt aus dieser Entfernung nicht erkennen, da draußen keine Lampen angezündet waren. Soviel verstand Joseph, es war vernünftiger, in der Dunkelheit zu sitzen, da Licht in der Nacht nur Horden von Insekten anzog.

Ihr Anblick ließ ihn fast wieder umdrehen. Sie war eine freundliche und einsame Lady, ein Angriff auf ihren Vater würde ihr Leid zufügen. Aber das waren Angelegenheiten der Männer. Seine Ehre erforderte, dass er zurückschlug. Bei dem Versuch, in eine bessere Position zu kommen, stöberte er eines dieser kleinen Felltiere auf, die in diesen Dschungeln lebten, unmögliche Dinger, wie er sie vorher noch nie gesehen hatte. Es kreischte und rannte von ihm weg, verzweifelt tauchte er im Gestrüpp unter, verfluchte seine Dummheit und wartete auf eine Reaktion aus dem Haus.

»Was war das?« sagte Lita, doch Mike war schon aus seinem Stuhl.

»Rede weiter«, sagte er und begab sich ins Haus, rannte durch den Gang, schob den Teppichvorleger zur Seite und ließ sich durch die Falltür in den Keller hinab.

»Wahrscheinlich falscher Alarm«, sagte er sich, »ein umherstreifender Dingo, aber ich vergewissere mich lieber.« Er hörte Lita, die sich nun mit der leeren Luft unterhielt. Sie übertrieb ein wenig. Er grinste. Sie klang wie ein Stadtfrack. Da er nicht bewaffnet war, setzte er auf das Überraschungselement, warf sich einfach ins Gebüsch und kollidierte mit dem Eindringling, der beschlossen haben musste, sich zurückzuziehen.

Ein Kanaka! Mike spürte den nackten Oberkörper, als sie beide stürzten. Er packte den Mann und schrie ihn an, um ihn einzuschüchtern. Sein erster Gedanke galt Lita. Sollte sie schon wieder das Ziel eines Angriffs sein? Und war das der Einzige, der

sich hier herumtrieb? Und warum hatte er nicht sein Gewehr mitgenommen? Dumm!
Glücklicherweise wehrte sich der Mann nicht, nachdem er entdeckt war. Mike stieß ihn ins Freie, konnte ihn im dämmrigen Licht aber noch immer nicht erkennen. Dann drehte sich der Kanaka um: »Mr. Devlin, ich bin es, Joseph!«
Verblüfft starrte Mike ihn an. »Wer?«
»Joseph, Boss.«
Sie brachten ihn in den Salon. Sein Körper war nur mit einer verdreckten Hose bedeckt, aber statt sich zu winden, wie es Mike erwartet hatte, stand er aufrecht und herausfordernd da. Ein neuer Joseph, nicht mehr der Junge, der es allen recht machen wollte, wie er ihn auf Providence gekannt hatte. Der Junge war schnell erwachsen geworden. Und er beobachtete die Tür, als wartete er auf jemanden, der jeden Moment eintreten sollte.
Mit den Händen auf der Brust, dem Zeichen der Insulaner für Wertschätzung, verbeugte er sich vor Lita und wandte sich dann an den Boss.
»Was hast du da draußen gemacht?«
»Ich muss nach Hause«, sagte Joseph. Er wollte die Wahrheit nicht zugeben. Wenn Mr. Betts nun durch die Tür kam, hatte er seine Chance; er konnte sie überraschen. Er hatte vorgehabt, den Alten zu verprügeln, aber das war nun nicht mehr möglich. Dazu war es zu spät. Ein Schlag auf sein Mundwerk würde diese rauhe Stimme für eine lange Zeit zum Schweigen bringen. Wenn nicht für immer.
»Das ist nicht dein Zuhause«, versetzte Devlin.
»Essen, ich brauch Essen.«
»Ich hole ihm etwas«, sagte Lita, doch Devlin hielt sie auf.
»Er braucht nichts. Schau ihn dir an, er ist in einem besseren Zustand als damals, als er Providence verlassen hat.«
»Trotzdem kann er Hunger haben«, sagte sie. Joseph griff es auf.
»Ja, Hunger.«
Lita verließ den Raum, um etwas zu essen zu holen, und Devlin sagte, er solle sich setzen.

»Nein, Boss, ich stehe.« Er hielt nach seinem Opfer Ausschau.
»Dann bleib stehen«, sagte Mr. Devlin. »Aber geh von der Tür weg. Ich will nicht, dass du wieder abhaust. Ich möchte mich mit dir unterhalten, Joseph.«
Als Mr. Devlin erzählte, was vorgefallen war, brach Joseph in Tränen aus. Er war froh, dass die weiße Dame nicht zurückkam und ihn in diesem Zustand sah. Paka und Ned waren nicht in die Freiheit geflüchtet, sondern tot. Mr. Betts war tot, von Paka ermordet, aber Joseph konnte nicht um ihn weinen. Die Wache war tot, von seinen Freunden im Kampf getötet, um ihn zu befreien. Gute, treue Freunde, die für ihn gestorben waren. Nein, nicht für ihn, für diesen verfluchten Gott, den Sohn Ratasalis. Die wahren Götter hatten sie bestraft, genauso wie seinen Vater, als er es gewagt hatte, in ihrem Namen zu sprechen.
Sie redeten lange, Mr. Devlin wollte wissen, wo er gewesen war, und obwohl sich sein Boss sehr für den kurzen Aufenthalt bei den Irukandji interessierte, nannte er keinen von ihnen beim Namen. Soviel war er ihnen schuldig. Schließlich kam Joseph auf die Geschichte mit den großen Flüssen zu sprechen, wagte sie jedoch kaum zu erwähnen, da sie hier in diesem festen Haus der Weißen mitsamt ihrer Weisheit nur dumm klang.
»Du bist nicht mehr in Schwierigkeiten, Joseph«, sagte Mr. Devlin freundlich, »aber ich denke, du solltest nicht nach Providence zurückgehen. Es hat sich vieles verändert. Ich verwalte nun diese Plantage, du solltest lieber hier bleiben.«
»Ich muss gehen, Boss«, sagte Joseph entschieden. »Ich muss sie vor der großen Flut warnen.«
»Welche große Flut?«
»Buschleute sagen, Flut kommen.«
Wie vom Schlag getroffen lehnte sich Mike zurück. Wann hatte er das letzte Mal den Wasserstand des Flusses überprüft? Es musste Wochen her sein. Die anschwellenden Bäche hätten ihm einen Hinweis geben müssen. Nachdem die Regenfälle zurückgingen, konnten die Bäche nicht anschwellen, wenn sich nicht woanders etwas angestaut hatte. »Verdammt«, sagte er sich, während er nach draußen stürzte und in die Dunkelheit starrte.

»Du hast dich um alles Mögliche gekümmert, nur nicht um deinen Job.« Er wandte sich an Joseph. »Ist das Wasser im Fluss gestiegen?«

»Ja, Boss. Stark gestiegen.«

»Wir hatten auch früher Hochwasser«, sorgte sich Mike. »Und einige Überschwemmungen, aber sie konnten nicht viel Schaden anrichten. Die Anbauflächen sind ein gutes Stück vom Fluss entfernt.« Er versuchte sich einzureden, dass das alles nichts Neues war. Aber er erinnerte sich an eine Bemerkung Jakes, als sie dem Fluss gefolgt und in das Landesinnere vorgestoßen waren. »Dieser alte Fluss hier muss zu seiner Zeit wunderschön gewesen sein. Schau dir das Gelände an. Wir folgen nicht dem Ufer – dieser sandige Boden hier gehört noch zum Flussbett, das in diesem Klima nun überwuchert ist. Ich möchte nicht hier sein, wenn er seine ganze Kraft entfaltet.«

»Lange her«, hatte Mike nur bemerkt, der sich mehr für die schmackhaften Schalentiere und Krebse interessierte, von denen sie sich auf ihren Reisen ernährten. Aber nachdem sie sich auf Providence niedergelassen hatten, hatten die beiden Männer immer ein wachsames Auge auf den Fluss.

»Was genau haben sie gesagt? Die schwarzen Buschleute?«

Joseph versuchte es zu erklären, musste allerdings zugeben, dass er keinen besonders vertrauenswürdigen Übersetzer hatte. Was er jedoch mit Bestimmtheit sagen konnte, war die vorhergesagte große Flut.

»Wenn sie ihr Lager am Fluss hatten, ziehen sie natürlich fort«, sagte Mike. »Sie sind umgezogen, um der Überschwemmung zu entgehen.«

Joseph versuchte es anders. Auf seiner Insel gab es Flüsse, die von den Bergen in das Meer flossen. Es fiel ihm schwer, sich vorzustellen, dass sich verschiedene Flussläufe wie Brüder vereinigten und sich dann in einem immer mächtiger anschwellenden Strom zu Tal wälzten. Es erschien ihm eher wie eine Legende. Aber es gab die Gezeiten und Flutwellen. Von diesen Dingen konnte er mit größerer Gewissheit sprechen.

Mike, aufmerksam geworden, versuchte sich zu erinnern. Wann

hatte er von so etwas schon einmal gehört? Oder gelesen? Dass sich Flüsse aus dem Norden aufgrund der starken Regenfälle in den Tropen zu einer mächtigen Flutwelle zusammenschlossen, die bereits Hunderte von Meilen landeinwärts begann. Manchmal dauerte es Wochen, bis die Flutwelle die südlichen Weidegebiete erreichte. Ansiedlungen und Städte konnten vorgewarnt werden. Nicht, dass sie viel dagegen tun konnten, die Überschwemmungen waren verheerend.

Wenn er diese Nachricht ernst nahm, dann konnten sie genau auf dem Weg einer dieser Monsterwellen liegen. Sie waren im Norden. Sie mussten keine Wochen warten. Er packte Joseph am Arm. »Wann? Sagten sie, wann sie kommen wird? Wieviel Zeit haben wir noch?«

Joseph schüttelte den Kopf. »Nein, Boss. Sie glauben, dass wahr?«

»Kann sein. Ich kümmere mich jedenfalls darum. Auch wenn es nur eine leichte Überschwemmung ist, sollten wir darauf vorbereitet sein.«

Lita rief ihn vom Büro. »Wenn du mit Joseph fertig bist, Dandy hat ihm in der Küche eine Mahlzeit bereitet.«

Dandy! Er eilte mit Joseph zur Küche. »Nimm dir schnell was zu essen, wir haben nicht viel Zeit. Und du, Dandy, was hast du mir über den großen Fluss gesagt? Ich erinnere mich genau, dass du sagtest, dass der große Fluss kommt. Welcher große Fluss?«

Sie schritt gemächlich über den breiten Steinboden und reichte Joseph Brote mit kalten Fleischstreifen. »Zaubermänner sagen, Flutzeit kommen«, erwiderte sie und lächelte ihn an. »Gute Geister auf Sie dann warten.«

»Vergiss das. Was sagen eure Wettermänner über den Fluss? Sie reden von einer Flut, nicht wahr? Wann? Wie es aussieht, steigt das Wasser. Bekommen wir eine Flut, und wann?«

»Weiß ich nicht.« Sie zuckte mit den Schultern. »Er ist fort. Keine schwarzen Menschen mehr hier. Niemand zu fragen.« Sie zeigte auf Joseph. »Sie haben eigenen Zaubermann. Ihn fragen.«

»Das ist nicht mein Land«, sagte Joseph ruhig und ausschließlich an Dandy gerichtet. »Ich habe keinen Zauber.«
»Ist in dir!«
»Nein! Das stimmt nicht. Ich will es nicht.«
Mike griff ein. »O Gott, für so etwas habe ich nicht die Zeit!«
Dandy sah dem Insulaner nach, der hastig das Essen hinunterschlang und Mike aus der Küche folgte. Sie nahm eine Hand voll getrockneter Blätter aus der alten Dhilla-Tasche, die sie nur noch selten benützte, und verstreute sie auf der Türschwelle, um böse Geister abzuhalten. »Du hast bösen Zauber abgelegt«, sagte sie, »aber dein Sohn wird ihn aufnehmen. Es ist im Blut. Besser, er stirbt an der Brust seiner Mutter.«

»Ich denke, wir bekommen eine Flut«, erzählte Mike Lita. »Ich läute die Feuerglocke und bringe die Männer auf Trab. Und du ziehst dich am besten um. Ich will, dass du dich auf die Anhöhe begibst.«
»Jetzt?«
»Ja, jetzt.«
»Aber das Haus steht hoch, Mike. Wir hatten schon früher Überschwemmungen, sie waren noch nie bis hierher gekommen.«
»Ich weiß, aber dieses Mal habe ich ein schlechtes Gefühl.«
»Oh, komm schon, nimm einen Drink. Ich glaube, du bist ein wenig durcheinander. Joseph hat dir Angst eingejagt.«
Verärgert ging er, aber Lita hielt Joseph fest. »Geh nicht. Ich will dir sagen, dass mir das alles Leid tut. Ich wusste nicht, was mein Vater vorhatte. Eines Tages werde ich es gutmachen.«
Es war ihm peinlich, betreten stand er da und fühlte sich in dem schönen Haus überaus deplaziert. Das Läuten der Glocke verschluckte seine gemurmelte Antwort, die sowieso kaum zu verstehen war, weil er nicht wusste, was er sagen sollte.
»Verzeihst du mir?« fragte sie ihn. Erstaunt nickte Joseph.
»Sie sind eine große Dame. Sie sollten mich nicht darum bitten.«
»Doch. Du hast gelernt, den Kopf hochzuhalten, Joseph, und

stark zu sein. Lass dich von niemandem herumschubsen, damit erntest du Respekt. Sogar von Weißen.« Sie hörte Mike zurückkehren. »Und sag mir, Joseph«, fragte sie in völlig anderem Tonfall, »wo hast du dich versteckt?«

»Auf der anderen Flussseite«, sagte er verwirrt. Dann war Mr. Devlin wieder da, befahl ihr, sich zu beeilen, rief Dandy und legte Pistole und Jacke an, während draußen Männer umherliefen.

Es war leichter, Baumstämme in Bewegung zu setzen, ging es Mike durch den Kopf, als diesen Haufen. Nach einer hitzigen Debatte mit McMullen, die unterbrochen wurde, als er Joseph erblickte – was weitere Erklärungen erforderte –, schaffte es Mike schließlich, den murrenden Arbeitern auf Helenslea Beine zu machen. Und dieses eine Mal war er froh um Mrs. McMullen. Denn sie, entsetzt bei dem Gedanken, dass eine große Flutwelle über sie hereinbreche, ging mit einer Schimpfkanonade auf ihren Ehemann los, die einem Ochsentreiber alle Ehre gemacht hätte.

»Schon gut, schon gut!« sagte er, um sie zum Schweigen zu bringen, und gab den Männern endlich die Befehle, die Kanaka zu warnen, die Pferde und Rinder aus dem Stall zu führen und zu der unter dem Namen Home Hill bekannten Anhöhe zu führen. »Wenn Sie nicht Recht haben, Devlin«, schnauzte er, »dann dreh ich Ihnen Ihren verdammten Hals um.«

»Wenn ich nicht Recht habe, zahl ich Ihnen einen Drink«, sagte Mike. »Kümmern Sie sich um die Sachen hier. Ich gehe nach Providence.«

»Ich will, dass die Kanaka meinen Hausstand zusammenpacken«, kreischte Mrs. McMullen.

»Dazu ist keine Zeit«, versetzte McMullen. Mike nahm ihn zur Seite. »Was meinen Sie damit, es ist keine Zeit?«

McMullen starrte ihn finster an. »Ich bin auf Ihre Ratschläge nicht angewiesen. Ich habe einige Kerle mit Laternen zum Fluss geschickt. Sie sind soeben zurückgekommen. Das Wasser steigt schnell. Vielleicht beruhigt es sich im Morgengrauen, es kann aber auch weiter steigen. Bei Tageslicht sehen wir weiter.«

»Haben Sie jemanden zur Woollahra-Plantage geschickt, um sie zu warnen?«
»Natürlich. Sie brauchen hier nicht abzuwarten. Wir kümmern uns schon um Mrs. de Flores.«
Lita war in der Küche und packte Lebensmittel in einen Sack. »Falls wir hungrig werden«, lachte sie. »Ich habe Waranfleisch noch nie gemocht.«
»McMullen bringt die Pferde rüber«, sagte er zu den beiden Frauen. »Und, Lita, was immer du vorhast, versuch nicht, in die Stadt zu reiten. Bleib, bis McMullen sagt, dass es wieder sicher ist, dann komm wieder herunter.« Er küsste sie auf die Wange. »Ich muss nun gehen.«
»Wohin willst du?«
»Nach Providence.«
»Wozu? Du schuldest Morgan nichts. Und wenn der Fluss ansteigt, dann wissen es die Kanaka.«
»Vielleicht auch nicht. Auf jeden Fall weiß er nicht, was in dieser Situation zu tun ist.«
Lita blickte ihn finster an. »Du meinst, sie weiß nicht, was zu tun ist. Und du läufst ihr nach, nicht wahr?«
»Du hast vergessen«, grinste er, »dass Mrs. Morgan in der Stadt ist. Und jetzt reiß dich zusammen. Wir sehen uns später.«
Der Rückzug auf Helenslea verlief alles andere als geordnet. Überall liefen Männer herum, schrien und stritten sich und schwenkten die Laternen, um das unruhige Vieh und die Pferde zusammenzutreiben. Mike kam gerade noch rechtzeitig in den Stall, um sich sein eigenes Pferd und eines für Joseph zu sichern.
»Kannst du reiten?« fragte er ihn.
»Nein, Boss, nicht gut reiten.«
»Nun, dann ist es Zeit, dass du es lernst.« Er sattelte beide Pferde und hievte den unwilligen Kanaka auf einen knochigen Grauen. »Steck deine Füße in die Steigbügel und halt dich an den Zügeln fest. Und los geht's.«
Sie ritten zur Mühle und folgten dann dem bekannten Weg nach Providence, so schnell, wie es die Dunkelheit und der unsichere

Reiter, der neben ihm einherholperte, zuließen. Als er das plötzliche Geschnatter der Regenvögel hörte, seufzte er erleichtert auf. Noch eine halbe Stunde bis zum Morgengrauen. Diese Vögel irrten sich nie. Der Weg war ein ganzes Stück vom Fluss entfernt, er hatte also keine Vorstellung, wie hoch das Wasser mittlerweile gestiegen war, noch hatte er Zeit, es festzustellen.

Der östliche Himmel färbte sich gelb, als sie in das Lager einritten. Einige Kanaka waren bereits auf den Beinen. Sie blieben stehen und starrten auf die beiden fremden Gestalten, die aus der Dämmerung auftauchten, und dann gab es ein Freudengeschrei. Nicht nur, dass Mr. Devlin zurück war, auch Joseph war bei ihm!

»Lass keine Panik ausbrechen«, sagte Mike zu ihm. »Führe sie in aller Ruhe auf die Anhöhe.«

Doch das war nicht so leicht wie erwartet. Wertvolle Zeit ging durch die wilde Begeisterung verloren, die sich einstellte, als sie herausfanden, dass Joseph wieder unter ihnen war. Trotz Mikes Befehlen schien ihn jeder Mann und jede Frau persönlich begrüßen zu müssen. Schließlich aber wurden mit Pompeys Hilfe die Frauen und Kinder weggebracht, die Pferde freigelassen und das Lager aufgeräumt.

»Steig wieder auf dein Pferd«, sagte er zu Joseph. »Ich reite zum Haus, geh du zu den Schwarzen und bring sie auf Trab. Sie haben ihr Lager am Fluss, sie dürften mittlerweile schon aufgebrochen sein, aber ich will sie aus dem Weg haben.«

Kaum hundert Meter hinter dem Lager bemerkte Joseph in der Luft einen seltsamen Geruch. Verzweifelt sah er sich um, auch die Pferde begannen nun nervös zu tänzeln. Und dann konnte es auch Mike riechen, den überwältigend schweren Geruch fauligen Schlamms, als befänden sie sich in den Sümpfen. Erschreckt hörte er das Dröhnen. Sie konnten nicht weiter. »Den Hügel hinauf!« schrie er Joseph zu und riss sein Pferd in das Gebüsch, weg vom Fluss. Doch der Insulaner hatte die Kontrolle über sein Pferd verloren. Er konnte sich nur noch an das ängstliche Tier klammern, das, die Gefahr in den Nüstern, blind dem anderen Pferd folgte, durch den Busch brach und schnaufend einen der niedrigen Hügel erstieg, die über das ganze Anwesen verteilt waren. Hügel, deren Granitkern den Elementen widerstanden hatte und die von dem dichten Dschungel bewachsen waren. Sie waren nur ein Teil der wellenförmig verlaufenden Küstenebene und gehörten nicht mehr zu den Vorbergen der großen Gebirgskette, durch die sich der Fluss schnitt. Für die Zuckerrohrpflanzer waren sie unnützes, verschwendetes Land, für die neuen Bananenbauern allerdings, die seit kurzem in diese Gegend kamen, waren sie ein ideales Terrain. Und nun waren diese verwaisten Hügel zu Zufluchtsstätten geworden; überall entlang des Flusslaufes brachten sich auf ihnen Menschen und Tiere in Sicherheit.

Bäume splitterten und wurden von der Strömung mitgerissen, das seit Jahren ungestörte Flussbett ächzte, gab Felsen und Baumstümpfe frei, der aufgewühlte Strom schwemmte auf seinem überstürzten Weg ins Meer Unrat und Treibholz vor sich her; der kristallgrüne Fluss hatte sich in einen meilenbreiten schlammigen Strudel verwandelt, eine gewaltige zerstörerische Kraft, die sich über das Land stürzte.

Von ihrem hoch auf einem Hügel erbauten Haus, von dem sie die Plantage überblicken konnten, mussten die Besitzer von Woollahra verzweifelt mit ansehen, wie der Fluss ihre Felder zerstörte und nur sie, isoliert auf der Anhöhe, verschonte.

Der Fluss wälzte sich zur nächsten Plantage, Helenslea, ohne Rücksicht auf die jahrelange Arbeit, die die Menschen in diesem harten Klima aufgewendet hatten, um die Felder zu kultivieren. Und das Wasser breitete sich aus, um noch mehr der kostbaren Felder zu verwüsten, die goldenen Felder, wie sie von den Menschen genannt wurden. Es wälzte sich durch das im hawaiianischen Stil erbaute Herrenhaus, das einst Edgar Betts gehört hatte; es konnte die steinernen Fundamente nicht wegschwemmen, doch ließ es stinkenden Schlamm und Treibholz zurück und pulsierte weiter.

Das Haus auf Providence war leichte Beute. Es erbebte und erzitterte beim Ansturm der Schlammfluten. Obwohl es Jake fast zwei Meter über dem Boden errichtet hatte, zur Kühlung, nicht zum Schutz vor Fluten – denn wer hatte je gedacht, dass der Fluss so über die Ufer treten konnte? –, schoss nun das Wasser in die Räume.

Mit der lächelnden Gleichgültigkeit der Natur beschien die Sonne die wütenden Wassermassen. Sie strahlte und glitzerte auf den blauen Gewässern der Trinity Bay, als sich aus den Mangrovensümpfen südlich von Cape Grafton eine schlammige Welle in die unberührte See ergoss; ein erster Hinweis auf den Aufruhr der Natur.

Toby hatte die Missus im Hotel gefunden und den Brief von Miss Langley übergeben. Jessie hatte ihm gesagt, er solle sich ausruhen, es war zu spät für den Rückweg, außerdem hätte sie eine Antwort, die er am nächsten Morgen mitnehmen sollte.

Erfreut über die Gelegenheit, in der Stadt bleiben zu können, und mit den zehn Shilling in der Tasche, einem Vermögen, wanderte Toby durch die Stadt; er war auf der Suche nach seinen Freunden, Yindini-Leuten, die trotz der Versuchungen und verheerenden Einflüsse der Weißen nach wie vor an ihrem Stammesland in der Bucht festhielten.

Jessie jedoch beschloss, ihre Antwort zu überschlafen. Sylvias Bittbrief war so ganz nach ihrer Art; sie hatte in Harry Scott-Hughes einen neuen Verehrer gefunden, was schön war, aber wie lange würde das anhalten? Sylvia neigte dazu, sich in jeden neuen Mann zu verlieben, der ihr über den Weg lief, aber es hielt niemals an. Auf dem Schiff hatte es einige gegeben, dann Mike Devlin, den jungen Bankdirektor Mr. Billingsley und Gott weiß wen noch alles in der Stadt. Aber der Einzige, der blieb, war Corby. Wer war dafür verantwortlich? Sylvia oder er? Wahrscheinlich die Situation.

Sylvia hatte sich vorsichtig für die »Unannehmlichkeiten« auf Providence entschuldigt. Jessie musste auflachen. Offensichtlich fand es ihre Schwester nicht unangenehm, mit ihrem Ehemann zu schlafen, sondern nur die Aussicht, dass es bekannt werden und ihre neueste Eroberung abschrecken könnte. Es würde ihr recht geschehen.

Und Sylvia war hinterlistig. Sie hielt ihrer Schwester einen Köder hin. Sag nichts, und du kannst deinen Ehemann wieder haben. Diese verdammte Schlampe! Es war nicht Sylvias Sache, ihr den Ehemann wieder zu überlassen. Jessies Ehemann. Corby musste die Entscheidung treffen. Jessie wusste, dass sie ihn wieder aufnehmen würde. Corby war impulsiv, temperamentvoll und, ja, egoistisch, aber er war ihr Ehemann. Andere Frauen hatten solche Affären überstanden und es zum Wohle der Familie darauf beruhen lassen. Sie war nicht prüde. Obwohl es sie schockierte, dass ihre Schwester beteiligt war und dass sie mit dieser verfluchten Untreue zurechtkommen musste, verstand Jessie von Männern mehr als Corby glaubte. Sie schienen ihr leichter verführbar zu sein als Frauen, erlagen leicht dem Kitzel. Wenn ihr Sohn erwachsen war, würde sie mit ihm darüber reden und ihn Entsagung lehren müssen. Nun aber hatte sie einen Ehemann, der sich nicht entsagt hatte. Wenn er sich entschuldigte, wenn er Mittel finden konnte, dass er mit ihr über diese Dinge auf ehrliche Weise redete, dann konnten sie noch immer einen gemeinsamen Nenner finden, um ihre Ehe fortzusetzen. Es war, ging es ihr durch den Kopf, nur eine schwache Hoffnung.

Aber sie wollte Sylvia nicht antworten. Sie würde ihr nicht mehr erlauben, sich einzumischen. Sie hatte Corby verlassen, und nun musste er sich entscheiden, ob er sie als Frau zurückhaben wollte. Doch trotz aller Pläne und Absichten fragte sich Jessie, ob er mit Sylvia noch schlief, jetzt, wo die Luft rein war. Sie beschloss, dass sie auf keinen Fall Sylvias Brief beantworten würde. Soll sie sich Sorgen machen, vielleicht änderte das etwas.

Am nächsten Morgen ging sie zu Smith's großem Kaufhaus, das gleich um die Ecke vom Hotel lag, und fragte nach einem Kinderwagen. Der Ladenbesitzer schien sie sofort zu erkennen. Jessie nahm an, dass sie bereits jetzt Gesprächsthema in der kleinen Gemeinde war. Er ließ sie am Ladentisch auf einem hohen Stuhl Platz nehmen und tauchte dann aus dem vollgestellten Ladeninneren wieder auf, in der Hand einen alten Rohrkinderwagen, der, wie er ihr versicherte, das neueste Modell war. Es kümmerte Jessie wenig, ob er der neueste oder älteste war, solange er Räder hatte und Bronte von dem Tuch, in dem ihn Hanna trug, in sein eigenes kleines Gefährt wechseln konnte. Sie kaufte ihn und verschiedene andere Sachen, darunter ein kleines Schaffell, das ihr der Ladenbesitzer aufdrängte.

»Aber Mr. Smith, wird das nicht zu warm, wenn man das Kind damit zudeckt?«

»Man legt es nicht über, sondern unter das Kind, verehrte Dame. So bleibt das Baby im Sommer kühl und im Winter warm.«

Auf dem Rückweg – sie schob den Kinderwagen – begegnete ihr Lieutenant Scott-Hughes.

»Ah, Mrs. Morgan! Wie schön, Sie wieder zu sehen. Wie geht es Ihrem Baby?«

Bevor sie ihn zurückhalten konnte, sah er bereits in den Kinderwagen, in dem kein Kind, sondern Pakete lagen.

»Keine Sorge, ich bin nicht verrückt geworden«, lachte sie. »Ich habe den Wagen soeben gekauft.«

Nun lachte auch Harry. »Wie bin ich erleichtert. Ich hätte es sehr seltsam gefunden, wenn Sie Ihr Kind unter den Einkäufen verborgen hielten. Lassen Sie mich ihn nehmen.«

Der Anblick eines Gentleman, der einen Kinderwagen schob, forderte neugierige Blicke und witzige Bemerkungen von den Passanten heraus, er nahm es aber gelassen und trug den Wagen die Treppe zu ihrem Zimmer hoch, wo Hanna mit Bronte wartete. Das Mädchen war von dem wunderbaren Gefährt so begeistert, dass sie ihren Schützling sofort hineinlegen wollte.

»Nein«, sagte Jessie, »besorg vom Dienstmädchen Wasser und Seife und putz ihn gründlich, er ist viel zu sehr verstaubt.« Sie wandte sich an Harry. »Danke, Lieutenant, das war sehr freundlich von Ihnen.«

»Wie wär's, wenn Sie mit mir unten einen Tee trinken?« fragte er.

Jessie zögerte, dann lächelte sie. »Gerne.« Sie hoffte, Corby kam es zu Ohren, dass sie in der Stadt nicht nur mit einem, sondern zwei reizenden Begleitern gesehen worden war. Außerdem war es schön, Gesellschaft zu haben. Sie hatte nicht vor, sich während dieses erzwungenen Urlaubs in ihrem Zimmer zu verstecken.

Jessie schätzte sein Taktgefühl, das ihm verbot, ihre plötzliche Abreise von Providence zu erwähnen. Stattdessen erzählte er von dem langen, verschwendeten Tag in den Sümpfen und wie sehr er den Aufenthalt auf der Plantage, trotz des Scheunenbrandes und der notwendigen Disziplinarmaßnahmen, genossen hatte. Allzu schnell kam er auf Sylvia zu sprechen. »Ich finde Miss Langley äußerst reizend«, sagte er galant. »Es muss in der Familie liegen. Ihr Vater muss sehr stolz sein, zwei solch liebenswürdige Töchter zu haben.«

»Danke«, murmelte Jessie.

»Ich hoffe, bei Professor Langley um die Hand von Miss Langley anhalten zu dürfen. Glauben Sie, dass Sie für mich ein gutes Wort einlegen können, Mrs. Morgan? Meine Beförderung zum Captain steht kurz bevor, daneben habe ich auch ein kleines Privateinkommen. Ich bin in der Lage, sie angemessen zu versorgen.«

Ihm war es so ernst, er war so ängstlich darauf bedacht, das Richtige zu tun, dass er Jessie fast leid tat. Sie versicherte ihm ihre Unterstützung und war erleichtert, als ihr ein Mädchen sagte, dass ein »Schwarzer« draußen auf sie wartete.

»O Gott! Ich habe Toby ganz vergessen. Ich muss wirklich gehen.«

Nachdem sie Harry verabschiedet hatte, nicht ohne ihm zu versprechen, dass sie ihn rufen lasse, wenn sie etwas brauchte, schickte sie Toby auf seinen Weg und beschloss, mit Hanna und Bronte eine erste Ausfahrt mit dem Kinderwagen zu unternehmen.

»Es scheint mir, ich werde von dem Kinderwagen nicht viel haben«, lachte sie, während sie die Esplanade entlangschlenderten und das Kindermädchen sich an den Wagen klammerte, als könne er ihr mit seiner wertvollen Ladung davonrollen.

Der Aufenthalt im Freien war wundervoll. Zum ersten Mal hatte Jessie Gelegenheit, ihre Umgebung zu genießen, die bunten Bäume und die seltsamen Leute, die unterwegs waren. Niemand in dieser neuen Hafenstadt schien es eilig zu haben. Frauen nickten ihr zu, Männer zogen ihre Hüte, wenn sie vorüberging, und sie fühlte sich sehr zu Hause. Sie blieben vor Schaufenstern stehen, betrachteten Ochsengespanne, die durch die Straßen ratterten, alles und jeden. »Ich bin ein richtiges Landei geworden«, sagte sie zu Hanna, die nicht verstand, was sie damit meinte. »Es ist so lange her, dass ich eine Stadt gesehen habe, und nun kommt mir dieses Dorf wie eine große Stadt vor. Es ist herrlich.«

Das Baby, unbekümmert von den Löchern der Straße, gluckste und lächelte zufrieden in seinem schaukelnden Gefährt. Jessie kaufte zwei Gläser Himbeerlikör, und sie setzten sich auf die Bank vor dem Laden und betrachteten die an ihnen vorüberziehende Welt. Überrascht nahm sie die große Zahl von hart aussehenden Reitern wahr, die die Stadt verließen. Mit ihrer am Sattel befestigten, umfangreichen Ausrüstung sahen sie wie Hausierer aus. Goldgräber, nahm sie an, die sich auf den Weg zu den Goldfeldern machten, die irgendwo da draußen liegen mussten. Es musste faszinierend sein, Gold zu finden, dachte sie, einfach danach zu greifen. Kein Wunder, dass so viele dem Goldfieber erlagen. Jede Zeitung, die sie aufschlug, berichtete von neuen Goldfunden. Dieses alte Land musste voll davon sein.

Das erinnerte sie daran, auf dem Rückweg zum Hotel eine Zeitung zu kaufen. Als sie sich jedoch dem Büro der Cairns Post näherte, waren vor dem Eingang Männer versammelt; schüchtern hielt sie sich zurück und wollte warten, bis sie sich verliefen.

Die Menge aber wuchs an, Frauen kamen hinzu, und Reiter hielten neugierig an. Jessie konnte ihre Aufregung spüren, sie wurde unruhig, die Ahnung eines Unglücks stieg in ihr hoch.

»Bleib hier«, sagte sie zu Hanna und eilte hinzu, um einen Gentleman zu fragen, was geschehen war.

»Überschwemmungen«, sagte er. »Man nimmt an, dass eine große Flutwelle die Woollahra-Plantage überrollt hat.«

»Woollahra?« wiederholte sie. »Sind auch Helenslea und Providence betroffen?«

»Kann daran nicht vorbeigegangen sein. Sie liegen genau auf

dem Weg.« Er starrte sie an. »Entschuldigen Sie, sind Sie nicht Mrs. Morgan?«
»Ja«, sagte sie wie betäubt.
»Großer Gott! Verzeihen Sie. Ich bin Bede Hornsby, Parlamentsabgeordneter. Und regen Sie sich nicht auf. Überschwemmungen und Dürre, das ist alles eins in diesem Land, wir kommen darüber hinweg. Wo wohnen Sie?«
Jessie fühlte sich schwindelig. Er hatte eine große Flutwelle gesagt. »Im Hotel«, sagte sie. »Im Victoria.«
»Dann bringe ich Sie hin.«
Er begleitete sie mit dem Kinderwagen zum Hotel zurück. »Sehen Sie doch das Gute daran«, sagte er. »Sie hätten sich mit dem Baby keine bessere Zeit für Ihren Aufenthalt in der Stadt aussuchen können.«
»Sind sie dort draußen in Gefahr?«
»Nein, nein, natürlich nicht. Ach Gott, nein, machen Sie sich darüber keine Sorgen!«
Er log, und sie wusste es. »Mr. Hornsby, wann werden wir Nachrichten von Providence erhalten? Ich bin beunruhigt.«
»Überlassen Sie das mir. Sobald ich etwas erfahre, lasse ich es Sie wissen. Nun muss ich mich beeilen, wir müssen Rettungstrupps organisieren.«
Rettungstrupps! Jessie fühlte sich hilflos, sie stand nur da und sah die Veränderung der Atmosphäre, die sich in der Stadt vollzog. Leute rannten los. Reiter galoppierten vorbei, aufgeregte Hunde bellten ihnen hinterher, und eine Gruppe verwirrter Kanaka stand auf der Straße und befragte jeden, der ihnen Aufmerksamkeit schenkte.
»Baby Essenszeit«, erinnerte Hanna, die nur ihre Pflichten im Kopf hatte. Jessie nickte.
Der Hotelbesitzer allerdings versperrte ihnen den Weg. »Mrs. Morgan, ich möchte mit Ihnen reden. Schwarze können diesen Eingang nicht benutzen. Würden Sie das Mädchen bitte zum Hintereingang schicken.«
»Erzählen Sie keinen Schwachsinn!« fuhr Jessie ihn an. »Und gehen Sie aus dem Weg.«

Er sprang zur Seite, um von den hohen Rädern des Kinderwagens nicht überrollt zu werden, während Jessie an ihm vorbeistürmte und Hanna mitzog. Sie schob den Wagen durch das Foyer, hob das Baby heraus, schickte Hanna schon hinauf und rief den Besitzer, den Wagen nach oben zu tragen. »Sofort!« fügte sie an und trat zur Seite, während er mit rotem Kopf seiner Aufgabe nachkam.
»Danke«, sagte sie oben auf der Treppe. »Und nun möchte ich zwei Mittagessen auf meinem Zimmer. Und sollten Sie mich wieder belästigen, werde ich in ein anderes Hotel umziehen.«
»Ich wollte Sie nicht belästigen, Mrs. Morgan«, fing er an, doch Jessie fiel ihm ins Wort.
»Gut. Ich betrachte die Angelegenheit als erledigt.«
Sie fühlte sich etwas besser. Der Streit hatte ein wenig von der Anspannung genommen, aber nach wie vor hatte sie Angst. Sie konnte sich weder eine Flut noch die Auswirkungen auf die Bewohner des Hauses oder die Plantage selbst vorstellen. Sie fragte Hanna, erhielt aber nur wenig Informationen. Das Aborigines-Mädchen war nicht besorgt. »Wasser kommen, Leute gehen.« Sie zuckte mit den Schultern.
»Aber das Haus? Kann es bis zum Haus kommen?«
Hannas Augen wurden groß und rund, während sie sich das durch den Kopf gehen ließ. »Das machen überall große Sauerei, Missus.«
»Aber das Haus ist doch weit vom Fluss entfernt.«
»Jaah«, stimmte Hanna zu, um sie zufrieden zu stellen.

Das Wasser umspülte sie, griff nach ihnen, wollte sie nicht loslassen, aber sie schafften es, an Land zu kommen. Aus Gewohnheit und Vorsicht, falls es Probleme im Busch gab, hatte Mike Seile an seinem Sattel befestigt, sich eine Axt und ein Jagdmesser aus dem Schuppen geholt und Joseph eine schwere, aufgerollte Leine zugeworfen. Sie brauchten sie jetzt vielleicht. Sie ritten über ein Zuckerrohrfeld, beobachteten den sich ausdehnenden Fluss, der die jungen Pflanzen umspülte, kümmerten sich nicht darum, dass die Hufe der Pferde die jungen

Sprösslinge zertrampelten – ein Verbrechen unter normalen Umständen –, und wandten sich dann nach Süden, bis sie sich von hinten dem Haus näherten.

»O Gott!« rief Mike. Er starrte über den schlammigen Strom, über die abgebrochenen Zweige und aufgeblähten Tiere, die vorbeigetrieben wurden. Es war ein seltsamer Anblick. Das Haus stand, halb im Wasser versunken, allein in der Ferne, von den Außengebäuden jedoch war nichts mehr zu sehen. Die Ställe und Scheunen, sogar das Gästehaus, wo der Professor wohnte, waren verschwunden, verschluckt von den hohen Fluten.

»Schau, Boss!« Joseph zog an seinem Arm und zeigte auf ein Pferd, das in den Strudeln kämpfte.

Mike sah sich verzweifelt um. Dieser Abschnitt war gerodet worden, es stand kein einziger Baum mehr, der hilfreich sein konnte. Er schlang sich das Seil um und warf das andere Ende Joseph zu. »Stell dich auf die Hinterbeine und halt fest.«

Er sprang ins Wasser und schwamm zum Pferd, das ihn mittlerweile gesehen hatte und unter großer Anstrengung versuchte, durch die Strömung auf ihn zuzukommen. Als sie gemeinsam durch das Wasser trieben, legte er dem Pferd das Seil um – sein Rettungsversuch klappte. Er sah, wie das Pferd ruckte, als sich das Seil straffte, dann bewegte es sich langsam Richtung Ufer. Als er zurückschwamm, war er erstaunt über die Kraft des Kanaka, der Zentimeter für Zentimeter das Tier ans Ufer zog. Gleichzeitig mit dem Pferd gewann er festen Boden unter den Füßen und schob, er stand noch immer bis zur Hüfte im Wasser, das verängstigte Tier an Land. Es sprang voraus und blieb dann zitternd stehen. Joseph lachte, sprang herum und tätschelte das Pferd. »Wir haben ihn, Boss!«

»Du hast ihn«, sagte Mike und zog sein verdrecktes Hemd aus. »Ich denke, du hast ihn dir verdient. Er gehört dir. Lass ihn nur, wir fangen ihn später ein.«

Er blickte wieder auf das Haupthaus von Providence und darüber hinweg zum Hügel, auf dem sein eigenes Haus völlig abgeschnitten, aber sicher in einer Vegetationsinsel lag. Er bezweifelte, ob Kanaka dort Zuflucht gesucht hatten, da alle auf

die sichere Erhebung befohlen worden waren, auf der nun auch er und Joseph standen.
»Leute in dem Haus«, sagte Joseph und streckte den Arm aus.
»Wo? Ich kann niemanden sehen.« Er hoffte, Joseph hatte Unrecht. Er hoffte, Morgan hatte beim ersten Anzeichen der Flut seine Familie hinausgeschafft. Auf seinen Runden musste er es bemerkt haben. Und Toby, der immer wachsam war, Toby musste es ihm gesagt haben.
Aber Toby war nicht da. Er befand sich auf seinem Botenweg für die junge Missus. Es war Broula, die keine Türen respektierte, welche mitten in der Nacht in das Haus einbrach und schrie, dass »der Fluss kommen«, und ihre Tochter einforderte, die Mutter ihres geliebten Enkels.
Elly raste nach oben, um sie zum Schweigen zu bringen, bevor der Master aufwachte. Aber es war schon zu spät.
Corby zündete seine Lampe an und ging, nur in seinen Pyjamahosen, hinaus auf den Gang. »Was soll dieser Aufruhr? Schafft diese Frau aus meinem Haus.« Er war angeekelt. Broula roch nach Schweiß und diesem widerlichen Fett, mit dem sich die Aborigines einschmierten, und trug nur einen schmuddeligen Fetzen, unter dem ihre großen Brüste wippten.
In ihrer Angst hatte Broula ihr Englisch vergessen. Sie schrie in ihrer eigenen Sprache, und beschämt versuchte die arme Elly, alles zu erklären.
»Sie sagt, Fluss steigen, Boss. Wir müssen gehen.«
»Wovon spricht sie? Die Regenzeit ist vorüber, wir hatten letzte Woche kaum noch Regen. Sie ist betrunken. Schafft sie aus meinem Haus.«
Der Professor, der auf Sylvias Drängen in das zweite Schlafzimmer gezogen war, erschien nun, vom Lärm geweckt, gleichzeitig mit seiner Tochter. Er schien verwirrt und schlaftrunken zu sein und fragte, ob es schon Morgen sei.
Sylvia wandte sich in ihrer Angst an Elly. »Was sagt sie? Was meint sie mit dem Fluss?«
»Flut, Missus! Broula sagen, Flut kommen, so wahr wie sie hier stehen.«

»Hörst du das, Corby? Wir werden ertrinken.«
»Mach dich nicht lächerlich. Wir sind ein gutes Stück vom Fluss entfernt und liegen weit über dem Flussbett. Ich dulde diese Hysterie nicht. Ich werde am Morgen die Lage erkunden. Beruhige dich. Es gibt nichts, was wir zu dieser Stunde tun können, es ist dort draußen vollkommen dunkel. Wo ist Toby?«
»Toby fort«, sagte Elly und sah zu Sylvia, die jedoch nichts zur Verteidigung der schwarzen Hausangestellten sagte.
»Wunderbar!« fauchte Corby. »Wenn dieser Idiot einmal da sein sollte, wenn man ihn braucht, dann gebe ich ihm glatt eine Woche frei! Sylvia, schaff diese Frauen hier raus, ich brauche meinen Schlaf.«
Broula hatte einen Griff wie ein Schraubstock und begann Elly mit sich fortzuziehen. »Nein, Missus«, rief sie Sylvia zu. »Nicht bleiben. Boss mitnehmen. Und auch Dadda.«
Aber Corby blieb hart. »O Gott, verschont mich mit diesen verrückten Frauen! Bring deinen Vater ins Bett, Sylvia. Wenn es ein Problem geben sollte, dann kümmere ich mich morgen darum.« Als sie zögerte, nahm er sie und zeigte über die vordere Veranda. »Der Fluss ist dort unten, Mädel! Und wir sind hier oben! Das kannst sicherlich auch du begreifen! Ich werde mich von diesen Eingeborenen nicht irremachen lassen.« Dann wurde er milder und nahm ihre Hand, während Broula angewidert wer weiß was ausstieß und Elly wegführte. »Keine Angst, mein Liebling«, sagte er und küsste ihre weiche Wange.
»Aber Corby, was ist, wenn sie Recht hat? Wenn wirklich eine Flut kommt?«
»Dann beten wir, dass es nicht passieren wird. Ich brauche jeden Quadratmeter der Felder, Sylvia. Vergiss die Schwarzen, die müssen nur von der Lagune fortziehen. Aber ich kann meine Zuckerrohrfelder nicht umsiedeln. Ich werde diese Nacht aus Sorge um sie kein Auge zumachen. Komm und leiste mir Gesellschaft, ich muss dich einfach in den Arm nehmen, meine Liebe.«
Auf den Stufen der Treppe trafen die beiden Aborigines-Frauen Tommy und Mae. »Was hier los sein?« wollte Tommy wissen.

»Broula sagen, Flut kommen.«
»Was?« schreckte Tommy zusammen.
Mae war dafür, zur jungen Missus und ihrem liebenswerten Vater zurückzugehen, aber Tommy war derselben Meinung wie Broula. Er verpasste seiner Frau eine Ohrfeige, forderte Gehorsam, und so flohen die beiden Chinesen mit den Schwarzen über den Hof, wo die Aborigine-Stallburschen bereits die Pferde freiließen.
Sylvia lag in den angenehmen, tröstenden Armen Corbys. Er hatte keinen Versuch unternommen, mit ihr zu schlafen. Er hatte sein Wort gehalten, er brauchte sie nur, und sie verstand und kam ihm entgegen, schmiegte sich in die Krümmung seines Körpers, als gehöre sie ganz natürlich dorthin. Er atmete ruhig, gleichmäßig, klammerte sich in seiner sanften, schützenden Umarmung an sie, während sie an Harry dachte. War er im Bett so gut wie Corby? Besaß er dieselbe Sanftheit, dieselbe Leidenschaft? Sie bezweifelte es. Corby war ein erfahrener Liebhaber, nahm sie an, schon bevor er Jessie kennengelernt hatte. Seine Launen erregten sie, manchmal war er hart und fordernd, manchmal liebend und sentimental, so dass sie bei seiner Berührung ganz dahinschmolz.
Aber etwas anderes nagte an ihr. Ein seltsames Gefühl. Elly hatte den Professor als Dadda bezeichnet. Das hatte alte Sehnsüchte wachgerufen. Als Kind hatte sie ihn immer Dadda genannt, ihn wirklich geliebt. Aber er hatte ihr nie viel Beachtung geschenkt. Jessie war die Kluge. In seinen Augen konnte sie nie an Jessies Intelligenz heranreichen, sie war nur ein Anhängsel im Haushalt der Langleys. Aber warum sich nun darum Sorgen machen? fragte sie sich, während sie sich näher an die Wärme Corby Morgans kuschelte. Außer, dass er nun so gebrechlich wirkte, der arme alte Dadda.
Ein Donnerschlag erschütterte am Morgen das Haus. Corby war augenblicklich aus dem Bett und entsetzt von dem, was er sah.
»Was war das?« Sylvia, nur in ein Laken gehüllt, klammerte sich am Bettpfosten fest.

»Steh auf! Schnell! Der Fluss kommt.«
»Aber was war das für ein Krach? Ich dachte, das Haus fällt zusammen.«
»Der Aufprall des Wassers.« Er schlüpfte in seine Arbeitshosen und ein Hemd, griff aus Gewohnheit nach den Stiefeln und warf sie schnell wieder weg.
»Lucas«, schrie er und stürzte in das Zimmer des Professors. »Aufstehen, schnell, der Fluss kommt.«
»Wie spät ist es?« sagte der alte Mann schlaftrunken.
»Welche Rolle spielt das, zum Teufel. Stehen Sie auf!«
Die im Osten aufsteigende Sonne verlieh dem Wasser eine gelbliche Färbung. Er stand auf der vorderen Veranda und starrte dahin, wo der Fluss hätte sein sollen. Nur die Hälfte des langen Gartenzauns war noch sichtbar. In seinen Latten verfing sich angeschwemmter Unrat und dahinter schwankte und beugte sich im Ansturm der Wellen das wilde Gestrüpp, das er eines Tages roden wollte. Wie gelähmt blickte er einige Minuten auf das glitzernde Wasser, überlegte dann, was er unter dem Haus retten konnte, stieg einige Stufen hinab und sah, als er durch das Gitterwerk blickte, nur noch eine graue wogende Düsternis.
Und dann kam es ihm! Die Pflanzen! O Gott, nein! Er rannte durch das Haus nach hinten, versuchte sich daran zu erinnern, wie weit die östlichen Felder vom Fluss entfernt waren, und stieß einen verzweifelten Laut aus, als er die überfluteten Außengebäude und Koppeln sah.
Er prüfte die Wassertiefe, es stand hier hinten – das Haus lag an einem leichten Abhang – über einen halben Meter hoch. Es war nichts zu machen. Sie mussten einfach durchwaten.
Sylvia geriet in Panik. »Ich gehe nicht in dieses Wasser. Es ist dreckig. Alle wissen, dass wir hier sind. Wir müssen hier bleiben, bis uns jemand mit einem Boot abholt.«
»Welches Boot?« fragte er wütend. »Wer hat hier denn ein Boot? Komm, ich trage dich hindurch.«
Ihr Vater war ebenso schwierig. »Mein Treibhaus«, beklagte er sich. »Alles ruiniert, und meine Aufzeichnungen in dem Zimmer sind fortgespült.«

»Es ist Ihnen noch nicht aufgefallen, nehme ich an, dass meine Saat, euer Lebensunterhalt, ebenfalls ruiniert ist!« Corby war aufgebracht.
»Wohin willst du mich denn tragen?« fragte Sylvia. »Ich kann keinen trockenen Fleck sehen, Corby. Wir müssen warten.«
Verärgert über sie und sich selbst, weil er nicht auf die Schwarze gehört hatte, wollte er bereits darauf bestehen, ohne weitere Argumente einfach hinauszuwaten. Da fiel sein Blick auf die Treppe. Er hätte schwören können, dass das Wasser nur bis zur dritten Stufe gegangen war, nun war es in dieser kurzen Zeit bis zur vierten gestiegen. Er holte aus der Küche einen Besen und stocherte mit dem Stiel im Wasser. Erst jetzt bemerkte er, dass es sich hier nicht um eine Überschwemmung handelte; die Strömung übte heftigen Druck auf den Besen aus. Das Wasser stand mindestens neunzig Zentimeter hoch und stieg weiter an.
»Sieht so aus, als müssten wir warten«, sagte er zum Professor, »bis das Wasser wieder abläuft.«
Alle drei beobachteten nun das steigende Wasser, das schließlich durch den Holzboden sickerte. Sie schichteten Matten, Teppichvorleger und Truhen auf die Betten und Tische, leerten die unteren Kästen der Schränke und wateten durch das Haus.
Sylvia setzte sich auf ein Bett. »Was, wenn es nicht aufhört, Corby? Werden wir dann ertrinken?«
Er legte einen Arm um sie. »Nein, hab keine Angst. Jemand wird schon kommen.«
»Aber es steigt weiter. Es reicht schon bis zum Bett. Und draußen ist niemand.«
»Bleib hier«, sagte er.
Mit Tränen in den Augen sah er die Ställe und Scheunen zerfallen, dann lief ein Zittern durch das Gästehaus und es brach zusammen. Überall um ihn war Verwüstung. Wenigstens waren Jessie und sein Sohn in Sicherheit. Er dankte dem Herrn; ihre Flucht, davon war er nun überzeugt, war Teil der göttlichen Vorsehung. Traurig dachte er an seinen Sohn, dessen Heranwachsen er vielleicht nicht mehr erleben würde. Obwohl er es

nicht laut sagte, wusste er, dass er und der Professor und Sylvia in Lebensgefahr schwebten.

Für Selbstvorwürfe aber hatte Corby nichts übrig. Die Karten fielen, wie sie fielen. Er verdrängte den flüchtigen Gedanken, dass er für seine Affäre mit Sylvia bestraft wurde, dass der Herr auch Rache ausübte. Er stand über solchen Trivialitäten, dagegen war er gewappnet. Sein Leben zog nicht an ihm vorüber, wie es angeblich in Krisenzeiten zu geschehen pflegt, aber Corby spürte nun, dass alles, sein schneller Aufstieg zum Erfolg, zu leicht gegangen war. Selbst wenn Billingsley, der Bankdirektor, ihm sagte, dass Providence hervorragend dastand, erschien ihm sein Glück als zu schön, um wahr zu sein. Etwas musste schließlich für jemanden wie Corby Morgan schief laufen.

Er bebte vor Wut, während das Wasser weiter anstieg. Wenn er das überlebte und ruiniert daraus hervorging, war es, als setzte man alles auf ein Pferd, das gewinnt und nachträglich disqualifiziert wird. Ach ja, genau das war ihm passiert. Damals kam er abgebrannt aus Ascot wieder und musste von vorn anfangen. Seine Erbschaft hatte ihn vor dem Bankrott bewahrt und ihm Providence eingebracht, und nun war wieder alles verloren. Er lachte. Warum sollte es ihn überraschen? Manche hatten immer Glück, er aber zog mit tödlicher Sicherheit das Pech an. Komisch, wie sich die Dinge entwickelten.

Im Moment aber trug er Verantwortung. Sylvia und der Professor. Er musste etwas tun. Schweigend und ängstlich kauerten sie auf Sylvias großem Doppelbett, wie Geister während einer Totenwache.

Er durchsuchte das Haus nach schwimmbaren Materialien. Vorausgesetzt, er konnte sie zu Wasser lassen. Der Speisezimmertisch? Er stand bereits knietief im Wasser. Durchnässt und entschlossen begann er ihn zur Hintertür zu zerren.

Sylvia, die in ihrer nassen Kleidung so verloren und reizend aussah, kam ihm zu Hilfe. »Was machst du da?« fragte sie, während sie ihm beim Schieben half.

»Er kann uns als Floss dienen. Schlimmstenfalls trägt er uns hoch zum Dach.«

»Zum Dach! Bist du verrückt?« Sie rannte zum Fenster, als gäbe es dort eine Erklärung für seinen unmöglichen Vorschlag.
»Wir müssten verrückt sein, um das zu tun«, flüsterte sie ängstlich. »Ich schaffe es nicht, und Dadda auch nicht.«
»Sagte ich dir nicht, dass ich ein guter Schwimmer bin? Einer meiner wenigen Fertigkeiten. Vertrau mir. Nun also« – er hatte den Tisch auf die Veranda geschoben – »warten wir, meine Liebe, und wenn unsere Arche schwimmt, schwimmen wir mit. Glaubst du nicht, dass du die schweren Unterröcke ablegen solltest? Es ist jetzt nicht die Zeit, die Dame zu spielen.«
In ihrer Angst gehorchte sie, ließ die Röcke fallen, trat zu ihm, und beide starrten landeinwärts, in der Hoffnung, irgendwelche Lebenszeichen zu entdecken.
»Siehst du den Baum dort drüben?« Corby zeigte auf die Feige, an der sich Loya-Ranken hochwanden. »Der hinter dem Treibhaus deines Vaters. Er ist so groß wie der andere vor dem Haus.«
Sylvia nickte. Seit dem Selbstmord des Mannes hatte sie diesen Baum immer gehasst.
»Ich denke, dort sind wir sicher. Warum versuchen wir nicht, dorthin zu gelangen?«
»Wie?« Weinend trat sie einen Schritt zurück.
Corby ignorierte sie. Er glaubte zu spüren, wie das Haus schwankte, der Boden schien sich zu verschieben. »Bleib bei deinem Vater. Ich probiere es.«
Er hielt sich an der Treppe fest und ließ sich langsam in das Wasser. Sofort riss es ihm die Beine weg. Die Strömung war viel zu stark, um diesen Plan auszuführen. Er konnte es vielleicht alleine schaffen, aber es war unmöglich, einen Nichtschwimmer mitzunehmen, selbst wenn sie sich ruhig verhalten sollte. Und der alte Mann? Er war zu schwer. Und den Tisch als Floss würde er nicht halten können, nach wenigen Sekunden wäre er fort. Das Wasser schlug nun einige Wellen, dennoch stieg es unmerklich, aber stetig an, kroch wie eine finstere Macht auf sie zu und ließ sich Zeit; es war sich seiner Beute sicher.
Corby hatte nun Angst. Es machte ihm nichts aus sich das einzugestehen.

Vor ihnen lag eine langsame, hässliche Wartezeit, bis es zur unvermeidlichen Hysterie kam, an den Rest wollte er nicht denken. Warum versuchte er nicht einfach, zum Baum zu kommen? Jetzt noch nicht, aber später, wenn es schlecht aussah. Er spürte die Versuchung, wusste aber, dass er es nicht tun konnte. Er konnte sie nicht verlassen. Und wieder musste er lachen. Hier ist ein Mann, der nicht den Mut hatte, abzuhauen!

Er plünderte das Haus, riss Laken auseinander, um aus ihnen eine Art Seil herzustellen; wenn der verfluchte Tisch schon nicht als Floss taugte, dann konnte er sie, falls es nötig sein sollte, hinauf zum Dach tragen. Aber dazu musste er fest und sicher angebunden sein, damit sie nicht fortgetrieben wurden. »Richtig«, sagte er sich. »Eine verrückte Idee, aber ich habe wenigstens etwas zu tun.« Irgendwann, irgendwo hatte er Bilder von Leuten gesehen, die bei verheerenden Überschwemmungen auf Hausdächern zusammengepfercht waren; er hatte sich immer gefragt, wie sie dahin gekommen waren. »Ich denke, du wirst es herausfinden, Morgan junior«, murmelte er. »Aber in der Zwischenzeit können wir, soweit ich es sehe, noch viel Wasser treten.«

Aus dem hinteren Zimmer hängte er ein Laken. Es sah aus, als würde er vor dem Fluss kapitulieren, aber es konnte auch signalisieren, dass noch Bewohner im Haus waren. Dann schenkte er sich einen Brandy ein und stellte die anderen Flaschen auf das hohe Regal. »Wir sollten noch etwas aufheben«, murmelte er. Wer mochte zu ihnen kommen? Sicherlich hatte es sich doch herumgesprochen? Die Stadt musste Rettungsteams mit Booten aussenden. Aber wie lang konnte das dauern? Einen Tag? Würde das Haus, das auf seinen Stelzen schon leicht schwankte, so lange halten? Er bezweifelte es. Auf das Dach zu klettern war nur eine schwache Möglichkeit. Sie konnten lange zuvor unter ihm begraben sein.

Das Wasser stand ihm bis zu den Knien. Er schickte seine beiden ängstlichen Schützlinge unter dem Vorwand, nach Lebenszeichen Ausschau zu halten, in die Küche; er wollte sie einfach in seiner Nähe haben, falls sie schnell aufspringen mussten.

Wenn nicht bald Hilfe kam, war das alles hier hoffnungslos. Er wunderte sich, warum er sich überhaupt Sorgen machte, und genehmigte sich einen weiteren Brandy. Er hatte niemals besser geschmeckt.

Mike Devlin wusste, dass ihre Situation verzweifelt war. Die Kanaka hatten ein kleines altes Dingi unten an der Straße zum Fluss, das sie zum Fischen benützten, aber wo mochte das nun sein?

»Entweder mit einem Floss oder mit dem Fischerboot«, sagte er zu Joseph, »wenn wir sie herausholen wollen, aber beides kostet Zeit. Kannst du ein Floss machen?«

Joseph war erstaunt. Natürlich konnte er ein Floss bauen, aber es dauerte Tage, bis er es mit Harz und Wachs abgedichtet hatte. Diese Dinge mussten sorgfältig gemacht werden. »Zu langsam, Boss«, sagte er.

»Es ist mir egal, wie langsam es ist«, versetzte Mike. Er wusste, dass er unvernünftig war. »Hier ist die Axt, geh in den Busch und fälle Schößlinge. Ich versuche das Dingi aufzutreiben. Irgendwie müssen wir da rüberkommen.«

Er pfiff seinem Pferd, galoppierte die Straße entlang, die über dem Wasserspiegel lag, und hoffte, einige Kanaka zu finden, die ihm bei der Suche helfen konnten. Stattdessen traf er auf einen Haufen Schwarze, die ziellos im Busch neben dem Straßenrand hockten. Elly befand sich unter ihnen.

»Gott sei Dank«, sagte er zu ihr. »Ich bin froh, dass du gerettet bist.«

Ihre Mutter drängte sich nach vorne. »Boss dummer Kerl, noch immer dort, mit Nummer zwei Frau und alte Mann.«

»Wo sind Tommy und Mae?« fragte er Elly. Sie erzählte ihm, dass sie versuchten, in die Stadt zu gehen.

»Wir brauchen ein Boot, um sie aus dem Haus zu befreien. Sag deinen Leuten, dass ich ihre Hilfe brauche. Wir müssen das Ufer absuchen, um das Dingi zu finden. Hast du mich verstanden?«

»Ja, Boss«, sagte Elly und schrie ihren Leuten etwas zu, die mit

besorgten Gesichtern angelaufen kamen. Aber Broula stritt sich mit ihnen, die verdammte Broula, die sich nie um ihren eigenen Kram kümmern konnte.
»Was sagt sie?« wollte Mike wissen.
Peinlich berührt ließ Elly den Kopf hängen. »Sie sagen, Kanaka-Boot nicht gut, Boss. Sie sagen, großer Fluss es aufessen.«
»Zum Teufel noch mal, halt deinen Mund, du verdammtes Weib!« brüllte Mike, der noch immer auf seinem Pferd saß, Broula an. »Das Boot treibt hier irgendwo. Wir müssen es finden. Wir haben viele Leute, die suchen können, sag ihnen, sie sollen auch die Kanaka danach fragen.«
Arrogant warf sie sich herum, ihre breiten Hüften wackelten im Einklang mit den großen Brüsten. Sie spie Tabaksaft aus, bevor sie sprach. »Kanaka-Boot niemals finden. Jungs bringen mein Boot.«
»Welches Boot?« fragte er Elly, und dann erinnerte er sich an Broulas ganzen Stolz, ihren Einbaum! Das aus einem Baumstamm herausgehauene Kanu, das sie zum Fischen in der Lagune benützte.
Er sprang von seinem Pferd. »Du hast es hier?«
»Sie bringen es«, sagte sie herrisch und zeigte auf ihre männlichen Verwandten. »Fluss mein Boot nicht kriegen.«
Tatsächlich, drei mürrisch dreinblickende junge Schwarze schleppten ihren Schatz aus dem Busch. Es war ein primitives Fahrzeug, aber es war sorgfältig behandelt und konnte drei Personen tragen. Mike musste fast lachen. Wenn es Broula tragen konnte, die gut eineinhalb Zentner wog, dann konnte es jeden tragen.
Er umarmte sie. »Broula, du bist ein Schatz.«
»Kost' ein Pfund«, sagte sie ungerührt.
»Mit Paddel?« begann er zu handeln. Sie nickte und winkte einem spindeldürren alten Kerl mit grauen Haaren, der die Paddel brachte. Viele Aborigine-Gemeinschaften waren Matriarchate, und offensichtlich führte hier Broula, kraft des Gesetzes oder ihrer Gewalt, das Kommando.
»Okay«, sagte er. »Gehen wir.«

Sie folgten ihm alle, diese Unschuldslämmer, die kaum einen Fetzen am Körper trugen, Männer, Frauen und herumtollende Kinder, Stammesangehörige, die bis auf Broula und Elly eher neugierig als verängstigt waren. Die wenigsten verstanden, dass hier eine Katastrophe geschah. Für sie waren Überschwemmungen, Feuer und Dürre natürlicher Bestandteil der Traumzeit, es gab nichts, wovor sie sich fürchten mussten.
Mike hörte ihre freudigen Ausrufe, als sie zu dem breiten und faszinierenden neuen See kamen, der aus dem Fluss entstanden war. Joseph, der die gefällten Schößlinge über das Feld schleppte, blieb erstaunt stehen.
»Vergiss es«, rief Mike ihm zu. »Wir haben ein Boot.«
Ein Boot? Joseph betrachtete das Ding, das die Männer an der Küstenlinie niedergesetzt hatten. Er erinnerte sich an die Flosse, mit denen sie Früchte und andere Dinge zu den Inseln transportierten, und an das herrliche Kriegskanu seines Vaters, an dem er mitgebaut hatte. Sein Boss wollte doch nicht in diesem sperrigen alten Baumstamm, der kein einziges Zeichen der Götter zum Schutz gegen die Elemente trug, sein Leben riskieren? Er untersuchte es mit den geübten Augen eines Experten. Platz zum Sitzen war herausgehauen und einige Anstrengungen waren unternommen worden, um es abzudichten, aber …
Mike warf Seile in den Einbaum, den Schwarze vorsichtig ins Wasser ließen und gegen die Strömung festhielten. Dann rief er Joseph. Er war stark, er konnte das vordere Paddel übernehmen. Doch der Insulaner schien nicht beeindruckt zu sein. »Das Ding untergehen!« sagte er.
»Nein, es wird nicht untergehen! Nicht wahr, Elly?« fügte er absichtlich an.
Ihr Gesicht war ein Bild der Freude, nachdem ihr Held zurückgekehrt war. Sie hörte kaum Mikes Frage, aber ihre Anwesenheit genügte. Joseph wollte nicht als Feigling erscheinen, wenn seine Freundin zusah.
Mit begeistertem Geschrei schoben die Männer den Einbaum ins Wasser. Mike und Joseph begannen wie wild zu paddeln. Es fiel ihnen anfangs schwer, das seltsame Gefährt aufrecht zu hal-

ten, aber die starke, sichere Hand des Kanaka hatte es bald unter Kontrolle. Mike, der hinter ihm saß, tauchte im Gleichklang mit ihm sein Paddel ein. Trotz ihrer gemeinsamen Anstrengungen kamen sie auf dem aufgewühlten Wasser nur langsam voran. Joseph aber steuerte geschickt, vermied die überschwemmten Gebäude und fuhr auf den hohen, massiven Feigenbaum zu.
Während Joseph das Boot stabilisierte, band Mike – als Vorsichtsmaßnahme für die Rückreise, bei der sie eine schwere Ladung hatten – das Seil um den Baum. Er konnte nun Morgan, Sylvia und den Professor sehen, und während sie vom Baum ablegten, rief er ihnen zu, auszuhalten. Das Wasser umspülte launisch das Haus und stand bereits weit über der hinteren Verandatreppe.
»Ich muss zugeben, Sie sind ein willkommener Anblick«, rief Morgan ihm entgegen. Mike grinste und atmete schwer. Es war nicht leicht, am Haus anzulegen.
Morgan warf ihnen eine Leine aus zusammengeknoteten Laken zu, die Joseph auffing und mit deren Hilfe er das Boot zum Haus zog. »Wir können nur jeweils einen mitnehmen«, schrie Mike. »Wollen Sie Sylvia heraushelfen?«
Begierig wollte sie zu ihnen, war aber voller Furcht und in Panik. Sie klammerte sich an Morgan, der sie in das tiefe Wasser trug, um sie in das Boot zu heben. Während er sich mit ihr abmühte, begann das Haus zu ächzen. Über ihnen sah er das ängstliche Gesicht des Professors. »Wir müssen uns beeilen«, murmelte er, ohne, aus Rücksicht auf Sylvia, den Grund zu nennen. Morgan schob seine Schwägerin ohne große Zeremonie Mike zu, der sie an Bord zog und dabei fast das Boot zum Kentern brachte.
Mit Sylvia, die aufgelöst und aufgeregt fast auf Mikes Schoß saß, traten sie den Rückweg an. Um Zeit zu sparen, hatte er vorgehabt, sie auf dem Baum abzusetzen. Nun überlegte er es sich jedoch anders. Die Mühe, sie erst abzusetzen und dann wieder ins Boot zu schaffen, konnte sie alle ertrinken lassen. Also paddelten sie zur Küste.

»Lucas«, sagte Corby, »wir müssen vom Haus weg. Es kann sich jede Minute von den Stelzen lösen und dann zusammenbrechen.« Er starrte den alten Mann, der vollkommen weggetreten zu sein schien, an. »Haben Sie mich verstanden? Es ist nicht schwer. Wir gehen ins Wasser, und Sie müssen sich nur treiben lassen, und ich bringe Sie rüber zum Baum. Ein Seil ist dort befestigt, wir sind dort sicher.«

Aber der Professor trat zurück, stolperte und fiel rückwärts in das Wasser, das bereits über einen halben Meter hoch in der Küche stand.

Corby richtete ihn auf. Das Haus knarrte und zitterte. Es hörte sich an, als wäre eine Wand zersplittert, aber Corby hatte nun nicht die Zeit, nachzusehen. »Kommen Sie«, beharrte er, »ich lasse Sie nicht untergehen.«

»Nein, nein«, schrie der Professor. Seine Augen waren verdreht. »Der Fluss dort draußen. Er ist voller Krokodile, die nur auf mich warten.« Er begann, unverständliches Zeug zu brabbeln. Sein Gesicht war gerötet, er hatte Fieber, und, gleichgültig was Corby versuchte, der Professor hörte ihm nicht zu und ließ sich nicht beruhigen. Er war gezwungen, den alten Mann, dessen Beine wegsackten, zu stützen. Unter diesem Vorwand wollte er ihn nach draußen schaffen. Aber Lucas, der nun zu begreifen schien, was mit ihm passierte, wehrte sich.

»Hör auf, du verfluchter alter Narr«, schrie Corby. »Hör auf, oder ich lass dich hier. Egal wie es ausgeht, wir werden auf jeden Fall in diesem verdammten Fluss landen.« Er sollte dem Alten eine verpassen, ihn bewusstlos schlagen, ging es ihm durch den Kopf. Dann könnte er ihn vielleicht leichter durch das Wasser ziehen. Vielleicht auch nicht, weil er so schwer sein würde. Und außerdem wusste er nicht, ob er dem Professor dabei nicht noch anderen Schaden zufügte.

Erschöpft griff er zum letzten Mittel, das ihm noch blieb; er packte Lucas an der Hüfte, um ihn aus dem Haus zu ziehen. »Ob du willst oder nicht, du gehst ins Wasser.« Noch während er sich mit ihm abmühte, hörte er ein lautes Krachen und das unverkennbare Geräusch von zersplitterndem Glas. Eine Vor-

derwand musste nachgegeben haben und ein Teil des Daches eingefallen sein. Er sah auf und fand seine Befürchtung bestätigt; über ihm klaffte ein breites Loch im Dach.
Lucas gab einen letzten Laut von sich und fiel hin. Verzweifelt war Corby wieder im Wasser, versuchte ihn hochzuheben und musste feststellen, dass der alte Mann irgendeinen Anfall hatte. Seine Augen waren leer, sein gesamter Körper zitterte unkontrolliert.
»O Gott! Nicht jetzt!« Corby streckte seinen Kopf, hielt nach den Rettern Ausschau, hörte aber nur das Rauschen des Wassers und das unheilvolle Knarren und Ächzen des Hauses, das dem Untergang geweiht war.
So wartete er, hielt seinen Schwiegervater und sorgte sich, dass Devlin nicht mehr zurückkehrte. Dass ihnen etwas zugestoßen war. Dass sie sich mit den beiden erwachsenen Männern nicht mehr abgaben, nachdem sie die Frau gerettet hatten. Dass Devlin aus Rache eine Entschuldigung fand, nicht mehr zu kommen. Er hatte fürchterliche Angst; von der gekrümmten Stellung, in der er den Professor festhielt, schmerzten ihm alle Knochen. Gelegentlich stöhnte der alte Mann, und seine Augen glitzerten, aber ihre verzweifelte Lage schien ihm nicht bewusst zu sein.
Devlins gellender Pfiff ließ Corby hochfahren. »Ich brauche Hilfe«, schrie er. »Langley ist zusammengebrochen! Und ich werde es auch gleich tun«, murmelte er zu Lucas. »Ich bin selber halb am Ertrinken.«
Devlin sprang aus diesem verrückten Boot. Wieder verspürte Corby diese Irritation, die dieser Mann von Anfang an bei ihm hervorgerufen hatte; sicherlich hätte er etwas anderes auftreiben können als diese lächerliche Ausgabe eines Kanus.
Der ehemalige Verwalter schwamm die wenigen Meter zur überfluteten Veranda. »O Gott«, sagte er. »Genau das, was wir jetzt brauchen. Wie geht es ihm?«
»Weiß ich nicht. Helfen Sie mir hoch, ich bin so steif wie ein Brett.« Es war schwer genug gewesen, Sylvia von Corby loszueisen und in das Boot zu heben, nun aber versuchten sie vor-

sichtig mit Lucas umzugehen, hielten seinen Kopf hoch und hoben ihn an.

Corby hörte Vogelschreie, einen seltsam bekannten Laut, der allerdings nicht von den Vögeln der Umgebung stammte. Das war das letzte, was er wahrnahm, bevor der Boden unter ihm nachgab und er im Strudel der Holzbalken wie ein Stein in die brauntrübe Tiefe gezogen wurde.

In dem Bruchteil der Sekunde, in der er Morgan ohne einen Laut verschwinden sah – als wäre er in ein tiefes Loch gefallen –, sprang Mike mit Lucas vom Haus weg.

Joseph hatte zu tun. Mit dem Paddel hielt er das Boot im Wasser, mit seinem Messer hieb er auf die durchtränkten Laken ein, damit er nicht mit dem auseinanderfallenden Haus weggerissen wurde. Sie brauchten sich nicht zu verständigen, beide wussten, was zu tun war. Allmählich kam er mit diesem Gefährt zurecht. Er brachte es herum, damit Mr. Devlin, der mit dem alten Mann gegen die Strömung ankämpfte, es zu fassen bekam, dann begann er verzweifelt auf den Baum und das Ankerseil zuzupaddeln.

»Kannst du Morgan sehen?« fragte Mike, als er in das schwankende Boot kletterte und Lucas nachzog.

»Nein.«

Sie machten das Boot an den unteren, nun im Wasser liegenden Ästen des Baumes fest und starrten über die Fluten.

»Dort!« Joseph zeigte mit dem Arm, aber bis auf die zerborstenen Teile des Hauses, die auf der Oberfläche des Flusses trieben, konnte Mike nichts erkennen.

Und bevor er ihn zurückhalten konnte, steckte Joseph sein Messer in den Gürtel, warf das Paddel zu Mike und tauchte in die schlammige Flut ein.

Wo war die Oberfläche? Corby rollte, wurde in der Dunkelheit herumgerissen und rang nach Luft; er hatte die Orientierung verloren und fürchtete, sich nach unten, in die falsche Richtung zu bewegen, statt nach oben. Plötzlich tauchte er auf, ans Licht, und schnappte nach Luft. Er wurde vom aufgewühlten Wasser fortgerissen. Als er zu schwimmen versuchte, spürte er einen stechenden Schmerz im Rücken. Er konnte sich nicht erinnern, verletzt worden zu sein, etwas aber musste ihn fürchterlich getroffen haben. Sich im Wasser treiben zu lassen, um Kraft zu sparen, war unmöglich; jedesmal wurde er nach unten gezogen und musste darum kämpfen, an der Oberfläche zu bleiben.

Er versuchte einen vorbeischießenden Ast zu ergreifen, dann trieb gefährlich nahe ein Wellblech vorüber. Er sah Trümmerteile, konnte sie aber nicht erreichen, während er in der Strömung hin und her geworfen wurde und von Minute zu Minute schwächer wurde.

Diese fremde See war Providence, sein Providence. Und sein Grab. Er konnte klar die grünen Berge im Hintergrund erkennen, kein Nebel verdeckte sie nun, da die Sonne herausgekommen war. Heiß brannte sie auf seinem Gesicht. Der Himmel über ihm war azurblau. Die Regenzeit war vorüber. Pflanzer würden sich wieder an die Arbeit machen. Und wieder hörte er diese Vögel. Seemöwen, natürlich, er hätte es wissen müssen, aber er war so müde. Er hatte viel von diesem fauligen Wasser geschluckt. Er dachte, er hätte jemanden rufen gehört, und er wünschte sich, ihm wäre nicht so schlecht. Wenn er ertrinken musste, dann wollte er friedlich untergehen, nicht mit diesem Würgegefühl.

Ein Hoffnungsschimmer riss ihn aus seinen Träumereien. Ein Baumstamm trieb in der Nähe. Wenn er ihn ergriff, könnte er sich über Wasser halten und sich treiben lassen, wohin es auch immer gehen mochte. Als er danach fasste, hörte er jemanden klar und deutlich schreien: »Nein!« Aber dann war es zu spät.

Joseph hatte den Blick nicht von seinem Master gelassen, als er durch das Wasser pflügte, er hatte ihn untergehen und wieder hochkommen sehen. Nun näherte er sich schnell.

»Nein!« schrie er. Er hatte das als Baumstamm getarnte alte Krokodil im Wasser gleiten sehen, war fürchterlich erschrocken und hatte zu den Göttern gebetet, dass das Ungeheuer weiter stromabwärts schwimmen möge. Es schien inmitten all des Aufruhrs, der seinen Lebensraum befallen hatte, den Mann im

Wasser noch nicht bemerkt zu haben. Bis er sich direkt in seine Kiefer stürzte.
Mit all seiner Kraft tauchte Joseph ab, er schoss hinunter und schlitzte mit seinem Messer den langen weißen Bauch des Ungeheuers auf.
Das Wasser war mit Blut getränkt, als das Krokodil mit dem Mann nach oben drängte. Dann ließ das Tier ab und gab sein Opfer frei. Sofort schwamm Joseph los, nützte die Flut aus, näherte sich dem Ufer und umklammerte den leblosen Körper seines Masters.
Leute waren im Wasser, schrien, kreischten, ergriffen den Master und halfen ihm in das süß duftende Gras. Eine Weile lag er da, spürte die Sonne auf dem Rücken, fühlte, wie seine Kräfte zurückkehrten, hörte das Klagegeschrei der Schwarzen und glaubte sicher, dass der Master tot war. Mit einem erbärmlichen Gefühl stand er auf.
Die große fette Frau, Ellys Mutter, riss Stoffetzen von der Kleidung der anderen, sogar von Ellys Kleid, sie brauchte jeden verfügbaren Lumpen, um den Master zu verbinden. Erschreckt sah Joseph zu, dann bemerkte er, dass der Master noch lebte, aber ihm fehlte ein Arm. Nur ein blutiger, von den Lumpen bedeckter Stumpen war noch zu sehen. Dann schrie die Frau ihren Männern zu, die ihn aufnahmen und ihn unter ihrer Begleitung forttrugen.
Mike hatte Joseph aus den Augen verloren. Ob der Kanaka nun mit Morgan auftauchte oder nicht, er hatte keine Chance, gegen die Flut anzuschwimmen, die nun eingesetzt hatte und die direkt auf das Hochwasser getroffen war. Mike nahm an, dass sie dem Haus den letzten Stoß versetzt hatte.
Aber was sollte er nun tun? Lucas, der verkrampft im Einbaum lag, atmete kaum noch. Sie konnten hier nicht bleiben; der Alte brauchte einen Arzt. Mike betrachtete die Strömungen. Wenn er die Flut ausnützte und vorsichtig steuerte, war es für einen Einzelnen leichter, zum Haus und dann zurückzufahren, als die direkte Route zu nehmen, die sie vorher gewählt hatten. Wie auch immer, er musste es wagen. Mit ängstlichem Blick auf

den Professor sagte er: »Halten Sie aus, Kumpel, ich tue, was ich kann.«
Der Einbaum drehte sich, als er vom Baum ablegte, Mike kauerte sich nieder, ergriff das Paddel und zog mit aller Kraft durch. Wieder über den Strom hinweg, bis einige Stammesangehörige von der Lagune zu ihnen hinausschwammen und halfen, das Boot an Land zu ziehen. Sie schrien und gestikulierten wie Verrückte.
An Land gelang es ihm, sie soweit zu beruhigen, bis er hörte, dass der Boss von einem Krokodil angegriffen worden war. Und dann kam Joseph angelaufen.

Er hatte sein Wort gehalten. Bede Hornsby brachte Jessie Neuigkeiten von den überfluteten Anwesen.
»Ist es schlimm?« fragte sie.
»Es sieht nicht besonders gut aus. Aber lassen Sie mich gleich anfügen, dass es unter den Familien dort draußen keine Todesopfer gegeben hat. Etwas über die Kanaka zu sagen ist sehr schwierig, sie haben sich über das gesamte Land verstreut.«
Jessie war versucht, ihm zu sagen, dass auch die Kanaka in Familien lebten, ließ es dann aber bleiben.
»Einige der Mühlenarbeiter von Helenslea werden noch vermisst, Weiße«, fügte er an. »Man sucht noch nach ihnen, aber ich bin mir sicher, dass sie auftauchen werden. Junge Kerle, müssen Sie wissen, die manches Risiko eingehen ...«
»Welches Risiko?« Jessie konnte sich die Flutwelle noch immer nicht vorstellen. Mit Erleichterung nahm sie wahr, dass zu Hause alle in Sicherheit waren. Aber warum haben sich dann die Kanaka verstreut?
»Es soll zu Plünderungen gekommen sein. Manche sind wohl zurück, weil sie sehen wollten, was sie von Helenslea mitnehmen konnten. Edgar Betts' Haus ist eine fette Beute für Plünderer. Aber auch gefährlich.«
»Warum?«
»Das Haus war gerade noch rechtzeitig evakuiert worden. Die Flutwelle ging mitten hindurch.«

»O nein! Wie schrecklich! Und was ist mit unserem Haus, Mr. Hornsby?«
»Nun ja«, sagte er. »Setzen Sie sich lieber, Mrs. Morgan. Es tut mir Leid, aber es ist fort.«
Jessie blieb stehen. »Was meinen Sie damit, es ist fort ?«
»Setzen Sie sich bitte, Mrs. Morgan.« Er bestand darauf, dass sie sich in dem weichen Armsessel niederließ, bevor er fortfuhr. »Ich habe mir erlaubt, für Sie einen guten starken Tee kommen zu lassen. Er müsste jeden Moment hier sein. Die Reiter, die gerade gekommen sind, sagten, dass das Haupthaus auf Providence von der Flutwelle fortgespült wurde. Ich fürchte, es existiert nicht mehr.«
»O mein Gott! Ich dachte, es wären alle in Sicherheit?«
»Das sind sie auch. Mike Devlin kümmert sich um alles, Sie können sich auf ihn verlassen.«
»Wo ist mein Ehemann?«
»Er wird in die Stadt gebracht, Mrs. Morgan. Er hatte einen Unfall. Über das Ausmaß seiner Verletzungen bin ich nicht informiert«, log Hornsby. Die Nachricht hatte sich bereits in der ganzen Stadt verbreitet, aber eins nach dem anderen.
»Wie bringt man ihn in die Stadt? Wie schwer ist er verletzt? Das muss doch jemand wissen.«
»Der Doktor weiß es. Er ist draußen bei ihnen. Mr. Morgan wird in einem Wagen in die Stadt gebracht. Es wird etwas dauern, aber er ist in guten Händen. Machen Sie sich also keine Sorgen. Und ich fürchte, für Ihren Vater war das alles ein ziemlicher Schock. Es steht nicht besonders gut um ihn.«
»Nein? Und meine Schwester, Miss Langley? Wo ist sie?«
»Ihr geht es gut. Alles, was getan werden kann, wird getan, Mrs. Morgan. Die Leute in der Stadt haben sich zusammengetan und Wagen mit Lebensmitteln und Kleidung hinausgeschickt, und Boote, um Gestrandete in Sicherheit zu bringen. Nun, hier ist ja Ihr Tee.«
Ein Mädchen erschien mit einem Tablett; mit großen, neugierigen Augen starrte sie Mrs. Morgan an. Hornsby komplimentierte sie hinaus, bevor sie etwas sagen konnte.
»Gibt es jemanden, den Sie sprechen möchten?« fragte er sie.

»Ich weiß es nicht. Ich bin so durcheinander. Oh, vielleicht Lieutenant Scott-Hughes.«
»Tut mir Leid, die berittene Polizeitruppe bekam als erste den Befehl, abzumarschieren. Der Doktor hat sie begleitet, falls er gebraucht werden sollte. Wollen Sie, dass Ihnen meine Frau Gesellschaft leistet, Mrs. Morgan?«
»Danke, das ist sehr freundlich von Ihnen, aber nicht notwendig.« Sie erschauerte. Sie musste die schrecklichen Neuigkeiten erst verdauen. »Ich werde im Krankenhaus warten.«
»Dazu ist es noch zu früh. Ruhen Sie sich lieber hier aus. Sie werden nicht vor dem späten Nachmittag eintreffen.«
Nachdem er gegangen war, blickte Jessie hinaus auf die ruhige Bucht. Es schien so unwahrscheinlich, dass hinter dieser Fassade der Normalität solche verheerenden Zerstörungen stattgefunden hatten. Und es gab so vieles, was sie Mr. Hornsby nicht gefragt hatte. Corby, was war mit ihm passiert? Offensichtlich konnte er nicht reiten; hatte er sich bei einem Sturz vom Pferd ein Bein gebrochen? Und ihr Vater? Kein Wunder, dass es ihm bei all der Aufregung nicht gut ging.
Sie schenkte sich Tee ein. Dass das Personal, um sie zu erfreuen, das beste Porzellangeschirr aufgefahren und frische Teekuchen mit Brombeermarmelade und Schlagsahne hinzugefügt hatte, bemerkte sie nicht. Hanna aß es, während sich Jessie auf einen langen, angsterfüllten Tag vorbereitete.

Sylvia warf sich in seine Arme. Sie sah wie ein begossener Pudel aus, ihr Unterrock und Hemd, notdürftig unter einer Decke verborgen, die ihr jemand übergeworfen hatte, klebten an ihrem Körper. Aber sie wusste auch, dass sie in diesem aufgelösten Zustand ein reizendes Bild abgab.
»Sylvia, mein armes liebes Mädchen. Was für ein Unglück!« Harry hielt sie fest, unbeeindruckt von den neugierigen Blicken seiner Männer, die die Straße entlangtrotteten, und Sylvia war stolz. Sie schluchzte – über sich, über den Verlust des Hauses und allem, was sie besaß, ihre schönen Kleider eingeschlossen, und aus schierer Erschöpfung.

»Ich habe nach Ihnen gesucht. Ich habe mir solche Sorgen gemacht. Ich muss hier bereits vor Stunden schon vorbeigeritten sein und Sie nicht gesehen haben. Geht es Ihnen gut?«
Sie blickte sich um. Entsetzt musste sie feststellen, dass sie mitten in einem Lager der Schwarzen, in dem halbnackte Eingeborene um ein rauchendes Feuer herumstanden, gerastet haben musste.
»Nein«, wimmerte sie. »Mir geht es nicht gut, Harry. Wo bin ich hier? Wo sind Elly und Broula? Sie brachten mich hierher. Elly ist mein Mädchen, sie hätte bei mir bleiben sollen. Ich muss eingeschlafen sein.« Sie klammerte sich an ihn. »O Harry, Sie haben keine Vorstellung, was ich in dem vom Wasser eingeschlossenen Haus durchgemacht habe. Wir wateten im Wasser, und es stieg immer mehr an. Ich dachte, wir würden alle ertrinken.«
»Ruhig, regen Sie sich nicht mehr auf, Sie sind nun in Sicherheit. Ich werde Sie selbst in die Stadt bringen.«
»In die Stadt? Ich kann so nicht in die Stadt gehen!«
»Niemand wird Sie sehen.«
»Wo ist mein Vater? Und Corby? Wo sind sie? Es ist alles Corbys Schuld. Broula warnte ihn vor der Flut, aber glauben Sie, er wollte auf sie hören? O nein, nicht er. Ich wollte gehen, Harry, aber er zwang mich dazubleiben.« Sie weinte. Niemals würde sie es Corby verzeihen, dass sie das alles durchmachen musste. Sie hätte mit Jessie in die Stadt fahren sollen. Die war nun in ihrem Hotel, umgeben von allem Luxus, während ihre Schwester hier im Elend saß.
»Corby und Professor Langley sind gerade ...« Harry berichtigte sich; er wollte ihr nicht einen weiteren Schlag versetzen. »Sie sind bereits in die Stadt vorausgefahren. In einem Wagen.«
»Ohne auf mich zu warten? Das ist typisch, niemand kümmert sich um mich.«
»Ich kümmere mich«, sagte er und küsste sie sanft. »Warum kommen Sie nicht mit mir?«
Sie ließ sich von ihm barfuß zur Straße führen. »Alles im Haus ist ruiniert«, sagte sie zu ihm. »Es wird nie mehr bewohnbar

sein. Sogar oben ging mir das Wasser bis zur Hüfte. Ich will nicht daran denken, wie es aussieht, wenn das Wasser zurückgeht. Was soll aus uns werden, Harry?«
Er hielt ihre Hand und führte sie zu seinem Pferd. »Was, wenn ich Sie einfach hinter mich draufsetze? Meinen Sie, Sie können mit mir reiten?«
Sie sah auf ihr verwahrlostes Unterkleid. »Ich sehe schrecklich aus. Ich kann mich doch so nirgends blicken lassen.«
»Jeder, der Sie sieht, wird dem Herrn danken, dass Sie in Sicherheit sind, und alles übrige überhaupt nicht bemerken.« Er zog seinen roten Waffenrock aus. »Hier, meine Liebe. Geben Sie mir diese alte Decke und nehmen Sie das dafür.«
Harry lächelte. Der Rock war ihr zu groß, aber mit ihrem zerzausten schwarzen Haar, das weit über die gepolsterten Schultern fiel, sah sie darin noch attraktiver aus. Und sie ritt gut. Sie hatte ihn an der Hüfte umfaßt, vertrauensvoll lag ihr Gesicht an seinem Nacken, ihre nackten Beine berührten seine Schenkel, und sie ging mit den Bewegungen des Pferdes mit, so dass er ein wenig schneller reiten konnte.
Früher oder später musste sie über Corby und ihren Vater informiert werden, aber jetzt noch nicht. Der Arzt hatte schwerwiegende Bedenken, ob die beiden überleben würden. Für den Professor konnte er nicht viel tun. Begleitet von Dr. Muller, einem hingebungsvollen Arzt, wie es ihn selten gab, waren Harry und seine Männer hart geritten, um in das Überschwemmungsgebiet zu gelangen. Muller war deutscher Immigrant, der erst kürzlich in Cairns angekommen war; obwohl Harry bereits Gutes über ihn gehört hatte, war das nun die erste Gelegenheit, ihn kennen zu lernen. Er war sehr erleichtert gewesen, als sich Muller freiwillig gemeldet hatte.
Auf dem langen Ritt hatte er erfahren, dass Muller, ein schwer gebauter blonder Mann um die Vierzig, als Chirurg in der preußischen Armee gedient und sich schließlich, angewidert von den Verlusten an jungen Männern, davon abgekehrt hatte. »Schreckliche Dinge habe ich gesehen«, erzählte er Harry. »Unnötige Amputationen von Schlächtern, die sich als Chirur-

gen bezeichnen. Sadistische Bastarde, die das Militär, Ihres, meines, das französische und alle anderen, dazu benützen, um ihre Karriere voranzutreiben. Trotz meiner Qualifikation waren sie mir im Rang überlegen. Ich konnte nur ihre Fehler zusammenflicken. Ich hatte einen Nervenzusammenbruch; als es mir dann wieder besser ging, bin ich desertiert. Schockiert Sie das? Sie, einen Soldaten?«

»Nein«, sagte Harry. »Ich habe in Indien Ähnliches gesehen. Ich bin ebenfalls Immigrant. Meine alten Kumpel aus der Armee ziehen mich damit auf, dass ich in diesem Land, das bis auf die Zusammenstöße mit den Aborigines keinen Krieg kennt, nur noch bei der Polizeitruppe bin. Aber ich habe von dem Gemetzel genug.«

Während sie am Halfway Creek auf ihre Fähre warteten, lächelte ihn Franz Muller an. »Hier will ich Babys zur Welt bringen und mich um sie ihr Leben lang kümmern. Ist das zuviel verlangt?«

»Ich denke nicht«, erwiderte Harry.

Als sie vor Corby Morgan standen, der nur halb bei Bewusstsein war, sein hübsches Gesicht aschfahl, in den Augen ein irrer Blick und dort, wo der rechte Arm sein sollte, nur ein Bündel blutgetränkter Lumpen, konnte sich Harry nur sprachlos an Dr. Muller wenden. Wieder ein Fall, den er nur noch zusammenflicken konnte, ein Fall, in dem sich die Fähigkeiten des deutschen Arztes und Corbys Fähigkeit, den Schock zu überstehen, erweisen würden.

Mit Sylvia ritt er nun an der Zufahrt zur Helenslea-Plantage vorbei, wo Hunderte von Südseeinsulanern versammelt waren. Er ließ zwei seiner Polizisten mit dem Versprechen zurück, dass Nahrungsmittel unterwegs seien. Seine Männer sollten auf der Straße patrouillieren und alle Herumirrenden, gleich, welcher Plantage sie angehörten, hier zusammenführen. Von Bede Hornsby hatte er den Befehl erhalten, sie von der Stadt fernzuhalten. Sie war zu klein, um mit den Unmengen Kanaka zurechtzukommen.

»Wohin reiten wir?« fragte Sylvia, als sie von der Straße abzweigten.
»Zur Woollahra-Plantage. Das Haus ist noch intakt, sie werden sich dort um Sie kümmern.«
»Ich dachte, Sie bringen mich in die Stadt!«
»Das werde ich auch. Vorher müssen wir uns aber um ein anständiges Transportmittel kümmern. Ich will, dass Sie vorerst bei Mrs. Cavanagh bleiben, sie wird für Sie sorgen. Sobald ich Zeit habe, werde ich Sie persönlich in die Stadt begleiten.«
Aber Sylvia erregte sich. »Halten Sie an, Harry! Was wird Mrs. Cavanagh von mir denken? Ich kann mich in diesem Zustand bei ihr nicht blicken lassen.«
»Wir sind fast da. Halten Sie aus. Wir können es uns nicht leisten, den gesamten Weg nach Cairns zurückzulegen. Ich habe noch viel zu tun, bevor ich hier wegkann.«
Mrs. Cavanagh, eine ernste, praktische Frau, achtete nicht auf Sylvias peinlich-verlegene Entschuldigungen. »Kommen Sie rein, Missy. Das Haus ist voll, aber es findet sich immer noch Platz. Alles, was Sie brauchen, ist ein Bad und ein wenig Schlaf. Danke, Lieutenant, das war sehr vernünftig, sie hierher zu bringen. Von den Männern ist keiner da, aber meine Töchter sind in der Küche und machen Sandwiches. Bedienen Sie sich ruhig, ich kümmere mich um diesen Fall.«
Verwirrt, aber von ihrer Gastgeberin so eingeschüchtert, dass es Sylvia nicht wagte, sich zu widersetzen, fand sie sich in einem Badezuber wieder. Mit eisenharten Händen seifte und wusch ihr Mrs. Cavanagh das Haar. »Keine Widerrede, Missy. Sie haben wunderbares Haar, wir müssen nur den ganzen Schlamm loswerden, dann sind Sie wieder so frisch wie eine Limone. Ich hörte, Sie haben Schreckliches durchgemacht.«
»Ja«, schluchzte Sylvia. Ihre Augen brannten von der Seife.
»Es ist jetzt alles vorbei. Und machen Sie sich um Ihren Vater und Corby keine Sorgen. Sie sind in guten Händen. Sie werden direkt ins Krankenhaus gebracht.«
Sylvia griff sich ein Handtuch, um die Augen vor dem Wasserschwall zu schützen, der über ihren Kopf geschüttet wurde.

»Was fehlt ihnen? Harry sagte, dass Mike sie herausgeholt hätte.«
»Oh!« Mrs. Cavanagh zögerte. »Kommen Sie, springen Sie heraus. Hier sind Handtücher, Sie können sich selbst abtrocknen. Ziehen Sie dann diesen Morgenmantel an. Ich bin in einer Minute zurück.« Sie nahm Harrys Waffenrock und verschwand, kehrte aber bald zurück, um Sylvia in ein Schlafzimmer zu führen, einen großen, kühlen Raum mit geschlossenen Fensterläden. »Wir trocknen nun Ihr Haar und kämmen es aus, und dann können Sie schlafen, Missy, Sie müssen hundemüde sein.«
Sylvia hatte sich nunmehr unter Kontrolle. Sie war überhaupt nicht müde. »Was fehlt ihnen?«
»Setzen Sie sich. Ich trockne Ihr Haar. Ihr Vater hatte einen Herzinfarkt. Es hat keinen Sinn, um die Sache herumzureden. Es sieht nicht gut aus. Und Corby, nun, schwer zu sagen. Er hatte einen schlimmen Unfall und hat dabei einen Arm verloren.«
Sylvia saß vor dem Spiegel und starrte sie wie betäubt an. »Das hat mir keiner erzählt«, stammelte sie.
»Deswegen sage ich es Ihnen. Der Arzt ist bei ihnen, es gibt also nichts, was Sie tun könnten. Außer sich Sorgen zu machen, nehme ich an.«
»Corby? Wie ist es passiert? Das kann doch nicht sein!«
»Doch, es ist so. Aber Mike Devlin hat ihn versorgt, er und einige Jin-Mädchen, bis der Arzt eingetroffen ist. Muller ist Chirurg, Missy, ein erfahrener Mann. Er hat Corbys Arm in einer Art Feldoperation genäht, sagte man mir. Lassen Sie uns also das Beste hoffen.«
»Danke, dass Sie es mir erzählt haben«, flüsterte Sylvia. »Mrs. Cavanagh, ich muss so schnell wie möglich in die Stadt.«
»Natürlich. Morgen in der Früh.« So sanft, wie es ihr möglich war, strich sie den großen Kamm durch Sylvias Haar. »Nun, jetzt sehen Sie wieder schön aus. Und jetzt legen Sie sich lieber hin.«
Dieses Mal stimmte Sylvia zu. Sie konnte nicht denken, sie lag nur da, in ihrem Kopf eine einzige Leere, bis Harry hereinkam.

»Ich hoffe, Sie verzeihen mir.« Er nahm ihre Hand. »Ich hielt es für das Beste, die schlechten Nachrichten von Ihnen fernzuhalten, bis Sie festen Boden unter den Füßen hatten.«
Sie nickte. »Ja, ich verstehe. Harry, wie konnte dieser schreckliche Unfall mit Corby passieren?«
»Nun«, sagte er vorsichtig. »Das Haus stürzte unter der Flutwelle zusammen.«
»Zusammen? Sie meinen, es ist fort?«
»Ich fürchte ja, es ist weggespült worden.«
»O mein Gott! Und mein Vater befand sich noch drin?«
»Ich denke, er wurde gerade noch rechtzeitig herausgeholt. Aber es war alles zuviel für ihn.«
»O Gott, ja. Es war für mich schon schlimm genug, in dieses kleine Boot zu kommen. Ich erlitt überall Abschürfungen, als sie mich hineingezogen haben. Und auf dem Wasser dachte ich, dass wir jeden Moment umkippen würden. Ich hatte die ganze Zeit fürchterliche Angst.«
Er küsste sie. »Eine schreckliche Prüfung für Sie, aber Sie waren sehr tapfer. Nun sollten Sie versuchen zu schlafen. Mrs. Cavanagh hat mir hier oben ein Zimmer für die Nacht zugewiesen. Ich schaue also herein, wenn ich zurückkomme. Nun versprechen Sie mir, dass Sie schlafen.«
»Ja«, sagte sie schwach. »Ich verspreche es.«
Das Bett war so bequem, dass sie wirklich einschlief. Als sie erwachte, stand eine der Cavanagh-Töchter vor dem Schrank.
»Ich hoffe, ich habe Sie nicht geweckt. Erinnern Sie sich? Ich bin Betsy.«
»Ja«, sagte Sylvia. Sie hatte Betsy, ein ungraziöses Mädchen mit blondem Haarknoten, bei Brontes Taufe kennen gelernt.
»Ich denke, ich stehe auf. Können Sie mir etwas zum Anziehen leihen?«
»Natürlich. Ich suche gerade etwas für Sie heraus. Das Mädchen hat Ihre Unterwäsche gewaschen und gebügelt. Dann wollen wir mal sehen.« Sie legte einen karierten Baumwollrock heraus. »So, und dazu eine schöne Bluse.«
Die Bluse war einfach und weiß, mehr wie ein Hemd, und der

Rock sah wie ein Tischtuch aus, dachte Sylvia, sagte aber nichts. Sie dankte Betsy für die weißen Strümpfe, die sie ihr reichte, und probierte dann die braunen geknöpften Schuhe an, die, wie sie enttäuscht feststellte, passten und deswegen nicht umgetauscht werden konnten. Betsy redete von der Überschwemmung, den verheerenden Zerstörungen und welch schwere Zeit nun auf alle zukommen würde. Geduldig hörte Sylvia zu und klammerte sich an den Morgenmantel, bis das andere Mädchen den Hinweis verstand und das Zimmer verließ und sich ihr Gast umziehen konnte.

Ein Gefühl des Grauens bemächtigte sich Sylvias, als sie die Kleider anzog. Wenn, wie Betsy sagte, die Plantage ruiniert und das Haus fort war, wo sollten sie dann leben? Und was würde aus ihnen werden, wenn ihr Vater und Corby im Krankenhaus waren? Sie musste in der Stadt Jessie finden und bei ihr bleiben. Jessie hatte Kleider, einige zumindest. »Aber ich habe nichts«, jammerte sie und sah sich bereits als eine jener schrecklichen Bettlerinnen. Und Harry wusste, dass sie nun verarmt war. Würde er sie noch wollen, ohne Garderobe, ganz zu schweigen von der Aussteuer? Es hatte keinen Sinn mehr, sich an Corby zu hängen. Er konnte sich kaum selbst versorgen. Wenn er denn überlebte. Es war schrecklich, einen Arm zu verlieren, er musste fürchterliche Schmerzen gehabt haben. Der arme Corby. Sie versuchte, nicht daran zu denken. Wenn er auf Broula gehört hätte, wäre es jedenfalls nicht passiert, und auch Vaters Herzinfarkt wäre vermieden worden. Dennoch, die Flutwelle und die schreckliche Situation, in der sich nun alle befanden, hätte durch nichts verhindert werden können.

Sie kämmte ihr Haar und drehte kleine Locken, die ihr Gesicht rahmten. Irgendwie wollte sie versuchen, sich für Harry schön zu machen. Er war wundervoll, kümmerte sich um sie unter diesen bedauernswerten Umständen, aber dieses Mitgefühl würde nicht lange halten. Die Überschwemmung ging bald zurück, und dann nahmen alle wieder ihr gewohntes Leben auf. »Aber uns wird das nicht möglich sein. Wir sind verarmt, Jessie

und ich, mit einem Baby und zwei kranken Männern, die uns auf der Tasche liegen. Es nützt nichts, ich muss den Gang der Dinge beschleunigen.«
Bei ihren Vorbereitungen, sich der fremden Familie zu präsentieren, fand Sylvia eine Flasche mit Lavendelwasser, das sie freigebig auf ihren Armen und ihrem Hals verteilte. Ein aufregender Gedanke kam ihr in den Sinn: eine angemessene Hochzeit werde ich mir nun auf keinen Fall leisten können, was, wenn ich Harry dazu überreden kann, mit mir durchzubrennen? Die perfekte Lösung! Sie würde sich seinem Großmut ausliefern, ein wenig jammern und ihm sagen, dass es für sie nichts mehr gab, wohin sie sich wenden konnte. Er musste die richtige Entscheidung treffen und sich um sie kümmern.
Mit besserer Laune ging sie nun durch das große Haus und stellte überrascht fest, dass im lang gezogenen Salon eine große Menschenmenge versammelt war.
»Da sind Sie ja!« rief Betsy und nahm sie am Arm. »Geht es Ihnen besser?«
»Ja, danke. Wo kommen all diese Leute her?«
»Das sind ebenfalls Flüchtlinge. Wir haben sie überall untergebracht. Aber Sie müssen sich keine Sorgen machen, Sie können in meinem Zimmer bleiben. Ich schlaf im Bett meiner Schwester. Kopf an Zehe. Das ist ziemlich lustig. Viele der Farmer und ihre Familien sind hier und die Leute von Helenslea, aber die meisten von ihnen kennen Sie ja. Wollen Sie mit auf die Veranda kommen, Miss Langley, bevor es dunkel wird? Von dort aus kann man die Überschwemmung sehen.«
Schaudernd folgte Sylvia Betsy durch das Zimmer; alle bedachten sie mit einem freundlichen Lächeln. Was sie aber draußen sah, erschütterte sie. Ein großer ockerfarbener See hatte sich über das Land ausgebreitet, darin nur einige Flecken grüner Hügel und umspülte Baumkronen, die sich wie Sträucher über die Wasseroberfläche erhoben.
»O mein Gott!« rief sie und taumelte mit etwas größerem Entsetzen zurück, als sie wirklich verspürt hatte. Sie hatte nun eine Rolle zu spielen, und das Unglück war ihre Trumpfkarte.

»Geht es Ihnen gut?« rief Betsy. »Sie werden doch nicht ohnmächtig werden?«
»Nein, es war nur der Schock. Ich habe so etwas noch nie in meinem Leben gesehen. Und wenn ich nur daran denke, dass ich mitten dort drin war …«
Eine Frau nahm ihren Arm. »Sie armes Mädchen. Kommen Sie rein und setzen Sie sich. Betsy, bring ihr eine Tasse Tee.«
»Ein Brandy wäre besser«, schnarrte eine bekannte Stimme. »Holen Sie ihn, Mrs. McMullen.«
»O Lita«, sagte Sylvia mit schwacher Stimme. »Wie schön, Sie zu sehen. Ich habe mir solche Sorgen um Sie gemacht. Wie schrecklich ist das alles, so kurz nach dem Tod Ihres Vaters. Es tut mir so Leid.«
»Diese Dinge passieren, um uns zu prüfen.« Lita zuckte mit den Achseln. Eifersüchtig bemerkte Sylvia, dass ihre Freundin sogar unter diesen Gegebenheiten elegant aussah, nicht ein Härchen war in Unordnung. Sie trug schwarze Reitkleidung und ein am Kragen offen stehendes Hemd, kaum der korrekte Aufzug für den Salon zu dieser Stunde, aber es schien sie nicht zu kümmern.
»Ich habe von Ihrem Vater gehört«, sagte Lita und entließ Mrs. McMullen, die den Brandy brachte. »Und von Corby. Es tut mir schrecklich Leid, Liebes. Hier, trinken Sie. Das wird Ihnen gut tun.«
»Es geht ihnen doch nicht schlechter?«
»Nicht dass ich wüsste. In solchen Situationen sind keine Nachrichten gute Nachrichten.«
»Das beruhigt mich«, sagte Sylvia und stürzte den Brandy hinunter. »Sie wissen, dass wir das Haus verloren haben?«
»Ja, aber es wird wieder aufgebaut werden. Mein Haus ist ein einziger Schlammberg. Das Beste, was wir tun können, ist, in die Stadt zu gehen und dort so lange zu bleiben, bis wieder alles aufgeräumt ist.«
»Bei unserem Haus gibt es nichts aufzuräumen. Ich kann nirgendwo mehr hingehen. Sie können es sich leisten, in der Stadt zu bleiben. Aber wo soll ich bleiben?«

»Hören Sie auf, sich Sorgen zu machen. Wir werden schon etwas finden. Oh, da ist ja Mike.« Lita winkte ihm zu, als er den Salon betrat. Und Sylvia freute sich, hinter Mike Harry zu erblicken. Doch Lita stieß sie an. »Wer ist das? Der Offizier?« Bewunderung lag in ihrer Stimme. »Welch eine göttliche Erscheinung! Entschuldigen Sie, Sylvia, ich muss ihn kennen lernen.«

Wütend sah Sylvia mit an, wie Lita den beiden Männern entgegentrat, Mike auf die Wange küsste und dann ihre ganze Aufmerksamkeit Harry zuwandte, der ihr dieses freundliche, liebenswerte Lächeln zukommen ließ, von dem Sylvia glaubte, dass es alleine für sie reserviert war.

Lita nahm seinen Arm.

Und Betsy belegte Sylvia mit Beschlag. »Es sind so viele Leute hier, wir essen heute Abend draußen. Dad brät Fleisch auf dem Spieß. Kennen Sie Mr. und Mrs. McMullen?«

Sie führte Sylvia wieder durch die Menge und stellte sie nun allen vor. Drüben an der Tür sprachen die beiden Männer und Lita mit Mrs. Cavanagh.

Sylvia nahm ein Glas Sherry an und leerte es in einem Zug. Sie stand im Blickfeld Harrys, aber er hatte sie noch immer nicht wahrgenommen. Sie war entschlossen, es Lita nicht gleichzutun. Warum sollte sie sich dazu erniedrigen? Harry war ihr Verehrer.

»Dieser Brandy ist ziemlich gut«, sagte diese abscheuliche McMullen. »Wollen Sie noch einen?«

»Glauben Sie wirklich, ich sollte noch einen trinken?«

»Warum nicht, meine Liebe? Es gibt doch sonst kaum etwas, was uns aufheitern kann. Ich trinke einen mit Ihnen. Schließlich ist er umsonst.«

Angewidert, aber nicht angewidert genug um den Brandy abzulehnen, nahm Sylvia ihr Glas und drehte sich um. Sie hatten den Salon verlassen. Alle vier! Harry hatte sich nicht einmal die Mühe gemacht, zu ihr zu kommen und mit ihr zu reden. Er war gefangen in Litas Klauen.

Um zu sehen, wohin sie gegangen waren, drehte sie den Kopf

nach hinten, trat einen Schritt zurück und stolperte über die Füße der älteren Frauen, die auf der Couch saßen. Lachend half Alf McMullen ihr auf. »Bremsen Sie sich lieber etwas mit dem Brandy!«

»Unsinn!« gab sie zurück. »Sie sollten nicht die Füße so weit von sich strecken und anderen Leuten ein Bein stellen.«

Voller Wut über seine Unverschämtheit zwängte sich Sylvia an den Menschen vorbei zur Tür. Draußen sah sie Lita noch immer bei Mike und Harry. Die drei unterhielten sich, als existierte sonst niemand.

Harry stand mit dem Rücken zu ihr. »Ist es möglich, das Haus weiter landeinwärts zu verlegen?« fragte er Lita.

»Unmöglich. Es ist zu massiv gebaut.«

»Nicht wie das Haus auf Providence«, warf Sylvia wütend ein.

Überrascht drehte sich Harry um. »O Sylvia! Sie sind auf! Und sehen bezaubernd aus. Ich dachte, Sie würden die Nacht durchschlafen.«

»Sie meinen, Sie dachten, ich bin aus dem Weg?«

»Aber nein!« Harry war verwirrt.

»Er dachte, Sie schlafen noch, Sylvia«, sagte Lita.

»Und Sie machten sich nicht die Mühe, ihm zu erzählen, dass ich hier bin!«

»Warum sollte ich?« Sie lachte. »Ich wusste nicht, dass Sie Harry kennen.«

»Nun, das tue ich«, grummelte Sylvia, aufgebracht von Litas besitzergreifendem Ton und eifersüchtig über die Vertrautheit, die bereits zwischen ihnen herrschte. »Harry ist ein Freund von mir. Und wie geht es Ihren Freunden, Mrs. de Flores? Wie geht es Captain King?«

»Soweit ich weiß, ganz gut. Danke.«

Sylvia lächelte. Sie spürte, dass sie diese Schlacht gewann. »Mrs. de Flores hat einige sehr interessante Freunde. Nicht wahr?«

»Ich denke schon«, erwiderte Lita gleichmütig. »Das macht das Leben aufregender. Aber Sie halten sich ja lieber an die Familie!«

Es bestand kein Zweifel, worauf Litas Bemerkung abzielte. Sylvia spürte ein Frösteln, die Farbe wich ihr aus dem Gesicht. Und noch während sie versuchte, eine adäquate Erwiderung zu finden, kam ihr Mike Devlin zuvor. »Das Abendessen wird aufgetragen. Ich sterbe vor Hunger. Lassen Sie uns zum Essen gehen, Sylvia.«

Er meinte es gut mit ihr, nahm sie am Arm und hielt sie aufrecht. Aber sie konnte nicht zulassen, dass Harry mit Lita zurückblieb. Sie schob Mike weg, tat einen Schritt, stolperte wieder und bemerkte nun erstmals, dass sie zuviel getrunken hatte. Ihr war schwindlig.

Es war Lita, die sie nun von dem schindelbedeckten Durchgang und den auf Böcken aufgebauten Tischen weg und an den Sträuchern vorbei nach hinten zum Haus führte. Sie hielt Sylvia, die weinte und würgte und sich krümmte; bald darauf befand sie sich wieder in dem Zimmer und lag mit einer kalten Kompresse auf der Stirn im Bett. »Ich fühle mich hundeelend«, stöhnte sie.

»Kein Wunder. Sie brauchen etwas in Ihren Magen.«

»Nein, ich bringe keinen Bissen hinunter. Ich will alleine sein.«

»Sie müssen essen, oder Sie werden sich beim Aufwachen zehnmal schlechter fühlen.«

»Was war da los?« fragte Harry Mike.

»Zu viele Drinks auf leeren Magen, würde ich sagen.«

»Natürlich. Die arme Sylvia. Es war ein langer und schrecklicher Tag für sie. Ich dachte wirklich, dass sie noch schlief. Sie hätten sie im Bett lassen sollen, eine Schande.«

»Sie wird es überleben. Kommen Sie, das Fleisch riecht viel zu gut, als dass wir hier nur herumstehen sollten.«

Sie gingen zu den anderen, bekamen Schalen mit heißer Suppe und Teller mit Fleisch und auf offenem Feuer gebratenen Kartoffeln. Mike legte dem Fleisch Ananasstreifen bei, was Harry nachmachte. »Das erste Mal, dass ich Obst zum Fleisch habe. Aber es schmeckt ziemlich gut.«

»Ich denke, wir haben das von den Kanaka. Wenn sie für mich kochen, bekomme ich zum Fleisch Mangos, Papayas, Bananen,

alle möglichen Früchte. Ich habe mich mittlerweile daran gewöhnt.«
»Das dürfte kaum schwer fallen. Ich muss sagen, es schmeckt mir ausgezeichnet.« Zum Beweis dafür stellten sich beide für den Nachschlag an und ließen sich von Jack Cavanagh auf einem alten Haublock saftige Rippenstücke abschneiden.
Lita fand einen Platz neben Mike. Sie sprachen über die Probleme, denen sich die Plantagen nun ausgesetzt sahen. Harry, der sich ganz aufs Essen konzentrierte, mischte sich nicht ein.
»Wenn das Wasser zurückgeht«, sagte Lita, »werden wir die Arbeit aufteilen müssen. Ich schlage vor, dass McMullen die Aufräumarbeiten im Haus und im Gebäudebereich übernimmt, während du dich um die Plantage kümmerst. Wenn du willst, behalte ich McMullen als deinen Stellvertreter. Es liegt nur an dir, aber ich denke, wir brauchen momentan jeden, den wir bekommen können.«
»Ja«, nickte Mike. »Ich wollte mit dir darüber reden. Lita, es tut mir Leid. Ich werde dir soweit es geht helfen, aber ich bleibe auf Providence.«
»Was? Das kannst du nicht tun! Ich brauche dich. Du schuldest ihnen nichts.«
Er schüttelte den Kopf. »Darum geht es nicht. Sie sind in Schwierigkeiten, Lita, du weißt das. Jemand muss sich um Providence kümmern.«
»Dann lass das jemand anderen machen. Du glaubst doch nicht, dass Corby Morgan es dir danken wird. Wahrscheinlich schießt er dir eine weitere Kugel in den Kopf.«
»Nein, das wird er nicht tun.«
Sie starrte versonnen auf ihren Teller. »Du tust das nicht, um Corby Morgan zu helfen, sondern wegen ihr, nicht wahr? Du schaffst es nicht, sie zu verlassen. Du wolltest Providence niemals verlassen, sonst hättest du das schon vor Monaten getan.«
Sie war wütend, und Harry versuchte nicht zuzuhören, aber die Unterhaltung machte ihn nervös. Hatte es Mike auf Sylvia abgesehen? Nach dem beißenden Wortwechsel zwischen den beiden Frauen fragte er sich, was wirklich auf Providence vor

sich ging. Er hätte aufmerksamer sein sollen. Mike und Sylvia, beide ledig, lebten auf einer Plantage ohne andere ledige Personen. Es war anzunehmen, dass sie sich zueinander hingezogen fühlten. Und Lita wollte Mike. Nicht nur als ihren Verwalter, das war offenkundig. Harry sorgte sich nun, dass er Mike in die Quere kam, wenn er um Sylvia warb. Hatte das Lita gemeint, als sie sagte, dass sich Sylvia lieber an die Familie hielt? Natürlich ... die Familie von Providence. Der kleine Kreis von Weißen, der dort lebte. Mike, der einzige weiße Mann auf dem Anwesen, wurde als einer aus der Familie angesehen.

Er entschuldigte sich und suchte seine Gastgeberin, Mrs. Cavanagh. Nachdem er ihr zu dem wunderbaren Essen gratuliert hatte, bat er sie, ihre Gastfreundschaft noch für einige Tage in Anspruch nehmen zu dürfen. Sie hatte verlauten lassen, dass für Sylvia und eine andere Dame nun ein Transport in die Stadt arrangiert war. Ursprünglich hatte er vorgehabt, Sylvia zu begleiten. Aber es mochte vielleicht klüger sein, sich für eine Weile von dieser Verbindung zurückzuziehen. Bis er genau wusste, wie die Verhältnisse lagen. Er hatte Sylvia noch immer sehr gern, äußerst gern, aber ein strategischer Rückzug konnte durchaus von Vorteil sein. Und außerdem hatte er Sylvia nur in die Stadt bringen und dann sofort wieder zu den Problemen hier draußen zurückkehren wollen. Es war wirklich das Beste, wenn er blieb und mithalf, die Ordnung aufrechtzuerhalten und mit den Aufräumarbeiten zu beginnen.

Sylvia erwachte niedergeschlagen. Nicht, weil sie diese Szene gemacht – sie betrachtete sich als provoziert – oder weil sie sich schlecht gefühlt hatte. Auch das war nicht ihre Schuld gewesen. Sie hätte etwas zu essen und keinen Alkohol gebraucht. Und es war Lita gewesen, die ihr den Drink aufgezwungen hatte, obwohl sie den ganzen Tag nichts zu sich genommen hatte. Lita, die den guten Samariter spielte und vor Harry so tat, als sorge sie sich, während sie sie nur in das Schlafzimmer abschob und das Mädchen mit Brot und Käse schickte. All das hatte keine Auswirkungen auf ihr miserables Aufwachen. Sie regte sich auf, weil ihr der Abend mit Harry entgangen war. Und, schlimmer

noch, weil sie ihn Lita überlassen hatte. Es waren so viele Leute da, dass es trotz des Kummers fast eine Party war, und sie hatte sie verpasst.
Sie beeilte sich mit dem Ankleiden. Als sie die Stiefel zuknöpfte, erschien Mrs. Cavanagh. »Oh, wie schön, Sylvia. Sie sind schon auf. Nun nehmen Sie ein großes Frühstück, es steht Ihnen ein langer Tag bevor. Mrs. Battersby und ihre beiden Kinder fahren mit Ihnen. Ihr Haus steht ebenfalls unter Wasser. Ihr Ehemann und einige andere Herren werden Sie begleiten.«
»Lieutenant Scott-Hughes hat sich freundlicherweise bereit erklärt, mit mir in die Stadt zu reiten, Mrs. Cavanagh. Sie müssen sich also um mich keine Sorgen machen.«
Mrs. Cavanagh runzelte die Stirn. »Davon weiß ich nichts. Der Lieutenant ist ein vielbeschäftigter Mann, er ist heute früh weggeritten. Aber Mrs. Battersby wird sich um Sie kümmern. Sie nehmen bis zur Fähre am Halfway Creek die Kutsche, die unser Bursche dann wieder zurückbringt.«
»Aber wie kommen wir von da dann in die Stadt?«
»Die Leute aus der Stadt haben von da an alles organisiert. Bleiben Sie einfach bei Mrs. Battersby, sie weiß, was zu tun ist. Und, Sylvia, richten Sie Ihrer Familie meine besten Wünsche aus.« Sie reichte ihr einen langen Serge-Umhang. »Hier, meine Liebe. Ich will, dass Sie das nehmen. Er ist neu, noch nicht getragen. Sie können ihn brauchen, bis Sie selbst wieder zurechtkommen.«
»Danke. Das ist sehr freundlich von Ihnen. Wenn ich ihn nicht mehr brauche, gebe ich ihn Ihnen zurück.«
Als die Frau schließlich ging, starrte Sylvia den Umhang an. Er war sehr schön und sehr teuer, marineblau und mit blauer Seide gesäumt. Aber sie kam sich darin vor, als wäre sie auf Almosen angewiesen. War das nun ihr Los?
Und Harry? Sylvia musste die Tränen zurückhalten. Er hatte es ihr versprochen, und nun war er ohne ein weiteres Wort einfach davon. Wütend warf sie den Umhang um, der, wenn schon nicht die Stiefel, so wenigstens das hässliche Kleid verbarg. »Ich

wette, dass Lita mit ihm fort ist«, murmelte sie ihrem Bild im Spiegel zu.
Als sie das Speisezimmer betrat, wo noch einige ältere Personen über dem Frühstück saßen, erfuhr sie, dass Lita und Mike Devlin mit den Frühaufstehern fortgeritten waren. Und mit Harry.

ZWÖLFTES KAPITEL

Das Krankenhaus bestand aus zwei Arbeitsgebäuden, die durch einen überdachten Gang miteinander verbunden waren. Die Leitung lag in den Händen einer stämmigen Frau italienischer Herkunft, der Oberin Ridolfi. Jessie, die, bereits Stunden bevor sie eingeliefert werden sollten, da war, saß steif in einem Rohrstuhl am Haupteingang. Sie erhielt mehrere Botschaften von Bede Hornsby, die ihr alle versicherten, dass die Patienten unterwegs waren. Während die Stunden verstrichen, befürchtete sie jedoch das Schlimmste. Waren Corby oder ihr Vater ihren Verletzungen erlegen? Hatte es sich deswegen verzögert? Ein Mann hatte ihr mitgeteilt, dass Sylvia in Sicherheit war, sie hatte jedoch keine Ahnung, wo sie sich aufhielt.
Beim ersten Mal, als sich die Oberin mit Jessie unterhalten hatte – sie wollte wissen, warum sie hier wartete –, hatte Jessie sie in Unruhe versetzt. »Noch zwei Patienten, sagen Sie? Wo soll ich sie hintun? Wir sind voll. Dr. Briggs hat heute Morgen drei weitere mit Fieber eingeliefert.«
»Sie müssen etwas Platz finden«, drängte Jessie sie. »Mein Ehemann und mein Vater, ich bin fast außer mir vor Sorge. Dr. Muller begleitet sie. Er erwartet, dass Sie Betten zur Verfügung haben.«
»Dr. Muller? Er kommt mit ihnen zurück? Dann muss es schlimm sein. Ich sehe, was sich machen lässt.«
Ihre Antwort bestürzte Jessie, auch wenn sie über die darauf

folgende Aktivität froh war. Drei Frauen, Schwestern in grauen Kleidern und Hauben, machten sich an die Arbeit, führten Patienten aus den Zimmern, zogen Matratzen und stellten Betten hochkant, um sie durch die Türen zu bringen, bis es Jessie nicht mehr aushielt. Sie suchte nach der Oberin. »Ich fühle mich so nutzlos. Kann ich Ihnen denn nicht in irgendeiner Weise behilflich sein?«

Die Oberin warf einen Packen Laken auf eine dünne Matratze. »Wir können immer jemanden brauchen, Madam. Können Sie mit einem Bügeleisen umgehen?«

»Ja.«

»Dann kommen Sie mit.«

Jessie fand sich in einer dunstigen Küche wieder, wo sie sich mit dem schweren Bügeleisen durch einen Berg mit Wäsche und Laken durcharbeitete. Es war heiß, der Küchentisch stand nicht weit vom Herd entfernt, aber sie hielt aus, bügelte die rauhen Nachthemden und Pyjamas für die Patienten und stäubte Wasser auf das gestärkte Bettzeug. »Jemandem muss hier die Wäschestärke sehr locker sitzen«, murmelte sie, während sie ihr ganzes Gewicht in die Arbeit legte.

Hin und wieder stand sie am Herd und ließ das Eisen wieder aufheizen, rührte in den Suppen, die in großen Töpfen vor sich hin kochten, und beschäftigte sich. Sie fand einen Ständer, an dem sie das feuchte, sorgfältig gefaltete Leinenzeug zum Trocknen an den Herd hängte, nachdem sie es gebügelt hatte. Die Schwestern kamen und gingen, widmeten sich anderen Pflichten und nahmen ihre Anwesenheit als etwas ganz Selbstverständliches wahr. »Können Sie Tee machen?« rief eine von ihnen. »Die Oberin lässt uns einfach nicht zur Ruhe kommen.«

Sie fand eine Teekanne, Tassen und Untertassen, schenkte ihnen ein und kam sich wie eine Kantinenarbeiterin vor, freute sich jedoch über ihre Dankbarkeit, während sie eilig den Tee schlürften und keine Zeit hatten, sich auch nur hinzusetzen.

Als die Oberin zurückkehrte, war Jessie wieder mit dem Bügeleisen beschäftigt. »Wollen Sie auch eine Tasse Tee?« fragte sie sie.

»Noch nicht. Warum gönnen Sie sich nicht einmal eine Pause?«
»Es macht mir nichts aus. Ich arbeite weiter.«
»Ich denke, Mrs. Morgan, Sie sollten sich jetzt hinsetzen.«
Jessie legte das Eisen sorgfältig in das Gestell neben dem Herd. »Was ist los, Oberin? Worum geht es?«
»Setzen Sie sich.« Die Oberin schob ihr einen breiten Küchenstuhl hin. Jessie starrte ihn an, als halte er ihr nicht Bequemlichkeit, sondern Angst bereit.
»Haben Sie schlechte Nachrichten?«
»Ja«, sagte die Oberin. »Setzen Sie sich jetzt, und wir reden darüber.«
Gehorsam setzte sich Jessie in den Stuhl. In dem heißen Raum war plötzlich alles hart und kalt.
»Sie müssen jetzt tapfer sein«, begann die Oberin, und Jessie wartete auf den Schlag. »Ihr Vater. Das ist doch Mr. Langley?«
»Ja?«
»Ah. Es tut mir sehr Leid, Ihnen das sagen zu müssen, meine Liebe, aber er hat es nicht geschafft. Er hatte unterwegs einen weiteren Herzinfarkt. Das war zuviel für ihn. Aber er starb sehr ruhig, Mrs. Morgan, er war bewusstlos. Er ging einfach hinüber. Wir können für ihn ein Gebet sprechen.«
Betäubt versuchte Jessie, in das Vaterunser mit einzustimmen, das die Frau rezitierte.
»Woher wissen Sie es?« flüsterte sie, nachdem das Gebet zu Ende war.
»Sie sind hier. Sie kamen vor einer Weile hier an, und wir dachten, es ist das Beste für Sie, wenn Sie hier beschäftigt sind.«
»Und mein Mann? Wo ist er?«
»Der Doktor ist jetzt bei ihm.«
Jessie wollte aufstehen, aber die Oberin drückte sie in den Stuhl zurück. »Sie können ihn bald sehen, er ist über den Berg. Er hat viel durchgemacht, aber er ist stark.«
»Der Unfall!« rief sie aus. »Was ist ihm passiert?«
Und während Jessie sich auf ihre Worte zu konzentrieren versuchte, ertappte sie sich dabei, dass sie das Gesicht der Oberin

in allen Einzelheiten wahrnahm. Die Frau hatte olivbraune Haut, ihr dunkles Haar war von grauen Strähnen durchzogen, ihre Augenbrauen und auch die Augen waren dunkel, dunkelbraun. Die Lippen waren sehr rot, Lippen, die die Worte bildeten: »Es tut mir Leid, er hat seinen rechten Arm verloren. Aber das ist nicht das Ende der Welt, der Doktor sagt, dass er überleben wird.«

»Wie?« Jessie weinte. »Wie in Gottes Namen ist es passiert?«

Die Oberin atmete tief durch. »Es ist am Besten, wenn Sie es von mir hören. Dann kann ich Sie im Auge behalten. Es war ein Krokodil, Mrs. Morgan. Ein Krokodil.«

Ihr Gesicht schien zu verschwimmen, schien in weite Ferne zu verschwinden, um sich dann mit lautem Gebrüll, überlebensgroß, auf Jessie zu stürzen. Es war grotesk, schrecklich. Jessie keuchte, rang nach Luft, aber starke Hände hielten sie fest, und der bekannte Duft von Riechsalz ließ sie wieder zu sich kommen und brachte sie wieder zu sich.

»So ist es besser«, sagte die Oberin. »Fassen Sie sich. Ihr Kindermädchen ist mit dem Baby draußen. Sie sorgte sich um Sie, deswegen machte sie einen kleinen Spaziergang. Und was für ein schönes Baby das ist, jeder ist von ihm angetan. Ich glaube, der Junge mag es, wenn er im Mittelpunkt der Aufmerksamkeit steht.«

»Ja«, sagte Jessie. »Ich bin wieder in Ordnung. Kann ich meinen Mann sehen?«

»Ich denke, ja. Er weiß, dass er einen Arm verloren hat, aber ich bin mir nicht sicher, ob ihm bewusst ist, was geschehen ist. Wir müssen daher vorsichtig mit ihm umgehen. Und er hat viel Blut verloren. Wir müssen ihn nun langsam aufbauen, damit es ihm wieder besser geht.«

Sie hatten Corby ein Zimmer für sich alleine gegeben, was Jessie zu schätzen wusste, da er so grau und mitgenommen aussah. Sie erschauerte. Sein Gesicht und Hals waren von Kratzspuren überzogen, die mit einer dunklen Salbe bestrichen waren, die Wunden von Klauen, wie es ihr schien. Sie sprach es allerdings nicht aus, falls er sie hören sollte. Eine Weile lang unterhielt sie

sich leise mit dem deutschen Arzt, dann bereitete sie sich auf die nächste Prüfung vor.
Seltsamerweise sah Lucas im Tod besser aus als der lebende Corby; es ängstigte sie. Er schien so heiter, so ruhig zu sein. Jessie küsste ihn, dann saß sie alleine bei ihm und ließ ihrem Schmerz in einem Tränenstrom freien Lauf. Doch danach erfasste sie eine neue Entschlossenheit. Es lag nun an ihr, ihrem Leben eine neue Wendung zu geben. Sie hatte im Hotel eine ältere Dame getroffen, die, wie sie sagte, bereits mehrere Überschwemmungen hinter sich hatte.
»Man fängt einfach wieder von vorne an«, hatte sie der verängstigten Jessie empfohlen. »In einigen Wochen werden Sie gar nicht mehr wissen, dass eine Flutwelle gekommen und wieder gegangen war.«
»Aber unser Haus ist fort!«
»Dann bauen Sie ein neues, über dem Überschwemmungspegel.«
»Womit?«
»Meine Liebe, Sie haben noch immer Providence. Die Plantage wird für Sie sorgen. Und die Regierung bietet momentan Zuckerpflanzern Subventionen an, um sie dazu zu ermuntern, die Anbaufläche zu vergrößern. Wir brauchen die Exporte. Reden Sie mit Ihrem Bankdirektor.«
Bankdirektor? Was war mit einem Verwalter für Providence? Sie musste mit Mike Devlin Kontakt aufnehmen und ihn bitten, zu bleiben. Ihm mehr Gehalt bieten, alles, was er wollte, auch die weißen Aufseher, um die er gebeten hatte. Sie wusste, Corby würde wütend sein, aber da war nichts zu machen. Ihre Zukunft stand auf dem Spiel, und Mike war der Einzige, an den sie sich nun wenden konnte.
Sie musste nicht nach Mike suchen. Als sie schließlich mit Hanna und dem Baby zum Hotel zurückging, überreichte man ihr eine Botschaft von ihm. Sylvia, las sie, befand sich auf der Woollahra-Plantage und würde den folgenden Tag nach Cairns reisen, und er wäre auf Providence, solange man ihn brauchte.
»Oh, Gott sei Dank«, flüsterte sie. »Du lieber, treuer Freund.«

Corby brüllte. In einer pechschwarzen Höhle schlug er um sich, versuchte vor einem Ungeheuer mit weit aufgesperrtem Rachen und stählernen Klauen davonzurennen, aber die Füße versagten als wären sie aus Gummi, und das Ungeheuer fraß ihn! Fraß ihn lebend. Er konnte das Knirschen seiner Knochen hören.

Ein Mann war da der das Ungeheuer bekämpfte und ihn wegzog. Er schrie, dass er ihn retten sollte. »Vater«, schrie er. »Vater!«

»Der ist nicht hier, Mr. Morgan«, sagte eine Frau, die eine Laterne trug. Und er kämpfte sich zu ihr hin, hin zum Licht, schlug auf das Biest ein und versuchte sich aus seinem Griff zu befreien.

Und dann erwachte er, zitterte vor Angst und war nass vor Schweiß. Es war nur ein Alptraum. Ein schrecklicher, fürchterlicher Alptraum. Er versuchte sich aufzurichten, konnte sich aber nicht bewegen. Er war gebunden, er war an ein Bett festgebunden. Neue Ängste stiegen in ihm auf. »Macht das weg!« schrie er. »Bindet mich los!«

»Gleich«, sagte die Frau und wischte mit einem kühlen Tuch über sein Gesicht. »Sie hatten böse Träume, Mr. Morgan. Ich wollte nicht, dass Sie aus dem Bett fallen. Die Sonne geht bald auf.«

»Wo bin ich?«

»Im Krankenhaus in Cairns.« Sie richtete seinen Kopf auf. »Trinken Sie, es ist nur Wasser.«

Er trank gierig. Es erschien ihm wie prickelnder, kühler und klarer Nektar, der den faulen Geschmack im Mund wegwusch.

»Besser?«

»Ja.« Corby war erschöpft von den Kämpfen, er ruhte und sah das kleine einfache Zimmer und hörte das leise Rauschen des Vorhangs vor dem Fenster.

»Wie lange bin ich schon hier?«

»Drei Tage«, erwiderte die Oberin. Jeden Morgen stellte er die gleiche Frage, nachdem er von diesem Traum erwachte, in dem er, wie sie annahm, den Angriff nacherlebte. Wenn er schrie,

dass sein Arm fort war, war sie bereit. Er besaß ein ziemliches Temperament, dieser Mann, und es war das Beste, ihn festzubinden, bis er wieder bei klarem Verstand war.
»Ruhig jetzt, oder Sie wecken noch die ganze Stadt auf. Draußen beginnt ein wunderbarer Tag. Wenn Sie sich besser fühlen, dann können Sie sich in die Sonne setzen.«
»Ich habe meinen Arm verloren«, sagte er schließlich. Immerhin eine Aussage, nicht diese panischen Schreie, die auf die Alpträume folgten.
»Ja, Mr. Morgan. Das ist wahr. Aber Sie sind ein starker Mann, Sie erholen sich gut.« Jedenfalls körperlich, dachte sie; geistig geht es Ihnen noch nicht allzu gut.
»Ich wurde von der Flut weggetragen«, erzählte er ihr. »Das Haus stürzte ein. Aber danach kann ich mich an nichts mehr erinnern.«
»Versuchen Sie es nicht, Sie haben genügend zu tun. Wir müssen Sie erst einmal gut waschen, und dann können Sie versuchen, etwas Porridge zu essen. Mögen Sie Porridge?«
Er nickte geistesabwesend.
»Gut. Wir versuchen es. Dann wird der Doktor kommen.«
»Meine Frau? Wo ist meine Frau?«
»Auch sie wird kommen. Sie war jeden Tag hier, mit Ihrem hübschen Sohn. Sie sind hier ein bekannter Mann, jeder in der Stadt hat sich nach Ihnen erkundigt.«
»In Cairns«, sagte er, als wäre das genug zum Verdauen. Die Oberin redete weiter, während sie ihn, nun, da er wieder im Land der Lebenden war, losband. Dr. Muller hatte beschlossen, heute mit dem Patienten zu reden und ihm zu erzählen, was geschehen war, damit er seine Alpträume los wurde. Ein weiser Mann, dieser Deutsche, ging es ihr durch den Kopf. Sie hoffte, dass er in Cairns blieb. Dr. Briggs war gut im Umgang mit Fieberpatienten und den allgemeinen Krankheiten, aber er war kein besonderer Chirurg, das wusste selbst sie. Die Oberin Ridolfi hatte keine spezielle Ausbildung. Über die Jahre hinweg hatte sie sich von einer Putzfrau zu einer Hilfe hochgearbeitet, bis man es im Krankenhaus in Brisbane als selbstverständlich

betrachtete, dass sie eine Schwester war. Und dann, vor zwei Jahren, als ihr Ehemann starb, hatte sie sich gegen jede Wahrscheinlichkeit für diesen Posten als Oberin beworben. Es war die Überraschung ihres Lebens, als das Schreiben eintraf, in dem man ihr mitteilte, dass sie angenommen wurde.
Es kümmerte sie wenig, als sie später erfuhr, dass sie die einzige Bewerberin war. Maria Ridolfi wusste, dass sie gut arbeitete, und die Hitze machte ihr nichts aus. Sie hatte die kleine Stadt bald in ihr Herz geschlossen, und auch das Krankenhaus, auch wenn sie die Anweisung des Verwaltungsrats, keine Patienten aufzunehmen, die nicht zahlen konnten, ärgerte. Sie hatten auf der Bank einen Überschuss und konnten es sich leisten, auch andere Patienten zu behandeln. Aber diese Männer waren ein geiziger Haufen. Die Oberin hoffte, dass eines Tages einige Frauen im Verwaltungsrat säßen. So vernünftige wie diese Mrs. Morgan.

Mrs. Morgan fühlte sich alles andere als vernünftig. Sie machte sich, als sie sich ihrer Verantwortung bewusst wurde, verzweifelte Sorgen, auch wenn sie nach außen den Eindruck ruhiger Zuversicht vermittelte. Sylvia, ein jammerndes Nervenbündel, war nun im Hotel und interessierte sich mehr für die Abwesenheit Harrys als für Jessies Probleme. Sie hatten sich bereits gestritten, nachdem ihr Jessie nicht erlaubt hatte, alleine ihre neue Garderobe einzukaufen.
»Du kannst zwei Kleider und die notwendigsten Dinge haben«, sagte Jessie zu ihr. »Alles andere können wir uns im Moment nicht leisten. Und ich werde mitkommen und zahlen.«
»Um sicher zu gehen, dass ich das Billigste kaufe, meinst du. Das ist nicht gerecht. Ich brauche anständige Kleidung, zwei Kleider genügen nicht.«
»Sie müssen genügen. Ich habe mit dem Bankdirektor gesprochen, er gibt uns ein Darlehen, aber wir haben sehr sorgfältig damit umzugehen. Das meiste davon muss in Verbesserungen auf Providence investiert werden, damit wir die Regierungssubventionen erhalten. Wir bekommen so Pfund für Pfund von dem Geld erstattet, das wir für Providence ausgeben, und wer-

den in der Lage sein, das Haus und die Scheunen wieder aufzubauen und weiterzumachen.«

Sylvia seufzte. »Ich weiß nicht, warum du dir Sorgen machst. Ich hätte selbst zur Bank gehen sollen. Bob Billingsley gibt mir sicherlich jeden Betrag, den ich will.«

»Vergiss nicht, dass es zurückgezahlt werden muss. Und die Rechnung für unseren Aufenthalt hier. Ganz zu schweigen vom Krankenhaus und den Kosten für die Beerdigung. Und den Arzt. Das summiert sich.«

Bob Billingsley hatte wirklich ein Auge auf Sylvia geworfen. Er hatte sofort nach ihr gefragt, als Jessie sein Büro betreten hatte. Jessie hatte ihrer Schwester nichts davon erzählt, sie konnte nun Ablenkungen oder Sylvias Einmischung nicht gebrauchen. Aber Bob war sehr freundlich und hilfsbereit gewesen. Er hatte für sie die Beerdigung arrangiert – auch ein Streitpunkt mit Sylvia, die geweint und darauf bestanden hatte, dass Professor Langley etwas Besseres verdient hätte als eine beschämend kleine Zeremonie am Grab.

»Er war Atheist!« erinnerte Jessie sie. »Er würde sich bei einem Gottesdienst im Grabe umdrehen. Und es ist hier so üblich, dass die Trauergäste nachher zum Essen eingeladen werden. Ich kann die Leute nicht ins Hotel einladen. Sei bitte vernünftig, Sylvia, ich tue alles, was ich kann.«

Nach der Beerdigung begleitete neben Dr. Muller auch Billingsley die Damen. Die Anwesenheit eines Verehrers besänftigte Sylvia, die sich schluchzend an Bobs Arm hängte, als hätte Harry niemals existiert. Und Corby? Sylvias Affäre mit Corby war mit keinem Wort erwähnt worden, aber Jessie hatte sie nicht vergessen. Sie würde sich später darum kümmern. Corby war noch immer zu schwach und zu deprimiert, um damit belästigt zu werden. Jessie besuchte ihn Tag für Tag. Er freute sich jedesmal, wenn er Bronte sah, wollte aber sonst mit niemandem reden. Jessie verbrachte soviel Zeit wie möglich bei ihm, half ihm beim Essen und tat alles, um es ihm bequem zu machen.

»Ich gehe ins Krankenhaus«, sagte sie zu Sylvia.

»Zu dieser Stunde? Das ist zu früh.«

»Du kannst ja später kommen, wenn du willst.«
»Mal sehen«, schmollte Sylvia.
Gut, dachte Jessie. Sie hatte einen weiteren Termin bei Billingsley, den sie auf dem Weg ins Krankenhaus aufsuchen wollte.
Er begrüßte sie, sah sich kurz nach ihrer Schwester um und kam dann zum Geschäft. »Es geht alles in Ordnung, Mrs. Morgan. Ich brauche nur noch Corbys Unterschrift und Ihre natürlich. Es mag grausam klingen, aber wenn Corby Probleme hat, mit der linken Hand zu schreiben, dann genügt auch ein Kreuz.«
»Ja. Das ist eine weitere Hürde, Bob. Er interessiert sich kaum dafür. In seinem momentanen Zustand glaubt er, dass der Verlust eines Armes das Ende der Welt bedeutet. Es ist schwierig, ihn etwas aufzuheitern.«
»Das ist verständlich, aber er hat großes Glück gehabt, diesen schrecklichen Angriff überhaupt zu überleben.«
»Ich weiß, aber das wage ich ihm nicht zu sagen.«
Bob reichte ihr die Papiere. »Wenn Sie unterzeichnen wollen und Corby dann unterschreiben lassen, ist alles in Ordnung. Sie bekommen dann das Darlehen.«
»Einen Moment. Warum muss ich unterschreiben?«
»Ihnen gehört doch die Hälfte von Providence.«
»Davon weiß ich nichts.«
»Haben Sie nicht das Testament gesehen? Das Testament Ihres Vaters?«
»Nein.«
»Großer Gott. Das tut mir Leid. Dieser Mr. Rimgate ist doch ein Schurke.«
»Wer ist das?«
»Er war Rechtsanwalt in der Stadt, aber wie so viele andere hat er sich nach besseren Weidegründen umgesehen.«
Jessie schien völlig verwirrt zu sein, also lehnte sich Bob zurück und klärte sie auf. »Nördlich von hier gibt es eine Goldstadt, Port Douglas. Sie boomt. Man sagt, dass sie Cairns überholen wird und wir als Geisterstadt enden werden. Viele Geschäfte ziehen deswegen von hier weg. Sie liegt nur zwanzig Meilen nördlich von hier an der Küste.«

»Und Mr. Rimgate ist auch fortgezogen?«
»Ja. Wie die Bank von New South Wales, aber unsere Queensland Nationalbank bleibt. Ich sage ihnen immer wieder, dass die Zuckerpflanzer Cairns auf den Beinen halten werden, wenn der Goldrausch dort oben vorbei ist. Aber es ist ein Kampf, kann ich Ihnen sagen. Sogar unser Gerichtshof zieht um. Und die Pubs, sie verlassen uns.«
Offensichtlich beunruhigte ihn die Situation. Jessie hörte ihm geduldig zu, während er sich über das Thema verbreitete. War das ein weiterer Schlag für Providence? fragte sie sich, als ihr die Auswirkungen bewusst wurden. Wenn der Hafen von Cairns geschlossen wurde und diese Stadt unterging, dann waren sie viel weiter von den Versorgungsgütern und Annehmlichkeiten der Zivilisation entfernt. Frachtkosten würden durch die Decke gehen. Nächtlicher Ausgang für die Angestellten käme nicht mehr in Frage. Es würde schwerer werden, eine Arbeiterschaft zu bekommen.
»Eine Stadt wie diese wird doch nicht einfach verschwinden!«
»Das ist durchaus möglich«, erwiderte er. »Deswegen gebe ich den Farmern und Pflanzern soviel Unterstützung, wie ich kann. Ich denke, dass ein Umzug nach Port Douglas nicht zu empfehlen ist. Aber wenn das Gold wagenweise eintrifft, dann boomt der Ort. Es gibt bereits jetzt dreißig Pubs in der einzigen Hauptstraße.« Er schüttelte den Kopf. »Unvorstellbar! Aber ich will Sie nicht mit meiner Meinung langweilen. Kommen wir auf das Testament Ihres Vaters zurück. Mr. Rimgate schickte es mir vor seiner Abreise. Ich dachte, er hat Sie darüber in Kenntnis gesetzt. Aber anscheinend war das nicht der Fall. Er verschwand einfach.«
»Ich wusste gar nicht, dass Vater ein Testament aufgesetzt hat. Wie kam es an Mr. Rimgate?«
»Ihr Vater schickte es ihm. Es befindet sich noch immer im Umschlag.« Er kramte in seiner Schublade. »Ist das die Handschrift von Professor Langley?«
Mit Tränen in den Augen erkannte Jessie die saubere, fließende Schrift. »Ja.«

»Nun, Mrs. Morgan. Wenn Sie diesen Brief lesen, dann sehen Sie, dass er seinen Anteil Ihnen vermacht hat.«
»Mir? Nicht uns beiden?« Jessie überflog die Seite, aber alles war klar und deutlich. Ihr gehörte die Hälfte von Providence.
»Ich denke, Sylvia wird enttäuscht sein«, kommentierte Bob kurz. Jessie nickte. Sylvia würde mehr als enttäuscht, sie würde empört sein. Ihr Freund Bob Billingsley war alles andere als beeindruckt.
»Ich unterschreibe also die Papiere«, sagte Jessie schließlich.
Sie legte sie in ihre Handtasche und ging mit einem Seufzer der Erleichterung. Es hatte keinen Sinn, darüber nachzudenken, warum ihr Vater in seinem Testament Sylvia nicht bedacht hatte, beschloss sie auf dem Weg zum Krankenhaus, obwohl es durchaus möglich war, dass er damit sein Missfallen über ihre Beziehung zu Corby zum Ausdruck gebracht hatte. Aber vielleicht hatte er auch nur sicherstellen wollen, dass das Anwesen in Corbys Familie blieb, da er ja das Projekt in die Wege geleitet hatte. Jessie zuckte mit den Schultern. Wie auch immer. Ihr gehörte nun ein Teil von Providence. Es war an der Zeit, dass ihr auch etwas zufiel.
Ihr Ehemann saß zusammengesackt in einem Stuhl in seinem Zimmer, zu verzagt, um ihre Anwesenheit wahrzunehmen.
»Der Doktor sagt, du erholst dich prächtig«, sagte sie aufmunternd. »Du kannst das Krankenhaus bald verlassen.«
»Wozu?« erwiderte er teilnahmslos.
»Ich dachte, ich bleibe noch eine Weile im Hotel, bis Dr. Muller sagt, dass du nach Hause zurückkehren kannst.«
»Wo ist mein Zuhause?«
»Auf Providence, natürlich.« Mike Devlin wollte in die Stadt kommen. Sie musste mit ihm über ihre vorläufige Unterkunft reden. Es dürfte nicht allzu lange dauern, eine Hütte zu errichten, irgendetwas, worin sie vorübergehend wohnen konnten. Jessie war entschlossen, so schnell wie möglich nach Providence zurückzukehren, und sie war bereit, jede Unbequemlichkeit in Kauf zu nehmen, bis das neue Haus fertig war.
»Ich werde dorthin nicht zurückkehren«, sagte er.

»Natürlich wirst du das. Es ist deine Plantage. Die Überschwemmungen sind alle zurückgegangen, wir haben nur die Ernte auf den westlichen Feldern verloren, alle anderen sind unversehrt. Wir können das Haus neu bauen. Ich dachte mir Folgendes: Wir entwerfen das Haus jetzt, errichten einige Räume, in denen wir wohnen können, und den Rest bauen wir ganz nach Belieben. So kommen wir zu einem wirklich schönen Haus, wie du es immer gewollt hast.«

»Bist du taub?« schrie er. »Ich gehe nicht zurück. Ich verkaufe. Ich habe genug von dem Ort.«

»O Corby, Liebling, das darfst du nicht sagen. Denk an Bronte. Du hast so oft gesagt, dass Providence einmal ihm gehören wird.«

»Du Närrin! Lass Bronte aus dem Spiel. Und denk zur Abwechslung mal an mich.«

Jessie wechselte das Thema, um ihn zu beruhigen. Am Nachmittag aber versuchte sie erneut, über Providence zu reden. Es hatte keinen Zweck, er flüchtete sich in einen weiteren Wutanfall.

Sie konnten es sich nicht leisten, noch mehr Zeit zu verschwenden. Sie mussten das Darlehen jetzt einsetzen. Sobald Mike ankam, würde sie ihn bitten, den notwendigen Proviant und was sie sonst noch brauchten zu kaufen. Er musste Baumaterial bestellen, nicht nur für das neue Haus und die Scheune, sondern auch für die Reparatur der anderen Gebäude – alles, was notwendig war. Sie wusste nicht, was alles neu errichtet werden musste, aber wenn sie zwei Zimmerer anstellten und sofort mit der Arbeit begannen, und ihnen dabei so viele Kanaka wie nötig halfen, dann konnten sie auf der Plantage bald wieder zum gewohnten Leben zurückkehren. Oder es noch besser haben, dachte sie, da sie nun statt der alten Gebäude, die planlos zusammengezimmert worden waren, neue bekamen.

Dieses Mal, dachte sie voller Begeisterung, werden wir einen Plan machen, nicht nur für das Haus, sondern für die gesamte Anlage der Gebäude, mit Raum für Gärten und Rasenflächen und Erholungsbereichen für die Arbeiter. Providence wird eine Musterplantage. Spontan beschloss sie, noch heute Abend mit

der Arbeit zu beginnen. Sie wollte alles selber zeichnen, und wenn Corby ihr nicht zuhören wollte, dann musste sie eben Mike um Rat fragen.
Aber solange Corby die Papiere nicht unterzeichnete, hatte es keinen Sinn, Pläne zu machen. Sie hatte es noch nicht einmal gewagt, das Darlehen zu erwähnen. Vorher musste sie ihn davon überzeugen, nach Providence zurückzukehren. Musste sie das? Corby musste nur mit einem Kreuz unterzeichnen. Da ihre eigene Unterschrift darunter stand, würde niemand nachfragen, von wem das Kreuz stammte. Es war ein Leichtes, die Dokumente mit einem X zu zeichnen und es dabei bewenden zu lassen.
Bob Billingsley lächelte wehmütig, als er das Zeichen anstelle Corbys Unterschrift sah. »Der arme alte Corby. Wenn er übt, wird ihm seine linke Hand bald gehorchen.« Das war alles, was er sagte. Er stempelte den Darlehensvertrag ab und war zu einem Plausch aufgelegt, aber Jessie, die Fälscherin, floh fast mit brennendem Gesicht aus seinem Büro.
»Was machst du da?« fragte an diesem Abend Sylvia, die Jessie über die Schulter schaute und sie mit Bleistift und Radiergummi zeichnen sah.
»Entwürfe für das neue Haus.«
»Was weißt du über den Bau von Häusern?«
»Nichts. Aber ich weiß ziemlich genau, was ich will und wo es sein soll, und kann den Bauleuten Anweisungen geben.«
»Und das ist das Haus von Providence?«
»Ja.«
»Wozu? Corby sagt, wir gehen nicht zurück.«
Jessie legte den Stift weg. »Ich wollte mit dir darüber reden. Corby wird nach Providence zurückkehren. Ich kenne meinen Mann besser als du; er wird das nicht aufgeben, wenn er wieder zu Verstand kommt. Sobald er merkt, dass die Plantage wieder läuft, wird er kommen. Allerdings, Sylvia, will ich nicht, dass du wieder auf Providence wohnst.«
»Ach, wirklich? Und wo soll ich dann wohnen?«
»Bleib in Cairns, finde hier eine Unterkunft, oder geh zurück

nach England. Ich werde dich, wenn du willst, mit einem monatlichen Betrag unterstützen und dir die Überfahrt zahlen. Aber auf Providence ist für dich kein Platz mehr.«
»Corby wird da auch noch ein Wort zu sagen haben.«
»Mein Ehemann wird in dieser Angelegenheit nichts zu sagen haben.«
»So? Und woher willst du das Geld nehmen, um mich zu unterstützen?«
»Das ist meine Sache.« Solange Sylvia nicht fragte, was mit dem Anteil des Professors an der Plantage geworden war, hatte Jessie nicht die Absicht, sie darüber in Kenntnis zu setzen. Außerdem spielte es keine Rolle; das Testament war auch ohne Zeugen rechtskräftig, da es zweifellos in seiner Handschrift und in vernünftigen, klaren Worten abgefasst war. Rimgate hatte sich noch so viel Zeit genommen, es gegenzuzeichnen. Billingsley hatte erwähnt, dass in diesen abgelegenen Bezirken ein Testament nicht unbedingt von Zeugen testiert werden musste, solange die Absicht deutlich war.
Wütend schritt Sylvia durch das Zimmer. »Ich lasse mir von dir nicht sagen, was ich zu tun habe.«
»Ich sage dir nicht, was du zu tun hast. Ich sage nur, dass du in meinem Haus nicht mehr willkommen bist.«
Ihre Schwester warf, als sie ging, die Tür zu, und Jessie setzte sich ungerührt wieder an die Skizzen.
»Mike Devlin ist in der Stadt. Willst du ihn sehen?« fragte Jessie Corby.
»Ich will niemanden sehen.«
»Gut. Dann sage ich ihm, dass du dazu noch nicht in der Lage bist. Corby, er arbeitet wieder auf Providence und wird länger bleiben.«
»Das sollte dich freuen.«
»Das tut es auch, und spar dir deine spöttischen Bemerkungen. Er hat uns angeboten, dass wir in seinem Haus wohnen können, bis das neue fertig ist.«
»Du kannst dort wohnen. Ich gehe nicht zurück, geht dir das nicht in deinen Schädel?«

Jessie versuchte sein Interesse zu wecken. Sie sprach von den Plänen für das neue Haus. Sie erzählte von zwei neuen Arbeitern, die unterwegs waren. Die Oberin Ridolfi hatte ihr von ihren beiden aus Italien eingewanderten Neffen erzählt, die Arbeit suchten, in der Hoffnung, dass sie Jessie irgendwo unterbringen konnte.
»Sie arbeiteten in ihrem Heimatland auf Zuckerrübenfeldern. Ich weiß nicht, ob das viel mit dem Zuckerrohranbau zu tun hat, aber sie müssen sich in der Zuckerherstellung auskennen, also habe ich sie genommen. Mike Devlin meinte, wenn sie gut sind, wird er sie zu Aufsehern ernennen. Er sagt, Italiener sind gute Farmer, sie sind fleißig und arbeiten hart.«
Aber Corby schloss die Augen und wandte sich ab.
»Hörst du mir überhaupt zu? Es ist noch immer deine Plantage. Ich tue alles, was ich kann, bis du wieder so weit bist, dass du dich selber um alles kümmern kannst.«
»Tu, was du willst. Aber hör endlich auf, mir damit auf die Nerven zu fallen. Wenn du was gefunden hast, wo du wohnen kannst, warum gehst du dann nicht dorthin und wohnst da?«
»Ohne dich?«
Er warf seinen Kopf zurück und starrte sie an. »Du scheinst vergessen zu haben, dass du mich verlassen hast, Madam. Und hast dir absichtlich dazu eine Zeit ausgesucht, die mich in eine peinliche Lage versetzte. Mit meinem Verwalter im Schlepptau. Du setzt dich in das teuerste Hotel in der Stadt, und während wir einiges durchzumachen hatten, warst du von Luxus umgeben – und bist es immer noch, was die Rechnung nicht billiger macht –, und wenn ich dann sage, dass du nach Hause gehen sollst, siehst du mich mit offenem Mund an.«
Jessie war entsetzt über diesen Angriff. Sie hatte gehofft, dass die Schwierigkeiten sie wieder zueinander führen und sie gemeinsam von vorne anfangen konnten. Selbst vor Sylvia hatte sie sich dessen gerühmt. »Ich kenne meinen Mann ...«, hatte sie gesagt. Die Worte hallten nun leer wider.
»Corby«, sagte sie sanft, »es tut mir alles Leid. Wir haben beide

Fehler gemacht. Ich wollte dir niemals weh tun, ich habe nur reagiert ...«

»Sag das deinem Vater! Sie sagten mir, dass er mit dir an jenem Tag in die Stadt wollte, aber hast du ihn mitgenommen? Nein, du nicht! Du bist wie eine Verrückte abgehauen, weil du wusstest, dass dir Devlin folgen würde. Du wolltest deinen Vater nicht dabeihaben, nicht wahr? Er wäre nur im Weg gewesen. Aber wenn du ihn mitgenommen hättest, wäre er noch am Leben!«

Mit kreidebleichem Gesicht schob Jessie den Stuhl vom Bett weg und stand auf. Sie konnte kaum sprechen. »Du bist furchtbar!« Sie weinte, rannte aus dem Zimmer und stieß auf die Oberin.

»Ah, Mrs. Morgan! Gute Neuigkeiten. Ich habe ein Telegramm von meinen Neffen in Brisbane. Sie kommen mit dem nächsten Schiff nach Cairns.«

»Das ist schön«, gelang es Jessie zu antworten. »Entschuldigen Sie mich bitte, ich bin in Eile.«

Der Patient fühlte sich besser. Seit Monaten musste er sich nun ihre ekelhafte Rechtschaffenheit und ihre Anschuldigungen anhören. Mal sehen, wie es ihr gefällt, wenn sie einstecken muss, dachte er. Seine perfekte Frau, die von allen geliebte Herrin von Providence, langweilte ihn. Sylvia war zehnmal mehr wert. Wenn ihn Sylvia besuchte, belästigte sie ihn nicht mit all dem Gerede über Providence und was dort zu tun war; sie streichelte, liebkoste und amüsierte ihn. Aber Sylvia hatte die Flutwelle und die Gefahr miterlebt. Jessie nicht, sie hatte keine Ahnung.

Es war ein schreckliches Gefühl, so verstümmelt zu sein. Dennoch wurde ihm von allen Seiten Heiterkeit entgegengebracht, als hätte er gerade mal eine Zehe verloren. Jessie kränkte ihn mit ihren Plänen für Providence, obwohl er ihr immer und immer wieder sagte, dass er nicht zurückkehrte. Sie bekam das nicht in ihren sturen Schädel. Allein der Gedanke an Providence erfüllte ihn mit Schrecken. Es war nicht mehr nötig, dass ihn die Schwester in der Nacht festband, aber seine Träume wa-

ren nach wie vor fürchterlich und handelten immer von Providence. Es war, als wäre dieser Ort mit ihm noch nicht fertig.
Eine Frau brachte ihm Tee und Kuchen und bot ihm ihre Hilfe an. Er schwang seine Beine über die Bettkante und winkte sie fort. Er hasste es, wie ein Kleinkind behandelt zu werden. Und er musste nachdenken. Vor allem über diese verdammte Plantage.

Lass Devlin die Sache in die Hand nehmen und aufräumen. Schön. Das macht es leichter, sie zu verkaufen. Und wenn sie wollten, konnten sie die Verwandten der Oberin anstellen. Es interessierte ihn nicht.

Und was Jessie anbelangte, sollte sie doch in das Haus des Verwalters einziehen. Nun, Devlin blieb nichts anderes übrig, als sie aufzunehmen. Es war ein sicherer Ort für seine Frau, seinen Sohn und das Kindermädchen, billiger als ein Hotel ... während er sich daranmachen konnte, die Plantage zu verkaufen. Sobald er hier raus war, wo er bereits zu einer Jahrmarktsattraktion und einem Ausstellungsstück verkommen war, »der Kerl, der von einem Krokodil gebissen wurde«.

Er war entsetzt, draußen Patienten und Gäste reden zu hören, die sich über ihn unterhielten, und schäumte vor Wut, wenn Besucher mit ihrem »Guten Tag« und »Wie geht's, Kumpel?« die Köpfe zur Tür hereinsteckten. Meistens gab er vor zu schlafen. Da er nichts anderes zu tun hatte, hörte er den Unterhaltungen im Gang und auf der Veranda zu, die vor seinem Zimmer lag. Das Hauptthema war Gold. Sie redeten von dem Geld, das in eine Stadt floss, die nördlich von hier lag. Port Douglas. Corby war fasziniert. Gold! Was würde er nicht dafür geben, mit dabei sein zu können. Er hörte jemanden sagen, dass er auf eine Ader gestoßen war, die so funkelte wie das Schaufenster eines Juweliers. Der Neid, den er verspürte, verursachte ihm fast körperlichen Schmerz. Warum hatte er davon nichts gehört, bevor er die Plantage kaufte? Das Geld wäre sinnvoller angelegt worden, wenn er eine Expedition in eines dieser reichen Goldfelder ausgerüstet hätte. Sofortiger Reichtum! Er hätte weinen können wegen dieser verpassten Gelegenheit.

Und nun war es zu spät. Ein Mann mit nur einem Arm konnte mit den Schürfern nicht mithalten, außer ... Er war ungewöhnlich höflich, als einer dieser Schürfer in sein Zimmer marschierte.
»Habe gehört, Sie hatten ein wenig Pech, Kumpel«, sagte er, als würde er Corby sein Leben lang kennen.
»Ich werde es überleben. Ich höre, dass Sie auf den Goldfeldern erfolgreich waren.«
»Ja. Das ist richtig. Und wir hatten in Port Douglas eine großartige Zeit, bis sich mein Freund dreifach sein Bein brach und ich ihn hierher bringen musste. Hey, wollen Sie einen Drink?«
»Ich gäbe alles für einen Drink«, sagte Corby zu seinem neuen Freund, der sofort eine Flasche vom besten Scotch herauszog.
Für Corby war die Zeit, die er mit »Nugget« Yates verbrachte, die lehrreichste seit Jahren. Als Nugget seinen Abschied nahm, befand er sich in bester Stimmung.
»Für einen Pflanzer«, sagte Nugget durch seinen dunklen buschigen Bart, »sind Sie kein schlechter Kerl. Sie sollten mal zu uns nach Port Douglas kommen. Eine wunderbare Stadt, keine stinkenden Sümpfe wie diese hier, die längste Hauptstraße, die Sie jemals gesehen haben, mit dem Hafen an der einen und einem meilenlangen Strand an der anderen Seite. Ein herrlicher Ort.«
Corby erfuhr, dass Nugget und seine Freunde Gold gefunden hatten, dann nach Port Douglas kamen, es ausgaben und zurückkehrten, um neues zu holen. »Wie gewonnen, so zerronnen«, hatte Nugget gelacht. »Aber uns ging's verdammt noch mal gut.«
»Könnten Sie mir einen Gefallen tun?« fragte Corby ihn. »Ich kann noch nicht leserlich schreiben. Würden Sie zu Bob Billingsley von der Queensland National Bank gehen und ihm sagen, dass ich ihn sehen möchte?«
»Kein Problem.«
»Sagen Sie ihm, er soll Abends kommen, dann ist es hier ruhiger.«
Was Corby wirklich meinte, war, dass Abends keine Frau, die

etwas auf sich hielt, in den Straßen von Cairns unterwegs war. So konnte er mit Billingsley reden, ohne dass Jessie sich einmischte.

Die Unterhaltung mit dem Bankdirektor hielt für Corby einige Überraschungen parat, was ihn gegen Jessie noch mehr aufbrachte. Aber er blieb ruhig.

»Port Douglas«, sagte er zu Bob. »Ich möchte dort investieren.«

»In was?«

»Hotels.«

Billingsley lachte. »Sie haben doch genug mit Providence zu tun. Das Darlehen hilft Ihnen wieder auf die Beine.«

»Ach ja, das Darlehen.« Welches Darlehen? Seine vergnügte Frau hatte nur von Regierungssubventionen gesprochen. Wie hatte sie diesem Trottel ein Darlehen aus der Nase gezogen?

»Ja, das nehme ich an«, erwiderte er, ohne mit der Wimper zu zucken. Jedenfalls war alles Geld, das sie aus der Bank holte, für ihn von Nutzen. Und wenn er Providence verkaufte, dann mochte dieser skrupellose Geldverleiher bezahlt oder auch nicht bezahlt werden.

»Sylvia war über das Testament enttäuscht«, sagte Bob. »Haben Sie sie heute gesehen?«

»Nein. Reden wir vom Testament des Professors? Ich fürchte, hier behandelt mich jeder, als hätte ich auch meinen Verstand verloren. Informationen werden mir nur häppchenweise serviert.«

»Er vermachte seinen Anteil Jessie.« Corby hörte seinen leicht irritierten Ton, aber das kümmerte ihn nicht.

»Das ist doch nur verständlich. Jessie ist meine Frau. Wenn er ihn ihr vermacht, dann vertraut er beide Frauen mir an. Sie hatten doch nicht erwartet, dass er seinen Anteil den Londoner Treibhäusern vermachte?«

»Nein, natürlich nicht. Aber Sylvia kann es anfechten.«

Das rüttelte Corby auf. Ganz Providence war nun in seinen Händen. Unter keinen Umständen würde er zulassen, dass Sylvia ihren Anteil einforderte und ihn dem erstbesten Käufer

überließ. Er lachte. »Bob, schauen Sie doch mal unten in den Schrank. Ein Freund hatte eine Flasche Scotch hiergelassen. Wir sollten uns einen Schluck genehmigen, solange die Oberin anderweitig beschäftigt ist.«
Die Whiskyflasche ging zwischen den beiden Männern hin und her, während sie sich über Gold und Port Douglas unterhielten.
»Wenn ich das alles früher gewusst hätte, dann hätte ich das Darlehen in Port Douglas investiert und nicht in Providence.«
»Wozu zum Teufel? Providence ist ein guter Einsatz.«
»Für jeden anderen, ja, aber nicht für mich. Ich habe noch immer Alpträume, wussten Sie das?«
»Ja, ich habe davon gehört. Bei Gott, Corby, Sie haben sich wieder prächtig herausgemacht.«
»Nein, das habe ich nicht. Ich kann Ihnen nur das eine sagen, Bob. Im Vertrauen. Ich gehe nicht mehr zurück. Wenn Sie von einem dieser Ungeheuer angegriffen werden, würden Sie dann noch einmal in denselben Fluss springen?«
»Auf keinen Fall.«
»Ich wünschte, das würde jemand mal meiner Familie sagen. Ich muss woanders investieren.«
»Aber Sie haben doch bereits die Hypothek auf Providence.«
»Ja«, gab Corby zu. Seine Frau war daran Schuld. Wie hoch war bloß dieses verdammte Darlehen?
Billingsley machte einen interessanten Vorschlag. »Ein Hotel in Port Douglas ist keine schlechte Idee, Corby. Ich habe gerade ein gutes Angebot in meinen Büchern. Der Lizenzhaber hat sich in eine Sackgasse gesoffen. Er verkauft es nun für den Betrag, den er der Bank schuldet, eine lächerliche Summe. Ich würde es selbst kaufen, wenn ich jemanden hätte, der es betreibt.«
Corby grinste. »Ich hoffe, Sie denken dabei nicht an mich. Ich kann nur als Eigentümer ein Hotel führen, nicht für jemand anderes.«
»Aber was, wenn wir Partner werden? Ich kann es schlecht einem meiner eigenen Kunden abkaufen, ich würde meinen Job verlieren. Aber bei all dem Geld in der Stadt fällt einiges ab.«

Corby gab vor, es in Betracht zu ziehen. Der Mann war ein Gauner! Aber wer wollte andererseits sein ganzes Leben in einer Bank verbringen? Die Kunst eines guten Bankdirektors bestand darin zu wissen, wann er zugreifen musste. So wie er. Sie diskutierten den Kauf des Hotels, der mit Billingsleys Geld und einer zweiten Hypothek auf Providence bewerkstelligt werden sollte.

»Ich hatte eigentlich vor, nicht eines, sondern mehrere Hotels zu kaufen.« Billingsley stimmte zu.

»Die Betreiber dieser Pubs sind einfach hoffnungslos, sie vergessen, dass sie das Geld der Bank zurückzahlen müssen. Sobald ich eines ausmache, das seinen Verpflichtungen nicht mehr nachkommen kann, schnappen wir es uns. Aber Sie müssen meinen Namen heraushalten. Sie schmeißen den Laden, und ich bleibe im Hintergrund.«

»Klingt vernünftiger, als auf einer Plantage gegen die Elemente und Eingeborenen anzukämpfen.«

»Vielleicht«, erwiderte sein neuer Partner. »Aber zwei Dinge, Mr. Morgan. Erstens, führen Sie einen ordentlichen Laden und betrügen Sie nicht, oder sie machen Ihnen die Hölle heiß. Und zweitens, ich traue dieser Stadt da oben nicht. Spätestens in achtzehn Monaten, wenn es dort wirklich boomt, verkaufen wir alles und setzen uns ab.«

Corby zog die Augenbrauen hoch. »Warum? Ich hörte, dass Port Douglas Cairns auslöschen wird.«

»Glauben Sie das ruhig. Aber mein Geld setze ich auf Cairns. Vertrauen Sie mir. Goldstädte verschwinden, Zuckerstädte überleben. Ich weiß nicht, wie Sie dazu stehen, aber Sie tun gut daran, mir zu glauben. Jeder Shilling, den wir aus unseren Hotels in Port Douglas ziehen, geht in die verlassenen oder aufgegebenen Immobilien hier in Cairns. Wenn Sie unsere Pubs übernehmen wollen und gut führen, gründen wir eine Gesellschaft und machen einen hervorragenden Schnitt. Wie Sie gesagt haben, ein leichteres Leben, als sich auf Wind und Wetter zu verlassen.«

Der Mond stand hoch, nur einige Wolkenfetzen trieben vor

dem Sternenhimmel. Beschwingt eilte Billingsley nach Hause. Schon seit einiger Zeit hatte er nach einem verläßlichen Partner Ausschau gehalten; die zwielichtigen Figuren, die in dieser Stadt lebten, konnte er nicht brauchen, noch konnte er den Händlern oder Ladenbesitzern trauen, die ihren Mund nicht halten konnten. Corby Morgan war ideal. Es kümmerte ihn nicht, wenn man die Gesetze etwas verbog, er war wild auf schnelles Geld und, das Beste überhaupt, keiner würde sich diesen arroganten Kerl zu fragen trauen, wie er es sich leisten konnte, in das Hotelgeschäft einzusteigen. Und ihm wurde in diesem Bezirk, auch wenn er es nicht wusste, viel guter Wille entgegengebracht. Er war der Mann, der mit einem Krokodil gekämpft und eine Amputation davongetragen hatte, die davon zeugte. Kunden würden von weit her kommen, um einen Blick auf ihn zu werfen.

Außerdem waren Engländer, wie Billingsley beobachtet hatte, gute Wirte. Sie mischten sich nicht in die Angelegenheiten ihrer Kunden und blieben auf der richtigen Seite der Theke. Morgan mochte für die rauhen Kerle in Port Douglas vielleicht ein wenig hochnäsig sein, aber dem war nicht abzuhelfen. Er besaß genügend Autorität, um die Jungs im Zaum zu halten, und er hatte das Mitleid auf seiner Seite, das ihm den Job erleichterte.

»Ich werde selbst hochkommen, um ihn einzuarbeiten«, sagte sich der Bankdirektor, als er für einen Schlaftrunk eine Bar betrat. Nachdem sein eigenes Direktorium heftig in diese Richtung schielte, hatte er einen guten Vorwand, Port Douglas zu besuchen.

In seiner stillen Ecke, abseits des übrigen Haufens, ging Billingsley die Namen seiner Bankaufzeichnungen durch, die Namen von gefährdeten Hotelbesitzern in Port Douglas ... Es war eine ziemliche Liste. Natürlich war auch Morgan gefährdet, wegen der beiden Hypotheken, aber Bob wusste, dass dem Mann in seinen Händen nichts passieren konnte. Ihr Ziel war, dass sie beide reich wurden. Und außerdem, grinste er in seinen Brandy, würde ich mich mit diesem Kerl nicht anlegen wollen.

Er würde mich fertig machen. Morgan hatte bereits deutlich zu verstehen gegeben, dass er der Boss des Unternehmens war. Das war nur gerecht, Billingsley musste der stillste aller stillen Teilhaber sein, bis er genug zusammenhatte, um die Bank verlassen zu können.

Eine zweite Hypothek auf Providence. Das war interessant. Er verstand Corbys Weigerung, zur Plantage zurückzukehren, aber da steckte mehr dahinter. Schon vor einiger Zeit hatte er wahrgenommen, dass ihre Wege auseinanderliefen, nun wollte er darauf wetten, dass sich Mr. und Mrs. Morgan trennten. Sie kehrte zurück, um die Zuckerplantage wieder aufzubauen, während er sich in die andere Richtung davonmachte. Das war so klar wie Wasser. Die besten Neuigkeiten für einen jungen Unternehmer wie ihn.

Und Miss Langley. Sie war attraktiv und bezaubernd, aber sein Interesse schwand, seit er dieses Testament gelesen hatte. Sie hatte überhaupt keine Aussichten, und Aussichten bedeuteten in seinem Fall Aussteuer. Eines Tages würde er ein reicher Mann sein, aber um ein sehr reicher Mann zu sein, musste man eine reiche Frau heiraten, eine der Töchter dieser Schafzüchter zum Beispiel. Er war erstaunt gewesen, als er in Brisbane ihre Kontoauszüge und das Ausmaß ihres Reichtums sah. Sie hatten mit Schafwolle Millionen verdient. Verdammt noch mal, Millionen! Solange er nicht den notwendigen Partner gefunden hatte, war er gewillt gewesen, um jemanden aus der Pflanzerschicht, wie Miss Langley, zu werben. Aber nun richtete er seinen Blick höher. Mit richtigem Geld, das hinter ihm stand, konnte er sich in die Oberschicht vorwagen, in die Creme.

»Oh, Mr. Billingsley!« sprach ihn eine Frau an, die sich neben ihm niederließ. »So ein Zufall, Sie zu dieser Stunde hier zu treffen.«

Er seufzte, irritiert über die Unterbrechung seiner Träume. Er konnte sich nicht an ihren Namen erinnern, aber sie arbeitete im Krankenhaus und wohnte in seiner Pension.

»Ich gehe gerade«, murmelte er.

»Ich auch. Hab mir zur Beruhigung noch ein Bier genehmigt.

Es war ein langer Tag. Ich sah Sie heute Abend im Krankenhaus Mr. Morgan besuchen.«
»Er ist einer meiner Kunden.«
»Gewiss. Der arme Mann. Wissen Sie, als er reinkam, dachten wir, er schafft es nicht. Aber er hat sich großartig geschlagen. Und haben Sie auch seine Frau kennen gelernt? Mrs. Morgan?«
Bob nickte, trank seinen Brandy aus und traf Anstalten, ihr zu entkommen.
»Ach, eine liebenswerte Frau wie kaum eine andere. Aber ich gebe nicht viel auf ihre Schwester.« Sie stieß ihn an. »Im Krankenhaus sagt man, dass mehr dahintersteckt, als mit bloßem Auge zu erkennen ist.«
»Das wäre?« sagte er gelangweilt und schob sein Glas zur Seite.
»Man munkelt, sie steht Mr. Morgan näher als seine Frau. Ein richtiger Skandal ist das. Seine Frau besucht ihn, und er bekommt den Mund nicht auf, aber wenn die Miss auftaucht, strahlt er über das ganze Gesicht. Mavis erzählt, sie turteln wie ein Taubenpärchen.«
»Ich wollte noch einen Drink bestellen«, sagte er. »Darf ich Sie einladen?«
»Sie sind ein Prinz«, lächelte sie. »Ein wirklicher Gentleman. Das sagte ich schon immer.«

»Sie sind sehr freundlich«, sagte Jessie zu Mike, »aber ich denke, es ist keine gute Idee, Corby zu besuchen. Er hat noch immer nicht den Verlust seines Armes verkraftet und ist Besuchern gegenüber nicht sehr freundlich.«
»Aber er weiß doch, dass ich wieder auf Providence bin?«
»O ja, er ist Ihnen wirklich sehr dankbar dafür.«
Den Teufel ist er, dachte Mike.
»Und Sie haben wirklich nichts dagegen, dass wir in Ihr Haus einfallen?«
Er schüttelte den Kopf. »Nein. Es ist mir lieber, wenn Sie dort sind statt im Lager, vor allem mit dem Baby. Ich werde, wo die alte Scheune gestanden hat, ein Zelt aufschlagen. Wir werden die Scheune wegen der Geräte und des Futters zuerst aufbauen.

Bis alles wieder läuft, ziehe ich dort ein. Es wird nicht lange dauern.«

»Darf ich Sie bitten, sich diese Skizzen anzusehen«, sagte sie schüchtern. »Sie sind vom neuen Haus. Sehr amateurhaft, fürchte ich, aber meinen Sie nicht auch, dass die Zimmerleute damit etwas anfangen können?«

Er lächelte und betrachtete die Blätter. »Sie waren sehr fleißig. Was bedeuten diese schraffierten Teile?«

»Ich dachte, wir könnten diese Räume zuerst errichten.«

»Gute Idee. Und diese beiden Flügel?«

»Der Wohnbereich sollte in der Mitte sein, und ein Flügel ist für die Schlafzimmer der Familie, der andere für die Gäste.«

»Ich denke, das sieht ganz gut aus. Die Einzelheiten müssen natürlich, abhängig von der Lage, noch ausgearbeitet werden. Und wir sollten versuchen, die Frontseite des Hauses zur Morgensonne hin auszurichten, nicht zur Nachmittagssonne. Wir haben diesen Fehler bereits einmal gemacht. Deswegen war Ihr Haus so heiß. Nun haben Sie die Möglichkeit, das zu ändern. Ja, das sollte klappen. Ich sehe nicht, warum es nicht gehen sollte.«

»Oh, wunderbar. Ich kann es kaum erwarten, damit anzufangen. Wann machen Sie sich auf den Heimweg?«

»Übermorgen. Bis dahin sollte ich alles haben, was ich brauche. Ich möchte so schnell wie möglich zurück. Die Kanaka hatten ihre langen Ferien, es ist an der Zeit, dass sie sich wieder an die Arbeit machen.«

»Haben Sie etwas dagegen, wenn wir mit Ihnen mitkommen?«

Er war überrascht. »So schnell? Ist denn Corby dazu in der Lage?«

Unruhig rückte sie auf ihrem Stuhl herum. Sie waren zu dieser frühen Stunde alleine im Hotelfoyer, dennoch fühlte sich Jessie beobachtet, als wäre der Raum voller Leute und aller Augen auf sie gerichtet. Sie hüstelte nervös. »Corby wird nicht mitkommen.«

»Oh! Dachte ich doch, dass die Reise zu früh kommt. Er tut mir wirklich Leid, Jessie. Wenn er aus dem Krankenhaus entlassen wird, muss er tausend Dinge völlig neu lernen. Das wird einem Mann wie ihm nicht leicht fallen. Sind Sie sich sicher, dass Sie abreisen wollen?«

»Hanna hat Heimweh«, sagte sie wenig überzeugend.

Mike lachte. »Die Arme. Sagen Sie ihr, dass zu Hause viel Arbeit auf sie wartet. Das wird ihre Meinung ändern.«

Jessie nahm ihre Pläne. Sie waren nun kostbar, etwas, woran ihr Herz hing. »Nein, ich möchte aus Cairns fort.«

»Warum? Stimmt etwas nicht?«

Sie seufzte. »Ich nehme an, Sie werden es früher oder später sowieso erfahren. Corby wird nicht nach Providence zurückkehren. Er weigert sich.«

»Aber das ist doch unsinnig. Früher oder später muss er zurückkommen. Das ist nur eine Phase, er wird darüber hinwegkommen.«

»Nein. Er droht, die Plantage zu verkaufen.«

»Ich verstehe. Das wirft ein anderes Licht auf die Dinge.« Unsicher sah er sie an. »Aber was ist dann mit Ihren Plänen? Es ist nicht notwendig, für Fremde so ein Haus zu bauen. Eine einfache Unterkunft tut es auch.«

Sie wünschte sich, er wäre nicht so logisch und lieferte nicht immer Antworten auf klare Situationen. Ihre Situation war alles andere als klar. Jessie, den Tränen nahe, straffte ihren Rücken. »Mike. Er kann nicht verkaufen, ich werde es nicht zulassen. Mein Vater hat mir, Gott sei Dank, seinen halben Anteil vermacht, und ich werde nicht verkaufen.«

Er sagte nichts, saß schweigend da und ließ ihr Zeit, sich zu fassen.

»Wenn es also möglich ist, dann möchte ich, dass Sie mich, Bronte und Hanna nach Providence bringen. Sylvia wird ebenfalls nicht mitkommen.« Mit einem Anflug von Hysterie lachte sie. »Ich spielte ihnen geradewegs in die Hände. Ich sagte Sylvia, dass ich sie nicht mehr bei uns haben möchte, und nun muss ich beide hier lassen.«

»Warum bleiben Sie dann nicht noch etwas in der Stadt? Geben Sie Corby die Möglichkeit, seine Prioritäten zu überdenken.

Wenn er erst sieht, dass auf Providence wieder alles beim Alten ist, wird er seine Meinung ändern.«

Jessie zitterte. »Mike, Sie verstehen nicht. Ich will nicht, dass er seine Meinung ändert. Ich will, dass er fortbleibt. Ich war bereit, ihm zu verzeihen, aber jetzt ... er ist einfach schrecklich. Es hat dieses Mal nichts mit Sylvia zu tun. Er kann sehr grausam sein.« Sie holte aus ihrer Handtasche ein Taschentuch und trocknete die Augen. »Lassen Sie uns nun nicht mehr davon reden. Ich habe meine Entscheidung getroffen. Providence bleibt in der Familie. Ich bin bereit, Ihr Gehalt zu erhöhen und Ihnen die Aufseher zu geben, die Sie brauchen. Wenn Sie nichts dagegen haben, für die Frau des Pflanzers zu arbeiten.«

Sylvia war außer sich. »Du kannst morgen nicht gehen. Was ist mit Corby? Was soll ich ihm sagen?«

»Er weiß, dass ich abreise. Hier sind zwanzig Pfund. Ich rate dir, eine billigere Unterkunft zu suchen.«

»Du lässt mich hier ohne Anstandsdame zurück?«

»Es wäre mir neu, dass eine Anstandsdame jemals Einfluss auf dein Verhalten hatte. Warum regst du dich darüber auf?«

Sylvia packte das Geld und warf es in eine Schublade. »Du hältst dich wohl für ziemlich schlau? Bob Billingsley erzählte mir, wie du dir Vaters Anteil an der Plantage unter den Nagel gerissen und mein Erbe gestohlen hast.«

»Lüg nicht. Billingsley hat so was nicht gesagt. Und schon gar nicht in diesem Ton. Vater hat mir seinen Anteil vermacht, und ich habe keine Bedenken, ihn anzunehmen. Hättest du mein Haus und meine Familie respektiert, hätte ich automatisch mit dir geteilt. Vater wusste das.«

»Was für eine schwache Ausrede!«

»Das ist keine Ausrede, das ist der Grund dafür. Und wenn ich du wäre, würde ich auf Billingsley etwas mehr Acht geben. Er ist nicht der Junge vom Land, für den du ihn hältst. Er ist ein sehr gerissener Mann.«

»Ach, wirklich? Du kennst dich also auch mit Bankdirektoren aus. Wie steht es denn mit Plantagenverwaltern? Du reist mit

Mike Devlin ab? Jeder weiß doch, dass er ein Auge auf dich geworfen hat.«
»Wer ist jeder? Sylvia, hör auf zu übertreiben.«
»Lita! Sie hat es mir erzählt«, log sie. Jessies Gesicht rötete sich leicht. Zumindest der Schlag hatte gesessen. »Du bist unmöglich. Wie kannst du Corby das antun? Du lässt deinen kranken Ehemann im Krankenhaus zurück und läufst mit einem Angestellten weg. Dein Name wird in dieser Stadt in den Schmutz gezogen.«
»Ach, halt deinen Mund! Es interessiert mich nicht, was die Stadt oder Corby oder du denken. Ich hänge an der Plantage, sie ist das Zuhause für mich und meinen Sohn. Du hast dich Corby an den Hals geworfen, nun kannst du ihn haben. Und euer widerliches Treiben werde ich euch beiden niemals verzeihen.«
»Es war nicht meine Schuld.« Sylvia zuckte unter der Wut in Jessies Stimme zusammen. »Er kam in mein Schlafzimmer.«
»Erspar mir die Einzelheiten. Mein Leben dort draußen war fürchterlich. Ich wusste, was vor sich ging, und wagte nicht, meinen Mund aufzumachen, aus Angst, dir Unrecht zu tun. Was war ich dumm! Sag mir nur eins, liebt Corby dich?«
»Er sagt, er tut es.«
Jessies Wut schwand. Sie setzte sich auf die Kante von Sylvias Bett. »Wie weit ist es bloß gekommen! Ich musste das wissen. Wenn du Corby morgen siehst, dann sag ihm, dass ich unter keinen Umständen Providence verkaufen werde. Wenn nötig, werde ich vor Gericht darum kämpfen.«
»Mach dich nicht lächerlich. Du kannst keine Plantage leiten.«
»Von Lita würdest du so etwas nicht behaupten.«
»Du bist nicht Lita.«
»Das werden wir sehen. Ich bin müde, Sylvia. Ich gehe schlafen, ich muss morgen früh aufstehen.«
»Und was ist mit mir? Was soll ich tun?«
Jessie nahm ihren Schal. »Ich war eine blauäugige junge Braut, aber nun bin ich erwachsen geworden. Corby ist nicht der Mann, den ich mir erhofft hatte, und ich bin nicht die Frau für

ihn. Nicht mehr. Er kann Bronte sehen, wann immer er will – er liebt das Kind, ich weiß es –, doch abgesehen davon interessiert es mich nicht mehr, was er macht. Und das gilt auch für dich. Wenn er dich nicht unterstützt, dann tue ich es, im Andenken an unsere verstorbenen Eltern.«
»Du bist so hart, Jessie«, schluchzte Sylvia.
»Das habe ich von dir gelernt. Wir fahren bei Sonnenaufgang.«

Sie ging nicht nach unten, um sie zu verabschieden. In ihrem Morgenmantel begab sie sich auf die Veranda, wo sie das Kreischen der Papageien empfing, das ihre von der schlaflosen Nacht stammenden Kopfschmerzen noch verschlimmerte.
Unten vor dem Hotel versammelte sich in dem frühen Morgenlicht ein kleiner Konvoi. Streunende Hunde und Ziegen streiften durch die Straßen, zerlumpte Aborigines trugen Kinder auf den Armen, ein reiterloses Pferd trabte über die Esplanade, und dahinter sandte die Sonne ihre Strahlen über die Trinity Bay, den Ort, an den sie von Anfang an nicht gewollt hatte und der nun zu ihrem Schicksal geworden war.
Jessie reiste königlich, bemerkte sie, in Begleitung eines Devlin, der ihr stets zu Diensten war. Sie sah, wie er ihr in den schweren überdachten Wagen half, daneben die immer präsente Hanna und das Baby. Geduldig hielt der Kutscher die Zügel der beiden Pferde und wartete auf Devlins Signal. Reiter mit Packpferden trotteten neben ihnen her, und um die Ecke bog ein Gespann mit sechs Pferden und einem Wagen, auf dem unter Segeltuch die Güter verpackt waren. Niemand schaute zu ihr hinauf. Das Klappern des Zaumzeugs, das Schnaufen der Tiere und die fröhlichen Rufe der Männer machten aus der Abreise einen festlichen Tagesanbruch. Sylvia kam sich daneben wie ein Geist vor, unbemerkt, ohne Einfluss. Sie bogen zu den Kais ab und dann ins Landesinnere; dann waren sie fort.
Sie wollte weinen, doch es kamen keine Tränen. Sie hätte lachen sollen. Sie hatte gewonnen. Jessie verließ Corby. Unglaublich! Und so einfach. Aber wollte sie bei Corby bleiben? Er war noch immer verheiratet und sehr launisch, den einen Tag liebe-

voll und aufmerksam, den anderen kalt und so abweisend, dass sie sich fragte, ob sie für ihn überhaupt existierte. Nicht wie Harry. Der war ein Gentleman.

Nachdem sie die Vorzüge der beiden Männer gegeneinander abgewogen hatte, beschloss Sylvia, Harry in der Kaserne eine Botschaft zukommen zu lassen. Sie hoffte, er war in der Stadt. Sie mochte ihn wirklich. Corby war nur ... nun, einfach da. Keine verlässliche Aussicht für ein alleinstehendes Mädchen. Tatsächlich eigentlich ziemlich ungeeignet.

Sie entwarf die Botschaft mit Sorgfalt, tat so, als wäre seine vorzeitige Abreise von der Woollahra-Plantage wegen seiner wichtigen Pflichten erfolgt, gratulierte ihm zu seiner Hilfe, die er und seine Männer den von der Flut betroffenen Familien hatten zukommen lassen, und hoffte ihn bald zu sehen, um ihre Bekanntschaft zu erneuern und ihm persönlich für seine Anteilnahme zu danken, die er ihr unter diesen widrigen Bedingungen gezeigt hatte.

Nachdem sie einen Hoteljungen mit der Botschaft fortgeschickt hatte, beschloss sie, da sie nichts anderes zu tun hatte, Corby zu besuchen.

Er war bester Laune. Es überraschte Sylvia, dass er im Zimmer auf und ab ging und auf sie gewartet hatte. »Wo warst du so lange? Ich habe einige Botengänge für dich.«

»Im Hotel. Alleine. Du weißt, dass Jessie mit Mike Devlin nach Providence abgereist ist?«

»Ja, ja, ich weiß das.«

»Sie hat mir aufgetragen, dir zu sagen, dass sie unter keinen Umständen bereit ist, Providence zu verkaufen.«

Das brachte ihn ein wenig, aber nur für kurze Zeit, durcheinander. »Das mag gar nicht schlecht sein«, sagte er nachdenklich. »Wenn Devlin die Plantage wieder auf die Beine stellt, habe ich noch immer Anspruch auf meinen Teil des Gewinns, ohne einen Finger dafür zu rühren. Das ist gar nicht schlecht. Aber nun geh zum Laden. Ich brauche neue Kleidung, hier ist die Liste. Und Schreibzeug, ich muss wieder schreiben lernen. Und schicke einen Friseur.«

»Ist das alles?«

Corby lachte. »Vorerst schon. Beeil dich, dann kannst du zurückkommen und mir beim Essen helfen. Ich kann dieses verdammte Fleisch noch immer nicht alleine schneiden.«

Harry erhielt die Botschaft, als er sich zum Treffen mit dem Polizeimagistrat und den neu gewählten Stadträten auf den Weg machte, um ihnen seinen Abschlussbericht über die Organisation der Fluthilfe zu überreichen. Seit zwei Tagen war er wieder in der Stadt und hatte gehofft, Sylvia zu sehen. Fast die ganze Zeit hatte er an sie denken müssen; dennoch brachte er es nicht über sich, sie einfach aufzusuchen. Ihre Beziehung zu Mike Devlin besorgte ihn nach wie vor. Einige Male war er versucht gewesen, Nachforschungen anzustellen, doch schien es ihm wenig schicklich, das Privatleben einer jungen Dame auszuforschen.

Alle seine Bedenken verflogen, als er ihre Botschaft las. Welch eine Freude, von ihr zu hören. Vielleicht hatte er, was Lita sagte, falsch verstanden, vielleicht hatte sich auch Lita geirrt. Aber immerhin hatte Corby Mike angeschossen. Würde sich ein Schwager so aufführen? Kaum! Nein, er war einfach wütend auf Mrs. Morgan gewesen und hatte es an Mike ausgelassen, der nur helfen wollte.

Zu diesem Zweck, entschied Harry, war es besser, wenn er erst Corby Morgan aufsuchte und dem armen Kerl sein Mitgefühl aussprach. Und Hilfe anbot. Wenn Morgan das Krankenhaus verließ, konnte Harry ihm das einhändige Reiten beibringen. Diesen Abend jedoch wollte er, sobald er seine Pflicht beim Patienten getan hatte, eine angemessene Antwort auf Sylvias Botschaft abfassen und sie morgen zum Tee einladen.

Beim Beschluss der Versammlung wurde Lieutenant Scott-Hughes eine silberne Flasche überreicht, als Ausdruck der Anerkennung durch die Stadt, und als er ging, versprach er, dem Patienten Mr. Morgan die besten Wünsche aller Anwesenden zu übermitteln.

Als Sylvia mit dem Schreibzeug zurückkehrte – der Stoffhändler wollte die neuen Kleider schicken lassen –, wartete Corby bereits ungeduldig. »Hast du den Friseur vergessen?«

»Nein. Er kommt heute Abend, wenn er seinen Laden schließt.«
»Gut. Nun räum den Tisch ab und gib mir den Stift. Ich denke, ich fange mit Schnörkel an. Eine Schande, ich hatte eine ausgezeichnete Handschrift.«
Sylvia rückte den Krug und die Waschschüssel zur Seite. »Du willst wirklich nicht mehr nach Providence zurück?«
»Nein. Ich habe vor, ein Hotel zu kaufen, mehrere Hotels eigentlich. In Port Douglas.«
»Wo ist das?«
»Nördlich von Cairns. Es soll eine sehr hübsche Stadt sein.«
»Und was willst du dann machen?«
»Was meinst du, was will ich machen?« Er grinste und spielte mit einer Locke ihres Haars. »Ich werde natürlich meine Hotels verwalten.«
»Aber du verstehst doch nichts von Hotels.«
»Unsinn. Ich bin ein Kenner, es hat mich einen Batzen Geld gekostet. Bald werde ich mein eigener Herr im Golden Nugget Hotel in besagter Stadt sein.«
»Klingt widerlich. Und was ist mit mir? Soll ich hier alleine zurückbleiben?«
»Nein, du kannst mit mir kommen.«
Sie spürte ihren Widerwillen, als sie Stifte, Feder, Tinte und Schreibpapier auspackte. »Falls du nicht nach Providence zurückwillst.«
»Du weißt, dass sie mich da draußen nicht mehr sehen will.«
»Nun denn, du kannst machen, was du willst. Es gibt keinen Grund, alleine und einsam in Cairns zu bleiben. Nichts hält dich hier.«
Corby hatte, während er sprach, das Fenster im Auge. Er sah einen Armeeoffizier vor dem nur wenige Meter entfernten Tor absteigen und erkannte entsetzt, dass es Harry Scott-Hughes war, der auf dem Weg in genau dieses Zimmer sein musste. Er schob sich vor das Fenster und verstellte Sylvia den Blick. Nur zu gut erinnerte er sich, dass sie vom Lieutenant angetan war, und soweit er es beobachten konnte, beruhte die Zuneigung auf

Gegenseitigkeit. Wollte sie seinetwegen in Cairns bleiben? Was war hinter seinem Rücken vorgegangen? Er wollte sich selbst verfluchen, wenn er einem Würstchen wie Harry, so nett er auch sein mochte, erlaubte, sich an sie ranzumachen.

Er nahm Sylvias Hand und zog sie zu sich. »Habe ich dir schon gesagt, wie wunderbar du aussiehst?« flüsterte er.

»Sogar in diesen billigen Kleidern?« Sie lächelte, angetan von dem Kompliment.

Er legte so gekonnt wie immer, wie er erfreut feststellte, seinen Arm um sie und hielt sie fest. »Habe ich keinen Kuss verdient? Oder bin ich für dich nur noch ein trauriger Anblick?«

»O nein, Corby, natürlich nicht«, sagte sie und reagierte auf seine Küsse, wie sie es immer getan hatte.

»Du bist bezaubernd wie immer«, murmelte er. »Wie könnte ich dir widerstehen?«

Ihre Arme schlangen sich um seinen Nacken, und Corby, umschlungen in ihrer leidenschaftlichen Umarmung, sah zur Tür.

Der Lieutenant öffnete das Tor und sprach eine Frau an, die im schmalen Garten einen alten Mann in einen Stuhl setzte. Er sprach mit sanfter Stimme, wie es sich seiner Meinung nach auf dem Gelände eines Krankenhauses gehörte. »Mr. Morgan. Wo bitte finde ich Mr. Morgan?«

»Gehen Sie durch den Eingang«, erwiderte sie im gleichen Tonfall. »Erste Tür links. Es ist offen, Sie können einfach eintreten.«

Harry gehorchte. Hätte er ein Geschenk mitbringen sollen? Ein Buch vielleicht oder eine dieser Zeitschriften über das Leben auf dem Land. Das nächste Mal, sagte er sich. Harry besaß eine große Zahl von Büchern, kistenweise. Er rief sich, als er sich der Tür näherte, einige Titel ins Gedächtnis, damit Corby eine Auswahl treffen konnte. Krankenhäuser waren schrecklich langweilige Orte.

Er spähte in das Zimmer, fragte sich, ob er anklopfen sollte, aber das Bett war leer. Er wollte sich bereits umdrehen, als er drinnen Bewegung vernahm. Ah! Unser Patient ist auf, sagte er sich fröhlich, das sind gute Neuigkeiten, und er trat in das Zimmer.

Wie angewurzelt blieben seine Stiefel auf den Kokosmatten, die

den Boden bedeckten, kleben, das Entsetzen hielt ihn fest, obwohl er doch hätte davonlaufen sollen.
Sylvia! Er sah nur ihr glänzend schwarzes Haar, die Linien ihres schönen Körpers verschmolzen mit Corby, ihre hübsche Hand lag auf seinem Kopf. Sie küsste Corby. Er schreckte zurück.
»Ich bitte um Verzeihung«, stammelte er. Seine Beine waren aus Gummi.
Morgan sah ihn als erster. Ruhig schob er Sylvia zur Seite. »Oh, Harry, mein lieber Freund, wie schön, Sie zu sehen! Kommen Sie rein! Wir haben gerade ... nun, es macht nichts. Sylvia kennen Sie ja.«
»Wenn es Ihnen nichts ausmacht«, sagte Harry und trat einen Schritt zurück, »dann komme ich morgen zu einer Ihnen genehmeren Zeit wieder.«
Er wankte zurück, kam sich wie ein Narr vor, aber dann richtete er sich auf und schritt steif und fast blind in das gleißende Licht der Sonne.
Sylvia kam ihm nachgelaufen. »Harry, gehen Sie nicht. Sie irren sich. Bitte, gehen Sie nicht. Lassen Sie es mich erklären.«
Er öffnete das Tor und schloss es wieder. Wie eine dauerhafte Schranke stand es zwischen ihnen. »Miss Langley, es war unverzeihlich, dass ich mich Ihnen so aufgedrängt habe. Bitte nehmen Sie meine Entschuldigung an.«
In dieser Nacht weinte Sylvia in ihr Kissen. Sie hatte Harry verloren. Niemand hatte Schuld daran, es war nur ein unglücklicher Zufall und etwas, was sie einem Mann wie Harry niemals würde erklären können. Eines Tages, sagte sie sich, werde ich ihn wiederfinden. Er liebt mich, ich weiß es.
Zwei Wochen später reiste sie, froh darüber, Cairns verlassen zu können, mit Corby nach Norden ab. Sie konnte es nicht ertragen, dass Harry sie mit ihm sah. Corby war überglücklich. Immer und immer wieder erzählte er ihr, wie sehr er sie liebte, dass sie füreinander bestimmt waren, dass er sehr reich werden und ihr alles, was sie wollte, geben würde. Niedergeschlagen und mit gebrochenem Herzen ob der Schande, dass Harry sie in Corbys Armen gesehen hatte, hörte sie ihm zu. In den letz-

ten Tagen hatte Corby getrennte Zimmer im Victoria Hotel genommen, nur wenn sie alleine waren, liebkoste er sie. »In Port Douglas besteht dafür keine Notwendigkeit«, sagte er. »Dort können wir zusammen sein, wir nehmen das beste Zimmer im Haus. Das ist eine wilde Goldgräberstadt, keiner hat auch nur das geringste Interesse an unseren Angelegenheiten, nicht mitten in einem Goldrausch.«
Auf ihrem Weg nach Norden sah sie den weißen Sandstrand und das Blau des Wassers, das an die Küste schlug. Es war herrlich, ein schönerer Anblick als alles, was sie bislang gesehen oder gehört hatte. Keine Seele weit und breit, die den unberührten Sand mit Fußabdrücken verletzte.
»Wunderbar«, rief Corby begeistert aus und hielt das Pferd an, um den Anblick zu bewundern. Er hatte eine schöne neue Kutsche mit Lederpolstern gekauft und Sylvia erlaubt, alles zu besorgen, was sie an Garderobe in Cairns auftreiben mochte. Und als Überraschung hatte er ihr eine lange Perlenkette geschenkt. Der Himmel war ein weiteres Meer aus Blau. Die Welt, ihre Zukunft sah an diesem freundlichen Tag glänzend aus, dennoch fühlte sie sich betrogen.
»Werde ich dort auch nur deine Geliebte sein?« fragte sie plötzlich.
»Großer Gott! Ich sagte doch, dass du dir darüber keine Sorgen zu machen brauchst. Aber wenn es dich beruhigt, dann stelle ich dich als Mrs. Morgan vor.«

DREIZEHNTES KAPITEL

Als Jessie von der morgendlichen Inspektion der neuen Kanaka-Quartiere und des Hospitals zurückkehrte, fand sie Lita auf der unteren Stufe am Eingang zu ihrem Haus vor. Ihr Pferd war daneben festgebunden.

»Wird verdammt noch mal Zeit, meine Liebe«, sagte Lita. »Ich sitze hier schon seit einer Ewigkeit auf dem Trockenen.«
»Warum gehst du nicht rein?«
»Nie im Leben. Ich habe Angst vor Mikes Schlange.«
»Ach, die Schlange! Die ist nicht hier, Mike hat sie runter ins Lager gebracht. Ich konnte es nicht ertragen, mit einer Schlange zusammenzuleben. Aber, Lita, wie schön, dich zu sehen! Wie geht es dir?«
Die beiden Frauen stiegen die hohen Stufen zu Mikes ehemaligem Haus hinauf.
»Sehr gut. Du scheinst dich gut eingelebt zu haben. Mein Haus ist geputzt, aber es riecht noch immer nach Feuchtigkeit, und an den Wänden sieht man den Wasserstand. Ich muss alles renovieren lassen, wenn ich nur Arbeiter finde. Wie geht es denn hier? Fehlen hier auch Arbeiter?«
»Ja. Die Männer von den Gewerkschaften folgen der Flut wie eine Seuche. Sie sagen den Kanaka, dass ihnen höhere Löhne zustehen, und obwohl wir weitere Kanaka beantragt haben, haben wir noch keinen von ihnen gesehen.«
»Weil sie im Süden besser bezahlt werden. Agenten schleusen sie an der Kontrolle der Regierung vorbei und vermitteln ihnen überall Stellen als Farmarbeiter. Wir verlieren sie, Jessie, wir können die Augen davor nicht verschließen. Die glorreichen Zeiten sind vorüber.«
»Nun, uns wird schon was einfallen. Willst du eine Tasse Tee?«
»Gern. Wo sind denn die Bediensteten?«
»Irgendwo unterwegs. Elly und Tommy und Mae. Es geht nicht mehr so formell wie früher zu. Sie haben ihre eigenen Quartiere und ihre eigenen Jobs. Ich erwarte nur, dass sie zu den Essenszeiten hier sind. Und wenn ich mich nicht täusche, dann schlafen dort drin Elly und Bronte. Entschuldige mich.«
Sie spähte in das zweite Schlafzimmer und kam lächelnd zurück. »Sie sind beide fest eingeschlafen. Manchmal frage ich mich, wem das Kind eigentlich gehört.«
Lita sah sich in dem kleinen Haus um. »Ich war noch nie hier oben. Es ist großartig, nicht wahr? Wie ein Adlerhorst.«

»Ein Gottesgeschenk für mich.«
»Kann ich verstehen. Irgendwelche Nachrichten von Corby?«
Jessie zuckte die Achseln. »Keine Ahnung.«
»Interessiert es dich?«
»Nicht besonders.«
»Ach, komm.« Lita legte ihre Reithandschuhe ab. »Du brennst doch nur darauf. Er besitzt nicht nur eines, sondern zwei Hotels in Port Douglas, die, soweit ich gehört habe, wahre Goldgruben sind. Und eine Dame ist bei ihm.«
»Sylvia?«
»Meine Liebe, ich hoffe, du bekommst keinen Schreianfall, aber die Lady ist als Mrs. Morgan bekannt.«
»Schön für sie.«
»Es kümmert dich nicht?«
Jessie öffnete die Keksdose. »O nein. Leer! Wie zum Teufel schaffst du es, die schwarzen Mädchen von den Keksen fernzuhalten? Sobald ich eine Dose aufmache, verschwindet der Inhalt auf mysteriöse Weise.«
»Ein Tresor wäre nicht schlecht«, riet Lita ihr. »Und wie geht es dir? Du sehnst dich nach Corby?«
»Nein, es ist zuviel zu tun.«
»Aber du magst ihn noch?«
»Nein, es ist vorbei. Er ist zu weit gegangen. Manchmal vermisse ich ihn. Ich denke, wenn man einmal einen Mann geliebt hat, dann fällt es schwer, von der Gewohnheit zu lassen.«
»Wie wahr«, sagte Lita, entnahm einem silbernen Etui eine dünne dunkle Zigarette und zündete sie mit einem Wachsstreichholz an. »Aber was, wenn er zurückkommt?«
»Ich will ihn nicht mehr hier haben! Er ist ein echter Schurke, ich könnte ihm nie mehr vertrauen.«
»Wem kann man schon vertrauen? Aber da wir uns schon die Mühe eines Besuchs gemacht haben, könntest du Mike von seiner Arbeit hereinholen. Zu einer kleinen Lunch-Party. Wir haben Wein mitgebracht.«
»Natürlich. Ich schicke Tommy, er wird sich freuen. Er ist nach

wie vor ein glühender Verehrer von dir. Aber wer ist denn noch mit dabei?«

»Johnny King«, erwiderte Lita. »Ja, derselbe. Und zieh nicht so ein Gesicht. Ich weiß, du missbilligst ihn, aber Johnny ist in Ordnung. Wir kommen gut miteinander aus.«

»Lita, es tut mir Leid. Ich will nicht unhöflich sein. Deine Freunde sind auch meine Freunde. Natürlich ist er willkommen. Wo ist er denn?«

»Irgendwo auf den Feldern, um Mike zu ärgern, nehme ich an.«

»Oh. Ja. Aber bevor sie kommen, möchte ich noch etwas fragen. Es gibt Gerüchte, dass du verkaufen willst.«

»Nie im Leben.« Lita grinste. »Ich schlachte doch nicht die goldene Gans. Jessie, du und ich, die beiden weiblichen Pflanzer, wir werden diesen ganzen verdammten Distrikt aufmischen. Wir werden zusammenarbeiten. Die Mühle muss ausgebessert werden. Wenn es nötig ist, können wir Arbeiter austauschen. Wir werden es ihnen zeigen.«

Der große schwarze Kessel kochte, aber Jessie vergaß den Tee. Sie ließ sich auf dem Stuhl neben Lita nieder. »Ich kann dir nicht sagen, wie erleichtert ich bin. Was hätte ich für Ängste ausgestanden, wenn die gemeinsame Mühle einen neuen Besitzer bekommen hätte. Mike sagte, deine Plantage ist groß genug, um sich um uns nicht kümmern zu müssen. Aber wir sind zu klein, damit sich eine eigene Mühle lohnt.«

»Dann hör jetzt auf, dir Sorgen zu machen. Aber ich hörte, dass Corby verkaufen will. Ich habe nicht vergessen, dass er Mike fast umgebracht hat. Sag dieser Ratte von deinem Ehemann, dass meine Mühle für ihn geschlossen ist, wenn er Providence verkauft. Verstanden? Ohne meine Mühle ist Providence erledigt.«

Sie lachten, die beiden Frauen. Sie machten Tee. Sie weckten Hanna, um die anderen Angestellten zu suchen. Sie holten das Baby und spielten mit ihm, sahen ihm zu, wie es über den Boden krabbelte. Sie legten Kissen auf den Boden, um Hindernisse zu bauen, und dann warfen sie die Kissen in dem kleinen

Zimmer herum, schleuderten sie an die Deckenbalken und gegen die unverputzten Wände, wirbelten mit ihren bestrumpften Beinen, diese beiden Damen, Absolventinnen seriöser Internate, und führten sich auf wie die schlimmsten Schüler am letzten Schultag, kreischten und sackten dann ausgelassen zusammen.

»Wen kümmert Corby Morgan?« schnaufte Jessie.

»Warum kaufst du nicht das Land südlich von hier und erweiterst?« rief Lita.

»Warum teilen wir uns nicht die Mühlenarbeiter?« lachte Jessie.

»Warum machen wir nicht einfach eine Party?« fügte Lita an und umarmte ein Kissen.

»Ich muss erst aufräumen«, sagte Jessie und sammelte die Stoffballen ein. »Ich mache Kleider für die Aborigines-Frauen, sonst fallen sie wieder in den Naturzustand zurück. Ich war noch nie so beschäftigt wie jetzt, aber es macht Spaß. Als Corby noch da war, duckte ich mich ständig und entschuldigte mich fast dafür, dass ich existierte. Ich kann kaum glauben, dass ich so dumm war.«

»Du warst nicht dumm. Du hattest nur eine Rolle zu spielen, du warst die Frau des Pflanzers. Nun bist du der Boss. Das macht einen himmelweiten Unterschied. Selbst wenn ich Johnny heirate, werde ich nicht mehr zu diesem Möbelstück, das ich bei Edgar war. Er mochte es nicht einmal, wenn ich in sein Büro kam.«

Aber Jessie starrte sie nur an. »Was sagtest du? Du heiratest? Johnny King?«

Lita warf den Kopf zurück. »Ja. Wir kommen gut miteinander aus. Er wird nicht versuchen, mein Leben zu bestimmen. Zu unseren Flitterwochen reisen wir nach Hawaii, und den Rest des Lebens werden wir dann auf Helenslea verbringen.« Sie lachte. »Wenn wir da sind. Wir wollen den Sommer über so oft wie möglich nach Europa.«

Jessie umarmte sie. »Verzeih, es war für mich ein richtiger Schock. Ich wünsche euch alles Gute.«

Aber dann kam Hanna mit den »Truppen« zurück, wie Lita sie

nannte, und bald darauf war Tommy in der Küche, trillerte in seinem Singsang Befehle an Mae und Elly, die ihm »Gemüs'« und mehr Reis bringen sollten, während er sich mit einer Axt davonmachte.

»Ich glaube, es gibt Huhn«, sagte Jessie. »Ich war entsetzt, als ich ihn das erste Mal Hühner, die nach meiner Vorstellung doch gebraten werden sollten, klein hacken sah. Aber er kocht hervorragendes Essen.«

Sie bemerkte, dass Elly ihr neues »Sonntagskleid« trug, ein blumengemustertes Baumwollkleid mit kurzen Ärmeln und einem Gürtel, das Jessie ihr gemacht hatte. Es war schöner als ihre gewöhnlichen Kleider; Jessie nahm an, dass sie es zu Ehren der Gäste angelegt hatte.

Da Jessies neue Behausung über kein Speisezimmer verfügte, picknickten sie auf einem sonnigen Flecken am Bach und stießen mit dem Wein auf das frisch verlobte Paar an. Es war ein glücklicher Anlass. Sie hatten viel zu erzählen, Geschichten von der Flut, zukünftige Pläne für die Plantagen, auch wenn die Männer dabei etwas zu kurz kamen. Johnny King, bemerkte Jessie, war ruhiger als sonst, sehr aufmerksam gegenüber Lita, und er besaß die Anmut, eine Spur verlegen zu wirken, als das Gespräch auf die Kanaka kam und das Problem, weitere Insulaner zu finden.

Jessie schaltete sich schnell dazwischen und wollte das Thema wechseln, aber Mike ließ nicht locker. »Ich hoffe, mit dem Menschenhandel ist es nun vorbei!« sagte er zu King.

»Ich war nie ein Menschenhändler!«

»Aber Sie haben sich mit ihnen abgegeben.«

»Ach, hören Sie auf! Meistens verkaufen die Eingeborenenhäuptlinge doch ihre eigenen Leute. Außerdem ist es mit dem Geschäft sowieso bald vorbei.«

»Wollen Sie weiterhin auf See bleiben, Captain?« fragte Jessie.

»Nein. Ich schätze, ich habe dort draußen mit den Riffen, den Piraten und Angriffen der Eingeborenen bereits acht Leben aufgebraucht.«

»Und ich will meinen Ehemann bei mir haben«, lächelte Lita.

»Er wird genug auf Helenslea zu tun haben.« Sie sah Elly in der Nähe herumschleichen. »Will sie etwas?«
Jessie sah auf. »Was gibt es, Elly?«
Das Mädchen ließ den Kopf sinken. »Er wollen mit Mike sprechen.«
»Wer?« fragte Mike.
»Joseph.« Sie zeigte den Hügel hinunter.
»Was will er?«
Elly kicherte, dann schüttelte sie den Kopf. Mike zuckte die Schultern. »Gut. Sag ihm, er soll warten.«
Während sie sich davonmachte, wandte sich Mike an Lita. »Das erinnert mich an etwas. Ich wollte mit dir über Joseph reden. Er ist ein guter Kerl, aber ich kann ihn nicht hier lassen. Etwas stimmt nicht mit ihm. Ich habe das Gefühl, dass er hier über mehr Befehlsgewalt verfügt als ich. Nicht, dass er aufsässig oder ein Unruhestifter ist. Ich wäre nur froh, wenn ich ihn los bin. Würdest du ihn auf Helenslea nehmen?«
»Einen Moment«, sagte King. »Ist das nicht derjenige, der den ganzen Wirbel auf Helenslea veranstaltet hat? Litas Vater wurde wegen ihm getötet. Wir wollen ihn nicht.«
»Er trägt am Tod meines Vaters keine Schuld«, sagte Lita leise. »Ich würde dir gerne helfen, aber es geht wirklich nicht.«
»Joseph bleibt hier«, sagte Jessie. »Ich bin überrascht, Mike. Er kam zurück, um uns vor der Flut zu warnen. Er hat mitgeholfen meine Familie in Sicherheit zu bringen und hat Corby das Leben gerettet. Er hätte eine Tapferkeitsmedaille verdient. Um Himmels willen, er hat gegen dieses Krokodil gekämpft, und Sie wollen ihn loswerden. Er wird immer für Edgars Tod verantwortlich gemacht werden. Es tut mir Leid, Lita, du hast Johnny gehört. Dem Jungen wird immer ein schlechter Ruf anhängen, niemand wird ihn haben wollen.«
»Aber Jessie«, sagte Mike. »Sie verstehen nicht. Hier geht es um etwas anderes. Ihr Vater versuchte es herauszufinden. Er sagte, Joseph sei eine Art Priester.«
»Welch ein Schwachsinn! Wollen Sie mir hier Ihre abergläubischen Vorstellungen verkaufen?«

»Nein, aber die Kanaka tun es. Er hat großen Einfluss auf sie.« Er stand auf. »Ich kann verstehen, wie Sie empfinden, Jessie, und Sie haben ja Recht, aber das Problem bleibt dennoch bestehen. Ich gehe runter und rede mit ihm.«

»Ich komme mit«, sagte King.

Nachdem sie fort waren, wandte sich Lita an Jessie. »Wenn Mike sagt, dass er nicht bleiben kann, dann würde ich nicht darauf bestehen. Das macht die Sache nur noch schlimmer.«

»Aber es ist ungerecht.«

»Ich weiß. Wir beide schulden Joseph viel. Wir alle. Wenn den Männern nichts einfällt, dann vielleicht uns. Ich denke, wir sollten...« Und dann teilte sie ihr ihren Plan mit.

»Wird das denn erlaubt sein?« fragte Jessie.

»Meine Liebe! Wer sollte es uns denn verbieten?«

Sie gingen den Hügel zur abschüssigen Pferdekoppel hinab, ein kleines Gebiet, das Mike für seine Pferde eingezäunt hatte.

Joseph stand am Tor; in seinem sauberen Hemd, den Hosen und dem bunten Tuch um seinen Kopf sah er geschniegelt und herausgeputzt aus. »Großer Gott!« sagte Mike. »Er hat sich zurechtgemacht, an einem Werktag! Vielleicht verlässt uns unser Freund«, fügte er hoffnungsvoll an.

Doch Johnny starrte ihn an. »Ist das euer Joseph? O Mann, warum haben Sie mir nicht gesagt, dass er hier ist?« Er spurtete los und klopfte dem Insulaner auf die Schulter. »Wie geht's dir, Junge? Ich hörte, du hast hier allerhand Dinger gedreht!«

Joseph strahlte. »'n Tag, Captain! Sie sehen ziemlich gut aus.«

Verblüfft sah Mike, wie Johnny mit dem Kanaka spielerisch boxte, fintierte, den Kopf hinter den Fäusten in Deckung nahm und einen Schlag in die Rippen antäuschte. »Pass auf deine Deckung auf, Junge. Da muss ich dir noch einiges beibringen!« Lachend glättete er seine Jacke und trat einen Schritt zurück. »Auf mein Wort, es ist schön, dich zu sehen.«

»Sie kennen ihn?« sagte Mike.

»Klar kenne ich ihn, verdammt noch mal. Wie konnten Sie ihm so einen heulsusigen Namen wie Joseph geben? Das ist Talua, der erste Sohn des großen Häuptlings Ratasali. Der starke Mann von den Malaitas.«

Mike war lange genug im Kanaka-Handel, um zu wissen, dass Häuptlinge ihre Söhne nicht hergaben oder gar verkauften, und schon gar nicht ein solches Prachtexemplar wie Joseph. »Und was macht er hier?« Kings Geschichte – er hatte sich vom Wein vielleicht zu diesem Ausbruch an Begeisterung hinreißen lassen – kam ihm nicht ganz geheuer vor.

»Es gab Probleme am Strand, ich wurde von einem Speer getroffen, und Talua brachte mich zum Schiff zurück. Es wurden sofort die Segel gesetzt. War eine ziemlich beschissene Reise. Hey, Talua, du hättest zurückgehen können. Bist du an Bord geblieben oder auf ein anderes Schiff?«

»Ich blieb«, erwiderte er. »Nicht zurückgehen, zuviel Töten.«

»Großer Gott, das wusste ich nicht. Wir hatten einen Haufen Kanaka an Bord und sind deswegen so schnell wie möglich nach Cairns. Er musste einfach als weiteres Schwarzgesicht durchgerutscht sein.«

Mike war noch immer misstrauisch. »Was waren das für Probleme? Menschenhandel?«

»Hören Sie mir zu, Devlin«, sagte King wütend. »Wir werden hier Nachbarn sein, also hören Sie in Gottes Namen mit diesem verfluchten Kram auf. Ich war kein Menschenhändler. Sag ihm das, Talua.«

»Nein, Boss. Captain King guter Freund meines Vaters. Probleme wegen Familie. Ratasali wird wütend, tötet Malaita-Mann, und Gewehre feuern.«

»Ein einziges blutiges Fiasko!« fügte King an. »Ich wurde inmitten der Auseinandersetzung von einem Speer erwischt, und meine Männer, die glaubten, ich werde angegriffen, eröffneten das Feuer. Und dann tauchte aus dem Nichts dieses verdammt große Kriegskanu auf! Bei Gott, was für Zeiten! Aber wenn Talua nicht gewesen wäre, dann wäre ich schon längst Fischfutter.« Er legte einen Arm um Josephs Schultern. »Der alte Ratasali, ein harter Bursche. An jenem Tag sagte er mir, dass er auf den Inseln in den Stand eines Gottes erhoben wurde und dass es nun keiner mehr wagt, ihm in die Quere zu kommen.«

»Und er ist immer noch da?« fragte Mike.

»Nein.« King sah traurig zu Joseph. »Tut mir Leid, Junge, du weißt, dass es ein Irrtum war.«

Joseph nickte.

»Meine Männer erschossen seinen Vater. Sie meinten mich schützen zu müssen, als ich floh. Aber keiner von ihnen überlebte, Ratasalis Kriegskanu erwischte sie alle.«

»O Gott!« sagte Mike. »Ich bin verdammt froh, wenn der Kanaka-Handel endlich aufhört. Solche Geschichten machen mich ganz krank.«

Aber die Aufregung ließ King nicht los. »Ratasali hat schließlich doch gewonnen. Er gewann als Gott. Das letzte Mal, als ich auf Malaita war, verehrten sie ihn noch immer an seinen Altären. Nun, da er tot ist, ist er ein mächtigerer Gott als jemals zuvor. Und so wäre es auch«, sagte er zu Talua, »wenn du zurückkehrtest.« King musste schmunzeln. »Ratasali war ein gerissener Kerl. Er sicherte die Nachfolge, indem er ihn hier, unseren Kumpel Talua, ebenfalls zum Gott machte. Fragen Sie die Leute von Malaita. Sie wissen es.«

»Guter Himmel!« entfuhr es Mike. Aber Joseph riss sich von ihnen los.

»Nein«, schrie er. »Kein Gott. Alles böses Zeug. Ich will kein Gott sein.« Er flehte Mike an. »Sie viel starker Boss. Ihnen sagen damit aufhören. Ich bin kein Gott, nur ein Mensch. Sie ihnen sagen, Captain, ich alles Böse zurückgelassen, als ich mit Ihnen schwamm.« Er weinte nun. »Ratasali war kein Gott, nur ein grausamer Mann, der Weiße tötete, Leute von den Inseln, immer mehr und mehr Opfer tötete. Babys den Haien gab, Menschen aß, Köpfe sammelte ...« Wütend ging er auf Johnny King los. »Auch Sie tötete, wenn zu oft kommen. Warum nicht? Gute Leute, weißer Mann und Lady, Missionare, lehrten mich Englisch, und wenn damit fertig, Ratasali sie tötete. Ein großes Fest.« Der Schrecken zeichnete sich in seinem Gesicht ab, als er sie anschrie. »Niemals werde ich zu diesem Strand zurückgehen!«

Während er von ihnen fortwankte, kam Elly den Weg herabgelaufen, stürzte sich auf Mike und bearbeitete ihn mit den Fäusten. »Was Sie mit Joseph machen? Warum er weinen?«
»Schaffen Sie sie fort«, rief Mike King zu, während er sich zu befreien suchte.
Doch King lachte nur. »Bei Gott, Devlin, Sie können aber mit Frauen.«
Schließlich gelang es Mike, Elly an den Fäusten zu packen und zu beruhigen. »Joseph ist okay«, sagte er. »Aber was ist mit dir los?«
»Warum Sie nein sagen?«
»Nein zu was?«
Elly starrte ihn finster an. Sie erinnerte ihn an ihre Mutter Broula, wenn sie übler Laune war. »Ich und Joseph. Heiraten.«
»Großer Gott! Hast du darauf gewartet? Hey, Joseph, stimmt das? Du willst diese junge Dame heiraten?«
Joseph fing sich schnell. »Ja, Boss«, sagte er stolz. »Ich und Eladji.«
»Warum hast du das nicht gesagt?« lächelte Mike und schüttelte seine Hand.
Auf Mikes Bitte hin vollzog Pastor Godfrey den offiziellen Akt der Trauung.
»Er will in diesem Land bleiben«, erklärte Mike, »dazu braucht er einen offiziellen Eintrag ins Heiratsregister. Außerdem habe ich ihm geraten, sich einen Nachnamen zuzulegen.«
»Meistens nehmen sie einen Familiennamen von den Inseln, den Namen des Vaters zum Beispiel.«
»Nein, damit sind unglückliche Erinnerungen verknüpft. Er will den Vornamen Joseph beibehalten und einen australischen Nachnamen.«
Der Pastor lachte. »Was haben wir denn? Smith oder Brown?«
»O nein. Er ist sehr beeindruckt von den großen Wasserfällen, die er flussaufwärts gesehen hat. Elly sagte ihm den Eingeborenennamen dafür. Biboora. Über die Schreibweise können wir streiten, aber so klingt es jedenfalls.«
Im wieder aufgebauten Langhaus wurde ein großes Fest veran-

staltet, an dem alle Bewohner von Providence, Lita und Captain King und natürlich Pastor Godfrey teilnahmen.
Es war eine bunte Versammlung. Die Insulaner trugen ihre Sarongs, die Aborigines ihre Lendenschurze unter dem Farb- und Federschmuck. Aber niemand übertraf Tommy, der einen langen, mit Pfauenstickereien verzierten Seidenrock trug, darunter einen schwarzen Satinpyjama, während seine Frau sehr elegant in einem schönen Cheongsam erschien. Aber aller Augen waren auf die Braut gerichtet.
Entschlossen, ihr Bestes für das Mädchen zu tun, hatte Jessie mit Maes Hilfe aus geblümtem Baumwollstoff ein langes, fließendes Kleid geschneidert, dessen Ausschnitt mit weißem Satin gesäumt war und das, darauf bestanden die Insulanerinnen, Muu-Muu genannt wurde. Die anderen Frauen hatten Ellys Haar geschmückt und frische Blüten eingeflochten, eine langwierige Arbeit, die die ungeduldige Braut schnell langweilte, alle anderen aber tief beeindruckte.
Im Langhaus gab es keine Tische. Die Gäste saßen mit gekreuzten Beinen auf Matten, dahinter Reihen von Schalen und Tellern, die auf grünen Palmen- und Bananenblättern standen, dazwischen große tropische Blüten. Draußen kümmerten sich Insulanerinnen um zwei Schweine am Spieß und um große Töpfe mit Reis.
Ein Fest, an das man sich auf Providence lange erinnerte.
Als alles vorbei war, wurden Mr. und Mrs. Joseph Biboora von den Weißen zu einer kleinen Privatzeremonie eingeladen, bei der Captain King dem Bräutigam eine dünne Ledermappe mit Papieren präsentierte.
Gespannt öffnete Joseph die Mappe.
»Kannst du lesen?« fragte King.
»Nein, Boss.«
»Dann musst du es lernen. Das hier wird Urkunde genannt. Und sie besagt, dass ihr die stolzen Besitzer von zwanzig Acre Land zwischen Helenslea und Providence seid.«
Verwirrt starrten Joseph und Elly auf das Papier.
»Es ist wahr«, sagte Mike. »Wir sind uns alle einig, dass ihr ei-

genes Land verdient habt. Es gehörte zwar mehr zu Helenslea als zu Providence, aber Lita wird es nicht fehlen. Sie hat genug.«

»Ihr könnt dort Zuckerrohr anbauen«, sagte Lita. »Oder Gemüse für den Markt, was ihr wollt.«

»Mein eigenes Land?« Joseph konnte seine Aufregung kaum verbergen. »Und das steht hier?«

»Ja«, sagte Jessie. »Du darfst es nicht verlieren. Wenn du willst, hebe ich es in meinem Safe auf.«

Ehrfurchtsvoll reichte Joseph ihr die Schenkungsurkunde. »Ja, passen Sie auf.« Er war von Gefühlen überwältigt, schaffte es aber, sich zu bedanken, und fügte dann an: »Ich heute sehr stolz. Durch diese Frau und dieses Papier ich jetzt ein Zuhause. Und wir alles tun, damit Sie stolz auf uns.«

Nach all der Aufregung gingen Mike und Jessie gegen Abend zu dem Platz, wo das neue Haus errichtet werden sollte und wo die Rodungsarbeiten bereits begonnen hatten. »Ich dachte«, sagte Mike, »ein runder Auffahrtsweg für die Kutschen wäre nicht schlecht.«

»Das nimmt viel Platz weg.«

»Auch nicht mehr als der Bereich, der zum Wenden sowieso nötig ist. Ein Pferd mit Kutsche kann schlecht rückwärts gehen.«

»Natürlich nicht«, sagte sie, während er den möglichen Auffahrtsweg abschritt. In letzter Zeit war er sehr distanziert, hier nun war die Gelegenheit, mit ihm ungestört zu reden. »Sie sind verärgert, weil Lita Captain King heiratet«, sagte sie, als er zurückkam. »Sie mögen sie sehr, nicht wahr?«

»Ja«, antwortete er abwesend, und Jessie seufzte. Wie immer hatte sie diese Unterhaltung schon einige Male im Kopf durchgespielt, dennoch fiel es ihr schwer, intime Dinge anzusprechen.

Gut, dachte sie, soll es so sein. Wenn ich jetzt nicht frage, werde ich es nie tun. »Wie sehr?«

Er kam zu ihr hinüber. »Wen? Lita? Ich mag sie sehr gern. Sie ist eine alte Freundin. Eine gute Freundin.« Ein Windstoß riss

ihr fast den Hut fort, er streckte sich danach und stand nun nahe bei ihr. »Für eine Sekunde dachte ich, Sie fragen mich, wie sehr ich Sie mag.«
Sie stieß ein verlegenes Lachen aus. »Ich nehme an, ich bin nun auch eine Freundin, wenngleich keine alte.«
»Sie sind mehr als das, Jessie, und das wissen Sie auch. All dieses Hochzeitsgerede hat bei mir das Gefühl hinterlassen, als wäre ich alleine zurückgeblieben. Obwohl ich zugeben muss, dass ich nicht besonders erfreut war, als ich hörte, dass Lita Johnny King heiratet. Ich traue ihm nicht.«
»Sie hat ihn ausgesucht.«
»Aber er ist ein Abenteurer. Ein zügelloser Kerl. Er hat sich jahrelang im Pazifik herumgetrieben.«
»Und weiß das Lita nicht? Ich denke, er ist nun so weit, dass er sich zur Ruhe setzen kann. Und Lita braucht ein wenig Aufregung in ihrem Leben. Vielleicht finden sie einen Kompromiss.«
»Er wird sie in den Ruin treiben.«
»Dazu muss er früh aufstehen. Sie unterschätzen Ihre Freundin.«
Mike lachte. »Wahrscheinlich. Ich mache mir wohl unnötige Sorgen.«
Sie nahm seinen Arm, um auf dem unebenen Boden Halt zu finden. »Ja, das glaube ich auch. Lita lässt sich nicht auf der Nase herumtanzen. Sie würde schnell reagieren.«
Mit einem Gefühl der Verwunderung bemerkte Jessie, dass sie Arm in Arm weiter gingen, als wäre es das Natürlichste auf der Welt. Doch dann blieb Mike stehen und sah sie an. »Werden Sie sich von Corby scheiden lassen?«
»Ich kann nicht.«
»Es gibt neue Gesetze. Frauen haben nun das Recht, die Scheidung einzureichen.«
»Ich weiß, aber dazu müsste ich meine Schwester als Scheidungsgrund angeben. Das kann ich nicht.«
»Vielleicht lässt er sich scheiden.«
»Nicht solange uns beiden die Plantage gehört.«
Mike nickte. »Und da ist noch der Junge. Er würde Bronte nicht verlieren wollen.«

»Das wäre kein Thema. Corby redet viel von seinem Sohn, aber es ist nur Gerede. Er ist kein Mann für eine Familie und wird es nie sein. Er ist zu sehr mit sich selbst beschäftigt. Er weiß, dass ich für Bronte gut sorge und ihm niemals seinen Vater vorenthalte. Wie immer« – sie zuckte die Achseln – »hält mein Mann alle Fäden in der Hand. Er kann tun, was er will.«
»So schlimm ist es nicht.« Mike nahm ihre Hände. »Jessie, lassen Sie mich für Sie und Bronte sorgen. Ich muss es Ihnen endlich sagen, ich liebe Sie. Ich habe Sie vom ersten Tag an geliebt, als ich Sie auf dem Kai in Cairns stehen sah. Als ob ich mein ganzes Leben lang auf Sie gewartet hätte.«
Doch nun schien ihn aller Mut zu verlassen. Er trat zurück. »Es tut mir Leid, ich wollte Sie nicht in Verlegenheit bringen. Ich wollte nur, dass Sie wissen, wie die Dinge stehen. Aber ich wollte Sie nicht belästigen, ich würde niemals Ihre Situation ausnützen ...«
Seine Stimme wurde immer leiser, bis sie schließlich nur noch ein Flüstern war. Jessie aber spürte ein herrliches Glücksgefühl in sich aufsteigen. Dass er sie liebte, war mehr, als sie jemals hoffen konnte. Sie hatte sich niemals für besonders attraktiv gehalten, und ihr Selbstvertrauen war noch mehr geschwunden, seit sie ihren Mann an Sylvia verloren hatte. Und dennoch sagte ihr dieser Mann, dessen Aufrichtigkeit sie seit langem bewunderte, dessen Freundschaft sie zu schätzen gelernt hatte, dass er sie liebte! Wusste er denn nicht, wie sehr sie sich danach sehnte, ihn in die Arme zu schließen und an sich zu pressen?
Mike unterbrach ihre Gedanken. »Wir sollten lieber gehen.«
»Nein«, lächelte sie. »Noch nicht. Ich dachte gerade, welch liebenswerter Mann Sie sind.« Sie küsste ihn auf die Wange. »Sagen Sie mir noch einmal, dass Sie mich lieben. Ich liebe Sie so sehr, dass ich es bestätigt haben möchte.«
»Oh, ich liebe Sie, Jessie, daran brauchen Sie nicht zu zweifeln. Ich werde Sie immer lieben.« Nun lag sie in seinen Armen, er küsste sie leidenschaftlich, und Jessie schien es, als wäre sie am Ende einer langen Reise angekommen.

»Wenn es irgendwie klappen sollte«, sagte er schließlich, »würdest du mich dann heiraten?«
»Natürlich. Aber ich kann nicht so weit vorausplanen. Corby wird immer hier sein.«
Sie standen auf dem Hügel und beobachteten den Sonnenuntergang. Obwohl sie wusste, dass schwierige Zeiten vor ihnen lagen, fand sie in seiner Anwesenheit Trost. Es war wunderbar, nicht mehr alleine zu sein, jemanden zu haben, der zu ihr hielt, vor allem einen Mann wie Mike Devlin.
Die Sonne, goldenmessingfarben nun, nachdem ihre Kraft verbraucht war, tauchte wie eine riesige Münze in das Herz der purpurnen Berge. Ein Regenvogel durchbrach mit einem langen johlenden Schrei die Stille und rief seine Familie, zwei Loris flohen über den Himmel.
»Ich beobachte oft diese Papageien, wenn sie nachts nach Hause zurückkehren«, sagte Jessie. »Sie scheinen immer zu zweit zu fliegen.«
»Sehr vernünftig von ihnen.« Mike umarmte sie. »Ich dachte ... was, wenn ich Corby seinen Anteil abkaufe?«
»Könntest du das denn?«
»Ich denke schon. Ich könnte das Geld aufbringen. Aber würde er darauf eingehen?«
»Er würde einen hohen Preis fordern. Aber ich denke, er würde annehmen. Es waren nicht nur die Arbeit und die Sorgen, die ihn von der Plantage vertrieben – obwohl sie auch eine Rolle gespielt haben. Die Flut hatte ihn schwer mitgenommen, er hatte nicht erwartet, mit Naturgewalten kämpfen zu müssen, die außerhalb seiner Kontrolle lagen. Der Angriff des Krokodils hatte seinen Zoll gefordert. Er hatte fürchterliche Alpträume und hat sie vielleicht immer noch. Im Krankenhaus mussten sie ihn festbinden.«
»Das wusste ich nicht.«
»Aber kannst du es verstehen?«
»Sicher, ja«, sagte Mike schaudernd.
»Nun, das ist der wirkliche Grund, warum er nicht mehr nach Providence zurückkehrt. Er hat einen Arm verloren. Er hat genug von Providence, er hasst den Ort.«

»Verständlich. Ich kann es nachvollziehen. Aber ich sollte ihm mein Angebot machen, bevor diese Stimmung nachlässt.«
»Und solange Sylvia seine Favoritin ist.« Und dann lachte sie. »Obwohl er merken dürfte, dass sie sich nicht so leicht hinters Licht führen lässt. Ich denke, er hat da jemanden gefunden, der ihm Paroli bietet.«
»Es kümmert dich nicht?«
»Nicht mehr«, sagte sie mit fester Stimme. »Und da wir nun hier ein Haus bauen, sollten wir es als unser Haus planen. Die Leute werden über uns reden, aber ich bin mir sicher, sie reden auch jetzt schon.«
»Da kannst du sicher sein. Aber wenn du dich nicht scheiden lassen kannst, Jess, wirst du dann glücklich sein, wenn du mit mir zusammenlebst?«
»Wir haben keine andere Wahl, Mike, und ich werde es nicht zulassen, dass Corby mein Leben ruiniert. Ich will dich nicht verlieren.«
Er küsste sie. »Das wirst du nicht. Auf keinen Fall.«
Providence kam endlich zur Ruhe. Die Kanaka, obwohl sie zu wenige waren, arbeiteten gut, und Mike und Jessie waren mit ihren jeweiligen Aufgaben beschäftigt. Niemals zuvor war Jessie so glücklich gewesen. Bronte war ein gesundes, starkes Baby und Jessie unterwies Hanna, wenngleich nicht ohne Schwierigkeiten, in den Grundzügen des Nähens. Tommy und Mae waren begeistert, dass sie anstelle ihres alten Unterschlupfs, der zusammen mit den anderen Gebäuden fortgeschwemmt wurde, anständige Quartiere hinter dem neuen Haus bekommen sollten, das die Zimmerer bereits errichteten.
Nur selten bekamen sie nun Broula und »ihr« Kind zu Gesicht; sie war zu sehr damit beschäftigt, hörte Jessie, ihrem neuen Schwiegersohn auf seiner Farm Anweisungen zu erteilen. Aber Toby und die Stallburschen waren niemals fern.
Mike errichtete an der Stelle, wo sich das alte Haus befunden hatte, ein Denkmal aus Metallplatten, das an Jake und Jessies Vater, Professor Langley, erinnerte.
Aber die beste Zeit des Tages war für Jessie die nahende Abend-

dämmerung, wenn Mike in ihr kleines Haus auf dem Hügel zurückkehrte. Und wenn sie dann zusammensaßen und in der Abendstille den Vögeln zuhörten, den glockenähnlichen Tönen seltsamer Vögel, dem Johlen des Regenvogels und dem einsamen Lied des Koels, die ihre Nester gefunden hatten und nach ihren Gefährten riefen. Mike kannte sie alle. Sie hatten immer vieles, worüber sie sich unterhalten konnten, wenn sie sich nicht liebten. Doch diese besondere Zeit mit ihm, wenn sie sich, abgeschieden von der Welt, vor dem Abendessen entspannten, war für Jessie ebenfalls eine Form der Liebe. Eine Vereinigung, die sie vorher niemals erfahren hatte.

Litas Hochzeit war, sehr zu Johnnys Verdruss, eine stille Angelegenheit. Lita hatte die Entschuldigung vorgebracht, dass sie noch trauerte, was er zu akzeptieren hatte. Mike führte die Braut und Jessie war ihre Trauzeugin. Jessie musste nicht fragen, warum es nur eine so kleine Hochzeitsgesellschaft gab – es waren lediglich einige Freunde des Bräutigams anwesend –, sie kannte Lita. Die Braut war nicht im Geringsten daran interessiert, ein Mitglied der Gemeinde zu werden. Helenslea ging ihr über alles. Die Plantage musste effizient geführt werden, damit sie Geld abwarf. Es gab für sie keinen Grund, die benachbarten Einwohner einzuladen.

»Ich bin an ihnen nicht interessiert«, sagte sie zu Jessie. »Warum also sollen sie an mir interessiert sein?«

Jessie fand das sehr amüsant. Da Lita, außer zu den unmittelbaren Freunden, sich jedes Kontakts mit den Leuten des Bezirks enthielt, wurde sie bald als eine »mysteriöse« reiche Frau angesehen. Wilde Geschichten über ihre Orgien auf Helenslea verbreiteten sich. Glücklicherweise, ging es Jessie durch den Kopf, hörte Captain King, der selbst über einen gewissen Ruf verfügte, nicht auf die öffentliche Meinung. Denn da zirkulierte diese fürchterliche Geschichte über Lita und Joseph, die sie schnell im Keim ersticken musste. Welch schreckliche Geschichten die Leute erfanden! Jessie erwähnte sie nicht einmal Mike gegenüber.

Aber Johnny hatte die Geschichte in einer Bar in der Stadt gehört, als er und Lita sich auf die Abreise für ihre Flitterwochen vorbereiteten.

»War da mal was zwischen dir und Joseph?« fragte er seine Frau in ihrem Hotelzimmer in Cairns.

»Liebling«, sagte sie, »wie viele Geschichten hast du mir vom schwarzen Samt erzählt? Als ich das letzte Mal an Bord deines Schiffes war, hattest du die kurvenreichste Südseeinsulanerin in deiner Kabine, die ich je gesehen habe. Und habe ich mich beschwert?«

»Ach ja«, seufzte er. »Sie hieß Bella. Was für ein Genuss! Ich frage mich, was aus ihr geworden ist. Du hättest bleiben sollen, sie war etwas ganz Besonderes.« Er grinste. »Vielleicht sollten wir, wenn wir wieder zu Hause sind, einmal Joseph zu einer Party einladen.«

»Nein, lass ihn zufrieden. Dandy schwört noch immer, dass er ein Zaubermann ist.« Lita erschauerte. »Nach dem, was du mir über seinen Vater erzählt hast, möchte ich, dass er auf seiner Seite des Zauns bleibt.«

»Seit wann bist du abergläubisch, meine Süße? Vergiss nicht, er hat mein Leben gerettet. Und Corbys. Obwohl ich wette, dass Devlin wünscht, er hätte ihn dem Krokodil gelassen.«

»Und vier Männer starben auf Helenslea und zwei auf Providence. Ich weiß, Joseph ist ein guter Kerl, aber Gut und Böse sind zwar zwei Seiten einer Medaille, aber sie passen selten zusammen.«

Captain Johnny King nahm sie am Arm. »Darüber mache ich mir jetzt keine Gedanken. Lass uns in den Speisesaal hinabgehen. Unsere Abschiedsgäste dürften bald kommen.«

Jessie liebte Posttage, umso mehr, als sie sehr unregelmäßig lagen. Manchmal waren sie eine, manchmal drei Wochen auseinander. Der Postbote brachte außerdem Zeitungen und Zeitschriften, Lesestoff, der tagelang reichte. Nur selten erhielt sie persönliche Post, dieses Mal aber waren zwei Briefe an sie adressiert. Der erste stammte von Lita, die sich noch immer auf Hawaii befand, und der zweite, den Jessie zur Seite legte, von Sylvia. Ihr Herz klopfte, als sie die Handschrift ihrer Schwester erkannte, und während sie Litas lebhaften Bericht von ihrer Reise auf der SS Oregon, die sie in Sydney bestiegen hatten, las, sah sie immer wieder verstohlen zu Sylvias Brief. Sie wollte ihn nicht öffnen. Sie dachte sogar daran, ihn ungeöffnet zu zerreißen. Eines der Lieblingswörter ihres Vaters fiel ihr ein: »Unannehmlichkeiten!« Das, dachte sie, passte nun. Jede Äußerung von Sylvia schaffte nur Probleme. Jessie hasste die Störung.

Lita verbrachte eine wundervolle Zeit auf Hawaii. Johnnys Freunde waren äußerst gastfreundlich, sie wurden im großen Stil, mit fast täglich stattfindenden Bällen, Empfängen und Ausflügen unterhalten. Die Landschaft war, las Jessie und überflog die Seite und warf einen weiteren Blick auf den irritierenden Brief, großartig, viele der palastartigen Häuser besaßen einen freien Blick aufs Meer. Lita hatte verschiedene Zuckerrohrplantagen besucht und brachte neue Zuckerrohrsorten mit, die für das Klima in Queensland geeignet waren.

Jessie las den Brief mehrere Male, verharrte bei der Beschreibung der Vorzüge der neuen Sorten, als wollte sie, indem sie sich geschäftsmäßig gab, Sylvia damit mitteilen, dass sie für sie keine Zeit hatte. Schließlich aber öffnete sie widerwillig den Umschlag und entnahm ihm ein einziges Blatt.

Liebe Jessie,

es ist meine zärtlichste Hoffnung, dass Du und Bronte bei guter Gesundheit seid. Corby besitzt nun drei Hotels in Port Douglas, und wir sind sehr beschäftigt. Die Stadt ist tagsüber sehr hübsch, nachts aber ein wildes Irrenhaus. Also bleibe ich oben in meinem Zimmer und lasse mich nicht sehen. Corby kommt mit dem Verlust seines Armes gut zurecht und ist hier eine richtige Berühmtheit. Die rauhen Kerle, die in seine Hotels drängen, kümmern ihn nicht. Er sagt, Goldschürfer haben eine Menge Geld, und man solle sie nicht daran hindern, es auszugeben, wie sie es wünschen.

Ungeduldig legte Jessie den Brief weg. »Was soll das alles?« fragte sie, als sei ihre Schwester im Zimmer. »Soll mich das beeindrucken? Oder prahlst du gerade, dass du mit meinem Ehemann zusammenlebst?« Mit Mühe kehrte sie zum Brief zurück.

Vor mir ist nun eine dringende Angelegenheit, wofür ich Dich um Deine Hilfe ersuche. Schließlich hast du Corby mutwillig im Krankenhaus zurückgelassen, nachdem Du ihm deutlich zu verstehen gegeben hast, dass er auf Providence nicht mehr erwünscht sei. Ich sehe also keinen Grund, warum Du nicht einwilligen solltest. Denn ich bin schwanger und in tiefster Sorge, wenn nicht gar verzweifelt. Corby sagt, er würde mich heiraten, ist sich aber sicher, dass Du einer Scheidung nicht zustimmen würdest. Sollte dies der Fall sein, wäre das grausam und egoistisch von Dir. Viele wichtige Leute kommen hier durch, Anwälte, sogar Magistratsrichter. Ich unterhielt mich mit einem freundlichen Gentleman vom Gericht, der mir mitteilte, dass eine stille Scheidung arrangiert werden könnte, wenn Du keine Probleme machst.

Jessie lachte, als sie das Blatt umdrehte und die zweite Seite las.

Ich flehe Dich an, dem Deine dringende Aufmerksamkeit zu widmen, im Interesse meines Kindes.

Ich verbleibe

Deine liebende Schwester

Sylvia.

»Was für ein verfluchter Kerl!« rief Mike, als er den Brief las. »Er lässt sich von dir scheiden! Es sollte genau andersherum sein.«

»Nein, das geht nicht. Meine Schwester als Scheidungsgrund anzugeben ist ein viel schlimmerer Skandal, als wenn Corby sich scheiden lässt, weil ich ihn verlassen habe.«

»Jessie, wahrscheinlich findet er noch andere Vorwürfe. Er hat sowieso schon behauptet, dass du eine Affäre mit mir hattest, und hat versucht mich zu erschießen, was alles nur noch übler macht. Lass ihn das nicht machen.«

Sie lächelte. »Wir sollten keine Heuchler sein. Corbys Vorwürfe sind doch nun wahr, oder? Außerdem hat es Corby, so wie die Dinge liegen, nicht besonders eilig mit der Scheidung. Es kümmert ihn nicht, dass Sylvia schwanger ist. Sie ist diejenige, die ihn heiraten will. Ich denke, ich sollte zu meiner Schwester halten. Ich werde sofort antworten, ihr zum bevorstehenden Ereignis gratulieren und in die Scheidung einwilligen, um ihre Reputation zu retten. Je schneller, desto besser.«

In diesem Moment rief Pompey. »Seltsame Leute kommen, Boss. Wer sind diese Kerle?«

»Woher zum Teufel soll ich das wissen?« rief er von der Veranda. »Ich komme gleich.« Er küsste Jessie. »Du willst ihn das also machen lassen?«

»Ja. Ich bin sehr erleichtert, Mike. Wir können dann unser eigenes Leben führen.«

Mike ritt zur Straße hinunter, auf der die Gruppe, mit Bündeln auf dem Rücken, angetrottet kam. Sie waren ein seltsamer Haufen, braungebrannte junge Männer mit bunten Hemden, Baumwollsamthosen und staubigen Stoffmützen.

»Wer seid ihr?«

Ihr Sprecher, ein Kerl mit Lockenkopf und einem breiten Grinsen, trat nach vorne und fasste Mikes Hand, als er vom Pferd stieg. »Wir sind gekommen, um für Sie zu arbeiten, Sir! Maria hat uns geschickt.«

»Was? Ihr seid die Italiener?«

Sie nickten alle begeistert.

»Aber ich wollte doch nur zwei, und hier sind zehn. Ich brauche keine zehn Aufseher.«

»Nein, nein. Hören Sie, was ich sage. Diese anderen, sie sprechen kein Englisch. Sie haben hier eine große Farm. Maria sagt, Sie brauchen mehr Männer. Wir verlangen nicht viel, Arbeit in den Feldern, Sir, und wir werden zeigen, dass wir gute Arbeiter sind.«

Mike war verwirrt. »Ihr wollt in den Zuckerrohrfeldern arbeiten?«

»Das ist richtig.«

Sie waren kurzgebaute, drahtige Kerle. Mike konnte sich nicht vorstellen, dass sie neben den Kanaka mithalten konnten. »Habt ihr eine Vorstellung, wie hart die Arbeit in diesem Klima ist?«

Der Italiener übersetzte die Unterhaltung, zwischen seinen Freunden entwickelte sich ein lebhaftes Gespräch, dann schoben sie ihn wieder nach vorne. »Sir«, sagte er, »Sie kennen das harte Leben nicht, das wir hinter uns haben. Dieses Land hat Nahrung und einen Platz für uns. Alles, worum wir bitten, ist eine Möglichkeit, um Ihnen zu zeigen, dass wir unseren Unterhalt wert sind.«

»Ihr müsst für eine Weile draußen schlafen«, sagte Mike, nun milder. »Wir haben für euch nicht genug Quartiere.«

Der junge Mann sah einen Hoffnungsschimmer. Er nahm seine Mütze ab und warf seine Arme um Mike. »Sie sind ein freundlicher Mann, Sir! Gott möge Sie schützen! Ich bin der glücklichste Mann der Welt.«

Daraufhin wurde Mike von seinen aufgeregten Landsleuten bestürmt, die alle darauf bestanden, ihn zu umarmen und die Hand zu schütteln. »Okay«, rief er. »Beruhigt euch. Seid ihr zu Fuß hierher marschiert?«

»Ja, Sir.«

»Nun, dann denke ich, dass ihr wirklich entschlossen seid. Kommt mit, ich gebe euch etwas zu essen und einen Platz zum Schlafen.«

»Also habe ich sie eingestellt«, erzählte er Jessie später. »Sie wollen die Arbeit und scheinen anständige Kerle zu sein. Wir müssen ihnen mehr als den Kanaka zahlen, aber nicht soviel, wie die Gewerkschaften fordern. Wenn dieses Experiment funktioniert, dann hilft es uns, die Umstellung von den Kanaka zu europäischen Arbeitern zu erleichtern. Und du hast nun einen neuen Job.«

»Ihre Löhne festlegen?«

»Nein. Ihre Namen zu lernen. Sie übersteigen meine Kräfte.«

»Mit Freude. Es ist interessant, andere europäische Arbeiter hier zu haben, Mike. Providence wird langsam erwachsen, wir werden nicht mehr lange Hinterland sein.«

»Solange Cairns nicht von der Landkarte verschwindet.«

»Darüber machen wir uns Sorgen, wenn es soweit sein sollte.«

Von den Bäumen unter ihnen konnten sie die Kanaka mit schönen klaren Stimmen, so rein wie ein Chor, singen hören.

»Ich werde sie vermissen«, sagte Mike. »Ich frage mich, ob Queensland jemals wissen wird, was wir ihnen verdanken?«

Italienische Wanderarbeiter wurden zur Hauptstütze der gewaltigen Zuckerindustrie Queenslands. Noch heute gedeihen Generationen italienischer Familien in dieser Branche entlang der »Zuckerküste«.
Die Beschäftigung der Kanaka lief wie geplant aus, aber viele Südseeinsulaner blieben im Land. Heute leben in Queensland etwa 40000 Nachkommen der Insulaner, die stolz auf die Leistung ihrer Vorfahren sein können.
Die Ureinwohner Australiens kämpften in langen Guerillakriegen tapfer um ihr Land. Manche Stämme wurden ausgelöscht, andere zerstreut, aber die Aborigines unterwarfen sich nicht und bilden heute einen wichtigen und unerlässlichen Bestandteil unserer Gesellschaft.
Port Douglas, die boomende Goldstadt, brach zusammen und verschwand fast. Eine geplante Eisenbahnstrecke zu den im Landesinneren gelegenen Erzlagerstätten führte zu erbitterter Rivalität zwischen Cairns und Port Douglas. Aufgrund der leichteren Streckenführung durch die Berge gewann Cairns diesen Streit, wodurch Port Douglas isoliert wurde. Das Gold war schließlich erschöpft, der letzte Schlag aber wurde dem kleinen Hafen von der Natur versetzt. Ein Wirbelsturm verwüstete die Stadt.
Seit kurzem aber hat der Tourismus dieses grüne und wunderbar verschlafene Nest entdeckt, das über die Coral Sea hinausblickt. Die rauhen alten Schürfer würden sich wundern, wenn sie den lässigen Luxus erblickten, der zwischen den Palmen der ehemaligen Grenzstadt entstanden ist.
Cairns hatte mit den tropischen Gefahren zu kämpfen, Überschwemmungen, Wirbelstürmen und Schiffsunglücken, bis die Stadtverwaltung lernte, damit umzugehen. Die Zuckerindustrie sorgte für wirtschaftliche Unterstützung, 1903 wurde Cairns zu einer Stadt ernannt. Zucker ist noch immer eine wichtige Einnahmequelle, und auf den fruchtbaren Hochebenen werden Ta-

bak, Tee und andere Früchte angebaut. Allerdings wurde der Tourismus immer wichtiger.
Cairns, die nördlichste Stadt von Queensland, gehört heute zu den wichtigsten Touristenzielen Australiens. Von dieser schönen tropischen Stadt aus hat man leichten Zugang zum Great-Barrier-Riff und zu den Regenwäldern der wechselfeuchten Tropen, welche beide dem Weltnaturerbe angehören.